Wie bei den drei vorausgegangenen Essay-Bänden im Rahmen der Heinrich-Mann-Studienausgabe gilt auch für diesen Band *Sieben Jahre. Chronik der Gedanken und Vorgänge* das Prinzip, daß alle Beiträge in der ursprünglichen, vom Autor konzipierten Zusammenstellung vorgelegt werden. Im Gesamtwerk Heinrich Manns nehmen seine Aufsätze, Artikel, Essays, politischen Kommentare, Redetexte einen wichtigen Platz ein. Er äußert sich dazu in seinem Erinnerungsbuch *Ein Zeitalter wird besichtigt:* »Jeder ein Ausbruch des gequälten Gewissens. [...] In der Republik machte ich meine Warnungen dringend und stark. Das freie Wort war nunmehr von der Verfassung gewährleistet; Grenzen setzten ihm die Inserenten der Zeitungen. Aber wieviel gerade mir erlaubt war, der Beweis ist auf das Furchtbarste erbracht, daß es nichts helfen konnte. In Ländern mit willkürlicher Machtverteilung ist die Presse eine Scheinmacht. Sie blendet die Augen, ohne sie wüßte man mehr. So las man Artikel wie meine. Unerschütterlich dahinter stand der Börsenbericht – und das Drohendste blieb ungedruckt, die geheimen Machenschaften der Wirtschafts-Talleyrands. [...] Oft genug erging ich mich ironisch, um mir und den Lesern einen guten Sonntag zu verschaffen. Denn man begehrte mich bei festlichen Gelegenheiten: schon ein Zeichen, daß niemand daran dachte, in der Woche mein Wort zu befolgen. Wer ernst sein will unter so aussichtslosen Umständen, muß aufflammen, aber kurz.«

Über die 1929 erschienene Originalausgabe von *Sieben Jahre*, gemeint sind die Jahre 1921 bis 1928, hieß es in dem Literaturblatt der damals tonangebenden ›Frankfurter Zeitung‹: »Ihr politisches Kernstück sind die fünfzig Seiten über die ›Tragödie von 1923‹, die Tragödie der Inflation. Der idealistische Glaube schärft den politischen Blick für wirtschaftliche Machtzusammenhänge mehr als eine dogmatisch materialistische Geschichtsphilosophie. Niemals ist mit solcher sittlichen Leidenschaft, mit einer Sprache, die mit Nadeln sticht, mit Keulen hämmert, mit Messern schneidet, über dieses Jahr geschrieben worden.«

Der Autor Heinrich Mann, geboren 1871 in Lübeck, begann nach dem Abgang vom Gymnasium eine Buchhandelslehre, 1890 bis 1892 volontierte er im S. Fischer Verlag, Berlin, gleichzeitig Gasthörer an der Universität; freier Schriftsteller; 1893 Paris-Aufenthalt, bis 1914 längere Italien-Aufenthalte, später München, ab 1928 Berlin; 1931 wurde er zum Präsidenten der Sektion Dichtkunst der Preußischen Akademie der Künste zu Berlin gewählt. Die Verfilmung seines Romans *Professor Unrat* (unter dem Titel ›Der blaue Engel‹ mit Marlene Dietrich) machte ihn weltberühmt. Februar 1933 erzwungener Ausschluß aus der Akademie; Emigration über Frankreich (Paris, Nizza), Spanien und Portugal 1940 nach Kalifornien. 1949 nahm er die Berufung zum Präsidenten der neu zu gründenden Deutschen Akademie der Künste zu Berlin/DDR an. Heinrich Mann starb 1950 in Santa Monica/Kalifornien. Seine Urne ist auf dem Dorotheenstädtischen Friedhof in Berlin beigesetzt.

Die wissenschaftlichen Mitarbeiter an diesem Band
Hans Wißkirchen, Jahrgang 1955, Dr. phil., Leiter des Heinrich-und-Thomas-Mann-Zentrums im Lübecker Buddenbrookhaus; zahlreiche Veröffentlichungen zu Heinrich und Thomas Mann sowie zur Literatur und Geschichte des Vormärz; *Zeitgeschichte im Roman. Zu Thomas Manns Zauberberg und Doktor Faustus* (Bern 1986), *»Die Beleuchtung, die auf mich fällt, hat oft gewechselt«. Neue Studien zum Werk Thomas Manns* (Hrsg.; Würzburg 1991).
Peter-Paul Schneider, Jahrgang 1949, Dr. phil., Wiss. Mitarbeiter am Deutschen Literaturarchiv/Schiller-Nationalmuseum, Marbach am Neckar; zuvor Wiss. Assistent für Neuere deutsche Literaturwissenschaft an der Universität Bamberg (1977–1983). Veröffentlichungen zum 18. Jahrhundert (Mitherausgeber der *Friedrich-Heinrich-Jacobi-Briefgesamtausgabe*) und zu Heinrich Mann (Herausgeber der ›Mitteilungsblätter des Arbeitskreises Heinrich Mann‹, seit 1983 des ›Heinrich Mann-Jahrbuchs‹ [zusammen mit Helmut Koopmann]).

Heinrich Mann
Studienausgabe in Einzelbänden

Herausgegeben von Peter-Paul Schneider

Textgrundlage:
Heinrich Mann:
Sieben Jahre. Chronik der Gedanken und Vorgänge
Berlin, Wien, Leipzig: Paul Zsolnay Verlag 1929

Heinrich Mann

Sieben Jahre
Chronik der Gedanken und Vorgänge

Essays

Mit einem Nachwort von
Hans Wißkirchen
und einem Materialienanhang,
zusammengestellt von
Peter-Paul Schneider

Fischer Taschenbuch Verlag

Veröffentlicht im Fischer Taschenbuch Verlag GmbH,
Frankfurt am Main, Dezember 1994

Lizenzausgabe mit freundlicher Genehmigung
des S. Fischer Verlages GmbH, Frankfurt am Main

Gesamtherstellung: Clausen & Bosse, Leck
Printed in Germany
ISBN 3-596-11657-0

Gedruckt auf chlor- und säurefreiem Papier

Inhalt

Von Ende 1921 bis Ende 1928

1921

1922

1923

1924

1925

1926

1927

1928

1921

Berlin

Ankunft in Berlin, Oktober 1921. Das Hotel ist verdunkelt und von Streikposten belagert. Weit und breit nur ein einsamer Direktor, der sagt: »Bringen Sie sich Papier mit und überziehen Sie Ihr Bett!« Eines Tages streiken dann auch noch die Autos. – Es sind die Tage, in denen das halbe Oberschlesien verloren geht: was nicht hindert, daß jeder um sein Besonderes weiterkämpft, zäh, unverwüstlich – und trotz allem mit einem eisernen Bestand guter Laune.

Dies ist das Auffallendste, wenn jemand nach drei Jahren wiederkehrt, die gute Laune Berlins, eine Art Heiterkeit, die aus Rücklagen von Kraft kommt. Jedem muß dies ins Auge springen, vor allem dem Bewohner entfernter Reichsteile, die über ihre unliebsamen Erlebnisse der letzten drei Jahre durchaus nicht hinwegkommen können und dauernd schlechter Laune sind. Berlin ist über seine Erlebnisse hinweggekommen, es hat sie verarbeitet. Man muß glauben, daß seine geistige Verdauung schneller ist als die der entfernten Reichsteile. Es hat schon wieder gesittete Formen, sein Ton ist sogar höflicher als 1918, ja, als 1913.

Wie sieht es aus? Zugegeben, nicht schöner als 1913 oder selbst 1918, – wenn Schönheit nur Glanz und Fülle wäre. Die Straße ist als Bild viel ärmer geworden. Zwischen den stehen gebliebenen Dekorationen der reichen Zeiten bewegt sich ein im ganzen mißfarbenes Gewimmel ohne alle Üppigkeit an Gliedern, Wangen und Bekleidung. Umhaucht wird das Gewimmel von den Ausströmungen der großartigen Privatautos, die heutzutage wie alter Schweiß riechen: wohl der Schweiß, mit dem sie verdient wurden ... Die Schaufenster zeigen gewohnheitsmäßig große Aufmachung; näher betrachtet aber sind auch die anspruchsvollen noch bescheiden. Provinzstädte bieten manchmal Protzigeres. Ausgleich und Nivellierung scheinen früher in Berlin zu beginnen. Was verschlagen am Ende die paar tausend Schieber. Anderswo prägen sie eine Stadt.

Äußere Schönheit wird auch dadurch nicht gefördert, daß neue Rummelplätze entstanden sind, zuweilen an den unerwartetsten Stellen, zum Beispiel mitten in der Friedrichstraße, als wäre sie die Hauptverkehrsader einer Wildweststadt. Rummelplätze und Likörstuben, letztere mit Versuchen einer eigenen Stilisierung ihres Rahmens, sind im Straßenbild eine Überraschung. Der Drang nach Schwindelgefühlen muß das neu geschichtete Volk mit Macht befallen haben, daß es so viele Karussells benötigte und so viel Sprit. Was aber die mehr in das Geistige hineinspielenden Freuden angeht, sie werden nicht verschmäht; Kinos sind immer voll, Theater meistens. Nur hat das Gebotene sich anzupassen an den Zustand von Menschen, die zu viel erlebten letzthin. Neu darf es sein, vorausgesetzt, daß es rein äußerlich bleibt. Stark darf es sein unter der Bedingung, daß es sich aufdrängt. Fein – sei es lieber nicht.

»Wir sind verdammt durcheinander gemischt worden in jedem Sinn. So plötzlich reich ist noch schwerer zu ertragen als so plötzlich arm, am schwersten das Beisammenleben der Vertauschten. So plötzlich und oft so früh den Trieb befreit von Bedenken, ist auch keine üble Leistung. Ungerechnet, daß wir auf dem Vulkan leben, zumindest an seinem Fuß. Wie lange ist es her, daß wir Minenwerfer gegeneinander richteten und einen Haß, gegen den der Haß auf England geschminkt aussah. Was will man mehr von uns, wir halten durch, noch ganz anders als im Krieg: halten die ganze Unsicherheit des heutigen Daseins durch, den tiefen Sturz des öffentlichen Selbstgefühls und den öffentlichen Ruin, der doppelt quält, weil er nie, nie sich offen erklärt; ertragen uns selbst und einander, ja, sind noch gut gelaunt. Nur nicht mehr neue Zumutungen! Schon gar nicht geistige! In unserer Lage können sämtliche geistige Fähigkeiten nur ein Ziel haben: vergessen. Wir sind Bewohner der Stadt, die seit langen Jahren heftiger erschüttert wird als irgendein anderer Menschenort.« – Dies ist der Zustand.

Daher auf den Bühnen der Theater die vielen Treppenbauten und das viele Geschrei, genau wie auf den Bühnen des Lebens. Ob politisches, metaphysisches, soziales oder wirtschaftliches Bedürfnis, jedes befriedigt am besten der, der den steilsten Standpunkt einnimmt und der Lauteste ist. Heftig gepackt werden und aus allen Nöten sein! Nichts anderes fühlten sie gewiß, die zu Wulle oder Klante liefen. Käme aber im Gegenteil ein großer Heiliger, der für Menschenliebe und Verabscheuung des Geldgewinnes würbe, er hätte noch dichteren Zulauf – eine Weile. Wir sind niemals lange aus der Not.

Sie wissen 1921 nicht mehr, wohin mit sich. Das ist es: sie haben zu zweifeln angefangen. Nichts aber fördert mehr das gesittete Zusammenleben als der Zweifel. Er macht duldsam. Wer starke Erlebnisse gehabt hat, die einander widersprachen – und dies ist unser Fall –, verträgt endlich Widerspruch. Auch die andern dürfen nun da sein, sich äußern, sogar handeln. In den Häusern Berlins begegnen einander kaiserliche Exzellenzen und sozialistische Würdenträger: Menschen, die vor längerer oder kürzerer Zeit sich gegenseitig als Verräter abgetan haben würden. Jetzt fallen ihre Reden und Gegenreden, ohne Unheil anzurichten; zuweilen sind sie schon einer Meinung oder wissen selbst nicht mehr, welcher. Genau so spielt in den Theatern ein Stück, aus dessen hübschen Bildern jählings die soziale Revolte den Arm über das Parkett hinstößt, – und morgen ein anderes, das ganz und gar nur nationaler

Schwung ist. Sehr feindliche Stücke, aber dasselbe Parkett, vielseitig, duldsam und abgekämpft, beklatscht beide.

Korruption? Verfall der Gesinnung? Berlin ist nicht schläfrig, nicht unkritisch, das droht ihm nicht. Aber jeder sieht neben dem, was seine eigenen Augen ihm zeigen, auch noch die Tatsache, daß andere da sind, die das Gegenteil sehen. Der Mann mit bürgerlichen Begriffen findet keinen Grund, warum Katastrophen der Wirtschaft hereinbrechen müßten, solange noch ein Arm da ist, der Noten druckt. Aber er überzeugt sich täglich, daß Katastrophen schon herandrängen in Gestalt derer, die sie wollen. Er ist entschlossen, sie nicht heranzulassen; die andern wieder haben fest vor, ihn abzuschaffen. Inzwischen aber lebt man und paktiert.

Vor dem großen Café stehen nebeneinander ein Streikposten und ein Sipomann. Der Streikposten richtet das Wort an den Nachbarn, und der Sipomann antwortet ihm, obwohl er bestellt ist, ihm den Weg zu verlegen. Sie unterhalten sich brüderlich, mitten im Klassenkampf: ein neues, ganz neues Bild.

Schranken sind gefallen. Die Revolution mag schwach und von kurzem Atem gewesen sein, Schranken sind dennoch gefallen, die Klassen sind sich näher. Berlin, wo sie, auf ihrem Kampffeld eng zusammengedrängt, sich genauer beobachten als irgend sonst, hat Klassen, die einander zu kennen angefangen haben. Wie neu! Auch die Reichen wissen häufig von dem Leben der Armen; schon viele von ihnen sind überzeugt von der Notwendigkeit eines Ausgleichs. Die Wandlung des Klassenbewußtseins, seine Nachgiebigkeit, das Merkmal jeder reiferen Gesittung, zeigt sich zuerst in Berlin. Nur in Berlin ist es möglich, einen der größten Inhaber von Bodenschätzen sagen, wenigstens sagen zu hören: die Bodenschätze müßten sozialisiert werden. Man sehe doch dagegen die Herren vom

Rhein, die im Gegenteil auch das noch in ihre unersättliche Privathand bringen möchten, was schon bisher der Allgemeinheit gehörte!

Unmögliche Unternehmungen, nur erklärlich aus der Naivität robuster und unkomplizierter Provinzialen, werden am ehesten durchschaut und durchkreuzt werden von der mehr vorgeschrittenen Natur Berlins. Die große Stadt ist tiefer eingefühlt in die Zeit als die Länder, ist zugleich nachgiebiger und stärker. Trotz ihrer Vielfältigkeit und wenn auch mancher Irrsinn sie beleckt, bleibt sie das stärkste Bollwerk unserer Vernunft.

Die große Stadt ist wesentlich vernünftig. Die geistigen Epidemien, die sie heftig durchmacht und schnell übersteht, sind nur das Gegengewicht gegen Nüchternheit und Mäßigkeit, gegen die Nötigung zur Norm. Katastrophen, die sie heimsuchen, nutzen sich bald an ihr ab; die Norm des überall gleichen Trottoirs, dieser endlosen, mit steinernen Engpässen bedeckten Ebene ist stärker als jede große Ausnahme des Erlebens. Hier sind Millionen Menschen, so viel wie ein mittleres deutsches Land zählt, von der Erde losgemacht und auf sich selbst gestellt. Zu ihnen sieht kein Land mehr hinein, und sie begegnen keinem Bauern. Ihr Acker liegt nicht mehr unter dem Himmel, sie bebauen nur noch den Menschen und ziehen aus ihm, was er irgend trägt. Und diese Welt Gleichlebender liest täglich dasselbe, hat dieselben Schauspiele vor Augen, im Ohr dieselben Laute. Unermüdlich beurteilt einer den andern, beim Vorübertreiben im Meer der Straßen, – bis alle einander ähneln in ihren verfeinerten, kritischen und tapferen Gesichtern, bis alle die unverkennbare, besondere Sprache sprechen, die man nirgends im Land spricht: eine überaus durchgebildete Schriftsprache, zugleich höflich und unerbittlich scharf, geschärft an Menschenbeobachtung. Neue Worte entstehen eben hier, die Sprache lebt überwach hier, wie der Mensch. Gebildete Wendungen,

Literatur, wie man sagt, finden sich im Alltagsgebrauch selbst der kleinen Leute. Überall blüht die eigentlich menschliche Form, Eindrücke zu überwinden: die Ironie.

Die Wirkung der großen Stadt auf ihr Land ist immer zwiespältig, die große Stadt ist verdächtig, und sie lockt. Berlin wird entfernten Reichsteilen noch lange verdächtig sein, aber Reiz und Werbekraft werden fortwährend zunehmen: der Reiz des neuen Berlin auf das neue Deutschland.

Deutschland sah früher in Berlin vor allem eine Verstärkung, fast eine Verzerrung seiner eigenen Eigenschaften: Tüchtigkeit und Selbstgefühl. Verdient wurde nie genug und der eigene Wert nie dick genug aufgetragen. Da das ganze Deutschland früher beides übertrieb, sah es sich in Berlin entlarvt und liebte es nicht, trotz Bewunderung. Jetzt liegt alles anders. Wir finden, als gestürztes und leidendes Land, eine Hauptstadt, die zu leiden weiß und im Sturz eher größer wird als kleiner. Wo sind noch Prahlerei, Schneidigkeit und blinder Hochmut, wo blieb die töricht prunkende Fassade? Ernst und Selbstprüfung haben angefangen. Der Zweifel kam, erworben ward das Bewußtsein der dauernden Gefahr; das Zeitweilige, die mühselige Übereinkunft unseres Daseins und Bestandes ward begriffen. Aber das Zeitweilige und die Übereinkunft des Lebens begriffen zu haben, ist erst wahre Zivilisation. Auf solchem Grund erst gedeiht das gereinigte Wesen der großen Stadt, ihre eigenste Schönheit.

Berlin, heute ohne Glanz und Fülle, ist unvergleichlich schöner als vor den Katastrophen. Man muß es ihm leise sagen: das Schönste ist, daß es nichts davon ahnt. Die Katastrophen erlösten es, indem sie es entblößten. Die große Stadt war früher eingeengt in den eisernen Gürtel Militarismus. Die Monarchie stand Wache vor ihrer »guten Stadt«, die große Stadt lebte scheinbar von Gnaden der Monarchie. Jetzt lebt sie aus eigener Kraft und auf ihre eigene Verantwortung. Was sie erfuhr letzthin, war weder glorreich noch dekorativ. Kaiser und großer Kanzler verschafften ihr vor Zeiten ganz andere Hochstimmungen. Aber vor allen siegreichen Einzügen von 1871 haben die schweren, schweren Schicksale von 1921 dies voraus: sie werden auf eigenen Schultern hingenommen, werden selbst verantwortet. Dies nun entscheidet: allein gewesen sein im Schwersten, ganz ohne Schutz und Herzenserhebung durch Autoritäten, große Führer und höhere Wesen – allein und nackt im eigenen, gemeinsamen Schicksal. Dies ist die Schule der Demokratien. Was so gelernt wird, sitzt. Berlin war voran in dieser Schule.

Wenn die Ritter des Vergangenen, die im Land noch umgehen, lebendige Augen hätten, um Berlin so zu sehen, wie es geworden ist, sie würden alle Hoffnung aufgeben und abrüsten. Von ihrer Welt hier kein Stein mehr auf dem andern, nichts gibt es für sie zurückzuerobern. Die Ritter mögen eine Stätte aufsuchen, wo sie einst zu Hause waren, die Wilhelmstraße. Sie werden Salons und Festsäle kalt und verödet finden im Palast des Reichskanzlers. Der rote römische Prunk, den die Frau eines seiner Vorgänger auf Reichskosten herbeischaffte, trauert dahin, historische Gemächer behüten verschlossen die stolzen Bildnisse aus den Glanztagen. Abgetrennt von den Museen der Glanztage arbeiten hinter ihren Türen die Beamten. Vor Zeiten standen alle Türen offen: vom Arbeitszimmer Bismarcks zu ebener Erde die ganze Flucht an den Gärten hin, durch das Papageienzimmer, das Teezimmer und die anderen Wohnräume bis in die Büros der Beamten. Bismarck pfiff, sein Hund Tyras begab sich durch die Zimmerflucht zu den Beamten, die aufsprangen, wenn er bellte, und im Laufschritt marsch marsch zu Bismarck eilten. Es war sehr großartig. Auf der Bühne schildert man mit ähnlichen Zügen das ältere Rußland ... Kein Stein steht auf dem andern.

Die Zukunft Deutschlands wird heute andeutungsweise

vorausgelebt von Berlin. Wer Hoffnungen fassen will, blicke dorthin. Die große Stadt hat nicht Zeit, zu greinen und sich zu sperren gegen die neuen Tatsachen. Sie läßt entfernte Reichsteile greinend und sich sperrend die Pikelhauben auftragen, die sie abgelegt hat, – indes sie selbst unter dem Feuerregen der neuen Tatsachen, angepaßt und tapfer, den Weg geht, den Gott will. Wer hier die bestehende Wirklichkeit des Lebens schmäht und verkennt, ist gewöhnlich gekauft und lügt. Berlin weiß auch nichts von den traurigen Unsittlichkeitsschnüfflern, die einen ganzen Karneval von Prozessen aufbieten, um dem unbefangenen Dasein der großen Stadt von irgendeiner Seite beizukommen. Unbefangenheit jeden Erlebens, die Fähigkeit, auch dem Schlimmen noch Nutzen abzugewinnen, Nutzen des Denkens und Fühlens: so beweist sich eine veredelte Lebenstüchtigkeit. Gleichnis Berlins ist jedes der aber tausend Mädchen, die schlank, hurtig und keß, nach ihrer Arbeitsstätte eilen. Das billige Kleid hat Schick und Pli, selbst abgenutzte Hände sind feingliedrig und gewandt. Den fehlenden Farben der Wangen ist dreist ein wenig nachgeholfen, aber die Augen stehen ganz von selbst voll Lebensmut.

Berlin wird Verherrlicher finden, die es noch niemals kannte. Das Heldengedicht Berlins wird erst in der jetzt kommenden Epoche zu schreiben sein. Die große Stadt wird unwiderstehlich für sich werben im ganzen Reich, wie bisher mit ihren zeitgemäßen Eigenschaften: nur daß es andere, bessere sein werden als vordem. Die Länder, die sie nachahmen, werden das Vorbild nicht, wie wohl früher, mit Abneigung betrachten, sondern mit Stolz. Die ungeheure Menschenwerkstatt Berlins wird das kommende Geschlecht Deutschlands nach sich ziehen in nie gesehenem Maße, und die nach seinem Geist Geformten bis in die entfernten Reichsteile zurückschicken. Die Vereinheitlichung Deutschlands wird, sicherer als durch

Gesetze, durch die werbende Kraft des Zivilisationsherdes geschehen, der das zu sich selbst hinangewachsene Berlin ist. Ja, Berlin wird, so wenig es sich dies je träumen ließ, die geliebte Hauptstadt sein.

Deutsche Literatur um 1920

Bericht nach Amerika

Sieben Jahre, sonst kaum fühlbar in einer langen Entwicklung, sind durch den Krieg und die Revolution zu einer Epoche geworden. Die deutsche Literatur von 1920 sieht wesentlich anders aus als die von 1913. Vieles ist in diesen Jahren herangewachsen, vieles auch gestorben. Es gab Autoren, die schlechthin das wilhelminische Zeitalter ausdrückten und darüber hinaus kaum mehr verständlich sind. Sie haben, auch wenn sie noch da sind, nicht mehr dieselbe Geltung wie vorher. Es waren Geister der Richtung, die jahrzehntelang fast unbeschränkt geherrscht hatte, konservative Geister. Bei ihnen hatte das Bestehende recht, weder in der sozialen Struktur noch an der gegebenen Einschätzung der Menschen ward bei ihnen gerüttelt. Alles war geschichtlich begründet, also gottgewollt. Der Herrscher an der Spitze, die Pyramide der Beherrschten unter ihm. Der Adel, das Militär, das emporgekommene Bürgertum, das mit sozialer Fürsorge beschenkte Volk – jedes an seinem unverrückbaren Platz. Der ganze Bau aber durchdrungen von dem Geist der einst davongetragenen Siege, die ihn errichtet hatten. Der allgemeine Glaube: man sei berufen, immer reicher und mächtiger, unbegrenzt reich und mächtig zu werden, und komme es je zu einer Kraftprobe, werde man das alte Amt üben, zu siegen. Daher müsse man vor allem gehorchen – denen gehorchen, die den Sieg verbürgten.

Für Ideen, die diese Welt in Frage stellten, war kein Raum. Die Überzeugung, in historisch bedingten Abhängigkeiten zu leben, ließ keinen noch so entfernten Gedanken an irgend eine revolutionäre Möglichkeit zu. Niemals ist auf den Bestand eines Staates und einer Gesellschaft so unbedingt vertraut worden, wie auf das Kaiserreich, das 1918 zusammenbrach. Die zeitgemäße Literatur schied sich höchstens in Schriftsteller, die als freudige Draufgänger das Bestehende verehrten und verherrlichten, und andere, die, ohne einen Augenblick an ihm und seiner Größe zu zweifeln, immerhin ihr privates Wissen durchblicken ließen, daß Macht nicht alles sei, und daß ein mächtiger Staat verkümmerte Menschen haben könne. Aber sie beschieden sich damit, daß es von je nur auf einzelne ausgezeichnete Persönlichkeiten angekommen sei, und daß es einen Fortschritt der Masse nicht gäbe – keinen menschlichen Fortschritt, nur einen technischen.

Wer anders dachte, stand beiseite und war, solange die Sinnesart des Kaiserreiches unbestritten blieb, für die ganz große Öffentlichkeit nicht vorhanden. Als ein Beispiel dieser wenigen gelte Frank Wedekind. Ein anderer enthüllte in Komödien den Typ des gottverlassenen Geldmachers und Snobs, der dem Zeitalter als Held diente. Wieder ein anderer zeigte in Romanen den sozialen und sittlichen Verfall, der den Zusammenbruch des Reiches bedingte. Aber die Zweifel Wedekinds am Wert des Bestehenden waren die gründlichsten, er griff an die Wurzeln der Gesellschaft und befeindete die geltende Geschlechtsmoral. Seine Theaterstücke wurden populär beim Herannahen der Revolution. Er starb damals, da wurden sie endlich überall gespielt. Sie drangen seither bis auf die letzte Provinzbühne, nicht durch sichtbare Beziehungen zu den Tagesereignissen, sondern weil sie menschlich aufwühlten und einen revolutionären Keim in die Herzen senkten. Zu oft ist beklagt worden, die deutsche Revolution habe keine geistigen Vorbereiter gehabt. Sie hatte dennoch ein paar.

Ausschließlich diese wenigen aber werden von der heutigen literarischen Jugend als Vorgänger und Lehrer anerkannt. Die Verbindung der Jungen mit uns Älteren ist umso tiefer, weil sie wesentlich und nicht etwa nur schulgemäß ist. Der künstlerische Abstand bleibt groß zwischen einem festgefügten, gestalteten Stück Wedekinds und dem formlos schwellenden dramatischen Erguß eines Jungen. Gemeinsam aber ist ihnen der explosive Wille zu handeln – nicht zu verweilen beim Angeschauten, sondern Besseres zu erkämpfen. Sie nennen sich Expressionisten und erfanden den Namen wohl schon vor dem Kriege. Aber die Revolution hat ihn mit feurigem Gehalt erfüllt, und was sie als Ausdruck ihres erneuerten Menschentums aus sich herausschleudern, griff der Zeit ins Herz. Die Zeit ist schon reif für sie, sie hat sie im Eilschritt eingeholt.

Dieses Geschlecht von Zwanzig- bis Dreißigjährigen hatte in seinen unruhigen Nerven, seinem hochgespannten Lebensgefühl schon den Krieg, noch bevor er kam. Es war geboren, um die ungeheuerste Katastrophe zu erleben. Es fing erst an, da geriet es sogleich in die zügellose Wirrsal eines Abtanzes und Weltunterganges. Seine Erziehung glich keiner anderen. Nicht sicher begründete Tatsachen erzogen es, sondern das Chaos. Überall sonst in der Welt wurde etwas Festes geglaubt, eine Ordnung der äußeren Dinge, die mit den Forderungen des Gewissens übereinstimmte, und für die man kämpfen konnte. Die geistige Jugend Deutschlands glaubte nicht an das Kaiserreich, das ihre Kraft und ihr Blut forderte. Sie glaubte aber nicht viel mehr an die Wahrheit und Wirksamkeit der Demokratie, sie hatte die Demokratie geistig schon hinter sich gelassen, bevor sie in ihrem Lande Wirklichkeit war. Eine maßvolle demokratische Ordnung sagte nichts den Gemütern, die, kaum, daß sie sich erschlossen hatten, auch schon aufgepeitscht und zerwühlt waren, wie ein Schlachtfeld im Granatenfeuer. Angezogen wurden sie vom Grenzenlosen, Endgültigen, Absoluten. Eine unbestimmte Befreiung der ganzen Menschheit mußte es sein, anstatt einer um einiges besseren Ordnung ihres Landes; die Herrschaft des Geistes schlechthin, und nicht nur etwas mehr Vernunft als bisher.

Sie hatten nicht lieben gelernt in ihren empfindlichsten Jahren, nicht lieben, sondern hassen. Dies ist der Kern. Ihre Menschheitsliebe, Alliebe, Gottesliebe waren Begriffe, mit denen die sich wappneten gegen den Haß, der sie verzehrte. Die Alten hatten gelogen und betrogen, sie selbst wollten bedingungslos wahr sein. Die Alten hatten Ungerechtigkeit geübt und gepredigt, sie selbst wollten gerecht sein – nicht gegen die Ungerechten, nur gegen die als gut gedachte Menschheit. Die Alten hatten gehaßt; sie selbst aber, mit dem Blut der Alten in ihren eigenen Adern, bekämpften es voller Leidenschaft und wollten keinen Feind kennen, es seien denn die Alten. Der Haß der Söhne gegen die Väter ist nirgends vernichtender aufgetreten, als in dem Geschlecht junger Deutscher, das von seinen Vätern geopfert und in den Untergang geführt wurde. Dieser Haß erscheint als das einzige wirklich lebende Wesen in hundert Werken der jungen Literatur. Alles andere ist Willenserguß, jede der Personen eine lyrische Idee, – nur den Haß greift man mit Händen.

Ideendichtung ist als kalt und unwirksam verrufen. Hier aber wird sie befeuert von Erlebnissen, die ohnegleichen sind. Gerade die Überfülle des Erlebens macht diese Jugend zumeist noch unfähig zu gestalten. Denn gestalten, Fertiges hinstellen wäre zu wenig für Geister, die von Unvollendbarem kochen. Der Expressionismus, den sie meinen, ist ein Überkochen der Seele. Das sind nicht Temperamente, die ein Stück Natur durch sich hindurchgehen lassen, sorgsame Beobachtungen aussondern, steigern und formen. Die Kunst derer, die Impressionisten hießen, erscheint ihnen kleinlich. Groß heißen bei ihnen starke Gefühle, so stark, daß Kunst sie nicht mehr beherrscht.

Groß heißt der Wille, nicht das Können. Novellen ohne Anfang und Ende, aber es müssen Entladungen sein. Dramen mit Personen, die keine Namen haben als »Der Mann«, »Das Weib«, – aber aus ihnen soll schreien und zittern alles, was je Weib und Mann war. Und dann ihre Lyrik, die feuerspeiende Lyrik der Jungen. Dafür sind sie geschaffen, die Lyrik ist ihre wahre Form, in ihr konnten mehrere früh schon Meister werden. Solche Gesänge strömen uferlos dahin, wie Lava glühend von Schmerz und Liebe. Noch ihre Güte glüht, noch ihre Kindlichkeit. Aber aus dem Gipfel des Feuerberges quellen unversiegbar die brennenden Ideen Menschheit, Brüderlichkeit, Gemeinschaft in Gott.

Weiß diese Jugend, daß sie altern wird? Sie gebärdet sich unvergänglich. Der größte Teil dieses Geschlechtes trumpft zu sehr auf seine herrliche Jugend, er macht beinahe eine Theorie aus ihr. Schöpferische Geister handeln ohne Theorie, aber gilt es für Geister aus solchem Geschlecht? Wirkliche Jugend ist ihrer selbst nicht bewußt, aber eine so sehr überreizte, eine tödlich bedrohte, um ihr Lebensrecht heiß kämpfende Jugend? Sie kämpft sich hervor aus dem Chaos, aus den Erschütterungen ihrer Seele, dem Zusammenbruch ihres Landes. Ihr innerer Kampf wird verlaufen wie der Deutschlands, dessen Gegenwart sie genau ausdrückt. Seine Gegenwart und nicht mehr.

Der bürgerliche Held

I

Wilhelm der Zweite in seinen frischfröhlichen Anfängen nannte einst den Kaiser Napoleon einen Parvenu, womit er etwas Herabsetzendes gesagt haben wollte. Damals erregte er noch Mißfallen. Später war das kaiserliche Deutschland bei weitem zu versnobt, es würde sich über den »Parvenu« so wenig aufgeregt haben, wie es sich über sonstige Zumutungen aufregte.

Was die Könige verachteten, gerade dies gewann die Völker. Napoleon war fast alles, was er dem vergangenen Jahrhundert war, als Parvenu. Er hatte, ohne Namen und Verbindungen, seinem Talent freie Bahn erzwungen. Er hatte, nicht schlechthin ein Bürgerlicher, aber auch nicht viel mehr, Taten des Ruhmes vollbracht, wie kein König. Er hatte seine Macht weiter in die Welt getragen, als jemals ein feudaler Kaiser. Und seine Macht war nicht roher Stoff nur, sie war Träger neuer Ideen, der liberalen Idee. Die liberal verklärte Gesellschaftsklasse des Bürgertums kam überall empor dank ihm, dem großen Parvenu, und den Ideen, die er durchsetzte.

Was man nicht gerade betonte: auch seine Mittel, vorwärtszukommen, waren parvenuhaft bürgerlich. Ihr einziger Maßstab: der Erfolg. Er ließ sich gleich anfangs von großen Kriegsgewinnern finanzieren. Er und die Armeelieferanten arbeiteten einander in die Hände, die unterworfenen Länder wurden Gegenstände wohlorganisierter Ausbeutung. Er erfand, schon als General Bonaparte, die Pressepropaganda für sich und sein System, zum Schaden nicht nur des Feindes, sondern der anderen Heerführer und der republikanischen Regierung. Er ließ geschmeichelte Bilder seiner persönlichen Heldentaten herstellen und förderte nachdrücklich die über ihn sich bildende Legende.

Noch auf Sankt Helena war er vor allem um seine Legende besorgt. Dies ist ganz besonders bürgerlich, denn es ist etwas Übertragenes, Unnaives. Man sucht, neben und außerhalb der praktischen Wirklichkeit, die nicht vorführbar genug aussieht, ein historisches Alibi, einen Lieblingsplatz im hohen Plan des Weltgeschehens. Es ist bürgerlich, denn es ist »Literatur«.

II

War alles nur Legende? Nur Selbstbetrug und Ausrede? Ach nein, mehr lag zugrunde, Tieferes und Schwereres. Verhaltenes Gewissen. Dumpf schmerzliche Mahnung dessen, das hätte sein sollen. Heraufbrennende Reue über Gewesenes, Verfehltes. Die Ausgesetzten Sankt Helenas warfen zum Zeitvertreib eines ihrer öden Tage die Frage auf, welches im Leben ihres Helden der glücklichste Augenblick gewesen sei. Der eine sagte: die Geburt des Königs von Rom, ein anderer: die Heirat mit der Erzherzogin. Napoleon sagte: »Nein. Italien, Mai 1796. Wie sie mir zujauchzten, ihrem Befreier!« Denn dies hätte sein sollen! In Wirklichkeit besorgte Bonaparte, sobald er in Italien der Herr war, die Geschäfte des Papstes und verriet Italien. Der hatte vergebens gejauchzt. Dennoch war jener glückliche Augenblick die tiefere Wahrheit, die in der Seele begrabene, die damals für einige Tage an das Licht durfte. Von einem Leben eine Woche!

Er war von seinem Felsen Korsika nicht gekommen, um nur zu erobern und zu herrschen, um nur sinnlose hundert Schlachten zu schlagen und, ein absoluter Fürst, zu siegen über andere absolute Fürsten, die er aus Kollegialität auf ihren Thronen ließ. Die Macht, deren ungeheuerstes Abbild er geschaffen hat, war dennoch seine wahre Göttin nicht. Er war von seinem Felsen Korsika nicht gekommen, um auf seinem anderen Felsen Sankt Helena zu enden, wie ein glücklich überwundener Feind aller.

Nicht weniger als die anderen Söhne der Revolution, hatte er im jungen, brünstigen Herzen die Größe des ganzen Menschengeschlechts gefühlt, wenn er seine eigene Größe vorausfühlte. Sein Gefühl war vulkanischer als das der meisten. Die Ohnmacht zehrte an dem noch Verkannten bitterer. So ehrgeizig ist nur ein Verzweifelter. Um übermenschlich ehrgeizig zu sein, mußte er von der Menschheit ein übermenschliches Bild in sich haben, das Bild einer nie zu Bewältigenden, nie zu Erlösenden, einer an den Himmel Streifenden. Unstillbarer Liebender, unsterbliche Geliebte.

Aber wie die anderen starken Naturen, die vom Mittelmeer ausgingen, verließ auch diesen so leicht nicht der gesunde Menschenverstand. Schwärmt auch das Herz, der Kopf rechnet. Schon der Fünfundzwanzigjährige rechnete richtig mit den wirklichen Menschen, während er für die Menschheit noch schwärmte. Nur zu leicht fand er sich mit ihren Fehlern ab, denn sie waren ihm bequemer als ihre Tugenden. Ihre Laster boten ihm Handhaben.

Unaufhaltsam aber hat ihn die täglich geübte Menschenbehandlung aufgeklärt über die von seinem Zeitalter geglaubte Religion der Menschheit. Sein Können selbst, gerade seine begeisterndsten Erfolge verringerten ständig in seinen Augen den Eigenwert ihres Gegenstandes und Mittels, der Menschenmasse. Im Verhältnis seines Aufstieges sank sie. Je mehr er hielt, um so kläglicher ihr Versagen.

Die Menschheit, als greifbare Masse gehandhabt, hat ihn enttäuscht, nicht weniger als er sie. Kein Sieg brachte ihn ihrem Besitz näher, keine Umarmung der Erfüllung. Unendliches Blut floß, und den Sohn gebar sie ihm nie. Sie wurde nicht Idee, nie seine Idee, blieb schlaffer Körper, erniedrigte ihn nur, und dafür er auch sie. Im Vollbesitz der Macht: ein Menschenverächter. »Kein Mensch kann so schlecht sein, wie ich ihn mir gedacht habe.« Am Schluß sollte er sich wieder erinnern, die Vereinigten Staaten Europas erträumt zu haben. Dies wäre das Reich des Friedens und der Vernunft gewesen, sein wahrer Ehrgeiz. Oder hätte er nach Indien gehen sollen? Kaiser des Orients, alles lag dafür günstig. – Abgründe und Welten waren dazwischengestürzt. Er selbst findet kaum mehr hinüber.

Wirklichkeit war in seiner ganzen Laufbahn leider nur das Handwerk geworden, nicht der Geist. Wer so viel Erfolg haben mußte, verlernte zu fragen: wofür. Die gemeine Lebenskunde mit allen ihren zweifelhaften Praktiken, nur um des Zieles, der besseren Menschenzukunft willen hatte er sie anfangs erstrebt. Allmählich aber überwuchert sie die Aussicht, schafft aus sich selbst die Hindernisse, die in ihr festhalten. Einen Ausgleich mit dem überlieferten Bestand der Dinge zieht den anderen nach sich, ein Zugeständnis an die gegebene Menschenart das nächste. Er dachte für das Höhere zu siegen mit den eigenen Waffen der Niederen. Der erste Soldat, der Wunden schließt, der erste Machthaber, der bessert! Statt dessen jetzt ein Kaiser wie die anderen Kaiser, nicht mehr der Sohn des Menschen. Sein reines Heer glaubt noch an sein revolutionäres Genie, da siegt er schon, wie irgendein Militär, für die Reaktion. Die furchtbare Tragik des Geistes hat sich vollzogen: er verdirbt an seinen Taten. Vergebliche Liebe, und Tod am Kreuz. Auch dieser Sohn des Menschen konnte fragen: Herr, warum verließest du mich, und mußte antworten: weil ich selbst mich verließ.

III

Unverlierbar nun zieht sich durch dieses tragische Leben die traurige Komik. Allgegenwärtige Verpflichtung, die eigene Größe darzustellen, ihr emsiges Studium – Sucht und Nötigung einer wirklichen Größe, die Maske der Größe zu machen. Wer würde sie ihm sonst glauben von den Zuschauern. Die Welt behält doch wenigstens ihren Wert als Zuschauer des einsamen Tragöden. Hier oben tragiert er sich selbst, dort unten darf sie nicht mehr, als bewundern.

Im nur scheinbaren Gegensatz zur Schauspielerei seiner Größe steht die Betonung der eigenen Vulgärheit. Denn das eine wie das andere ist erfolgfördernd. »Ich bin schlau«, sagt er hundertmal noch in Warschau. Gerade schlau will er sein, sogar lieber als stark. Und ist doch derselbe, der sich den Helden Corneilles gewachsen fand. »Vom Erhabenen zum Lächerlichen ist nur ein Schritt«, sagt er in Wilna zehnmal nacheinander. Bei seinem Sturz wird er prompt vulgär. Nicht nur, daß nach der ersten Abdankung Augereau ihn umarmen und duzen darf: »Dein Ehrgeiz hat dich so weit gebracht.« Ach, der große Mann vergißt sich auch selbst. Auf seiner Flucht weint er, zittert, verkleidet sich, er wirkt abstoßend vor Furcht.

Er weinte allein. Die einst umworbene Menschheit kannte ihn nicht mehr. Das Land selbst, das ihm das Werkzeug seiner Größe gewesen war, verleugnete ihn. Sie hatten dort auf seinen Sturz gewartet, wenn auch ohne Freude, weil er sie selbst zerschmettern mußte. Aber sie hatten längst in die Luft gesehen und gefragt: Wann stürzt endlich der Seiltänzer? »Wir waren elend. Europa, das in unserem Namen erdrückt wurde, glaubte, wir schwämmen im Gold. Aber alles diente der Bereicherung einiger Generale.« Der nationale Geschichtsschreiber Frankreichs, Michelet, schreibt ferner: »Leipzig war, was man den Aufstand des Menschengeschlechts nennen kann.« Und: »Die Fanatiker, die hartnäckig zu Bonaparte hielten, mußten wohl ganz blind sein, um nicht das riesige Hindernis zu sehen, das ihm den Weg versperrte, das ihn und die Seinen für immer ausschloß: den Haß der Welt.«

Dies das Ende eines kriegerischen Weltunternehmens. Dies, nachdem der erste erbitterte Widerstand gegen die Wahrheit, die ersten loyalen Rettungsversuche vorbei sind, das Urteil der nationalen Geschichtsschreibung. So steht am Anfang des bürgerlichen Jahrhunderts sein Held – und war doch kein leerer Techniker, kein Zufallskaiser: war ein kämpfender Mensch.

Der hundertjährige Flaubert

I

Flaubert ist hundert Jahre alt. Als die ersten von uns Deutschen sein Gesamtbild erfaßten, war er siebzig. Die Gesellschaft, die er dargestellt hatte, war fast noch da; sie drang, wenn wir ihn lasen, wie aus den Jugendtagen unserer Eltern zu uns vor. Das Lebensgefühl aber, an das er rührte, war das unsere, ja eben unseres... Heute ist es weniger häufig unseres, und seine Gesellschaft rückte tiefer in die Geschichte.

Er war Soziologe, wie Balzac. Er sah kein einzelnes Liebesleid ohne ein ganzes System menschlicher Abhängigkeiten, worin als Kraft auch jene Liebe wirkte. So gern er sich der Einsamkeit ergab, den Menschen fand er nie allein. Er behandelte, obwohl seine reifen Veröffentlichungen erst 1856 begannen, eine Zeit, die Balzac nahe war, oft sogar in seine zurückfloß. Dennoch, welch ein Abstand im Wesen der Dinge! Die Ideen färbten es völlig anders bei Flaubert.

Balzac ist die literarische Auswirkung Napoleons. Diesmal war die handelnde Persönlichkeit früher da als ihr Dichter. Balzac hat dem bürgerlichen Jahrhundert, das durch Napoleon freies Spiel bekam, einen Lauf und Ausgang vorhergesagt, von dem der Bahnbrecher noch nichts ahnte. Napoleonisch bleibt gleichwohl das Grundgesetz seiner Welt: handeln. Ein kühnes Abenteuer das Leben. Schlauheit, Kraft und weites Gewissen regieren den Erfolg; der Schwache stirbt an dem Wege, den die Armee der Daseinskämpfer zieht. Schönheit ist vor allem Kraft. Der Starke nur rechtfertigt das Leben.

Bei Flaubert rechtfertigt es selbst sich, es sei wie immer. Wohl rinnt es vergebens dahin. Kraftverbrauch, Geldverbrauch; viel ergebnisloses Hinundher, viel unfruchtbare Schmerzen der Seele, Aufflüge des Geistes, Kämpfe der Leidenschaften – aber durch alle Nichtigkeiten unwandelbar hinströmend, einzig des Daseins würdig, ein reines Gefühl. So die Education sentimentale, der Lebensextrakt Flauberts. – Und auf dem Lande im stillen eine arme Kleinbürgerfrau; sie ist verbildet, will hoch hinaus, betrügt mehrfach ihren Mann, macht Schulden und hat, als sie endlich Gift nimmt, alles hinter sich, was Drang des Fleisches und der Seele, rastlose Sehnsucht, rastlose Angst, und Haß auf die Umwelt und Verachtung des ganzen Betriebes und Verzweiflung und Reue – hat demnach alles hinter sich, was Leben heißt und in ein Herz hineingeht. So ist *Madame Bovary*, das Hauptwerk.

Stimmungen des Abstiegs; als ob jemand schriebe, der übergenug gelebt hätte: nicht einer wie Balzac, der nie genug Leben haben konnte und darum welches schuf. Einer wie Balzac geht in seiner Jugend durch einen Zeitraum allgemeiner Hoffnungslosigkeit, wie die nächsten fünfzehn Jahre nach Napoleon, und merkt es kaum in seiner Zuversicht. Wozu benutzt er später diese miterlebten Jahre? Damals gab es, zur besseren Unterdrückung der vorgeschrittenen Zeitgenossen, eine geheime Polizei; sie lieferte Balzac seine spannendsten Erfindungen, oder was wir dafür hielten. Erst im Kriege und nachher erfuhren wir, wie echt dies sei, und daß Balzac, seinem Grundgesetz treu, nur wieder ein erlebenswertes Abenteuer gemacht habe aus den niederdrückendsten Vorgängen. Napoleonische Beschwingtheit half ihm auch über die versumpfenden Epochen.

Flaubert haftete in der seinen, er sah sie, wie sie war, und verzichtete darauf, sie zu ändern. Das Auge geschärft, die Schwingen des Willens beschnitten: ihm blieb enttäuschte

Weisheit. Seine Jugend, noch ganz erfüllt von dem romantischen Überschwang, der aus dem großen Jahr 1830 nachwehte, brach ab, als 1848 übel ausging. Die geistige Jugend seiner Jahrgänge hatte einen falschen, weil unzeitgemäßen Anlauf genommen. Der bürgerliche Aufstieg war damals schon beendet. Die ideellen Fähigkeiten der Klasse waren schon erschöpft. Ihr erübrigte nur, die durchgesetzten Ideale zu Geld zu machen. An der Tagesordnung waren nicht Freiheit, nicht Humanität und literarischer Geist, sondern Macht.

In Augenblicken solcher geistigen Erschlaffung gründen sich die starken Militärreiche. Die Militärreiche sind durchweg glänzend und tun, als könne es ihnen nie fehlen. So pflegen auch die Zeitgenossen sich selbst zu empfinden – nur nicht die Literatur. Die Literatur der Militärreiche erscheint unbeeinflußt vom Glanz der Siege, der Bauten und Aufzüge, der riesigen Geldgewinne; sie ist blind gegen die Fassade. Viel eher ist es eine Literatur der armen Leute, der Leidenden und des Verfalles; viel eher eine Literatur der düsteren Vorhersagungen, der steilen Übersteigerungen, des Hohns. Wenn die Militärreiche lesen könnten, was sie natürlich nicht können: vor ihrer Literatur müßten sie erblassen, darin steht der Tod.

Sie verdanken wenigstens dem Instinkt der Einfalt die ausgemachteste Abneigung gegen ihre Literatur – und betätigen sie. Auch Flaubert mußte vor Gericht, Madame Bovary übertrieb jeden erlaubten Realismus. Denn die sogenannten Nachtseiten darzustellen, heißt bei denen, die an der Sonne weiden, Realismus, – als ob gerade die Teilnehmer der glänzendsten Gesellschaften sich heimlich bewußt wären, daß die größere Wirklichkeit nicht glänzt wie ihre Fassade... Flaubert mußte vor Gericht; sein Anwalt errang einen Freispruch, der damals wohl niemand überzeugt hat. Viele Jahre später sagte der Erzbischhof von Paris zu Dumas fils, der *Madame Bovary* »hübsch«

nannte: »Es ist ein Meisterwerk! Der weiß es, der in der Provinz die Beichte gehört hat.«

Als aber *Madame Bovary* verboten werden sollte, war kein Erzbischof da, sie zu schützen. Die Zeitgenossen seines Erscheinens sehen in jedem der großen Moralbücher eine unerlaubte Lektüre. Sie glauben merkwürdigerweise, es sei so interessant, sie zu entlarven und peinliche Anekdoten auf ihre Kosten zu erzählen. Darüber entgeht ihnen ganz, daß, durch ihre dummen Streiche hindurch, das Bedauern um den Menschen und die Verpflichtung der Erkenntnisse das Buch bestimmt haben. Noch schlimmer finden sie den Fall, wenn das Buch schön ist. Kunst, an einen Roman, der ihr schlichtes Leben enthält, gewendet, ist ihnen zufolge nichts als ein Alibi für die Skandalsucht des Verfassers. Wie sie ihn kennen!

II

Flaubert dachte an nichts als die Kunst seines Wortes; sie war Ausgang und Ziel. In der Mitte lag der Stoff, Gebirge menschlicher Tatsachen, belachenswerter, beweinenswerter, die ganze wirre Welt auch des eigenen Herzens. Aber die Welt war urbar zu machen, das Gebirge zu behauen, bis endlich in einer Schönheit, die von den Qualen oder Verzückungen des Meisters nichts mehr ahnen ließ, der Tempel dastehen sollte – der Tempel ohne Gott, die Form an sich.

Man hat gesagt: Wie kalt! Er schreibt eine *Salambô* von opernhafter Gestaltung, ganz nur Geste, nur lang hinrollendes Echo; einen *Heiligen Antonius*, wo alles Schrulle und Stil ist! Später sagen einige: hier ist, in aller Kunst, sein Herz, für das er eine Ausflucht suchte. Der Tempel steht nicht leer... Sein Herz drohte immer, die kleine Welt des Jahrhunderts zu sprengen; er gab ihm Spielraum in den alten Zeiten, seinem romantischen, rauschsüchtigen, schweren und regellosen Herzen. Es schlägt nun in den Fabelwesen, die den heiligen Literaten versuchen, in dem seltsamen Gespenst der zirpenden, hüpfenden Königin von Saba. Durch sein Herz beherrscht er ganz Afrika, das Volk Karthagos, die Söldnerheere und Elefanten der Stadt und auch die Wüste und auch die Tochter Hamilkars. Ihr Sein und Atmen gleicht der Wüste, die verbrannt ist, durch die die Bestien schleichen, und die nach Quelle und Duft der Oasen stöhnt... Wer aber gleicht der überfeinerten Barbarin Salambô, wenn nicht die Frau des Landarztes, Madame Bovary.

Sie sind Schwestern. Flaubert lebte in beiden – so vollkommen, mit solch halluzinatorischer Vollkommenheit, daß nicht nur die eine ihm Worte hätte eingeben können wie diese: »Ich gehe auf den Ball, dann verbringe ich einen regnerischen Winter und werde schließlich schwanger.« In der nordfranzösischen Landschaft, in dem brennenden Schoß Afrikas: dieselbe unvergängliche Sehnsucht, dieselbe schlimme Welt des Moloch oder der menschlichen Härte, dieselbe Trauer um das Leben, zugleich mit seiner Feier.

Hier ist er ganz. Er hat die Menschen seiner Zeit so feierlich genommen, wie Schatten der Vorzeit genommen werden. Er tat es im Namen der Kunst, des überzeitlichen Seins, auf das alle Zeiten, alle Menschen ihr Anrecht haben. Vor Augen hatte er armselige Versager, karge Bürgerlichkeiten unter dem Schutze eines Säbels. Er machte sich nichts vor – und erwies ihnen dennoch die hohe Ehre, ihr bißchen Trieb der unvergänglichen Sehnsucht gleichzustellen, die sonst wohl Halbgötter der Geschichte durch tote Welten tragen. Nicht größer, opferreicher, ewiger ist Helena selbst geliebt worden als eine Madame Arnoux. Welcher Held des Altertums kehrt wieder in jenem epischen Ritt bei Nacht, durch schwarzes Verhängnis und wetterleuchtende Angst: im Ritt des alten Rouault zu seiner sterbenden Tochter Emma Bovary? An welcher Stelle der Mythen erscheint doch die alte Magd, die auf einer Festversammlung, zwischen Tier und Mensch, ein Bild des lebenlangen Dienens, ihre Denkmünze hinnimmt und zurückkehrt zur Arbeit?

Er hat das Leben geheiligt. Soviel sie ihm schuldig blieb, er vergrößerte und verklärte auch seine Zeit. Stimmungen des Abstiegs: sie würden uns nicht immer verlocken und gerade heute nicht mehr, – aber die Wucht dieser Sprache verleugnet jeden Verfall und hält ihn auf. Noch die Grotesken der damals Lebenden sind aufbewahrt in seinem Wort wie in Erz. Seine Sprache sagt: wie bitter, wie groß! Hier handeln, leiden und erliegen Menschen, also Helden, – indes für jeden anderen nur Bürgersleute, die Geld erjagt und sich verzettelt haben, dahingingen und vergessen wurden. Das Geheimnis des Außerordentlichen ist: den Menschen, jeden Menschen für außerordentlich halten. Ihm mißtrauen, gewiß. Unter ihm leiden, erbittert ihn bessern wollen, gewiß. Aber doch an seine Zukunft glauben und die Mythen seiner vergangenen Größe ernst nehmen als Sinnbilder seiner Zukunft.

Die Sprache Flauberts hat den letzten Ernst des Lebens: so ist es die Sprache derer, die Gott vor Augen hatten. Der erhabene Tonfall des Bischofs Bossuet ertönt; und nicht der große Condé, nur eine arme Ehebrecherin hat geendet. Aufrauschen Liebesworte der Ärmsten; und keine rauschenderen fand Châteaubriand für den Geist seines Christentums.

Flaubert war lebenslänglich überzeugt, daß die Form auch das Wesen, und daß der Stil, bis zum äußersten erarbeitet, die ganze Wahrheit sei. Schönheit lüge nicht. Dauer habe das Vollkommene allein... Für junge Schriftsteller, die an Sendungen glauben, ist kein Autor so sehr des Studiums würdig wie Flaubert. Von ihm erlernen können sie

Rhythmen, Pausen und das unaufhaltsame Loslegen; das diktatorische Erz der Stimme und ihr Harfen, ihr Geschluchz. Aber tiefer greifend werden sie zu verstehen beginnen, wie sehr die Schauspielerei der Sprache sich deckt mit dem Sinn des Lebens, und daß es die Seele ist, die ihr Instrument sich erschafft.

Schüler Flauberts sollten nicht nur die Schriftsteller sein, sondern alle: ohne Unterschied der Sprache. Unsere europäischen Sprachen sind nicht sehr verschieden, da unsere Art, zu fühlen und zu wollen, es so gut wie gar nicht ist. So viel wäre in jedem wohlverstandenen Unterricht empfindbar zu machen, daß der Humanismus wenige Beispiele hat gleich dem klingenden Organismus der Sätze, die Flaubert schrieb. Sie sind laut zu lesen, so las er selbst sie.

Er saß in seinem einsamen Zimmer, am Fluß, nicht weit vom Meer; schrieb vom Nachmittag bis in den Morgen an einer einzigen Seite – und las sie immer wieder laut: prüfend, ob nichts in ihr hemme oder falsch klinge, ob alles übereinstimme mit den Bedingungen der Natur. So las er auch seine Meister; Worte und ganze Abschnitte aus ihnen sagte er, donnernd und zu Tränen entzückt, seinen Freunden her. Er war groß und breit, mit dem hängenden Schnurrbart des gallischen Kriegers und das Gesicht von Nachtwachen gerötet. Er liebte gutes Essen und derbe Späße, er blieb im Leben lange jung, wie alle die, deren wahres Leben in ihrer Kunst vergeht. Er genoß Paris, die Gastmähler mit den Freunden, die Premieren, Frauen, sogar den kaiserlichen Hof. Seines Bleibens war selten lange in der geliebten Hauptstadt, der seine Werke huldigten, und unter deren riesenhafte Arbeitsleistung auch die des Entfernten sich mischte. Er kehrte zurück nach dem ehemaligen Kloster, das sein Haus war, und zog die Kutte an, in der er schrieb.

Zuletzt war diese Rückkehr Qual, und die Einsamkeit

lastete. Den Gealterten kam Furcht an, als habe er, indes er um Worte kämpfte, versäumt, was der Durchschnitt wortlos erlebt. Versucht vom Selbstverrat, überreizt bis zur Unfähigkeit, mit Menschen auszukommen, unglücklich durch die schlimmen Wendungen seines eigenen äußeren Geschickes und der Geschicke des Landes, starb er. Aber er fiel neben seinem Schreibtisch hin, noch heiß vom Kampf und vollendet wie sein Werk.

Seine Klage war gewesen: »Ach! Literaten, die wir sind. Die Menschheit ist weit von unserem Ideal!« Aber sein Halt: » Um dauerhafte Werke zu schaffen, darf man über den Ruhm nicht lachen.« Denn er lachte nicht über den Ruhm. Um seinetwillen achtete er die Nachwelt, die ihn zu vergeben hat, die Menschen, die doch weit waren von seinem Ideal.

1922

Gedenktage

Gerhart Hauptmann

Jeder schuldet ihm heute die Lobrede, die das Herz spricht. Leichte Pflicht: wir loben uns selbst und unser Erleben; denn wer mit seiner Zeit gelebt hat, lebte auch mit Hauptmann.

Berliner Vorstadttheater, so fing es an. Im Hause Jugend, Armut und Geladenheit, nicht weniger als auf der Bühne. Die Logen mit abgerissenen Tapeten sprühten Funken, so viel Wille zum Erfolg saß darin, mit der Literatur von 1890. Drunten in Reih und Glied bebte von Kampfeslust und brannte in Glaubensmut eine namenlose Jugend. Sie ist nicht namenlos gealtert, sie bleibt dem Gedächtnis die Jugend, die damals mitentschieden hat. Entschieden ward damals über die einzige literarische Bewegung, die tiefer eingegriffen hat in die Epoche, über den einzigen gesammelten Versuch, dem Reich und der Epoche, die so sehr nur Stoff waren, seelisch beizukommen. Stofflichkeit um der Wahrheit willen und, schon dadurch, sittlicher Drang aus ihr heraus: dies ergab den Naturalismus.

Der starke Überlebende der Bewegung dringt damals erst noch durch das Obenauf der Gesellschaft; wird er bis in die tiefen Schichten der Nation gelangen? Ausdauer und Mut sind noch nicht alles; der Erfolg, jeder ganz große Erfolg verlangt Bescheidenheit und Hingabe. So aber sah schon der alte Fontane den jungen Hauptmann: Kindersinn neben der Ausdauer, Demut gleich beim Mut, und die natürliche Fähigkeit, »dem Niederdrückenden ein Ende zu machen und lichtere Wege zu gehen«. Die tiefen

Schichten wollen nicht nur von Kraft übermannt werden. Liebenswürdigkeit soll um sie werben, Mitgefühl und Güte sollen sie entwaffnen. Dann glücken alle Wagnisse. *Die Weber*, ein anderer großer Abschnitt dieser Laufbahn, spielten freilich beim ersten Mal vor den glänzenden, reichen Zuschauern des ›Deutschen Theaters‹. Auf der Bühne ward der Kassenschrank des Fabrikanten erbrochen, die empörten Weber feuerten Geld auf den Fußboden: da klatschten in den rotsamtenen Logen die Damen, daß ihre Brillanten klirrten. Wer wirkt, frage niemals auf wen. Genug, daß er Keime legt. Sie verbreiten sich, indes er vielleicht zweifelt. Sie treiben – sieh! sie treiben schon in würdigeren Herzen.

Er hatte die Grenzen des Bürgertums hinter sich gelassen und ergriff Klassen, denen die Absichtlichkeiten der Bildung fremd sind. Er hatte durch Deutschland einen Triumphzug gehalten und schien unerschütterlich befestigt. Da folgte die merkwürdigste seiner Etappen, das Breslauer Festspiel 1913. Die Nation stand auf damals gegen ihren Dichter, gegen ihren eigenen höchsten Dichterruhm, sie beging diese Selbstzerfleischung: denn Hauptmann hatte dem Franzosen Napoleon die Rolle eines großen Mannes erteilt und dem Deutschen Blücher die Rolle eines kleineren. Dies war Verbrechen 1913. Wagte ein Hauptmann es, war er mit einem Schlage namenlos, war »der Mensch, der die Stirn hat –«, war gestürzt bis unter die Füße einer soeben verwildernden Menge.

Die Geltung des sozialen und menschlichen Dichters war flach, war unsolid erworben von einem Volk, das den Krieg noch vor sich hatte. Die Geistesart des Militärreiches und der herrschenden Mächte stand gegen ihn. Solange sie herrschten, haben jene Mächte ihn übersehen, ihn ungern geduldet. Der Krieg endlich machte sie so unbedingt zu Gebietern, daß sogar der menschliche, soziale Dichter nachgab und ihnen Argumente des Gefühls lieferte. Die Mächte wurden Übermaß und stürzten. Kaum aber waren sie hinweg, da stieg mit den neuen Ab- und Vorbildern der Nation auch das längst nicht mehr erlebte des Dichters empor. Sehr viele fühlten: »Gewisse Werte, bislang nicht hoch genug von uns veranschlagt, wurden doch noch gerettet aus unseren Verlusten, die eben nur darum nicht tödlich sind. Diese Werte waren das Echtere von uns, schon immer. Ihr Bewahrer, der Dichter, hat den vormaligen Glanz des Reiches nie gefeiert. Er war blind gegen die Fassade, die nun gefallen ist, er sah nur, was dahinter war und was bleibt, die Kämpfe und die Leiden, karges Leben der meisten, und statt der Schönheit, die von Geld und Glück abhängt, nur die menschliche Schönheit. Endlich reifen wir ihm entgegen. Er soll für uns dastehn.«

Hauptmann spricht im Ausland für die Nation. Vom Ausland ergehen Aufrufe, ja, Hilferufe an Deutschland durch Hauptmann. Er waltet neben dem politischen Reichshaupt als Präsident des Herzens, das dies Reich hat. Man hat desgleichen in Deutschland nicht gesehen, und in Europa nicht seit Hugo. Die Republik weiß sich bestätigt und erhoben von ihrem erwählten Dichter. Sie wird sich, zunächst um seinetwillen, hoffentlich mit dem literarischen Geist erfüllen, dessen die voraufgegangene Epoche entriet. Erst literarischer Geist wird die Republik von innen beleben, ins Leben gestellt, wie sie ist, durch äußere Gewalten. Wenn die Schüler der Staatsschulen mit Werken Hauptmanns ausgezeichnet werden, tut die Republik nach ihrer Sendung. Denn gesündere, sittlichere, schönere Vorstellungsreihen erstehen in den Geistern durch Hauptmann, als durch Bismarck oder durch Wilhelm den Zweiten.

Jeder schuldet ihm heute die Lobrede, die das Herz spricht: vor allen andern die, deren Geist mit Worten gestaltet, wie der seine. Sie können nur stolz auf ihn sein. Sie können ihn nur lieben.

Arthur Schnitzler

Schnitzler: das ist überaus süßes Leben und das bittere Sterbenmüssen. Schnitzler: das ist grausames Wissen um unsere Nichtigkeit zwischen den Abgründen und Schwermut über so vieles, das wir wohl vermocht hätten, aber versäumt haben. Schnitzler: das ist auch wieder Jubel, gehaltenes, zartes, mitleidendes Mitjubeln bei unseren vergänglichen Freuden, unseren Eintagsschönheiten, unserem Glück, über das kein Gott wacht.

Veredeltes neunzehntes Jahrhundert ist Schnitzler – glaubenslos, einsam, resigniert und trotz allem heiter, warme Menschlichkeit im kalten Schicksal, gewitzter Geist mit so viel Anmut. Er ist beste Zeitseele und bestes Wien. So stellte ihn seine Stadt in sein Jahrhundert. So ward er Meister.

Peter Altenberg

Altenberg zu ehren, wird man mich immer bereit finden. Meine geistige Liebe zu ihm dauert schon lange und versagt sich mir nie. Will ich schönes Gefühl von außen herbeirufen, aus seinen Büchern strömt es mir zu »wie eh' und je«. Seine unsterbliche Kindheit, die Erinnerungsblätter an Vöslau, Gmunden, Kaiserbrunn, so ganz nur Seele ist weniges, seitdem Menschen sich mitzuteilen versuchen, und Sätze wie diese: »Jeder Tag bringt einen Abend, und in der Bucht beim Toscana-Garten steht Schilf, und Weiden und Haselstauden hängen über, ein Vogel flüchtet, und alte Steinstufen führen zu weiten Wiesen. Nebel zieht herüber, du lässest die Ruder sinken, und niemand, niemand stört dich –« Sätze wie diese sind ein ungeheurer Glücksfall der Seele.

Dies wäre alles, was ich zu sagen hätte, und es war schon

zu viel. Anderes als das in Kunstgebilde Gewandelte und aus uns Fortgestellte sollten wir weder von uns noch von einander preisgeben, es wird notwendig mißverstanden. Auch mit denen, die uns »verehren«, empfiehlt sich Vorsicht, sie kommen nach gewissen Einblicken in Versuchung, unseresgleichen nicht mehr für voll zu nehmen. Altenberg sagte in Venedig 1913: »Was hab ich erreicht? Daß ein Millionär mich nicht von seinem Tisch weist« – was ein Wort von ihm war, in Demut so tief wie in Ironie, und durch Schicksalsliebe groß. Aber wenn Unberufene es hören?

Für Altenberg war jeder berufen. Jeder konnte seiner teilhaftig werden und durch ihn im Menschenwert steigen. Er sagte noch mehr damals in Venedig, Freunde, die ihn necken wollten, hatten ihm aus Wien ein Mädel nachgeschickt, das nun essen, tagtäglich essen mußte. Altenberg trug schwer an dieser Forderung der Natur und ihren Kosten. Einige Male nahm ein einheimischer Offizier ihm die Last ab, ein Capitano, und lud mit dem Mädchen auch ihren Begleiter ein. Altenberg sagte: »In diesem Land geschehen allermerkwürdigste Dinge. Wie komme ich dazu, daß ein Unbekannter mir so viel Ehre erweist. Er lädt mich zum Essen – nicht an einen gewöhnlichen Tisch im Gasthaus, an eine Festtafel lädt er mich ins Separé, mit Blumen, Champagner, den edelsten Speisen. Er weiß von mir nichts, spricht nicht meine Sprache, aber er verehrt mich. Ist es nicht wunderbar?«

Weder ist glaubhaft, daß er den ursprünglichen Sachverhalt mißverstand, noch daß er ihn vertuschte. Er stieg bis unter ihn hinab und fand dort etwas Besseres, Selteneres, als die berechnete Handlung eines X, der ihn freihält aus Lust nach seinem Mädchen. Er fand menschliche Beziehungen, warum nicht auch zu einem zufälligen Capitano, und war sich bewußt, der Glanz der Festtafel sei, wie wenig dabei auch gesprochen ward, erst so entstanden, durch offene Empfänglichkeit des Fremden und das Hinströmen seiner eigenen Genussesfreude, Dankbarkeit, verklärenden Seele. Daher durfte er sagen: »Er verehrt mich, ist es nicht wunderbar?«

Wir alle erleben, wenn wir ihn verehren, ein glückliches Wunder unserer besten Natur.

Hermann Bahr

So erfahren im Geistigen sind nicht viele. Wer teilt sich so geschmeidig mit? Er knüpft das Geistige fast immer an ein leibliches Erlebnis, eine Reise, ein Abenteuer zu zweien. So hat er die Duse nicht allein, sondern mit Kainz entdeckt, das macht den Vorgang zum Dialog und dramatisiert ihn. Ich spürte Natur und Gedanken, so oft ich ihn plaudern hörte.

Mit einer seiner vielfältigen literarischen Wirkungen hat Hermann Bahr einst auch mich ergriffen, 1890 zur Zeit seiner ›*Guten Schule*‹, seiner ›*Russischen Reise*‹. Wir waren in unserer geistigen Haltung international damals, sehr reizbar für Nüancen, nichts weniger als unbeugsam und absolutistisch, außer in der Forderung, zu verstehen, so viel als irgendmöglich zu verstehen. In allem waren wir der Gegensatz zu der Jugend von 1923. Einer unserer Führer: Hermann Bahr. Ich war zwanzig, er noch nicht achtundzwanzig. Da las ich ihn zuerst, da lehrte er mich manches über mich selbst.

Dem Sechzigjährigen danke ich von Herzen für seine Lehren von einst und für geplauderte Erinnerungen, die mich an eigene mahnen.

Tragische Jugend

Bericht nach Amerika über Europa

I

Wer jetzt reist, kann in fast jedem der europäischen Länder die auffallendsten Dinge erleben. Zum Beispiel zieht durch die Hauptstraßen irgend einer italienischen Stadt ein Trupp junger Leute in eleganten schwarzen Blusen. Sie tragen eine Fahne voran und bewegen sich ganz öffentlich. Vor einem bestimmten Hause angelangt, stecken sie es in Brand. Niemand hindert sie daran. Man kennt dies unter dem Namen des Faschismus. In Berlin sitzt der fremde Besucher nichtsahnend im Auto, da wird es auch wieder von einem Trupp junger Leute umringt, nur sind sie weniger elegant und ihre Fahne ist rot. Sie zwingen jeden, der ihnen in die Hände fällt, die rote Fahne zu grüßen. Dann versuchen sie, wenn auch vergebens, das Polizeipräsidium zu erstürmen. Dies war kommunistische Jugend. Kommt der Gast nun etwa nach Irland, so kann er bei einigem Glück mitansehen, wie die englischen Soldaten um die Hausecke herum erschossen werden, und zwar von Sechzehnjährigen, von Vierzehnjährigen. Dies ist das Lebensalter, in dem die meisten Sinnfeiner stehen. Mittlerweile haben in Berlin mehrere junge Leute der angesehensten Klasse einen Minister ermordet. Sie taten dies in der Hauptstraße des vornehmsten Villenviertels, in einem schönen Auto sitzend, praktisch gekleidet und sorgfältig ausgerüstet mit Handgranaten und was man für moderne Mordanschläge benötigt. Sie heißen übrigens »national«.

Jugend, überall Jugend, – und dies ist nicht gerade verwunderlich, wenn es sich um Taten solcher Art handelt; denn sie erfordern körperliche Gewandheit, sicheres

Schießen, rasches Davonlaufen. Aber warum geschehen die Taten? Weil in allen diesen Ländern der größte Teil der Jugend eine extreme Gesinnung hat. Ganz gleich welche, nur extrem muß sie sein. Keine Jugend schließt gern Kompromisse, die heutige aber geht über Leichen, wörtlich verstanden. Sie besinnt sich nicht lange, sie kennt die Wahrheit, und für ihre Wahrheit muß jemand sterben, am liebsten der andere. Diese Jugend hat, wenigstens in Deutschland, meistens keine von geistigen Mühen geprägten Züge, sondern glatte, selbstsichere Gesichter, die nicht wissen, was zweifeln heißt, oder aber wildzerrissene, an Verzweiflung gewöhnte. Die Jungen wollen weder das Leben, das sie haben, noch die Gesellschaft, wie sie ist, länger ertragen. Alles muß geändert werden, auch gegen den Willen der Mehrheit, besonders aller Älteren. Die jungen Deutschen oder ein Teil von ihnen, wie auch ein Teil der anderen jungen Europäer sind also das Gegenteil von Demokraten oder Relativisten, sie sind Absolutisten. Unweigerlich folgen sie denjenigen Führern, die ihnen den stärksten Willen zu haben scheinen und am gründlichsten alles zu ändern versprechen. Ihr Führer ist Ludendorff, ein Mann, der das Denken nicht liebt und im Handeln bekanntlich nicht durchweg glücklich war. Ihr Führer ist auch Hölz, ein Kommunist ohne regelrechte Bildung, aber von merkwürdig klarem und entschlossenem Geist. Einige Zeit beherrschte er eine kleine Provinz mit Waffengewalt, hatte dann dasselbe Unglück wie Ludendorff, besiegt zu werden, und sitzt dafür jetzt im Zuchthaus.

Man muß einräumen, daß die Anhänger Ludendorffs und die Anhänger Hölz' einander als Feinde, ja, als ganz unmögliche Menschen behandeln. Dies würde aber sicherlich nur solange dauern, bis sie einmal die Gelegenheit bekämen, gemeinsam über die bürgerliche Gesellschaft herzufallen. Der Haß verbindet sie. Die Geistesart der einen ist auch die der anderen. Sogar der einzelne junge Mensch schwankt oft zwischen den beiden Extremen.

Jeder kann diese Behauptung aus seinen persönlichen Erfahrungen beweisen. Ich kannte 1914 einen Knaben, Franz genannt, der für die Sache seiner Heimat begeistert war, wie je ein Knabe. Einen politischen Standpunkt hatte er nicht. Er bebte nur vom Tatendrang. 1915 endlich durfte er ins Feld ziehen. Er kämpfte, ward verwundet und nach Haus befördert. Jetzt haßte er jene, die den Krieg beenden wollten, durch diesen Haß wurde er zum Parteimann. Manchen politischen Gegner wünschte er an die Wand zu stellen. Auch sein kriegerischer Tatendrang war keineswegs gestillt. Er wurde aber nur noch in die Etappe geschickt. Wohin geriet er, als das Heer sich auflöste, und beim Eintritt jenes Personalwechsels, der immerhin eine Art Revolution war? Ich wußte es nicht.

Nun ereigneten sich in der Folge der Revolution die nur lokalen, übrigens unglücklichen Versuche einer proletarischen Klassenherrschaft, die weit übertrieben Bolschewismus hießen. Arme Leute, die im Krieg die gequältesten gewesen waren, machten sich aus öffentlichen Mitteln einige gute Tage. Was geschah weiter? Nicht einmal das Telephon war gesperrt, geschweige die Banken. Einer der reichsten Männer des Landes rief mich in jener Zeit telephonisch an, er wolle zu mir kommen. Ich riet ihm ab; er war eine auffallende Erscheinung, ein dicker Mensch mit Krücken. Nein, er wollte unbedingt kommen, drei Treppen hinauf mit seinen Krücken. Also gut. Wir Schriftsteller waren vorübergehend eine vielbeachtete Klasse von Mitbürgern geworden, oft traute man uns einen besonderen Einfluß auf die Ereignisse zu.

Der Reiche kam, setzte sich an meinen Teetisch und erklärte ausdrücklich, daß er ungern sein Geld verlieren würde. Ich begriff, daß ein Krüppel wenigstens Geld haben wollte und suchte ihn zu beruhigen. Umsonst, er überlegte schlaue Mittel, in den Besitz von Gold zu gelangen, für den Fall, daß das Papiergeld für unnötig erklärt würde... Da wurde ein junger Soldat gemeldet, er saß sogar schon in dem dunklen Nebenzimmer. Es war Franz, der Freiwillige von 1915.

Er war in einer vernachlässigten Uniform, das Haar hing wirr in die Stirn, die bleich und schmerzlich verzogen war, und über die Augen, die finster flammten. Er sprang vom Stuhl auf. »Ist es dies, wofür wir gekämpft haben?« war sein erstes Wort. Er bewegte sich durch das Zimmer, zuckend vom haltlosen Kampf der Seele. Seine Kameraden ekelten ihn an, ihr Treiben sei schändlich, es sei ohne Zucht und ohne Idee. Ich suchte auch ihn zu beruhigen, und es war wieder umsonst. Nein, einer so vertretenen Sache könne er nicht länger dienen, er stehe vor dem Zusammenbruch der Ziele, um die er so lange Jahre gekämpft habe. »Welcher Ziele?« fragte ich den Freiwilligen von 1915, »die Kriegsziele sind freilich zusammengebrochen.« – »Was mache ich mir aus ihnen«, rief er, »ich bin Kommunist. Ich ward es schrittweise, seit ich die Etappe kenne. Aber jetzt treiben es die Kommunisten noch ärger, als früher die Etappe. Sie geben uns den Rest, der nationale Untergang ist besiegelt. Ich will retten, was zu retten ist, ich trete in ein Freikorps ein.« Das hieß, daß er von Hölz zu Ludendorff überging. Wie er fortstürmte, streifte sein flammender Blick die fetten weißen Wangen des reichen Mannes. Was hat er dann im Freikorps erlebt? Der arme Franz war den Anforderungen, die dort an ihn gestellt wurden, nicht mehr gewachsen, denn er hatte Gewissen. Er beging Selbstmord. Er war einer der besten.

II

Welchen Weg gehen andere, bis sie in ein Freikorps oder eine geheime Vereinigung zum Sturz der Republik gelangen? Es gibt mehrere Wege, aber angenehm und erfreulich ist selten einer. Der Leutnant Hans z.B. hatte eigentlich besseres vor. Er hatte im Garnisonsdienst das schönste Leben gehabt, aber als der Krieg aus war, sah er ein, man müsse vernünftig werden und arbeiten. Da zeigte sich bald, daß alle Stellen längst besetzt waren, man mußte besondere Fähigkeiten nachweisen, und dies konnte Hans nicht. Er war eingezogen worden, bevor er fertig studiert hatte. Er lebte daher unregelmäßig von einigen kleinen, nicht beglaubigten Talenten, gab den Typ für einen Film oder verkaufte eine Ware weiter, von der er nur reden gehört hatte. Genug, er war, was man »Schieber« nannte. Aber er nahm dies Schicksal nicht leicht genug. Er regte sich zu sehr auf, Mißerfolge fanden ihn ungewappnet.

Nun hörte er einst von einem ganz besonderen Geschäft, einer gewissen Menge Radium, die jemand in Rumänien erbeutet haben sollte. Der erste, der ihm von dem verbotenen Handelsobjekt sprach, hatte die Nachricht von einem anderen, dieser von einem dritten, und so durch eine lange Reihe. Hans ließ nicht nach, er fuhr von einer Stadt in die andere, jeder Spur nach; fand zwar noch immer nicht das Radium, machte aber ungeahnte Erfahrungen. Die Leute beteuerten ihm Dinge, die sie nicht wußten. Sie taten es der Provision wegen, oder auch nur aus Freude am Lügen. Der ehemalige Leutnant verirrte sich in dieser bürgerlichen Welt wie im Urwald. Aber er hatte sich geschworen, hindurchzukommen.

Einmal sollte das Radium in einem gewissen Hof eines gewissen Hotels versteckt sein. Der gelieferte Plan kostete Geld, aber jetzt hatte Hans schon Geldgeber zusammengebracht, ehrbare Bürger, die von dem Verbotenen angelockt wurden. Sie hofften Berge von Geld durch Hans zu verdienen, und einen kleinen Hügel wollten sie ihm abgeben. Wie konnte man unauffällig in jenen Hof gelangen? Hans rüstete seine Geldgeber als Filmtruppe aus, auch ein Operateur mit Apparat war dabei. So zogen sie in das Hotel und fragten zuerst nach etwas, das sie gar nicht interessierte, nach einem Festsaal, in dem sie filmen wollten. Nur ganz beiläufig fragten sie: »Gibt es nicht bei Ihnen einen etwas dunklen Hof, durch den ein Bach fließt?« – »Das haben wir«, sagte der Hoteldirektor. Als sie endlich in dem Hof allein waren, fanden sie wohl die Öffnung des Kanals und auch den lockeren Stein, nur das Radium nicht... Erst später traf Hans in dem Café einer anderen Stadt einen Gast, der nach langem Zögern zugab, er sei der Besitzer des Radiums. Es bedurfte noch dreier Fahrten dorthin, dann erst zeigte dieser Mann unter dem Tisch den silbernen Zylinder, der die Millionen enthielt.

Bevor der Inhalt geprüft wurde, mußte eine Garantie erlegt werden. Dann die Rückfahrt, nachts, mit einem Freund, und keiner wagte einzuschlafen wegen des Schatzes, den sie hüteten. Endlich beim Chemiker: alle Geldgeber versammelt mit Hans. Die silberne Hülle fällt, dann eine aus Samt, dann eine aus Blei. Atemlose Spannung, Hans muß sich setzen. Und es erscheint ein Glas, worin Sand ist. »Sie sind düpiert worden, meine Herren«, erklärt der Chemiker... Hierauf trat Hans in ein Freikorps ein. Die Freikorps sind vielfach Asyle derer, denen das heutige bürgerliche Leben zu schwierig und zu schwer verständlich erscheint. Hans, dem es mißglückt ist, trifft dort auf Franz, der nicht mochte.

Auf der Gegenseite, bei den Kommunisten, begegnen sich dieselben. Auch hier wieder die Unternehmenden und die Gewissenhaften. Zuweilen ungeahnte Mischungen aus beiden. Ein junger Angestellter hat im Krieg ein Geschäft fortgeführt, dessen Besitzer eingezogen worden war. Er hat die vorhandenen Verbindungen benutzt, um selbst zu verdienen. Er selbst wurde reich, das Geschäft aber blieb klein; und als der Besitzer zurückkam, setzte sein früherer Angestellter ihn hinaus. Dieser junge Mann nun findet, daß er die Namen Kommunist und Revolutionär verdiene. Auf seine Art hat er dem Kommunismus wohl auch Beweise geliefert. Er hat an der Entsittlichung der kapitalistischen Gesellschaft nach Kräften mitgeholfen und verachtet sie seitdem.

Aber gegen einen Führer einer »roten Armee« ist ein tagelanger Prozeß geführt worden, sein ganzes junges Leben ward um und umgewendet, und nicht ein Fleckchen fand sich. Ein alter Journalist, der dabei war, sagte weinend, von heute ab wollte er ein anständiger Mensch werden. Dieser junge Führer hatte der Bewegung, an deren gutem Ausgang er mit Recht zweifelte, dennoch das Opfer seines Daseins gebracht – wohl auch, um zu handeln und gesehen zu werden, aber vor allem doch, damit eine schöne, Idee, eine höhere Menschlichkeit der Bewegung erhalten bliebe und sie nicht ins Gemeine sinke, wenn nur Gemeine dabei wären.

Dieser sitzt jetzt im Gefängnis, und schlechtere gehen frei umher. Bis vor kurzem hat die kommunistische Jugend mit ihren Taten mehr gewagt als die nationalistische. Erst jetzt wird es auch für diese manchmal gefährlich. Attentate werden jetzt nicht mehr verzeihlich gefunden. Früher galten nur Aufstände als unverzeihlich. Aufstände sind meistens von den Kommunisten gemacht worden, Attentate immer nur von den Nationalisten. Der größte Teil der Öffentlichkeit hat jetzt angefangen, die Attentäter feig zu nennen, weil sie nach vollbrachter Tat flüchten. Man muß aber auch bedenken, daß diese jungen Offiziere ihr eigenes Leben grundsätzlich für wichtig halten und das des Getöteten für unwichtig. Daher kommen sie sogar in die Lage, als bestochene Mörder zu gelten, nur weil sie

Geld für den Mord nahmen. Aber sie waren nun einmal verpflichtet, ihr Leben, das eben wichtig war, zu erhalten. Die Kommunisten haben es wesentlich leichter, sich zu opfern, denn die ehrlichen bilden sich ein, daß sie weder für sich selbst noch für eine bevorzugte kleine Klasse kämpfen, sondern für alle.

Dies alles geht in sehr jugendlichen Köpfen vor sich. Es ist unmöglich, sie selbst voll verantwortlich zu machen. Man muß unbedingt berücksichtigen, in welche Welt sie hineingeboren sind, und was für Väter sie haben. Sogar die offenbaren Schändlichkeiten, die diese Jugend zuweilen verübt, dürfen uns nicht abschrecken, zu fragen, wie sie dorthin gebracht wurden. Ein Reisender, der einer der angesehensten deutschen Gelehrten war, saß in einem Florentiner Restaurant, als eine Anzahl junger Herren eintrat, um eine Mahlzeit zu bestellen. Er erzählt, daß die jungen Herren in eleganten schwarzen Blusen besonderen Wert auf eine sorgfältige Zubereitung legten, sie ließen dem Wirt Zeit, gingen erst noch fort und töteten einen ihrer Gegner. Dann kamen sie wieder und verzehrten fröhlich das inzwischen angerichtete Essen. Die anderen Gäste blickten nicht von ihren Tellern auf. Der Kellner flüsterte, von Haß und Angst bebend, dem Fremden zu, was geschehen war... Wenn aber ein Deutscher sich freuen möchte, daß wenigstens dies nicht in seinem Land geschehen ist, muß er sofort an den sechzehnjährigen Schüler erinnert werden, der die erste Anregung gab, den Minister Rathenau zu ermorden. Und in welchem Augenblick teilte er seinen Freunden mit, daß die Tat geschehen sei? Beim Tennis.

III

Wie ist es überhaupt gekommen, daß die Jugend und fast schon das Kindesalter so sehr im Vordergrund der öffentlichen Begebenheiten stehen kann? In demselben Lebensalter fürchteten doch sonst die Jünglinge die nächste Schulprüfung und noch mehr das spöttische Lachen der kleinen Mädchen. Sie warteten früher, um ihre Ansichten zu äußern, zumindest, bis sie mündig wurden und das Wahlrecht bekamen. Wählbar waren sie auch dann noch nicht. Heute erteilen sie sich selbst sowohl Aufgaben wie Rechte.

Denn sie haben den Krieg erlebt. Sie haben mitgekämpft oder wenigstens mitgelitten. Daraus ergeben sich nach ihrer Meinung sowohl Rechte wie Aufgaben. Wer als Kriegsteilnehmer nicht zu jung war, das Geschick des Landes mit auf seinen Schultern zu tragen, wird auch jetzt alt genug sein, es mitzubestimmen. Und zweitens, wer zu seiner Rettung immer nur sich selbst hatte – zuerst im Kampf draußen, jetzt im nicht weniger erbitterten Kampf um den Erwerb, was wollen Ältere den noch lehren. Welches Recht haben sie auf ihn. Das Selbstbewußtsein der Jungen und ihre Eigenmächtigkeit stammen aus dem Krieg. Hinzu kommt in den verarmten Ländern der Zwang, schnell durchzudringen, um nicht zu verhungern.

Die Jugend ist am gereiztesten in den Ländern, die den Krieg verloren haben, wie Deutschland, oder die sich im Grunde fast so fühlen, als hätten sie ihn verloren, wie Italien. Das ältere Geschlecht, das die Führung hatte, hat unglücklich geführt. Man macht ihm dies klar, man nimmt nicht mehr ohne Kontrolle hin, was es tut. In den Ländern Europas, die gesiegt haben, kann das ältere Geschlecht noch auftrumpfen. Es scheint freilich, daß sogar dort ein großer Teil der Jugend den Sieg mit zweifelnden Augen betrachtet und die von ihr selbst gebrachten Opfer zu teuer findet. Aus den Besuchen, die die jungen Intellektuellen anderer Länder hier bei uns machen, weiß ich, wie sie über die führende Generation ihrer Länder denken. Die Älteren stehen, ob mit oder ohne ihr Verschulden, überall unter einem gewissen Verdacht. In gewissen Einzelfällen befinden sie sich offen im Zustand der Verteidigung... Aber ich habe es mit den am meisten leidenden Ländern zu tun. Hier ist unbestreitbar, daß die Jugend haßt. Sie haßt, anstatt zu verstehen, – und dies ist die verdiente Strafe der Väter, denn sie lehrten sie es selbst. Sie lehrten ihre Kinder Vorurteile und Leidenschaften.

Die vor und im Krieg herangewachsene Jugend ist mit Haß gespeist worden anstatt mit Liebe, mit Schlagworten anstatt mit erlebter Bildung. Nicht einmal zum Lernen ward ihnen Zeit gelassen. Nur zur Oberflächlichkeit ausgerüstet, sind sie nach irgend einer Notprüfung dem tiefen und furchtbaren Schicksal des Krieges überantwortet worden. Sie haben es bestanden wie ein Abenteuer, nur selten wie ein läuterndes Schicksal. Oberflächlichkeit ist nicht zu läutern. Die tiefen Naturen sind die verzweifelten. Die anderen kehrten zurück mit der Gewohnheit zu Abenteuern, dem Hang nach Aufregungen, mit einem unbeirrbaren Selbstbewußtsein. Sie kehrten zurück mit Unbildung, Leichtsinn und einer merkwürdigen Härte und Unberührtheit. Wer an eine früher gekannte mitleidige und nachdenkliche Jugend zurücksinnt, kann die Entschlossenheit und Unberührtheit der heutigen nur bestaunen. Kein Schwanken, kein Zweifeln, was zu tun ist. Sollte einer von ihnen den geschehenen Mord verurteilen, tut er es keinesfalls aus sittlichen Bedenken, sondern weil der Mord politisch unklug war.

Nun, sie haben zu viele sterben gesehen, die ebenso unschuldig waren wie irgend ein Ermordeter. Sie selbst, die doch auf ihr Leben das volle Anrecht hatten, waren oft in Gefahr, es einzubüßen. Sie haben meistens gedarbt, haben einen beträchtlichen Teil ihres Lebens, das nicht wiederkehrt, in völlig nutzlosen Anstrengungen vergeudet, und sind inzwischen verarmt oder arm geblieben, indessen andere reich wurden. Die zum Kämpfen noch zu jung waren, sind unterernährt aufgewachsen, auch ihre Familie verarmte. Alle zusammen bilden eine natürliche Sturmkolonne gegen die heutige Gesellschaft der neuen Reichen. Sie haben nur den Eigennutz dieser Gesellschaft an sich erfahren; was immerhin da ist an Gesittung, höheren Kräften, die frei zu werden streben, das sehen sie nicht, sie sind nicht geübt worden, es zu sehen. An langsame Besserung glauben sie nicht. Ihr Erleben verweist sie auf Katastrophen.

Schnell alles umwerfen, sei es, um den alten Militärstaat wieder aufzurichten oder den Kommunismus auszuprobieren. Nur schnell den Boden beseitigen, auf dem die Älteren sich mühsam gerade noch aufrecht erhalten. Kein Zweifel, sie wollen ihnen ans Leben, was nicht nur Redensart ist. Die Älteren aber haben ein schlechtes Gewissen. Ob sie es eingestehen oder nicht, sie haben an dieser Jugend nicht so gehandelt, wie sie gesollt hätten. Darum können sie sich jetzt nicht wirklich empören. Ihre Empörung klingt hohl. Es ist schwer, mit den Söhnen auszukommen, dennoch wagen die Väter von Züchtigung höchstens zu sprechen, und sie kommt nie. Alle Kundgebungen, Proteste, Drohungen, Taten der Jungen richten sich gegen die Älteren und ihre Art zu leben, aber die Älteren nehmen alles sorgfältig zur Kenntnis und gewähren den Jungen nur noch mehr Spielraum. Bei den Schüssen, die fallen, runzeln sie die Stirn, warten aber dann einfach auf den nächsten. Was sollten sie tun? Es ist nun so gekommen mit ihnen und den Kindern.

Ihre Kinder haben bescheidenes, geduldiges Arbeiten nicht gelernt. Wenn sie nicht Politik treiben, sind sie doch ebenso bedenkenlos und großzügig als Geldverdiener.

Die täglichen Aufregungen einer wild und anarchisch gewordenen Wirtschaft kommen diesem Geschlecht gerade gelegen. Die kleinen Zahlen sind hierzulande vergessen. Kürzlich Erwachsene wollen sich tatsächlich nicht erinnern, daß das tägliche Brot einmal um Pfennige für jeden da war. Die große Zahlen-Rutschbahn, in der die Älteren panikartig dahinsausen, die Jungen sind darin zuhause. Sie können die Alten etwas lehren, finden sie übrigens willig, zu lernen. Bald gibt es keinen Unterschied mehr, alle zusammen sausen immer leichtsinniger dahin. So oft der Preis eines Industrieerzeugnisses gewaltsam hinaufschnellt, erfährt man, daß Unternehmer und Arbeiter bei Lohntarifverhandlungen sich darüber geeinigt haben. Die großen Zahlen scheinen diesem Geschlecht zu schmeicheln, beim Ausgeben so gut wie beim Einnehmen. Es zahlt sie sogar ohne erkennbare Notwendigkeit für die einheimischen Lebensmittel und darum auch für alles übrige. Das Erraffte ist sofort wieder dahin. Das gestern angeschaffte Auto des jugendlichen Spekulanten wird morgen weiterverkauft. An den teuren Vergnügungsstätten tanzen heute andere junge Leute als gestern. Geldverbrauch, Menschenverbrauch. Riesiger Umsatz und kein Nutzen.

Nicht weniger eilig als die Söhne haben es die Töchter, alles aus sich herauszuholen, was sie irgend wert sind. Auch sie lehrte es zuerst der Krieg, der sie in die Fabriken oder in die Bankhäuser schickte. Von der Herstellung der Munition bekamen die Mädchen des Volkes gelbe Haare. Sie arbeiten jetzt weniger, aber erstaunlich viele der ehemals kostbaren Pelze kleiden sie jetzt. Die Töchter des Bürgertums nehmen in allen Ländern sich neue, männliche Freiheiten heraus. Arme italienische Väter, die ehemals ihre Töchter hinter geschlossenen Fensterläden gefangen hielten! Die Mädchen öffneten die Läden heimlich so weit, daß sie hinunterspähen konnten nach dem Treiben der wild schweifenden Männer, denen die Straße gehörte. Sie selbst durften sich öffentlich und allein nicht blicken lassen, ohne im Namen der guten Sitte ausgepfiffen zu werden. Heute tragen sie den Kopf hoch, sie sollen sogar Liebhaber nehmen. Für diese Jünglinge und Mädchen gibt es nur das Heute. Sie sind so jung und doch des morgigen Tages nicht sicher. Wie aber das Morgen, wenn es ein Morgen gibt, aussehen sollte, darüber holen sie am wenigsten die Meinung der Älteren ein; die Älteren haben bei ihnen verspielt.

So unzugänglich jeder Autorität war keine Jugend. Respektlosigkeit ist ihre Natur. Sie mißt sich mit Genugtuung an allen, die vor ihr kamen, an allem, was schon geleistet wurde. Hierfür sind typisch die jungen Intellektuellen. Mit jedem dieser literarischen Anfänger fängt die Welt an. Neunzehnjährig hat er die ganze Lebensarbeit seiner Vorgänger mühelos überwunden und schafft sie ab. Sie sind gerade gut genug, ihm hinauf zu helfen. Wenn er ihnen schmeicheln muß, nennt er sie seine »Vorkämpfer«. Schnell und unbedenklich zu handeln, ist die Losung im Geistigen, wie beim Erwerb. Sie haben Praktiken, wie früher höchstens nur die erfolglos Gealterten. Ein junger Dramatiker nimmt die Freundschaft eines älteren Kollegen an, läßt den Freund bei den Theatern und den Verlegern für ihn werben, läßt ihn die Aufführung seines Stükkes durchsetzen und es in der Zeitung rühmen. Ja, er wohnt bei ihm und ißt an seinem Tisch. Dann geht er und verkündet, der Ältere fürchte ihn und sein Talent. Aus Furcht nur fördere er ihn.

Das ältere Geschlecht aber nimmt die hemmungslose Betätigung der Jungen genau so im Geistigen hin wie überall. Es geht zahlreich ins Theater, um ein Stück über das beliebteste, immer wieder behandelte Thema der Jungen, den *Vatermord*, zu sehen, und es klatscht Beifall.

IV

Diese tragische Jugend hat Väter, die sie, nach dem Wort ihres Kaisers, »herrlichen Zeiten« entgegen geführt haben und an dem dumpfen Gefühl eines verfehlten Lebens leiden. Aber auch sie selbst ist wohl nicht immer so hochgemut, wie ihr lärmendster Teil vorgibt. Man beurteilt eine Epoche zu schnell, wenn man sie nach denen beurteilt, die den Vordergrund des Bildes einnehmen. Dahinter versteckt sich eine große Menge, die, vielleicht weniger wohlgelungen im Sinn dieser Zeit, für künftig doch etwas anderes, besseres verspricht. Die meisten der noch ungeklärten jugendlichen Herzen werden dem Wesen des lärmendsten Teiles der Jugend im Grunde fremd sein. Nicht zu reden von den stärksten Köpfen.

Jugend ist zu allen Zeiten problematisch. Sie hat Begeisterung und ein Vorgefühl von Kraft, aber noch nicht die Kraft selbst. Sie möchte sich an eigenen Leistungen berauschen und kann nur erst träumen. Wenn sie Taten begeht, sind sie verfehlt; wenn sie Bücher schreibt, werden sie nicht gut. Ihre Ohnmacht vor dem Leben, das sie mit den Augen zu entkleiden versuchen und doch nicht besitzen dürfen, macht die Jungen oft recht unglücklich, und ungezählte Jugendtage vergehen leer.

Und nun dies schwankende Lebensalter in eine Welt ohne Halt und Tiefe geworfen, verurteilt zu einem Dasein wie in einem alten Abenteuerroman! Denn wenigstens hierzulande müssen wir schon an Romane wie die von Balzac denken, um Lebensformen wiederzufinden, wie jene, die jetzt die unseren geworden sind. Wir glaubten doch einst, wir, die schon da waren, wir seien hinreichend gesicherte Existenzen, und die Gesellschaft empfanden wir trotz allen ihren Härten als leidlich wohlmeinend. Jetzt aber steht jeden Morgen für jeden von uns die Lebensfrage neu da; und die Gesellschaft ist tatsächlich das dunkle Durcheinander böser Kräfte, das wir sonst für erdichtet hielten. Wie wird da ein armer Knabe sie fühlen?

Der Handelnde wird wie im Krampf handeln. Um jeden Preis nur handeln und niemals fragen, wohin es geht. Geschrei und Drauflosschlagen übertäuben die heimliche Ziellosigkeit und Wirrheit. Sie übertäuben sowohl das eigene Gewissen wie auch die Stimmen derer, die klären und helfen möchten. Wir werden nicht gehört von denen, die mit sich selbst schon im reinen und dem ganzen Leben gewachsen zu sein meinen. Unser Glaube an die Jugend beruft sich auf jene anderen, die ein Gefühl vervielfachter Verantwortung jedes einzelnen Wohlgeratenen für seine überlastete Mitwelt haben. Die sich keusch zurückhalten und an sich arbeiten, bevor sie an anderen arbeiten wollen.

Diese sind da, weil sie da sein müssen, und weil sie in Zeiten da waren, die den unseren glichen. Bei Balzac erscheinen nicht nur die vorschnellen Abenteurer, auch die still Leidenden lassen sich zögernd vernehmen. Einer von ihnen, Louis Lambert, spricht:

»Warum habe ich ungeheure Fähigkeiten, ohne sie nützen zu können? Wenn meine Marter etwas hülfe, würde ich sie begreifen; aber nein, ich leide im Verborgenen. Hier in meiner Dachstube bringe ich Gedanken hervor, und niemand erfaßt sie. Gestern aß ich Brot und Trauben, abends an meinem Fenster, mit einem jungen Arzt namens Meyraux. Wir unterhielten uns wie Leute, die das Unglück verbrüdert hat, und ich sagte zu ihm: Ich gehe, du bleibst. Nimm meine Entwürfe und mach' etwas daraus! – Ich kann nicht, antwortete er bitter und traurig, meine Gesundheit ist zu schwach, meinen Arbeiten wird sie nicht standhalten, ich muß jung und im Kampf mit dem Elend sterben.«

Aber gerade diese sollten nicht sterben. In Fällen, wo sie

nicht sterben, kommen sie oft weiter als jene Vorschnellen. Eine zweiflerische Jugend ist im Grunde mehr wert, als eine allzufrüh mit sich fertige, vor der gebahnte Wege liegen. Die großen Aufgaben des kraftvollen Lebensalters werden oft empfangen in jungen Herzen, die an ihre Zukunft kaum glauben. Sie vollenden sie eines Tages dennoch. So war es von jeher. Ungeheure Katastrophen hinterlassen jedesmal die gleiche Menschenart. Die Kriege Napoleons hatten dasselbe menschliche Ergebnis wie unser Krieg. Der Ort der größten Depression war damals Frankreich. Dort entstand der Typ des banalen und dreisten Lebenskämpfers, den Balzac in Rastignac festgehalten hat, neben dem schmerzensreichen seines Louis Lambert. Noch ein dritter entstand: der Soldat Napoleons, der die ganze Tatkraft des kriegerischen Zeitalters in sich aufspeicherte, sie dann aber auf Geistiges anwandte. Das Vorbild ist der ewig lebendige Mensch und Schriftsteller Stendhal. Er kämpfte siebzehnjährig mit Bonaparte in Italien, und er kämpfte sein Leben lang in allem was er schrieb für mehr Aufrichtigkeit, Klarheit, freieres Menschentum.

Ich will noch hoffen, daß auch unsere Welt und vor allem das heute am meisten leidende Land, das meine, durch die Kraft des Geistes gerettet werden und fortleben wird. Wenn die ersten Folgen der Katastrophe überwunden sind, möge sich zeigen, daß unser Geist auf allen Gebieten menschlicher Tätigkeit schwungvoller und klarer geworden ist als früher. Wir brauchen kein Mitleid, viel eher Verständnis. Die Prüfungen, die die Welt uns auferlegt, werden uns stärken. Wenn wir die Folgen unserer Niederlage ganz zu Ende getragen haben werden, ist schon eine Jugend am Werk, die heute noch in Verborgenheit, Zweifel und Not ihre Aufgaben entwirft.

Man hatte dem alten Europa keine Erneuerung seiner kulturellen Kräfte mehr zugetraut. Der Untergang des abgelebten Abendlandes war sogar mitten unter uns für viele ein Dogma geworden. Mir scheint, das Dogma wird jedenfalls widerlegt durch die ungeahnte Aktivität, sei sie übrigens erfreulich oder nicht, die heute im ganzen Weltteil die Jugend bewegt. Das ist nicht Sterben, es ist ungestümes Lebenwollen. Geduld! Die jungen Schreier werden nicht lange schreien, die Wüteriche nicht lange wüten. Die Verzweifelten werden es nicht bleiben. Die edlen Naturen, die selbst heute im Gesamtbild nicht fehlen, werden endlich durchdringen; und wenn die Wolken blutigen Staubes, die eine streitbare Jugend erregt, sich verzogen haben, wird die Jugend der Arbeit und des Gedankens sichtbar werden.

1923

Erinnerungen an Frank Wedekind

Vortrag

Im Begriff, von einer geistigen Persönlichkeit in ihren menschlichen Äußerungen zu sprechen, muß ich eins vorausschicken.

Entscheidend ist, ob wir an Geister denken, die schon für ihre Zeit gewirkt und ihr genügt haben, oder an einen Geist, der gegen seine Zeit und über sie hinaus lebte. Im ersten Falle kann es sich um feine, wohlgeratene Naturen handeln, die meistens frühzeitig ihren Weg gemacht haben, ohne jemals mehr Widerstand zu finden, als jedem ungewöhnlich Hervortretenden nun einmal beschieden ist. Persönliche Problematik, das Leiden empfindlicher, anspruchsvoller Seelen sind mit fast jeder inneren Auszeichnung verbunden. Die Harmonie mit der mitlebenden Welt kann dennoch gewahrt bleiben.

Ganz anders steht es um den, der seinen Zeitgenossen auch nur um einiges voraus ist. Er hat ein Gefühl vom menschlichen Leben, eine Anschauung der Gesellschaft, deren sich die Gesellschaft und die mitlebenden Menschen selbst vielleicht erst zehn oder fünfzehn Jahre später bewußt werden sollen. Dann wird es schwieriger. Dann wird das Dasein härter. So einer ist nie sehr willkommen. Er erregt Mißmut; auch der Spott, der ihm begegnet, ist eigentlich Mißvergnügen. Denn die Menschen lassen sich gewöhnlich nicht gern sagen, was in zehn oder fünfzehn Jahren aus ihnen geworden sein wird, da es vielfach nichts Gutes ist.

Wenn im Jahre 1900 jemand schon so schrieb, als sei es 1914: wer sollte den mit offenen Armen empfangen! Eine

Welt nackten Kampfes hinstellen, während man sich doch noch vollauf gesittet glaubte! Alles anders, drohender auffassen, als man sich selbst damals auffaßte; alles entkleiden, zuerst von den schönen Worten, den sittlichen Vorwänden, endlich beinahe vom Fleisch! Den Tod eines Zeitalters im voraus heraufbeschwören! Noch dazu auf dem Theater, wo man sich so gern in behaglichem oder rührendem Leben liebevoll gespiegelt sieht!

Dies nun war die Sendung des dramatischen Dichters Frank Wedekind. Er hat sie vollauf genossen und heldenhaft gebüßt. Propheten sind Kämpfer. Nur große Kämpfer kennen solch ein ungeheures Glück und solche tiefe Not. Diese Art stirbt an Wunden und an schauriger Überspannung ihrer Lebenskraft.

Wedekind hat in seinen Stücken vorweggenommen, was erst noch kommen sollte. Die neunziger Jahre, in denen er jung war, hatten eigentlich eine weichere Luft, sie waren vergleichsweise harmlos und wohlwollend. Seine jungen Kameraden damals glaubten an alles Gute, sie schrieben Stücke, die wohl düster, aber im Grunde menschenfreundlich waren, und die Hinweise waren auf die nahe bevorstehende Lösung der sozialen Frage, auf den Frieden unter den Menschen.

Niemand in der ganzen Welt aber glaubte weniger an den Frieden unter den Menschen als Frank Wedekind. Ob es ihm dabei wohl oder wehe war, er sah nur Kampf, fühlte nur das immer atemlosere Gewühl des Kampfes – im Lande wie in seinem Herzen. Weiber, die nur genießen, Männer, die nur erraffen, jede uneigennützige Handlung ein Hereinfall, jedes freundliche Gefühl ein Gelächter, nur kalte Neugier für Menschliches anstatt Teilnahme, nur Machtsucht sogar bei dem Denker, den Armen vom Gesetz nur gerade das gefährliche Maul gestopft, den Schiebern aber jeder Erfolg auf Erden und im Himmel: das alles war in seinem Herzen schon fertig, als es im Lande erst heranwuchs, und der ganze Anfang des Jahrhunderts sprang, kaum daß es in der Wirklichkeit begonnen hatte, gewappnet aus seinem Kopf. Nirgends wie in seinen Stükken können Sie mit Händen greifen, wie sehr das Leben jener Tage schon Krieg war, bevor es dann wurde, was es war. Niemand hat so unausweichbar vorausgezeigt, wohin solche seelische Haltung treibe.

Er muß wohl viel gelitten haben unter seinen Erkenntnissen; aber glauben Sie nicht, daß er auch vor Glück getaumelt hat in der Überfülle seines Erlebens? Was gilt es dagegen noch, daß er so lange Jahre unerkannt, sogar verlacht umherstehen mußte, und daß er sich, um seiner großen Werke willen, zum Bänkelsänger und Lustigmacher hergeben mußte? Auch das war gut, denn es war Kampf, der wahre Kampf. Wer sich von hoher Art und vom Leben erniedrigt weiß, gibt erst der Welt das Beste: ein Beispiel der Menschenwürde. Darum sehen Sie seine Helden inmitten des göttlich harten Lebens zuletzt nie etwas anderes behaupten oder beweinen als ihre Menschenwürde.

Der Kampf um die Menschenwürde aber ist der Weg des heiligen Geistes. Sei vor dir selbst geweiht und halte darauf, daß niemand dich verletze, du wirst es lernen, die anderen zu achten wie dich; du wirst sie bald erhöhen wollen über ihr übliches Seelenmaß; du wirst sie endlich selbst lieben. Der bis an den Tod herangereifte Wedekind sann nichts anderes mehr als den Sieg des Geistes und der Güte in dem großen Lebenskrieg, den er so wohl kannte.

Er ist gestorben, aber er war ein Mann, der viel von sich reden machte, der viel in der Welt umherkam. Nicht wenige von Ihnen haben ihn selbst gesehen, auf der Bühne oder im Leben. Seine Stimme, seine Sprache waren derart, daß man sie wohl auch noch fünf Jahre nach ihrem Verstummen im Ohr behalten haben kann.

Noch in Erinnerungen hören wir zuerst seine Stimme,

dann erscheint er selbst und lebt wieder. Wo immer er auch nur vorbeiging, kann jemand jetzt anfangen: »Den hab' ich auch gekannt«, und etwas über ihn zum besten geben. Dann spricht er selbst, man wird immer aufhorchen. Noch besser, könnte ich aus eigener Anschauung und aus Selbstmiterleben darüber aussagen, wie es dem jungen Menschen einst zumut war in der Zeit, da die Lebensziele sich vorzeichnen und Ungeduld so sehr drängt. Wie es dann weiter ging: wie der Erfolg auf den Lebenskämpfer wirkte, und wie Müdigkeit kam.

Erster Eindruck eines um einige Jahre Jüngeren, 1897. Wedekind war kein fester Begriff, ich selbst saß weit entfernt in dem kühlen Sommersaal eines heißen Städtchens bei Rom. Der ›Simplizissimus‹, seit einem Jahr vorhanden und der Literatur noch in manchem gefällig, brachte mir dorthin Gedichte eines Hieronymus Jobs, der behauptete, zu Berlin im Spittel zu liegen, und der sichtlich nichts mehr zu verlieren hatte. Man wußte, wer diesen zynischen Witz hatte. Nur einer gab, wie hier, den Ausgestoßenen, der feindlich sich duckt und jäh und frech losbricht. Freilich wußte man auch, daß er Stücke schrieb. Aber welchen Ranges? Mit wieviel Überzeugung? Nach allem, was ich hörte, blieb es im Zweifel, ob dieses Wesen literarischer Gattung sei oder von anderer Art, mehr tätig als schöpferisch, ja, fragwürdig umgetrieben. Das erste seiner Ziele war hiermit erreicht, denn diesen und keinen anderen Eindruck wollte Wedekind damals machen.

Auch bei den ›Elf Scharfrichtern‹ gelang er ihm. Es waren wild auftretende Kunstzigeuner, aus ihren Cafés brachten sie auf die Bühne ihres Münchener Kabaretts die volle Verachtung des bürgerlichen Menschen mit, überzeugt, ihm könne höchstens unter Bluff, Hohn, Teufelei und falscher Lasterhaftigkeit ein wenig Literatur hinterrücks versetzt werden. Etwas von dieser Auffassung ist Wedekind sein Leben lang treu geblieben. Damals war sein Auftreten niegesehen, von nahezu schauriger Niegesehenheit. Die bebänderte Laute in schwerfälligen Händen, trat vor die schöne Welt jenes ästhetisierenden Zeitabschnittes eine mit allen Wassern gewaschene Erscheinung, von Gott weiß wo herbeigefahren in dieses bäurische Lokal. Kleine Schritte, »ich komme, ihr entgeht mir nicht«. Untersetzt, ein scharfgeschnittener Kopf mit Cäsarenprofil, die Stirn unheilverheißend gesenkt und von geschorenen Haaren ausgezackt. Augen aber, die anzüglich aufzuckten, unbekannt warum. Auch zuckte Gereiztheit mit, und gleich danach verstummten sie schwermutsvoll.

Klimpern, wie gereizt, dann der Vortrag. Nasal, scharf, schallend, – in vielsagenden Pausen aber wand und krümmte sich der Sänger unter den eigenen Hintergedanken. Er ertrug nur schwer sich selbst und fast nicht mehr sein Publikum. Plötzlich forderte seine Mimik es schamlos heraus. Zu frech beweglich der Mund für einen, dessen Augen solche Tiefen verraten. Wer faßte den Sinn seiner Lieder, seiner Augen? Man lächelte. Er ging dem feingebildeten Zeitabschnitt gegen die Begriffe. Man befolgte die neue Mode des Kabaretts und seiner verkommenen Genies, unbeirrt von Rätseln, die dieser eine aufgeben wollte, von Schauern, denen nicht immer zu widerstehen war.

Nach 1900 begegnete ich ihm. Die gleich anfangs sagenhafte Gestalt, da saß sie auf dem Stuhl des Verlages Langen, Kaulbachstraße in München. Gotteslästerung, drohende Verhaftung auf offener Bühne, Flucht nach Paris, Rückkehr, Gefängnis, alles dies hatte Wedekind inzwischen hinter sich gebracht. Dennoch preßte er die Hände ineinander und sagte: »Daß nur endlich etwas geschieht!« Er meinte die Aufführung eines seiner Stücke. Man sah einen furchtbaren Druck ihn von innen erschüttern, sein Gesicht war zu allem entschlossen. Früher hatte er geseufzt: »Ich bin wie ein alter Regenschirm in Gedanken stehen geblieben.« Das Schicksal hatte ihn, so freigebig er es wünschen konnte, unter die Traufe gehalten, aber Taten und Leiden des Lebens waren nichts. Gespielt werden! Das Wesen war dennoch literarischer Gattung.

Ich kannte jetzt die Stücke, die um jeden Preis gespielt werden mußten, und wußte sogleich, was es sei mit ihnen. Ich war noch weit von dreißig, als ich sie las, ich stand ganz am Anfang, – und aus meiner Dunkelheit sah ich in einer Art von Mitverantwortung dem hinandrängenden Genossen zu. So sind die besseren Fälle. Niemand urteilt befugter, als das Mitglied der folgenden Altersklasse. Der Abstand ist nicht weit genug, als daß man den älteren als Vorgänger sähe. Kamerad, aber einer, der seinen endgültigen Ausdruck schon hat. Wie freudig begleitet ihn Vertrauen! Versagen können weder du noch ich, vertritt uns, bis auch ich komme! Wo solche Gefühle sind, könnte die Mitwelt, wenn sie zehn Jahre früher nachfragte, vorweg erfahren, wie sie bewertet wird. Solche Gefühle sind wohl Vorbedingung, daß später, nach Ausgleichung des Abstandes, Freundschaft sich vorfindet, in die vom eigenen, noch zuckenden Schicksal Stücke mitgehen.

Was ihn betraf, er suchte damals vor allem Welt: Wirken auf die unbeteiligte Zeitgenossenschaft. Es schien ihm über alles ersehnenswert, sie an seinem Schicksal zu beteiligen. Man sollte ihn hören, kennen, mitfühlen. Konnte es noch nicht der Schauspielsaal sein, dann begnügte er sich mit Kneiptischen, an denen ganz Unbekannte ihm ihre Urteile ins Gesicht sagten. Er litt unter der dreisten Verständnislosigkeit, aber es war doch wenigstens Leben, das ihn angriff, mit dem er sich berührte. Ein älterer Kaufmann hat mir erzählt, daß Wedekind einst mit ihm zusammen den Kneiptisch fluchtartig verließ; er werde nie wiederkommen. Er schien beleidigt bis ins Tiefste. Beim ersten guten Wort aber umarmte er, mitten im Englischen Garten, den zufälligen Gefährten.

Bei Münchener Aufenthalten fand ich ihn manchmal

auf dem Zettel einer jener Anstalten für Halbkunst. Er hatte inzwischen noch ein Stück geschrieben, das Welt- und Zeitgestaltung ersten Ranges und in allem tiefstes Bekenntnis war. Noch einmal war es ungespielt geblieben oder nicht weiter gegangen. Mit welchem Innern stand er wohl dort oben? Teilte Leuten, die nicht einmal dies begriffen, seine beiläufigen Seufzer mit? Lebte vom Singen und Klimpern, anstatt von seinen starken Gestaltungen: höherer Mensch in der Schule der Demütigungen? Er hatte Wut, und er fühlte den bitteren Stachel dieses Schicksals. Es forderte ihn heraus, es förderte ihn. Ihr fördert die Seele, die ihr zum Widerstand zwingt. Überseht sie, inzwischen wächst ihr Gebiet.

Er ward so sehr übersehen, daß er den ersten Akt des längst erschienenen *Erdgeist* zum Wiederabdruck anbieten konnte, und man merkte es nicht. Dementsprechend sagten Ausländer, während er die Laute schlug: »Deutsche Studentenlieder.«

Er war sein eigener Darsteller geworden, was keineswegs die Schauspieler zu seinen Freunden machte. Die Direktoren ihrerseits, die schwankten wie Kranke, bevor sie ihn aufführten, fanden es gelegen, sich ihn als Spezialität zu verschreiben. Wo der Schauspieler Wedekind noch nicht gastiert hatte, war der Dramatiker so unbekannt, daß er den ersten Akt *Erdgeist* unter verändertem Titel als Sketch im Kabarett spielen konnte. An wievielen Theatern wären seine Stücke schon damals herausgebracht worden, hätte nicht die Meinung bestanden, nur er selbst könne sie spielen? Er zuerst, so sehr er Aufführungen erstrebte, war überzeugt, sie wären schlecht ohne ihn.

Wir, die ihn sahen, können es ihm nur danken, daß er so dachte. Denn so oft er vor uns seine Rollen spielte, haben wir einen Menschen sein eigenes, von ihm selbst wunderbar gestaltetes Schicksal aufführen gesehen. So sahen die

Zeitgenossen Molière und Shakespeare das ihre aufführen. Solche große menschliche Seltenheit haben wir miterlebt! Kein Nachahmen oder Nachschaffen, kein Umdeuten oder Symbolisieren, nichts aus zweiter Hand. Ein handelnder Mensch hat sein eigenes, noch blutendes Erleben in ein Drama gebracht und holt es sich auf der Bühne nun einfach zurück, handelt es nochmals.

Wir sahen ihn etwa als König Nikolo. Das war majestätische Tragik, woraus die Welt der Gegenspieler und der Nebenfiguren gern Harlekinade gemacht hätte. Aber das verbot die hohe Würde des Königs, und auch, daß er neben sich die süße, ergebene Tochter hatte in Jünglingsgestalt. Das Paar brach durch die widerstrebende Welt seine Bahn nicht anders, als Frank Wedekind mit seiner jungen Frau Tilly. So empfand er im Leben die Widerstände und die Demütigungen. Auf der Bühne erschien alles tragisch oder grotesk übersteigert; denn im Leben sah das niemand. Nur er, er sah es auch im Leben. Und nur darum vermochte er auf der Bühne in jeder seiner Rollen dies Gehetztsein und diesen Ingrimm zu zeigen, die tödliche Verlegenheit, entsetzensvolle Beschämung – und bei alldem das tiefe Gefühl seiner Würde.

Er machte kaum jemals sehr schnelle Bewegungen auf der Bühne; und ich glaube, im Leben grimassierte er mehr, als wenn er spielte. Grimm, Hohn oder Scham, alles stellte er auf dem Hintergrund seiner kämpfenden Würde dar. Das brennend ernste Auge wahrte sie, selbst in den für sie gefährlichsten Lagen. Besonders aber war es unmöglich, einen Menschen, der mit einer solchen Stimme sprach, je niedrig einzuschätzen. Nicht der zynischste Hörer konnte es. Die schneidende Schärfe bei soviel Klang und Tiefe machte erschauern, sie wies jeden in seine Schranken. Hier stand jemand nicht nur über seinem Erleben, sondern über dem Leben. Er durchdrang die dargestellten Leidenschaften mit Geist, mit leidenschaftlichem Geist.

Seine Mittel waren ihm durchaus vertraut, er ließ sich in ihrer Geltendmachung so wenig wie möglich beschränken. Vor allem sprechen! Die geschriebenen Sätze als lebendes Wort in die Seelen graben! Dies und nichts anderes war Theater, wie er es wollte. Wir wissen, daß Theater für die meisten, die sich damit befassen, etwas ganz anderes ist. Daher Zusammenstöße. Er wollte sich, sein Werk, seine leisesten Absichten, sonst nichts. Große Schauspieler mit eigener Individualität mochten sie anderswo ausleben.

Er hat immer geklagt, daß die Schauspieler ihn nicht wollten, nicht verständen, nicht seine Freunde seien. Er hielt viel eher das Publikum für seinen Freund.

Seither hat sein persönliches Auftreten auf den Bühnen nachgewirkt. Man sah ihn nach seinem Tode in Nachahmungen erscheinen. Seine Anweisungen werden jetzt gehört. Vor die Rampe treten und sprechen, hatte er gesagt. Soviel ist erfaßt worden, daß er zu sprechen, vor allem zu sprechen sei. Nur der Geist, der aus ihm sprach, wird nicht wieder geboren.

In höchster Kampfeshitze glaubte er sich auch noch verlassen und verraten von dem letzten, der es durfte, seinem Verlag. Seine innerste Stellung schien nachzugeben, Angst und furchtbare Erbitterung ergriffen ihn auf dem weichenden Boden der Niederlage. Ich begegnete ihm damals. Er kam von Langen, aber drüben auf der noch unbebauten Straßenseite. Wüstes Vorstadtgelände und darin sein von Wut und Haß verwüstetes Gesicht, blind vor Wut, vom Haß erbebend. Er rauchte. Der Mund spie, wild bewegt, Stoß auf Stoß den Rauch aus, als könnte es die Brust befreien. Kein Zweifel, Rache für das kaum erst Erlittene zog herauf. »Oaha« so gut wie der tüchtige Geschäftsmann in *Hidalla* haben ihren Keim in jenem Augenblick. Demütigungen, umgesetzt in Kraft.

Und dann Erfolg. *Frühlings Erwachen* bei Reinhardt,

sein altes Stück bringt den entscheidenden Erfolg. Der mehr als Vierzigjährige sieht den noch nicht Zwanzigjährigen, der einst er selbst war, siegen. Seine frühe Vergangenheit wird aufgeboten; Umweg des Erfolges zu seiner Gegenwart und ihrer Leistung. Endlich sind dann auch sie daran. So geht es. Wer zu früh kommt, muß warten. Er habe nicht weniger Geduld als Selbstvertrauen und gewähre der Zeit, die er im Werk überwindet, die Nachsicht des Siegers. Sonst bleibt nur Leiden.

Der Erfolg aber erschütterte diesen. Er sagte – nicht zu mir, aber ich erfuhr es gleich damals: »Wie stelle ich mich nun zum Erfolg? Ich war den Mißerfolg gewöhnt.« Er war an Widerstände gewöhnt und an eine erschwerte Sendung. Die aber blieb so schwer wie je, nicht lange konnte es ihn täuschen. Die Leute gingen jetzt häufiger in seine Stücke, fragte sich nur, was sie sahen, was sie mitnahmen. Wenn statt menschlichen Rührens nur Kitzel bei ihnen bewirkt war? Immerhin bestand Verdacht, daß sie an seinen schmerzvollen Steigerungen des Lebens sich weideten wie an müßigen Aufschneidereien, seine Moral aber anhörten wie schlüpfrige Märchen. Ach! die Wahrheit war, daß sie, in angemaßter Entrüstung oder Heiterkeit, noch allzu oft sich versteiften, einen verblüffenden Narren grade in dem zu sehen, der vom Sinn seiner Tätigkeit so hoch dachte. Die Bühne war Kanzel für diesen. Sie war, in allem Jahrmarktslärmen, das Zelt des Werbers für höheres Menschentum. Eben darum freute er sich auch fremden Erfolges, nur mußte es Erfolg höherer Ordnung sein. Als er sich eines solchen, der mein eigener war, einst freuen wollte, entglitt mir ein Wort des Zweifels an den Wirkungen des Theaters. Es ist das einzige zu ihm gesprochene, das ich bereue. Denn noch immer höre ich seine Verwahrung, den Unwillen, den Schmerz.

Was alles nicht hinderte, daß der Erfolg ihn ruhiger stimmte, ihm gesundes Selbstbewußtsein gab und sein Vertrauen in Menschen stärkte. Eines Abends, ich war unlängst zurück in München, verließ er die lange Wirtstafel, der er vorsaß, kam an meinen Tisch und streckte die Hand hin. »Wir sind doch nicht dazu da, daß wir immer umeinander herumgehen«, sagte seine Stimme einfach und herzlich. Daß sie geschult war und ihre Wirkungen kannte, änderte nichts.

Wir saßen eine Zeitlang allein und sprachen wie alte Bekannte, ohne auch nur zu erwähnen, was zwischen jetzt und den ersten Begegnungen lag, am wenigsten unsere Arbeiten. Ich weiß noch heute nicht, wieviel er von mir kannte. Um so überzeugender war die Auszeichnung, die er mir entgegenbrachte. Sie lag in den Blicken, die Kameradschaft waren, in ernsten Aufmerksamkeiten und darin, daß der Spott gütig und zart ward. Ein höfliches Herz wirkt ergreifend, ja, bezwingend von dem, der nicht der Mann ist, viele seiner wert zu halten. Ich bin nicht oft so beschenkt worden: beglückt vor allem, weil er mir die Freiheit gab, ihn rückhaltlos fühlen zu lassen, wer er mir war.

An seiner langen Wirtstafel sagte Wedekind einst: »Die Freundschaft stirbt aus.« Und über mehrere Köpfe hinweg zu mir: »Wir sollten einen Freundschaftsbund gründen, Sie, ich, Ihr Bruder, Harden. Ob man sich darum öfter sieht oder nicht, einen Freundschaftsbund.« Es war zu hören, wie feierlich er dies nahm in seinem romantischen Herzen. Unbefangene Kameradschaft anstatt des hinterhältigen Verkehrs mehrerer Eitelkeiten, mehrerer Selbstsüchte! Kameradschaft auf Grund gemeinsamen Willens zur Vergeistigung des Lebens! Ein Traum, wir haben ihn nicht verwirklicht. Die Gewohnheiten verhinderten es, vor allem die inneren. Auch bei Wedekind. Wer, wie er, den einsamen Kampf gewöhnt ist und in der Brust den

Ehrgeiz trägt, dies Wirkungsbedürfnis, das nicht abläßt, was verspricht ihm Freundschaft? Es könnte ein einziges Mal anders werden, er selbst sich verwandeln, sein sturmbewegtes Herz könnte sich hingeben und ruhn.

Es ging weiter wie gewohnt. Ohne Hochmut nahm er Menschen aller Art hin, wir versaßen Nächte mit beiläufigen Bekannten, deren Vertrauen er weckte, denn er war gütig, die er wieder abstieß, denn er kannte Menschenhaß. Beides hatte ihn dasselbe Leben gelehrt. Langer, schwerer Kampf erhält bescheiden im Tiefsten. Man bewahrt Verständnis für die Schmerzen der Jungen und der Erfolglosen. Man erweitert es zur Menschengüte und zum Glauben an sie, noch immer tragen die alten Erlebnisse Zinsen. Aber auch die Hindernisse und Leiden, die Menschen uns bereitet haben, sind unvergänglich. Plötzlich brechen Wunden und verjährter Zorn auf.

Daher auch damals noch die Überfälle auf Nichtsahnende. In meiner Gegenwart geschah nur einer, aber ich sah wohl, der Angreifer litt mehr als das Opfer. Dieses hatte eine öffentliche Handlung zu verantworten vor Wedekind, dem sie verwerflich schien. Jener führte alles an, was ihn retten konnte, und es war umsonst. Er berief sich sogar auf seine, in den ehrliebendsten Kreisen vergangene Jugend. Nichts galt bei seinem Richter, dem die Qual der eigenen Unerbittlichkeit in den Augen stand. Er quälte sich, es ging um sein Gewissen. Der andere wollte nur anständig dastehen.

Sein Schicksal, die Welt, die der Seelen und die andere, einzig im Kampf zu erleben! Unternehmungen, die ihn berühren konnten, erregten sein Mißtrauen, Urteile waren gefürchtete Fallen. Eine Zeitschrift ging ein, er sagte: »Eine überwundene Gefahr.« Er ließ sich nicht malen, nur photographieren, und er sagte: »Der Photograph ist mein Freund, der Maler ist mein Kritiker.« Mit einem seiner Kritiker hatte er ein klippenreiches Gespräch geführt über

Arbeiten jenes, die er nicht gelesen hatte, und zitterte noch in der Erinnerung.

Um besser mit der Welt fertig zu werden, riet er, sie anzuerkennen wie sie war. Die Wirklichkeit anerkennen, damit sie anbiß und das Werk hinnahm, das sie selbst umstürzen sollte. »Gute Geschäfte lassen sich nur mit der bestehenden Gesellschaftsordnung machen.« Wedekind meinte es etwas anders als es klingt. Die angemaßte Machtvollkommenheit der Welt gab ihm Paradoxe ein, die oftmals reiner Humor waren. Die Welt bestimmt alles, sogar Begabung, denn Begabung muß verwendbar sein. »Große Schauspieler«, sagte er mit gewitztem Lächeln, »sind großgewachsene Schauspieler, denn sie können auf großen Bühnen stehen. Die kleingewachsenen reichen nur für kleine Bühnen aus.«

Nur keine Entspannung! Der gefährlichen Lage des Lebenden immer bewußt seinen Platz ertrotzen, sich gerade im Äußerlichsten nichts bieten lassen! Er hätte noch in späten Tagen den Besuch bei einem Berliner Direktor und damit die Aufführung eines Stückes beinahe aufgegeben, weil der Herr ihn nicht schon am Eingang des Hotels erwartete. Dabei hatte der Direktor seine Zimmer sogar mit Blumen geschmückt, ein trauriges Mißverständnis war geschehen. Aber Feindschaften infolge Kränkung seiner Menschenwürde blieben Wedekind Bedürfnis, ein geliebtes Andenken an seine bedrängte Jugend.

Erfolglosigkeit und halbes Elend, wie waret ihr einstmals gut, als man im Nebel um den Berliner Dom lief und eine Rolle lernte. Schauspieler ohne Obdach, denn »zu Haus entbindet meine Frau«! Wohlhabend jetzt und sozusagen Bürger, liebte er es, gehaßt zu werden. Haß bewies ihm, er sei nicht gealtert. Mit glücklichem Gesicht sagte er: »Der mag mich nicht«, von einem Mann von Gewicht in der Deutschen Gesellschaft 1914. Dort in der Berliner Wilhelmstraße, unter lauter Männern von Gewicht, stellte er politisch-wirtschaftliche Fragen voll einer anzüglichen Unwissenheit, die aufreizte, indes sie Lachen erzwang. Nachhilfe der eigenen Fragwürdigkeit, Belebung alter Widerstände, halb erkünstelte Feindschaften. Ohne Haß verfeindete er sich sogar mit einer der Darstellerinnen, die er brauchte und denen er im geheimen wer weiß wie sehr dankte. Der Ausdruck seines Dankes war weltgerecht. Er lautete: »Ich werde von drei Damen ausgehalten.« Folgten die Namen seiner Darstellerinnen.

Aber ich habe nicht viele seiner Zynismen selbst gehört. Wir reichten ohne sie aus. Wir konnten über die Welt und ihre Taten einander die schlichte Wahrheit sagen und wurden nie fertig. Der Krieg kam.

Es ergab sich, womit Wedekind wahrhaft gute Geschäfte machte. Mit seiner Revolte. Der Krieg bestätigte restlos die Auffassung vom bürgerlichen Leben, die Wedekind seit Jahrzehnten behauptete. Das bürgerliche Leben ward ganz unverstellt eben das, was es unter Beschönigungen schon längst gewesen war: Kampf bis aufs Messer, unnachsichtige Härte, schamlose Ausnutzung jedes Vorteils. Es ward offen eingestandene Verachtung sittlichen Geistes, Pochen auf das Schlechteste in uns, nackte Bestialität. Und es ward tiefe, tiefe Verlorenheit jedes schlagenden Herzens. Alles war da, der Vorhersager, Vorweggestalter stand unter seinen Geschöpfen, seinen Wahrheiten.

Das Leben begriff es selbst, es beugte sich vor ihm, seine Aufführungen sind zahllos geworden seither. Er aber litt.

Gutgeartete konnten nur leiden, um so tiefer, je wissender sie der Vollendung des Unheils entgegengingen. Sie verantworteten es in ihrem Geist, der es erfaßt hatte vor Ausbruch; so lastete es auf ihnen noch schwerer. Wedekind führte das Unheil auf Bismarck zurück, er hatte sich mit ihm bekannt gemacht. Sein eigener *Bismarck* ist wohl nur Zwischenakt, mehr Wiedergabe als Schicksal, ein ungeliebter Held. Oder liebte er ihn und durchschaute nur die Folgen, die solch ein Held hat? Bis gegen das Ende, das er nicht mehr sah, blieb er überzeugt, Deutschland werde siegen; aber ihn freute es nicht. Ich selbst, der die Niederlage kaum bezweifelte, durfte ihn nicht ermutigen. Wir ahnten, wie immer es ausging, die künftige Welt nicht wesentlich anders, als sie ward und nun ist. Konnten wir das Wirtschaftliche nicht vorherbestimmen, im Sittlichen waren uns die Völker von nach dem Kriege früh geläufig.

Gedämpfte Stimmung an unserem Cafétisch. Um uns her warf der Krieg die neue Klasse, die er schuf, auf die Stühle, die neue Klasse lärmte. Wir teilten, gedämpft, einander besonders erstaunliche Fälle mit, die aus dem großen Mordgeschäft sich ergaben, »zwangsläufig«, wie die Klasse sich ausdrückt. Die Lust an Figuren, die Genugtuung, zu sehen, überwog auch noch diesen Ekel. Allmählich trafen wir uns dennoch häufiger zu Hause. Ich meine jetzt, daß dort von allem anderen eher die Rede war, als von der Zeit. Es scheint wohl nur jetzt so. Man war, wenn keiner Zukunft, doch des Heute noch sicher damals. Man konnte wenigstens das Jahr noch, oder auch nur den Abend lang sich einwiegen, sich vorspiegeln, Erkennen und Gestalten sei noch Sinn und Ziel und hinter uns pulse das Leben der Geister noch.

Es war daran, zu ersterben für eine Frist; und der geheime Schleier, der über Zusammenkünften nach Art der unseren lag, bedeutete mehr noch Trauer um unsere eigene Welt, als um jene andere, die im Grunde nicht unterging, nur sich drehte. Wedekind war weit entfernt, sterben zu wollen. Man will nie sterben; nur Ausruhen meint, wer Tod sagt. Er war müde, stand übrigens immer zwischen zwei chirurgischen Operationen. Dennoch schrieb er als letztes gerade *Herakles*, seinen wunderbaren Kämpfer, der sich lächerlich macht, wo er am tiefsten leidet, voll arger List, voll ungemeiner Kraft und doch ein Opfer.

Wie hatte denn der Verfasser dieses *Herakles* selbst die Welt erlebt? Die Gesellschaft? Er hatte sie, der er an weltlicher Tatkraft nicht gleichkam, von außen bewundert, beneidet. Hatte sie nachgebildet in nie erblickten Steigerungen, dank zuviel Liebe, übergroßem Haß; und selbst die Abenteurer, seine glänzenden Vorbilder, hatte er scheitern lassen an ihrer Übermacht. Wie konnte er ihr beikommen, der heiß begehrten, heiß gehaßten Welt? Sie unterwühlen vom Sittlichen aus! Er sagt der Welt, der Gesellschaft: »Du und sogar jeder ruchlose Dummkopf, der dich vertritt, hast recht gegen die erlauchteste Seele, unbeweint gehe sie unter wie mein Hetman. Warum aber bleibt eine so großartig vorurteilsfreie Gesellschaft unfrei im Sittlichen der Geschlechter? Sie befreie sich zu innerst von überkommenen Hemmungen, ihr wahrer Sinn weiß davon nichts.« – Kurz, sie trage endlich Anarchie und Verderben zu ihren Wurzeln hinab! Ob Wedekind es weiß oder nicht, dies hat er verlangt. Denn die Sittlichkeit der Geschlechter ist das Entscheidende, Letzte. Der überzeugte Sinnenapostel barg im vielgefalteten Geist verschlagene Ziele, wenn er einer hinlänglich morschen Gesellschaft Umsturz ihrer Grundlagen empfahl. Es war seine Art, ihr seine Macht zu beweisen. Er kam ihr moralisch-antimoralisch. Sein Marquis von Keith behauptet, den Stein der Weisen gefunden zu haben, wenn er sagt: »Das glänzendste Geschäft in dieser Welt ist die Moral.« Der Marquis von Keith ist ein Weltsüchtiger, der sich benachteiligt fühlt und auf ein Geschäft sinnt, womit die besten Geschäfte der Welttüchtigsten zu überbieten wären. Da verfällt er auf die Moral. Zuletzt natürlich unterliegt er. Wer für die Welt wirklich geboren ist, stellt ihr so schwärmerisch nicht nach. Aber unbefangene Weltkinder erreichen schwerlich eine solche Ansammlung geheimer Kräfte wie Keith-Wedekind. Feindlicher Druck preßt sie zusammen in dieser Brust, und ihre Ausbrüche bestaunten sogar die Feinde.

Sein Arbeitszimmer sah merkwürdig aufgeräumt aus damals. Auf dem roten Teppich, an den roten Wänden standen die gelben Bureaumöbel wie leer, oder als sei die Arbeit geordnet und eingeschlossen für längere Abwesenheit des Tätigen. In kleinen Gestellen hier und da Bücher, aber Bilder überall, Erinnerungen ohne Ende, an Jugendtage, an Frauen und an Bühnenräusche, an Frauen, die seinen Bühnenräuschen verbunden waren. Gegen den Schreibtisch gelehnt die Laute, zu deren Tönen er den Töchtern seine alten Lieder sang. Am Boden die große Kugel rollte mit dem Glück, wenn sie unter den Füßen der Frau oder der beiden Kleinen rollte.

Das letztemal, daß ich ihn öffentlich auftreten sah, las er aus *Herakles*. Er las an einem eleganten Ort, der seither von Literatur nichts mehr gehört hat. Sein Auftreten war sichtlich ein Versuch, noch einmal den scheuen, bedrohlichen Teufel vorzuführen, wie in dem derben Wirtshaus zur Zeit der ›Scharfrichter‹. Verschollene Zeit, er war nun voller von Gestalt, trug Sättigung im Gesicht, und in der Seele fast schon mehr. Er sprach den Prolog. O nein, nicht Sattheit, kein Verzicht! Dies war dieselbe wilde und jähe Stoßkraft Wedekinds des Tierbändigers im Prolog zum *Erdgeist*. So trug er damals Lulu die Schlange auf bändigenden Händen! Es waren noch seine plumpen, des Griffes sicheren Hände. Damals die Weibsschlange in Natur, jetzt aber würgten sie alle unsichtbaren Opfer des Herakles.

Er sprach Szenen und gab verbindende Berichte. Seine Augen brannten mit schwermütiger Gewalt zu den geübten Künsten der scharfen, dennoch klingenden Stimme. Sie legte dar, ließ anwachsen, machte zu greifbaren, riechbaren Geschöpfen, was er doch immer nur aus seinem eigenen Fleisch riß. Die Stimme erhob ihn, seltsam ehrfurchtgebietend, zu den entfernten Kämpfen der Mythen und holte ihre Schicksale doch nieder, vermischt mit seinem. Ehrfurcht gebietend – aber immer in Gefahr, selbst jetzt noch auf lächerliche Klippen zu stoßen. Eine Dame verzog das Gesicht. Er sah es mehrmals, er mußte immer wieder hinsehen. Sie saß ganz vorn und machte sich lustig! Es war wie je, man lachte; der Fluch blieb. Er war nicht mehr gewillt, ihn hinzunehmen. Bewußt des Errungenen, seines hohen Ansehens, weiten Wirkens, tastete er, immer sprechend, in die Brusttasche, befestigte auf der Nasenspitze den Klemmer, und über ihn fort, ganz rächende Würde, starrte er auf die Dame, bis sie untertauchte. Sie tauchte hinter die Rücken, kein Auge erhob sie mehr. Wie konnte sie. Nicht zu lächeln war ihr versagt. Sie litt an einem Tick.

Das letztemal, daß wir einander begegneten, war es bei einer Morgenfeier besonderer Art. Leeres Theater, ich saß schon, drüben erschien Wedekind. Da ich mit meiner Frau war, hatte er die Güte, um den ganzen Balkon zu uns zu kommen. Er war gelassen heiter. In einer Tür dort hinten zeigten sich zwei magere junge Talente, bleich von Unterernährung und Ehrgeiz. Sie sahen unsere Aufmerksamkeit erregt, sofort spannte sich ihre Haltung. Darauf Wedekind: »Wenn wir sie noch länger ansehen, werden sie sagen: es geht vorwärts.« Ohne Schärfe, nur gut gesprochen und heiter. Drei Tage darauf legte er sich in die Klinik. Noch sieben Tage, er war tot.

Nichts drängte ihn zu seiner letzten Operation, nur sein Wille, nicht beschwerlich zu leben, nicht, wie er sagte, als Krüppel.

Er ließ mich grüßen, da erwartete noch niemand das Äußerste. Als es nahte, glaubte ich, ihm meinen Schmerz nicht hintragen, ihn nicht stören zu sollen im Abschied von seinem Teuersten. Dies war zuerst die geliebte Gefährtin, – und es war, als er schon ohne Hemmungen redete, die Kirche, er schwor ihr seine reine Gesinnung. Dies beides faßt ihn zusammen. Er hatte bekannt und erstrebt Begnadigung durch Sinnenschönheit und dennoch Geistesstrenge.

Aber Frauen werden nur selten verstehen, daß die Dirne Lulu ihnen schmeichelt. Wenn die Kirche ihrerseits sich eines Geistes bedient, pflegt er weniger streng zu sein. Nicht diese werden ihn loben. Viel eher werden es Sehnsuchtsvolle sein und solche, die schon furchtlos umher- und zurückblicken. Diese werden, jeder nach seiner Art, die Pracht der Leidenschaften bewundern oder den Geist, der sie beherrscht, sie, die nicht einmal das Leben beherrscht.

Die Tragödie von 1923

I. Das Sterben der geistigen Schicht
April 1923

Ihr müßt entweder Untergang oder Aufstieg ernstlich wollen, euer Dahintreiben ist ein Anblick, der nicht einmal erbarmt.

Passiver Widerstand gegen ein besonders großes, aber nur einmaliges Unglück, wie die Ruhrbesetzung, beweist noch nicht Zielbewußtheit. Wenn nun das Unglück vorbei ist, hoffentlich nach glänzendstem Sieg, aber doch wohl mit Hinterlassung von Trümmern, was wollen wir dann? Rachekrieg und den Untergang? Schön. Das ist ein Wort. Oder aber Aufstieg? – der einzig zu haben ist für guten Willen und Vernunft. Wir können den abgehausten Nationalismus bei uns und in uns bezwingen, können hierdurch, nur hierdurch auch feindlichen Nationalismus entwaffnen, ja, Humanität im Land verbreiten und sie in der Welt verbreiten helfen. Das wäre Aufstieg. Wir können an unserem Teil die Völker einigen zur sittlichen Gemeinschaft und zum friedlichen Güteraustausch. Aufstieg – und durchaus möglich. Nur müssen wir endlich die Mittel wollen. Das große Mittel ist: Ordnung des Wirtschaftlichen vom Geistig-Sittlichen aus. Nicht, wie jetzt: Wirtschaft zuerst; und blüht sie erst wieder richtig, liefert sie, durch Verwertung der Abfälle, nebenbei wohl auch noch seelisch-geistige Erneuerung, das können wir erwarten. – Ihr könnt lange warten.

Das Geistig-Sittliche ist nicht Folgeerscheinung; sein Niedergang, der jetzt allmählich auffällt, war, ohne aufzufallen, schon vor dem Krieg und bei blühender Wirtschaft im Gange. Die Bewegung wird nur immer schneller. Es liegt zutage, daß viel eher vom hochentwickelten Fühlen und Denken der Menschen auch die Gesundheit ihrer Wirtschaft abhängt. Die materialistische Geschichtsauffassung hat stark gelitten, sie besteht eigentlich nur noch in populären Vorstellungen. Wirtschaftsfanatiker sind reichlich populäre Köpfe.

Wirtschaft ist nicht Selbstzweck, und sie führt zu nichts. Man dreht sich mit ihr im Kreise. Sie erlöst von keinem Übel, sondern schafft neue, da der Glaube, sie sei alles, ein ganzes Volk geistig und sittlich abstumpfen kann. »Nicht an die Wirtschaft rühren! – Die großen Vermögen schonen!« Was nur teilweise Eigennutz, zum anderen Teil Furcht und Schwäche ist. Warum haben die Sozialisten, als sie die Macht hatten, nicht für das Reich »die Sachwerte erfaßt«? Weil sie es vorsichtiger und ihnen dienlicher fanden, wenn ihre Gewerkschaften sich von gleich zu gleich mit den Unternehmerverbänden schlugen und vertrugen – auf unseren Rücken. Erhöhte Löhne, steigender Profit, alles stimmt. Ruin des Mittelstandes, Elend und Sterben der geistig Schaffenden gehört ins Bild und wird hingenommen.

Wir Zugrundegerichteten hätten das Recht, laut und deutlich zu sprechen, selbst wenn wir nichts weiter verträten als unser armes Leben. Aber wir vertreten, kurz und stark gesagt, Werte, die wichtiger und unersetzlicher sind als Bergwerke und Fabriken. Eine Wirtschaft, die nie erlebte, märchenhafte Vermögen und gleich daneben unseren Tod zuläßt, ist nur noch ein Skandal. Sie stellt ganz einfach den Begriff der Nation selbst in Frage, – und dies war in der herrschenden Ideenarmut, Ideenfeindschaft der einzige Begriff, der das Ganze noch zusammenhielt. Wäre Nation dasselbe wie eine über gewisse Landgebiete verteilte Genossenschaft zur gegenseitigen industriellen Ausbeutung? Dann wäre niemand außer den am Nutzen

Beteiligten verpflichtet, sich für ein solches Unternehmen auch nur im geringsten zu interessieren. Nation indes ist anderes. Sie endet und zerfällt, wenn das fortlaufende Band ihrer Gesittung zerreißt. Gesittung aber wird erarbeitet und gepflegt, und jetzt sterben die Pfleger.

Glaubt man denn, sie gingen klanglos dahin? Man muß höchst wirtschaftlich eingestellt sein, um es zu glauben. Aus geistigen Arbeitern und Kulturträgern, die ihr Leben Gott weiß wie fristen, nur nicht mehr oft mit dem, was ihr Beruf wäre, werden die gefährlichsten Feinde der Republik: unvergleichlich gefährlichere als entlassene Offiziere. Denn sie wurden tiefer beleidigt, haben mehr zu rächen, und sind ganz anders befähigt, Feinde, die sie verachten, unmöglich zu machen. Die Republik war nicht ohne Anhang unter ihnen. Es hat ihrer gegeben, die sie mit vorbereiteten. Manche, die sie schwer belastet zur Welt kommen sahen, haben dieser Republik Nachsicht und lange Fristen gewährt. Noch die Geduldigsten sind enttäuscht. Sie sehen nicht irgendeinen Staat seine Pflicht versäumen: es ist die Republik, und ihr ganzes Daseinsrecht wäre doch nur der durchgeführte Gegensatz zu einem geistfeindlichen Regime, das vorherging. Sonst mußte sie nicht kommen.

Die geistig höchste Schicht des Landes hört Einheitsfront ausrufen, aber immer nur vor gefährdeten Kohlen. Mit den Kohlen ist eine Provinz gefährdet, Millionen Deutscher könnten verloren gehn; ihr Wert besteht scheinbar nur in den Kohlen. Um wirklich verlorene Teile des Reiches, die keine Kohlen hatten, war weniger Lärm. So bleibt es auch ganz ruhig beim Untergang der geistigen Schicht. Das wäre nationaler Sinn?

Zu schützen ist, in Gestalt ihrer Kultur, der Bestand der Nation. Äußere Bedränger allein werden mit ihr nicht fertig; ihre eigene Herzensschwäche, ihr kurzsichtiger Aberglaube an die Wirtschaft tut das Schlimmste. Wirtschaft dreht sich wie das Glücksrad, das Gewinne versendet, – zuletzt aber kommt alles an die Bank. Was Aufstieg heißt, erfahrt Ihr nie durch wirtschaftliches Denken, nur durch rücksichtslosen Aufbruch zu geistigen Zielen. Wer verhindert ihn, wer zwingt uns alle in seine Abhängigkeit? Der übermäßige Reichtum. Wer führt, ob er es will oder nicht, immer neue Verwicklungen, äußere und innere, herbei? Die reichsten Leute; der Staat ist, unversehens und auf illegale Weise, in ihrer Hand. Welche größte, ständige, dabei ungreifbare Gefahr bedroht jede ernstgemeinte Demokratie? Die Reichsten. Das Ärgste ist noch nicht, daß die letzte Phase des Nationalismus, mit Mord und Verlumptheit, nie anders erreicht worden wäre als durch das alles auflösende Dasein der Allzureichen, ja, auch dies ist genügend erhärtet, durch Nachhilfe einzelner von ihnen. Aber selbst ohne Putsch haben sie die Diktatur. Ihr Geld fließt höchstens für Regierungen, die ihrer Art sind. Eine andere, die nur Deutschland, nicht sie vertritt, bekommt nichts; so wird sie verhindert, drohendes Unglück abzuwenden. Man frage den vorigen Reichskanzler Wirth. Unsere großen Unglücksfälle entstehen ganz gewiß auch durch Fremde, durch ihre Bosheit und Unzulänglichkeit. Diese beiden Gebrechen zehren ebenso an uns, aber verteilt; die einen sind boshaft, die anderen unzulänglich.

Ein Land in Not hat auf so reiche und machtvolle Einzelne keinerlei Anspruch. So großartige Herren schließen auf eigene Faust Staatsverträge. Sie erfinden Gesetze, die nur für uns, nicht aber für sie gelten. Ihr Drang, an sich zu bringen, erstreckt sich auf das Wenige, das noch öffentlicher Besitz ist. Dies arme Land trägt so viel nicht, ihre stolze Blüte zu unterhalten. Wir Kleinen sind ihrer nicht würdig. Wir haben, statt der Zierde, die sie bilden, so viel Notwendiges, Lebenswichtiges zu erwerben. Den Gebrauch republikanischer Freiheit, – die durch Wirtschaftsfeudalismus illusorisch wird. Den Wert der kulturellen

Arbeit und Weitergabe, die volle Erfassung ihres ganz realen Wertes, – was nur ein weiter, fest begründeter, unabhängiger Mittelstand kann und sonst niemand. Die großen Männer der Wirtschaft sind zu hochfliegend für solche Kleinigkeiten, sie sehen sie nicht. Hundert Mark oder etwas Ähnliches ergab ein Bettelgang bei den siebzig Reichsten, für das Frankfurter Goethe-Haus. Wir haben, dies faßt alles in ein Wort, politisch denken und leben zu lernen. Wir sind nicht so gestellt, daß wir uns die Mühe von den Reichsten abnehmen lassen könnten, – besonders, da dies nicht ihren Gaben entspräche. Sie werden niemals der Vorstellung entrinnen, als ob ihr eigener Vorteil notwendig auch der des Landes wäre. Aber gerade in ihren Geschäften halten nationale Grenzen sie so wenig auf wie der öffentliche Nutzen, und als feindliche Interessen pflegen sie nur die anzusehen, an denen sie nicht beteiligt sind. Immer werden sie bestrebt sein, mit nichts hinter sich als ein besiegtes – hauptsächlich von ihnen besiegtes – Land, allen Imperialisten und Milliardären der Welt die gleichwertige Stirn zu bieten. Unsere Politik aber muß über ihre Machtpolitik weit hinaus sein. Wir sind durch unsere besonderen Umstände angewiesen, nach allermodernsten Erkenntnissen zu handeln. Wir sollen Humanität und Versöhnlichkeit verbinden mit dem eisernen Willen, den nationalen Besitz zu verteidigen gegen jeden Enteigner, spräche er deutsch oder anders.

II. »Wirtschaft« 1923

Mai 1923

Der europäische Geist hatte während des Daseins derer, die jetzt Fünfziger sind, einen glücklichen Augenblick, es war 1890 und noch einige Jahre nachher. Die 1870 Geborenen traten in die Welt ein, und viele von ihnen brachten geistige Bedürfnisse mit, die vielleicht nur einmal in solcher Reinheit vorgekommen sind. Sie liebten soziale Gerechtigkeit, Völkerfrieden, das auf Vernunft zu errichtende Menschenglück, und sie glaubten daran. Sie waren Utopisten, die von der Natur und ihrer Bitternis erlernten, es zu sein.

Ihre Meister wirkten erweiternd, befreiend; Nietzsche gegen die Vaterländer, für Europa, Zola für Dreyfus und von jeher für die Wahrheit, Ibsen für geistige Befreiungen, Tolstoi gegen Krieg. Nichts anderes bestand für die Jungen, sie sahen es nicht einmal. Das Enge, Rückwärtsgewandte hielten sie für keine Gefahr mehr. Gemäßigte Geister sogar glaubten damals die Zivilisation gesichert, das Leben besänftigt, die Luft zu atmen gut. Sie waren nicht weit entfernt, zu meinen, so werde es bleiben, die ganze Spanne ihres Daseins. Welche Enttäuschung! Dies war nur der Ruhepunkt genau in der Mitte zwischen zwei Kriegen.

Gleich darauf griff der Nationalismus ein, man weiß mit wieviel Glück. Er war das rechte Mittel, den Menschen zu bewahren vor den bekannten Gefahren einer falschen Humanität, – denn für Nationalisten ist Humanität immer falsch. Was sonst da war, zog nicht. Der Monarchismus war gerade dort, wo er am angriffslustigsten tat, in Deutschland, weit mehr Übereinkunft und bequemes Auskunftsmittel als tiefe Überzeugung. Wilhelm II., der ihn durchaus ernst nehmen wollte, hat seine Untertanen zu Anfang auf schwere Proben gestellt. Nur allmählich und weil sie immer besser verdienen durften, ließen sie die Wiederverkörperung des Sonnenkönigs geschehen und führten die barocke Oper mit ihm auf.

Selbst der Militarismus hat sich schwerer durchgesetzt, als man heute wohl glaubt, und nicht nur aus eigener Kraft. Noch 1905 stimmte der deutsche bürgerliche Freisinn gegen eine Vermehrung des Heeres und der Flotte.

Die französischen Militärs ihrerseits hatten sich mit Klerikalismus und Antisemitismus ernstlich kompromittiert.

Der Antisemitismus von 1890 war verfrüht, er mußte verkümmern. Die Zeit ist nicht reif für ihn, solange der Durchschnitt der Menschen an geschäftliche Ehrlichkeit noch gewöhnt ist und geistige Reinlichkeit wenigstens kennt. Solange man Katastrophen nicht erlebt hat und des nächsten Tages sich sicher fühlt, ist es nicht Zeit. Erst wenn alle wuchern, muß man schreien, der Jude wuchere. Erst wenn sogar für Bezahlung gemordet wird, kann mit durchschlagendem Erfolg verkündet werden, der Jude morde nach religiöser Vorschrift. Vor allem warte man das Chaos ab, den Augenblick, wenn alle mit zerrütteten Gehirnen auf selbstverfertigten Trümmern und Leichenhaufen stehen. Der Augenblick ist der richtige, um den verdienten Selbsthaß abzulenken auf den Juden.

Alles dies war unzulänglich gegen die Gefahren von damals, den Intellektualismus, die soziale Gesinnung, den Glauben, Europa wolle eins werden. Einzig der Nationalismus war ihnen gewachsen. Er war im Grunde die neue Kampfform der staatserhaltenden Gesinnung. Er fand Nahrung in Deutschland an dem Willen des Bürgertums, zur Führung zu gelangen. Handelsrivalitäten und Flottenbau waren bürgerliche Angelegenheiten, sie gingen weder den Adel noch das Proletariat ursprünglich auch nur das geringste an. Er fand Nahrung in Frankreich an alten Kränkungen, an Bündnissen und der von ihnen genährten Versuchung, im Internationalen wieder aktiv zu werden, an der nationalen Erstarkung selbst. Denn unsere beiden Nationen glauben sich ihre Erstarkung nur dann selbst, wenn sie militärische Folgen hat.

Dies sind nur Anlässe. Wie konnte es im Grunde geschehen, daß Nationalismus natürliche Vaterlandsliebe verdrängte und auch noch behauptete, er sei sie? Gefühle entarten mitsamt den Bedürfnissen, aus denen sie hervorgehen. Sie entarten wie Individuen oder Klassen. Sie sind mild und ohne Tücke, solange sie sich eins wissen mit den Zwecken der Natur. Erst ihre Überlebtheit und Unzeitgemäßheit erbittert und fälscht sie. Sie setzen sich zur Wehr gegen die gebotene Ablösung durch neue Tatsachen des Lebens. Sie wollen am Leben bleiben, selbst mit Lug und Trug, selbst mit Gewalt. Ein öffentliches Gefühl, ganz wie manches private, gebärdet sich am kräftigsten kurz vor dem Zerfall.

Es wird nicht anders verlaufen mit der nationalen Ausschließlichkeit als einst mit der religiösen. Die Religionskriege hatten die Religion auch nur zum Vorwand, als wirklichen Antrieb auch nur die Gier nach Macht und Besitz. Auch sie wurden immer größer und schrecklicher. Da, nach dem größten und schrecklichsten, dem dreißigjährigen, zerfiel auf einmal die ganze Angriffskraft des vorgeblich unbezähmbaren Gefühls. Ein Jahrhundert folgte, das mit der Unduldsamkeit der Religionen sogar sie selbst verwarf und nur noch unterschied zwischen Philosophie und Fanatismus. – Die Orgien des Nationalismus werden gebüßt werden von der Vaterlandsliebe.

Die Vaterlandsliebe ist kein göttliches Gebot, keine Heilslehre, nur ein Bedürfnis. Es keimt, schießt auf, verdorrt. Vorübergehend angewachsen bis zur Gefahr für den Bestand der Welt, wird es später wieder die harmlose Liebe des Einzelnen sein, die es war: Liebe zur Landschaft, zur Sprache. Und mag im Gegenteil und gleichzeitig zu sehr ins Weite gehen, um noch ausschließend zu bleiben. Wer einen ganzen Weltteil liebt, ist wohl endlich weise genug, die paar anderen nicht unnützer Weise zu hassen.

Das politische Vaterland ist veränderlich, sogar während meiner Lebensdauer hat das meine sich mehrfach verändert. Zuerst war es eine freie Stadt, dann ein mittelgroßes Reich, endlich ein beträchtlich verkleinertes. Das

Vaterland war für alle am Anfang nur die Vaterstadt, gleich hinter ihren Mauern waren sie rechtlos. Mit schwerer Mühe wurden die nächsten Dörfer einbezogen. War ein Staat von zwei Meilen Umfang zusammengebracht, wäre es todeswürdiger Verrat gewesen, ihn an den nächsten Viermeilenstaat auszuliefern. Das Vaterland funktionierte nacheinander zugunsten eines Strauchritters, eines fürstlichen Geheimkabinetts, einer Militärbürokratie, eines Industriekonzerns: immer aber zum Vorteil einer herrschenden Klasse. Nur die gerade herrschende Klasse hat das Interesse, das Vaterland in seinem derzeitigen Umfang zu erhalten. Wesentlich erweitert, verändert es jedesmal Namen und Begriff, es kann nicht länger von derselben Klasse mit denselben Mitteln beherrscht und nutzbar gemacht werden.

Die Tragik aller herrschenden Klassen nun will, daß gerade sie zu Kriegen hindrängen, Erweiterungen ihres Machtbezirkes betreiben und so ein Ende beschleunigen, das ihnen von selbst schon naht. Denn es naht immer jenen, die die geistige Begründung ihres Aufstieges vergessen haben, seien sie Napoleon oder der Bürgersmann.

Eine Art Entschuldigung fehlt der herrschenden Klasse der Bürger nicht. Sie hatte sich, um ans Ziel zu kommen, unvorsichtigerweise mit so vielen und hohen Idealen belastet, daß gewöhnliche Menschen daran scheitern mußten. Es behindert fühlbar das Erwerbsleben, wenn man in einemfort an Freiheit, Gleichheit, Brüderlichkeit denken soll. So gaben sie es denn sehr bald auf. Ihre Erfindung waren die Ideale ohnehin nicht. Vierzig Jahre Enzyklopädie haben den französischen Bürger höchstens als Objekt gehabt. Urheber der neuen Gedanken waren klassenlose, fast staatenlose, freie und entwurzelte Geister, Verfolgungen ausgesetzt, von Mißtrauen umgeben. Ihre ersten Anhänger waren notwendigerweise die Vorurteilslosesten der Gebildeten, darunter sicher mehr Adel als Bürgertum.

Der Bürger seinerseits sah sich schon vor der Revolution in den Regierungen reichlich vertreten, auch gehörten ihm die einträglichsten Finanzämter. Sein Trachten indes ging nach dem Ganzen des Staates, dafür bediente er sich, im Namen der großen Worte, des Volkes, – das freilich jeden erdenklichen Grund hatte, die Revolution zu machen.

Der damals praktisch werdende Begriff der Nation richtete sich keineswegs, wie heute, gegen andere Nationen: er richtete sich ausschließlich gegen den König. Nation war gleichbedeutend mit innerer Freiheit. Angriffskraft nach außen hatte das Wort nicht. Die französische Revolution kämpfte nur gezwungen gegen eine Koalition, nicht von Nationen, sondern von Königen. Nationen waren zunächst immer nur in der Abwehr, wie jeder, der noch nicht einmal bei sich zu Hause unbestritten ist. Auch deutsches Nationalgefühl erhob sich einzig gegen Bedränger, und dies waren im gleichen Maß die heimischen Fürsten und der fremde Imperator. Wären nicht Fürstenkoalition und Imperator gewesen, alles, Gefühl und Vorteil, trieb schon damals die beiden Nationen einander in die Arme!

Welch ein weiter, aber eiligst durchmessener Weg, vom Bürger, wie er aus den Kriegen vor hundert Jahren hervorging, bis zum Bürger nach dem von uns erlebten, seinem Krieg. Er begann als Geschöpf der Dampfmaschine, zuerst selbst noch mit anfassend bei der Manufaktur, Fabrikant in blauer Schürze. Väterlicher Gefährte seiner Arbeiter, die ihr Gedeihen gebunden wußten an das seine, aß er mit ihnen, betete mit ihnen und strich den Mehrwert der gemeinsamen Arbeit ein wie einen Tribut an die göttliche Weltordnung. Er war wohl noch redlich fromm, nur daß er von Anfang an das Interesse Gottes von seinem eigenen nicht reinlich unterscheiden lernte. Braver Mann übrigens, auf Ehrsamkeit des Wandels und pünktliche Bezahlung der Schulden nicht schlecht versessen. Der Fall des verlorenen Sohnes, kam er überhaupt vor, ergab ein ungleich peinlicheres Verfahren als in der Schrift. Daneben ein sonntägliches Gefühl von Vaterland und Nation, Fichte und Schiller. Während langer Jahrzehnte des friedlichen Geldverdienens blieben es feierliche Höhen, die kein Fuß betrat.

1848 war auch in Deutschland so viel verdient, daß man immerhin dem Volk nicht abriet, wollte es denn durchaus für den Bürger als Hort von Bildung und Besitz die politische Macht erkämpfen. Dabei ergab sich nun aber die unangenehme Überraschung, die unter dem Namen des Sozialismus bekannt geworden ist. In Frankreich muß die neue Gefahr sich besonders stark angekündigt haben, denn um sie zu unterdrücken, griff man gleich zu dem heroischen Mittel eines neuen Kaisers. Er selbst war vom Sozialismus nicht unberührt; seine schüchterne Liebe gehörte dem armen Volk. Inzwischen bereicherte sich unter ihm der Bürger: so kühn hatte er sich noch nie bereichert. Die Masse der Bürger blieb wohl brav, aber ihre Auslese, die Erfolgreichsten, die ihre Klasse vor Welt und Nachwelt vertraten, verloren die hergebrachten Bedenken, die Entgleisung der Klasse begann. Der Gründungsschwindel, der zwanzig Jahre später auch das siegreiche Deutschland ergriff, besteht fort als unvergänglichstes Denkmal der Epochen Napoleons des Dritten und Wilhelms des Ersten. Dieser billigte den Schwindel so wenig wie jener. Wilhelm wagte, im Hinblick auf die Erwerbsorgien des Bürgers, einst sogar ein Scherzchen, schwach, aber lehrhaft. Zu dem Herzog von Ratibor, dessen Verkehr mit dem Spekulanten Strousberg er kannte: »Nun, Herr Doktor Ratibor, wie geht es dem Herzog von Strousberg?« Er vertauschte den Titel, der Monarch ward nicht nur bitter, sondern fast Prophet! Aber wenn etwa Ratibor davon berührt ward, auf Strousberg machte es keinen Eindruck. Der Bürger trieb es weiter in seiner Art.

Nicht ohne schlechtes Gewissen und die demgemäße Angst. Eine heillose Angst vor dem Sozialismus beherrschte in Deutschland die Siebzigerjahre. Solche Angst hat es nie wieder gegeben – außer heute. Jeder Firmeninhaber bearbeitete seine Leute, als könnten sie nur noch gemeinsam mit ihm dem drohenden Ende aller Dinge Einhalt gebieten. Jede Madame auf ihrem Sofa zitterte vor dem Dienstmädchen, das begehrlich ihr seidenes Kleid zu betrachten schien. Ergebnis war das Sozialistengesetz, Unterdrückung und Gefängnis. Noch nicht Mord – wie heute. Die anarchische Geistesart des neuen Bürgers, die seine konservativen Gegner ihm schon damals nachsagten, hatte noch nicht ihre letzten Folgerungen gezogen.

»Das Wort Vaterland bedeutet heute nichts mehr, als das ausschließliche Bestreben Geld zu verdienen.« Dies schrieb Gobineau, Graf und Legitimist, nach 1870. »Richtig«, antwortete ihm der Bürger, damals wie heute; »aber kein Vorwurf. Denn wie dient man dem Vaterland? Mit Geldverdienen. Sozialisten sind sogar nur darum vaterlandslos, weil sie das Geschäft stören.«

Hier muß wohl die ursprüngliche bürgerliche Erklärung der Kriegsindustrie liegen, – aber war ihre bürgerliche Erklärung denn jemals menschlich faßbar? Das Genie des Bürgertums hat in den Jahrzehnten zwischen den beiden letzten Kriegen sich der Technik des Tötens bemächtigt und ist in sie aufgegangen. Der kriegsindustrielle Bürger als höchster Ausdruck seiner Klasse hat all die Zeit mit der Eskomptierung künftigen Massensterbens Geld gemacht. Verloren gingen ihm Wille und innere Verpflichtung, dem Leben zu dienen, außer seinem eigenen. Er hat das erstaunliche Paradox fertiggebracht, Arbeiter, die ersten Opfer des künftigen Schlachtens, an seine Industrie zu ketten. Zum Ruhm und Nutzen seines mörderischen Gewerbefleißes hat er unendliche Arbeitskraft, viel technisches Können und tausend Federn in Bewegung erhalten, hat dies alles dem Guten entzogen. Der kriegsindustrielle Bürger hat den Staat, auch den feudalen Militärstaat, aus dem Hintergrunde gelenkt, hat ihn nach jedem Versuch, auszuweichen, wieder auf das Geleise geschoben, wo's in die Katastrophe ging. Es gab, in Deutschland wie in Frankreich, Minister, die guten Willens waren, und andere, die wenigstens an das Äußerste nicht dachten. Parteien schwankten, Friedenswünsche erreichten manchmal die Herzen der Mächtigsten. Die aufgehetzten Völker haben, wenn das Wort Krieg fiel, nie anderes im Sinn gehabt als einen munteren Tumult; vom Sterben wußten sie so wenig wie Kinder. Wer alles wußte, alles wollte, waren einzig jene Industriellen, die, offenbar in beiden Ländern, hinter den nationalistischen Verbänden standen, sie aushielten, Geld gaben für das öffentliche Geschrei nach immer neuen Rüstungen, sogar den Staat, wenn es sein mußte, bestachen. Ihre Sache wollte es: da glaubten sie wohl endlich, die des Landes. Ihr großer Sach- und Menschenverbrauch, die unermessenen Interessen, die nun an ihre eigenen geknüpft waren, überzeugten sie, es sei das Land, für das Land ständen sie da. Wer den Krieg rüstet, darf nicht aufhören, bis der Krieg da ist: dann kommt erst seine Zeit. Er ist ebenso gehetzt wie Hetzer. Er ist der allgemeine Verderber, aber auch, wenn nicht im Materiellen, doch im Sittlichen das erste seiner eigenen Opfer.

Ihre Großväter würden den Mehrgewinn eingesackt haben wie Gottes Willen. Sie nicht mehr. Und sie schoben doch das Vaterland selbst in den Sack. Das ging nur, wenn sie sich mit ihm verwechselten. Hatten sie nicht recht noch im Ungeheuersten, wenn sie in sich das Land, im ganzen Land nur sich sahen? Dann wären sie sogar befugt gewesen, sie, die das Land selbst waren, ihr Geschäft mit denen zu machen, die ihresgleichen und auch wieder ein Land waren, wenn auch ein feindliches. Wem waren die beiden verantwortlich? Was wäre einzuwenden gewesen, wenn zwei scheinbar feindliche Kriegsindustrien, über den Umweg dritter Unternehmungen, jede an der anderen beteiligt gewesen wären? Erlaubt und geboten, sie wären einfach beieinander rückversichert gewesen. Was auch geschah, Sieg oder Niederlage, sie mußten verdienen, nur das war Pflicht. Indes die Idee des Vaterlandes bis zur Tobsucht, zur Selbstzerfleischung aufgepeitscht wurde für das Geld der Industrie, wäre die Weltbeherrscherin selbst schon nicht mehr an sie gebunden gewesen. Bezirke, wo nach keiner sittlichen Begründung des eigenen Daseins und Wirkens mehr gefragt wird! Unbedeutende Menschen wachsen, von Verkettungen getragen, dort hinein und wissen nicht wie. Die Welt ist seelenloser Rohstoff, die Menschheit ein Zwischenfall. Bleibend und allein gültig ist der Vorteil dessen, der die Macht hat. So denkt nicht einmal Gott. Weder so beschränkt noch so größenwahnsinnig kann er sein.

So beschränkt und so größenwahnsinnig ist einzig der vollendet Gottlose. Was ward aus der frommen Demut früherer Bürger? Das Bürgertum als Klasse hat seinen Weg zu schnell gemacht, als daß es irgend etwas anderes noch hätte ans Ziel mitbringen können, außer seinem siegreichen Erwerbssinn. Die Bürgerklasse fühlt sich nicht verantwortlich für die Völker, die sie ausbeutet und als Futter ihrer Machtgier benutzt. Niemals würde sie sonst diesen Grad des Opfers und des Elends von ihnen gefordert haben. Der ehemalige Adel behielt immer einen Rest Verantwortung. Er stand noch in Verbindung mit Gott, sein Recht kam von ihm. Woher kommt das Recht der Bürgerklasse? Sie leugnet die lebendige Wirkung von Ideen. Die »Wirtschaft«, jener automatische Vorgang, der die Reichsten immer reicher, die Armen vollends arm macht, ist alles, worauf sie sich beruft. Was bis zu ihr gedacht wurde, ist Zierat, was nach ihr und gegen sie, Verbrechen. Diese Klasse von Emporkömmlingen ist jetzt so konservativ, wie höchstens absolute Könige es waren. Bis ans Ende der Zeiten sollen alle Menschen, die geboren werden, an sie den Mehrwert ihrer Arbeit abliefern: ohne Grund und höhere Berechtigung, einfach nur, weil es heute so ist. Der ehemalige Adel hat einst in Frankreich seinen 4. August 1789 gehabt. »Der Feudalismus, der tausend Jahre geherrscht hatte, dankt ab, schwört ab, spricht den Fluch über sich aus.« Der Geschichtsschreiber setzt hinzu: »Großes Beispiel, der hinscheidende Adel hat es unserer herrschenden Bürgerklasse vermacht.« Nie war ein Beispiel vergeblicher.

Wer gemeint hatte, der große Krieg werde in der Laufbahn des Bürgertums oder der kleinen Auslese, die sich noch jetzt so nennen darf, die höchste Leistung bleiben, wird von ihr belehrt. Selbstanbetung bringt noch mehr fertig. Unwissenheit kann noch schwärzer, Herzensroheit noch roher werden. Was Deutschland und zweifellos auch Frankreich seit dem Ende des Krieges unter den beiden nationalistischen Bürgerklassen erlitten haben, steckt die Grenzen der Schamlosigkeit weiter. Abwechselnd mit Betrug und mit Gewalt wird das eigene wie das fremde Volk niedergehalten und in noch größeres Unglück gestoßen. Die langjährige Gewohnheit beider Völker, Kriegsgesetzen zu gehorchen, benutzt man, die Freiheiten noch gründlicher abzuschaffen als sogar im Kriege. Müdigkeit und Verstörtheit der Völker machen sie zu Opfern der Klasse, die das Geld hat. Jetzt sieht ein jeder: der Krieg war das sicherste Mittel für eine Auslese der Gierigsten. An der Herrschaft ist nicht mehr das Bürgertum selbst, nur noch die durchfiltrierten Instinkte der Klasse in Person der Gierigsten. Sie haben den Mittelstand aufgefressen. Schon sind die sozialen Sprossen, die zu ihnen hinaufführten, so gut wie alle beseitigt. Unter ihnen ein allumfassendes Proletariat. Allein in der Höhe pumpen sie das Blut der Völker zu sich hinauf, drunten ringt man um jede Stunde. Erbarmen ausgeschlossen, es sind die Gierigsten.

So steht es in Deutschland. So wird es nicht lange hier allein stehen. Der Besiegte erfährt etwas schneller, was das Schicksal vorhat. Auf dem Abrutsch ins Elend ist er natürlich voran. Die Klasse, die den Abrutsch befehligt, hat hier leichtes Spiel, dank der Niederlage. Großes Beispiel und kein vergebliches, für alle führenden Klassen. Ihr größtes Glück können sie mit dem größten Unglück des eigenen Volkes machen. Ein geschlagenes Volk wirft das meiste ab. Die Niederlage ist für die, die sie organisieren, das beste Geschäft. Wußte man das? Früher versanken die Führenden, wenn sie sich verrannt hatten, in den Abgrund. Um herauszukommen, können wir nur noch auf unsere Führer hoffen. Der ganze Witz ist der, ein Volk so gründlich hineinzulegen, daß es sich selbst auf keine Weise mehr helfen kann: so macht man sich ihm unentbehrlich, wohl oder übel läßt es sich das noch übrige Fell über die Ohren ziehen. Eine führende Klasse, die ein Volk zum Erfolg führt, wird kritisiert und bald bedroht; denn welcher Erfolg wäre vollständig und nicht zweischneidig. Das sicherste ist, sie führt ein Volk in die ungeheuerste Katastrophe.

Um aber vom Sieger zu sprechen: kennt man in Frankreich den Rückgang und die Ohnmacht der politischen Opposition? Die Unterdrückung ihrer Aktion, die Verhaftung sogar ihrer Abgeordneten? Und kannte man dies ehemals? Kannte man den Zustand, daß von Freiheit kaum mehr als die des Verdienens besteht – und auch die Pressefreiheit in der Tat nicht mehr? Denn der diktatorische Druck des Nationalismus auf die öffentliche Meinung erstickt die Pressefreiheit auch ohne ausdrückliches Verbot. Eine Art Betäubung des ganzen Landes erlaubt dem Nationalismus seine traurigen Unternehmungen, – die scheinbar nur gegen Deutschland gehen. Wen aber werden ihre späteren Wirkungen treffen?

Man verkenne nirgends die Symptome schwerer Anfälle, die heraufziehen, – mögen sie sich auch vorläufig hinter äußerer Machtentfaltung verstecken. Wir Deutsche wissen nun schon, wie es weiter geht, wenn die Geldinteressen der Reichsten, gleichgültig ob in Kohle oder in Eisen ausgedrückt, das einzig Bestimmende sind. Nichts weiter zählt mehr im Lande, nur »Wirtschaft«, soll heißen: die großen Vermögen. »Nicht an sie rühren!« Steuern fast allein aus den Besitzlosen gepreßt, alle sozialen Forderungen vertagt und vergessen, alle kulturellen Werte vertan, ihre Pfleger zu den Lohnsklaven geschoben – aber »Wirtschaft«! Die geistigen Arbeiter scheinen lautlos verhungern oder Bürodiener werden zu wollen. Aber wohin ist in Deutschland die selbstbewußte Klasse der Industriearbeiter gekommen? Lammfromm, um ihr Leben bangend, hängen sie an ihren übermächtigen Herren. Es ist wieder geworden wie in den patriarchalischen Anfängen der Industrie: das Wohl der Arbeiter gilt als dem der Herren unlösbar verbunden. Bettgenossen, die nur die Not des einen schafft! »Das Kapital ist der Freund der Arbeiter«, konnte unter Mißbrauch der Not schon laut gesagt werden. Sie fühlen aber einzig: »Nur noch den Lohn für heute und morgen! Euer Wucher, unsere Lohnerhöhungen zwingen alle, immer wahnsinniger um das Leben zu kämpfen, – aber soll alles verrecken, nur wir noch nicht! Heute und morgen!« Der ganze Staat gleicht diesen Armen und denkt wie sie. Daher: »Schonung der Wirtschaft!« Und wegen »Wirtschaft«, dauernd überreizt, von einem Zusammenstoß mit auswärtigen Gläubigern zum anderen und nie aus dem latenten Bürgerkrieg außer vielleicht in den offenen.

Dies alles weiß jeder, und es wird um so tausendfältiger und unablässiger gedacht, gestöhnt und geflüstert, je weniger es gesprochen werden kann. Die Gierigstenherrschaft hat ihre Presse und ihre Gerichte. Für die meisten

Gerichte sind nicht jene die Hochverräter, die dem Land an der Schlagader sitzen: der ist's, der sie nennt. Die Pressefreiheit hingegen besteht, nach wie vor, gleich stark für alle. Denn wie der Reichste die ganze Presse ungestraft aufkaufen darf, um allein und ohne Widerspruch die Stimme zu erheben, so hat dasselbe unverbrüchliche Recht auch der Ärmste. Nur seine Schuld, wenn er es nicht ausübt: wenn im Lande endlich düstere Einmütigkeit entsteht, wie nicht einmal unter dem Absolutismus.

Die Gierigsten gehen weiter, sie schließen eigenhändig Staatsverträge. Setzen sich selbst an die Stelle der Staaten, die Grenzen sind abgeschafft, wenn sie kommen. Sie verkaufen Erfindungen hinüber, die zur Sicherheit ihres Landes gemacht wurden. Für kleine Leute aber haben sie ein früher unbekanntes Verbrechen erfunden: Industrieverrat, den Hochverrat an ihnen.

Die sozusagen geistigen Machtmittel könnten versagen, es schien geraten, für handfeste Volksbewegungen zu sorgen. Wie leicht sind sie zu haben heute! Zur Verfügung steht der brotlose Nationalismus, die zügellosen Fanatiker einer abgehausten, schädlich gewordenen Idee. Am Anfang war die Idee uneigennützig, hochherzig, geistig anspruchsvoll. Unbekannt waren ihr Angriffslust und Haß. Sie hat sie erlernt, sie ward, wie ihre Ziele, gassenläufig und gemein. Das letzte Geschlecht ihrer Anhänger aber, zu verkommen sogar für eigene Verbrechen, leistet nur noch Banditendienste den Reichsten. Später Anhang Fichtes, Schillers – und nehmen Geld! Hier nun vereinigt sich Geld einheimischer Industrieller mit Geld, das fremde Industrielle spenden. Das ist Nationalismus. Dieselben Interessen verbinden die Mächtigen und halten die Völker entzweit, welche glückliche Ordnung der Dinge!

Das Gute an all dieser Ordnung? Sie hat ihr Gutes. Die wirklichen Machthaber, die nur noch so wenige sind, haben ihre Deckung verlassen, man sieht sie. Ehemals waren sie, durch Monarchie und Militarismus, glänzend gedeckt. Ihr Krieg ging unter falscher Flagge. Wer wußte, daß der Generalstab ihr Beauftragter war? Die Kriegsziele vor allem die ihren? Millionenfaches Todesopfer des Volkes dargebracht für Bergwerke, nach denen sie gierten? Nach dem Krieg aber haben sie den Mittelstand aufgefressen, das hat sie bloßgestellt. Jetzt sieht man sie. Jeder kennt ihre Namen, ihre Gesichter und Bärte. Sie sind zu eitel, es zu verhindern. Auch zu dumm. Wie sollten sie wissen, daß ihr Vorteil Heimlichkeit verlangt? Ihr offener Anblick ist weder dekorativ noch erhebend genug. Macht, die ausschließlich das enteignete Geld der Gesamtheit ist? Bezahlte Macht, nicht achtbarer als bezahlte Liebe.

Ihr Anblick zwingt den Unschuldigsten, zu fragen, was sie denn, außer raffen, noch können, – da sieht er: nichts. Sie haben das Raffen zum Maß der Dinge erhoben, ja, auch Menschen haben für sie nur dies Maß. Ihnen entgehen sämtliche menschlichen und politischen Wahrheiten oder gar Keime zu Wahrheiten. Gegen sie waren Monarch und Generalstab humanistische Genies. Die krasse Unwissenheit dieser Gestalten prahlt mit Verachtung jeder Handlung, die nicht unmittelbar Geschäft ist. Sie geben aus Grundsatz nichts oder höhnische Lappalien für alles, was in Deutschland jetzt untergeht, – es soll untergehn. Was machen Tatmenschen, die sie zu sein glauben, sich aus dem Wort, aus Definition und Einblick. Wozu gesittete Auseinandersetzungen, die nicht auf Macht fußen. Die Parlamente scheinen ihnen Spielzeug, sie verstehen Mussolini. Einer von ihnen hatte gerade mit Hilfe eines Agenten, der vom Balkan kam, die Mehrheit der Aktien einer Berliner Bank heimlich und hinterrücks an sich gebracht. Ein Balkangeschäft. Dann ging er in eins der Parlamente und sprach. Der Satz kam vor: »Ich kann meine Zeit produktiver anwenden als hier.« Mit Balkangeschäften.

Derselbe wurde von einem Berichterstatter gefragt, für wen er eigentlich so unsinnig viel Geld verdiene. Er hätte natürlich sagen müssen: »Für den Aufbau der deutschen Wirtschaft.« Oder einfacher und größer: »Für Deutschland.« Oder ganz groß: »Zum Heil der Welt.« So war er doch eingespielt. Aber nein, er vergaß sich. Für wen er so viel Geld verdiene? »Für meine Kinder«, sagte er schlicht. Sein Großvater in der blauen Schürze hätte nicht schlichter bürgerlich sprechen können. Dies also sind sie in unbewachten Augenblicken. Es rührt fast. Es könnte versöhnen, wenn das noch zu machen wäre.

So oder so haben sie eine Unschuld und Frische, die hierzulande kaum noch zu erwarten war. Der Krieg war ihr Stahlbad, wenn sonst niemandes. Sie haben, nach allem, was das Vaterland ihrer Wirksamkeit zu verdanken hat, noch immer den Mut, sich mit ihm zu verwechseln, dazu gehört etwas. Noch immer kostet es sie kaum Selbstüberwindung, höchstens vielleicht eine leichte Nachhilfe ihrer Gutgläubigkeit, wenn sie nationale Sache sagen und ihr Geschäft meinen. Übrigens haben Umstände die Gleichsetzung beinahe wahr gemacht. Dank der allgemeinen Untätigkeit steht es derart, daß sie mit internationalen, die Nation vollends enteignenden Geschäften noch immer die Patrioten sind, weil ohne sie nicht erst morgen, sondern schon heute alles aus wäre.

Sie tun recht, Personen, die ihr Geschäft stören möchten, als vaterlandslos durch ihre Organe verfolgen zu lassen. Man sollte ihnen darin nicht unrecht geben. In unserer Lage, die, solange wir es dulden, von der ihren nun einmal bestimmt wird, ist es gefährlich, witzige Ausfälle ihrer Gegner mit Sympathie in den Zeitungen abzudrukken. Unlängst kam im Reichstag von rechts der Ruf: »Sie haben ja kein Vaterland!« Rechts sitzen, neben den Industriellen, die Wucherer mit Nahrungsmitteln; sie riefen nach links: »Sie haben ja kein Vaterland!« Worauf Stimme von links: »Nein! Das haben Sie uns gemaust.« Man sollte hierüber still sein.

Oder aber man müßte schließen, daß sie doch nicht so unerschütterlich fest sitzen wie ihre Unschuld es sich träumt. Gibt es Widerstände, ausgedehntere als es scheint, wenn auch noch verschwiegene, gegen die Diktatur der »Wirtschaft«? Gegen die Behauptung, sie sei alles und ein »Wirtschaftsführer« das letzte und wichtigste Ergebnis der menschlichen Geschichte? Wer hat den Typ schon satt? So viele melden sich! Wem wird allmählich übel bei seiner Verherrlichung? Wer findet den knechtischen Trieb denn doch noch widerwärtiger hier, als wenn er sich an Fürsten sättigt? Wer hat schon mal gehört, daß früher ein Ladendiener mit fünfundsiebzig Mark Monatsgehalt den festen Willen hatte, ein Warenhaus zu besitzen, und ihn endlich auch durchsetzte? Wer ist der begründeten Überzeugung, daß die Abenteuer der Wirtschaft heute es unvergleichlich leichter machen, einige Industriekonzerne unter sich zu bringen, als damals ein Warenhaus? Wirklich, schon so viele besinnen sich darauf, daß die Überlieferung unseres Landes, unserer Gesittung noch andere Verdienste kennt, – und daß selbst der Ausgewucherte im Geistigen nicht überzahlen sollte? Ich dachte mir schon, es werde doch noch Hoffnung bleiben. Die Überentwicklung des Erwerbstriebes auf Kosten aller edleren Funktionen der menschlichen Natur wird nicht das unwiderstehliche Beispiel für alle sein, und nicht auf die Art werden wir Europäer enden.

Eines Tages werden wir Mitleid fühlen dürfen mit dem, was wir sahen von äußersten Verirrungen des Erwerbstriebes, von seiner widernatürlichen Unzucht. Gewisse Geschehnisse werden vielleicht nur noch vom Mitleid bis in den Grund verstanden werden. So der Besuch der Industriellen im zerstörten Gebiet. Industrielle beider feindlicher Länder fanden sich, nach vollbrachter Tat, dort zusammen, um zu beaugenscheinigen, was sie vollbracht hatten. Ihre Waffen, Geschütze, Sprengstoffe, Giftgase, alle ihre technischen Höchstleistungen hatten hier überwältigend gesiegt. Kein Haus, kein Baum und keine Mauer. Der Mensch nur noch als Skelett vorkommend in dieser Erde, die mehr zerstücktes Eisen als Erde war.

Die Herren verließen ihre starken und glänzenden Autos. Obwohl feindlicher Herkunft, schritten sie im besten Einvernehmen über die Stätten ihres Wirkens. Es war ihr gemeinsames Wirken. Die Feindschaft war in Wahrheit Arbeitsgemeinschaft. Wenn die technischen Errungenschaften, die hier gehaust hatten, zufällig nur die des einen waren, der andere hatte sie dank seinem Wettbewerb mit hochgebracht. Er würde seine eigenen nicht anders verwertet haben. Er hatte gegiert nach den Gruben des Nachbarn, wie der nach seinen Hütten. Er hatte, dem anderen neidvoll verbrüdert, den Krieg herbeigerufen und ihn unvermeidbar gemacht. Er hatte, gleich jenem, Menschen, Landsleute, Nachbarn sterben lassen, die mit der Sache nichts weiter zu tun hatten, als daß sie eben starben.

Beide, weit entfernt, hiernach vom Schauplatz abzutreten, waren seither nur noch tätiger, mächtiger, stolzer geworden. Sie waren allumfassend geworden. Jetzt zeigten sie sich, Seite an Seite, in dem schamlosen Sonnenlicht, das ihr Werk beschien, und berieten ihr nächstes Kompaniegeschäft, den Wiederaufbau.

III. Anfänge Europas
Mai 1923

Halten einige oder sogar viele von uns, diesseits und jenseits der Grenze, ein versöhntes, geeintes Europa noch für möglich? Glauben sie, daß dem blinden Eigennutz der Länder und der Böswilligkeit derer, die ihn für sich ausbeuten, noch Widerstand geleistet werden kann? Daß die Masse der Europäer noch fähig ist, sie zu hören, wenn sie sagen und bekennen, die Wirtschaft sei nicht Gott, und Gott, der Geist sei, lebe? Dann müssen sie beginnen. Es ist sehr spät geworden.

Viel können wir nicht tun, oder aber alles. Sagen und bekennen. Können wir es? Haben wir zwingende Worte? Wer sind wir?

Der Mensch ist geschaffen zu empfinden; wer auch denkt, bleibt Ausnahme. Er muß den Mut haben, sich seine Lage einzugestehen. Die Forderungen, die seine Natur an die wirkliche Welt stellt, haben Lebensrecht wie alles übrige. Sie finden ihre Grenze, wo Menschen, wie sie nun sind, versagen.

Denkende sind mit ihrem unverfälschten Wesen gegen jede überwiegende stoffliche Macht. Einig sind sie in ihrer Feindseligkeit gegen den bestehenden Industriefeudalismus. Sie spalten sich erst in der Frage, was gegen ihn auszuspielen sei. Manche meinen: vorhergegangene Mächte, Armee, Kirche, Adel, König. Die französische Schule Maurras vertritt dies alles mit Geist. Deutsche Reaktionäre haben nie Geist, darin sind wir glücklicher. Aber jene Franzosen vergaßen wohl schon, wie die alten Mächte sich aufführten, als sie noch überwogen. Sie hätten sonst keine Freundschaft für sie, da sie ja auch die heutige Macht nicht ertragen. Macht ist Macht. Maurras wäre 1793 einer der Revolutionsliteraten gewesen, die er verabscheut. Welch ein sinnloser Einfall übrigens, der heute herrschenden Klasse mit dem Militarismus als Schrecken zu kommen. Militarismus und Industriekapital vertragen sich nicht nur, sie sind das gleiche. Keine der alten Mächte würde den Industriefeudalismus bekämpfen, jede ihn benutzen. Er und sie würden sofort gemeinsam Hochverratsparagraphen errichten gegen die Denkenden. Jede Beschränkung der Freiheiten, die ein Mensch des Geistes befürwortet, trifft alsbald seine eigene. Sagen wir offen und ohne paradoxale Umwege, daß wir auf alle Fälle widerstreben dem Ungeprüften und dem Verbot zu prüfen, wir, deren Wesen Zergliederung und geistiges Wagnis ist. Nationaldünkel, Nationalhaß, der Neugier nach seinem wirklichen Gehalt für Verrat erklärt, liegt uns nicht von Natur; nur unsere Widerspruchslust oder historisch-ästhetische Liebhabereien, nur halbe Erkenntnis bringt uns zuweilen auf solche Wege. Einmal betreten, werden sie bald trostlos. Dann können Menschen, die unseres Wesens sind, die Unwissendsten ihrer Landsleute darin bestärken, das Nachbar- und Bruderland zu zerreißen und zu knechten im Namen einer europäischen Ordnung und Gesittung. Als ob die Schicksale nicht aneinander gebunden, als ob es nicht viel zu spät wäre, um noch einer auf Kosten des anderen zu leben! Nein, immer nur, wie der Nationalismus, das eigene Recht sehen und dieses auf das bloße Bedürfnis stützen, scheint unseresgleichen unentwickelt und sittlich nicht verlockend. Nun muß man wissen, daß gerade der unvoreingenommene Geist in der Erkenntnis Gesetze des Sittlichen findet und endlich beide gleichsetzt.

Es gibt heute kaum noch vorgeschrittene Geistigkeit, kaum noch Willen und Bekenntnis zur Wahrheit, ohne einen gewissen Internationalismus. Er wird bedingt schon durch die Qualität der Nationalisten – dann aber auch durch die klar zutage liegende Tatsache, daß die nationale Idee geliefert hat, was irgend drin steckte und nicht das geringste mehr verspricht. Das Wesen der Geistigen ist gerade der Wille, weiter, höher zu dringen. Der Mensch soll endlich zu umfassenderem Umblick hingeführt werden, sein Sinn soll sich öffnen der Gerechtigkeit für seinesgleichen, und als seinesgleichen soll er wieder einige mehr erkennen. Europa: der Gedanke enthält neue Ziele, neue Mittel, vielleicht ein ganzes neues Menschentum und sicher neue Kämpfe.

Was bieten uns dagegen noch die abgenutzten Streitigkeiten der alten Nationalstaaten? Geraufe und Geschrei um immer dieselben paar Grenzstreifen, nationale Redensarten, die im Grunde ein paar Grubenschächte meinen, Haß, der eigentlich Selbsthaß ist, und Dummheit, die sich dauernd im Zustande der Wut erhält, um nicht vor sich selbst zu erstarren. Das dreht und dreht am Fleck, löst sich von Wind und Wetter und von der eigenen Raserei in Lumpen auf und findet kein Ende. Sollten die französischen Nationalisten 1923 wirklich erstreben und erreichen, daß die deutsche Einheit auseinanderfällt, was würden sie unvermeidlich machen? Die deutsche Einheit. Noch einmal das neunzehnte Jahrhundert. Wieder von vorn unsägliche Begeisterung für Selbstverständlichkeiten, für die Aufhebung von Zollgrenzen zwischen Provinzen. Ausgeführt aber der Tanz von heutigen Nationalisten, nicht etwa von denen aus den frischen Tagen geistig erfüllter Vaterlandsliebe. Dahinter als Drahtzieher internationale Industrielle. In Verfälschtheit und Verfall würde Deutschland faulen müssen – und Frankreich, das ihm aufspielt, nicht minder.

Es wäre an der Zeit für beide Nationen, den Unfug abzustellen mit einer Bewegung des Überdrusses. In beiden Nationen wird vielfach so gedacht; es zeigt sich, so oft eine die andere vergewaltigt oder betrügt. Dann klagen wir einander die Gefühle, die unsere Landsleute uns abnötigen. Die Reihe ist nacheinander an den Franzosen und an uns, oft auch an beiden zugleich. Jetzt schreiben Franzosen nach Deutschland, sie mißbilligten alles, was geschieht, aber sie seien ohnmächtig im eigenen Land. Das kennen auch wir. Der und jener Franzose soll so weit gegangen sein, zu sagen, er schäme sich seines Landes. Es wäre nichts Ungewöhnliches. Stendhal schämte sich besonders heftig, wenn auch nicht aus Pazifismus, seines Landes, als er den Beamten seines Konsulates erklärte, er lege seine Nationalität ab. Wir alle haben uns unseres Landes schon geschämt; es kommt häufiger vor als das Gegenteil, der Stolz auf unser Land. Da Länder langsamer leben als Menschen, ist es viel, wenn im Lauf unserer kurzen Lebensdauer unser Land uns ein einziges Mal stolz macht. Der Durchschnitt sind gemischte Gefühle. Das Bleibende ist Verlangen zu bessern.

Wie wollen geistig Lebende bessern? Natürlich durch Vergeistigung. Die Handlungen unserer Länder sollen zum Antrieb Idee haben. Wir glauben, jeder von seinem Land, daß ihm dies durchaus gemäß ist. Demnach wäre es europäisch. Geist und Tat, voneinander durchdrungen und bewegt, sind europäisch. Es hätte nie und nirgends vergessen werden dürfen – besonders nicht in den beiden Ländern, die einander gewiß nur darum so viel bekämpfen mußten, weil sie bestimmt waren, einander größer zu machen. Wird jetzt der Zweck durch Kampf nicht mehr erreicht, so heißt dies deutlich: genug, seid einig!

Deutschland und Frankreich mit ihren ähnlichen und ineinander verschlungenen Schicksalen haben zu allen Zeiten gemeinsame Organe gehabt; sie glichen gewissermaßen dem Kaiser Karl dem Großen, den jedes der beiden Völker für den seinen hält. Bei dem heutigen Franzosen André Suarès las ich: »Unser Goethe.« Ich las es nie bei einem Engländer, Italiener oder Russen. 1870, vier Tage nach der Kapitulation der kaiserlichen Armee, sagte Renan: »In allem, was ich studierte, fiel mir die Überlegenheit deutschen Denkens und Arbeitens immer auf. Ja, ihr Herren, die Deutschen sind eine höhere Rasse.« Ein wundervoller Geist, noch jetzt im höchsten Sinne Organ seines Volkes, spricht so vor vielen Leuten, darunter nicht nur Freunde, und sein Land ist soeben militärisch geschlagen von denen, die er rühmt. Ja, er verteidigt Bismarck. Aber Goethe hatte gesagt: »Er ist ihnen zu groß«: Napoleon, gegen den ganz Deutschland grade damals aufstand.

Goethe hatte für die Nachwelt bekannt, er könne die Franzosen nicht hassen, er verdanke ihnen zu viel. Selbstbehauptung eigener Größen, die sich nicht wollen fortreißen lassen? Auch das. Und dann dies zwingende Gefühl, im eigenen Wert edelste Beiträge beider Völker zu vereinen, Organ eines jeden zu sein, jedes vertretend vor dem anderen.

Weder Goethe noch Renan haben ihre Worte leicht hingesprochen, sie kamen aus aufgewühlten Tiefen, Protest gegen Eingriff in ihr Wesen und Geschick. Es ist ganz unwahrscheinlich, daß Krieg mit irgendeinem anderen Volk sie so gepackt hätte. Auch ist unwahrscheinlich, daß jene Ausrufe beleidigter Gewissen, die heute herdringen aus Frankreich und von hier dorthin, in jedes andere Land den Weg fänden. So feindlich verbrüdert waren immer nur wir. Will Europa denn eins werden: zuerst wir beide!

Wir sind die Wurzel. Aus uns der geeinte Kontinent, die anderen können nicht anders, als uns folgen. Wir tragen die Verantwortung für uns und für den Rest. Durch uns wird ein Reich sein über den Reichen, und das Reich wird dauern. Oder keine Zukunft gilt mehr für uns, noch für Europa.

Die Wage steht, und wer sie ansieht, atmet nicht. Unwiederbringlicher Augenblick. Bis morgen haben die beiden wichtigsten Länder des europäischen Festlandes sich frei entschlossen einzulenken, oder die ehemals großen Mächte, die Europa waren, werden nie mehr freie Entschlüsse fassen. Dieser Weltteil, der einst Weltherrschaft beanspruchte, wird nicht einmal mehr eine selbständige Geschichte haben. Abhängig vom Willen der angelsächsischen Reiche und des russischen, erdrückt von der Masse aller dieser dichten Körper, wird das zerrissene Europa ein Spott selbst der vierten sich schließenden Größe, des mongolischen Reiches, sein. Was hat uns denn, gegen alle Wahrscheinlichkeit, so lange erhalten – klein und benachteiligt an natürlichen Hilfsmitteln wie unser Erdteil ist? Unsere wache Tatkraft allein, die ständige Bereitschaft, Wissen und selbst Traum in Handlung zu verwandeln. Seit einer Weile bleiben wir zurück hinter den neuen Mächten, die heranwuchsen. Zum erstenmal im Dasein Europas sind wir unzeitgemäß. Das ist am wenigsten uns erlaubt, nur für uns ist es das Ende. Entweder wir einen Europa, hören auf, das geeinte Europa für Utopie, Liebhaberei und fernes Zukunftsbild zu halten, erfassen endlich seine dringlichste Lebensnotwendigkeit, – oder dieser Ausläufer Asiens, der so viel lärmenden Aufruhr gewagt hatte, wird still zurückgeholt werden von der großen Mutter.

Verwirkt ist dann mit Macht und Reichtum, die schon verloren gingen, sogar die Hoffnung, sie wieder zu erlangen. Verwirkt auch das Gewicht unseres Geistes. Dies zweite, man täusche sich nicht, trifft mehr Europäer bis ins Tiefste als jenes erste. Zweifel sind begründet an dem Verantwortungsgefühl der Personen, die sich heute »die Wirtschaft« oder »die Industrie« nennen. Werden sie sich in ihr Schwert stürzen, wenn wir Kolonie geworden sind? Werden sie einfach weiter verdienen? Die Nationalisten werden einfach weiter toben und Geld nehmen. Wer am eigenen Land immer nur verdient hat, opfert auch für keine weitere Gemeinschaft das geringste. Der tödlich beleidigte Stolz wird viel eher bei uns sein, die den Geist Europas vor der Welt behaupteten. Wir erkämpften unsere Geltung nicht leichter, nicht weniger hartnäckig als der kleinere Erdteil die seine. Macht, die er erkämpfte, stützte auch uns, wir aber waren seine unruhigste Vorhut. Wir wollen es bleiben, nicht graeculi werden für die Ausfuhr, – was schon begonnen hat.

Unser Wissen wird uns stark machen. Alle anderen schwanken noch einher, raten, wüten oder träumen. Wir wissen. Welch ein weiter Weg ist gemacht, seit Victor

Hugo 1871 der Nationalversammlung zurief: »Keine Grenzen mehr! Den Rhein für alle! Lasset uns eine Republik bilden, lasset uns die Vereinigten Staaten von Europa sein!« Damals war es der Dichter, der träumte, und die Nationalisten hatten Gewißheit und Zukunft. Der Verkünder der Vereinigten Staaten konnte nicht einmal für sich selbst einstehen; wenige Monate früher hat er, nach Goncourt, gesagt: »Die Welt kann das abscheuliche Germanentum unmöglich hinnehmen. In vier oder fünf Jahren kommt die Vergeltung.« Heute schwankt das Bild uns nicht mehr vor Augen, es verdunkelt sich nicht wieder. Wir erblicken es scharf umrissen, nahe, zwingend. Keine atavistische Versuchung, die uns zurückhielte. Die Idee Europa ist in den Zustand des wissenschaftlich Erwiesenen getreten.

So können wir unverwundbar durch Gefahren gehen, die nicht ermangeln werden, ringsum aufzustehen. Wir sind international, Deutsche und Franzosen, aufs Wort und feierlich verbunden zur Durchkreuzung nationalistischer Anschläge, kämen sie von welcher Seite der Grenze immer. Der Nationalismus wird unterhalten von seinen Nutznießern, den Reichsten, Mächtigsten in beiden Ländern. Wir werden sie herausfordern: Gefahr über Gefahr. Aber wir haben das Wort. Zug um Zug trifft unser Wort die Schliche und Gewalttaten, mit denen sie die Einigung aufhalten, die geschäftlichen Machenschaften, für die ihr Land einstehen soll. Erst recht aber trifft unser Wort sie, wenn sie sich entschlössen, Feindschaften, die ihnen nichts mehr einbringen, zu beenden, einander zu beteiligen an ihren Geschäften und selbst Europa zu einigen – auf ihre Art. Die kennen wir. Wir sahen, wohin sie den Weltteil führten. Wir haben den letzten Sturz ermessen, den sie ihm noch vorbehalten.

Großes Erlebnis, die Wiederkehr der Idee! Etwas luftig Ungreifbares über dem Leben, zerteilte Wogen, weil ihrs glaubt, das Schicksal gelenkt wie durch Zauber. So brachen Europäer, den Schein des Himmels auf erhobenen Stirnen, zur Eroberung des Heiligen Grabes auf. So war 1789. Dieselben Seelenkräfte leben wie je, ihr Absterben ist unwahr wie der vorgebliche Automatismus des geschichtlichen Geschehens. Nichts im Menschen stirbt ab. Heute oder morgen bricht er zu Zielen der Weisheit auf, mit den gleichen Kräften, wie ehemals in einen Traum. Namens ihrer Unsterblichkeit werden unsere Völker Europa, Reich über den Reichen, erobern.

IV. Noch ein Krieg mit Frankreich
Antwort nach Frankreich, Juni 1923

Der Artikel von Jacques Rivière im Maiheft der ›Nouvelle Revue Française‹ hat großes und berechtigtes Aufsehen gemacht. Es ist einer der ersten französischen Vorschläge an so wirksamer Stelle, für eine wirkliche Verständigung mit Deutschland, wenn auch nur für eine praktische. Gesinnung bleibt noch unberührt. Franzosen mögen Deutschland hassen wie sie wollen. Frankreich aber möge sich an deutschen Geschäften beteiligen lassen. Militärische Unternehmungen, die wie dieser Ruhrkrieg einmal begonnen sind, seien wenigstens nach vernünftigen wirtschaftlichen Ergebnissen berechnet.

Der Verdacht kann dem nationalistischen französischen Leser kommen, daß die militärische Unternehmung von Rivière nicht gebilligt, nur zum Besten gewendet wird. Wirklich scheint der Herausgeber der ›N. R. F.‹ für seine Person zu wünschen, daß der wirtschaftliche Ausgleich künftig die beiden Länder auch sonst einander annähere. Grund genug für Nationalisten, ihn anzugreifen. Überdies kennzeichnet er deutlich die Fehler, die dem Versailler Vertrag zugrunde liegen. Es sind psychologische Fehler, also die schwersten.

Ein Deutscher, der den Artikel Rivières beantwortet, darf hierüber nicht viel sagen – höchstens, daß der Artikel durch die Aufrichtigkeit seines Denkens bewundernswert ist. Jene Aufdeckung der psychologischen Grundirrtümer ist gerade eines französischen Geistes würdig. Man könnte einzig staunen, daß sie in Frankreich nicht schon früher gemacht wurde.

Mehr sage ich hierüber nicht. Der Deutsche soll nicht Frankreich kritisieren, ihr nicht uns: es ist nicht mehr Zeit. Nur Selbsterkenntnis kann noch helfen. Jeder von uns überwinde die Furcht vor dem Denken, die in Fragen des Nationalen üblich ist. Die Frage nach der Schuld am Krieg oder am schlechten Frieden ist innere Angelegenheit jedes unserer Völker. Über die Grenze hinweg haben wir von der Zukunft zu reden; nicht von vergangener Schuld, sondern von den zu erwerbenden Verdiensten.

Die Ruhrbesetzung erscheint so sehr als schlimme Folge schlimmer Umstände, daß jeder zu glauben versucht ist, sie könne nur noch mehr Unheil nach sich ziehen. Nein, sagt Rivière, sie ist eine etwas grobe, aber ganz deutliche Einladung an Deutschland, mit uns zusammen zu arbeiten. Ein Gedanke, überraschend und doch vielleicht nicht paradox. Es ist, wie die Dinge nun leider liegen, verdienstvoll, ihn gehabt zu haben, selbst wenn es noch nicht ganz der rettende Gedanke wäre. Er könnte es doch werden. Alles kommt darauf an, wie er verstanden und zur Geltung gebracht wird. Sollen an der Ruhr, unter Beistand französischer Truppen, die Gruben- und Hüttenindustriellen beider Länder ihre Geschäfte zusammenlegen? Ich weiß nicht, ob es möglich wäre; die Beziehungen der Völker aber wären damit keineswegs geregelt.

Was wäre geschehen? Die Industriellen hätten sich, nicht ohne langes, den Frieden noch mehr gefährdendes Feilschen darüber geeinigt, in welcher Höhe der eine den anderen beteiligt. Keiner der beiden Vertragsgegner ist mit seinem Prozentsatz zufrieden; beide versprechen sich, aus den ihnen überantworteten Völkern um so mehr Gewinn zu pressen. Sie können es, ihre Vereinigung macht sie unerhört stark. Sie können noch mehr. Vereinigt werden sie, auf lange, ihre beiden Staaten verhindern können, in ihr Geschäft einzudringen. Schon jetzt hat jeder von ihnen seinen Staat in der Hand. Künftig wären sie beieinander versichert gegen Sozialisierungsversuche, gegen jede Neigung eines ihrer Staaten, »Sachwerte zu erfassen«. Kein Zweifel, dies – und nicht etwa Verständigung der beiden Länder – wäre Zweck und Errungenschaft, wenn unsere Industriellen zusammenkämen.

Wir kennen sie doch. So lange schon sehen wir ihnen zu. Sie waren ursprünglich wohl brave Leute, aber eine Erfindung wie die Kriegsindustrie handhabt niemand, ohne Schaden an seiner Seele zu nehmen. Man gießt Kanonen oder fördert Eisen und Kohle, um Kanonen zu gießen. Das bringt Gewinn und macht verdient um das Land. Je mehr Gewinn, um so verdienter. Gewöhnliche Köpfe sind dem nicht gewachsen. Sie gelangen dahin, sich zu verwechseln mit dem Land. Ihr ungeheurer Verbrauch von Menschen, die Abhängigkeit der gesamten Wirtschaft von ihrem Wohl, alles bestärkt sie darin. Ihr größtes Geschäft wäre der Krieg; und da in ihrer Vorstellung sie das Land selbst sind, muß auch das Land ihn wünschen... Nun war er da, die Länder gehen geschwächt aus ihm hervor, aber unermeßlich gestärkt der Industrielle. Der Staat erfährt jetzt, wie gefährlich es für ihn war, sich Interessenten auszuliefern, seine eigene Kraft, die nur die allgemeine Kraft war, abzugeben an einzelne.

Dies vor allem muß begriffen werden, ehe Deutschland und Frankreich an eine Verständigung, wenn auch nur die wirtschaftliche, gehen. Der Industrielle ist Herr des Staates oder auf dem Wege, es zu werden. Unsere beiden Länder befinden sich heute noch an verschiedenen Punkten desselben Marsches, der Besiegte natürlich voran. Sein Staat ist den Begehrlichsten schutzloser ausgeliefert als der Staat des Siegers. Aber auch dieser möge Vorkehrungen treffen, wir hängen so sehr zusammen, der eine von uns zieht den anderen nach sich.

Franzosen, die mich lesen, werden ein Märchen zu lesen glauben, vielleicht einen Tendenzbericht. Nehmen wir an, es sei nichts weiter, und denken wir uns ein Land, gleichgültig wo es liegt, in dem ein einzelner »Wirtschaftsführer« sich zur Herrschaft aufgeschwungen hätte. Dieser erfolgreiche Geschäftsmann führte einst ein gehetztes Dasein, die Banken fürchteten seine Unterschrift. Gerade die Gewohnheiten des Spielers befähigten ihn, als das Land ins Unglück geraten war, zu den kühnsten Mitteln.

Er kaufte schnell nacheinander alles auf, was dank der Not des Landes zu haben war, Industrien, Verkehrsmittel, Bauten. Er kaufte mit geliehenem Gelde, das er zurückzahlte, wenn es entwertet war. Die Einnahmen des einen Unternehmens mußten in einem anderen das Loch stopfen. Er hielt sich, wie er es gewohnt war, nur immer im Gleichgewicht. Von selbst, aus Bedrängnis und Ruhelosigkeit, ergab sich das System, das nachher großartig »vertikal« genannt wurde; denn von der Kohle aufwärts zur Maschine, zum Fabrikat der Maschine, zum Schiff, das es beförderte, zum Hotel, wo das Schiff anlegte, zum Zeitungsblatt in der Hand des Gastes, alles trug dieselbe Firma. Auch der Gast. Auch er war aufgekauft.

Denn natürlich gab es fast niemand mehr im Land, der nicht, mittelbar oder direkt, das Brot des großen Aufkäufers aß. Man entging ihm nicht. Die meisten lernten im Sinne seiner Bedürfnisse denken. Nur noch in seiner Bereicherung sahen sie ihr Heil. Kaum noch kämpfende Arbeiter. Keine freie Presse mehr, er hatte sie gekauft.

Die Volksvertretung unterlag seiner Kontrolle, der Staat formte sich, in Finanzgebarung, innerer und auswärtiger Politik, nach seinen alleinigen Bedürfnissen.

Der Staat in seinem Verfall hatte nicht die Kraft, seiner Begehrlichkeit zu widerstehen. Anstatt daß Besitz des Reichsten dem Staat zugeführt ward, ging noch Staatsbesitz in sein Eigentum über. Sogar an dem schlechten Geld, das grade seine Geschäfte fortwährend verschlechterten, verdiente er, denn er durfte es drucken. Das Gesetz beugte sich ihm. Er legte die dem Lande entzogene Substanz in der Welt an nach Belieben. Um die Eisenbahnen des Landes in seine Hand zu bekommen, versprach er mächtigen Ausländern Vorteile. Auch bot er draußen Lieferungen an, zu denen das Land verpflichtet war und die es nicht machen konnte; denn der Aufkäufer zeichnete alle Anleihen der Welt, nur nicht die seines Landes.

Die Folgen gingen nicht ihn an, er war außer aller Verantwortung, ein Privatmann. Der nie gesehene Fall, daß jemand im Staat alles und doch nichts ist, zugleich Monarch und ein nicht zahlender Zuschauer. Unverantwortlichkeit ließ es in jenem Land, das nirgends liegt, zu Vorgängen kommen, wie kein erklärter Despot sie befohlen haben würde. Wer dem Aufkäufer nicht münzbare Dienste leistete, war verurteilt, er mochte untergehen. Anwälte und Ärzte meldeten sich zur Arbeit in Kohlengruben, ertrugen sie nicht und begingen Selbstmord. Literaten gab es nicht mehr; Veröffentlichungen, die keinem Nutzen, nur der Pflege der Humanität gedient hatten, verschwanden. Der Forschung fehlten Mittel. Sogar die Musik, der besondere Stolz des Landes, verlor täglich Schüler... Wie aber erst, wenn ein Mann, männlicher als der Rest, ihm entgegentrat? Einer erzwang Steuergesetze, die den Reichsten bedrohten. Einer machte Miene, die Wirtschaft vor dem Staatsinteresse auf die Knie zu zwingen. Welcher von ihnen wurde der republikanische Diktator, der den Sturz des Landes noch aufhalten konnte? Keiner, denn beide fielen. Die Mörder waren bezahlt, das Geld kam wer weiß woher. Auch der Reichste wußte nichts, so wenig wie von der Todesursache der Schriftsteller und der Ärzte. Aber alles geschah schon längst im Dienste dessen, der am Ursprung saß, selbst wenn er seine Diener nicht kannte und sie ihn nicht.

Dies alles ist nie geschehen. In Deutschland schon darum nicht, weil wir von mächtigen Industriellen nicht einen, sondern mehrere Dutzend haben. Übrigens würden wir den Unfug nicht bis ans Ende gelangen lassen, ich glaube es sagen zu können. So viel ist richtig, daß die Drohung sich hier schon etwas schärfer abzeichnet, und daß wir den Typ des heraufkommenden Wirtschafts-Autokraten leichter erraten und beschreiben können. Man gönne uns den bescheidenen literarischen Vorteil.

Man erlaube uns auch ein gewisses nachsichtiges Verständnis unserer eigenen Verirrungen. Es sind nämlich, die Übertreibungen abgerechnet, die aus besonderer Not entstehen, nur dieselben Verirrungen, die das ganze Europa jetzt durchmacht. Jeder der europäischen Staaten hat das innere Gleichgewicht verloren. Überall sind politische Freiheit und wirtschaftliche Unabhängigkeit der Bürger bedroht, in mehreren Hauptländern ist das eine oder beides schon abgeschafft. Erlebt wird eine allgemeine Krise der Demokratie.

Das Auffallendste ist, wie wenig Europa sich daraus macht. Höchstens Störungen des Erwerbslebens belästigen es noch. Die Niederwerfung einer parlamentarischen Regierung durch eine Diktatur bekümmerte es kürzlich nicht länger als acht Tage. Die Krise ist also schwer. Zuweilen sieht es aus, als sollte eine ganz neue Art zu leben und ein neuer Menschenschlag aufkommen: Jugend, die sich etwas darauf einbildet, wenn sie gehorcht anstatt zu urteilen, wenn sie der Gewalt folgt anstatt Gründen.

Es sei nicht vergessen, wie uneuropäisch diese Geistesform ist, wie sehr im Widerspruch mit dem historischen Weg des Europäers, der von Erkenntnissen zu Befreiungen geht; wie unhaltbar daher. Geboten ist Wiederbelebung des Freiheitssinnes. Er ist der Nerv des europäischen Organismus. Weder politischer noch wirtschaftlicher Aufbau gelingt ohne ihn. Unsere Demokratien müssen sich prüfen und erneuern: darauf mögen sie sich miteinander verständigen. Verständigung unter Wirtschafts-Autokratien wäre kein Glück. Nicht immer sichert wirtschaftliche Annäherung auch nur den Frieden. Verständigt aber eine französische Demokratie sich erst mit einer deutschen, dann schwerlich nur wirtschaftlich. Viel bleibt zu tun; denn mag die deutsche Demokratie noch nicht wirklich erfüllt sein, die französische ist es nicht mehr ganz. Man muß noch bewundern an Frankreich, daß immerhin das Gerüst der Demokratie den Krieg, noch dazu einen erfolgreichen Krieg, überdauert hat; wie Deutschland zu bewundern ist, weil es an dem Vorsatz, sich eine Demokratie zu schaffen, wenigstens formell noch festhält. Beiden muß wohl, im Vergleich mit manchem anderen Land, viel Mäßigung, viel Beharrlichkeit eignen.

Freilich könnte jeder von ihnen den Schlingen, die ihre Freiheit erfaßt haben, zuletzt doch erliegen. Die Gefahr erscheint nahe. Handlungen, Befeindungen, mit denen jetzt beide auf den nächsten Krieg hinsteuern, geschehen durchaus nicht im Sinn der Völker, jeder der sehen will, sieht es; sondern im Interesse einiger Mächtiger, Reicher, einer herrschenden Auslese. Die hat auf die Dauer hauptsächlich immer das eigene Volk unterworfen. Es ist schwer für geschwächte Völker, sich ihrer zu erwehren. Noch mehr Opfer, und es wird unmöglich sein. Dies sollten unsere Völker, das eine wie das andere, bedenken. Beide sind maßvoll und beharrlich genug, auch mit Wirtschafts-Autokraten können sie fertig werden.

Die beiden, von gleichen Gefahren bedrohten Völker sollten einander dabei helfen. Das ist leicht gesagt, aber sie glauben einander nicht. Die meisten Franzosen sehen in der deutschen Demokratie eine unechte Anwandlung. Die deutsche Demokratie aber, die immer vergeblich hinüberruft nach Anerkennung, Schonung, Hilfe, fürchtet schließlich, Frankreich wolle nur ihren inneren Gegnern helfen.

In Deutschland überschätzt man wohl die gegenwärtige Handlungsfreiheit der französischen Demokraten. Frankreich aber rechnet bestimmt zu wenig mit der wirklichen Lebenskraft der deutschen Demokratie. Der Deutsche ist ein Mensch der Arbeit, der mittleren Linie, der »Entwicklung«, nicht der Extreme und Abenteuer. Grade jetzt beweist er es zwingend. Das halsbrecherische Abenteuer des Wilhelminischen Reiches ist ihm von gewissen, eng umgrenzten Kräften aufgedrängt worden, und gewisse weniger empfehlenswerte Bestandteile seiner Natur wurden dafür eingespannt. Es mußte, als Übergang und Gegenbeispiel, durchgemacht werden wie in Frankreich das Zweite Empire.

Die durchschnittliche Natur des Deutschen wird sich im freien Staat, einem viel freieren zwar als dem der Industriemagnaten, ganz ungezwungen bewegen. Frankreich wird sich über ihn nicht zu beklagen haben. Es schaffe nur nichts Unüberbrückbares! Niemand wird erwarten, daß die heutigen französischen Machthaber aus Liebe zur Demokratie handeln, was liegt ihnen an der deutschen? Aber wenn sie den Nutzen ihrer Sache dabei fänden? Um Geld von Deutschland zu bekommen, muß man nicht *die* bedrängen und erbittern, die keines haben. Denen aber, die das Geld haben, wollte man einfach erlauben, ihre französischen Kollegen zu beteiligen, das heißt, sich auf sie auszureden? Was hätte davon Frankreich? Genau so viel, wie Deutschland von ihrem Geld bisher gehabt hat.

Der Deutsche produziert gern, es ist seine Art sich zu fühlen. Aus lauter Pflichtbewußtsein führt man kein solches Leben. Jacques Rivière will diesen Tatbestand benutzen. Sehr wohl, aber wie? Den Deutschen als bloßes Arbeitstier ansehen und sich ihm »auf den Rücken setzen«? Bitte nicht. Er kommt weiter, wenn er frei ist.

Sichert dem Deutschen freie Produktion in dem Maße, wie ein auswärtiger Gläubiger es kann. Unter den Industriepotentaten ist die Produktion nicht frei; die Wirtschaft, wie der Staat, werden im Grunde nur aufgehalten, denn beide treiben, bei solcher Führung, von Katastrophe zu Katastrophe. Große Herren haben immer die gleiche Wirkung: Katastrophen. Die Deutschen haben es durch ihr Kaiserreich erfahren. Es ist durchaus unnötig, daß sie es auch noch mit ihrer Industrie erleben. Alle Folgen kämen auch über Frankreich.

Frankreich ist als Demokratie so viel älter. Es hat die seine in Zeiten der Begeisterung erobert und sie in Zeiten, die weniger verwirrt als unsere waren, wiedererobert. Es kennt die Wärme, die Neigung zur Güte, die im Sinn des Wortes mitklingt. Es hat gute Stunden der Demokratie erlebt, Deutschland vorerst nur schlimme. Wie soll es sich begeistern? Man wirft ihm vor, daß es die Demokratie mit Unlust ertrage. Ich finde, daß, alle Umstände in Betracht gezogen, überraschend viele Deutsche guten Willens sind. Frankreich helfe, wenn auch zunächst nur aus berechtigtem Eigennutz, daß sein Schuldner sich errette durch Demokratie. Der volle Glaube an sie wird dem Erretteten schon kommen. Sein Glaube wird sogar wieder zurückwirken auf den Helfer selbst, der es brauchen kann.

Das verbindet. Man hat sich dann doch fruchtbarer kennen gelernt als im letzten Jahrzehnt. Man wird endlich auch Tugenden bei einander entdecken, vielmehr sie wieder entdecken. Denn, sonderbar, während langer

Augenblicke ihrer Geschichte haben die beiden Völker sich doch geschätzt.

Es scheint, als hätten sie einander sogar ganz besonders geschätzt. Das freiheitliche Frankreich, seine Taten, seine literarische Leistung, war geliebtes Vorbild jedes hochgesinnten Deutschen, – indes charakteristische Deutsche der gleichen Zeit, Dichter, Philosophen, Musiker auf Frankreich oft sogar mehr einwirkten als auf Deutschland. Fast unglaublich, daß große Franzosen selbst sich zu Trägern des deutschen Geistes gemacht, ihn vor ihrem Land vertreten, ja, ihm manchmal ausdrücklich den Vorzug gegeben haben. Fast unglaublich, Deutsche von geistigem Rang waren Schüler Frankreichs, sie wahrten hartnäckig eine Haltung, als wären deutsche und französische Gesittung verschmelzbar und in ihnen wirklich verschmolzen. Man könnte, angesichts solcher Tatsachen, gradezu daran erinnert werden, daß die beiden Länder vor Zeiten ein Reich waren.

Ich gehe zu weit. Es handelt sich einfach um die Frage, ob Frankreich, gewisser unmittelbarer Vorteile wegen, eine wirtschaftliche Verständigung mit Deutschland erstreben soll. Ich meine: ja; und zwar, indem es eine menschliche erstrebt. Dies denkt auch Rivière, denn er will Vergessen des Unrechts. Im stillen fügt er wohl den Schluß hinzu, der sich von selbst ergibt: und besser einander kennen lernen. Ich ergänze nur.

Es wäre unvermeidlich, daß die beiden Länder sich gegenseitig zerstören, wenn ihre Industriekämpfe fortdauerten. Damit diese aber aufhören, muß zuerst das gedankenlos gierige Geschlecht der Industrieherren seines Einflusses entledigt werden. Die Wirtschaft stehe unter der Aufsicht einer geistigen Auslese beider Demokratien. Politik ist Angelegenheit des Geistes. Damit ist sie bestimmt, sittliche Angelegenheit zu werden. Anstatt der Interessenvertreter, die jetzt in beiden Ländern an der Macht sind, Denkende!

Wenn Idee erst wieder den Stoff meistert, ist es nicht zweifelhaft, wie sie heißen wird. Sie heißt »Europa«: Einigung der Länder Europas, zuerst Deutschlands, und Frankreichs, und ein übernationales Reich.

Viele wissen davon, überall gleichzeitig bricht die Idee hervor aus der gemeinsamen Not aller Länder des Weltteils. Die Gewißheit greift um sich, daß alle verloren sind ohne baldige Einigung. Der Niedergang des zersplitterten Weltteils, den sein Selbsthaß schon so sehr geschwächt hat, würde durch neue Kriege unwiderruflich entschieden werden. Zu viele geschlossene Weltreiche erdrücken ihn. Als Kolonie, ohne eigenes Leben, ohne selbständige Geschichte, würde er enden. Was bedeuten, angesichts solchen Endes, unter uns noch Sieger und Besiegte? Was bedeuten Kohlengruben? Das Gewissen scheint manchmal sogar Nationalisten zu schlagen, wenigstens französischen, denn es gibt dort immerhin nachdenklichere. Vielleicht huldigen sie, auf ihre Art, dem Einheitsgedanken, grade wenn sie Deutschland reizen. Vielleicht lebt in ihnen das ungefähre Bild eines kleinen, beweglichen Streiters, der eine viel größere, ungefüge Körpermasse mit dem Degen kitzelt, bis sie in Bewegung kommt und ihm als Herrn zu Zielen folgt, die er allein begreift.

An einem anderen Punkt unserer gemeinsamen Geschichte war dies gewiß keine unmögliche Vorstellung. Heute findet sie keine Handhabe mehr. Gleichberechtigung ist das erste. Nicht führen wollen, sondern zu einander hinfinden. Gleiche Erkenntnis, gemeinsame Befreiung. Einander steigern und vorwärts helfen. Früher hatten vielleicht unsere Kriege diesen tieferen Sinn. Da wir als Feinde uns bestimmt nicht mehr fördern können, geschehe es kraft zeitgemäßerer Regungen. So erwerben wir wohl endlich, auf geeinter Erde, jenes edlere Lebensgefühl, das die besten unserer Landsleute schon kannten. Seinen Keim tragen wir doch auch in uns.

V. Wir feiern die Verfassung
Rede, gehalten am 11. August 1923 in der Dresdener Staatsoper

Hochgeehrte Versammlung, liebe Freunde!
Wir sollen feiern, und die Stunde ist kritisch. Wir sollen die Verfassung feiern und wissen doch nicht: was ist inzwischen geworden aus der Verfassung? Was wird aus ihr noch werden? Das Jahr 1919 ist lange her.

Suchen wir uns zu vergegenwärtigen, wenn anders wir es heute noch können: was sollte die Verfassung einst sein? Es sind doch Ideale hineingearbeitet worden im Jahre 1919. Die Revolution, ob sie nun ganz freiwillig kam oder nicht, hatte in jedem Fall die Köpfe freier gemacht. Vieles schien auf einmal möglich und naheliegend, was nicht nur die Herrschenden, sondern auch die große Mehrheit niemals sehr dringlich gefunden hatten. So die Vereinheitlichung Deutschlands, ohne übertriebene Rücksichten auf Eigenarten und Sonderrechte. So die Freiheit im Innern, was nur heißen kann: es sollte dauernd im Sinne der meisten regiert werden, nie wieder zum Vorteil und Vorrecht weniger.

Im Sinne der meisten, also friedlich, ohne Kriegsgesinnung. Im Sinne der meisten, also ausgleichend, auch den Besitz. Konsequenter Sozialismus war in Weimar nicht die treibende Kraft, aber soziale Gesinnung hat doch mitgewirkt. Man wollte keine gefährlichen Kapitalanhäufungen. »Freie Bahn dem Tüchtigen«, und nicht auf seinem Wege jene absichtlichen Hindernisse, wie Vorrechte oder der alles aufsaugende Reichtum. Das war der Geist der Weimarer Verfassung. Darum feiern wir sie. Keineswegs war es der Geist einer republikanischen Plutokratie.

Der Geist der Verfassung ist inzwischen verkannt, verleugnet, entstellt, er ist ihr fast ausgetrieben worden. Der kriegstolle Nationalismus treibt es wieder wie je und

Sächsische Staatszeitung

Staatsanzeiger für den Freistaat Sachsen

Nr. 190 | Donnerstag, 16. August 1923 | 1923

„Begeisterung für Ideen kann fertig werden mit der Not!“

Heinrich Manns Festansprache zur Verfassungsfeier in der Sächsischen Staatsoper zu Dresden.

Hochgeehrte Versammlung, liebe Freunde!

„Freie Bahn dem Tüchtigen“

die Not.

Aber wehrlos ausgesogen werden wie ein eingesponnenes Insekt?

die Diktatur der Gierigsten.

Macht hat nur das Geld in einem Lande, wo kaum noch Geld ist.

Wie kommt das ganze Unglück mit Frankreich zustande?

dem widerrechtlich aufgehäuften Kapital.

Der Ruhreinfall ist aber auch französische Schwäche.

reicht schon wieder bis an den Sitz der Macht, die jetzt doch dem Volk entstammt und ihm Rechenschaft schuldet. Das Kapital ist erst jetzt wahrhaft überwältigend geworden. Seine Herrschsucht vergreift sich erst jetzt ganz offen an jedem einzelnen von uns, wie am Staate selbst. Wir feiern darum erst recht die Verfassung, die dies alles nicht mehr kennen wollte, die befreien und Menschlichkeit verbreiten wollte. Sie hat es noch nicht gekonnt. Aber sie soll es einst können.

Welche Gründe hat die Reaktion? Sie alle werden als ersten den nennen, den auch ich nennen will: die äußere Bedrängung durch Nachbarn. Ist ein Reich nicht einmal von fremden Heeren frei, kann es auch innerlich nicht frei sein. Das ist unbedingt wahr, – auch wenn hinter dieser naheliegenden Tatsache etwa noch tiefere Tatsachen lägen.

Dazu kommt als zweiter Hauptgrund die Not. Wie weit soll sie noch gehen? Wenn seine Kinder Hungers sterben, hat ein Volk nicht den Kopf frei, sich gegen das politische Unrecht, das ihm geschieht, zu verteidigen. Das größte Unrecht ist eben, daß seine Kinder sterben. Wenn niemand des nächsten Tages sicher ist, sind die paar Überreichen, Übermächtigen, die alle und jeden in ihre Gewalt bringen wollen, ihrer Sache um so sicherer.

Übrigens wirkt die seelische Erschöpfung nach, die den Krieg begleitet hat. Die ist überall da, in den besiegten Ländern höchstens nackter. »Was frage ich viel nach meinem Seelenheil«, sagt ein Volk, sogar ein nichtbesiegtes, wenn irgendein handfester Kerl ihm Brot verspricht und dafür zunächst einmal ihm seine Freiheit nimmt.

In einem Industrievolk ist kein politischer Diktator, es sind die größten Industriellen, die sich die allgemeine Erschöpfung zunutze machen und ganz sacht, oder nicht einmal sacht, die gesamte Wirtschaft, den Staat selbst und noch darüber hinaus die Denkgewohnheiten der meisten in ihre Hand bringen.

Liebe Freunde, dies ist das unheimlichste unserer Erlebnisse. Putsche und Umwälzungen – nun gut, wir sterben daran oder werden im Gegenteil stärker. Das wird sich finden. Aber wehrlos ausgesogen werden wie ein eingesponnenes Insekt?

Furchtbar. Ein niedergeworfenes, geschwächtes Volk verliert auch noch das ihm gebliebene Blut der Armut tropfenweise an einige unternehmende Individuen, die die Lage begriffen haben und sie bedenkenlos ausnützen. Zwei Milliarden Goldmark jährlich, so viel, wie wir an England zu zahlen hätten und nicht zahlen können, werden uns von den Ruhrindustriellen für Kohle abgepreßt[1], und das ist erst die Grundlage beim Aufbau ihres Geschäftes.

Für zwei Milliarden in Gold kauft man bei uns die Welt. Man kann sie aber auch mit geliehenem Gelde kaufen, das man zurückzahlt, wenn es entwertet ist. Der Aufkäufer erafft Stück für Stück die deutsche Welt, läßt sie für sich arbeiten und führt ausländischen Unternehmungen den Gewinn zu. Viel mehr noch! Deutsche Unternehmungen, gerade die, um die von den deutschen Arbeitern mit solcher Hingabe gekämpft wird, enthalten schon feindliches Kapital.

Sehen Sie nur, wir arbeiten doppelt für das Ausland. Erstens zugunsten der Sieger, was noch hinginge, denn auch sie haben geopfert und gelitten; aber zweitens in die Taschen einiger einheimischer Aufkäufer, Enteigner, Substanzentzieher, – und was haben die je geopfert und gelitten? Über wen haben die gesiegt? – Ach ja, auch sie über uns.

Liebe Freunde, die Diktatur, von der man spricht, muß nicht erst kommen, und käme der Name, er müßte uns

1 Genauer: so viel betragen die Überpreise für Kohle, Koks und Eisen zusammen. Berechnet von Rudolf Keller, Juli 1923.

keinen Eindruck mehr machen, denn sie selbst ist schon da, es ist die Diktatur der Gierigsten. Die diktieren konkurrenzlos. Denn scheinbar ist nicht nur das Seltenste, sondern auch das Härteste, was es bei uns heute gibt, das Hartgeld. In dem Zustand unseres Landes zählt scheinbar keine andere Macht, nicht Verdienste, nicht geistige Führerschaft, nicht Können, – darüber sind wir hinaus. Auch nicht so sehr die Wucht und Willensgewalt der arbeitenden Massen. Macht hat nur das Geld in einem Lande, wo kaum noch Geld ist.

Unsere Schuld, unsere sehr große Schuld! Warum haben wir das geschehen lassen? Das Geld herrscht sonst nur unter den gerade entgegengesetzten Umständen, in Amerika, wo sehr viel davon vorhanden ist, wo jeder hoffen kann, welches zu machen. Dort herrscht, meinetwegen, in Gestalt des Geldes die menschliche Hoffnung. Bei uns herrscht, solange wir das Geld herrschen lassen, nur unsere eigene Verzagtheit.

Erkennen wir dies! Raffen wir uns auf! Ich halte mich nicht gern und nicht zu lange bei Individuen auf, die nur so wenige sind, und denen es im Grunde auch nicht gut geht. Denn wenn sie uns nicht passen, weil sie zu reich sind, passen wir gewiß ihnen nicht, weil wir zu arm sind, und es kann kein Vergnügen für sie sein, zu fühlen, daß unter ihrer Herrschaft nichts gedeiht, außer ihnen selbst.

Der Dollar steigt in die vielen Millionen Mark. Das hat schließlich auch der von unseren großen Wirtschaftsführern so tief verachtete Bolschewismus gekonnt. Aber der wußte warum, und sie wissen gar nichts. Sie konnten bisher keine richtigen Löhne zahlen. Das sollte exportunfähig machen. Aber den Dollar können sie immer so hoch bezahlen, wie gerade ihre Art von Wirtschaft ihn hinauftreibt.

Lassen wir sie! Zuletzt sind sie weniger schuldig als wir. Sie folgen einfach ihrem gierigen Trieb, was weiter kommt, schert sie nicht. Wir aber in unserer Gesamtheit, als lebendes, die Zukunft erarbeitendes Geschlecht sind doch wirklich zu ganz anderen Ansprüchen berechtigt. Haben wir es denn nötig, uns die erbärmlichsten Holzwege führen zu lassen von einigen zufällig aufgeschwemmten Kapitalkolossen?

Es ist doch offenkundig, daß, wenn nicht immer ihre Interessen, die Interessen reicher Privatleute, die sich »die Wirtschaft« betiteln, vorangingen, unser Staat mitsamt der Wirtschaft anders dastehen könnte – und auch unsere auswärtigen Beziehungen nicht ganz dieses unfreundliche Gesicht haben müßten.

Wie kommt das ganze Unglück mit Frankreich denn zustande? Wir leiden natürlich an dem unvernünftigen Friedensvertrag, der in jedem Sinne unproduktiv ist. Vor allem ist er menschlich unergiebig, er läßt bei dem Volk, das für seine Gläubiger arbeiten soll, keine Genugtuung, keine Würde aufkommen. Daher versagt er auch ökonomisch. Er ist schwer erfüllbar. Wollten wir ihn aber einigermaßen erfüllen, dann mußte zusammengehalten werden, nicht verschleudert, dann durfte der deutsche Besitz nicht in die Hände von Exporteuren gelangen. Im Gegenteil mußte ihr eigener Besitz, der ohnehin der wichtigste ist, vor allem anderen erfaßt werden. Was geschieht aber? Er wird zuletzt oder gar nicht erfaßt. Infolgedessen entgeht auch sonst der Besitz den Pflichten, die das Staatswohl fordert.

Das ist sträfliche Schwäche. Wir sind nicht betrügerische Bankrotteure, der Gläubiger irrt. Wir sind nur in sträflicher Weise entmutigt. 1919 schrieben wir in die Verfassung etwas über Vergesellschaftung privater wirtschaftlicher Unternehmungen, über Beteiligung des Reiches an diesen Unternehmungen, und daß allermindestens die Bodenschätze unter die Aufsicht des Staates kommen sollten. Steht das 1923 nicht mehr in der Verfassung?

Ach! ein Artikel der Verfassung verlangt auch, der selbständige Mittelstand sei gegen Überlastung und Aufsaugung zu schützen. Ich merke nichts. Es wäre kein Wunder, wenn alle um ihr verfassungsmäßiges Recht Betrogenen sich endlich zusammenfänden, um es sich zu holen.

Der Gläubiger seinerseits sieht nur: wir verschleudern die Masse. Er bereitet den Einmarsch vor. Er wartet noch, solange eine Regierung im Reich ist, der er guten Willen nicht absprechen kann. Kaum aber treten Minister in Berlin auf, die er nur für Agenten des zahlungsunwilligen Aufkäufers hält, da rückt er ein. Jetzt ist der Aufkäufer fein heraus. Er ist der Patriot.

Er soll es sein. Es gibt Patrioten aller Art. Der eine denkt an sein Geschäft, ein anderer an Staat und Volk, an das geistige und das wirtschaftliche Schaffen eines Landes, die es anderen Ländern friedlich und segensreich verbinden sollen. Nun gibt es Lagen, in denen diese Patrioten mit jenen wohl oder übel zusammengehen müssen. Aber ein Unterschied bleibt. Die Arbeiter, die jetzt die Kohlengruben verteidigen, tun das, um den Bestand des Reiches zu sichern, sie tun es nicht, um die Prozente zu drücken, mit denen die Franzosen beteiligt werden sollen an den Gruben.

Der französische Einfall ist auf alle Fälle hart und keineswegs ehrenvoll, trotz seiner für niemand rühmlichen Vorgeschichte. Aber wenn seit dem Ruhreinfall schon wieder der Nationalismus in Deutschland obenauf ist, dann wollen wir uns doch klar machen, wem wir ihn und den Ruhreinfall zu verdanken haben: dem widerrechtlich aufgehäuften Kapital. Echte Vaterlandsliebe, die ebenso gut auch Menschenliebe heißen kann, braucht Besinnung, braucht Rechtlichkeit. Aber im Unrecht, in der Zerrüttung gedeiht Nationalismus.

Es ist belanglos, ob Inhaber von Kohlengruben die nationalistischen Verbände direkt bezahlen. Abhängig sind diese auf jeden Fall von den reichen Herren. Der Nationalismus und seine Verbände könnten unmöglich die heutige große Rolle spielen; sie wären Privatsache, wären öffentlich gar nicht vorhanden ohne die schlechte Luft, die diese naturwidrigen Kapitalausschweifungen wie ein Leichenhaufen um sich verbreiten; denn wirklich sind sie getötete Volkskraft. Der Nationalismus wäre nicht vorhanden ohne die auswärtigen Verwicklungen, in die uns unser paradoxaler Hochkapitalismus stürzt, nicht vorhanden ohne die Not, die zu allem fähig ist.

Der Nationalismus ist das Geschöpf unserer Schwäche, die zuerst auf den Ausgleich des Besitzes verzichtet hat. Darauf hin kam auch er. Alles und jedes auf das blinde Schicksal und den bösen Feind abwälzen, ist billig, es ist zu billig für diese teueren Zeiten. Aber gewissen Klassen ermüdeter, auch geistig ermüdeter Menschen ist gerade noch beizubringen, der Franzose wolle Deutschland zerstückeln. Wie man seiner bösen Absicht – angenommen, sie bestehe wirklich – jeden Vorwand, jede Handhabe hätte nehmen können, wie man es hätte verhindern müssen, daß die böse Absicht überhaupt aufkam, das wird nicht gefragt.

Der Ruhreinfall ist aber auch französische Schwäche. Sehen wir die Dinge nur richtig! Dies Frankreich, das sich stark stellt und Gewalttaten unternimmt, ist von Schwäche befallen wie wir. Wenn das für uns ein Trost ist, haben wir ihn. Frankreich leidet an Erschlaffung des Freiheitssinnes, wie gegenwärtig die meisten Völker und wie auch wir. Frankreich läßt sich von einer Minderheit von Nationalisten zu Taten zwingen, denen weder die Denkenden noch die arbeitende Masse zustimmen. Und auch wir sind von einer Minderheit bezwungen. Alles ist daran gelegen, daß der bessere Geist beider Völker wieder zu Wort kommt, dann verständigen sie selbst sich und nicht nur ihre Großkapitalisten.

Der bessere Geist jedes Volkes will Freiheit; und das

bedeutet sowohl inneren Ausgleich wie internationale Gerechtigkeit. Aus der Weimarer Verfassung spricht der bessere Geist Deutschlands. Wir müssen ihn wieder hören lernen. In Weimar 1919 lebte doch republikanische Begeisterung. Die müssen wir mitwirken lassen in unserem öffentlichen Erleben, nicht allein unsere wirtschaftliche und politische Not. Gerade nur Begeisterung für Ideen kann fertig werden mit der Not.

Die Verfassung ist doch nicht zufällig in Weimar beschlossen worden. Weimar, das hieß: wir wollen künftig nach erkannten Ideen leben. Der absolutistische Zwang lag ganz nahe hinter uns. Wir schwuren ihn ab. Hieß das nur, daß er unter anderem Namen sogleich uns wieder einfangen sollte? Statt des Militärabsolutismus die unbeschränkte Kapitalmacht?

Die erństesten Republikaner, die ersten, die es waren hierzuland, sind enttäuscht von dieser Republik – das muß eingestanden werden –, und es wäre kein Glück für diese Republik, wenn sie gerade diese Freunde verlöre. Von Zeit zu Zeit wird versichert, die Verfassung und die staatliche Ordnung werden unter allen Umständen aufrecht erhalten werden. Nun, es kommt darauf an, was jemand unter staatlicher Ordnung versteht. Wenn jemand auf den Einwand: »Der Reichstag, Exzellenz, ist gegen Sie« – geantwortet haben soll: »Aber die Reichswehr ist für mich«, dann mag seine Art staatlicher Ordnung freilich gesichert sein, die Verfassung aber hätte das Nachsehen. Sollen als verfassungsmäßig Regierungen gelten, die die Macht, das Volksvermögen, den Staat selbst in die Hände einiger Weniger hinüberspielen und sehenden Auges das Chaos begünstigen? Und soll die Reichsexekutive vielleicht vorbereitet werden gegen solche Regierungen, die den Staat als freien Volksstaat verstehen möchten? Es wird doch täglich deutlicher, daß einzig als freier Volksstaat das Reich noch fortbestehen kann.

Von dem Zerfall des Reiches, der als letztes Ergebnis einer schamlosen Wirtschaft droht, spricht man überall, nur freilich nicht dort, wo gesprochen werden müßte, im Reichstag.

Liebe Freunde, wenn man die letzten drei Tage im Reichstag mit erlebt hat, war man in einem Haus der Gespenster. Man hat so etwas noch nicht gesehen. Eine Gespenstersonate, eine tragische Groteske dieser Art hat noch kein Theater gespielt. Da tritt ein Kanzler auf, dem entgegengebrüllt wird: »Lebender Leichnam!« »Bankrotteur!« Er hört das, keine Miene zuckt, und er redet, er erzählt Märchen, er macht leere Versprechungen. Wenn er anfängt zu reden, hat der Dollar hoch gestanden, wenn er aufhört, steht er höher. Dann kommt ein anderes Gespenst, ein kaiserlicher Minister, der im Kriege gesagt hat: »Sie können nicht fliegen, sie können nicht schwimmen, sie werden nicht kommen«, und damit die Amerikaner gemeint hat. Auch dieses Gespenst quatscht und scheint noch zu leben. Damit kein Kommunist sprechen kann, läßt man den Minister des Auswärtigen über den Völkerbund plaudern, und draußen, draußen ist das Geschrei der alleräußersten Not, draußen droht der letzte Zusammenbruch. Das sind lauter Lebenswellen, die an dieses verschlossene Haus überhaupt nicht herankommen. Wenn selbst ein Revolutionär spricht, hier erstickt es. Die Arbeiter schicken Delegationen, wünschen empfangen zu werden, was doch eine Unterordnung unter diesen Reichstag bedeutet. Nein! Wissen Sie, was entsteht in diesem Reichstag? Ein wahnsinniges Gelächter. Diese Gespenster lachen in einer Scheinsicherheit wie im Grabe, als ob rings um sie her ein kaiserliches Heer von zwölf Millionen stände. Wenn man das erlebt hat, dann weiß man: von dort ist ein Wort, gar eine Tat des Lebens überhaupt nicht zu erwarten.

Hier aber wollen wir doch von dem Brennendsten sprechen und wollen das Wort wagen, daß schlimmsten Endes der Zerfall des Reiches droht, daß die Klassen, deren Gier und Selbstsucht es dahin gebracht haben, diesen Zerfall, wenn er wirklich käme, nicht mehr aufhalten könnten. Wer kann das noch? Nur die schaffenden Stände, das Volk, das sein Reich mehr liebt, als Unternehmungen im Auslande. Dieses Volk muß eisern, in jedem Sinn eisern zusammenhalten, aus dieser Prüfung könnte dann freilich sein größter menschlicher Gewinn kommen.

Wir sollen feiern. Der Geist der Weimarer Verfassung erlaubt jedes Vorwärts, jeden menschlichen Gewinn, aber er verbietet Zurückweichen und Verluste an Humanität.

Der Mensch – worauf sonst käme es an. Ist etwa der Staat Selbstzweck, oder die Wirtschaft oder Interessenkämpfe, womit das Leben hingeht? Anfang und Ziel ist der Mensch. Der Staat, die Wirtschaft sind tauglich oder verfehlt, je nachdem sie den Menschen fördern oder hemmen. Humanität im Sinne Weimars, Menschenpflege, sie sollte der Kern der Politik sein.

Alles wäre gewonnen, wenn Führer durchdrängen, die so viel Entschlossenheit, Unbeirrbarkeit und Strenge für das Richtige aufbrächten, wie das Falsche jahraus, jahrein in seinem Dienste sieht.

Folgt Führern, ihr Freunde, die in menschlichen Werten denken und in euch das sittliche Wesen sehen, dem sie verpflichtet sind, nicht nur den zu ernährenden Leib. Euer bester Freund, arbeitende Menschen, ist der denkende Mensch. Meine Meinung ist, daß auch dieses Land und dieser Erdteil einst, wie es auf Erden schon vorkam, von den Wissendsten still und gewaltlos werden gelenkt werden.

Bis dahin freilich müßten wir alle weiser geworden sein. Der Entscheidungskampf der Klassen, der noch vor uns liegt, müßte dann schon hinter uns liegen. Die Wiedervergeltung, der Krampf, müßten überstanden sein, die gewaltsame Aufhebung der Gewalt wäre geschehen. Dann ist es erlaubt, sich eine geklärte Luft zu denken und Menschen, die nicht durchaus einer des anderen Wolf sind, die vielleicht schon etwas mehr Mensch sind.

Und sogar schon heute sollen und können wir alle in unseren Tageskämpfen festzuhalten trachten, worauf es dem Menschen und seiner Zukunft ankommt. Das Ziel ist gerechter Sinn, Vernunft, Reinheit. Das Ziel ist Friede.

Auf dem noch dunklen Weg, der dorthin führt, werden von Zeit zu Zeit Fackeln angezündet. Die Geschlechter reichen sie einander. Eine Fackel ist die Weimarer Verfassung. Wir wollen sie hochhalten.

VI. Sie gehen bis zum Verrat
Oktober 1923

Herr Reichskanzler!
Sie[2] – und wir mit Ihnen – sind haarscharf vorbeigelangt an der Diktatur der Gewalt, dem notwendigen Ergebnis einer Regierung der Rechten. Die Gefahr wird wiederkommen. Bei jedem Nachlassen der gesetzlichen Kräfte, bei jeder Ihrer Unaufmerksamkeiten und so oft die Parteien sich verblüffen lassen, kommt sie wieder. Wen aber trifft sie? Das Reich. Es wäre sein Ende, Sie wissen es. Wollen Sie denn nicht vorbeugen? Können Sie den Zustand ertragen? Die Nation erträgt schwerlich, noch lange auf dem Spiel zu stehen. Dann hätten Sie verloren, Sie und das Reich. Beugen Sie doch vor! Statt der drohenden Diktatur der Gewalt die Diktatur des Rechtes!

Lassen Sie sich von der bürgerlichen Mitte des Reichstags die Vollmacht erteilen! Ausüben werden Sie sie ja nicht ganz bürgerlich.

2 Stresemann.

№ 481 A 203 Morgen-Ausgabe

Berlin

Donnerstag 11 Oktober 1923

Vossische Zeitung

10 Millionen

Berlinische Zeitung von Staats- und gelehrten Sachen

Mit Kurszettel

Verlag und Schriftleitung: Berlin SW 68, Kochstr. 22-26

Diktatur der Vernunft.

Von Heinrich Mann.

Herr Reichskanzler!

Der deutsche Geschäftsträger bei Poincaré.

Keine Ablehnung, keine Zusage ...

Nachrichtendienst der „Vossischen Zeitung".

Paris, 10. Oktober.

Heute Reichskanzlerrede.

Die ersten Notverordnungen.

Die gestrige Reichstagssitzung.

Denn was wollen Sie? Sie haben den Widerstand gegen Frankreich aufgesagt. Die Worte, die Ihre Handlung begleiteten, beeinträchtigten ihren Erfolg, noch mehr beeinträchtigte ihn Ihr Zögern, zu verhandeln. Sie brauchen Verständigung mit dem Gläubiger. Sie brauchen deutsche Leistungen, damit Sie einst Befreier des deutschen Bodens heißen. Ohne diktatorischen Druck wird nichts geleistet werden.

Ihre ausgesprochene Absicht war, zugunsten des Reiches Hypotheken auf den Privatbesitz zu legen. Sie deckten also mit kapitalistischer Form einen mehr oder weniger sozialistischen Inhalt. Scheinbar handelten Sie bürgerlich, im Grunde schon anders. Sie waren sich sicher bewußt, daß Sie der letzte Erhaltende waren, nach Ihnen der Sturm. Sie wollten das Bestehende verlängern, indem Sie es mit dem, was doch kommt, untrennbar verstrickten.

Hoffen Sie im Ernst, ohne Diktatur mit den mächtigen Enteignern des Nationalvermögens fertig zu werden? Die Enteigner waren soeben fast schon mit Ihnen fertig. Jene hatten im Parlament das Chaos organisiert, das nächstemal tun sie es auf der Straße. Die reichen Empörer bezahlen Banden und Neben-Reichswehren, sie haben die meisten Zeitungen; Hypotheken des Reiches werden sie nicht dulden. Eher erstreben sie Beteiligung Fremder. Eher erstreben sie Übergang in fremden Staatsverband. Zu diesem letzten Ziel wühlt ihr Geld in einem instinktverlassenen Volk, bis es sich, einzig für sie, zerfleischt.

Wir dürfen uns beglückwünschen, Herr Reichskanzler, wir haben ein Volk! Politiker oder Schriftsteller, jeder Arbeiter am Menschen, der ihn vernünftiger will, hier greift er ins Leere. Dieses Volk ist immer dort, wo nichts zu holen ist als Wahnsinn, wo nichts zu finden ist als Nacht.

Jeder schäbige Gauner kann dieses Volk, mit vorgemachten großen Worten, auf seine Seite bringen, der ehrliche Mann im Guten nie. »Die Substanz nicht angreifen!«

schreit der Dieb, und sie geben ihm recht, bis sie selber angegriffen, verbraucht, erledigt sind. Wenn dann der fremde Gläubiger persönlich anrückt: »Passiver Widerstand ist nicht zu brechen!« – bis sogar ihr Staat am Zerbrechen ist.

Sehen Sie nur, Herr Reichskanzler, Ihren unheilvollen Vorgänger![3] Ein doch ganz talentloser Mensch, aber mit welcher Leichtigkeit hat er dieses Volk in den Zustand gebracht, daß es sogar für einen Krieg reif ist, der in wenigen Stunden alles, mitsamt seinem bloßen Dasein, beenden könnte. Dann geht so einer unbehelligt seiner Wege.

Denn in diesem Lande ist persönliche Verantwortung bis heute unbekannt. Dieses Volk ist, wie kein anderes, im Sichausreden auf Kollektivitäten befangen. Es faßt den nicht, der selbst urteilt, der ihm Wahrheit bringt. Es sieht den nicht, der handelt, auch wenn er es verdirbt. Es glaubt an unbegreiflich böse Mächte und immer an die falschen. Man kann es ungestraft verderben, spielt man ihm nur Betäubungsmittel in die Hände. Will jemand einschreiten, der stirbt gewaltsam ihm zu Füßen, ohne daß es aufblickt.

Gleichviel! Das einzige wirkliche Daseinsrecht Denkender ist, die Menge der Menschen vor den wenigen, die sie ausbeuten und verderben, zu warnen. Das höchste Ziel eines Politikers kann nur sein, sie vor ihnen zu retten. Handeln Sie, Herr Reichskanzler!

Brechen Sie zugunsten des Rechts und der Vernunft das unerträgliche, nutzlose Gleichgewicht, worin Recht und Gewalt, Vernunft und der Wahnsinn sich hierzulande gegenüberstehen. Revidieren Sie die sogenannte Pressefreiheit! Bringen Sie die vorhandenen Waffen auf Ihre Seite! Sie sehen doch, daß, solange der Wahnsinn zu allem fähig scheint, die Vernunft nicht schwanken darf.

Finden Sie es zu spät? Das würde mich nicht wundern.

3 Cuno.

Im Jahre 1919 war es leichter. Gleich damals konnte man freiwillig tun, was zum Schluß nun doch das Schicksal ist: Diktatur und Kehraus. Die Plutokratie, die Deutschland nun bis zu Krämpfen vergiftet hat, war vermeidbar. Man sah sie in Überlebensgröße aufsteigen; der Krieg hatte unverkennbar gezeigt, was sie sein würde. Aber die Sozialdemokratie, die im Jahre 1919 allein an der Macht war, ist programmäßig für Ausreifenlassen.

Auch wirkte die Psyche des Besiegten. Man ist in der Fahrt und zappelt weiter, indes der Stoß vor die Brust schon sitzt. Wirtschaft, kolossale Wirtschaft, eigentliche Wurzel des Anspruches auf Sieg und Übergewicht, sie blieb erhalten noch dem Besiegten. Sie hatte nicht gelitten, sie ward die Hoffnung. Sie konnte die militärische Niederlage glatt aufheben, ja vergelten. Ihre Träger waren größer als je. Aus Unentschlossenheit, aus Trotz ließ man sie ganz groß werden – anstatt sie zu den abgedankten Militärs zu werfen, deren bösester Geist gerade sie gewesen waren. Die Weimarer Verfassung verlangte Kontrolle privater Unternehmungen, Beteiligung des Reiches an den Bodenschätzen. Kolonisation, die Aufteilung des durch Bauernlegen angeschwollenen Großgrundbesitzes war selbstverständlicher Bestand jeder Neuordnung. Nichts davon. »Aufbau!« Dieselbe Wirtschaft, an der wir schon einmal gescheitert waren, wieder aufrichten wollen – und nichts erreichen, als daß sie wild ward und ausschweifte. Einen Kapital-Bolschewismus begünstigen, der ganze Bevölkerungsklassen ausrottete, ohne aber dazu befugt zu sein durch Idee. Verkommen lassen, was an sittlicher Kraft noch im Lande war, damit nur der Reiche wächst und wächst. Dem Staat den Henker mästen.

Sieht dies alles, Herr Reichskanzler, nachträglich nicht unwahrscheinlich aus? Glauben Sie mir, Sie haben es mit Gestörten zu tun. Handeln Sie danach!

Einen klügeren Besiegten hätte nichts abgehalten, es zu

machen wie der erste seiner Sieger. Der mag nach außen noch so groß tun, innen fühlte er sich keinen Augenblick als richtigen Sieger. Richtige Sieger leben aus dem Vollen, dieser schränkte sich ein. Im Punkte Schulden war er vom Besiegten kaum zu unterscheiden und zog die Folgerungen, – die der Besiegte nicht zog. Frankreich war, wie Sie wissen, niemals geneigt, vor allem auf seine Wirtschaft zu pochen. Sein Staat behielt die beneidenswerte Kraft, sich vor der Wirtschaft zu behaupten. Auch der Krieg hat nicht vermocht, daß der Reichtum sich weiter zusammenzog zu ungesunden Machtgebilden, eher verteilte er sich. Wer irgend verdient hat, kaufte Land. Ungezählte neue kleine Besitzer, das sichert Staat und Staatsgesinnung auf mehrere Generationen. Das schafft die freien Familien, in denen die künftigen Intellektuellen erwachsen. Woher sollen sie bei uns noch kommen?

Wer unterrichtet Sie, Herr Reichskanzler, da Sie in Paris noch immer keinen Botschafter haben? Wissen Sie, daß Paris eine bescheidene, fast glanzlose Stadt geworden ist? Weniger knallige Privatautos als in Berlin, kein dickgeschminktes Wohlleben. Weder neue Schlemmerstätten noch aufgestockte Bankpaläste an allen Straßenecken, auch die fünfundzwanzig Berliner Operettentheater nicht! Alles sieht gebraucht, fast schon verbraucht aus; man findet es wohl dringlicher, das Geld in die zerstörten Provinzen zu tragen, anstatt in vergoldete Spekulantenlokale. Denkt jedes Land so? Der Franc gilt dreißig Centimes, es gibt keine kleinen und mittleren Rentner mehr. Auch durch Paris ziehen Rotten von Amerikanern und kaufen billig wie vor Jahren bei uns.

Wir finden im heutigen Frankreich unsere eigene Vergangenheit wieder und den genauen Punkt, wo wir falsch einbogen. An diesem Punkt mußte Deutschland vor vier Jahren, da sein Geld nicht schlechter stand als jetzt dieses, sich entschließen, es aufrecht zu erhalten. Es gab es aber preis – nicht einmal aus böser Absicht, um Gläubiger zu prellen, nur kopf- und haltlos. An diesem Punkte konnte Deutschland noch Staat und Nation voranstellen vor Privatinteressen. Es handelte aber nicht als Nation, es verschleuderte sich an Interessenten, die dafür sorgten, daß nationalistisch gebrüllt wurde, je weniger national gefühlt und gehandelt ward. Nationen haben völlig freie Wahl, zu leben oder abzutanzen.

Die neuen Probleme des Kontinents sind wirksam überall. Noch die westlichste Demokratie verändert ihren Inhalt, erschüttert wie ihr soziales Gerüst ist. Nur daß organisch geschehen könnte, was wir Deutsche vielmehr regellos erleben. Französische Intellektuelle würden Ihnen ihre tiefe und besorgte Teilnahme am deutschen Schicksal eingestehen. Es ist dasselbe Schicksal, das, noch verschleiert, sich auch ihrem Lande zuwendet; und ob es wohltätig naht, hängt mit von uns ab. Der Minister Poincaré mag glauben, eine deutsche Katastrophe werde Frankreich unberührt lassen; die zahlreichen Wissenden hat er gegen sich.

Er hat auch das Volk nur begrenzt für sich. Das französische Volk wird einzig und unbedingt beherrscht von dem Bedürfnis nach Frieden. Die Tatsache besteht, Sie können auf sie bauen! Jenes Volk hat gesunden Sinn genug, um nicht unnütz an altem Haß zu kauen, das Leben stellt es schon auf neue Proben. Die Politik der Industrie ist verbrecherisch drüben, aber leider ist sie es auch hier, und nur darum könnten beide gemeinsam Erfolg haben. Wir sehen uns allzu sehr als Mittelpunkt, wollen wir für nationalfranzösisch ein groß angelegtes Vorgehen gegen den Bestand Deutschlands halten. Die Welt hat eigene Sorgen. Von uns will man Geld. Allein der Geldmangel ihres Landes hat eine Mehrheit von Franzosen vermocht, die militärische Unternehmung gegen das deutsche Industriegebiet zu dulden. Poincaré muß wissen, wie weit er geht. Mehr als geschehen, darf er seinem Bauernvolk nicht zumuten; mehr faßt sein wohlausgeglichenes Hirn selbst nicht. Warum will man durchaus, daß wir glauben sollen, er werde weiter gehen, bis zur Sprengung des Reiches, Abtrennung des Westens, Protektorat über den Süden, bis zu Weltrevolution oder Krieg? Die, die zahlen sollen, ziehen selbst dies alles dem Zahlen vor. Dies, samt dem Chaos, kommt durch Verrat an uns selbst.

Sie, Herr Reichskanzler, teilen schwerlich die hier übliche maßlose Überschätzung Ihres Gegners. Ein größensüchtiger Napoleonide, der gewissenhafte Anwalt? Aus Liebe zum geordneten Geldverkehr mit uns übersieht der Mann die Gefahr, die auch ihm aus unserer Zerrüttung droht. Er ist schwer aufzuklären, sogar von seinen Mitarbeitern. Sprechen Sie selbst mit ihm! Ein einfacher Entschluß, man läßt beiseite, was Trotz, Vorurteil, verletzte Eigenliebe in den Weg stellt, man verabredet eine Aussprache.

Sie wenden ein, daß schon die Aufgabe des passiven Widerstandes Sie dicht vor den Bürgerkrieg gestellt hat? Weil Sie ihn nicht am ersten Tage Ihrer Regierung aufgegeben haben, sondern erst am vierzigsten. Sie hofften, die inneren Widerstände abzustumpfen und haben sie nur gereizt. Sie wollten Ihren unheilvollen Vorgänger nicht schroff ins Unrecht setzen; in Deutschland soll immer alles, was je bestanden hat, relativ richtig gewesen sein. Das vermehrt nur ewig die Entrüstung der Unbelehrten. Wahnsinn ist nicht relativ falsch, Vernunft nicht relativ berechtigt. Vernunft soll nicht rücksichtsvoll sich einschleichen wollen, wo Wahnsinn zu allem fähig ist. Niederlagen, die Wahnsinn uns zugezogen hat, machen wir nur gut, wenn wir Vernunft nicht für ein Auskunftsmittel, vielmehr für Ehre und Kraft halten.

Behaupten Sie laut und frei die Vernunft! Vollständige, redliche Verständigung mit Frankreich und ein künftiges

Bündnis, das ist Vernunft. Gehen Sie zum Angriff über, anstatt zu vertuschen! Wo sogar die zögerndsten Maßnahmen, den Staat zahlungsfähig zu machen, antikapitalistisch, Sie selbst der Bolschewist sein sollen, können Sie nur noch auftrumpfen: »Schluß mit uneingeschränktem, unbeaufsichtigtem Hochkapitalismus in einem besiegten, der Not verfallenen Lande!«

Sie werden damit alle jene abstoßen, deren Zweideutigkeit Sie und das Reich schwächt, heimliche und offene Verschwörer, die Abfallsüchtigen, den patriotisch maskierten Hochverrat. Alle werden, aus dem Zwielicht gejagt, Rechenschaft geben oder versinken müssen. Das wahre Deutschland wird endlich ein vielleicht furchtbares, aber reines Gesicht haben.

Sie können es schaffen, Herr Reichskanzler. Sie haben die Parole der Einheit, das ist auch heute noch mehr, viel mehr als Losung von Parteien. Es ist Losung der Geschichte, Vorbedingung für Größeres. Ein Volk, das Einheit schon gekannt hat, ist nicht dasselbe wie früher; wer hofft in der Welt denn, es könne wieder zerfallen und nicht eben dadurch die ungeheuerste Drohung sein. Wer ahnt nicht vielmehr, daß die Länder des Kontinents, zuerst die Hauptländer Deutschland und Frankreich, nur als Wirtschaftseinheit noch fortdauern, gegen Weltreiche noch bestehen können. Daß keiner von uns daher sich zersplittern darf. Daß Arbeitsgemeinschaft fest zusammenhaltender Reiche die entscheidende Bedingung Europas ist!

Herr Reichskanzler, Sie können beitragen, diesem Lande die Gestalt zu geben, die es tauglich macht für seinen Beruf. Sie können es versäumen, und das Land wird endgültig die belanglose Provinz eines Erdteiles, der selbst nichts weiter mehr wäre.

Wir liegen inmitten und sind bestimmt, Osten und Westen zu verbinden, gegen Natur sperrt man sich nicht. Wir waren früher die halb absolutistische Monarchie, die zwischen Zarentum und französischen Parlamentarismus hineinpaßte. Wir werden künftig die Republik sein, in der Ständevertretung mit Parlamentarismus sich verschränkt. Wir werden sozialisierte Großbetriebe und doch den wirtschaftlich freien Kleinbürger haben. Kapitalismus unter Staatskontrolle, Menschenrechte begrenzt von Klassengarantien: es ist unwahrscheinlich, daß unsere neue Demokratie viel anders aussehen wird, so ist sie schon vorbereitet. Aber wir müssen sie schaffen. Sie, Herr Reichskanzler, müssen sie mitschaffen.

Es handelt sich nicht mehr darum, die Lage zur Not aufrecht zu erhalten. Es ist unaufschiebbar, vom Fleck zu kommen, selbst gegen den Willen einer Nation, die sich verfahren hat und lieber an Ort und Stelle ihre Wut entlädt. Man sagt Ihnen wohl: »Alles geht vorbei. Unser Ausnahmezustand hält noch auf, was aufzuhalten ist. Kommt endlich doch, was kommen muß, dann wollen wir hoffen, daß die Extremen einander aufreiben. Nachher ist gewonnen.« Nein. Nachher ist verloren, Kraft und Zeit. Niemand darf sich aufreiben, niemand das Ganze gefährden. Die wechselnden Zustände der erkrankten nationalen Psyche wartet man nicht ab, man hilft ihr.

Sie werden einer wahren Erlösung beiwohnen. Die Widerstände, die heute kaum zu brechen scheinen, klarer Entschlossenheit weichen sie, sie zweifeln an sich, sie zergehen. Jede Tat, der ihre Notwendigkeit an der Stirn steht, klärt viele über sich selbst auf und entzieht sie dem Zugriff verbrecherischer Interessenten. Was sind denn Nationalsozialisten? Leute, die ihre Geldgeber schonen müssen, sonst wären sie nicht nur gegen jüdische Ausbeutung. Wer sind Kommunisten? Leute, die das Ganze über Bord werfen, im Haß auf eine Gierigstenherrschaft, so gierig, daß sie auch noch den Namen der Demokratie stiehlt. Ein Volk soll als Demokratie hinnehmen einen Unfug von

Schacher und Rechtsbrüchen, Auswucherung, Entsittlichung, nacktem Verrat, offenem Zerfall. Welch eine furchtbare Verwirrung entsteht!

Aber jede Epoche ist im Grunde eines Willens. Kämpfe geschehen an der Oberfläche. Fruchtbar handelt nicht, wer hinhält und endlich zerstörende Ausbrüche doch zulassen muß. Fruchtbar handelt, wer die zersprengten Kräfte sammelt, um sie konzentrisch auf das Ziel hinzuführen, das sie meinen und nicht sehen. Das Ziel ist erfüllte Demokratie, lebendes Gebilde aus allen unseren wohlverwendeten Kräften, wie sie sind, wie sie wachsen. Das Ziel ist: tauglich werden als Nation für Aufgaben, die mehr als national sind. Ein einziger Weg steht noch frei, aber Sie führen ihn nur mit Ihrer ganzen Strenge.

Sie sind ein bürgerlicher Kanzler. Ich glaube, daß bürgerlicher Art, deren Sache die Liebe nicht ist, vor der Vernunft der Dinge doch oft das Gewissen schlägt. Ich habe gesehen, wie entwickelte Bürger ihren Kreis durchbrachen und hinwegdachten über ihre Klasse. Ihre eigene Vergangenheit, Herr Reichskanzler, hat Sie nicht darauf vorbereitet, Geschäftemachern in den Weg zu treten, den Besitz unter Staatsnotwendigkeiten zu beugen. Sie waren nicht darauf gefaßt, eine Revolution der Vergiftung durch reiche Verräter entziehen zu müssen, damit der Staat ihr Inbegriff sei. So ist es aber gekommen. Auch ich hätte nie gedacht, ich würde Diktatur fordern.

Ich fordere Diktatur der Vernunft. Stützen Sie sich fest auf die Anhänger des Reiches, des Deutschen Reiches und seiner Rechte, die vor jedem Einzel- und Sonderanspruch gehen! Brechen Sie Bestechungen und Lügen, die Geldzufuhr des Verrates an seine Banden, die Presse, die er aushält! Ergreifen Sie Personen und Besitz, rächen Sie die bis in den Tod beleidigte Nation! Die soziale Demokratie soll endlich gewappnet und als Rächer dastehen. Sie ist unsere einzige Rüstung, wer sie angreift, muß zerbrechen.

Herr Reichskanzler, wer glaubt, es gebe noch Übergänge und Halbheiten, irrt. Die deutsche Tragik vollzieht sich immer auf Grund versäumter Gelegenheiten. Aber ich fürchte, daß selbst das säumigste Volksganze sich und Ihnen diesmal nicht verzeihen könnte.

1924

Gespräch mit Masaryk

Ich bin nach Prag durchaus nur gekommen, um im Weinberger Theater dabei zu sein, wie die tschechische Aufführung meiner *Madame Legros* einstudiert wird. Aber gleichzeitig erhielt ich eine Einladung, in Schloß Lana mit dem Präsidenten Masaryk zu frühstücken.

Woher die besondere Beachtung eines Autors, der ein Stück aufführen läßt? Die Literatur ist nur noch selten eine staatlich anerkannte Macht. Sie ist es, glaube ich, bei allen jungen Nationen in den Zeiten ihres Aufschwunges gewesen. In den Zeiten eines idealistischen Internationalismus würde sie es wahrscheinlich wieder werden.

Das Auto des Präsidenten der Republik führte mich aus dem Innern der Stadt, wo die Wachmänner es grüßten, und durch die Höfe der Burg, wo die Soldaten es grüßten, hinaus in das verschneite Land. Schneefelder und gefrorene Landstraße, manchmal Häuser am Wege und ein Junge, der den Hut abriß, begeistert lechzend nach dem Gesicht im Wagen. Da es nur meines war, setzte er tief gekränkt den Hut wieder auf. Durch eine Stadt ging es, Kladno. Dort soll man kommunistisch sein, ich wurde nur einmal gegrüßt.

Sehr merkwürdiges Erlebnis, als Vater des Vaterlandes – wenn auch unberechtigt – zu reisen. Nicht wie ein Fürst, das wäre zu wenig. Die gewohnheitsmäßigen Achtungsbeweise, wie Fürsten sie wohl empfangen, haben nichts zu tun mit der ungeheuren Freudigkeit, die meinen Wagen empfing und dem Staatschef galt. Um dermaßen ausgezeichnet zu werden, muß man den Staat, über dessen Gebiet man dahinfährt, selbst errichtet haben. Man muß dem

Seelendrange eines Volkes sich gewachsen gezeigt haben. Man muß ein Mann der Tat von hohen Graden sein.

Und ich bedachte, daß dieser Mann der Tat auch Philosoph, auch Schriftsteller ist, daß er gedacht und in Worten gebildet hat wie ich, bevor er seine Worte wahr zu machen versuchte. Das ist ungeheuer selten. Im Lauf einiger Geschlechter geschieht es höchstens einmal, daß ein Intellektueller handelt. Wir aber haben den Vorzug, es öfter als einmal zu sehen. In Rußland mehrere – und dann Thomas Masaryk.

Natürlich erwartete ich in Lana weder eine Gelehrtenstube noch ein Fürstenschloß. Es war aber ein vornehmer Landsitz mit einem Arbeitszimmer als Mittelpunkt. Schwarz gekleidete Diener, ein wohlwollender Sekretär, und als die Tür aufging, kam mir vom Schreibtisch her der hochgewachsene Greis entgegen. Er ist mager und ungebeugt, soll übrigens gut reiten. Es scheint, daß man ohne zu reiten aus einem Denker kein Tatmensch wird. Der Kopf ist klein für die Körperlänge wie auch als Kopf eines Denkers; er zeigt in scharfen Linien Vernunft und Willen. Güte zeigt er nicht unangemessen oft. Wenn die strengen schwarzen Augen lächeln, ist es Freude an der Komik des Schlechten, wie bei einem Karikaturisten.

Das Gespräch eines solchen Mannes bleibt nüchtern. Persönlich habe ich nichts weiter zu erwarten, als daß er knapp zusammenfaßt, was er von mir weiß und hält. Fertig, wir können essen gehen. Dieser Akt vollzog sich in einem hellen Saal um einen runden Tisch. Der Präsident, sein Sekretär, ein amerikanisches Paar. Vor den Gedecken je ein Glas mit Wasser. Nüchternes, gutes Essen, der Präsident nimmt wenig davon. Auch spricht er nichts, wozu er nicht wirklich angeregt worden wäre. Die Sachlichkeit selbst. Denke doch keiner, daß in die Häuser der Herrschenden ein Phrasenschwall eindringt, wenn Männer des Wortes sie beziehen.

Skeptische Bemerkung über einen Schriftsteller, der fromm wurde. Man hört heraus: »Der betet, anstatt zu bessern.« Aber auch von einem anderen, der in umfassendster Weise bessern möchte: »Ich glaube nicht, daß er praktisch viel erreicht.« Denn man muß Erfolg haben, – wobei die Frage sich mir aufdrängte, ob diese Nüchternheit einfach nur die Haltung dessen sei, der Erfolg hatte und fertig ist, des Gesättigten? Ich glaube es nicht. Ich glaube hier eher an Selbstbescheidung. Ein sittlicher Denker hat von sich und von den Menschen einst Unbegrenztes verlangt und steht nun vor begrenzten, wenn auch greifbaren Ergebnissen. Er sagt sich wohl, daß er die größten Gedanken, die die Menschheit dieses Erdteils noch zu verwirklichen hat, mit seinen Augen nicht mehr sehen wird. Ihm bleibt nur übrig, sich möglichst lange zu erhalten und von den nächsten, wieder nur begrenzten Ergebnissen noch möglichst viele mitzunehmen. Erstaunlich offen drückte er seine Wünsche aus, mit Bezug auf eine nationalistische Partei seines Landes.

Wir übersiedelten an das Kaminfeuer eines anliegenden Salons. Der Präsident, der wenig gegessen und nichts getrunken hatte, rauchte auch nicht, nahm aber zwei Tassen Kaffee, der Genuß, auf den ein Literat zuletzt verzichtet. Ich sprach von dem Leiden und Sterben deutscher Intellektueller. Kein starker Eindruck. Hat er Schlimmeres gesehen? Auch sprach ich von der sozialen Schuld, die hinter jenem Leiden und Sterben steht. Vergleiche mit Rußland; seine kommunistische Hungersnot, unsere kapitalistische. »In den russischen Städten spürte man nichts«, behauptete der Sekretär. In Deutschland spüren es die Städte, wie wir Deutsche wissen. Dennoch dürfen wir nicht annehmen, daß Fremde hiervor durchdrungen sind, oder daß selbst die geistig Höchsten vor dem leiblichen Untergang der deutschen Kultur mehr schaudern würden, als wenn an einer Landstraße ein Vagabund stirbt. Wir müssen lernen.

Aber Masaryk hatte sich die Gründe seines Schweigens aufgespart, bis wir allein waren. Der Sekretär und die Freunde brachen auf, wir blieben allein. Da sagte er mir, daß Deutschland nun leiden müsse. Es sei selbstgeschaffenes Schicksal und nur aus eigener besserer Einsicht zu wandeln. Er behauptete, daß keine deutsche Regierung die Folgen der Niederlage wirklich anerkannt habe. Ich hielt ihm den zahlungswilligen Kanzler Wirth entgegen, und daß allein der Widerstand der Interessenten seine Absichten vereitelt habe. Er suchte die Schuld, jenen Widerstand nicht gleich gebrochen zu haben, bei den Sozialdemokraten und ihren ersten Ministern. Er bestätigte für sein eigenes Land die Geistesart der arrivierten Sozialdemokraten. Er habe ihnen gesagt: »Ihr glaubt nicht mehr an Marx, ihr glaubt nur noch an Benzin« – das Benzin ihrer Automobile.

Gleichviel, die Worte des Richters sind bitter. Womit habe ich verdient, sie hören zu müssen? Wir sind zu Hause eine vielleicht nicht große Zahl, die den Zusammenhang der Fehler mit den Interessen durchschauen und verwerfen. Unwissenheit und Illusionen ganzer Massen, Nachwirkung alter Geistesgewöhnung, daher die Machtanbetung sogar noch vor öffentlichen Dieben: wir kennen dies, wir unterscheiden die vielfältige Herkunft unseres Geschicks. Der Fremde nun sieht es wie aus einem Guß, und sieht es als Schuld. Mag es Schuld sein; aber wir erwidern: erstens wird sie dadurch ausgeglichen, daß manche von uns sie besser begreifen, als Fremde je es könnten. Und dann, es gibt kein Volk, daß unter gleichen geschichtlichen Bedingungen anders geraten wäre. Völker haben einander nichts vorzuwerfen. Bleibt einzig der urteilende Geist.

Ein Geist wie Masaryk ist jedenfalls fähig, über alle Schuld hinaus und weiter zu blicken. Er erwähnte das Bündnis seines Staates mit Frankreich, und daß es keine Drohung enthalte, im Gegenteil. »Wir sind nicht nur an

Frankreich gebunden, Frankreich auch an uns.« Wörtlich, was in Deutschland sofort gesagt worden war von denen, die Europa nicht jede bessere Zukunft absprechen wollen. Er ergänzte: »Ein Volk von fünfzehn Millionen kann natürlich gegen ein Volk von sechzig Millionen nicht Krieg führen.« Als ob er sagte, er habe das Bündnis geschlossen, um sich zwischen uns und Frankreich als Vermittler zu stellen.

Freilich setzte er voraus, daß Deutschland seine geistige Vereinsamung aufgebe. »Es muß wohl durch die lange Abgeschlossenheit im Kriege gekommen sein, daß die Deutschen keine Menschen mehr kennen.« Zum Beispiel die französischen Persönlichkeiten nicht, mit denen sie es am meisten zu tun haben. »Es wäre doch nützlich, mit einem Mann wie, sagen wir, Barthou, einmal selbst zu sprechen. Statt dessen hat man sich von fern irgend ein Bild gemacht und hält daran fest.« Ich führte dies weiter. »Wir stehen nun seit Jahr und Tag in allernächsten Beziehungen zu Poincaré, und niemand hat ihn gesehen. Ich empfahl einem unserer Kanzler, sich endlich einen Botschafter zu nehmen. Das ist schon wieder lange her, und es war vergeblich.« Hierauf sagte Masaryk etwas, das endlich gehört werden sollte.

Er sagte: »Poincaré war gegen die Ruhrbesetzung.« Die deutsche Auffassung ihrer Vorgeschichte sieht noch immer gerade in ihm den zähen, weit ausholenden Anstifter. Denn Poincaré ist für Deutschland eine Gestalt, über die es nichts mehr zu lernen gibt. »Er war gegen den Ruhrkrieg«, wiederholte Masaryk, »als Millerand ihn wollte. Aber Poincaré verläßt einen Gedanken schwerer als Millerand, der heute wieder der Gemäßigtere ist, Millerand hielt an mich eine Ansprache, worin er sich friedlich und nachgiebig zeigte.«

Mir scheint, dies könnte überzeugen. Der Präsident der tschechoslowakischen Republik kennt seine französischen Freunde, die wir nicht kennen. Deutsche würde es zweifellos Selbstüberwindung kosten, ihm zu glauben. Man wäre dann für das zuletzt Geschehene mitverantwortlich. Man hat gehaßt ohne wirkliche Einsicht. Die deutschen Politiker und Publizisten erklärten den französischen Führer ohne weiteres für den Inbegriff des Bösen und schlechthin zu allem fähig. Gleichzeitig aber handelten sie, als könnte die Ruhrbesetzung nie kommen. So kam sie dann.

Wer sagt, daß es auf alle Fälle besser gewesen wäre, Poincaré als verhandlungsfähigen Gegner zu würdigen, bekommt zur Antwort, er sei Ideologe. Um aber von Menschen etwas zu erreichen, tut man gut, sie für besser zu halten, als sie vielleicht sind. Solch ein Satz einfacher Erfahrung ist wohl Ideologie?... Abgesehen davon, daß Ideologie wohl das Schlimmste wäre, das uns zustoßen könnte – in dem furchtbaren Zustand, den wir dumpfen Leidenschaften und geistiger Trägheit verdanken?

Der Mann, der mir in Schloß Lana gegenüber saß, hat sich in seinem Leben vor Ideen nicht gefürchtet, und es war erfolgreicher als das unserer Realisten. Er hat nicht gefürchtet, sein besseres Wissen vor die Wirklichkeit zu setzen und sie herbeizuzwingen. Er hat die praktische Klugheit erlernt als Mittel für Höheres. Klugheit will, daß wir uns bescheiden, und die Idee, daß wir nie nachlassen. »Es kann ja noch kommen«, sagte er, als wir von der Überwindung des Schlechten und Niedrigen sprachen; und ich wußte nicht: sah er schlau aus, oder wie die lenkende Weisheit.

Antworten nach Rußland

I

Im Leben Lenins verbindet sich Treue zu einem ungeheuren Werke notwendigerweise mit Unerbittlichkeit gegen alle, die es stören wollten.

Um der Treue willen muß ich die Unerbittlichkeit gelten lassen. Dies ward mir leichter, seitdem ich gesehen habe, daß er fähig war, sein Werk umzugestalten nach den jeweiligen Bedürfnissen lebender Menschen. Er liebte also die Menschen wie das Werk und handelte daher groß.

Seine Größe ward mir übrigens immer begreiflicher, wenn ich dagegen sah, was aus Deutschland wurde. Hier war nur blinder Haß gegen Idee und Werk, gegen Idee als erneuerndes Prinzip und gegen eine menschliche Gemeinschaft als Werk bildender Vernunft. Alles dem Unsinn und Zufall überlassen, mit dem Ergebnis, daß bei uns zwar gleichfalls zerstört, aber nutzlos zerstört wurde.

Auch in Deutschland kennen wir Enteignung, samt Massenhungern und dem Sterben ganzer Klassen. Dazu kommt aber noch die Entsittlichung der Geister, die keine die Zukunft erbauende Idee vor sich und ihrem Leiden sehen. Lenin, es sei in Rußland geschehen was immer, hat sein Volk jedenfalls glücklicher gemacht; und er selbst war glücklicher, als irgend ein in Deutschland Schaffender es sein kann.

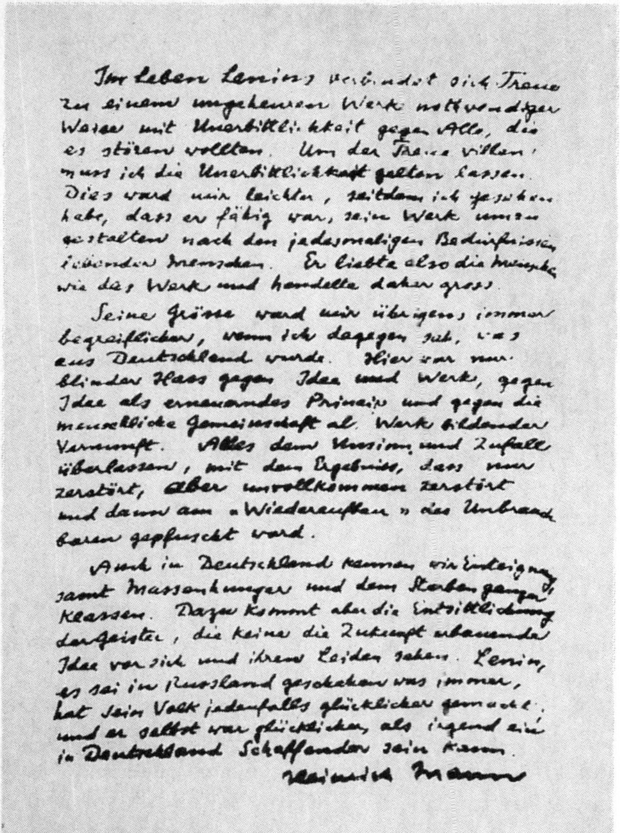

Im Leben Lenins verbindet sich Treue zu einem ungeheuren Werk notwendiger Weise mit Unerbittlichkeit gegen Alle, die es stören wollten. Um der Treue willen muss ich die Unerbittlichkeit gelten lassen. Dies ward mir leichter, seitdem ich gesehen habe, dass er fähig war, sein Werk umzugestalten nach den jedesmaligen Bedürfnissen leidender Menschen. Er liebte also die Menschen wie das Werk und handelte daher gross.

Seine Grösse ward mir übrigens immer begreiflicher, wenn ich dagegen sah, was aus Deutschland wurde. Hier war nur blinder Hass gegen Idee und Werk, gegen Idee als erneuerndes Prinzip und gegen die menschliche Gemeinschaft als Werk bildender Vernunft. Alles dem Unsinn und Zufalle überlassen, mit dem Ergebniss, dass nur zerstört, aber unvollkommen zerstört und dann am „Wiederaufbau" das Unbrauchbaren gepfuscht ward.

Auch in Deutschland kennen wir Enteignung samt Massenhunger und dem Sterben ganzer Klassen. Dazu kommt aber die Entsittlichung der Geister, die keine die Zukunft erbauende Idee vor sich und ihrem Leiden sahen. Lenin, es sei in Russland geschehen was immer, hat sein Volk jedenfalls glücklicher gemacht, und er selbst war glücklicher, als irgend ein in Deutschland Schaffender sein kann.

Heinrich Mann

Erster Teil von *Antworten nach Rußland*
in der Handschrift Heinrich Manns
[vgl. S. 570f.]

II

Auf den ersten Blick könnte es scheinen, als habe die proletarische Revolution Rußlands in Westeuropa nur verstärkten bürgerlichen Widerstand bewirkt. Sehen wir aber die eigenen Schutztruppen der Reichen an! Die Faschisten aller Länder sind weit zügelloser, als gehorsame Angestellte des Kapitals es sein dürften, ihre Empfindungswelt ist Aufruhr, nicht Frömmigkeit. Dies kommt unter anderem, wenn nicht hauptsächlich, vom Beispiel Rußlands. Es ist seelische Auswirkung der russischen Revolution, daß hier im Westen nichts mehr selbstverständlich und gesichert fortlebt, und daß es keine geduldigen Gemüter, auch auf der Seite der Verteidiger keine mehr gibt. Das Bürgertum selbst weiß sich gezeichnet von der russischen Revolution. Es hat eine mehr oder weniger lange Gnadenfrist, erhält sich, wenn es sich anpaßt, ist schon nicht mehr das gleiche wie vorher und wird es täglich weniger. Sein Ideal der »bürgerlichen Freiheit« ist längst aufgegeben. Sein Ideal von »Bildung« war einmal. Der Fehler hierzuland ist freilich, daß die bürgerliche Welt früher abstirbt als ihre Nachfolgerin heranwächst. Wir bestehen nur vorläufig und ohne sehr an all das zu glauben, was wir tun und dulden. So sind wir geworden, wohl auch mit durch das große Ereignis im Osten.

Anatole France
Zu seinem Tode

Ein Achtzigjähriger, der viel geliebt wurde.
Ein Schriftsteller, der den größtmöglichen Teil der Menschen zu Lesern hatte.

Ein Geist, der zusammenfaßte: mehrere Jahrhunderte französischen Geistes und alle seine Kämpfe im letzten; die westliche Gesittung überhaupt; das graeco-lateinische Herkommen überhaupt, durchdrungen wie es ist mit dem christlichen Herkommen; Europa, seine seelische Gestalt, seine Art zu gestalten. Der dies alles zusammenfaßte und vertrat; es insgesamt vertrat vor der Welt – als Letzter.

Er hat einst eine ›Menschliche Tragödie‹ wiedergegeben. Das sind die Zwischenfälle eines nicht ungewöhnlichen Menschenlebens, Überhebung, Verrat und der Rest. Erlebt aber wird es von einem, der großartig und zerknirscht um seine Seele ringt. Es ist ein Mönch. Ob er an die Hölle glaubt? An Gott? In ihnen glaubt er an die Seele.

Anatole France ist dies. Er bewahrt den Glauben an die Seele, an ihre Pflicht, sie selbst zu bleiben, an die hohe Wichtigkeit ihrer Selbstbehauptung. Er hat noch den ganzen Stolz des heidnisch-christlichen Humanisten. Wer es mit der Verpflichtung zum geistigen Wissen, zum Handeln nach geistigem Wissen, zur Erfülltheit nicht mehr genau nimmt und nur grade sich irdisch durchbringt, ist ein bescheidener Tropf, er sei übrigens im Materiellen ein großer Gewinner. France spricht von der Religion zumeist im Ton Voltaires, hat aber nie dem großen Voltaire seine Liebe erklärt. Die erklärte er dem Christen Racine, der so zärtlich empfand, so schöne Gedichte von Menschen, die um ihre Seele rangen, wie auf großen Harfen schlug. Nie hat Anatole France Liebe so stark, so ergreifend bekannt, wie für Racine.

Dabei schrieb er auch Liebesromane. Aber erstens sind immer Nebenfiguren darin, die viel reden und ideelle Begleitmusik vollführen zu den Geräuschen der Liebe. Sodann ist nicht zu verkennen, daß er, ausgenommen den *Lys rouge*, die Liebenden immer ein wenig von oben nimmt, sei es als gefährlich schöne Tiere oder als Seltsamkeiten, meistens aber gerührt, wie Menschlein, die im Schein befangen, noch viel werden trauern müssen.

Sinnenleben und Weltgetrieb, France hat für beide Rührung. Er spottet mit Nachsicht. Er ergötzt sich an den süßen Schwächen der anderen. Selbst ihre Niedertracht wendet er immer noch ins Humoristische. Denn alles, bei diesen nicht Denkenden, ist doch Illusion. Sie sind doch Spiegelbilder, sie sind doch arme kleine Schatten. Wenn ihr wüßtet! Wenn ihr hinter die Welt blicktet! Wenn euch erst um eure Seele bangte! Eure Gemeinschaft mit allen ihren anspruchsvollen Kämpfen ist törichtes Spiel, das leider aus Torheit oft grausam wird. Wirklicher Ernst hienieden geht nur in Geistern vor. Da erstirbt das Lächeln; oder es ist wissend, ist verzichtend, soll trösten, soll die Ruhe der Seele behaupten vor den Untaten des Ungeists. So das gute Gesicht des alten Lukrez-Lesers, der durch das revolutionäre Paris wandelt, in *Die Götter dürsten*. Täglich kann die Reihe an ihn kommen, aber bevor er sterben muß, liest er Lukrez und haßt darum weniger.

Nicht hassen! muß das große Bestreben einer Natur sein, die, obwohl erkennend, an der Welt doch nicht verzweifeln will. Nicht in Verzweiflung untergehn: weiterleben, immer mehr noch erfassen, noch einsammeln und wissen. Haß würde früh töten, France aber muß alt werden. Wer im Geist viel Strenge führt, sollte an Menschen um so versöhnlicher rühren, er schadet sonst sich und hilft ihnen nicht. Sie wollen sanft angefaßt, wollen verführt werden zum Besseren. Nichts ist so schonenswert wie ihre Selbstachtung. Immer den »respect humain« gewahrt! Immer dran denken, daß sie Seelen sind, – die nur zufällig Betrüger, Unterdrücker, Fälscher wurden. Gefallene Engel.

Daher früher die bittere Abneigung Frances gegen Zola. Der sieht, wie ihn dünkt, nur das Tier, die ganze Erde ein schmutziges, schändliches Tier, und formt es mit herausfordernder Heftigkeit, erniedrigt jeden Leser in seinem Menschentum. Schwere Prüfung des Humanisten, er hat keine feindlichere Kritik geschrieben als über *La Terre*, das größte Epos des materialistischen Jahrhunderts. Verachtung, ja Mitleid dem, der nicht den Menschen achtet!

Demselben Zola aber hielt er dann die Grabrede des Freundes; denn seither hatten sie, im Dreyfus-Bürgerkrieg, gemeinsam für die Wahrheit gekämpft. In solchem Kampf war niemand härter. Wer die Wahrheit angreift, hat Nachsicht verwirkt, er verfällt dem Schwert des Geistes. Nur in seiner Chronik jener Jahre kennt France den bitteren Haß. Er kann einzig für Ideen hassen, geistige Bosheit allein erschüttert ihn wahrhaft. Das war kein Epikuräer mehr zu jener Zeit, dahin die Skepsis. Als Revolutionär stand dieser auf, nur weil er den Gedanken rein und einen Menschen nicht der Lüge geopfert wollte.

Schon sechzig, da war er erst voll er selbst, dank Erkenntnissen des Kampfes. Er gehörte zu jenen, die zart beginnen, zögernd, fast schwach beginnen dürfen, weil sie ganz alt werden sollen und Zeit haben, noch Fesseln abzuwerfen, wenn andere schon ermüden. Auf der Höhe, von unumstößlichem Ansehen geschützt, stehen sie befreit und als Empörer da. Anatole France ward Sozialist, zum Schluß hieß er Kommunist. Er war es aber in der Idee, aus geistiger Ungebundenheit, auch nicht mehr gebunden an eine bürgerliche Gesellschaft, deren höchste Blüte doch gerade sein Geist und Antlitz war.

Er glaubte an den Kommunismus in hundert Jahren. Wenigstens bis zu den letzten europäischen Katastrophen hielt er nur unmerkliches Werden für wahrscheinlich; und er war erhaben über die Furcht vor Ideen und ihren Wirkungen, gegen die man noch aufmuckt, indes man schon mitten hineintreibt. Er hätte sich für entehrt gehalten durch Kleingläubigkeit vor der Zukunft. Aber ihren gewalttätigen Anbruch leiblich mitmachen? Die Hinrichtung dessen, was wir waren? Er paßte weder nach Rußland noch hätte er 1793 da sein mögen. Der Handelnde entgeht der Schuld nicht, aus reinen Gedanken werden Verbrechen. So steht es für die Revolutionäre in *Die Götter dürsten*. Angesichts der Schreckensmänner fühlt er mit sanften, feinen Menschen, deren Zeit vorbei ist.

Dies ist europäisch, ist westlich: Ideen lieben, aber ihrer Verwirklichung die Härte nehmen wollen. Übergänge suchen. Das Herkommen achten, noch wenn man es verwirft. Mit Menschen gütiger verfahren als mit Gesinnungen, sie schonen als immer mögliche, immer bereite Pflanzstätten der Ideen. Von der ganzen Revolution liegt ihm nur der Beginn, l'Aube, der erste, noch unbefleckte Aufgang des neuen Tages, neuen Seelentages in Menschenstirnen, die schwärmerisch vor hell gerötetem Himmel stehen.

Daher doch wohl die große Liebe, die auch er erfuhr? Selten geht ein reicher, hoher Geist auf menschliche Kleinheiten freundlich ein. Wo der Kram des Durchschnittes benutzt wird, geschieht es von Schriftstellern, die kaum darüberstehen. France hätte zum wenigsten die Wahl gehabt zwischen den bescheidenen Intelligenzen, bei denen er verweilt, und den höheren, die nur als Nebenfiguren durch sein Werk gehen. Er hat sich zu den kleinen geneigt, klein sogar mit Rang und Reichtum, und hat alle in einen feuchten Schimmer gekleidet aus Rührung, Milde, Humor – und auch wohl Geringschätzung ihrer Unwissenheit –, was ihnen aber nicht weh tut, denn sie fühlen sie mehr wie leisen Neid.

Der Schimmer ist die Poesie, das, was die Kleinen selbst so nennen. Die größere eines kämpfenden Lebens steht ungesehen, aber machtvoll dahinter. Rosiger Hauch umfließt die entkleideten Körper einiger seiner süßen Liebhaberinnen, die doch so viel flunkern, schwindeln und hinter engen Stirnen die Besessenheiten aller Welt haben. Ein junger Nichtsnutz aus gutem Haus wird zum Erbarmen lieb, wenn er weint um seine Freiheit, weil er sich vergafft hat. In *Jokaste* ist der Vater ein fauler Geschäftsmann, mal faul, mal gut, wie üblich: aber das Arme, Illusionäre, Gehetzte solchen Daseins, die viele Kraftausgabe für nichts, die Enttäuschungen des Träumers, das bittere Ende, alles vergleicht den Dutzendmenschen mit Höherem, alles verlacht ihn, indes es ihm doch schmeichelt. Und dann Crainquebille! Ein kleiner Straßenhändler, ahnungslos den großen Mächten der Gesellschaft erliegend: schmerzlichstes Bild des Menschlichen selbst, in den Schlingen, die ihm gelegt sind und die es selbst erfand.

Diese innerlich erregteste seiner Novellen ist die Frucht des Erlebnisses mit Dreyfus. Jahre geistigen Weltensturmes, und endlich die Geschichte des Straßenhändlers. Im kleinen das Höchste; und was den Kleinen zu hoch wäre, bis zu ihnen niedergebeugt. Dies danken ihm alle.

Auch danken sie ihm wohl die gelassene Art zu schildern, Formen geduldig sich bilden zu lassen – anstatt des furchtbaren Griffes der großen Gestalter. France erschreckt nicht. Was erschreckt, was die Kleinen im Grunde abstößt, ist schwerlich der übermächtige Geist, dem sie sich zu entziehen wissen; es ist das Ungeheure der

Gestaltung, ihre Taktlosigkeit, ihre Roheit. Das kennt dieser nicht; er kommt vom Gedanken, er kommt von Büchern.

Sein erster Roman spielt in einer Bibliothek. In dem letzten und stärksten, *La Révolte des Anges*, manifestiert der Erzengel sich auch wieder am liebsten bei vielen Büchern. France hat Bücher geliebt wie die Offenbarung entschwundener Seele, die doch fortlebt. Er schreibt auch darum, daß sie fortlebe. Er kleidet Sinnesart des achtzehnten und des zwanzigsten Jahrhunderts gleichmäßig in naive und edle Sätze, die von fern bald an das siebzehnte, bald an Griechenland erinnern. Unkundige nehmen es für klassisch; da lacht wohl France als erster. Der Unruhe modernen Denkens, unseren gepeitschten Sinnen, unserer Angst, unserer Jagd auferlegt er das Kleid rednerischen Ebenmaßes. Wie wirkt da verhundertfacht jede Ironie! Unter dem Kleid, das gemessene Falten wirft, zappelt unser Elend kläglicher als je. Die Liebhaberin in *Histoire comique* hat sogar Halluzinationen, aber man könnte sie für fabelhafte Geistererscheinungen halten, so ist es erzählt. Die Falten bleiben gemessen; sie besänftigen nicht das Elend, aber den Leser.

Der Leser atmet kulturvolle Schönheit, bei allem Reiz moderner Vielfalt. Zu der größeren, bescheidenen Hälfte aller nur möglichen Leser stößt hier die kleinere anspruchsvolle. Und die unbeträchtliche Zahl, die nach dem großen Leben des Werkes fragt? Nach großem, sinnvollem Leben?

Der *Aufruhr der Engel* ist Götterlehre. Das Buch bringt Enthüllungen, denn wer hätte so sich Gott gedacht und so seine Heerscharen. Alle besseren daraus liegen immer in Feindschaft mit dem beschränkten Demiurgos, viele flüchten zur Erde, hier bereiten sie ihren zweiten, entscheidenden Aufstand vor. Irdische Technik soll die

Tyrannis des Himmels brechen. Die Engel leben auf Erden mit Menschen, die ihr schwächliches Abbild sind. Sie lieben Frauen inmitten des alltäglichen Paris, treiben hier Geschäfte und werden manchmal, des Himmels uneingedenk, wie alle Welt. Sie verschwören sich, stoßen mit der Polizei zusammen, sie stellen jede lächerliche oder tragische Verbindung des Himmels mit der kleinen Erde her. Wären sie nicht machtvoller im Wollen und im Können, sie wären Menschen. Auch Menschen stürmen manchmal – und versagen alsbald. Die Engel aber sind der Geist, der nicht versagt. Ihr Erfolg wird Gewißheit; es ist so weit, sie könnten ihn schlagen, den alten Gott der Ungerechtigkeit. Da spricht Satan, ihr Oberster: »Das erstemal, als wir uns empörten, sind wir besiegt worden, weil wir nicht wußten, daß Sieg Geist ist und daß wir in uns, nur in uns den Jaldabaoth sollen angreifen und töten.«

Schluß der Lehre: die nicht mehr nur Götterlehre ist. Das Ernsteste, Rüchhaltloseste, was Anatole France je schrieb, ist die große Rede Satans, und Satan hält sie im Grunde doch an die Menschlein dort unten, die, ein schlechter Abklatsch seiner starken Empörer, ihr so schwankendes, albernes, zu Katastrophen geneigtes Leben führen. Satan will nicht, daß sie grausam seien, nicht einmal gegen das Schlechte; aber er will, daß sie es erkennen und in sich selbst töten.

Dies nun wurde, Götter- und Menschenlehre, Erzählung überirdischer Taten, irdischer Kleinheit, große Rede, große Haltung, dies wurde gelesen von vielen Hunderttausenden auf Erden. Warum? Anatole France wußte, dies sei seine Höhe; wir anderen wissen es auch. Warum? Ein Buch, das abgekürzte Bibliotheken enthält, dazu Kern der Erkenntnis, dazu Welt, dazu Forderung, Leidenschaft und voll bewegte Seele. Aus Büchern und scheinbar bald schon abgelaufenen Kulturzeiten kann also große Dichtung wiedererstehen. Aus Urteil und Wissen sinnliches

Leben. Aus siebzig Jahren, die über die unsterbliche Seele gebeugt waren, neue unsterbliche Seele. Dies Wunder ist bezeugt, es hat viele erschüttert.

Wer sich abwendet, muß stark von sich überzeugt sein; eigene Neuheit, Ursprünglichkeit, durch nichts verpflichtete Tatkraft müssen ihn unverwundbar machen. Gespräch in einem französischen Hause:

EIN JUNGER MENSCH France? Wir lehnen ihn ab. Wir hassen ihn.

FRAGE Wer, wir?

DER JUNGE Wir Jungen. *Zustimmung anderer Junger.*

FRAGE Warum. *Schweigen. – Dann der Junge, entschlossen* Er ist nicht fähig, Leben zu schaffen. *Neben ihm sitzt der alte Hausherr.* Ihm gelingen nur alte Herren. *Der Alte schweigt gereizt.*

EIN FREMDER *zu dem Jungen* Wollten Sie nicht etwas anderes sagen? Skeptizismus, und mit ihm France, ist bei Ihnen unmöglich geworden.

DER JUNGE Das ist es. Wir sind das Geschlecht, das aufbauen soll.

DER ALTE HERR *völlig beruhigt* Allein nach Südamerika gehen jährlich Hunderttausende von Bänden France. France hat nicht die Größe seines Meisters Renan. Aber er ist Inbegriff alles dessen, was als französisch gilt. Er führt den Namen der Firma. Und als kürzlich im Trocadéro von vier- bis fünftausend Personen Renan gefeiert wurde, standen alle auf, um France zu grüßen.

Wäre er selbst zugegen gewesen, er hätte dem Jungen ganz recht gegeben. »Jetzt glaube ich, daß wir alle, wie wir da sind, Große und Kleine, so wenig Nachwelt haben werden, wie die letzten Schriftsteller des klassischen Altertums sie hatten, und daß das neue Europa von dem Europa, das jetzt vor unseren Augen zugrunde geht, zu verschieden sein wird, um nach unseren Künsten und nach dem, was wir dachten, noch zu fragen.« Und er hätte geschlossen: »Ich liebe die Wahrheit. Ich glaube, die Menschheit braucht sie; sicher aber braucht sie noch viel mehr die Lüge, die ihr schmeichelt, Trost spendet und endlos Hoffnung macht. Ohne Lüge würde sie umkommen vor Verzweiflung und Langeweile.« Denn so schließt sein letztes Buch. Es ist sein letztes Wort.

Dieser war einer, der uns Menschen liebte, obwohl er uns kannte. Wer ein Kind hat, hätte gewünscht, daß nur einmal seine Hand den Scheitel des Kindes streifte. Und schwer ist zu ertragen, daß mit ihm nun auch die Augen zerfallen sollen, seine Augen, aus denen noch im Bilde ein Kranz von Strahlen ging.

Der Einfluß der französischen Literatur

Bericht nach Frankreich

Auf den ersten Blick glaubt man, Fragen über den Einfluß der heutigen französischen Literatur mit zwei Worten beantworten zu können. Bald zeigt sich aber, wie schwer es ist. Zuerst muß ich mir nämlich klarmachen, wie denn die deutsche Literatur jetzt aussieht. Das ist die Schwierigkeit.

Denn unsere Literatur hat so gelebt, wie die Nation seit zehn Jahren lebt, in unregelmäßigen Stößen, ohne rechte Folge, voll von Widersprüchen und unvollendeten Ansätzen: bedrängt wie beide waren, Nation und Literatur, sowohl seelisch als durch körperliche Not. Es hat eine revolutionäre Richtung gegeben, die Richtung des Leidens und der Empörung, sie hing gewiß mit Barbusse zusammen. Ob von ihm beeinflußt? Sie hat sich öfter dramatisch geäußert als im Roman. Aber wo ist sie hin? Auch der »Expressionismus«, der ihr technisch am meisten entsprach, scheint überlebt.

Als Gegensatz gab es die Literatur der Flucht. Die Seele floh, je eingeschlossener der Leib hier saß, in entfernte Länder, drang in fremdartige Menschen, sogar in Tiere. Exotismus, aber schwerblütig, reich an Qualen, keineswegs weltkundig und schnell eingefühlt wie der von Paul Morand; nicht der gesunde Kosmopolitismus, der sich frei in der Welt bewegen durfte. Aber ob Spaziergang, ob Flucht, das treibende Bedürfnis nach Weite, nach Befreiung ist doch wohl das gleiche.

Was noch? Nationalismus wahrscheinlich. Aber es ist wichtig zu bemerken, daß er sich in Deutschland fast immer nur in den Niederungen des geistigen Lebens vollzogen hat; grade heute bezeugt ihn kein Werk hoher Art. Zusammenhang mit den französischen Meistern des Nationalismus existiert schwerlich bei diesen Unwissenden; und im siegreichen Frankreich sehe ich ohnehin keine neuen Beispiele nationalistischer Literatur.

Keine der Richtungen, die ich in Deutschland vertreten glaube, beweist mir französischen Einfluß, besonders keinen folgerichtig wirkenden. Dieselben Grundstimmungen oder doch mehrere von ihnen sind in unseren beiden Ländern selbständig vorhanden, zeitigen aber bis jetzt noch ganz verschiedene Ergebnisse. Wie sollte es anders sein; zuerst die lange Abgeschlossenheit Deutschlands von der geistigen Mitwelt, nicht einmal die Bücher waren zu erlangen; und dann hatte man zu viel, zu krampfhaft mit sich selbst zu tun. Wohl aber besteht Verwandtschaft mit französischen Erscheinungen. Um so wertvoller, wenn sie ohne Beeinflussung, sogar ohne Verkehr entstehen konnte, das verspricht für später noch mehr. Die Verwandtschaft wartet vielleicht nur auf günstige Bedingungen, um Ähnlichkeit zu werden. Ich glaube, daß die beiderseits ertragene Katastrophe gerade Annäherung vorbereitet hat. Der Eindruck, daß unsere Nationen immer deutlicher voneinander abhängen in den Grundlagen ihres Lebens, kann auch dem geistigen Ausgleich und literarischen Verständnis nur nützen.

Kommen jetzt für Deutschland Zustände, die denen seiner Nachbarn einigermaßen gleichen? Dann wird voraussichtlich auch die Literatur aussichtsvollere Wege gehen. Die jungen Autoren werden entdecken, daß sie berufen sind, eine etwas reife bürgerliche Gesellschaft, die sich in glanzvoller Art noch lange zu halten gedenkt, geistig zu vertreten – und wenn es sein kann, auch das Volk, das noch viel länger leben will und es mit der früheren Denkart nicht mehr kann. Die Grundtendenz wird, dem allgemeinen Bedürfnis gemäß, europäisch sein: keine übermäßige Betonung nationaler Merkzeichen, vielmehr Geschmeidigkeit und schneller Blick für alles Menschliche; Weltkenntnis, praktische Ideale. In der jüngsten französischen Literatur scheint es mir schon jetzt so. Hierin wird sie maßgebend werden. Es wird ihr Ruhm sein, hierin vorangegangen zu sein. (Da einer literarischen Richtung die entsprechende politische zu folgen pflegt, hoffe ich hier und drüben auf europäisch gesinnte Politik.)

Meine eigene Vorliebe und wen ich für besonders französisch halte? Hierzu muß ich gestehen, daß ich lange denselben Verhinderungen ausgesetzt war, wie wir alle, und daß ich aus Frankreich lange nicht Neues erfahren hatte. Noch immer mußte ich bei Anatole France suchen, was ich als das fruchtbarste Frankreich verehre. Jetzt weiß ich schon mehr. Vor allem habe ich Gide kennen gelernt. Er ist nicht jünger als ich, aber wir gelten, jeder in seinem Lande, nicht für alt; uns wird noch tätiger Einfluß zugeschrieben. Seine *Caves du Vatican* haben mich von neueren französischen Büchern am lebhaftesten beschäftigt. Darin ist schon vorweggenommen die neue spielerische Behandlung von Welt und Menschen, das glatte Überschreiten von Landesgrenzen, die schnelle Gangart und leichte Hand. Darin ist aber auch große Tiefe, ist auch Herz. Was mich entzückt, sind die so wahren wie kunstreichen Übergänge des Spieles zur Tiefe, des Spottes zur Zärtlichkeit. Gide selbst wird andere seiner Werke höher stellen. Ich schreibe Romane und urteile nach dem, was ich besonders verstehe. Die *Caves* sind ein auffallend französisches Buch, ich liebe es.

V. S. E.

I

Wie groß standen doch unsere Väter da! Angehörige der europäischen Rasse, strahlten sie von Zivilisation, die die Welt unumschränkt beherrschte. Bis ins tiefste Asien hat es zu ihrer Zeit wohl schwerlich irgend jemand, Paria oder hoher Gelehrter, gegeben, der im Europäer nicht die irdische Macht, wahrscheinlich aber auch die geistige Überlegenheit erblickt hätte. Haben sie inzwischen es doch anerkannt durch die Tat, verleugnen ihre eigene alte Weisheit, werden jetzt Macht- und Verstandesmenschen wie wir. Nicht nur England: wir alle sind dort drüben in Frage gezogen. Unser Glanz ist schadhaft seit dem letzten Kriege. Wir sind sterblich geworden, zum erstenmal rechnet die Welt mit dem Ende unseres Vorranges auf Erden. Dies betrifft jedes Glied Europas: nicht nur England, das in den meisten Fällen wirklich herrscht; es ist doch nur Vorkämpfer Europas. Es betrifft auch den, der nicht einmal Kolonien hat. Denn die Abnahme der Furcht, die Europa Fremden einflößte, der Ehre, die es weit dahinten genoß, zeigt uns, wie falsch wir zu Hause gelebt haben müssen.

Unsere Väter, denen die unbedingte Erhabenheit der europäischen Gesittung über jede andere Erscheinung auf Erden die Selbstverständlichkeit selbst war, würden sich heute nicht fassen vor Entsetzen. Wie? Asien droht geeinte Weltmacht zu werden unter Führung des wieder in Asien aufgehenden Rußland? Wie? Schon betet der Dalai-Lama nach Westen gewendet um Ausbreitung seiner Religion? Die bankerotten Staaten Europas aber sind einig nur im unablässigen Anhimmeln und Anbetteln Amerikas.

Unsere Väter würden für dies alles doch das Wort »Schande« gehabt haben.

Wir haben es nicht, das ist das Hochmerkwürdige. Wir tun, als müßte das alles so sein. Amerika hat die Monroe-Doktrin. Europa hat nun einmal keine: schön, dann mag Amerika also hier eingreifen, was wir bei ihm nie dürften. Mag es unseren europäischen Drang zur Selbstzerfleischung wohltätig bevormunden. Mag es den Schiedsrichter stellen für unser einzelstaatliches Gezänk und dafür unseren Wiederaufbau finanzieren. Einmischung? Wir flehen ja darum. Wir müssen ihm sogar wirklich dankbar sein; was würde aus uns ohne sein Geld. Niedergang? Wenn schon. Die Hauptsache für jeden der europäischen Staaten ist, daß er auf Kosten des anderen wieder besser verdient. In diesem Sinn scheint alles erlaubt. Über Oberschlesien ist von einem Chinesen mit entschieden worden. Denen, für die er entschied, war er recht; auch uns Deutschen wäre er recht gewesen. Gemeinsamer Niedergang – aber innerhalb des Niederganges will jeder noch obenauf sein. Nationale Erfolge sollen darüber täuschen, daß das Ganze, von dem die Nation nur ein Teil ist, nicht mehr hält.

Ursache des nahezu unfaßbaren Geisteszustandes? Es könnte sein, daß sie gerade in der vorigen Größe Europas liegt. Jedes der europäischen Länder hat noch die Großmacht im Blut – und ist doch keine wirkliche Großmacht mehr vor der veränderten außereuropäischen Welt. Ist keine mehr für sich allein, könnte Großmacht nur mit ganz Europa sein. Ganz Europa wieder hat sich noch nicht des Glaubens entwöhnt, die Welt bestehe seinetwegen, es sei Kulturbringer und Nutznießer, es sei eingesetzt, im Grunde sei es unverwundbar. Unser Gefühl hält nicht Schritt mit den Tatsachen. Wir haben das Gefühl, die Höchstentwickelten zu sein und zu bleiben trotz innerem Zerwürfnis, offenkundigem Verfall.

Wäre dies wahr, so fragt es sich, was es uns hilft. Was hat es Griechenland geholfen? Ein Augenblick kommt, wo höchste Entwicklung weltfremd macht. Das Individuum hat sein eigenes Leben zu hoch gezüchtet, es ist seiner selbst bei weitem zu bewußt. Jede nichtige Verschiedenheit von anderen betont es stolz und über die Maßen, das Gemeinsame aber, das auf der Hand liegt, soll nichts gelten. Dies war bei uns schon länger das Verhältnis der Persönlichkeiten und Geister, dies wurde ihr Schicksal. Es könnte leicht auch das Schicksal der reich individualisierten Nationen Europas werden. Sie mögen bestehen auf ihren Eigenarten, die von soviel Kampf und Opfer gezeichnet sind. Die Eifersucht auf ihre noch kürzlich im Kriege so schwer behauptete volle nationale Unabhängigkeit mag sie auch weiter ganz gefangen halten. Dann wird die gemeinsame Not ihnen keine Tat eingeben. Auch in letzter Stunde werden sie sich nicht einigen zur Rettung des Weltteils. Die Nationen Europas werden lieber ohne Zugeständnis untergehen, als von ihrem Persönlichkeitsstolz etwas nachzulassen, um zu leben. Das hat Schönheit. Während der deutschen Inflation sind in Dachkammern, jeder für sich allein, hochentwickelte geistige Individuen still gestorben, denn dem Leben sich anzupassen, lockte sie nicht mehr. Es hatte Schönheit, aber jetzt sind sie tot.

Völker sterben so einfach nicht. Bevor Europa Wirtschaftskolonie Amerikas oder Militärkolonie Asiens wird, einigt es sich. Dies ist die feste Tatsache nächster Zukunft, es muß geglaubt werden: woraufhin sonst noch Hoffnungen, Berechnungen gar? Wir könnten nur, in lauter vorläufiges Treiben verstrickt, den kommenden europäischen Krieg erwarten, an dessen Ende unausweichlich unser aller Versklavung stände.

Europa einigt sich, es strebt auf seine Vereinigten Staaten zu. Wichtige Vorbedingungen sind längst gegeben, andere in Bildung. Wir sind eine geistige Einheit; unsere nationalen Literaturen, Wissenschaften und Künste haben die gleiche Herkunft; noch in ihrer Getrenntheit bleiben sie verwandt. Das neueste Beispiel geben die deutsche und die französische Literatur seit dem Kriege. Nicht eine Richtung, eine Regung, die nicht hier wie dort aufträten, abgewandelt einzig durch den für beide Nationen verschiedenen Ausgang des Krieges, – und doch waren beide Literaturen zehn Jahre lang ohne Verbindung, kein Buch drang zu uns, uns kannte nur das Gerücht. Die europäische Gesellschaft denkt und empfindet gemeinsam. Und dies nicht erst seit dem »guten Europäer« Nietzsches. Die guten Europäer waren sogar zahlreicher und gingen unbefangener ihres Weges, bevor das bürgerlich-kapitalistische neunzehnte Jahrhundert sie in nationale Grenzen scheuchte.

Das neunzehnte Jahrhundert war groß, es hat die von der Renaissance begonnene Individualisierung der Nationen vollendet, ja, hat es fertig gebracht, sein Werk mit religiöser Kraft auszustatten. Die Nationen, im Mittelalter nur als Teile der Christenheit vorhanden, wurden im neunzehnten Jahrhundert selbst Religion, wurden Dogma und unbezweifelbar. Nation heiligte das Menschenleben und vor allem den Tod der Menschen. Sie erlaubte Widervernunft und forderte Glauben an das Wunder. (Wir haben den Krieg erlebt.) Für Ketzer oder Landesverräter war keine Zuflucht mehr auf dem Erdteil. Daher Heuchelei, die umfassendste, allseitige Heuchelei, die seit den Zeiten der herrschenden und verfolgenden Kirche gesehen ward.

Einer wußte immer vom anderen, er sei »international«, also todeswürdig. Keine Partei oder Klasse, der es nicht zugeschleudert wurde; und tatsächlich sind sie es alle. Jeder hat Brüder im Ausland, die Nationalisten voran. Man denkt und strebt wie seinesgleichen drüben und wäre, hinüberversetzt, ganz einfach jener. Die europäische Geistesart teilt sich wohl, aber jeder der Teile ist überall, – so wie überall dieselben Rassen gemischt sind, überall dieselben Führer aufstehen und überall verstanden werden.

Das Nationalgefühl war notwendig, daher zu schönen Äußerungen befähigt. Geisteswerke nicht ohne Geschlossenheit und Kraft, und eine zeitweilig sicher umfriedete Staaten- und Bürgerwelt waren sein Werk. Das Nationalgefühl hat Begeisterung gezeugt und mehreren Generationen einen Hauptteil ihres seelischen Inhalts geliefert. Allmählich wurden seine Äußerungen wohl weniger überzeugend, weil weniger rein. Es überspannte um so furchtbarer die Seelen, je weniger Glück es ihnen noch zu bieten hatte. Zuletzt redeten sich auf das Nationalgefühl als einzige Rechtfertigung die aus, die die Völker so unglücklich machten wie noch nie... Es war Ausrede. Das Nationalgefühl, sich selbst überlassen und nicht durch die Lügen von Interessenten vergiftet, würde nie den Krieg gebracht haben. Es bleibt trotz allem achtbar. Selbstachtung der Völker, erweiterter Persönlichkeitsstolz. Auch wird es nie verschwinden, nur daß es sich noch mehr erweitern könnte, sich wieder einmal erweitern.

Es war in letzter Zeit eng und ausschließlich geworden. Früher wuchs es vom einfachen Heimatsinn über die Anhänglichkeit an den angestammten Kleinstaat zum Aufgehen in ein Reich. Dies Aufgehen, leidenschaftlicher gemacht durch die großen Interessen, führte dazu, den Nationalstaat für die meisten seiner Bürger auch geistig abzuriegeln. Die nahe verwandten Europäer draußen wurden fremd wie Neger. Man sah nur Abweichendes, man roch es schon bald, so sehr pflegte man die eigene Besonderheit. Einzig Mißtrauen schien berechtigt gegen die Welt jenseits der Grenzen.

Der unausbleibliche Wandel der Dinge kehrt jetzt die andere Seite unseres Empfindens, unseres Wissens ins Licht. Wir Europäer sehen, durch Not, die gemeinsam ist, belehrt, fast schon mehr das Gemeinsame der Völker

Europas, als was sie trennt. Das Gefühl mischt sich ein. Die Annäherungs- und Versöhnungsversuche unserer heutigen Völker sind schwer vom geheimen Schuldbewußtsein und von Reue. Sie sind erfüllt vom Drang aus sich heraus, aus trennendem Vorurteil, vom unterdrückten, sehnenden Menschentum. Dies könnte ins Ungeahnte gehen. Das zwanzigste Jahrhundert ist wahrscheinlich berufen, eine neue Christenheit zu erleben – ohne Kirchlichkeit und Dogma, aber doch die Wiederversammlung der einst getrennten Glieder einer geistigen Einheit.

Auf den Boden realer Interessen. Denn nicht einmal die Kreuzzüge sind ohne reale Interessen unternommen worden. So ist Europa. Kündet eine von Grund aus veränderte Empfindungsart sich an, ein neues Zeitalter der Seele, wie geschieht es hier? »Dann begännen die französischen Staatsmänner die deutsch-französische Zusammenarbeit für unvermeidlich zu halten –«. So und ähnlich lauten die Meldungen des Ereignisses. Die großen Interessen zu beiden Seiten der Grenze wurden ehemals am besten bedient, wenn man Wirtschaft und Nation abschloß und verfeindete. Es scheint, daß Vorbereitung des Krieges jetzt nicht mehr das Einträglichste ist. Der klügere Teil des französischen Kapitals folgt jetzt schon dem politischen Führer, der Verständigung will. »Wirtschaftliche Entente mit Deutschland und politische Verbindung mit England«, so soll die Formel des heutigen Frankreich heißen. Die deutsche wird ihr entsprechen.

Entgegengesetzte Formen würden kein Glück haben. Auch die mächtigsten Interessen stoßen sich am Drang der Zeit. Sie werden sich ihm aber anpassen, sich in Wechselwirkung mit ihm bringen. Aus den unerwartetsten Lagern kommen bald vielleicht die eindrucksvollsten Aufrufe zur Einigung, zum Frieden. Ist es für noch unbelehrte Deutsche nicht schon die größte Überraschung, Worte zu hören wie diese: »Der Patriotismus verliert seine heilige

Bedeutung, wenn er zur schamlosen Agitation wird«; »Wir wollen es versuchen, die Vereinigten Staaten Europas zu schaffen«, – und zu erfahren, der französische Ministerpräsident habe sie gesprochen? Tatsache genug ist schon der Dawes-Vertrag, trotz notgedrungener Annahme fremder Hilfe doch die einmütigste Erhebung Europas gegen das Joch einiger Fehler. Tatsachen sind die Gründung der »Internationalen demokratischen Entente«, Generale, die im ehemals feindlichen Land gegen Krieg sprechen, und jener kürzlich erlebte Kongreß der Friedensfreunde. Hinter jedem zeitgemäßen Willen steht Macht.

II

Auf der Versammlung der Friedensfreunde ist die Frage der Einigung Europas besprochen worden. Die nichtdeutschen Delegierten stellten sich dazu meistens gläubiger, wenn nicht entschlossener als die deutschen. Niemand kann es anders erwartet haben. Deutschland ist gewarnt durch sinnlose und schädliche Entscheidungen des Völkerbundes, – dem es gleichwohl natürlich beitreten muß; es hofft daher auch nichts vom Bunde Europas. Mit Recht? Oder aus mangelhafter Überlegung?

Der Gedanke des europäischen Bundes wird bis jetzt praktisch vertreten von der Organisation Pan-Europa, Sitz Wien, Begründer R. N. Coudenhove, – der wahrhaftig nicht träumt, sondern rechnet. Er berechnet, Pan-Europa, der einzige Schutz gegen übermächtige außereuropäische Staatenkonzerne, liege im Interesse vieler starker und sogar entgegengesetzter Faktoren. Die Industrie werde sich überzeugen lassen, ihr Geschäft sei dort. Die Sozialdemokratie werde dafür zu haben sein, die Freimaurer könnten dabei zu gewinnen hoffen, noch mehr die katholische Kirche. Coudenhove wirbt in allen Lagern. Er erstrebt den ersten paneuropäischen Kongreß für das Jahr 1926, genau hundert Jahre nach dem ersten panamerikanischen. Aus dem Kongreß soll ein paneuropäisches Büro hervorgehen, es würde, wie das panamerikanische, Streitfälle zwischen den Ländern schlichten. Schieds- und Garantieverträge ergäben sich; darauf die Bildung einer paneuropäischen Zollunion; und die Krönung der Entwicklung wäre die Konstituierung der Vereinigten Staaten von Europa. Sie sind die Vorbedingung für einen wirksamen Völkerbund. Der heutige ist unwirksam, weil den übrigen Weltreichen kein europäisches entspricht.

Dies die Drohung, die dem Gedanken Pan-Europas drängend zur Seite steht. Die Welt ist geballt zu riesenhaften Mächten, es gibt das britische Bundesreich, Pan-Amerika, das russische Bundesreich und Ostasien. Keiner der europäischen Staaten kann vereinzelt solche Gefahren wagen. Und auch im Völkerbund begegnet er den Weltreichen machtlos. England stimmt mit seinen Dominions, wir stimmen allein. Was Deutschland erfahren hat durch den Völkerbund, konnte nur geschehen beim Fehlen europäischen Gemeinschaftsgefühls, europäischer Bindungen, bei übertriebener Wichtigkeit innereuropäischer Grenzen und solange es zulässig ist, daß Nichteuropäer mitentscheiden über unsere Dinge. An der europäischen Förderation innerhalb des Völkerbundes hat Deutschland ein noch größeres aktuelles Interesse als alle anderen.

Stärkster Einwand gegen den Plan Coudenhoves sind England und Rußland. Er will sie ausschließlich, wenigstens vorläufig: Rußland, solange es noch nicht parlamentarisch regiert wird, England, bis es von seinen Dominions unabhängig, wieder ganz europäischer Staat geworden sein wird. Darauf läßt sich erwidern, daß weder Spanien noch Italien heute parlamentarisch regiert werden, und daß Pan-Europa für seine Ernährung Rußland nicht entbehren kann. England aber von Europa trennen? Es als außereuropäische Macht behandeln? Hierüber würde man vor allem seine Verbündeten befragen müssen – und würde etwa erfahren, daß von zehn Büchern, die ins Französische übersetzt werden, neun englisch sind. Kulturelle Anziehung ist aber für Pan-Europa nicht unwichtiger als wirtschaftliche. Europa soll doch innerlich zusammengehalten werden von gemeinsamer Gefühls- und Gedankenwelt. Es soll als seelischer Wert, den schon die Griechen in sich trugen gegen Asien, in uns zurückkehren. Wo aber die Heimat Shakespeares fehlte, wäre offenbar kein Europa mehr.

Man muß nicht Kontinentalpolitiker sein. Man muß andererseits nicht glauben, daß England, mit seiner überlieferten Neigung, auf dem Kontinent zum eigenen Vorteil das Gleichgewicht zu erhalten, gleich Freund und Gönner Pan-Europas wäre. Man kann Schwierigkeiten erkennen ohne Zahl: den verspäteten Nachkriegs-Imperialismus mancher Staaten, den begreiflichen Widerstand Deutschlands, das falsche Grenzen hat und, entwaffnet, die anderen vertragswidrig ferner gerüstet sieht. (Wobei freilich zweifelhaft ist, ob sichtbare Rüstungen heute noch die wichtigsten sind.) Zu rechnen ist mit dem herkömmlichen Mißtrauen aller, der Eifersucht eines jeden auf seine bedrohte Selbständigkeit; mit den weniger klugen der mächtigen Interessen, die zunächst noch gegen den Frieden und gegen Pan-Europa sich wenden werden. Dies alles darf nicht hindern, daß es kommt.

Die Vereinigten Staaten mögen kommen in der Art der umfassenden Veränderungen, von denen immer gesprochen wird als von fernen Utopien, indes man unbemerkt schon halb darin steht. »Wir wollen es versuchen, die Vereinigten Staaten zu schaffen. Wenn das noch nicht gelingt«, setzt Herriot hinzu, »wollen wir uns wenigstens bemühen, als friedliche Nachbarn nebeneinander zu leben.« Was aber bei der Notwendigkeit, den Frieden dauernd und nutzbringend zu machen, zu immer engeren Bindungen führen muß. Das paneuropäische Parlament wird wohl schon tagen über den Einzelparlamenten, und ihre Souveränität wird von den Staaten noch behauptet werden. Sie wird aber längst nicht mehr unbegrenzt sein. Durch Genfer Beschluß wurde sie angetastet – schon jetzt.

Der große Widerstand der Staatsromantiker wird beginnen, wenn es ihnen erst klar wird, daß die innere Selbstherrlichkeit der Staaten, auch des ihren, wankt. Im Namen der geliebten Selbstbestimmung werden sie noch einmal alles versammeln können, was in vergangenen Formeln denkt, anstatt in Wesenheiten, die da sind. Sie werden die Selbstbestimmung Polens oder Dänemarks verteidigen wollen und nicht sehen, daß es der Weg ist, sie beide und mit ihnen Europa unter russisch-amerikanisches Gesetz zu bringen. Sie werden, wie gewöhnlich, lieber untergehen wollen, als nachgeben, aber sie werden leben müssen. Souveränitäten sind zu oft in eine größere Souveränität aufgegangen, als daß die Vereinigten Staaten ein Wunder wären. Farben haben zu oft schon gewechselt, und es war immer der gleiche Menschentyp, der lieber die von gestern trug.

Die schneller angeschlossenen Intelligenzen und offenen Herzen sollten sich von ihm nicht mehr schrecken lassen. Wer mit Gleichgesinnten anderer Länder Abkommen trifft, hat sich nicht zu entschuldigen. Er vertrete mutig das höhere Beispiel, das er gibt. Es gilt europäischen Patriotismus. Er ist der fruchtbarere, er sichert Zukunft. Auch der nationale Patriotismus kann künftig nur noch innerhalb des europäischen irgend Begehrenswertes wirken. Ohne den europäischen ist er leerer Kraftverbrauch, ist ohnmächtiger Widerstand gegen die neue Form des Inhaltes, den man in Anspruch nimmt und nicht mehr hat. Die drohende Haltung des falschen Nationalismus darf nicht darüber täuschen, daß er in vollem Niedergange ist, eine Weltanschauung, die keine mehr zu bieten hat, Fäuste, die kein Hirn bedienen, wildes und letztes Reflexzucken. Aufsteigende Bewegungen haben ruhigere Muskeln.

Es handelt sich um einfache Folgerichtigkeit. Wer unter »Pazifismus« den Frieden Europas versteht und ihn ablehnt, muß wissen, daß er sein Land mitsamt den anderen geschwächten, verarmten Ländern dieses Erdteils in den nächsten Krieg stürzt. Er muß darauf bauen, gerade sein Land ertrage ihn noch, es werde siegen, um dann, belastet mit dem widerstrebenden Anhang der besiegten, ganz und endgültig zerstörten Feindesländer, vor der versammelten Welt groß dazustehen. Sonst bliebe nur die Aussicht, daß jene geschlossenen Weltreiche kurzweg Besitz ergreifen von den Trümmern, die Europa waren. Vertritt der Politiker, der solche Zukunft verantworten will, eine Elite großer Verdiener, dann mag er hoffen, sie verdiene vielleicht auch noch an dieser allerletzten Katastrophe des Erdteils, er bleibt in seiner Rolle. Aber Demokraten? Menschen, die der Masse irgend eines europäischen Volkes mehr Geltung, mehr Glück zu sichern denken? Demokraten können nach ihrem Wesen und allen gegebenen Tatsachen zufolge nur für den Frieden Europas und seine Einigung sein.

Das heißt nicht »Pazifismus«. Wer den nächsten europäischen Krieg für nackten Wahnsinn hält, muß noch nicht im Krieg schlechthin eine sogleich zu beseitigende Form des Lebenskampfes sehen; aber er wird sich überzeugen, daß Krieg gegen einst vielleicht drohende Weltmächte besser von einem starken, einigen Europas geführt wird. Es ist nicht Zweck des Vereinigten Europas; mit wem würde Gesamt-Europa lieber in Frieden und Freundschaft leben als mit dem verwandten, gleichstrebenden Amerika, das seine Erneuerung hilfreich erleichterte. Nur gegen Angreifer die gemeinsame Rüstung.

Zweck des sich gründenden Europas ist nicht Krieg und nicht Haß. Es ist Sicherheit und gemeinsames Gedeihen, größere Freiheit des Körpers und der Seele, als die eingeengten, aus Not tyrannischen Einzelstaaten gewähren können. Es ist Wiedervereinigung derselben Kraft, die zerrissen war, desselben Menschentums, das endlich ganz werden will. Es ist nicht Haß, eher Liebe.

Sogar die Erinnerungen vergangenen Zwistes und gemeinsamer Katastrophen können unter Europäern das Gefühl der Einheit nähren. Ein Deutscher und ein Franzose fahren in Paris an dem kleinen Café vorbei, wo Jaurès fiel. Der französische Gastfreund zeigt dem deutschen den Platz beim Fenster. »Am Tage vorher noch hatte ich ihm die Hand gedrückt. Ich erschrak furchtbar über die Nachricht, ich wußte, was sie bedeutete.« Der Deutsche: »Ich war auf dem Lande, ein Zug kam an, ein Freund rief mir entgegen: ›Jaurès ist ermordet!‹ Ich erschrak furchtbar.« – Beide denken: »Dafür werden unsere Kinder ein Glück kennen, das an Grenzen nicht endet.«

An die Wähler zum Reichstag

Das erste ist Friede. Wie kann irgend ein Mensch, der für sich und seine Kinder noch irgend etwas Gutes erhofft, Parteien zustimmen, die in der Frage des Friedens nicht zuverlässig sind? Wollte man ihnen sonst manches nachsehen, Verteuerung der Lebensmittel, Raubbau an unserer Arbeitskraft und was sie noch wollen: eines wenigstens, Kriegshetze, muß man ihnen doch verbieten! Wer sieht das nicht ein? Nun, Millionen haben es bei den vorigen Wahlen nicht bedacht, sie sollten jetzt in sich gehen. Durch ihre Torheit, ihre nationalistische Verranntheit wäre es um ein Haar geschehen, daß die blutigen Gespenster der Kaiserzeit wieder zur Macht gelangten.

Was wäre damit erreicht worden? Verlängerung der europäischen Feindschaft, zuletzt wahrscheinlich Krieg. Was brauchen wir aber, was brauchen alle Länder Europas? Daß wir nicht nur notdürftig Frieden halten, sondern uns eng und dauernd befreunden. Ein immer bedrohter Friede nützt nichts mehr, wir sind über die Zeiten hinaus, da er uns noch genügend Spielraum ließ. Jetzt hat ihr Krieg die Völker Europas so sehr heruntergebracht im Körperlichen, Seelischen, wirtschaftlich und politisch, daß sie einander bitter notwendig zum Leben selbst brauchen. Die Erhaltung des Lebens ist sowohl uns wie dem übrigen Europa unmöglich geworden ohne verbürgten Frieden.

Entweder der durch feste Bindungen gesicherte europäische Friede – oder fortwährende Kriegsdrohung, alle unheilbar geschwächt und zuletzt Besitzergreifung dieses der Selbstbestimmung unfähig gewordenen Kontinents durch eine der Weltmächte. Ohne Krieg, aber ungeeint könnte Europa Wirtschaftskolonie Amerikas werden. Nach seinem letzten Krieg würde es Militärkolonie Rußlands. Aufhören würde Europa jedenfalls. Seine selbständige Geschichte, Kultur, Wirtschaft, Weltgeltung würden aufhören. Unterschiede würden nicht gemacht werden, Deutschland besteht oder geht unter mit dem Erdteil.

Einigen wir uns, solange es Zeit ist, mit unseren Nachbarn, Miteuropäern, früheren Gegnern, geborenen Freunden! Einigen wir uns! Lassen wir den Frieden allem anderen vorgehen. Friede, aus dem allmählich die Vereinigten Staaten Europas werden müssen, sei die erste unserer Forderungen an jede Partei, die wir wählen sollen. Parteien mögen Fehler haben und weder geistig rein noch im Materiellen gerecht sein: aber sie müssen den guten Willen haben, mit international und friedlich gesinnten Parteien des Auslandes zusammenzuwirken. Sie dürfen die nationalistische Gesinnung nicht mehr als die höhere, moralischere fürchten, da es doch eine abgewirtschaftete und vollkommen unsittliche Gesinnung ist. Sie dürfen gutwillige Franzosen, die nach Deutschland kommen, um zum Frieden zu reden, nicht niederschreien lassen. Sie müssen tätig die Niedertracht verhindern und müssen kämpfen für das Gute. Sie müssen von der europäischen Verständigung überzeugt sein wie vom täglichen Brot. Sie müssen Frieden und das Leben wollen. Sie müssen Frieden und die Werke des Friedens wollen.

Sind der unverrückbare Wille und die Tatkraft auch in republikanischen Parteien noch nicht allgemein? Dann schafft sie! Dringt darauf, verlangt öffentliche Erklärungen! Nur Republikaner werden sie abgeben. Nur republikanische Parteien sind eurer vordersten Lebensnotwendigkeit zugänglich. Ihr dürft nur Republikaner wählen.

Geht ihr vom Geistigen oder vom Wirtschaftlichen aus,

ihr dürft nur Republikaner wählen. Das materielle Leben ist dauernd gesichert nur durch Frieden und Einigung. Gute Geschäfte macht man für die Dauer nur auf Grund zeitgemäßer geistiger Einstellung; alle Tatsachen aber schreien es hinaus, daß Friede und Einigung das Zeitgemäße sind. Parteien, die für wirtschaftliche Absperrung sind, statt für weitgehende Erleichterung des Verkehres, werden schädlich selbst dem, der an der Absperrung jetzt noch verdient. Der allgemeine Zusammenbruch wäre auch seiner. Der Krieg verschlänge auch ihn. Wählt den Frieden und die Zukunft. Wählt Republikaner!

Geist und seine großen, bleibenden Werke ermöglicht nur der Friede, und es muß ein Friede mit langem, ruhigem Atem sein. In Kriegsfahrzone gedeiht kein Werk; geistig, also menschenwürdig, lebt man nicht in ungesicherter Welt und in einem Lande, das kaum Brot hat. Entscheidet euch gegen Unterernährung und Lebensangst, ihr schafft die Vorbedingung für neue Geistesblüte. Wählt Parteien, die den Frieden unangreifbar und erst damit auch eure Arbeit, ihr Denker, wertvoll machen wollen. Wählt Republikaner!

Geistiges Gesellschaftskapital

Die Gesellschaft ist jetzt anders angeordnet, arbeitet anders, hat andere Zwecke als noch vor zehn Jahren. Reichtum und Bildung sind wieder einmal weit auseinander gerückt, was freilich öfter vorgekommen ist. Jetzt aber hat der Reichtum eine ganz andere öffentliche Bedeutung als früher und führt weiter, die Bildung eine viel geringere und führt zu nichts. Das bedeutet einfach, daß die Zwecke dieser Gesellschaft es so verlangen.

Sie will eine mündige, selbstdenkende, selbsttätige Gesellschaft sein, nicht mehr gelenkt von Kräften, auf die sie ohne Einfluß war. Was sollte ihr nun die Geistesbildung der Vorkriegszeit, jene »Kultur«, die ein Vorrecht war, im Munde geführt von wenigen tausend snobistischen »Kulturträgern«, die sie niemandem mitteilten? Jene Kultur hat die Politisierung der Nation nicht begünstigt, eher mit verhindert, sie war ihrer Demokratisierung entgegen. Damit ist sie gerichtet.

Statt ihrer wird jetzt praktisches Denken erworben. Die Massen lernen aus Not, Erfolgen, Enttäuschungen, aus ihren Erfahrungen von Jahr zu Jahr, von Wahl zu Wahl, wer ihnen hilft oder sie noch mehr hineinreitet, welche Personengruppe, welche Sache und Meinung sich bewährt. Alles muß durchgemacht und verdaut werden. Das so verdiente Gesellschaftskapital an Intelligenz wird höher als vorher sein. Ob hoch genug, um die Gesellschaft an großen Geisteswerten zu beteiligen?

Die Kultur einer Gesellschaft verlangt nicht notwendig Geist. Er ist in der Welt vorerst in Abnahme begriffen, während Kultur immer weitermacht. Auch unsere wirtschaftliche und soziale Umschichtung hat vor allem reines Geistesleben verschlungen. Alles das wurde verschlungen, was nicht volksgemäß oder besonders fest in Überlieferungen begründet war. Sport blieb natürlich üblich und nahm zu. Musik und Theater erhielten sich nur bedingt und stark verändert. Literatur war in Deutschland seit langer Zeit keine durchaus natürliche Funktion, wenn sie es überhaupt je war. Sie brauchte Unterstützung und besondere Kennerschaft, daher jene Snobs. Die sind fort, die Literatur mag zusehen. Wird die heranwachsende Demokratie jemals von ihr Gebrauch machen?

Dann wird sie es aber nicht aus Eitelkeit tun, nicht aus Bildungsmanie, nicht aus Langeweile. Sie wird eine Literatur nur tragen und groß machen, die ihre eigene Sache ist, eine Literatur aus der Zeit für die Lebenden. »Überzeitliches«, auf Ewigkeit Bedachtes ist aussichtslos; man unterlasse doch, Unzeitgemäßheit und erschwerte Zugänglichkeit als Vorzug anzupreisen. Ein Faust kommt nie mehr. Tragödien von zeitentrückter Allgemeingültigkeit sind unwahrscheinlich und wären unwirksam in einer so bedingten, an Tag und Wirklichkeit so fest gebundenen Gesellschaft. Fachmännische Vorurteile zugunsten erhabener und wurzelloser Kunstgebilde führen einzig dahin, daß alle Welt dauernd bei literarischer Barbarei verharrt, unentwegt in die »gewaltige Revue« läuft und sonst nichts wissen will.

Beteiligung der Demokratie an der Literatur ist möglich. Sie ward verwirklicht in Frankreich durch die große Romanreihe des neunzehnten Jahrhunderts. Alle diese Romane hängen zusammen, sie bilden die vollständige Soziologie ihrer Zeit, lebende Soziologie, Kritik als Leben, Erkenntnis, die sich abspielt und jedermann packt, Vergeistigung des langen Alltags. Je wirklicher und geistiger in dem Werk die Zeit ist, um so länger dauert es. Dauer ist gleich Zeitgemäßheit in Gestalt großer Kunst. Nur solche Verewigung kann eine Demokratie sich geben; auch die neue deutsche muß es versuchen. Sonst bleibt es für Masse und große Öffentlichkeit bei der »gewaltigsten Revue« in jeder Preislage.

Massen aber, die vollwertige Zeitdenkmale kennten, statt Blendwerks der Sinne, wären merklich gefördert im Verständnis ihrer eigenen schweren Erlebnisse. Ihr Leben, Sterben und Erwerben wäre gesammelt, durchleuchtet, es ergäbe ein Bild, wenn nicht gar Gedanken. Vollwertige Zeitdenkmale könnten helfen, aus Massen die menschlich bewußte Gesamtheit zu machen. Frage an die Zukunft: wird Kultur wieder Geist haben? Jene französischen Romane sind dafür wohl kein noch fortwirkender Beweis; die Demokratie, auf die sie hinzielten, war bürgerlich begrenzt, uns scheint sie harmlos. Wir rechnen mit bisher unbekannten Maßen und Abenteuern. Aber Beispiel waren jene Romane. Es sollte in Deutschland erkannt werden.

Im Namen der wünschenswerten geistigen Erziehung künftiger Geschlechter erkläre ich es für den schwersten, aber auch verräterischsten Fehler unserer Kulturpolitik, daß der französische Unterricht in den höheren Schulen eingeschränkt, wenn nicht beseitigt wird. Er mußte erweitert werden. Wenn das Französische weder die Handels- noch die Diplomatensprache wäre, ist es doch die Sprache jener modernen Literatur, die uns das lebende Beispiel gibt, auch Demokratie könne auf hoher Ebene spielen und in der Welt des Geistes ihr Bild haben.

1925

Die jungen Leute

Die jungen Leute hatten einige wildbewegte Jahre – nicht aus eigener Wahl. Die Eltern hatten es ihnen so eingerichtet. Aber die Eltern wußten doch auch nicht, was sie taten? Sie lehnen in allen Ländern die Schuld an den Ereignissen der letzten elf Jahre glatt ab. Damit weigern sie sich auch, den Zustand ihrer Kinder irgend zu verantworten. Überhaupt haben diese Zeiten zwingend erwiesen, daß der Begriff der Verantwortung nicht mehr besteht. Um so mehr wird mit dem Wort umhergeworfen. Aber um zu wissen, was Verantworten wirklich heißt, hätte wenigstens der Durchschnitt doch wohl nötig, an Gott zu glauben. Populäre Naturwissenschaft ist für ihn nicht die richtige Voraussetzung.

Den jungen Leuten wird also niemand helfen. Sie selbst aber werden zweifellos aus der Sache herausfinden. Sie müßten sonst von allem gesunden Instinkt verlassen sein, was bei keiner Generation je vorkommt. Sie werden sich selbst helfen und ihr Leben um so ruhiger und geordneter fortführen, je wildbewegter es angefangen hatte. Junge Leute, die mit so energischen Dingen zu tun gehabt haben, mit Handgranaten, elektrischen Stacheldrähten, hierauf mit wer weiß wie vielen anderen Sachwerten und einem toll gewordenen Kurszettel, werden späterhin ganz gewiß die besten Bürger.

Exzentrische Backfische versprechen zuverlässigste Familienmütter. Niemand bleibt ohne Not lange außerhalb der gemeinen Art. Junge Mädchen, die nach Sitten und Gelegenheiten der Zeit sich frei bewegten, haben keinerlei Nötigung, außerhalb der Entwicklung zu bleiben, die wieder bürgerlich wird. Wenige fallen ab. Neue soziale Typen wie der weibliche Junggeselle haben immer zuerst abenteuerlich, ja krankhaft gewirkt. Allmählich wird Norm daraus, die Normalen bemächtigen sich der schon gewohnten Form, die Familie paßt sich ihr an. Gretchen ist gerettet.

Die jungen Männer gelangen noch leichter an das bürgerliche Ziel. Sie haben keinen neuen Typ zu verkörpern. Manche von ihnen waren vormals nur Helden, viele wieder bloß Schieber, die meisten aber in angestrenger Weise alles beides. Sie haben sich sozialistisch oder völkisch übernommen, meistens beides. Was will man von ihnen noch? Ein gewisses Maß von Kraft hat jedes Leben nur zu vergeben, und dieses war gleich anfangs überlastet. Darauf folgt natürlich zuerst Abspannung und dann gediegenes, gewitztes Streben. Ungenial, geistig nicht besonders interessiert, aber in Technik und Geschäft recht tüchtig; weder Schwindler noch kühne Neuerer; sehr auf Erhaltung und Sammlung bedacht; Vorurteilen absichtlich ergeben, soweit sie erhaltend scheinen; ein überwiegend konservatives Geschlecht; so wird es doch wohl kommen.

Die Tatsache zeichnet sich schon ab. Auch die politischen Tagesereignisse scheinen mit ihr schon zu rechnen. Ohne günstige Grundstimmung des vordersten Menschentyps wäre es kaum verständlich, daß die Schwerindustriellen fortfahren dürfen, auf Kosten der Gesamtheit so glänzende Geschäfte zu machen und die Regierung mit ihren Agenten zu besetzen. Dies kann nur geschehen, weil ein ruheliebend gewordenes Geschlecht jetzt erst einmal die Ergebnisse der vorigen Umwälzungen sichern hilft.

Das Ergebnis der deutschen Kämpfe, Begeisterungen und Nöte von 1914 bis 1925 ist, daß die Macht aus den Händen des Adels und des Militärs in die der Industriellen übergegangen ist. Alles andere ist falsche Auslegung. Eine

Zeitlang entschuldigte sie der Schein, heute nicht einmal mehr dieser. Die einzigen erfolgreichen Revolutionäre sind die Großindustriellen.

Alle haben ihnen geholfen. Aber auch das ganze französische Volk hatte seit 1789 gutgläubig den bürgerlichen Großverdienern die Revolution gemacht, die sie brauchten. Ab 1815 wurden dann friedlich die Ergebnisse befestigt. Man nannte es Restauration, aber die Wiedereinsetzung des Adels war unwirksam und flüchtig. Zweck war Ausbau und ruhiger Genuß der neuen Bürgermacht. Immerhin glaubten jene Großverdiener noch der Monarchie zu bedürfen, damit das Volk ihnen alles ließ, was sie hatten. Unsere heutigen Reichsten kommen völlig mit der Republik aus, das ist der Fortschritt seit einem Jahrhundert.

Freilich dürfen wir uns nicht mit wirklichen Revolutionen vergleichen. Eine wirkliche Revolution führt breite Menschenmassen sozial hinan und bereichert sie. Was dagegen wir erlebt haben, machte nur verschwindend wenige dauernd reich, alle anderen verloren, ja wurden ganz enteignet. Wer hat ein Interesse, den neuen Zustand zu stützen? Doch nicht das Hauptgewicht der jungen Männer im kräftigsten Alter? Sie stützen ihn aber dennoch, – was sich gerade aus ihren Enttäuschungen, Niederlagen, aus ihrem vergeblichen Kraftverbrauch erklärt. Selbst nicht begünstigt halten sie sich an die Glücklichen, unterwerfen sich dem Erfolg, verehren die Stärksten: einziges, ihnen erlaubtes Hochgefühl. Während der schlimmsten Geldentwertung, als ihre Urheber und Nutznießer kostenfrei ganz Deutschland an sich brachten, sagten wohl Männer besten Alters, die im Erwerbsleben standen und gesund schienen: »Gott sei Dank haben wir Stinnes.« Traurige Ermüdung!

Nun sind ihr Grenzen gesetzt. Diese bezeichnet etwa die Gründung des Reichsbanners oder die echte Volksbewegung, mag sie Erfolg haben oder nicht, zugunsten der Wahl eines Republikaners als Reichspräsident. Daran scheitern die letzten Ansprüche der Plutokraten schon heute – und werden künftig noch ganz anders scheitern. Vorläufig muß es genug sein, die Republik zu erhalten. Bei aller Achtung vor dem heute rüstigsten Geschlecht: weiter wird es sich wahrscheinlich nicht aufschwingen. Nach allem, was es schon hinter sich hat, verdient es Nachsicht, wenn es doch wenigstens die Republik erhält.

Soweit siegt trotz allem sein politischer Sinn, – der überall ziemlich gleichbedeutend ist mit dem Sinn für das wirkliche Leben. Im übrigen aber wird dies Geschlecht behindert durch ererbte Romantik, trotz reichlichstem Erleben nackter Tatsachen. Erlebte Tatsachen genügen keineswegs, Verstand muß sie ernüchtern können. Jedes Geschlecht schuldet sich selbst ein begriffenes, geformtes Lebensbild, so viel geistiger Ehrgeiz muß da sein. Das heutige hat ihn noch nicht. Es läßt alles nur über sich ergehen. Es antwortet auf alles nur mit Ausbrüchen. Wie wenig Drang zu wissen! Wie viel Spiegelfechterei und navive Fälschung! Der schlechte politische Sinn dieser Generation hängt eng damit zusammen, daß sie keinen unverfälschten, klaren Roman des öffentlichen Lebens schreibt. Politische Instinktlosigkeit bedingt allgemeine Schwäche. Irrtum ist es, bei einem Volk lauter Leistungen ersten Ranges zu sehen und nur den politischen Sinn ihm abzusprechen. Fehlt einer Generation politischer Sinn, dann ist ihre Leistung verdächtig. Hat ein Volk politisch kein Glück, dann überprüfe es seinen neueren Bestand an Gedachtem und Gekonntem. Nur darin liegt sein Schicksal. Kein geheimnisvoller politischer Sinn kann es ändern.

Ein wirklichkeitsfreudigeres Geschlecht sollte eigentlich schon vor der Tür stehen. Die jungen Leute von 1925 haben jüngere Brüder, die alsbald nachrücken und die unverbraucht sind. Fünfzehn oder zwanzig Jahre nach einem

Krieg ist das Talent zu leben am größten, der Geist auf der Höhe. Die benachteiligte Mehrheit könnte dann endlich die gegebenen Machtverhältnisse ausnutzen, die sie heute nicht einmal erkennen will. Sie ist sich noch gar nicht bewußt, in einer Republik zu leben, also der Herr zu sein. Aber das kommt. Die Plutokraten werden sich ihrer konservativen Republik nicht lange erfreuen. Die Überlegenheit der Republik ist, daß aus der konservativen die radikale werden kann, ja muß. Monarchien dürfen nie schwanken.

Auch 1890 kam ein gutes Geschlecht auf, alles in allem doch wohl das beste bis jetzt. Intellektuell und sozial gerichtete junge Leute, Arbeiter, die lernen wollten und Glauben hatten, eine wirtschaftlich aufsteigende Gesellschaft, in der geistige Kräfte mitwuchsen. Nur, die Machtverhältnisse der Monarchie waren unverrückbar, unerschütterlich; kein Wachsen der Intelligenzen half. Mein jetzt erschienener Roman *Der Kopf* stellt jenes tragische Geschlecht dar. Talente mußten zur Literatur gehen, die Macht hatte nur reservierte Sitze, Opposition blieb draußen, um wieviel mehr Erneuerungswille. In der Republik von 1940 wird gerade er die Macht sein.

Briefe ins ferne Ausland

I. Die Natur der Deutschen

Bis Mitte 1914 kamen von Ihren Landsleuten viele auch nach Deutschland, da ja das ganze Europa damals wohl etwas Verlockendes hatte. Nach den bekannten Ereignissen hat es dies weniger. Sollten trotzdem einige von Ihnen unser Land jetzt wieder besuchen wollen, so möchte ich sie dazu ermutigen und ihnen sagen, sie mögen sich durch Gerüchte nicht abschrecken lassen. Man verbreitet, wir hätten einen Krieg verloren. Man will wissen, wir hätten eine Revolution gehabt. Es soll bei uns Klassenkämpfe und eine Spaltung der Nation in zwei feindliche Lager, das republikanische und das monarchistische, geben. Dies alles ist mit großer Vorsicht aufzunehmen. Die deutsche Nation hat sich nicht so sehr verändert. Nationen verändern sich überhaupt niemals mehr.

Vielmehr, die Veränderungen sind äußerlich. Das äußere Bild ist freilich in ganz Europa gegen früher armselig, darin macht Deutschland keine Ausnahme. Es ist ein Jammer, sogar in Nizza sah ich Damen, die ihre alten Bettvorleger als Pelzmäntel trugen. Wenn es so an den internationalen Luxusplätzen zugeht, wie soll dann Leipzig aussehen.

Dies hat aber wenig zu bedeuten. Armselige Zeiten hat Europa oft gekannt. Sie sind sogar sein normaler Zustand. War einmal eine auffallende Blüte, dann sind schnell alle Europäer darin einig, über einander herzufallen, damit ein tüchtiger Krieg den Normalzustand von Schäbigkeit und geistiger Armut wiederherstellt.

Deutschland hat in der Geschichte Europas stets ehrenvoll seinen Platz behauptet. Jedes der Völker trägt zu ihr seine besonderen Grundeigenschaften bei. Reisende konnten bis 1914 in Deutschland feststellen: Ordnungssinn und Gehorsam; Respekt vor der Wirtschaft; Drang ins Weite mit vorwiegend erhaltenen Kräften. Nun, dies alles wird der Reisende heute genau so vorfinden, in dem verschuldeten Deutschland von 1925 genau so wie in dem stolzen, reichen von 1914.

Wie haben die Völker sich angesichts der Katastrophen kürzlich benommen? Das russische hat alles über den Haufen geworfen. Das italienische hat von einer lässigen und gutmütigen Demokratie unvermittelt zu der schärfsten Parteidiktatur umgeschwenkt. Das sind labile Völker. Was das französische betrifft, so hat es von allem die reichste Erfahrung an inneren Krisen und vermeidet sie darum am längsten. Es hat den Nationalismus ertragen, solange er notwendig schien, und ist seitdem zu den radikalen Tendenzen zurückgekehrt, die doch wohl seinen Grundeigenschaften entsprechen. Die Grundeigenschaften des deutschen Volkes machen es konservativ. Das deutsche Volk ist sogar das einzige, das es fertig bringt, eine Geschichte zu haben, die aus lauter Reaktionsperioden besteht. Welch ein Segen! Das Tempo, in dem Europa fortschreitet, kann so niemals lebensgefährlich werden.

Das französische Volk ist, ungewöhnliche Umstände vorbehalten, dauernd links gerichtet, das deutsche dauernd rechts. Vielfach sieht man hierin eine Ergänzung, die für die Zukunft noch schöne Früchte verspricht.

Jedenfalls ist es die Natur selbst, an ihr können sogar die härtesten Tatsachen nichts ändern. Der französische Bauer, der doch etwas zu verlieren hat, wählt jetzt wieder sozialistisch; er wählt sozialistisch sogar noch, nachdem die Deutschen sich ihren Generalfeldmarschall zum Präsidenten des Reiches ausersahen. Die Deutschen wieder retteten ihren konservativen Glauben sogar noch aus einer

Inflation, die sie doch fast sämtlich ihrer letzten Habe entblößte.

Die deutsche Inflation ist für die Kenntnis dieses Volkes äußerst bemerkenswert. Sie ging, wie man wohl wußte, aber wahrscheinlich schon vergessen hat, derart vor sich, daß einige große Unternehmer, vorwiegend Schwerindustrielle, mit dem Geld der Reichsbank internationale Geschäfte machten, die glücklicherweise zu ihrem Vorteil, leider aber zum Nachteil der deutschen Währung gediehen. Wenn sie das geliehene Geld endlich zurückzahlten, war es bis auf einen Bruchteil entwertet. Dies entwertete Geld war unser aller Geld. Die mit ihm verdienten Valuten gehörten ihnen. Sie ließen sich, während der französischen Ruhrbesetzung, auch die Löhne ihrer Arbeiter vom Reich vorstrecken. Trotz allem blieben diese Industriellen immer noch Gläubiger des Reiches, und das Reich hat ihnen denn auch, sobald das erste, mühselig geliehene Geld aus Amerika ankam, den größten Teil sofort als Entschädigung überlassen.

Der Vorgang stellt eine soziale Revolution dar. Man täusche sich hierüber nicht. Die Besitzverhältnisse eines ziemlich großen Landes sind von Grund aus umgewälzt, die Renten abgeschafft, die Löhne verkleinert, das Leben aber verteuert. Jede wirtschaftliche Sicherheit ist verloren gegangen, ganze Klassen sind in Frage gestellt. Andere Revolutionen, die groß heißen, haben geringere Ergebnisse gehabt. Es ist eine soziale Revolution. Nur daß sie anders gerichtet ist als sonst soziale Revolutionen. Im allgemeinen senkt sich dabei der Besitz nach unten, die früher besitzlosen Klassen haben den Vorteil. Hier vermehren sich im Gegenteil die Besitzlosen, und alles Geld steigt zu den Wenigen auf, die schon vorher das meiste hatten. Das Nächstliegende wäre nun doch, daß ein Volk, das dies erlebt, außer sich gerät. Jedes andere, ich glaube wirklich jedes, hätte geschäumt, es hätte, um den Lauf der Dinge zu ändern, zur Gewalt gegriffen. Der Kommunismus der ganzen Welt hielt Deutschland schon für seine sichere Beute. Jeden Tag erwartete er, das deutsche Volk werde losgehen.

Das deutsche Volk dachte gar nicht daran. Es ist seine Stärke, sich durch Ereignisse nicht verblüffen zu lassen. Im Krieg brachte eine ganze »Welt von Feinden« es nicht aus der Fassung. Den siegreichen Sturmangriff auf seine Taschen ertrug es gleichfalls in guter Haltung. Es fand das Mittel, sich zu trösten. Es sagte, stolz trotz allem: Wir haben doch unsere Wirtschaftsführer, die besten Geschäftsleute der Welt. Stinnes ist deutscher Besitz.

Dies stimmt freilich, gute Geschäftsleute sind sie. Ist es schon in einem reichen Volk eine Ehre, sehr reich zu werden, wieviel größer der Ruhm, wenn die Nation selbst ganz arm ist, die wenigen Reichen aber so reich sind, daß sie sich mit den Plutokraten des reichsten Landes messen können. Die Deutschen empfanden die Riesenvermögen ihrer Reichen als nationale Genugtuung, wahrscheinlich aber auch als eine Art nationaler Sicherheit. Es war doch Geld da, wenn nicht bei ihnen selbst, so doch bei ihren paar Reichen. Sie hatten sich infolge der schweren Zeiten unter die Vormundschaft ihrer Wirtschaftsführer begeben, so faßten sie es auf. Die Wirtschaft, der ihr tiefer Respekt galt, blieb mächtig; das war die Hauptsache.

Auch die Reichen empfanden wahrscheinlich so. Sie hatten das nationale Vermögen an sich gebracht, damit das Volk, in die Wirren der Zeit verstrickt, keinen schlechten Gebrauch davon machte, vielleicht sozialisierte oder so. Die Reichen machten sich zum patriarchalischen Vormund der Nation, ähnlich wie früher der absolute Fürst. Sie übernahmen schweren Herzens die hohe Verantwortung, die gesamte Wirtschaft zu kontrollieren. Den Staat regieren sie durch ihre politischen Agenten. So berührt sich die bisher vorgeschrittenste Form des Staates mit jener altertümlichen, als einen Fürsten persönlich das Land gehörte.

Das deutsche Volk hat in seiner konservativen Natur den Weg zu seiner Rettung entdeckt. Seine Reichen halten es nun an, sich unter äußerster Anstrengung und vielfachen Entbehrungen langsam wieder hinaufzuarbeiten. Das wird ihm gelingen. Es wird sein Nationalvermögen, das in der Hand Weniger gut aufgehoben ist, vermehren und einst unvergleichlich reicher als vor den unglücklichen Ereignissen sein.

Dadurch wird dann bewiesen sein, daß die Ereignisse gar nicht unglücklich waren. Man muß nicht denken, ein verlorener Krieg sei das Schlimmste. Das Schlimmste ist, sich selbst zu verlieren. Wer sich nicht für geschlagen hält, ist es nicht. In diesem sicheren Gefühl haben die Deutschen sich jetzt den Generalfeldmarschall geleistet. Sie wollen damit niemand herausfordern, man mißverstehe sie bitte nicht. Sie wollen nur auf organische Art hinüberleiten von ihren bisherigen Lebenstatsachen zu ihren künftigen. Abbrechen und abschwören, das tun nur starre Logiker. Die musikalischen Deutschen akkordieren lieber. Das Kaiserreich war nicht mehr haltbar, aber der kaiserliche Oberbefehlshaber wird Präsident der Republik.

Das Kaiserreich wird er nicht zurückbringen. Es war wirklich nicht mehr haltbar, niemand ist hiervon so überzeugt wie gerade die Monarchisten. Sie nennen sich nur so, um anzudeuten, daß die erhaltenden Grundeigenschaften, wie Ordnungssinn und Gehorsam, bei ihnen besonders stark vertreten sind. Die Republikaner sind aber hierin ihre eifersüchtigen Mitbewerber. Sie fühlen sich daher mit Recht verkannt und benachteiligt. Die Monarchisten danken es ihnen zu wenig, daß sie die unerfreuliche Aufgabe übernommen haben, die Republik zu stützen, was eigentlich die Monarchisten selbst anginge. Denn ihnen nützt die Republik. Sie haben alles Geld und den Marschall-Präsidenten.

Die Deutschen werden nicht wieder mit Europa in Krieg geraten. Dies läßt sich versprechen. Es war ein unglücklicher Zufall, sie hatten ein wenig zu spät den Militarismus Napoleons I. begriffen. Die nächsten hundert Jahre sind sie mit der Wirtschaft beschäftigt. Hierin folgen ihnen die anderen Völker unseres Kontinents. Alle verlieren täglich mehr das politische Denken und werden Objekte der Weltwirtschaft. Die deutschen Wirtschaftsführer haben etwas mit den französischen vor. Es soll ein großer internationaler Konzern werden. Das deutsche Volk ist bereit, mit Hingabe aller seiner Kraft für den Konzern zu arbeiten. Aber das französische? Da ist der Haken, es wählt sozialistisch. Hoffen wir, daß es damit auf seine Art guten Willen ausdrückt.

II. Die deutsche Demokratie

Wie sehr hat es Deutschland seit dem Friedensschluß geschadet, daß die Welt immer wieder an seiner demokratischen Gesinnung zweifelte. Hätte nicht der Verdacht auf ihm gelastet, es könnte versucht sein, sich wieder seinen abgesetzten Monarchen zuzuwenden, Deutschland würde in der Welt so viel wärmere Herzen und so viel bessere Geschäfte gefunden haben.

Dies ist es gerade, was die deutschen Demokraten und Republikaner den Andersgesinnten nicht ohne Erfolg vorhalten. Von jener anderen Gesinnung läßt sich nicht leben.

Hiermit ist gesagt, daß die Welt mit Unrecht an Deutschland zweifelt. Die Demokratie war in Deutschland niemals ernstlich bedroht und wird es auch kaum mehr sein. Erstens, weil auch die sogenannten Monarchisten sehr wohl wissen, daß sie nur mit der Republik gute Geschäfte machen können. Hierüber handelte ich schon neulich. Zweitens, weil die Deutschen im Grunde die ernsthaftesten aller Demokraten sind.

Hierfür bürgt schon die deutsche Beständigkeit, als Hauptfaktor im deutschen Nationalcharakter. Was der Deutsche ist, das bleibt er. Wohin er sich durchgeschlagen hat, dort bringt ihn niemand mehr fort. Was geschehen ist, ist geschehen. Er hat die Demokratie, jetzt behält er sie, – wie er vorher hundert Jahre über die historische Frist hinaus die Monarchie behielt, nur weil er sie hatte.

Die Republik aus der Hand lassen, solange sie noch fast neu, noch gar nicht durchorganisiert und ausgewertet ist? Er denkt nicht daran. Andere Völker mögen schwanken und nicht wissen, was sie wollen. Der Deutsche weiß es. Die Demokratie gibt er, wie damals die Monarchie, nicht früher wieder her, als bis sie ihm von selbst vom Leibe fällt.

Was ist denn Demokratie? Wir sprechen nicht von Utopien, Ideologien und Literatur. Welche gegebene Wirklichkeit heißt Demokratie? Der Zustand, in dem ein Volk, mündig geworden, sich den Interessen der wirtschaftlich Mächtigen hingibt mit voller Kraft. Der unmündige Zustand bestand darin, daß es tat, was seine Monarchen wollten.

Unter der jetzt glücklich überwundenen Vormundschaft der Monarchen hatte das deutsche Volk möglichenfalls außer der Wirtschaft noch einige andere Gedanken. Als mündiges Volk denkt es einzig und allein noch an die Wirtschaft.

Dies ist ein wichtiger Fortschritt. Es ist eine Klarstellung, die einmal kommen mußte. Man soll sich, wenigstens im nationalen Leben, nicht verstellen, es schadet nur. Wer immer in romantischen Idealen schwelgen muß, während er lieber nur an sein Geschäft dächte, bringt sich erstens bei der Welt in Mißkredit und verliert zweitens die richtige Selbsteinschätzung, was endlich zur Katastrophe führt. So ist es den Deutschen unter ihrer Monarchie ergangen.

Kaiser Wilhelm II. verlangte von ihnen romantische Ideale. Er drillte sie romantisch mit Drohungen, großen Worten, Glanz, Qualm und ewiger Ruhelosigkeit. Man darf nicht glauben, daß er damit den Deutschen eigentlich sympathisch war. Sie empfanden schon damals im Grunde demokratischer als ihr Kaiser, weil sie sich mehr mit der Wirtschaft befaßten. Er selbst tat dies wenig und war persönlich immer in Schulden. Das kann nicht Vertrauen erwecken bei einer Nation, die der Mündigkeit entgegengeht.

Am nächsten brachte es den Kaiser seinem Volk noch, daß er mit mehreren Wirtschaftsführern befreundet war, und daß er der Jacht des Amerikaners Vanderbilt bis in den Hafen entgegenfuhr. Das war ein seltener, volkstümlicher Zug. Nun, seitdem der Kaiser von seinem Volk ausbezahlt worden ist und in Holland wohnt, haben beide Teile gewonnen.

Die neueren Deutschen waren für die Monarchie nicht geschaffen; die Monarchie war, sagen wir es klar, noch nicht geschäftstüchtig genug. Außerdem aber behält eine Monarchie, sie mag sich stellen wie sie will, etwas peinlich Persönliches, das nicht Sache der Deutschen ist. Die Deutschen sind begabt für alles Kollektive, viel weniger sind sie es für persönliches Auftreten. Daher konnte schon Wilhelm II. ihnen imponieren, aber nicht gefallen. Seit der europäischen Katastrophe nun ist die einzig mögliche Monarchie dort, wo sie besteht, noch viel persönlicher, als Wilhelm II. je war. Sie tritt als Zuchtrute auf. Sie behandelt die Nation mit blutiger Verachtung. Sie heißt Diktatur.

Voraussichtlich wird Deutschland niemals einen Diktator erleben, – oder die Ausbreitung der Diktatur über

Europa müßte es endlich zwingen, sich anzupassen. Die ganze Vergangenheit des deutschen Volkes sollte dafür bürgen, daß eine solche fragwürdige Erscheinung seine politische Bühne nie betreten wird. Die Deutschen haben, sei es durch eigene Erfindung oder durch Ausbau fremder Ideen, die Sozialdemokratie und die allgemeine Wehrpflicht gehabt. Das sind Formen organisatorischen Gesamtgeistes. Eine andere Form ist ihre »Wirtschaft«, der sie so gläubig und aufopfernd anhängen, wie einst ihrer Monarchie. Auch sie war nur Gesamtgeist, die Monarchie der Deutschen war überlieferte Zusammenarbeit der Geschlechter mit dem regierenden Geschlecht, immer demselben Napoleon – undenkbar.

Kein Napoleon, wie auch immer verwandelt oder verkleidet, ist je in Deutschland aufgetreten. Als Bismarck entlassen wurde, ging er. Sehr begreiflich, mit Widerstand hätte er früher beginnen müssen. Ein Napoleon hätte nicht erst fünfzig Jahre lang anderen gedient.

Ein Nationalheld der Deutschen mußte entweder aus regierendem Hause sein wie Friedrich von Preußen, oder im Äußeren eine so regelmäßige Existenz wie Bismarck, adelig und begütert, Beamter und Offizier, konservativ, bodenständig und fremd jeder grenzenlosen Spekulation. Dafür darf er geniale Besonderheiten zeigen, vielleicht im Wesensausdruck, in den Äußerungen seiner Nerven. Nur nichts, was literarisch wirkte!

Die Deutschen unterscheiden immer streng die Welt der Gedanken und Vorstellungen von der wirklichen, in der sie handeln, womit sie vollkommen recht haben. Man dauert damit länger. Napoleon, der schon mit etwa fünfzig Jahren sterben mußte, hätte den Dichter Corneille, wenn er sein Zeitgenosse gewesen wäre, zum Fürsten machen wollen. Der Präsident der deutschen Republik, von Hindenburg, geht in keinen Vortrag des altdeutschen Nibelungenliedes, weil er vom Nutzen nicht überzeugt ist. Dafür ist er nun schon achtzig; und womit er den Deutschen Vertrauen einflößt, das sind eben diese Züge.

Der herkömmliche Diktator fängt mit Lesen an. Die Werke der Phantasie kommen bei ihm vor denen der Tat. Denken und Schwärmen ersetzt ihm die vollgültige Herkunft, die ihm fehlt, und zaubert ihm Größe vor, von der sein Blut sonst nichts wüßte. Dann Handeln – und umso schrofferes Handeln, je beziehungsloser er ist, je mehr auf sich allein gestellt, je gewagter. Was hat er zu verlieren selbst auf dem höchsten Gipfel? Er kann wieder werden, was er schon einmal war: nichts. Und das kommt dann auch. Jeder Diktator endete mit einem Waterloo.

Waterloo aber sowohl wie der 18. Brumaire – und natürlich auch Austerlitz – sind völlig undeutsch. Die Welt hat kaum zu fürchten, daß hier je ein erfolgreicher Abenteurer auftritt.

Sonst wäre er schon da. Deutschland hat doch Katastrophen erlebt, militärische und ökonomische, eine nach der anderen, und beide so umfassend und so wuchtig, daß keine andere Nation in Katastrophen etwas voraus hat. Gewisse Augenblicke dieser neuesten deutschen Geschichte hatten eine Stimmung, als sollte alsbald die Erde sich öffnen. Jeder Handstreich im Dunkeln schien damals möglich. Der Kommunismus der ganzen Welt sah, ich sagte es schon letzthin, auf Deutschland. Er hat vergeblich gewartet, dank der unerschöpflichen Geduld der Deutschen. Aber auch auf den Diktator hatten viele gewartet. Er war prophezeit worden. Die Zeit schien reif für eine Persönlichkeit, selbst in diesem Lande der Organisation. Nein, kein Diktator kam.

Was immerhin kam, war eine Art Gewaltmensch der Wirtschaft, Stinnes. Er wurde natürlich bewundert für seine Erfolge, aber fallen gelassen, sobald er keine mehr hatte. Daß er starb, war nur sein erster Mißerfolg. Dann folgten schwerere. Seine Daseinsberechtigung war einzig und allein, der deutschen Wirtschaft über einen schwierigen Zeitpunkt hinwegzuhelfen. Hierzulande gelten ausschließlich sachliche und kollektive Zwecke; einem gestürzten Helden weint niemand nach. Dies beweisen die Deutschen jetzt wieder ihrem ehemals großen Stinnes.

Auch erfuhren es jene Persönlichkeiten, die einst aus dem militärischen Zusammenbruch hervorgingen und willens, ja vielleicht imstande gewesen wären, aus ihm eine wirkliche Revolution zu machen. Sie sind alle – man muß nicht sagen ermordet worden, man kann sagen schuldvoll umgekommen. Denn wer es falsch anfängt, ist schuldig. Man glaubt gewöhnlich, ihre gefährliche Gesinnung habe diesen Menschen das Leben gekostet. Noch mehr, glaube ich, ihre Persönlichkeit, ihre abenteuerliche, manchmal geistbesessene Persönlichkeit. Es ist nach Ansicht der Deutschen besser, wenn derartiges schnell wieder verschwindet.

Übrigens sind auf der anderen Seite die monarchistischen Abenteurer, wie der General Ludendorff, ebenso gut verschwunden, denn sie wurden lächerlich. Man nennt sich in Deutschland Monarchist, um weniger steuern zu müssen. Für den Monarchismus sich in Abenteuer stürzen, macht lächerlich.

Niemand ist mehr da, der sich an der Demokratie vergreifen könnte: kein General, kein Revolutionär, weder Kohlendiktator noch Kaiser. So weit das Feld reicht, taucht kein Mann auf, die Organisationen allein behaupten es. Ihre Beauftragten, die der Arbeitgeber in der Regierung, die der Arbeitnehmer anderswo, machen alles. Die Welt darf volles Vertrauen haben, sie werden in hervorragendem Maße verwirklichen, erhalten und verteidigen, was in der Welt Demokratie heißt.

III. Geistige Neigungen in Deutschland

Ich wende mich an Herrschaften, zu deren Gunsten ich annehme, daß sie nie in Europa waren und von Deutschland höchstens wissen, daß es auch eine Gegend ist.

Da soll man nun sagen, wes Geistes Kind die Deutschen sind. Ihr Land liegt in der Mitte des Weltteils. Es hat weite Grenzen, zu weit, um immer wirksam geschützt zu werden, aber gerade weit genug, daß eindringt, was bei den anderen vorgeht, auch geistig. Gerade geistig. Die Deutschen sind selbst manchmal außer sich, weil zu viel eindringt, aber sie können nichts machen. Es ist ihr Schicksal, Schlachtfeld internationaler Ideen, Moden, Neigungen zu sein. Sie haben in sich den Beruf.

Erst hierdurch bekommt ihr Nationalismus zum Unterschied von dem der anderen jenes Erbitterte, das wie Aufstand gegen eigene innere Gefahren aussieht. Sie möchten viel lieber bewundern und nachahmen, wo sie verachten und hassen sollen. Es ist der ehrenvollste Zwiespalt. Ihr sogenannter Feind, die Franzosen, sie lieben ihn eigentlich. Das ist das Geheimnis. Die Franzosen haben übrigens angefangen, dahinter zu kommen. Sie unterziehen jetzt ihr Verhältnis zu den Deutschen der gebotenen Durchsicht und stoßen auf Überraschungen.

Nun ist aber den Deutschen etwas begegnet, was sie noch nie erlebt hatten. Ihre Grenzen waren gesperrt – 1914 bis 1923, zehn Jahre lang, eine beträchtliche Spanne Menschenleben, und auch für Völker zählt sie. Zuerst war es der bekannte Dauerkrieg, der die Grenzen Deutschlands absperrte. Nachher aber, weil kein Unglück allein kommt, versagte auch noch das deutsche Geld. Keine Reise möglich, weil mit noch so vielen Mark kein fremdes Hotel zu bezahlen war. Kein Import, zuerst natürlich kein Bücherimport, – da Bücher bekanntlich ein Luxusartikel sind und in schlechten Zeiten sofort verschwinden, indes

Gebrauchsgegenstände wie Parfums und Zigarren hier und da noch anzutreffen sind.

Kein Verkehr mit der Welt, nur Gerüchte. Klösterliche Abgeschiedenheit, und dazu Sorgen, so viele, so große, daß auch der Verkehr mit der Welt nicht glücklich gemacht haben würde. Als das Geld endlich wieder besser, aber teuer wurde, war es reichlich spät. Zu viele Kinder waren gestorben, zu viele Klassen waren verarmt. Zu viel geistige Arbeit, zu viel Geisteskraft war eingeschlafen, aus dem kindischen Grunde, daß ihre Träger nichts zu essen bekamen. Man spürt noch einige Zeit die Folgen, wenn der Verkehr mit der Welt so lange Jahre leider nur in Ausverkauf und Bettel bestanden hat.

Die geistigen Neigungen, die ein sich selbst überlassenes Volk in solcher Zeit hervorkehrt, werden wenigstens unbeeinflußt und echt sein. Nachahmung ist unmöglich gemacht, Moden gibt es nicht mehr. Die Snobs sind ausgestorben. Niemand kultiviert mehr Geist und Kunst, nur weil er ein feiner Mann ist. Vor dem Krieg war das Wort »vornehm« das am meisten gebrauchte der deutschen Sprache. Es ist verschwunden.

Ältere Dichter wurden seit dem Bestehen der Republik zu offiziellen Festlichkeiten hinzugezogen, wenn auch nur als wehmütige Erinnerungen an bessere Tage. Man liest sie sogar aus Wehmut. Was die jungen Schriftsteller treiben, macht mehr Lärm. Hauptsächlich, weil sie selbst ihn machen. Die Armen, sie müssen wohl. Zuerst leben! In gesicherten Zeiten findet sich meist auch für den unbekannten Anfänger das Stück Brot, das ihm Ruhe schenkt zu langer Arbeit, zum Dienst um das Werk, zur Geduld. Heute nicht. Diese Jünglinge müssen sofort durchdringen. Was sie, die Peitsche hinter sich, verfertigen, ist für heute und jetzt gedacht, es soll sie für ein paar Jahre nach vorn bringen. Nachher die Sintflut. Dies kommt vom teuren Geld.

Aber daß sie es im Grunde nicht sehr schwer haben und daß alle Welt sie durchläßt, fördert, druckt, aufführt, ihre Unzulänglichkeit verdeckt und sie unbescheiden macht, falls sie es noch nicht wären, dies kommt von der Reue.

Die Älteren fühlen, uneingestanden aber unleugbar, daß sie an den Kindern nicht richtig gehandelt haben. So viele der Kinder sind nun tot, weil die Alten falsch lebten, falsch wirtschafteten und in einen falschen Krieg hineingerieten. Sie möchten alles ableugnen, aber jene Tyrannei der Jugend überführt sie. Denn die Alten unterwerfen sich ihr aus Reue. Sie erlauben den Jungen in Öffentlichkeit und Familie Anmaßungen, die früher kurzweg niedergeschlagen worden wären. Früher war große Jugend etwas, das man versteckte. Heute hebt man sich auf die Fußspitzen, breitet die Arme aus und verkündet: »Wir sind jung!« Das genügt.

Wer sich versteckt, ist das reife Alter. Die Alten haben zusehen müssen, wie in der wildesten Zeit der Wirtschaft regsame Knaben mehr Geld verdienten, als sie, die Alten, in ihrem ganzen Leben erblickt hatten. Auch geistig erklären sie bereitwillig den Bankrott und liefern den Betrieb aus.

Was jung ist, hat recht. Es sei, wie es sei, es bleibt die Hoffnung. Verfehlte Existenzen hängen sich an schwankende. Ach! selbst noch einmal jung sein können. Alles besser machen das nächste Mal! Sich hinüber retten in Zeiten, die das Leben wieder lohnen, ist die allgemeine Sucht derer, die von Natur bald abtreten.

Verjüngungstaumel greift um sich. Es gibt Badeorte, die im Ruf stehen, zu verjüngen. Dort ist kein Bett frei, und das bei dem teuren Geld. Angstvoll lauschen alle der medizinischen Wissenschaft, so oft sie meldet, sie habe das Mittel nun wirklich heraus, nichts stehe im Wege, hundert Jahre alt zu werden. Man sollte meinen, die Alten hätten von sich genug, wenn sie um sich her sehen und das Ergebnis ihres gesegneten Wirkens betrachten. Nein! Hundert Jahre müssen sie werden. Alle geistigen Neigungen dieser Zeit entstammen ganz einfachen, ganz primitiven Tatsachen. Man bereut. Man möchte nochmals leben. Man ist aber eigentlich müde. Man ist aber in Wahrheit geschwächt – ganz gleich ob alt oder jung.

Überreizte Schwäche erklärt einerseits das Wegsehen von Neuheiten, die gefährlich, jedenfalls aber anstrengend scheinen. Überaus anstrengend, daher unbeliebt, ist die Beschäftigung mit der großen Mahnung, die Rußland heißt. Nun ist aber für Deutschland jenes Reich der Kommunisten kein ferner, sagenhafter Gegenpol, wie für, sagen wir, Amerika. Es ist allernächste Wirklichkeit. Jederzeit war Deutschland nach Osten ebenso gewendet wie nach Westen. Freiheit drang dort ein auf Kanonen der französischen Revolution. Die preußische Monarchie aber bestand nur angelehnt an den Zarismus.

Plötzlich soll Rußland Asien sein und der Bolschewismus die Deutschen nichts angehen. Sie haben keinerlei Plan, was mit ihm anzufangen sei. Anpassung? Gegenwehr? Nichts. »Der russische Bolschewismus ist eine bodenständige, rein russische Erscheinung«, so heißt der beliebteste Satz. Die Tatenlosigkeit entschuldigt sich.

Die Tatenlosigkeit des Nationalismus braucht natürlich keine Entschuldigung. Was sollte er ein waffenloses Volk wohl unternehmen lassen, auch wenn es nicht überdies durch Erfahrung gewitzigt wäre. Nur ist kaum zu verkennen, daß ein Nationalismus, der sich nicht schämt, große Worte zu machen ohne den leisesten Gedanken an Tat, zum Bilde der Ermüdung gehört. Die Kräfte würden gewiß nützlicher verwendet werden, – wenn man sie hätte.

Das Veraltete wird im Innern eines ermüdeten Geschlechtes so unwirklich wie das Neue, Nationalismus so schattenhaft wie Bolschewismus. Die Nationalisten begnügen sich im Grunde mit Formeln, obwohl sie manchmal schießen. Sie nennen Andersgesinnte »deutschfeindlich«, so geläufig und unernst, als sagten sie »Guten Tag, wie geht es Ihnen«.

Dies alles zusammen ergibt keinen glücklichen Zustand. Wer müde ist, wenig Geld hat und auf Mißerfolge zurückblickt, will trotz allem etwas Angenehmes fühlen. Tanzen, nach dem Krieg das erste was geschah, füllt doch nicht lange die ganze Seele aus. Dieses im Deutschen nicht sehr gebräuchliche Wort »Seele« stellt sich nachgerade ein, für Unausgesprochenes, das jetzt vorgeht. Die Seele meldet sich; sie fordert.

Die Deutschen waren so froh, nur noch die Wirtschaft zu haben. Keine andere Pflicht, kein anderes Ziel, nur Wirtschaft. Aber Wirtschaft allein macht nicht glücklich, sie sehen es jetzt mit Schrecken. Sie lernen etwas kennen, das den Erfolgreichen, Stolzen lange unbekannt war, die Angst, zu leben.

Der Lebensangst begegnet die Religion, zumeist nur sie. Wiederaufrichtung von Durchschnittsseelen gelingt keinem vernünftigen Ideal, und die Ideale der Wissenschaft und der Politik gelten für vernünftig. Gewiß, manche Jünglinge kämpfen in armen kleinen Verbänden, die nur an Seele reich sind, gegen die »bestehende Gesellschaftsordnung« – sie allein um ihrer Seele willen, denn alle anderen tun es höchstens, um mehr zu verdienen. Aber viel mehr Seelen neigen doch zu einer Art Bewunderung des Glaubens, – den sie freilich weder besitzen noch erwerben können.

Deutschland im ganzen ist überaus ungläubig, dennoch haben seit dem Bestehen der Republik die noch kirchlich gesinnten Katholiken so viel Einfluß und Bedeutung, daß wohl eine Verschwörung der Seelen zu ihren Gunsten mitwirken muß. Weit verbreitet ist heute die Bewunderung der Kirche, dieser alten Organisation, die neben Zwecken der Macht doch auch Ziele der Menschlichkeit hat.

Es scheint, daß die Kirche diesem Geschlecht Eindruck

macht, weil sie Menschen einigt, verschiedenste Menschen aller Stände, Vermögenslagen, Bildungsarten: weil sie versöhnt anstatt zu trennen. Aber auch jede andere Bewegung, jeder Gedanke finden Anerkennung und Zulauf, wenn sie nur dem unerträglichen Zustand des gegenseitigen Hasses begegnen und bessere Zukunft versprechen.

Rechne auf Regungen im Menschen, die ausnahmsweise nicht boshaft, gierig oder grausam sind: du wirst Erfolg haben. Philosophische Systeme, Theaterstücke und Utopien müssen voll Friedensdrang und schwergeprüfter Liebe sein, dann empfängt sie Jubel. Die Sehnsucht, Europa, den ganzen Weltteil zu befriedigen, ja, zu einen, ist bis in Kreise gedrungen, die national heißen und darum eigentlich am Haß der Völker geistig und materiell interessiert wären.

Freilich ändern sich nachgerade sogar die materiellen Interessen – in Deutschland und jenseits der Grenzen. Die Herrschaften, an die ich mich wende, werden hier einwerfen: »Sie sprechen also nicht nur von Deutschland, das fiel uns schon lange auf. Was Ihnen zufolge deutsch ist, Drang nach Verjüngung, Müdigkeit und Lebensangst, vielleicht noch anderes, das Sie lieber verschweigen, wird uns aus allen den getrennten Ländchen Ihres, sogar zusammengefaßt nicht großen Weltteils berichtet. Nicht einmal seine gesperrten Grenzen haben Deutschland also abhalten können, den gemeinsamen Weg zu gehen.«

So ist es. Ich beuge mich vor Ihrem unbeteiligten Scharfblick. Ich kann aus dem einen Land nichts melden, das nicht für alle gilt. Aber sie wollen es hier, trotz ihrem unklaren Sehnen, doch noch nicht offen zugeben. Jedes Volk will sein Unglück für sich allein haben. Darin besteht der ganze Nationalstolz.

IV. Arm oder reich?

Die Deutschen reisen wieder. Über den Gardasee, bei ihnen der beliebteste Eingang nach dem Süden, fahren sie täglich zu Hunderten. Es sind ihrer mehr auf dem Schiff, als in früheren Zeiten, und sie genießen brünstiger. Sie schmachten nach Sonne, auch wenn der deutsche Sommer warm war. Am frühen Morgen bei der Abfahrt, während noch kalte Winde über die Wasserfläche streichen, entblößen die deutschen Frauen schon Hals und Arme. Denn Italien ist ein warmes Land – selbst bei acht Grad.

Dies sehen die wenigen Nichtdeutschen auf dem Schiff mit Staunen. Ein freundlicher Beurteiler unter ihnen versteht die Deutschen. Er bedenkt, daß die Bewohner wärmerer Länder leicht anspruchsloser und unbefangener sein können, und daß sie im ganzen doch wohl die Glücklicheren sind.

Die Deutschen haben es nie besonders leicht gehabt. Ihr Boden macht sie nicht von selbst reich. Vorübergehend waren sie dennoch reich; aber das hat sie offenbar Anstrengungen gekostet, die bei ihnen noch nachwirken. Der Verlust eines so schwer erworbenen Reichtums ist nicht verwunden. Die Anläufe, um wieder auf den Weg geordneten Erwerbens zu gelangen, sind noch unüberlegt, unbeständig, und sie mißlingen noch. Es wird anders werden, aber bis jetzt ist das Leben Deutschlands voll fruchtlosen Kampfes. Das können wohl alle Völker von sich sagen. Aber die Krise der Weltwirtschaft wird in Deutschland durch besondere Gründe, die seelischer Art sind, noch verschärft. Wer sich an kleine Zahlen, an Enge und Gedrücktheit so bald wieder gewöhnen könnte! Aber es ist hart: Arbeit, die zumeist nicht lohnt, Geld, das schwer verdient sofort zerrinnt, ein soziales Klima, noch unvergleichlich rauher als das wirkliche. Kluge Nichtdeutsche verstehen die deutsche Reiselust, und sie rührt sie.

Andere, die in ihrer Art auch nicht dumm sind, rechnen dagegen den Deutschen vor, daß sie, bei ihrer ständigen Wirtschaftskrise, für teure Passionen immerhin noch mehr Geld ausgeben als reichere Völker. Englische Blätter kommen zu dem Ergebnis, daß von ihren Landsleuten nur viertausend im letzten Jahre durch Schweiz und Italien gereist sind, Deutsche aber fünfzigtausend. Bedeutet dies, daß die Deutschen zu Hause darben, um dann zwei oder drei Milliarden Lire nach Italien zu tragen? Oder sind sie reicher, als sie öffentlich zugeben?

Man lebt mitten im Lande und ist doch außerstande, hier zu entscheiden. Es ist ein tiefes Geheimnis. Die Wirtschaft hatte nie solche Abgründe. Der wirkliche Zustand einer Nation war selten so undurchsichtig. Das Leben ist doch nicht immer, wie jetzt, ein einziger Widerspruch?

Gewöhnlich ist nach menschlichem Ermessen entweder das Geld oder die Ware teuer. Wer nur das eine hat, Ware oder Geld, muß billige Bedingungen machen, damit er auch das andere bekommt. Nein, heute macht er teure Bedingungen. Diese Zeit bringt es fertig, beides, Geld und Ware, immer teurer werden zu lassen. Niemand hat Geld. Wer aber etwas von dem teuren Geld hat, muß die Ware um so teurer kaufen. Es ist wie Zauber.

Wie halten die Warenbesitzer es aus? Viele »räumen das Lager«, andere gleich das Feld. Die Zusammenbrüche nehmen immer noch zu. Aber die Ware bleibt teuer. Nur das Brötchen darf nicht mehr als drei Pfennig kosten. Die Landwirte freilich haben ihre schönen Zölle, aber was helfen sie, wenn ausländisches Korn dennoch billiger bleibt. Überhaupt soll alles billig sein. Die Regierung verlangt es. Sie will dem Verzehrer wohl. Gleichzeitig stützt sie wankende Industrieunternehmen mit Krediten und Schutzzöllen und ermöglicht ihnen, teuer zu bleiben. Dies heißt Preisabbau. Die Steuerzahler kommen für

Verluste der Industriellen auf. Ihre Gewinne gehen sie noch nichts an. Dies kommt später.

Da nichts vollkommen ist, versagt selbst dieser Mechanismus und man bricht zusammen. Sogar der Sohn des berühmten Stinnes mußte ohne Wissen seiner Gläubiger zeitweilig nach Amerika aufbrechen, um sich dort eine neue Existenz zu gründen, wie er es in begreiflicher Erregung nannte. Sein berühmter Vater wird hoffentlich dafür gesorgt haben, daß er die Existenz und was sie kostet, drüben fertig vorgefunden hat.

Ist denn die Produktion teurer als sonst? Gewiß nicht die Arbeitskraft. Die Arbeiter beziehen unzulängliche Löhne. Sie können nichts kaufen. Dabei wären sie die wichtigsten Käufer, der Mittelstand hat nicht mehr viel. Würden ihre Löhne erhöht, die Ware aber verbilligt, das ganze Problem wäre gelöst. Ein Entschluß, eine Zeitlang würde zugesetzt, und die Gesundung begänne. Aber das geht natürlich nicht, wo kein Geld ist. Es ginge höchstens, wenn die Industriellen Reserven an Geld hätten. Die haben sie natürlich nicht. Sonst würden sie, im Gefühl der Verantwortung für die Wirtschaft ihres Landes, ihr persönliches Vermögen doch sicher heranziehen. Freilich wäre es auch wieder begreiflich, wenn es dort, wo es liegt, liegen bliebe für den äußersten Fall, der der Fall des jungen Stinnes ist. Menschliches muß man zu verstehen suchen. Wer am Kapitalismus verzweifeln wollte, was man aber nie tun soll, würde sagen, für seine Gesundung fehlten schon heute die seelischen Voraussetzungen, ja der Glaube der Meistinteressierten.

Sogar die reiche Klasse ist knapp an Geld. Es kann nicht auffallen, daß sie trotzdem Luxus treibt, denn auch die Mittelklasse treibt ihn. Man weiß nicht, womit und wovon. Das macht nichts aus. Das allein Wichtige ist, zu tun, als ob man Geld hätte, und sich deutlich zu unterscheiden von den erklärten Armen.

Der Unterschied zwischen proletarischer Lebensweise und der des scheinbar Besitzenden ist krasser geworden als er je war. Es geht für jeden darum, sich auf der Seite derer zu erhalten, die noch mitkommen. Wer sich fallen läßt, ist für das Bürgertum und auf seine Dauer verloren. Er verschwindet im Dunkel der Millionen, die nur noch auf eine ganz neue Zukunft hoffen können und inzwischen träumen dürfen von der Gewalt, die sie heraufführen soll. Der praktische Lebenskämpfer träumt nicht, sondern erhält um jeden Preis seinen persönlichen Kredit. Er fürchtet und haßt die Besitzlosen, je mehr sein eigener Besitz nur noch Schein ist. Er will nicht werden wie sie. Er ist zu ihrer Abwehr und Unterdrückung entschlossen. Die Erhaltung eines gar nicht vorhandenen Besitzes macht ihn grausamer, als wenn er wirklich etwas hätte... Man muß die Herkunft des Fascismus nur verstehen. Dann wird es klar, daß er sich nur immer noch mehr ausbreiten kann über Europa. Es wird auch klar, warum seine Gegenhandlungen gegen die Bedrohungen der bürgerlichen Lebensform manchen Ortes schon die Farbe der entfesselten Verzweiflung bekommen.

Was geschieht, ist ergreifende Tragödie. Denn schließlich handelt es sich um die eigentlich europäische Lebensform. Das Recht des Einzelmenschen war hier die Losung seit mehr als vierhundert Jahren. Um das Recht des Einzelnen ging jeder wesentliche Kampf dieser langen Geschichtsperiode. Jetzt ist sein Recht erschüttert. Der Einzelne gilt schon heute gar nichts mehr. Alle Tatsachen der Gesellschaft gehen über ihn fort, die ganze Wirtschaft, die Justiz, die Sitte. Er hat kein Recht, denn es gibt allein noch Macht. Nur Masse steht noch gegen Masse. Gekämpft wird eigentlich nur noch von der einen Hälfte der Besitzlosen gegen die andere Hälfte der Besitzlosen, – damit der wirkliche Tatbestand nicht auch noch durch Gesetz befestigt werde.

Wer irgend kann, erhält sich oben bei den Siegern des Lebens. Ihr Zeichen ist der Luxus. Man treibt daher Luxus, vor allem, wenn man nichts hat. Bescheidenheit ist höchstens den wirklich Gesicherten erlaubt. Das heißt, sie ist fast niemandem erlaubt. Wer sparen wollte, würde Mißtrauen erregen. Du bist genötigt, im eigenen Automobil zu fahren, auch wenn es dir wohler im Omnibus wäre. Die umgebende Gesellschaft macht dir unwiderleglich klar, daß du genug von dem unsinnig teuren Geld verdienen mußt, um dir ein durch Zölle geschütztes, daher künstlich verteuertes Automobil zu kaufen. Erwerbsklassen lernen dies einsehen, denen niemand es zugetraut hätte, z.B. die Schriftsteller. »Kein Autor ohne Auto!« ruft die Industrie ihnen zu. Es ist in der Wirkung, als riefe man: »Kein Bankier ohne Bankrott!« Aber sie sehen es ein und kaufen.

Welch angespanntes Dasein! Wie begreiflich die Flucht nach Italien! Es bangt dem Herzen, das dies miterlebt. Der öffentliche Luxus – bei der öffentlichen Armut! Du siehst im endlosen Einerlei grauer, abgeschabter, bestaubter Menschen auf allen Straßen der größten Stadt kaum eine sieghafte Gestalt. Tritt aber in ein Revue-Theater, und entgegen strahlt dir der alleräußerste Triumph des erfolgreichsten Zeitalters. Dies sah kein reicheres Geschlecht, nicht diese Fülle der Ausstattung, echter Stoffe, wechselnder Bilder, für die nichts zu reich ist, auch nicht die Menge lockenden Fleisches. Dies alles leisten sich namenlose Massen, die nichts haben, und in denen noch der Übermütigste von der Hand in den Mund lebt. Wo sind wir? In einer bürgerlichen Gesellschaft. Hat der Begriff des Bürgerlichen sich so gewandelt?

Die angespannte Seele muß manchmal abrüsten. Gesucht sind Fingerzeige heraus aus diesem verzehrenden Betrieb. Was gibt es an Fingerzeigen? Musik war früher üblich, sie scheint verbraucht und nicht mehr zureichend.

Ganz versagt hat das Sprechtheater, es gähnt vor Leere. Keineswegs leer stehen einige Kirchen, vor allem katholische. In Berlin bei abendlichen Übungen ist Inbrunst der Andächtigen zu sehen, die kein katholisches Land kennt. Auch füllt dort ein geistlicher Redner, so oft er will, einen der größten Säle, indes Komödienhäuser leer stehen.

Der Redner im Priesterkleid beherrscht sein Publikum wie kein Schauspieler. Er stellt Ideen dar. Seine Hände bauen sie für jeden sichtbar in den Raum. Sein Auge wirft sie hinein. Sein von Gedanken bewegter Körper scheint überall gegenwärtig um die Hörer her, er treibt sie von allen Seiten dem Ziel zu, dem Ausgang, der der Glaube ist. Sie haben ihn noch nicht erreicht. Aber sie halten den Atem an, und in dieser gesammelten Stille könnte es sein, daß sie hinkommen.

V. Warum man sich tötet

Man tötet sich sonst aus Liebe, Not oder zur Vermeidung noch schlimmerer Katastrophen als der Tod. Es sind private Vorkommnisse. Zuweilen aber ist die Gesellschaft selbst in stärkerem Maße als sonst beteiligt. Die Selbstmorde nehmen erschreckend zu. Dann hat die Gesellschaft einen Weg beschritten, der vielen ungangbar scheint. Die Art des Erwerbens, der sie sich ergeben hat, stimmt vielleicht nicht mehr überein mit der Lage und den Fähigkeiten einer beträchtlichen Zahl. Zuweilen erwerben sie auch, aber es befriedigt sie nicht. Sie sind in einer anderen, nicht mehr üblichen Art zu denken groß und nun schon alt geworden. Sie können die neue Art nicht mehr erlernen. Sie ziehen vor, zu sterben. Was sie tötet, ist nicht mehr die Aussichtslosigkeit ihres Daseins, es ist vielmehr sein Mangel an einer glaubwürdigen Begründung.

Die tödliche Folgerung hieraus ziehen nur wenige,

besondere Menschen, und selbst für sie bedarf es eines gröberen Anlasses. Aber anzunehmen ist, daß geistige Verlorenheit mitgewirkt hat in den meisten der freiwilligen Todesfälle, für die als Urheber die Wirtschaft zeichnet. Nicht gerechnet sei, daß der Tod heute allgemein lockerer sitzt als vor 1914.

Die Wirtschaft hat seit dem Unglück Deutschlands einige Male Sinn und Richtung geändert. Ihr war schwer zu folgen in der Eile, und auf der Höhe blieb fast niemand durch alle diese Jahre. Der Kampf um die Anpassung war immerhin nicht ohne Reiz. Man erlebte etwas. Wer durchkam durch die Milliardenschlachten, hatte eine schöne Bestätigung seines Könnens erfahren. Die anderen unterlagen eben, sie halfen nicht erst nach. Der Selbstmord ist während der Inflationszeit unvergleichlich seltener gewesen als der Hungertod.

Wilder Tätigkeit folgte Erschlaffung, der künstlichen Blüte der Geschäfte ihr niedrigster Stand. Hier setzt Besinnung ein. Die heutige Krisis geht die Gesellschaft nur darum so viel tiefer an als alle vorigen, weil sie vielen Zeit zum Denken läßt. Wenigstens wer schon längere Zeit mit der Gesellschaft zu tun gehabt hat, denkt jetzt manchmal über sie nach.

Windstille und gedrückter Sinn. Man nimmt den Bestand auf, da zeigt sich, daß in den bewegten Jahren mehr Kraft verbraucht worden ist, als zur Verfügung stand, die Kraft mehrerer Leben sozusagen. Auch den nächsten Aufstieg noch abzuwarten, fühlt der Kämpfer sich nicht mehr ausgestattet. Früher hätte er seine persönlichen Verlegenheiten in das allgemeine Drunter und Drüber mit eingerechnet und auf den Schwung des Ganzen vertraut. Es mußte doch weitergehen. Jetzt kann er nicht mehr. Die Strapazen haben seinen Glauben erschüttert. Zum ersten Male sieht er keinen Ausweg. Aber in derselben Gemütsverfassung hätte er schon vor Jahren keinen mehr gesehen.

Die Sache ist, daß er damals nicht nur an sich, auch an die Gesellschaft noch glaubte. In sie war er gebettet, sie meinte es gut mit ihm. Er wußte, solange sie bestand, auch sich im Grunde gesichert. Peinliche Zwischenfälle bewiesen nichts gegen sie, – und sein Glaube sorgte dafür, daß sie wirklich nichts bewiesen, sein Glaube verteidigte die Gesellschaft. Heute nagt an ihr sein Unglaube. Gerade der gewöhnliche Mann, dem es schlecht geht, muß überzeugt sein, daß dies nur ihn angeht und keineswegs die Gesellschaft, der er nur nicht genügt hat, die aber an ihm nichts verschuldet. Faßt er seinen letzten, unheilvollen Entschluß, muß er ohne Groll gegen sie fortgehen.

Sie gehen jetzt nicht ohne Groll fort, und sie sind so viele. Oder sie waren doch viele letzthin, es wechselt schnell. In unbeständigen Zeiten hat Dauer nicht einmal die Epidemie. Übrigens ist Sterben nicht die einzige, auch nicht die radikalste Art, Verzweiflung an der Welt zu äußern. Mancher, der spät und ungern gestorben ist, hat sie geistig verworfen wie kein Selbstmörder.

Ein Raum und eine Zeit umschließen die kleinen Leute, die wegen schlechter Geschäfte Schluß machen, und jene geistig Überlegenen, die abgewirtschaftet haben. Beide waren erschüttert von Stürmen der Epoche, die ihre Widerstandskraft überstiegen, und von einem Zeitmaß des Lebens, auf das sogar Starke nicht gefaßt waren. Es geschieht wohl, daß jemand seinem bedeutenden Freunde den letzten Gruß schicken will. Er wendet sich an den Blumenhändler und erfährt, daß auch der gerade von selbst fortging. Die beiden liegen nun in seinem Gedächtnis nebeneinander.

Der bedeutende Freund war reich – nicht nur durch Gunst der Umstände, sondern er beherrschte die Mittel, die über Menschen und daher auch in der Wirtschaft zur Macht führen. Er wollte erstens Reichtum und Macht, – und wenn er auch Erkenntnis wollte, war es angewandte

Erkenntnis, das Durchsetzen gewisser hoher Werte menschlicher und geistiger Art in dieser Gesellschaft. Die Werte sind verkannt, solange sie neu sind, er setzt sie durch. Es war ein Kampf, der ihn lange Zeit fröhlich gemacht hat. Ein edler Kampf! Hohe Werte durchsetzen gegen die Mehrheit! Verdienen und mächtig werden auf eine so seltene und großartige Manier! Das lohnt, zu leben.

Freilich blieb es Kampf. Es ward niemals die selbstverständliche Fügung, die erst den wahren Liebling des Glücks ausmacht. Der Liebling erfährt kaum, daß es Feinde gibt, und kann glauben, so sei das Leben. Dieser aber ruhte nicht auf der natürlichen Neigung seiner Mitwelt aus, nein, angespannt zwang er sie, ihm recht zu geben. Seine Erfolge waren ihrem widerstrebenden Gefühl abgerungen, das blieb ihm immer gegenwärtig. Er trotzte sogar damit, daß die Welt eigentlich Unsinn und Ungeschmack vorzieht, und nur dank ihm das Gute durchließ.

Ganz nur auf den Glauben an sich selbst gestellt zu sein, ist von Vorteil, solange man jung ist, dann macht es noch stärker. Er ward älter und hatte seine skeptische Haltung vertieft. Da kam der Krieg, die Zeit der nationalen Überreiztheit, und er machte sie mit. Vor allem maß er dem großen Sterben, das begann, keine Bedeutung bei und hatte persönlich recht, denn er war tapfer. Ihn leitete keine besondere Liebe zu gerade diesen Menschen, sondern seine vorurteilslose Auffassung alles Menschlichen. Einem Kriegsgegner sagte er: »Sie benutzen Ihr Gehirn, weil Sie darin der Stärkere sind. Sie werden aber auch den, der die stärkeren Muskeln hat, nie hindern können, sie zu benutzen.« Von seinem Wissen sprach er nicht. Er hielt nichts vom Kriege. Trotz aller seiner zynischen Duldsamkeit fand er die Gesellschaft des Krieges doch noch etwas anfechtbarer als die Gesellschaft der Friedenszeit. Aber er duldete sie, ja, handelte und lebte mit ihr und gegen sein besseres Wissen – jahrelang.

Das bekommt niemanden sehr gut. Nachher wurden seine Zweifel bei allem was geschah nur heftiger. Seine Erkenntnis rächte sich, sie untergrub das Leben selbst, sein eigenes mit. Er fragte: »Lesen Sie noch?« Denn was gab es noch zu erfahren, nachdem alles durchschaut und von der Erkenntnis verworfen war. Er begriff nicht mehr recht das Interesse am Leben um jeden Preis, – das jede Generation mitbringt, aber die jetzt Jungen unbedingter als frühere.

Jetzt heißt es wiederaufbauen. Vertrauen zum gesamten Bestand des Daseins soll wiederkehren – und kehrt anstandslos wieder, wo noch frische Kraft ist. Dagegen kommt keine hemmende Wahrheit auf. Die Jungen kennen nur ermutigende Wahrheiten. Andere darf es nicht geben. Wäre der Satz, daß die Erde sich dreht, im geringsten noch eine soziale Gefahr, heute wäre wieder die Zeit, wo er widerrufen werden müßte. Eigene Enttäuschungen müssen schleunigst vergessen werden, das Leben will es. Das Wissen der Vorgänger ist verpönt. Wären sie die Weisesten und umfaßte die Macht ihrer Erkenntnis das ganze Jahrhundert, das ihren Ruhm sah, sie werden rundweg geleugnet. Das ist überall in Europa so, man sehe das posthume Schicksal des großen Anatole France.

Es schadet ihm nicht. Erkenntnis bleibt, wie sie war, das erste. Ohne sie keine Tat, die vorwärts bringt, weder fruchtbare Güte noch lebendiger Haß. Man baut nicht auf, wenn man Erkenntnis tötet. Sie selbst ist das Grundgesetz jedes wirksamen Aufbaues.

Was nicht hindert, daß einem skeptischen Geist selten die Selbstbehauptung so schwer gemacht wurde wie heute. Er muß schöpferisch sein, muß in Ergebnissen seine nie versagende Bestätigung haben. Dann steht er fest. An das Können rührt wahrhaftig kein Wandel der Gesinnungen. Das Können ist überaus wehrhaft. Sonst freilich kann dem Zweifler der Mut sinken beim Ansturm dieser neuen Zeitgenossen, die durchaus an gar nichts zweifeln wollen. Mit ihnen ist die Gesellschaft, sie sind die Retter. Der unerwartete Gegensatz läßt ihm seine eigene Geistesart nachgerade als anarchistisch erscheinen. Er fängt an, sich der Welt entfremdet zu fühlen, der sie gemeistert hatte. Er zieht sich zurück, sein Haus wird zur Insel, ringsum klafft ein Graben. Tätigkeit und Gesten des Lebens gehen vorerst weiter, nur dienen sie keinen wahren Selbstgefühl mehr. Sie dienen der Vergänglichkeit und sind Staub, noch eh' er sie beendet. Welchen Anstoß braucht es noch, welchen Verlust? Er greift zur Waffe.

Unser gemeinsames Problem
Bericht nach Frankreich

Die Beziehungen zwischen Frankreich und Deutschland sind heute im Grunde besser, als vor dem Kriege. Heute nämlich fürchtet man den Krieg. Früher fehlte die heilsame Furcht. Auch stimmt die große Ermüdung nach dem Kampfe friedlich.

Außer Furcht und Ermüdung könnten vielleicht Einsicht und guter Wille die Beziehungen bessern. Auch Einsicht und guter Wille haben sich erst nach dem Kriege und durch ihn beträchtlich verbreitet. Vorher fehlten sie meistens. Es ist traurig, aber so lange wir leben, haben wir nur sehen können, daß einzig schlimme Erfahrung den Durchschnitt der Menschen belehrte, und niemals sittliche Überlegung. Wir sahen dies möglichenfalls überall, gewiß aber in der wichtigen Angelegenheit, die das deutsch-französische Verhältnis ist.

Die beiden Nationen hatten, sittlich betrachtet, doch eigentlich schon vorher alle Ursache, einander zu achten und sogar zu lieben. Die beiden Hauptländer des Kontinents mit ihrem reichen, einer von dem anderen so vielfach abhängigen geistigen und seelischen Bestand: wen haben sie denn noch, wenn sie einander nicht mehr haben. Ist die Welt im allgemeinen uns so freundlich und verwandt? Wäre nicht jede unserer beiden Nationen, wenn sie ohne die andere allein übrig bliebe, recht vereinsamt und verloren? Einander schwächen, ist doch nicht erst heute soviel wie eigene Schwächung, sondern war es schon vorher.

Ich habe vor der Katastrophe meistens mit Menschen verkehrt, die so dachten oder zu denken schienen. Obwohl Ausnahmen, müssen sie immerhin zahlreich gewesen sein. Das allgemeine Empfinden war genau dieses – dort, wo es auf Empfinden ankommt, bei den Menschen, denen die Interessen der Seele wichtig sind.

Anderen freilich ist Geldverdienen unvergleichlich wichtiger, und an jedem Kriege wird verdient. Dieser Krieg besonders wurde von einer gewissen Industrie als notwendiger Ausweg aus bestehenden Schwierigkeiten angesehen – und zwar nicht nur in einem einzelnen Lande.

Das Beschämende und Verhängnisvolle ist nun, daß das gemeine Interesse einer gewissen, nicht großen Schicht stärker war, als das weit höhere Interesse aller Wohlgesinnten. Es war aber stärker erstens, weil sie gieriger waren und große Gier sich immer durchsetzt; sodann, weil sie ihren Völkern greifbare Versprechungen machen konnten und weil sie Geld dafür hatten, ihre eigenen Interessen allen anderen täglich einreden zu lassen. Vor allem aber drangen sie bei den Gedankenlosen durch, weil sie das einzige feste Ziel hatten. Unsere Ziele dagegen waren unbestimmt und ließen sich dem gewöhnlichen Mann überhaupt nicht klar machen. Begriffe wie Friede und Kultur bestimmen niemand zum Handeln, und der Europäer ist vor allem aktiv.

Heute, nach den Ereignissen, hat diese Industrie in beiden Ländern an ihrer Feindschaft, wie es scheint, nicht mehr dasselbe Interesse. Der Krieg würde das Geschäft heute eher stören. Die Industrien der beiden Länder ziehen es vor, zu verhandeln.

Es tut mir leid, aber ich muß gestehen, daß wir Intellektuellen noch mehr durch diesen Frieden gedemütigt werden, als vorher durch den Krieg. Der Krieg kam, obwohl wir ihn nicht wollten. Aber der Friede wird befestigt nicht durch uns und nicht weil Einsicht und Güte für ihn streiten; vorerst wenigstens befestigt ihn einzig die Tatsache, daß er heute das bessere Geschäft ist. Und er wird befestigt auf nationalistische Art, unter gegenseitigen Drohungen und Erpressungen und mit patriotischem Zeitungslärm als Begleitung der Verhandlungen, kurz in ganz derselben Geistesverfassung, die damals den Krieg vorbereitete. Hierbei ist noch nicht in Betracht gezogen, ob die beiden Mächte sich überhaupt einander nähern würden, trieben sie nicht Furcht und Haß, die eine dritte Nation ihnen einflößt.

Die beiden Nationen werden heute, wie vor dem Kriege, nicht von Intellektuellen, sondern von Wirtschaftsinteressenten geführt; und diese sind Nationalisten geblieben. Man möchte sagen: sie stellen sich nur wie Nationalisten. Denn in Wahrheit kennt doch die ganze Welt sie als internationale Geschäftsleute – nicht erst jetzt, da sie über einen internationalen Trust miteinander verhandeln. Vor dem Krieg waren sie es auch schon.

Man möchte also von Heuchelei sprechen. So einfach liegt es aber nicht. Sie bringen es ganz gut fertig, beim Gegner geschäftlich beteiligt und darum erst recht vor sich selbst Patrioten zu sein. Übrigens sind in dieser Hinsicht ihre Köpfe nicht ganz klar. Man darf sie nicht überschätzen. Sie haben wirtschaftlich soviel zu organisieren, daß im Geistigen manches bei ihnen durcheinander geht. Mögen sie noch so klug sein, dafür reicht es nicht mehr. Die großen Herren der Wirtschaft haben sich von jeher mit der mehr oder weniger ehrlichen Meinung beruhigt, ihrem Lande würden wunder welche Dienste geleistet, wenn sie selbst sich bereicherten.

Dies wird ihnen niemals auszureden sein. Sie sind sogar empört, wenn jemand es in Zweifel zieht. Die außerordentliche Schwierigkeit, mit einer Macht, die bisher so verderblich gewirkt hat, fertig zu werden, liegt darin, daß sie zur Hälfte ehrlich ist. Zur anderen Hälfte freilich erwidern diese Leute mit Schlichen, die auf kein gutes Gewissen deuten. Ich weiß davon zu erzählen und tue es gewiß nicht um der Reklame wegen. Es würde mir auch nichts nützen. Mein Buch, das ich erwähnen will, ist zu dick, um unter den heutigen Verhältnissen ins Französische übersetzt zu werden. Wenn ich auch davon spreche, kann es hier doch nicht gelesen werden.

Der Kopf, ein Roman, zeigt in der Epoche des herannahenden Krieges vor allem die Verantwortung der internationalen Hütten- und Rüstungsindustrie. Aber keine der Besprechungen in den Blättern, die dieser Industrie gehören, sagt davon ein Wort. Sie entrüsten sich über den Angriff auf die Monarchie. Sie tun wie treue Monarchisten. Die Monarchie war aber in den Händen der Rüstungsindustrie und der von ihr bezahlten politischen Verbände. Sie ist gerade von dieser Industrie zugrundegerichtet worden. Die Monarchie wird daher bei mir nur indirekt belastet. Das verschweigen die deutschen Blätter der Hütten- und Rüstungsindustrie.

Kürzlich schrieb über mein Buch auch eine Rheinische Revue, die französisch erscheint und deren Geld nicht aus der deutschen Industrie kommt. Die Kritik war von Haß erfüllt und wollte das Buch vernichten. Zu diesem Zwecke sagte sie vorerst, der Verfasser sei geist- und talentlos, ohne freilich zu verraten, warum sie sich dann mit ihm beschäftigte. Übrigens belaste er Deutschland und die Monarchie. Das hätte auch von der deutschen Industrie bezahlt sein können. Dann kam aber noch: der Verfasser bereue wohl, – als ob der Kritiker nicht genau wüßte, daß ich nicht zur internationalen Rüstungsindustrie gehöre und daher nichts zu bereuen habe. Fertig. Von dem Kern des Buches, der Verantwortung der Industrie, kein Wort. So ist die Methode auf beiden Seiten der Grenze. Die eine Industrie deckt die andere.

Was ist da zu tun? Gegen Leute, die durchaus herrschen, aber anonym herrschen wollen, und die alles niederschlagen, was sie aufdeckt. Das schlimmste ist, daß der größte Teil des Bürgertums in beiden Ländern mit diesen wenigen großen Interessenten fühlt. Das Bürgertum allein haßt noch jetzt das andere Land. Die Intellektuellen, soweit sie den Namen verdienen, hassen nicht mehr. Ich habe in Frankreich zu viele ergreifende, dankbar in meinem Herzen bewahrte Beispiele erlebt. Auch das Volk haßt nicht, weder hier noch dort. Bayrische Bauern sagten sogar im Kriege: »Der Franzose ist ein guter Mann.« Und wie sollte das Volk, dem der Nationalhaß immer nur künstlich beigebracht werden kann, heute bei seinen schweren Sorgen um das Leben noch Sinn haben für den bürgerlichen Haß-Sport.

Das Bürgertum, vielmehr nur sein unbelehrbarer Teil, haßt ganz allein; und merkwürdigerweise sieht es nicht, wie es damit selbst eingesteht, daß der ganze Krieg und alles, was davon noch übrig ist, eine ausschließlich bürgerliche Angelegenheit ist. Es sind die wirtschaftlichen Zwecke des Bürgertums, vielmehr seiner reichsten Schicht, die die Geschicke unserer Länder schon längst bestimmt haben und noch jetzt bestimmen. Keine Idee spricht mit. Kein höherer politischer Plan spricht mit.

Denn diese reiche Schicht ist völlig unpolitisch. Wo sie herrscht, gibt es keine Politik mehr. Was so heißt, sind nur noch Geschäfte weniger Personen. Diese Geschäfte müssen sofort realisierbar und sehr einträglich sein. Es lohnt sich diesen Geschäftsleuten nicht, Dinge anzufangen, die in hundert Jahren reif sein werden.

Dazu bedurfte es früher eines Menschentyps, der nicht so eilig war, wie der Geschäftsmann. Dazu wird es immer einer Herrenklasse bedürfen, die sich nichts daraus macht, daß zunächst Verluste eintreten. Geschäftsleute sind keine wirkliche Herrenklasse. Sie können ein Land nur ausbeuten, nicht es lenken.

Lenker sind notwendigerweise Menschen, die im Kopf einen beherrschenden Gedanken haben. Den Gedanken läßt so einer sich und dem Lande etwas kosten. Wirren, schlechte Zeiten, Haß gegen seine Person und Kampf, viel Kampf, – wenn er nur hofft, eines Tages Recht zu behalten und vor seinem verwirklichten Gedanken zu stehen. Große Politiker waren also geistige Menschen. Wo der Typ des geistigen Menschen nicht mehr öffentlich wirksam ist, hört Politik auf.

Für die Beziehungen zwischen Deutschland und Frankreich ist entscheidend, ob geistig geschulte, geistig gewillte Politiker auftreten und die Geschäftsleute samt ihren Agenten aus den Regierungen verdrängen. Geschieht dies nicht, so wird trotzdem noch eine Einigung zwischen den beiden Ländern zustandekommen. Es wird dann eben ein internationaler Trust sein, das gute Geschäft weniger Personen, aber Verteuerung des Lebens und Versklavung für alle. Jene wenigen aber werden den Nationalhaß fortbestehen lassen. Sie werden ihn sogar unterhalten müssen. Denn der Zusammenschluß der internationalen Arbeitermassen könnte ihrer Macht gefährlich werden.

Das wäre der Weg, auf dem unsere beiden Länder und mit ihnen ganz Europa, Geschäfte machend und vom inneren Mißtrauen verzehrt, dem politischen Denken entfremdet und geistig verengt, den reicheren Kontinenten ihre Arbeit verkaufen müßten und zum bloßen Objekt der Weltherrschaft werden würden.

Siegt aber dennoch der geistige Wille und wird wieder Politik gemacht? Oh! Dann ist sie langfristig und keineswegs ein Geschäft, das sofort realisiert wird. Dann werden Opfer gebracht werden müssen für Zukunft und Kinder. Dann soll aber auch das Verhältnis unserer beiden Länder zu einander auf eine sichere Grundlage gestellt werden. Diese ist die Erkenntnis unserer Schicksalsverbundenheit und das Bewußtsein unserer Verantwortung für die ganze gemeinsame Zukunft unseres Weltteils.

Die Memoiren Napoleons

Das Buch, zu dem ich am häufigsten zurückkehre, sind die Memoiren Napoleons. Er hat sie in der dritten Person geschrieben, was wie göttliche Unpersönlichkeit wirkt und auch so wirken soll. Er hat darin weniger sich selbst verherrlicht, als das Schicksal geehrt, das so Großes von ihm wollte und ihn in allem rechtfertigt. Er hat von einer Warte, die einzig ist und Sankt Helena heißt, das Werden und Sichvollenden des großen Mannes gezeigt.

Der große Mann, den dieser Schriftsteller kannte, fuhr in die Welt wie die Kugel in die Schlacht. So entsandte ihn die Revolution. Er war im Leben eins mit einer Idee, hatte denselben Körper, denselben Weg. Nach dem Leben aber, als er schreibt, sieht er auch sie aus ewiger Höhe, getrost und gewiß, er werde sie überdauern.

Nun dauert er. Die liberale Idee stirbt, sie ist schon nicht mehr. Aber Napoleon wächst unaufhörlich. Europa nähert sich endlich seinen Vereinigten Staaten, die er gewollt hat. Es beklagt, wie er es vorausgesagt hat, seinen Mißerfolg. Das Genie Europas beginnt hundert Jahre zu spät, an das seine hinanzureichen. (Es macht sogar seine Fehler. Auch er wollte die Einheit gegen Rußland.)

Das Genie Europas begreift jetzt hier und da auch die Diktatur. Seine liberalen Zeitgenossen ertrugen sie nur, ohne sie zu begreifen. Der alles erhellende Moment seines Lebens sind die hundert Tage. Er ist zurück aus Elba, und nicht nur der Feudalismus des ganzen Weltteils springt auf vor Wut, auch das Bürgertum in Paris macht Ausflüchte und stellt Bedingungen, bevor es dann offen abzufallen wagt. Wer hat ihn hergebracht vom Mittelmeer auf diesem Siegeszug ohne Waffen? Das Volk. Der unerhörte Siegeszug durch das ganze, ihm zujauchzende Land ist der Lohn seines Lebens, die greifbare Bestätigung, daß er als Freund des Volkes gehandelt hatte und nie anders.

Sie hatten ihm seinen Snobismus verziehen, daß er Adel an sich zog, Könige beschützte und die Erzherzogin zur Frau nahm. Er blieb ihr Mann. Von einer Arbeiterin empfing er die Fahne. Die Bauern gingen vor ihm her, damit sein eigener Marschall, den der Bourbon ihm entgegenschickte, ihn nicht fange oder töte. Sie kannten ihn, er war dem Volk bekannt. Er ist der Mann, der für die letzte Verteidigung des Landes sein eigenes Geld geben wird – anstatt sich auszahlen und abfinden zu lassen. Er ist der Mann, der sein Pferd vor eine rauchende Bombe treibt und so seine letzte Truppe beisammenhält – anstatt als Erster zu entlaufen. Sie wissen: er ist imstande, der bürgerlichen Nationalgarde die Gewehre fortzunehmen und die Arbeiter zu bewaffnen. Er sagte ihnen: »Meine Rechte sind die euren.«

Als er nach der Rückkehr 1815 die Verfassung geben mußte, entwarf er sie zusammen mit dem liberalen Publizisten Constant. Dieser vertrat den Parlamentarismus des Bürgers, Napoleon das Volk. Er hielt dem anderen nur einfach entgegen: »Das Volk will das nicht. Mich will es.« Er dachte: »Denn mich kennt es. Was weiß es aber von den schleichenden Interessen, für die euer Parlamentarismus der mehr oder weniger ehrliche Vorwand ist? Die wird es nie durchschauen.« Seine Abneigung gegen das bürgerliche System sei ihm verziehen. Er war die Diktatur gewöhnt, die schweigen darf und nicht lügen muß. Und er kam aus nichts, hatte noch immer nur sein Glück, sonst nichts.

Er wußte sich damals in seinem letzten Kampf wieder in Übereinstimmung wie je mit den Besitzlosen. Er ging unbegleitet unter sie, ward erkannt und stand dem Haufen Rede und Antwort über die Aussicht zu siegen. Dann ließen sie sich anwerben. »Soldaten haben mich oft geduzt«, sagt er auf Sankt Helena. »In den Salons, bei Offizieren, sogar Generalen galt ich für furchtbar, nicht aber bei den Soldaten. Sie fühlten die Sympathie zwischen uns.«

Dafür schützte er sie. Er war der Schutz der Besitzlosen. Was er mit seiner Diktatur aufhielt, war eben das, was nach ihm hereinbrach, die Geldherrschaft. Er hatte die Folgen durchschaut, wenn eine Gesellschaft entfesselt und sich selbst überliefert wird, die aus Reichen und Armen besteht. Die Republik, sagte er, sei zu edel und hochherzig, sie brauche Macht durch einen einzelnen. »Die beste Republik war immer noch das Kaiserreich.« Sein Kaiserreich! Bewaffnete Volksrepublik, so wurde es empfunden. Volkstümliche Militärdiktatur, errichtet gegen alle nur materiellen Mächte von einer Macht des Geistes.

Er sagt und läßt aufschreiben: »Die hohe Tragödie ist die Schule großer Männer, sie erwärmt die Seele und erhebt das Herz, sie kann und soll Helden hervorbringen. Wenn Corneille noch am Leben wäre, müßte er in den Fürstenstand erhoben werden.«

Er hat Corneille, Racine und Molière ganz zweifellos höher geachtet als alle unter ihm Lebenden. Ihre Taten schienen ihm die höchsten, so wie er sein Gesetzbuch ausdrücklich höher stellte als seine vierzig Siege. Die Siege waren das Mittel, die Welt in ein einziges Reich der Vernunft und des Friedens zu verwandeln. Sie hat es nicht gewollt und hat sich lange nur der Siege erinnert. Zuletzt bleibt aber übrig der Geist, dessen Zeichen sie waren.

Einst war er so warm wie jung, war zeitbewegt, voll Vorahnungen, voll schweren Dranges – und tief einsam durch Armut wie durch seinen Wert, da schrieb er Romane. »Ich versetzte mich in eine ideale Welt und untersuchte, worin sie sich von der unterschiede, in der ich mich befand« – als Leutnant. Damals schrieb er auch gegen die Ehrsüchtigen, sie suchten das Glück, aber fänden nur Ruhm, – den der Schreiber der Abhandlung einzig suchen und beständig lieben sollte. Denn Ruhm ist Idee. Er liebte Idee.

Er begriff nicht einmal, daß Menschen anderes lieben. Auf geistige Ziele schien ihm alles wirklich Menschliche gerichtet, und nur der Ungeist, der ihm überall begegnete, nährte seine Menschenverachtung. Die Illusionen aber blieben. In einer langen Note an England beruft sich der Gefangene Sankt Helenas auf Ehrgefühl, Recht und auf einst erwiesenen Edelmut. Noch immer kennt er nicht die wahre Art der befestigten Mächte. Irgend eine hohe Gemeinschaft oberhalb der gemeinsamen Tatsachen schwebt ihm vor mit Menschen, die doch unterhalb aller Idee hausen, mit Kaiser Franz. »Wir sind doch nicht nur Herrscher, auch Menschen.« Ritterlichkeit als Ausdruck der Idee im Handeln war sein innerer Befehl. Wozu sonst so viel Aufheben um den Tod Enghiens? Welcher andere Machthaber hätte ein Wort zu seiner Rechtfertigung verloren? Freilich gab es damals militärische Ehre. Soissons kapitulierte 1815, obwohl der Kommandant wußte, die feindliche Armee, der er sich ergab, sei geschlagen und auf dem Rückzug. Aber er hatte unterzeichnet. Sein Kaiser sagte: »Die literarische Bildung verdeutlicht den Ehrbegriff und beschämt die Niedrigen.«

»Ich kann ohne Scheu vor Gottes Richterstuhl treten«, sagt der Endende, der die Bergpredigt liest. Denn er hätte sich durch Morde erhalten können und tat es nicht. Er hat seelisches Gleichgewicht und Verantwortlichkeit bewahrt in stürmischer, einziger Laufbahn. Das ist unvergleichlich, nichts hat es gemein mit Charakteren jedes, auch höchsten Ranges, die auf der gegebenen Ordnung der

Welt fußen. Er schuf erst die seine – und hielt ihrer vulkanischen Geburt stand. Dies leistete seine Natur trotz ihrer leichten Erregbarkeit, die ihn doch erst befähigte, Schöpfer zu sein.

Einbildung, Idee, Vorwegnahme des in der Ferne, jenseits seines Daseins erst Möglichen waren sein Lebensgrund. Nur sie erfüllten ihn wahrhaft. Die Ereignisse, seine Taten selbst gingen vorüber wie Traum. Zuletzt ist er unermüdet, »als ob Blei über Marmor hingeglitten wäre«, – so sagt er. Wie der Geist lebt, der in einer Sekunde Jahrzehnte faßt. Wie Menschen des Geistes leben.

Alle haben das gefühlt damals, besonders die innerlich Feindlichen. Auf alle Gemeinen wirkte, wie immer, der Geistbesessene im Grunde nur unernst und verrückt. Nach ihrer Gewohnheit halfen sie ihm, solange er feststand. Rechtzeitig paßten sie sich seinem Sturz an, und als alles vorbei war, behaupteten die, von denen er sich hatte bedienen und betrügen lassen, daß Napoleon sich ein eingebildetes Frankreich geschaffen habe. Sie sagten zu wenig. Er hat aus seiner Einbildung allein sogar ein Reich von hundert Millionen erschaffen, eine vielsprachige Einheit ohne jede gegebene Voraussetzung, denn bevor stand im Gegenteil die lange Zeit des engsten Nationalismus. Die Einheit wurde herübergezwungen von ihm, nur von ihm aus dem kommenden Jahrhundert. Dies Jahrhundert aber, das unsere, hat, nun es da ist, keinen Führer und lebt vor allem auf seine Kosten.

Er selbst ist der Führer von heute, der Intellektuelle, der zur Gewalt greift. Wo heute irgend eine Art Führer an der Zukunft von Menschen sich versucht, ist es immer diese. Seine Memoiren sind unser Handbuch, wir verstehen uns mit ihm von selbst. Wäre er nochmals da, er wäre umgeben von der gleichen, »tiefen, schweigenden Ehrfurcht«, die Stendhal nennt. Er wäre »völlig außer Vergleich und jeder würde es fühlen«, wie einst. Er hätte die unbeirrbare

Festigkeit in scheinbar verlorenen Schlachten, den Zwei-Uhr-nachts-Mut, den niemand hat, und der allein »Despotismus entschuldigt, und auch die, die ihn leiden«.

Er würde, es liegt zu klar, das hassen und umstürzen, was jetzt Demokratie heißt und ihm als ihre Fratze erschiene. Er hat die Kriegsverdiener so sehr gehaßt wie die Jakobiner. Die einen gewannen, wenn er siegte, – als siegte er zu seiner Schande nur für sie. Die anderen dachten, rieten, mißtrauten, schoben gemeinsam und mittelmäßig. Er aber ließ nur Größe zu, seine eigene und die der Masse. Sein Feind war, was dazwischen sich einmischt, die Halbwissenden, Halbbefreiten, die Täuscher und die Kritischen, der geglückte Erwerb, der mitreden will. Diese Klasse politisch kurz zu halten, würde ihm, wie je, als Pflicht erscheinen gegen das Volk, das ihm seine Söhne anvertraut. Die Mittelklasse kann ihm entgegnen, daß auch er nur als Diktator sich auszuleben trachtet, wie sie als Mittelklasse.

Er hat sich nie zur Mittelklasse, immer nachdrücklich zum Volk bekannt – bewußt, daß Geist auf sich allein steht gleich jedem Besitzlosen. Ihm hilft kein Geld, kein Recht, kein vorhandener Glaube. Er kann sich nur behaupten über hundert Millionen Menschen, oder muß schrecklich erwachen. »Wenn ich nachts erwache und denke, was ich war und was ich jetzt bin!« Der unermeßliche Stolz des Geistes tat dies.

Ich lese das Mémorial, weil es gleich das Ganze ist, das Ganze dieser Welt und des Geistes in ihr, woraus alle anderen Bücher Auszüge geben. Ich lese es als die Passion des Geistes, wie jener zuletzt das Neue Testament las. Er floh nicht von Sankt Helena, sooft es ihm angeboten wurde, und er sagte: »Wäre Jesus Christus nicht am Kreuz gestorben, er wäre nicht Gottes Sohn.«

1926

Theater der Zeit

I

Mit fünfundzwanzig Jahren sagte ich mir: »Es ist notwendig, soziale Zeitromane zu schreiben. Diese deutsche Gesellschaft kennt sich selbst nicht. Sie zerfällt in Schichten, die einander unbekannt sind, und die führende Klasse verschwimmt hinter Wolken.«

Seine Schwierigkeit gebot mir damals nur dringlicher, das Unternehmen zu wagen. Heute besteht sie nicht mehr. Alle Mächte der Gesellschaft leben auch hierzulande, wenn nicht in voller, doch in hinlänglich durchsichtiger Öffentlichkeit. Unzugänglich ist keine soziale Macht mehr. Wer die Kraft hat, rückt ihr zu Leibe und erkennt sie.

Nun ist die Sendung der Literatur im Weltgetriebe, zu lehren, das zu durchschauen, was herrscht, und darüber wegzukommen. Jede Macht will beharren, der Geist will trotz ihr weiter – dem besseren Leben entgegen oder wenigstens neuem Leben. Wäre die Gesellschaft vollkommen und endgültig, so weiß ich nicht, was Literatur sollte. Unter Ausgeglichenen, Dauernden und völlig Glücklichen gäbe es keine. Denn Dichtung ist Gericht sowohl wie Trost. Darum droht auch keine Gefahr, daß sie jemals unnütz wird.

Es gibt falsche Gerichte und böswillige Richter auch unter den Dichtern. Der Trost, den Dichter anbieten, ist auch nicht immer echt. Der einzig wahre Trost kann nur heißen, daß wir die Zukunft haben sollen. Auch sie, einmal erreicht, wird wieder Leiden, neue Enttäuschungen und ungeahnte Abgründe eröffnen. Aber es ist die Zukunft und wir wollen sie haben. Auf alle Fälle wird sie unser Wissen erweitern. Und wir werden anders dastehen, wenn wir sie nicht erduldet sondern erkämpft haben.

II

Der literarische Kampf um die Zukunft vollzog sich früher unter Beteiligung weniger tausend Personen. Heute muß er, um wirksam zu sein, im Angesicht von Massen spielen. Es muß nicht so bleiben, nur heute ist es so. Was Theaterstücke betrifft, will höchstens nur die Volksbühne Tendenz wagen. Die Privatbühnen klagen über die dramatische Produktion, – anstatt ihr Publikum zu beklagen, das von Tendenz nichts wissen darf.

Wer Tendenz nicht will, ist immer nur gegen das vorwärts Gerichtete. Er lehnt Bewegung ab, nicht aber das Aufhalten der Bewegung. Er sucht Ruhe. Er braucht Vergessen. Warum dann aber Theater? Der Ruhebedürftige wird selbst durch die Stücke von gestern nur an die so sehr veränderte Welt gemahnt werden. Gibt man ihm Überzeitliches? Das ist nur unzeitgemäß in so bewegten Tagen. Ihm wird nicht wohl dabei. Überzeitliches, wenn so etwas je da war, genügte immer nur einer Gesellschaft, die scheinbar in Vollendung ruhte und sich gesichert glaubte.

Wer ist heute gesichert? Welche Gruppe dieser Gesellschaft kann sagen, daß sie unberührt bleibt von der stürmischen Verwandlung des Ganzen? Wir werden proletarisiert, das ist die Sache, – proletarisiert bis auf den kleinen Rest, der durch seinen Überkapitalismus dies eben auslöst. Bürgerliche Vermögen werden sich nicht mehr bilden – oder doch nur in einem anderen als dem geschlossenen Nationalstaat und dann nur in anderen sozialen Zusammenhängen. Heute gibt es nur noch scheinbar Besitzende. Gegen die Besitzlosen, die als gegebene Norm zur Macht streben, steht der andere Teil der Besitzlosen, der seinen eigenen Zustand nur noch nicht anerkennt.

Das sind die Kämpfe dieser Zeit. Sie gehen um schon mehr als halb vollzogene Tatsachen. Man haßt noch, fürchtet noch, und ist doch unwissentlich schon tief hineingelangt in das Gefürchtete, Gehaßte. Dichtung und Theater haben im Grunde nur festzustellen, wie es steht. Revolutionär oder nicht, für Diktatur, Sozialismus oder für nichts, schon die einfache Wiedergabe dieses Lebens wie es ist wird es bestätigen, wird es fördern. Denn dieses spricht für sich. Die Wiedergabe muß nur wissend und ohne Scheu sein, was noch selten vorkommt, und sie sollte die Masse erfassen.

Welche Form der Wiedergabe erfaßt die Masse?

III

Als vor Zeiten der Liberalismus sich mehr als halb durchgesetzt hatte, spielten die Theater Europas Tragödien. Sie waren den antiken nachgeahmt, kein modernes Wort fiel, aber das Publikum verstand jede Anspielung. Es verstand oft mehr, als gemeint war. Hinter einem homerischen Helden witterte es einen mitlebenden General, aus der Bosheit eines Gottes schloß es, gemeint sei der anwesende verhaßte Minister.

Heute würden Anspielungen höchstens dort verstanden werden, wo man keine hören will, und wahrscheinlich auch dort nicht. Die entlegene Bildung hat in diesen unbeständigen Zeitläufen nicht gerade zugenommen – jene »Kultur«, die bis zum Kriege ein Vorrecht war, im Munde geführt von wenigen tausend snobistischen Kulturträgern, die sie niemandem mitteilten.

Statt dessen erwirbt die politisierte Nation jetzt praktisch Bildung, die Massen lernen aus Not, Erfolgen und

Enttäuschungen von Jahr zu Jahr, von Wahl zu Wahl. Das Kapitel an mittlerer Intelligenz ist bestimmt schon heute höher als 1914. Eine Bühne des Volkes kann getrost damit arbeiten.

Bedingung ist Direktheit und Unumwundenheit. Bedingung ist Frische; Skepsis führt hier zu nichts. In die Irre führt vielleicht Tragik. Der Untergang des Besseren, die ewige Tragödie, kann freilich Rachegefühl und den Trieb zu handeln nähren. Die Tragödie zeugt aber ebensowohl Ergebung, diese Schande der Armen. Ein Geschlecht muß, um Tragödien ungestraft zu genießen, sehr sicher im Leben stehen und von Grund auf heiter sein.

Das ist nicht ganz der Fall dieses unerhört geprüften, ruhelosen Geschlechtes von 1926. Es hat eine überlebensgroße Faust an der Kehle, und wenn es auch mit ihr scherzt und keß tut, ihm wäre lieber, zu wissen, daß es morgen noch atmen wird. Niemand soll von solchen Menschen noch mehr starken Mut verlangen, als diese Tage – und die vorigen und seit langen Jahren alle Tage – schon fordern. Laßt sie doch lachen! Spielt Komödien!

Sie werden bei Komödien das Unglück herzhafter auslachen, als aus eigenem Vermögen. Sie werden in sozialen Komödien den Unsinn und die Überwindbarkeit erkennen dessen, was sie niederhält und erniedrigt. Von ihnen selbst wird der Schein fallen. Sie sehen sich. Sie sehen Kraft.

Dies alles indessen nur, wenn jemand ihnen die Komödien von heute schreibt.

IV

Staunend höre ich, daß noch wenig da ist. Was tun die dramatischen Dichter? Mir scheint, wer jung und in der Behandlung der Massen daher schon weiter ist, – er müßte doch einfach hochgehen vor Glück. Als Erster denkt und formt er für wirkliches Volk, denn das Zeitgemäße geht endlich nur noch geradewegs das Volk an. Er denkt und formt für wirkliches begieriges Volk, anstatt wie sein Vorgänger für ein übersättigtes, beziehungsloses Publikum. In Wirklichkeit sind die begierigen Menschen zum Teil dieselben, die einst satt waren. Aber sie sitzen nicht mehr in den Theatern, wo Tendenz nicht gehört werden darf.

Die allgemeine Proletarisierung kann nur den Volksbühnen nützen. Verstehen sie ihre Stunde? Dann befreien sie den Dichter. Endlich liegt es nur an ihm, er darf handeln. Hinstellen darf er die Wahrheiten der Zeit, die Wahrheiten aller, die aber überall verboten sind. Die außerordentlichsten Wirkungen, die gerade die nächstliegenden sind, werden ihm endlich erlaubt. Die Gesellschaft wie sie ist, die Dichtung kennt nichts Erleseneres, wie sie keine gewähltere Zuhörerschaft kennt, als das Volk.

Dichtern in aufsteigenden Jahren kann wahrhaft das Herz höher schlagen, sie entrinnen, wenn die Volksbühnen richtig handeln, noch im Beginn dem Druck, den der Rest der alten Gesellschaft heute strenger übt, als da sie noch ganz war. Der Rest der alten Gesellschaft ist vor allem Einbildung, er lebt mehr als anderswo in den Köpfen derer, die den Zeitgeist – nicht gerade lenken, aber ihm doch den Mund verbieten können. Nicht um die Welt wird schwarz auf weiß zugegeben, daß etwas sich geändert hat mit der Bürgerwelt. Wer seit 1918 nicht gelebt, sondern nur Zeitungen gelesen und Aufführungen gesehen hätte, würde von den sozialen Begebenheiten so gut wie nichts wissen. Geheimtuerei und nicht mal Geld dafür. Sie gehen eher ein, als daß sie es in der Zeitung zu sagen erlauben. Die Leiter der Privattheater schließen eher.

Wie war das bisherige Schicksal dessen, der diese Zeit so schreibt, wie sie lebt? Jedes Zweite nicht aussprechen dürfen. Weder Erkenntnis nach Persönlichkeit offen zugelassen sehen und mit aller Leistung kaum halblaut genannt werden: dies wie jenes aus Gründen der dümmsten, vergeblichsten Konjunkturpolitik zur Rettung von etwas, das schon dahin ist. So das bisherige Schicksal. Wer etwas auf sich hält, manche Komödien für Volksbühnen, und die Volksbühne erkenne ihren Beruf.

Kann sein, aus dem starken Werk für die Zeit wird auch eins für die Ewigkeit. Aber es ist nicht wahrscheinlich. Diese Zeiten rechnen nicht mehr mit sehr entfernter Nachwelt. Ihre Geisteswerke sind zum Verbrauch da, genau wie die Ergebnisse ihrer anderen Arbeit. Kapital sammeln auch die Höchstverdienenden nicht, dafür ist gesorgt, und niemand vererbt es. Gefaßt und standhaft beschränken wir uns darauf, der Zeit zu genügen und nur mit ihr, solange sie verstanden wird, zu dauern. Denn Dauer ist gleich Zeitgemäßheit in Gestalt großer Kunst.

Schauspielerinnen

Schauspielerinnen sind vor allem Arbeiterinnen. Sie bieten auf den Proben zumeist einen nüchternen Anblick. Ein industrieller Betrieb beschäftigt ähnliche Gestalten. Sie haben bei der Ankunft im Theater noch das Gesicht der alleinstehenden Frau, die frühmorgens ihre Wohnung verläßt, um den Kampf des Tages aufzunehmen. Der Kampf ist hier sogar noch unnachsichtiger. Er geht, wie anderswo, um die Stellung im Betrieb, aber die Stellung wird leidenschaftlicher verteidigt, denn sie ist Vorbedingung für die Wirkung nach außen. Wirkung auf Menschen, Wirkung der Persönlichkeit. Zuerst muß die Schauspielerin sich Achtung bei den Kollegen verschaffen, dann kommt erst das Publikum dran. Wenn sie abends hinreißt oder wenigstens gefällt, hat sie schon vorher im Theater ebenso starke Künste aufgewendet, um durchzudringen. Eine derer, die ich aus der Nähe sah, biß einen Regisseur hinaus, es war ein durchaus grausamer Anblick. Der Arme hing nur noch an einem Faden, er hatte alle gegen sich, seine Feindin konnte breit ausladen. Plötzlich war sie ganz schlank, ganz fein und leicht. Der Chef war erschienen. Sie näherte sich ihm mit kindlich klarer Miene, ein Fuß blieb in der Schwebe vor Zartheit.

Sie sind wie das Leben, nur begabter. Sie finden schnellere Übergänge von der Härte des Lebens zu seiner Süßigkeit, und sie machen alles sehr viel anschaulicher, weil sie es stärker bringen. Das Theater lebt überhaupt davon, daß alles stärker als sonst gebracht wird. Würde auch nur fünf Minuten lang auf der Bühne so maßvoll, gedämpft, verhalten gehandelt und gesprochen wie in Wahrheit und allenfalls im Roman, der der Wahrheit am nächsten kommt, die Bühne verschwände, niemand sähe sie mehr. Überdeutlichkeit ist das erste. Sie ist selbstverständlich, die Theaterleute sind sich ihrer nicht mehr bewußt. Meistens legen sie sie auch im Leben nicht ab, die Schauspielerin weniger als ihr männlicher Kollege. Sie ist imstande, weiblicher zu wirken als jede gewöhnliche Frau, den Männern erscheint häufig in ihr das Geschlecht gesteigert, sie erliegen ihr leichter. Ach, sie erliegen vielfach nur einer ausgezeichneten Arbeiterin, die ihren Beruf, das Spielen, ernst nimmt.

Sie glauben das Leben so eindringlich behandeln zu müssen wie das Spiel. Sie könnten das Überwirkliche ihrer Kunsterscheinung einbüßen, wenn es nicht auch in ihrem privaten Dasein aufregender zuginge als in dem der anderen. Dies hindert nicht, daß sie wirklich schön, wirklich verführerisch, temperament- oder seelenvoll, ja geistreich sein können. Die Frage ist nur, ob sie es auch wären, wenn sie nicht beim Theater wären. Ist ein so schönes junges Mädchen zur Bühne gegangen, oder hat sie es dort erst gelernt, schön zu werden? Das Fach, das sie innehat, legt ihr seinen besonderen Charakter auf. Ihre Art, sich zu fühlen, stammt aus Rollen. Es wäre zuletzt kein Wunder, wenn ihre bürgerliche Laufbahn sich aus lauter oft wiederholten Erfolgstücken zusammensetzte. Sogar Witzigkeit wird herangebildet bei der, die jeden Abend gute Antworten gibt. Allmählich spricht sie auch Brillanten, die nicht vorgeschrieben sind.

Das Wirkungsbedürfnis, von der Bühne in den Alltag übertragen, richtet fragwürdige Dinge an. Wirkung höchsten Grades ist herrschen, unbeschränkt herrschen. Nun zeigt sich, daß, abgesehen von Imperatoren oder Diktatoren, die sich gehen lassen, kein menschliches Wesen so erbarmungslos und so glanzvoll seinen Machttrieb in Szene setzt wie die Diva. Vor ihr muß »ganz Rom zittern« wie vor dem Tyrannen Scarpia. Wo eine Diva volle Häuser macht, ist die Luft hinter der Bühne mit Katastrophen geladen. Wer nicht den dumpf grollenden Aufruhr der Kollegen mit angesehen hat, weiß nicht, was es heißt, die Faust zu fühlen. Die große Schauspielerin auf der Probe – mit ihrer ragenden Überlegenheit in allem, in Kunst, Stellung, Geltung, hinausgewachsen, wie sie ist, über den Rest der vorhandenen Sterblichen sozial und als menschliche Größe, dabei im vollen, unbedenklichen Genuß aller ihrer Vorteile, das kommt nicht wieder vor. Hier entfaltet sich der Mensch auf der Höhe. Am Abend spielt sie dann etwa die Kaiserin, die sie ist. Kein Mensch im Hause hat so etwas je gekannt, aber auch Menschen der Zeitalter, in denen es wirkliche Kaiserinnen gab, haben von dieser wahnsinnig angespannten Kraft des Herrscherwillens ganz zweifellos nichts geahnt. Freilich herrscht sie ins Leere.

Die einzige Persönlichkeit will ihre Erregungen und steigert sie nach Bedarf. Hemmungen, gesellschaftliche, menschliche, bleiben nicht immer bestehen. Im fortschreitenden Leben führt dies manchmal zu gewagten Versuchen mit dem Schicksal anderer. Mehrere sind schon gestorben, damit dies Gipfelwesen erlebte ... Dann altert sie, sie wird schwächer. Der Rausch, den ihre alte Kunst, ihre berühmte Gestalt erregt, bleibt ihr ferner. Ihre innere Einsamkeit nimmt überhand, sie erfüllt sie schließlich ganz. Jetzt spielt und steigert sie auch noch die Einsamkeit. Eine von ihnen verfiel endlich darauf, sich, wo sie ging und stand, von Wandschirmen umgeben zu lassen. Kein Auge sollte sie erblicken, bevor sie in ihrem Abendglanz vor die Menge trat. Eine andere sagte sich nach Art von Fürsten in einem Hause an, das sie noch nicht kannte. Bevor der von ihr gewählte Tag erscheint, hat sie schon einige Botschaften mit besonderen Weisungen geschickt: das Tageslicht auszuschließen, ihr nur dieses Gesicht, nicht aber jenes gegenüber zu setzen. Am Tage trifft stündlich eine Meldung ein: sie sei aufgestanden, sie kleide sich an. Endlich warten alle versammelt, da sagt der letzte ihrer Briefe, daß sie nicht kommt.

Es hat nicht mehr gereicht, um ehrenvoll zu vertreten, was sie war und für ihr Bewußtsein bleiben will. Sie läßt nichts nach, bevor sie dann den Weg geht, den nicht nur das Fleisch geht. Sie war doch ein Funke. Ihr Körper stellte doch den Stolz des Geistes sichtbar dar.

Während sie dahinschwand, sind andere aufgewachsen – gewöhnlich ihr fremd und zuwider. Wie denken die wenigen großen Charakterspielerinnen, die Europa jetzt noch hat, über die jungen Beliebtheiten, die ein neues, weniger charakterhaft als motorisch gerichtetes Geschlecht auf die Bühne entsendet? Ihnen sind diese alle doch höchstens kleine Mädchen, Tanzgeschöpfchen, Nervenbetrug, Knabenersatz... Aber sie sind, und sie vertreten ihre Mitwelt.

Immer wieder verkörpert sich in einigen die unvergängliche Seelenkraft, die Spiel will. Da und dort erfährt ein halbes Kind, es sei geschaffen, sich darzustellen und in sich alle anderen. Es bereitet sich an erdichteten Texten auf ein noch verschlossenes Leben vor. Es macht sich zum Werkzeug noch ungefühlter Leidenschaften, zum Gefäß von Gedanken, die es kaum begreift. Es übt die Gebärde des Lebens, verdeutlicht und vergröbert für fernsitzende Zuschauer. Es arbeitet seine Gesichtszüge aus vor der Zeit, es läßt seinen Körper sprechen, wo andere Körper stumm bleiben. Zu einem jungen Gefährten, der eine andere Zukunft gewählt hat, sagt das Kind voll Stolz auf sein Geschick: »Du schreibst hin, was du dir ausdenkst. Dann gehst du weg. Ich aber will nicht bloß denken, was andere tun sollen. Ich will selbst handeln, es soll aus mir heraustreten. Mein Körper soll mein Gedicht sein.«

Was ist eigentlich ein Schriftsteller?

Fragen wir das Kind, das schon schreibt. Es kennt Märchen und es versucht, selbst eins zu machen. Warum nur? Es hatte auch Zehnpfennighefte, worin sowohl das Käthchen von Heilbronn wie Aschenbrödel für das Puppentheater bearbeitet waren. Aber das Kind unternimmt nicht ohne Erregung, ein neues Stück zu schreiben. Es könnte sich die Mühe doch sparen, besonders da zum Schluß keine reine Befriedigung bleibt. Die Erregung war glücklicher als das Erreichte. Dies seine früheste literarische Erfahrung.

Den Übergang zum Jüngling begleitet ein Lieblingsdichter. Der Heranwachsende liebt den längst Verstorbenen lebendiger und mit mehr Tränen als die Märchen, die er liebt. Er zeichnet sein Bildnis nach, er macht Verse wie die seinen. Er lebt seine Schicksale, seine Geisteshaltung noch einmal – unsichtbar für die Welt, in seinem engen Schülerzimmer, das Raum hat für diese Auferstehung, dies Mysterium.

Die Folgen des ersten überwältigenden Erlebnisses sind lähmend. Der junge Mensch glaubt alles schon geschehen und vollbracht, er sieht nicht weiter. Er ist Inhaber des Zweifels, Witzes, Schmerzes seines Toten und nimmt nicht an, ihm bleibe noch zu lernen. Da stirbt sein Vater, – der aber war Mensch, kein geistiges Gebilde. Der ungesuchte Schmerz überfällt den Sohn wie eine Schuld. Er erkennt, daß er vom Schmerz, ja vom ganzen Leben nur erst kostenlose Proben vorweggenommen hatte. Die Wahrheit ist härter und ohne Genugtuung. Erfahre jetzt die wirkliche Welt, in die du hinaus mußt, den Beruf, die Fremde!

Er erfährt sie und merkt schon bei den ersten Schritten, daß nur das Wort ihm helfen kann, sie zu bestehen. Trauer, ungeliebte Anstrengungen, die Demütigungen des Anfängers, dem Stolz nicht zugebilligt wird, alles endet daheim des Nachts in geschriebenen Worten. Um der Worte willen ist es erträglich, beinahe erwünscht. Die grobe und ungestalte Wirklichkeit befreit doch ein noch unbekanntes Innere, sie schafft erst die Persönlichkeit, die sie angreift. Sie löst eine Zunge, des Nachts strömen Worte.

Viel mehr ereignet sich. Die Welt mit ihren Taten hat natürlich keinerlei Absichten auf die Worte, die ein junger Mensch heimlich für sich macht. Betätigt sie sich denn um seiner Worte willen? Sie ist als Stoff für Worte nicht gedacht, er glaubt es nicht. Er weiß, daß bei ihm Worte sind, was bei ihr Handel und Wandel. Dieselbe Bewegung der kämpfenden, fliehenden Tage bringt dort äußere Welt hervor, hier immer nur Worte. Aber auch das Wort ist Bewegung. Es gibt ein unsichtbares Land, wo Bewegung gleich Wort ist. Dies Land ist das seine. Er hält es für souverän. Er stellt sich in voller Gleichberechtigung neben die Welt, – weil er die Muße, die sie ihm läßt, benutzt, um sie darzustellen.

Was freilich arg mißlingt. Er kann nichts, dies ist die harte Tatsache des Zwanzigjährigen. Eines Tages wird er können, er fühlt es voraus, er behauptet im Grunde seine Überlegenheit über alle, die sich schon ausdrücken. Ihm aber fehlt noch der Hebel für seine Welt, – und fehlt nicht sogar die Welt? Ihn treibt unweigerlich jene innere Bewegung, die ans Ziel will, jener Rhythmus, der nach Form drängt, jene Anfänge von Musik. Ach! Musik, die stumm bleibt, Drang, der nie hinkommt.

Der Zwanzigjährige kennt sich selbst nicht. Auch später

wird er sich nicht kennen, wird aber gelernt haben, in seinem inneren Dunkel Gestalten zu sehen. Später wird ebenso die Welt, wenn nicht ihre eigene Wahrheit, so doch die seine hergeben, er wird sie klären und durchdringen. Wie könnte es der Zwanzigjährige? Die Welt bleibt ihm fremde Gewalt, er ahnt sie kaum erst von fern – der Arme, der sich selbst voll Überraschungen, unfaßbar und noch formlos ist.

Er will zugreifen, vom Erlebten oder Erträumten etwas festhalten. Er fiebert. Welche durchbebte, hochgespannte Nachtstunde! Bei Tage nüchtern wiedergelesen, war alles Ohnmacht. Es war Erguß statt Beherrschung, kein Werk, nur ein hilfloser Brief an das Leben. Er hat, wenn er schrieb, das Leben an sich reißen wollen vor der Zeit, das rächt sich. Die Enttäuschungen der Zwanzigjährigen sind überaus grausam. Sie werden ertragen und leicht vergessen, aber nur Jugend ist so widerstandsfähig.

Einige Jahre später fügt sich ihm ein Werk. Es geschieht wie durch Zauberschlag, er war sich nicht bewußt, seither besser zu denken, erstarkt und im Leben weiter zu sein. Gewissermaßen ist er kindisch geblieben, der junge Erfinder springt bis zur Zimmerdecke aus Freude über seinen Einfall. Was er wirklich besitzt, ist eine ganz außerordentliche Fähigkeit, sich zu freuen, eine geheime, tiefinnere Heiterkeit. Es ist von Vorteil, so ausgestaltet an die dichterische Bewältigung der Welt zu gehen. Grämliche wären ihr nicht gewachsen.

Der Freude entspricht Leiden, seine Begabung umfaßt beides. Kein erlösendes Wort hebt Leiden auf. »Mir gab ein Gott –« hilft nicht viel. Er ist empfindlich für Verachtung, ihn beleidigt, was falsch und ohne Charakter ist. Die großen Schläge des Lebens aber treffen selbst den Gereiften jedesmal wie ein Gewaltstreich, der noch soeben unmöglich schien. Er weiß vom Unglück, vergißt es aber immer wieder, und jeden Morgen glaubt er an das Glück. Es ist der allgemein menschliche Optimismus, nur die größere Erregbarkeit dieses Menschen macht daraus etwas Neues. Ihn selbst erhält sie neu, er bleibt um so länger jung, je reizbarer er erlebt.

Nicht nur Gefühle, sogar seine Gedanken sind reizbar. Die Zahl seiner Ideen ist beschränkt, und sind es auch nur seine? Aber sie bekommen durch ihn Auftrieb und Macht von Leidenschaften. Sie können greifbare Gestalten der Sinne werden bei ihm. Gedanke und Sinne widersprechen sich hier endlich nicht mehr, in dieser aus Worten erschaffenen Welt ist, anders als in der wirklichen, Einheit. Wie kommt es? Ihr Schöpfer selbst bleibt doch sein Leben lang voller Widersprüche, im Leben verleugnet er täglich sein Werk. Indes ihm viele arglos vertrauen, verliert er nur selten das Gefühl: wenn ihr wüßtet! Wer bin ich?

Gleichwohl weiß der Erfahrene, daß sie schließlich doch vertrauen dürfen, soweit Vertrauen überhaupt geraten scheint bei der Unsicherheit unserer Herzen. Ein Schriftsteller hat doch in beherrschter Leidenschaft viel Schicksal, viel Menschliches zu seiner Sache gemacht – und sich zu ihrer. Er tat es vor allem um seiner nie vollendeten Selbstzucht willen, nicht aber für unmittelbaren, groben Nutzen – selbst überrascht, wenn nach vielen Jahren, Jahrzehnten sogar, die Welt sich bei ihm wiedererkennt und ihn hinnimmt wie er ist. Oder doch ein Teil der Welt nimmt ihn jetzt hin; mehr war nie zu hoffen. Dafür war er lange Zeit überaus allein, lag im geistigen Kampf mit der Welt, eroberte sie stückweise durch Wissen und Miterleiden, ja, trug am Ende Verantwortung für sie.

Denn merkwürdig ist, daß jemand, der schließlich nur Erfindungen schreibt, eine Art Mitschuld fühlen kann am Gang der wirklichen Welt. Ihre Taten, die oft schlimm waren, haben ihn beschwert wie eigene Fehler und Mißerfolge. Ihre Langsamkeit im Bessern macht ihm noch immer heiß, als bliebe er selbst schmählich hier stecken. Dabei will er von ihr nichts. Wer ihr moralisch kommt, will fast immer viel für sich. Der Schriftsteller hat, ohne daß er handelte, Gewissen für die Handelnden.

Sollte er dennoch gehandelt haben? Vielleicht im Namen Künftiger schon? Bücher von heute sind morgen Taten, und eine Vorgestalt des Geschlechts, das kommen soll, lebt im Schriftsteller schon.

Schmutz und Schund

I. Gegen Zensur, für Sittlichkeit

Das unter dem Namen eines Gesetzes gegen Schmutz und Schund drohende Zensurgesetz wird mit der einstigen Lex Heinze verglichen. Jenes Gesetz aber verhinderte Wilhelm der Zweite, weil es ihm »eine Suppe einbrockte«. Er erschrak, die ganze öffentliche Meinung, von den erklärten Obskuranten abgesehen, war dagegen, sie war sogar erbittert dagegen.

Selten ist heute der entschiedene Widerspruch gegen einen viel roheren, viel frecheren Angriff auf das Geistesleben. Bis zu unseren Protesten sah ich die Sache fast nirgends sehr wichtig genommen. Dabei beabsichtigte jedes frühere Gesetz doch immer nur die gerichtliche Verfolgung von Autor und Buch. Die Öffentlichkeit war unterrichtet und beteiligt, ihre Meinung sprach mit. Dieses neue Zensurgesetz aber will alles heimlich abmachen. Eine geheime Feme soll jedes Buch, ohne Kontrolle, ohne Widerspruch, aus der Öffentlichkeit verschwinden lassen dürfen.

Nicht einmal einheitliche Maßnahmen für ganz Deutschland sind vorgesehen. Mehrere Prüfstellen werden verschieden urteilen, aber ihre Verbote gelten ohne weiteres für das ganze Reich.

Die zentrale Nachprüfstelle wird, schon aus politischer Versöhnlichkeit, doch immer nur bestätigen, was schon entschieden ist. Sie kann es höchstens noch verschlimmern.

Die Zensurbehörden selbst werden nach dem Belieben der zufälligen lokalen Machthaber zusammengesetzt. Sachverständige, Freunde der Literatur oder gar geistig Überragende müssen nicht die Mehrheit haben. Die anderen können jedes Buch, auch wenn sie es nicht verstehen, kurzweg unterdrücken.

Den Vorwand liefert der sogenannte Schutz der Jugend, – was ein besonders abscheulicher Vorwand ist. Wer kann ihn ernst nehmen? Bücher sollen nicht ausgestellt, nicht verkauft werden dürfen, auch an hundert Erwachsene nicht, weil der hundertste Käufer ein Jugendlicher sein könnte! Darunter natürlich Bücher, die, wie heute üblich, sechs bis zehn Mark kosten und von Knaben nicht bezahlt werden können. Darunter selbstverständlich Bücher, an die lüsterne Knaben überhaupt nicht denken.

Echte Schundliteratur, angenommen, daß sie heute überhaupt noch vertrieben wird und unter der Jugend die behaupteten Verheerungen wirklich anrichtet, könnte durch bessere Jugendliteratur verdrängt werden; sie wäre billig in Massen unterzubringen – mit Verwendung staatlicher Zuschüsse, eben des Geldes, das die geplanten Zensurbehörden kosten sollen. Als äußerstes Mittel könnte verboten werden, andere als die ausdrücklich erlaubte Lektüre an Jugendliche überhaupt abzugeben.

Übrigens aber ist Entsittlichung einer ganzen Jugend noch nie durch Lesen bewirkt worden, sondern immer geradeswegs durch das Leben. Ein verantwortungsloses älteres Geschlecht hat die Kinder hineingestellt in ein Leben, das verroht und verdummt ist durch Krieg und Nachkrieg, durch Inflation, die tückische Enteignung der Schwächeren allein, durch Not, Entlassungen, den überharten, viel zu frühen Kampf um das Dasein. Solche Zeiten gebären naiv und ohne daß Bücher noch nötig wären, Anschauungen und eine Geisteshaltung, worin vielfach die Achtung vor Menschlichem nicht mehr vorkommt. Sittlichkeit ist Achtung vor Menschlichem, nichts anderes. Zuerst das Leben im Sinne der Menschlichkeit regeln, der Jugend die Sicherheit geben, daß es mehr als nur eine Arena für die bösesten Tiere ist. Dies würde unter anderem zur Folge haben, daß bessere Bücher gelesen werden, statt der schlechten.

Welcher Abgrund von Unwissenheit und Heuchelei gibt vor, durch Wegnahme von Büchern ein junges Geschlecht heilen zu können, dem doch die Lebenslust selbst tagtäglich vergiftet wird! Gerade durch Einrichtungen, wie Zensurbehörden es sind, wird ihm die Lebenslust noch mehr vergiftet. Übergriffe der Gewalt, Mißachtung des Geistigen, die Anmaßung befangener Durchschnittsgestalten, den Menschen bis in seine Gedanken hinein zu verfolgen, – eine schlechte, entsittlichte Jugend entsteht in Wahrheit erst durch alle diese ungeheure Frechheit vor dem Recht des Menschen.

Man hüte sich doch! In Zensurbehörden werden herrschende Interessen vertreten sein. Herrschende Interessen wollen nicht, daß gegen sie gehandelt werde. Sie werden daher verhindern, daß gegen sie geschrieben wird. Das ist einfach und klar. Ebenso einfach und klar ist aber, daß in diesem äußersten Fall, bei Gewaltherrschaft geistig Unbefugter über das gesamte geistige Leben, eine Scheidung der Geister eintreten muß. Die Intellektuellen sind seit der Inflation verarmt, vielfach sind sie durch wirtschaftlichen Zwang auch geistig behindert: ein Gesetzentwurf wie dieser hätte sonst nie gewagt werden können. Trotz allem wäre das Äußerste, das jetzt droht, für sehr viele die Erleuchtung. Plötzlich würden sie dann doch erkennen, wohin es gekommen ist.

Fest steht, daß die Wirkung auf alle, die von geistiger Freiheit noch wissen, weit, sehr weit gehen würde. Bei dem Kampf gegen ein Gesetz bliebe sie nicht stehen. Eine Art staatlichen Lebens, die Gedanken und Wort offenbar nicht achtet, nicht schützt, sie sogar Feinden ausliefert, kommt in den Verdacht, als fürchte sie selbst das Wort und den Gedanken. Das aber hat Folgen. Das hat immer Folgen.

II. Herr Staatsanwalt!

Sie sollen gesagt haben erstens, das Geschlechtsempfinden der Intellektuellen sei nicht normal, und zweitens, die Intellektuellen hätten keine Berührung mit der Volksseele. Um mit Ihnen darüber zu sprechen, muß ich voraussetzen, so schwer es mir fällt, daß Ihre Äußerungen richtig wiedergegeben sind, und daß Sie sie ernstgemeint haben. In dem Verfahren gegen ein Buch, das Sie beanstandet hatten, waren die Gutachten einer großen Anzahl literarischer Sachverständiger, darunter auch das meine, Ihnen hinderlich. Das Buch erschien Ihnen gefährlich, die Gutachten, die es entlasten wollten, konnten für Sie nur wertlos sein. Um sie gründlich zu entkräften, sagten Sie den Sachverständigen der Verteidigung Ihre Meinung in der zugespitzten Form. Aber auch abgeschwächt bliebe es Ihre Meinung.

Auffallen muß unter anderem, daß Sie »Intellektueller« gleichsetzen mit »Schriftsteller«. Der Sprachgebrauch ist anders, er kennt geistige Berufe in großer Zahl. Sollte geistige Tätigkeit geschlechtlich abnorm machen, wir sprechen zuerst hiervon, – warum dann nur beim Schriftsteller? Warum nicht beim Wissenschaftler oder beim Juristen? Irre ich oder fehlt noch immer ein wissenschaftlicher Nachweis über Unterschiede im Geschlechtsempfinden der Berufe? Es gibt Schriftsteller, die auch Wissenschaftler, auch Juristen sind. Einige sind beamtet, sind sogar Staatsanwälte. In welcher ihrer beiden Eigenschaften, als Staatsanwalt, als Schriftsteller empfinden die Herren geschlechtlich normal? Nur, solange sie Akten bearbeiten? Sobald aber das Romanmanuskript vor ihnen liegt, werden sie abnorm?

Das Normale ist, wenn nicht alles täuscht, auch das durchschnittlich Bekömmliche. Hier, Herr Staatsanwalt, hätten wir ein Merkmal. Sehr viele Schriftsteller werden alt. Dies bedeutet, daß sie ungefähr nach Art der übrigen Zeitgenossen ihrer Klasse empfunden und gelebt haben; sonst hätte zweifellos der innere Widerstand sie vorzeitig aufgerieben. Sie sind doch wohl nicht samt und sonders Naturen, die ungewöhnlich viel aushalten, lauter Kraftnaturen? Bewahre, wie überall, bleiben auch bei uns die meisten, ja, so gut wie alle, maßvoll und sparen ihre Kraft, wie ließe sich für sie sonst leben.

Immerhin gibt es unter den Schriftstellern hier und da Personen, die im Empfinden, daher dann auch geistig, besondere Wege oder wenigstens ein anderes Tempo gehen. Sie müssen nicht pervers sein, sie können einfach leidenschaftlicher sein. Leidenschaftliches Empfinden begünstigt unabhängige Gedanken, – die aber Sie, Herr Staatsanwalt, mißtrauisch stimmen gegen den ganzen Menschen, ja, gegen den Beruf selbst. Sie scheinen bei Schriftstellern auf jede Ausschreitung gefaßt zu sein, nur weil zuweilen, nicht oft, einer eigene Gedanken und ein eigenes Weltbild hat. Sie halten dies, schonungslos ausgedrückt, für übertragene, ins Geistige übertragene Normwidrigkeit.

Seien Sie doch froh, Herr Staatsanwalt, wenn aus Normwidrigkeit wenigstens Geist wird. Bei den meisten anderen wird sie es keineswegs. Sie würden dem Schriftsteller, der ein Buch nicht, wie Sie wollen, unsittlich nennt, am liebsten ins Gesicht sagen, er selbst müsse wohl eine geheime Seite haben. Die hat aber jeder, Herr Staatsanwalt, in allen Berufen ausnahmlos jeder. Sie sind ein Optimist hinsichtlich der Menschennatur, mit Ihrem Begriff des Normalen.

Der Normale wird nicht geboren, die Gesellschaft erzieht ihn sich mühselig. Alle würden sonst ausschweifen. Zwischen den Abgründen des Wahnsinns bewegt sich der Normale sein Leben lang auf allerschmalstem Grat. Die Rettung der meisten ist einzig, daß sie nicht daran denken.

Im Dasein des Angepaßtesten kommen wildere oder trübere Sachen vor, als Sie glauben oder wissen wollen. Alle Einschüchterungsmittel der Gesellschaft reichen oft nicht einmal aus, auch nur das Äußerste zu verhüten. Muß ich Sie daran erinnern, was den Menschen, der die Gefahr bemerkt hat, noch am sichersten davor bewahrt, abzustürzen? Nicht Rücksicht auf die Gesellschaft, sondern Einblick in sich selbst, seine Selbstkritik, sein Bedachtsein auf Klarheit, auf geistige Form. Die Gefahr durch Wissen beherrschen, eine formal geistige, rein literarische Übung, Herr Staatsanwalt. Aber diesen Anteil an der Idee der Literatur haben sehr viele, hoffentlich auch Sie selbst. Der moralische Nutzen der Literatur ist, genau besehen, ein Hauptgrund ihrer weiten Verbreitung...

Jeder kann geistige Zucht haben, beim Schriftsteller wäre sie beinahe zuerst zu suchen. Wollen Sie ihm nicht doch etwas mehr Vertrauen einräumen, wenn er als Sachverständiger auftritt? Er hätte wahrhaftig nicht nur seinen Ruf zu verlieren durch falsche, von würdelosem Empfinden eingegebene Urteile, vor allem kosten sie ihn seine Selbstachtung. Er ist so sehr darauf angewiesen, sich ernst nehmen zu können. Da fällt mir ein, daß Sie über sittliche Verstöße doch wohl am leichtesten die urteilen lassen können, die selbst keine begehen. Ich weiß von Sittlichkeitsverbrechern aus vielen Berufen, aber haben Sie schon einmal einen Schriftsteller in Händen gehabt. Dann müßte es geradezu ein Wilder gewesen sein, – der büßen wollte und nur darum sich verging. Das aber sind überberufliche Versuche eines vereinzelten Herzens.

So viel zu Ihrer Bemerkung über das Geschlechtsempfinden der Intellektuellen, Sie meinen: der Schriftsteller. Jetzt kommt Ihr Wort, wir hätten keine Berührung mit der Volksseele. Der nächste Einwand scheint so unausweichlich, daß ich nicht verstehen würde, wenn Sie ihn nicht selbst kennten. Schriftsteller sind doch manchmal populär, wie wird man das ohne Berührung mit der Volksseele?

Sie erwidern etwa: auf unberechtigte Art, auf Schleichwegen. Die gerade Art wäre, Jurist oder Lehrer zu sein, dann sei man beglaubigt, sei befugt zur Lenkung der Volksseele. Man sei Fachmann. Schriftsteller verführten durch ihre Gabe zu unterhalten. Daraufhin glaube man ihnen die anfechtbaren Behauptungen.

Herr Staatsanwalt, auch Sie verführen Ihre Laienrichter und sogar die beruflich vorgebildeten, wenn Sie juristische Auffassungen menschlich zu begründen versuchen. Sie äußern zum Beispiel einiges über das Wesen der Schriftsteller – nach bestem Wissen, wenn es auch nicht zutrifft. Warum aber trifft es nicht zu? Weil Sie Fachmann sind. Fachmänner werfen befangene Blicke auf alles, was vorgeht, es soll in ihr Fach passen. Kennt einer von Ihnen das Leben wirklich, wird er sofort hoch bewundert.

Den Schriftsteller, der Wirklichkeit ausspricht, bewundert deshalb noch niemand, denn was hindert ihn? Er hat im Gegenteil nur die eine Pflicht, menschlichen Tatsachen die Worte zu leihen. Dem Fachmann kommt es mehr auf Begriffe an, nach ihnen haben die menschlichen Tatsachen sich zu richten. Diese wechseln aber schneller als jene, daher der bekannte Streit des Fachmannes mit dem Leben.

Von Schriftstellern, die lieber hätten Fachmänner werden sollen, und die es mit den Tatsachen von gestern halten, sprechen wir nicht. Ich meine den Schriftsteller als eigene Erscheinung, denkende Wesen, die aber ganz nur auf das Leben gerichtet sind. Sonst wird vom Leben weggedacht oder gedankenlos gelebt. Der Schriftsteller und die literarischen Naturen in anderen Berufen sind die Verbindung der Gegensätze.

Sie folgen auf den früheren Adel, der Dialekt sprach und mit seinen Bauern jagte. Er war unwissend, dafür verstand er sich mit dem Volk doch wohl besser, als die Fachmänner. Der neue Vertraute eines umgeschichteten Volkes ist jetzt manchmal der Schriftsteller. Es scheint sogar, daß er es bei gereiften Völkern unserer Kulturzone immer häufiger ist. Volksregierungen werden begleitet vom Einfluß der Schriftsteller. Herr Staatsanwalt, Sie, dessen Sache der bestehende, weiterzubildende Staat ist! Sie dürften Schriftsteller als Sachverständige nicht ablehnen, Sie müssen sie heranziehen!

Wollen Sie erwägen, daß der Schriftsteller und der ungelernte Arbeiter sich ähneln wie Brüder, die verschiedene Lebenswege gingen. Keine Berührung mit der Volksseele? Womit berührt sie sich dann – wenn nicht mit dem, der es, meinetwegen nur einen Augenblick im Leben, fertig bringt, sie auszudrücken. Er hat nichts für sich, als was jeder aus der Menge hat, nur daß er auch noch schreiben kann. Sonst ist sein ganzer Besitz die Arbeit, das tägliche Erleben, und daß er ein Mensch ist.

III. »Die Jugend bewahren«

– vor Schmutz und Schund. Aber eure Väter haben die lex Heinze mit tiefer Entrüstung abgelehnt. Da muß ein Unterschied stecken im Kulturempfinden, im Maß der Verantwortung für geistiges Geschehen, ja, wenn das Wort nicht zu groß ist, im Gefühl für Menschenwürde.

Die Abstimmungslisten, das einzige, was von der lex Heinze übrigblieb, sind kürzlich nachgelesen worden. Dagegen stimmten auffallend viele Namen auf -itz und -ow. Man war also damals noch nicht ganz ohne Rücksicht auf Geistiges, wenn man konservativ war. Als Liberaler aber stellte man den Begriff der Geistesfreiheit wohl immerhin fast so hoch wie den des Eigentums. Die Verpflichtung wurde nicht mehr so hoch empfunden wie früher einmal, aber sie blieb noch Ehrensache.

Das hat aufgehört. Es scheint niemandem mehr viel auszumachen, wenn die Literatur unter Aufsicht gestellt wird. Sogar der Name eines Gesetzes »gegen Schmutz und Schund« scheint hierfür würdig und geeignet. Wenigstens zur Zeit der Einbringung des Gesetzes stand es so. Seitdem haben wir einiges getan, damit man stutzte. Wir haben gesagt, daß man eine Sache, die man gesetzlich verbieten will, zuerst deutlich bestimmen, das heißt kennen muß. Bei »Schmutz und Schund« ist dies eingestandenermaßen unmöglich. Es gibt keine allgemein gültige Umschreibung. Jeder, der die Macht, Bücher zu verbieten, in die Hände bekäme, hätte das Recht, nach seiner zufälligen Gesinnung zu verfahren, als Antidemokrat so gut wie als Republikaner – auch als Antichrist, wenn er wollte. Die Jugend wird für jeden durch etwas anderes verdorben. Auf die Unterdrückung zweifellos sittenfeindlicher Schriften würde niemand sich beschränken. Wozu sonst überhaupt das Gesetz, da Schweinereien schon jetzt gerichtlich verfolgt werden können. Das eingebrachte Gesetz ist politischer Herkunft und würde politisch wirken. Dies haben wir wiederholt, man fängt nachgerade an, es zu begreifen.

Wir Schriftsteller haben ferner zu bedenken gegeben, daß im Falle der Annahme des Gesetzes wir selbst geeigneter wären als jeder andere, in den beabsichtigten Prüfungsstellen mitzuentscheiden über gute und schlechte Literatur. An uns war nicht gedacht worden, man hatte an alle anderen eher gedacht.

Wir haben auch – mit der Beschämung, mit der man Selbstverständlichkeiten sagt – darauf hingewiesen, daß es im äußersten Fall doch nur eine einzige zentrale Prüfstelle geben dürfe. Die Landesprüfstellen würden natürlich, je nach politischer Einstellung, gegeneinander arbeiten.

Wir haben gefordert, daß die Reichsprüfstelle, in der die Schriftsteller und Verleger vertreten sein müssen, nur mit Einstimmigkeit ein Buch solle verbieten dürfen. Dadurch würde hoffentlich erreicht werden, daß nur der unbezweifelbare Schund getroffen wird. Dieser ist schon den bestehenden Gesetzen erreichbar. Aber man will sich unnütze Mühe machen, wir müssen verhindern, daß sie ausartet.

Diese Zeit fühlt die unwiderstehliche Neigung, sich unnütze Mühe zu machen. Dies Geschlecht beschränkt den Menschen wo immer mit Maßnahmen, denen die Unhaltbarkeit an der Stirn steht. Das beginnt mit den Schutzzöllen, der willkürlichen Auslieferung jedes einzelnen an die Interessen innerhalb der Grenzen, seiner künstlichen Entfremdung von allem, was draußen gemacht wird. Jetzt soll jedem Staatsbürger vorgeschrieben werden, was er lesen darf. Das Ende des Weges wäre dies noch lange nicht.

Er führt dahin, daß Gesinnungen verboten werden. Gedankenfreiheit wird endlich wieder zum Problem. Schon jetzt werden gewisse Weltanschauungen von den Gerichten verfolgt. Die Verfassung erlaubt sie, ihre politischen Vertreter sitzen in den Parlamenten. Ihre Anhänger im Lande aber dürfen sie weder zu äußern noch zu vertreten wagen, ohne daß ihnen das Gefängnis droht. Die Frage, ob der ehemals bürgerliche Begriff der Freiheit noch gelten soll, ist für die Gegenwart praktisch fast schon verneint. Fehlt einzig noch die ausdrückliche Zustimmung der Öffentlichkeit zur Durchführung des »trockenen« Fascismus.

Für sich genommen, erschiene ein Gesetz wie dieses, »gegen Schmutz und Schund«, unbegreiflich und unvermittelt, eine Art Irrsinnsanfall. Erst seine zeitgeschichtliche Bindung kann es erklären.

Soweit der alte Liberalismus nicht Reaktion geworden ist, ging er in der Demokratie auf. Damit hat er soziale Verantwortung bekommen. Demokratie läßt ein Volk nicht unbeaufsichtigt – so wenig, wie eine Diktatur dies tun will. Der Unterschied liegt in den Mitteln. Diktaturen arbeiten mit der Gewalt, weil sie für den Tag und immer nur im Stande der Not, einzig bedacht auf ihre Selbsterhaltung arbeiten. Gesetze, die einer als schlecht vorausgesetzten Volksmoral mit Verboten begegnen, sind diktatorisch – im genauen Gegenteil zur Haltung einer Demokratie, die weiß, was sie will.

Demokratie, ihres Lebens hoffentlich gewisser als Diktaturen, trifft Vorkehrungen auf lange Sicht. Sie sagt denen, die vielfach nur schlecht essen und erbärmlich wohnen, nicht erst lange, daß sie unsittlich seien und behütet werden sollen vor Schmutz und Schund. Sie sorgt für Erleichterungen im Leben einer bei weitem überanstrengten Jugend. Sie mildert den viel zu frühen Lebenskampf. Sie versittlicht das Dasein der Gesellschaft selbst, nicht bloß den Lesestoff. Soviel Sinn für sittlichen Anstand hat sie ihrerseits. Sie fühlt, daß ein Schmutz- und Schundgesetz barer Hohn auf die gegebene Wirklichkeit ist.

Demokratie begegnet den Schäden des Volkes ebenso sehr auf sozialem Wege wie auf kulturellem. Sie ist human und verbreitet einen neuen Humanismus, die Vereinheitlichung der Volksbildung, die gleichmäßige Ausbildung von Geist, Seele und Körper. Der preußische Minister für Volksbildung, Becker, schreibt über seine Reformen: »Eine einheitliche Schule für alle Kinder unseres Volkes – sie ist geschaffen durch die Grundschule; ein Weg von der Volksschule zur Höheren Schule und Hochschule auch noch nach den Grundschuljahren – er ist gegeben durch die Aufbauschule, die begabte Volksschulkinder nach siebenjährigem Volksschulbesuch in sechs Jahren zur Hochschulreife führt; endlich eine innere Verbindung zwischen der Volksschule und der Höheren Schule – diese wichtigste Überbrückung der Kluft zwischen Volksbildung und höherer Bildung ist das Ziel der Reform unserer Lehrerbildung.«

Dies, und nur dies ist das tiefgreifende geistige Mittel gegen Verflachung, wie auch gegen Verfall. Denn warum nur die erziehen wollen, die Schlechtes lesen? Nicht auch die zahlreichen, die gar nicht lesen? Das zeitweilige Übermaß der Leibesübungen richtigstellen, den Menschen harmonisch werden lassen, den Abgrund ausfüllen zwischen Unwissenden und denen, die ausschließlich Intellekt sind – alles dies versittlicht, und für schlechte Lektüre ist kein Raum mehr im Leben eines geistig gehobenen Volkes.

Ein schöpferisches Verfahren, wie es der Minister Bekker befolgt und empfiehlt, ist unfruchtbaren Verboten vorzuziehen, nicht nur weil es den Zweck auf die Dauer erreicht, den Verbote immer verfehlen; es erhöht auch ein Volk in seiner Würde, indes Verbote es nur erniedrigen. Das Gesetz gegen Schmutz und Schund demütigt die gesamte Literatur Deutschlands, die es unter Aufsicht stellt. Das wäre noch nichts. Aber es mißachtet auch die Würde des Volkes selbst.

IV. Letzte Warnung

Das sogenannte »Gesetz zur Bewahrung der Jugend vor Schmutz- und Schundschriften« steht vor der Verabschiedung. Eine Mehrheit im Reichstag soll bereit sein, es zu beschließen. Diese Mehrheit besteht nicht durchweg aus Republikanern. Sie wird auch nicht nur von Gegnern der Republik gebildet. Unter den Gegnern der Republik sind zweifellos Männer, denen überlieferte Kultur verbietet, die Freiheit geistigen Schaffens anzutasten. Viele Republikaner werden ihrerseits davor zurückschrecken, die Republik schwächen zu helfen in ihrer innersten Stellung. Denn das tiefste Recht der Republik steht genau so lange fest, als sie mit den Gedanken der öffentlichen Geister übereinstimmt und sie nicht fürchtet.

Die Anhänger des Gesetzes sind untereinander verschieden, am unbegreiflichsten handeln jene, die es wört-

Abend-Ausgabe

Berliner Tageblatt und Handels-Zeitung

Nr. 526

Sonnabend, 6. November 1926

Letzte Warnung.

Von Heinrich Mann.

Das Doppelspiel Garibaldis.

Die Gelder der Faschisten.

Beschlüsse des faschistischen Großrates.

Der Putschversuch bei Perpignan.

lich nehmen und wirklich glauben, es könne die Jugend bewahren. Andere verfolgen doch klare Ziele, sie wollen gewisse Machtstellungen stärken. Sie erkennen den unvergleichlichen Wert der Erziehung, für jeden, der im Staat herrschen will. Sie wissen, daß die Entscheidung darüber, was im Lande gelesen werden darf, ihnen auf die Dauer alle Köpfe des Landes sichert, nicht weniger die schon erwachsenen Köpfe als die erst heranwachsenden. Wer dies noch nicht weiß und jeden wirtschaftlichen Gegenstand für wichtiger hält als diesen kulturellen, wird nicht, wie er erwartet, in Nebensachen, er wird machtpolitisch im Nachteil sein.

Die Gleichgültigen sind betrogen, die Gutgläubigen nicht weniger. Das beabsichtigte Gesetz nützt nichts. Es ist untauglich zur Besserung einer armen Jugend, die in Massenquartieren haust und über alle Laster vom Elend mehr belehrt wird, als die schlechtesten Bücher es könnten. Baut ihr doch Wohnungen! Versittlicht doch das Leben selbst! Aus Büchern erwirbt jeder nur das, worauf seine Lebensbedingungen ihn vorbereiten. Dem einen gibt auch das reinste Buch nur Schmutz. Der andere liest selbst das unwürdigste ohne Schaden.

Wozu das Gesetz? An dieser Stelle hat Karl Bulcke, Schriftsteller und Jurist, bewiesen, daß alles, was es zu wollen vorgibt, in den gesetzlichen Bestimmungen über den Kolportagebuchhandel längst enthalten ist.

Wozu das Gesetz? Es soll einen Wunsch der Weimarer Verfassung erfüllen. Dieselbe Verfassung verbürgt Freiheit des geistigen und künstlerischen Schaffens. Wenn wirklich zwei Sätze der Verfassung einander widersprechen, die Republik schuldet es sich, den einfach hochherzigen zu wählen, nicht den zweideutigen.

Wie immer sie wählt, es wird ihr nie vergessen werden. Alle Organisationen des geistigen Lebens, die gegen das Gesetz protestiert haben, werden einem Staat, der es rechtzeitig fallen läßt, die Achtung erwidern. Geistige Arbeiter, die diesem Staat leider noch nichts zu danken hatten, werden es ihm vergelten, daß er sie verschont, ja, auf ihre Seite tritt.

Handelt er aber gegen sie, nimmt ihnen, den wirtschaftlich Gequältesten, auch noch Recht und Würde ihres Berufes, stellt sie unter Aufsicht, – weiß dieser Staat dann eigentlich, wen er gegen sich aufbringt? Der Schriftsteller ist Führer jeder Demokratie, auch der unvollständigen. Sein Einfluß begleitet das öffentliche Geschehen, sonst wäre es Interessen preisgegeben. Er ist unentbehrlich. Sein Rang steigt mit der Freiheit eines Volkes. Dies und nichts anderes besiegelt die Republik Preußen, wenn sie ihre Akademie der Künste erweitert durch eine Sektion für literarische Kunst.

Die neuen Akademiker haben Auftrag vom Staat, Ansehen und Macht ihres Standes zu vertreten und zu behaupten. Angesichts dessen plant das Reich ein Gesetz, das die Zensur einführt. Es ist barer Anachronismus, seine Einsichtslosigkeit erschreckt. Wie? Schrift- und Dichtwerke, die irgend eine dem Geist verfeindete Prüfungsstelle für Schmutz und Schund erklärt, sollen schlankweg und insgeheim verboten werden? Der Verfasser nicht gehört, die Öffentlichkeit nicht gefragt? Vertreter der Kirchen sollen die ersten sein, mitzusprechen in den Zensurbehörden, kein Freund der Literatur, kein geistig Ausgezeichneter muß dabei sein? Noch mehr, das reaktionärste der Länder darf verbieten, was ihm mißfällt, dann gilt es für das Reich? So will das Reich selbst?

Das Reich wird sich wundern. Verbotene Schriften werden öffentlich verlesen werden von solchen, die mehr die Bedrückung ihres Gewissens als das Gefängnis scheuen. Dem Reich, seiner Regierung, seinen Abgeordneten liegt wohl viel daran, der Welt ein Schauspiel zu geben mit deutschen Gewissenskämpfern, die sich einsperren lassen? Noch andere Schauspiele bereiten sich vor. Denn auf der Musterkarte der Länder findet sich zweifellos auch ein radikales, das seinerseits die rechtsgerichtete Literatur, alles, was drüben sittlich heißt, frischweg verböte.

Die Parteien würden einander mit Verboten bekämpfen, ihr Haß hätte ausgiebige Nahrung, denn jetzt wäre es offener Kulturhaß. Das geistige Leben würde freilich leidenschaftlichere Teilnahme finden als letzthin üblich, aber das Reich sollte hierfür freundlichere Mittel ergreifen als dieses.

Das Reich mit seiner Oberprüfstelle wird wehrlos sein gegen den selbsterregten Haß. Die Länder haben ihm schon beim *Potemkin* nicht alle gehorcht, und welch ein aufgebauschter Anlaß war der Film, verglichen mit Werten, die künftig in Frage ständen!

Es ist nie gut, nie nützlich, Geisteswerte in Frage zu stellen. Man sollte sie nicht denen ausliefern, die ohnehin im Verdacht stehen, gerade dort nach Schmutz und Schund zu suchen, wo andere Wahrheit und Sittlichkeit erblicken. Die deutsche Republik will doch wohl sittlich und wahr sein. Sie steht aber in Gefahr, sich geistig letzten Endes denen zu unterwerfen, die auch sie selbst im Grunde für Schmutz und Schund halten.

Der Bubikopf

Alle wissen, daß er nicht nur hübsch, auch praktisch ist. Er entspricht dem kurzen Rock. Diesen trugen freilich schon die Damen vor hundert Jahren, aber ihre Haare ließen sie trotzdem lang und hoch aufgetürmt. Denn jene Damen bewegten sich weniger gern und weniger stark als die von heute, der Sport war noch schüchtern, ihre Haare störten sie nicht. Auch blieb ihnen mehr Zeit für die Frisur, nur wenige arbeiteten.

Kurze Haare durften nicht ausbleiben, nachdem die Figur der Dame knabenhaft geworden war. Hievon abgesehen läßt sich damit besser sowohl tanzen und Sport treiben wie auch in Fabriken arbeiten. Haben etwa kühne Schwimmerinnen und die Filmsterne, die mit Apachen kämpften, sich als erste die Haare geschnitten, dann jedenfalls ganz im Sinne der Industriearbeiterin, deren Haare von der Arbeit so staubig werden. Die Erfindung kommt allen gelegen. Es gibt etwas, worin jede wie die Arbeiterin und jede wie die Dame denkt.

Den Männern gefällt die kurze Haartracht, aber sie sind nicht gefragt worden. Unweigerlich wird ihnen die Frau in eben der Gestalt am meisten zusagen, die das gerade geltende Übereinkommen ihnen vorstellt. Sie, die fast ganz im Gedränge des Erwerbes leben, hängen von dem gerade geltenden Übereinkommen noch viel enger ab als die Frauen. Sie werden nicht widersprechen, sie werden sich doch das Leben nicht noch schwerer machen. Wollte jeder seiner eigenen Neigung folgen, wären hier und da vielleicht Überraschungen zu befürchten. Aber sie hüten sich, auffallenden Neigungen, deren Dasein nicht einmal feststeht, erst lange nachzuforschen.

Die Männer haben sich, wie immer mit allem, auch befreundet mit den kurzen Haaren und Röcken, den leichten Gestalten, mit der neuen Erscheinung der körperlich tätigen Frau. Aber im Grunde merkten sie es kaum, denn die Frau verwandelte sich vor ihren Blicken nicht anders als letzthin alle anderen Formen, einbegriffen sie selbst. So sind sie selbst im Verlauf der schwierigen Zeiten, die sie mitmachen mußten, notgedrungen immer schlanker geworden. Damals wurden es erstlich auch ihre Frauen. Die gegebenen Verhältnisse aber bestimmen mit Recht, was schön ist. Seit zwölf Jahren wollen die gegebenen Verhältnisse vor allem Umtrieb, machtvolle Bewegung, und in Ermangelung der machtvollen wenigstens Bewegung. Auf keinen Fall wollen sie Behagen, auch nicht Gestalten, die Behagen atmen. Gestalten sollen biegsam, nur Muskel, besonders aber leichtfüßig sein, sie sollen in jeder Hinsicht taugen für die zahlreichen Leibesübungen, aus denen der Tag und der Abend bestehen.

Der Tanz, wenigstens die Religion des Tanzes ist aus dem Krieg hervorgegangen. Es wäre auch merkwürdig, wenn Philosophie daraus hervorgegangen wäre. Der Tanz erlaubte den jungen Männern, die des Sitzens entwöhnt waren, auf den Beinen zu bleiben, und er gewährte den Vorteil, sie in einer wirklich geliebten, allen ihren Neigungen und Fähigkeiten entsprechenden Betätigung mit den Frauen zu vereinigen.

In der dichtbesetzten Halle eines Hotelpalastes ist Tanz-Wettbewerb. Die Paare treten inmitten an, stolz bescheiden wie Epheben des alten Olympia, vor allem aber ernst. Heiliger Ernst verklärt die erhobenen Gesichter, kein überflüssiger Haarschmuck verkleidet ihre strenge Magerkeit. Die Gestalten strecken sich ehrgeizig, undenkbar wären Weichheit und Gewährenlassen. Sie sind erfüllt von Verantwortung für die ganze Zeitgenossenschaft, die nicht nur hier in der Halle auf sie blickt. Öffentlichkeit und Mitwelt schwingen draußen mit, denn ihr Erkennungszeichen ist Sport und sein allgemein menschlichster Ausdruck der Tanz.

Das Paar, das in dem Wettbewerb siegen wird, ist von vornherein das gestreckteste, meistbeherrschte, verantwortungsvollste. Auf dieses Paar blicken alle. Es tanzt. Die Jazz-Band stellt sich verrückt, aber die beiden jungen Menschen machen ihre Schritte, als spielten sie Schach. Sie setzen die Füße haargenau, sie halten sich, schreiten, vollführen jähe Drehungen mit solcher Einmütigkeit, als liefe durch sie derselbe Strom. Es kommt vor, daß sie zittern, von oben bis unten zittern und beben wie elektrisiert – dann aber sicher nicht, weil ihnen so zumut wäre. Sie zittern, weil vielleicht fernen Negern so zumut gewesen ist. Sie selbst beschreiben untadelige Tanzfiguren, immer mit ihren Gesichtern voll technischer Verantwortung. Sie sind Meister und werden ausgezeichnet.

Sollte das Innenleben dieses Tanzpaares weniger beträchtlich als ihr motorisches sein, so ist gerade zu betonen, daß Innenleben niemals die Geschlechter so einen kann wie äußere Bewegung, und daß auch nur äußere Bewegung allen wirklich einleuchtet. Bei geistig-seelischen Moden ist immer viel Heuchelei. Vor hundert Jahren vereinigte man sich zum Vortrag von Gedichten, die weltschmerzlicher Art waren. Man spielte Harfe, womöglich unter Trauerweiden. Damen und Herren zeigten einander nur noch die hierzu passenden Mienen, ob ihnen danach war oder nicht. Waren sie dann aber allein, müssen sie zur Entschädigung sich wohl manchmal vor Lachen ausgeschüttet haben – wenigstens die Damen. Die Herren glauben gleich alles.

Im Technisch-Motorischen gibt es nichts zu lachen. Getanzt hat man wirklich, das Auto bleibt eine Tatsache, die Sportbilder auf jeder Vorderseite jeder illustrierten Zeitung sind Allgemeingut. Das junge Mädchen ist befähigt, mit dem jungen Mann sich in Gespräche einzulassen wie zwei Garagenbesitzer. Das ist Gemeinschaft – zweifellos ernstere als gewöhnlich die reinen Seelengemeinschaften. Außerdem wird sie auf diesem Wege doch auch seelisch. Durch das Motorische verbunden, erwirbt man ein gemeinsames Lebensgefühl und dieselbe Meinung über das, was sein soll. In der Welt soll es bewegt zugehen. Da aber nur Jugend sich ausgiebig bewegt, soll es jung zugehen. Hierin verstehen sich die Geschlechter, solange beide jung sind. Nicht alle Tennisspielerinnen haben das Temperament der Lenglen, die hungrig nach noch mehr Sprüngen zu den Fascisten lief. Aber sie könnten sie wohl verstehen.

Auch die George Sand wurde einmal von den Frauen verstanden, nur nicht von so vielen. Suzanne Lenglen ist die weiter Verbreitete, das Körperliche ist nun einmal verbreiteter. Ihr Ruhm geht alle an, er schmeichelt den Frauen und er kränkt die Männer nicht, obwohl sie besser kann, was auch Männer können. Im Gegenteil, dies stellt Freundschaft her. In dem allseitigen Haß, der schon so lange die Welt durchtobt, bleibt als Gewinn, daß die Geschlechter sich über die Zwecke der Natur hinaus in manchem befreundet haben.

Die einstigen »Emanzipierten« taten Unrecht, sich mit dem Mann als Feinde zu messen, noch dazu auf Gebieten, wo die Natur es ihm leicht macht. Beim Tennis aber können sie siegen. Und Tennis ist nur ein Gleichnis, sie können im Erwerb und überall siegen. Die Lenglen wäre sogar häßlich, aber ihr Mut ist so frisch, daß niemand es sieht. Ihre Haare und ihr Röckchen stören sie nicht beim Springen. Sie hat einen unfehlbaren Blick, ihr Körper aber die Leichtigkeit eines Blickes. Sie ist im Flug überall, sie füllt das Feld und die Welt.

Sie ist in der Welt, die wir erleiden, ein Beispiel menschlicher Unbeirrbarkeit und darum schön. Allein schon darum seid auch ihr es, so viele von euch den Bubikopf hochtragen.

Sie reichen sich die Hände

Barbarische Tatsachen gibt es jetzt viele; sie liegen zutage vor allem auf dem sozialen Gebiet. Nicht auch auf dem der Geschlechter? Den Kampf der beiden Geschlechter hat Natur doch gewollt, noch bevor sie den wirtschaftlichen Kampf wollte. Die Schlacht von Mann und Frau müßte hochgehen in einer Zeit, die Humanität schon längst nicht mehr erblickt hatte und kaum erst wieder schmerzlich nach ihr ausspäht. Das Merkwürdige aber ist, daß die Geschlechter sich heute besser vertragen als in manchem anderen Augenblick. Die Damen der Romantik oder die Frauenrechtlerinnen von 1890 sahen den Mann unvergleichlich feindlicher an. Der Mann wieder hat in Epochen, als er philosophierte, über die Frau viel Tieferes, viel Schlimmeres erfühlt. Bei Maupassant, einem Herrn der guten Gesellschaft, ist die Frau geradezu von anderer Rasse, unerforschlich und drohend, die tiefste, immer gegenwärtige Gefahr des Mannes. Wer kennt das heute? So verwickelt ist man nicht.

Es kommt jetzt vor, daß ein alter Agent, der keine Kunden mehr findet, dem jungen Mädchen, das ihn verdrängt hat, Vitriol in das viel zu hübsche Gesicht gießt. Dies ist ein sehr heutiger Ausdruck des Geschlechtshasses. Die Frau muß zuerst geschäftlich erfolgreicher sein, dann fällt es jemandem ein, sie auch als Frau zu hassen. Sozialer und Geschlechtshaß ergänzen sich, sie sind nahe daran, sich zu bedingen. Andererseits befreunden sich die Geschlechter auf sozialem Wege. Da ist die neubürgerliche Einrichtung des Vor- oder Eintänzers. Beste Familien legen ihre

Frauen und Töchter vertrauensvoll in die Arme eines jungen Mannes von oft bescheidener Herkunft. Können beide nur tanzen, dann stimmt es. Ein richtiges Tanzpaar verkörpert jenseits sozialer Abstände das genaueste Zusammenspiel und die vollkommenste Übereinstimmung, die beide Geschlechter jemals verwirklichen können.

Das gewandte Paar vollführt inmitten der Halle seine wohlberechneten Übungen, als ob es Schach spielte. Die Zuschauer können nichts dahinter vermuten. Übrigens wird der Mann bezahlt, – welchen Grund hätte die Dame, ihn nicht unbefangen anzusprechen, während sie tanzen? Er ist zufällig ein junger Franzose; in dieser Rolle ohne eigene Bedeutung gefällt er sich nicht, er sucht sie baldigst zu verbessern. Vor vier Wochen, so überlegt er während der Dauer eines Schrittes, war ich noch Kellner, diese Gans würde mich nicht angesehen haben. Jetzt ist ihr Mund keine drei Zentimeter von meinem weg. Die fremden Weiber sind so dumm. Nur Mut! »Wie ich heiße?« antwortet er. »Ich heiße Molière, ich habe den *Eingebildeten Kranken* geschrieben.« – »Ach! So etwas dachte ich mir gleich«, sagt die Dame. Jetzt fühlt er sich auf ihrer Höhe, sie aber ist glücklich, ihn anerkennen zu dürfen. Welch ein freundlicher Vorgang!

Es kommt darauf an, geistig nicht überlastet, körperlich aber in Form zu sein, das bewirkt bessere Beziehungen der Geschlechter, ja, sogar der Klassen. Söhne des Volkes werden dank sportlichen Leistungen zu sozialen Mächten auch in den Augen der Besitzenden. Die Popularität vereinigt reich und arm, der Industriefürst muß mit dem Schwimmer gehen. Das ist neu und wertvoll. Angenommen, der gebildete Reiche von 1880 hätte in seiner illustrierten Zeitung statt Denkerköpfe und Monarchen alle diese nackten Muskeln erblickt. Das Befremden! Die Verachtung! Damals ließ der Erwerbende neben sich selbst nur noch den Denkenden zu, jetzt den Starken. Einst hieß es Bildung und Besitz, jetzt muß es heißen Besitz und Kraft.

Die Knaben und die Mädchen gleichen, soviel irgend erlaubt ist, ihre Körperkräfte einander an. Ist dies möglich geworden, weil die einen stärker als einst, die anderen jetzt schwächer sind? Diese Knaben! Wer weiß, ob sie soviel Sport aus Überschüssen an Kraft treiben, oder ob sie im Gegenteil die Kräfte, die ihre Väter durch Krieg vergeudet haben, erst wieder hereinbringen müssen. Von den Mädchen ist anzunehmen, sie leisteten durchschnittlich mehr als ihre Mütter. Ein Vater erwähnte neulich, daß seine Tochter eine Übung macht, die in einer ehemaligen Armee nur wenige Offiziere konnten. Körperlicher Wettbewerb der Geschlechter nun schließt gemeinhin Feindschaft aus. Anders als geistige Rivalität, die meistens trennt, ist er die beste Gelegenheit, Freunde zu werden. Die gemeinsamen Leibesübungen stellen innerhalb dieser Jugend gemischte Freundschaften her, die wohl nicht tief gehen, die meinetwegen auf Verkennung des anderen Geschlechtes fußen, die eher Waffenstillstand als Friede sind. Aber die Plattform ist gefunden, auf der man wenigstens nicht mehr kämpft, sondern den Kampf nur spielt. Der Sport ist doch sowohl international wie friedlich. Er lehrt Geschlechter wie Nationen, miteinander gütlich auszukommen. Er war offenbar das einzige verfügbare Auskunftsmittel der Jungen in der verfahrenen, unwirtlichen Welt, wohinein ihre Väter sie gestellt hatten.

Niemand wird glauben, daß diese Jungen diesen Alten besonders dankbar sind. Sie haben die offene Befeindung der Alten in den meisten Ländern schon wieder aufgegeben, nur ihre innere Haltung steht fest. Es könnte sogar sein, daß die Jugend beider Geschlechter vor allem zusammensteht gegen die Alten; hier wäre der tiefste Grund ihrer Freundschaft... Hinzu kommt aber die neue Skepsis der Mädchen hinsichtlich des Mannes, – der bis vor kurzem ganz allein die Führung hatte. Sie sahen, mit welchem Erfolg. Für sie sind nicht nur die Alten bezweifelbar, nein, der Mann überhaupt. Was sollen diese Mädchen ganz im Grunde von ihren Freunden halten – von allen, den jüngsten, die erst während der Ereignisse heranwuchsen, den etwas älteren, die schon mit dabei waren? Sie hegen keine übertriebene Achtung, dies dürfte die Wahrheit sein. Solch ein Aufschwung der Mädchen war doch nur möglich, weil sie es sich endlich getraut haben – infolge verminderter Achtung vor dem Mann. Von seinen Leibesübungen denken sie: »Da können wir auch noch mit.« Seine geistige Höhe aber kann sie nicht abschrecken. »Von Fliegen und Radio reden wir sowieso.«

Geistige Kameradschaft ist nicht weniger gegeben als sportliche, als berufliche. Man arbeitet in denselben Fabriken und Büros, hat dieselben technisch-motorischen Interessen, läßt gemeinsam die Theater leerstehen und liest nicht viel. Das ganze sieht aus wie ein großer Versuch zur Regeneration dieses Weltteils, – der es brauchen kann. Noch ist nicht sicher, daß wir Europäer unverwandt und endgültig auf amerikanische Entgeistung hinzielen. Wir haben alte Gewohnheiten, die wieder aufleben können. Dies junge Geschlecht aber übt nicht nur sein gutes Recht aus, wenn es vorwiegend körperlich lebt, es erfüllt sogar die höhere Pflicht der Stunde – voran die Frau. Sie leistet tennisspielend ihre Wehrpflicht zur Wiedererstarkung eines einst herrschenden Weltteils, im Grunde eine romantische Sendung und ihrer würdig.

Für Regeneration ist Gesundheit wichtig, Moral wird leicht übersehen. Was wirft man aber diesen Kindern vor? Sie haben, solange sie da sind, von Humanität nur wenig bemerkt, und sie mußten erbarmungslos gleich anfangs Geld verdienen, was oftmals heute nach Atem ringen heißt. Vor Menschenleben gehen zu ihrer Zeit bei weitem Geldinteressen. Der Mensch steht niedrig im Preis, er braucht seine Kraft, sich gegen alle Gefahren des Lebens zu verteidigen, keineswegs für Genüsse. Viel eher müssen seine Vergnügungen ihm noch Kraft eintragen, als daß er Kraft an sie verschwendete. Die tugendhaften Gesetzgeber, die eine solche Jugend gegen Verführungen sichern möchten, wissen nichts. Diese Jugend ist trotz allen äußeren Lockerungen und mancher Prahlerei wahrscheinlich die gehaltenste, mit sich selbst geizigste, die seit langem da war.

Freilich leben die Wesen höchst unbefangen durcheinander. Verdacht erregt auch ihre sonderbare Ähnlichkeit. Diese Mädchen sind angezogen fast wie die Knaben, die Haare beider sind gleich lang. Da jedes sich bewegt und denkt wie das andere, haben die beiden Geschlechter schon bald dieselben Gesichter, und ihre Körper unterscheiden sich nur im Unumgänglichsten. Was geschähe nun eigentlich viel, wenn sie sich überdies liebten? Sie tun es nicht in böser Absicht, sie tun es, weil sie auf der Welt keine anderen Freunde haben. Jung, wie sie sind, müssen sie einander schon trösten. Sie verwechseln Liebe und Kameradschaft. Manchmal verwechseln sie wohl auch das Geschlecht der Kameraden. Aber trotz sittlicher Gleichgültigkeit sind sie nicht lasterhaft; sie sind nicht die, bei denen der Gedanke die Tat zur Schuld macht. Denn erfreulicherweise denken sie nicht.

Sie haben wenig Neugier, nur das Notdürftigste von Phantasie und keinen Drang in die Tiefe oder über vernünftiges Maß. Sie sind gründlich undämonisch und sich selbst kein ernstes Problem. »Wir sind jung!«, was sie so gern betonen, ist Ausruf, nicht Frage. Wie wunderbar harmlos erhalten sich die Wesen in allen Schrecken dieser langen Jahre! Man beachte nur einfach die Musik, nach der sie tanzen. Es ist komisches Mißgetön, entlehnt von den naivsten Rassen der Erde. Sie aber empfinden keine Parodie, sie nehmen es ernst. Das Mißgetön ist ihnen Sphärengesang, es läßt, schlicht und bewegungsfreudig wie es ist, beiläufig ihr eigenes Weltgefühl erklingen. So ist es, sie können nichts dafür und sind noch sehr zu loben.

Sind sie glücklich? Man fragt nach dem Zustand, den Schicksalen dieser Jungen wie nach fernen Abenteuern. Zwischen den Älteren und ihnen fehlen so viele, ein Abgrund ist entstanden. Aber ich glaube, daß sie glücklich sind – viel glücklicher als ehemals Junge, die sich Problem waren, die weniger Welt, mehr Tiefe suchten, und die an der Frau litten. Trotz allem äußeren Durcheinander haben diese jungen Leute ihr Leben innerlich vereinfacht. Sie taten es notgedrungen, aber mit Talent. Dank ihrer Vereinfachung sind sie dem anderen Geschlecht entgegen- und nahegekommen, das ist ihr größter Erfolg. Man beklage doch nicht den weiblichen Aufstieg, die Entmachtung des Mannes. Das ist kein Gewaltstreich, das früher stärkere Geschlecht sieht bisher nur Vorteile. Erreicht ist im Krieg der Geschlechter der Punkt, auf dem man sich die Hände reicht.

Nachher kommt es wieder anders. Einer unterliegt wieder, aber dann herrscht nicht mehr Sport, der harmlos ist. Dann herrscht, unendlich weniger unschuldig, der Geist, seine Bosheit, sein Ernst. Der Strengste darf vielgeprüften Menschenkindern die Atempause nicht verübeln. Der größte Pessimist, der diese Körper so munter spielen sieht, muß zugeben, das Leben der Leiber auf Erden sei höchstens traurig, indes das Leben der Geister tragisch ist.

Uns gemeinsam erinnern

Ein junger französischer Autor hat mir ein Buch gewidmet. Ich mache mir klar, daß Henri Poulaille Mut beweist. Er ist gewiß einer der ersten, die einen deutschen Namen vor ihren Roman setzten, und auch deutsche Autoren haben wohl noch wenig französische darauf geschrieben.

Neben der hocherzigen Kundgebung, auf die es ihm ankam, wollte er seine Sympathie gerade dem Verfasser des *Untertan* bekunden. Er hält meinen Roman für revolutionär, vielleicht auch für proletarisch. Denn Henri Poulaille ist Sozialist. Deutsche Sozialisten freilich versäumen niemals, mir vorzuhalten, daß ich bürgerlicher Herkunft und Denkart, von der proletarischen Welt aber für immer getrennt bin. Dann kann ich nur wünschen, daß die proletarische Welt zu mir findet, und in der Person des jungen Poulaille tut sie es.

Er selbst verhehlt niemals, daß er zum Volk gehört, daß er wohnt wie ein Arbeiter und es nicht leichter hat im Leben, als die große Mehrzahl. Übrigens ist die Haltung seines Romans proletarisch, niemand darin hat einen Gedanken, der aus der Welt der Gedrückten herausfiele. Die Anschauungen und Ziele der Reichen sind nicht vorhanden. Diese Welt ist geschlossen, sogar der Autor hat den Ausgang vergessen.

L'enfantement de la paix beginnt mit dem Waffenstillstand 1918. Die Soldaten, die zuerst auftreten, können anfangs ihr Glück kaum fassen. Dann werden sie übermütig wie Kinder, ihnen ist ein zweites Leben geschenkt. Inzwischen warten die Arbeiter der Stadt gespannt auf die

Rückkehr der demobilisierten Genossen. Jene haben ihnen gefehlt, hier waren sie zu wenige... Nun aber die Soldaten nacheinander zurückkehren, sind es zu viele. Die ersten bekommen noch Arbeit, das trennt sie innerlich von den abgewiesenen Nachzüglern. Die Klasse hält im Grunde nicht mehr zusammen. Gutbezahlte Spezialisten, ungelernte Arbeiter, endlich Arbeitslose, alle bekennen noch denselben Glauben, ihr Reich werde kommen. Wessen Reich? Die einen würden gewinnen, die anderen könnten nur verlieren. Die Mehrzahl aber ist durch die Leiden des Krieges gar nicht tatkräftiger geworden, eher bescheidener. Nicht besser leben, nur leben, das ist schon ein Fortschritt gegen den Zustand im Krieg, als die Aufgabe zu sterben war.

Sie arbeiten billiger als vorher – und hatten doch geglaubt, durch die gebrachten Opfer höhere Rechte zu erwerben. Sie erlernen aufs neue Geduld. Bald sogar vergessen sie, das ist das Schlimmste... So verläuft in diesem Roman die bisher letzte Tragödie des Proletariats. Gestaltet ist sie einfach und mit Kraft. Der natürlichen Energie, mit der seine Personen sich äußern, entspricht der knappe Bericht des Autors. Die Person im Vordergrund – nicht Held, nur am weitesten im Vordergrund – ist von Charakter zornig, um so ergreifender wirkt dies schrittweise Weichen, Nachlassen, zum Schluß der halbe Verrat.

Wie sollte es anders enden? Magneux kam von der Front noch voll Hoffnung für die Sache des Volkes, voll kampfgewohnter Entschlossenheit. Zuerst wehrte er sich gegen das Unglück noch heftig. Die trostlosen Abenteuer des Arbeitslosen lehrten allmählich auch ihn, nur noch an sich zu denken. In diesem Abschnitt erbitterte es ihn sogar, daß ein Geduldiger weiter »die Stunde« erwartete. Wenn doch sogar der erste Mai erfolglos verlaufen und in Deutschland die Revolution schon aufgehalten war! Wozu noch reden und sich vertrösten. »Dann sind wir verschiedener Meinung«, sagt der Freund. »Auf Wiedersehen.« Denn der proletarische Verkehr ist kurz angebunden. Magneux aber bekommt seine Frau zurück, die ihn verlassen hatte, als er noch die ungebundene Natur war. Auch seine Stellung hat sich verbessert, jetzt beginnt das private Glück, worin die höheren Ansprüche untergehen. Inmitten des Volksfestes, am 14. Juli 1919, ist Magneux sich bewußt geworden, daß er auf alles pfeift, besonders auf die anderen, und daß im Gewühl ringsum noch fünfzigtausend wie er auf alles und auf alle pfeifen.

Zu solchem bitteren Ergebnis kommen jetzt viele Bücher, es müssen nicht proletarische sein. Das Klassengefühl bietet im Grunde nur die Gelegenheit, bitter zu sein. Man wäre es aber auch als Mensch. Man ist es gerade als Mensch. Man hat nämlich erstens so erregende Zeiten mitgemacht, daß eine flaue notwendig folgen mußte, es ist durch unsere Natur bedingt; und zweitens sah man die Moral nicht gerade triumphieren, den Glauben an die Menschen nicht gerade bekräftigt. Da ist ein anderes bezeichnendes Buch, *L'abordage* von Albert Touchard – kein Proletarier, aber ein Intellektueller, was einem zufriedenen Weltgefühl noch abträglicher ist. Der Krieg hat ihn als Offizier gelehrt, daß der geistige Mensch, der sich unter die einfachen Leute mischt, für alle seine Liebe nur Haß empfängt; daß Fremdheit, Eigennutz und Verfall das Wesen einer Gesellschaft sind, die den Aufschwung der Seelen nur als Zwischenfall kennt. Allein Mitleid bleibt möglich.

Das war ein Ton, der auch deutsche Nachkriegsbücher vielfach beherrscht hat. Sie gleichen, wenn ich nicht irre, ebenso oft dem Roman von Touchard, der auf Verbesserung seiner menschlichen Lage verzichtet, wie dem von Poulaille, der standhält und den Verzicht der Menge beklagt. Unsere ersten Dichtungen des Krieges waren vom Typ der Novelle *Franta Zlin* von Ernst Weiß, Geschichte eines Krüppels mit zerstörtem Geschlecht, hoffnungslose Wildnis von Greueln und von Schmerz. Dann folgte bei anderen Autoren die Anklage – gegen wen? Nur der Mensch schlechthin konnte im Grunde gemeint sein von jener literarischen Jugend. Sie klagte aber, wie Franz Werfel in seinem Roman *Nicht der Mörder, der Ermordete ist schuldig!* als Jugend gegen das Alter. Die große Strenge der Jungen hat einige Jahre gedauert. Sie war im Tiefsten unberechtigt. Würden denn die Jungen an Stelle der Alten sich selbst und die Ereignisse beherrscht haben? Das Gegenteil ward bewiesen von jenen Jungen, deren nächste Stufe schon wieder der alte Nationalismus war. Er nennt sich nur anders und macht ein Gesicht, wie neugeboren.

So sind nicht alle. Auch bei uns wird, von Jungen und von Älteren, an den menschlichen Lehren des vergangenen Unheils weitergebaut. Es ist schwer, es wird weniger leicht fertig als bloße Anklagen. Noch konnten für die Obdachlosen nicht genug Häuser errichtet werden, der Aufbau von Seelen aber kostet mehr. Ich gründe meine Hoffnungen besonders auf schlechtgedruckte Broschüren oder ganz ungedruckte Handschriften, die mir in die Hände fallen. Dort spricht aus einem Unbekannten, den keine Öffentlichkeit für sich beansprucht, allein sein Bedürfnis nach Klarheit, nach Bereinigung erlebter Schicksale. Revolutionärer Bergmann oder schüchterner Arbeitsloser aus dem Kaufmannsberuf, sie stehen nur für sich ein – aber gerade darum für Ungezählte ihresgleichen. Ich versichere, daß hier nicht auf zweiflerische Art mit der Welt gefackelt wird. Sie hat hier Zweck und Ziel. Sie will erobert sein. Diese Armen wissen, daß sie stark bleiben müssen, um bei so vielen Gefahren noch zu bestehen. Sie erfühlen sich und die Welt einzig als Kämpfende. Solche Geisteshaltung verspräche der Literatur manches, wenn sie nicht dem Leben noch mehr verspräche.

Zugegeben, daß die Geisteshaltung des Kämpfenden

nicht jedermanns Sache ist. Wer dem Kampf ausweicht, kommt zum Erfolg unter Umständen früher. Eine Literatur wird dornig durch das Eindringen sozialer Ansprüche, ja, schon durch Aufschlüsse über gewisse Zusammenhänge. Sittlichen Fragen öffnet sich ohnehin der Sinn nur schwer, wenn Unrecht leiden und tun nun schon wer weiß wie lange in einem hin geht. Nicht von Verantwortung zu wissen, auch nicht bitter zu sein, wäre das beste, aber wie macht man das? Es gibt mehrere Haltungen. Ein Schriftsteller kann mit Nachdruck darauf bestehen, der ordnende Geist habe abgewirtschaftet schlechthin, nur Unordnung walte, bedenkenloses Handeln sei alles. Dies entspricht großen Richtungen und Bewegungen von heute. Man betont dann gern, vor allem müsse gelitten und gestorben werden, – was bekannt genug ist, aber es gefällt immer wieder, denn wer bezieht es ernstlich auf sich selbst... Ach! auch diese starke Gebärde, die in Deutschland so gut wie in Frankreich vorgeführt wird, dürfte nur umgewendete Seelennot sein... Dann kommen noch die Klassizisten vor. Sie stellen sich, als wäre in aller Welt nichts Besonderes geschehen oder als hätten sie selbst es restlos überwunden. Wenn harmonische Sprache ein Beweis wäre!

Nein, es handelt sich nicht darum, zu verleugnen, was vom Gedächtnis unserer vergangenen Irrtümer noch lebt, man soll es vielmehr erhalten. Wir Menschen haben keine Ausdauer und nicht genug Gedächtnis, dies verschuldet mehr als die Hälfte unserer Leiden. Nach manchen bewundernswerten Kämpfen um das Recht, um unsere Besserung und die Besserung der Welt stürzen wir uns jedesmal sehenden Auges in irgend eine abscheuliche Katastrophe. Wenig später aber haben wir alles vergessen. So geht es nicht vorwärts. Wir müssen lernen, uns zu erinnern – noch mehr an unsere Schande als an das Gute. In dem bei aller Einfachheit seltenen Buch von Henri Poulaille, dessen Widmung mich stolz macht, ist eine besonders merkwürdige Szene: ein Mensch aus der Menge liest fremden Leuten vor, was er im Krieg erlebte. Es soll nicht verloren gehen, nur darum wird hier einer Schriftsteller, ein Mensch aus der Menge von nicht einmal ganz sauberer Vergangenheit. Um uns zu reinigen, menschlich zu werden und aus Fremden Freunde, ist leichtsinniges Vergessen nicht der Weg. Sie, die dasselbe erlebten, sollen es nicht vergessen, er will es ihnen für immer einprägen, denn sonst kommt alles nochmals, sonst wiederholt sich dasselbe Unglück unaufhörlich. Einzig unser festes – gemeinsames – Gedenken kann es aufhalten und vielleicht beenden.

Die neuen Gebote

»Zehn Jahre an der Spitze stehen!« sagte einer der modernsten Autoren Frankreichs. Jeder irgend erdenkbare Erfolg schien ihm damit erschöpft, und wem nicht? Bemerkenswert, auch nicht mehr unbemerkt, ist der Verlust des Begriffes »Ruhm«. Wo ist er hin? Ein befristeter Erfolg, womöglich wieder einer, und nach dem letzten wahrscheinlich das Vergessenwerden: dies ist doch wohl das Gefühl der geistig Bemühten?

Der Ruhm war bürgerliche Romantik, er rechnete mit dem persönlichen Fortleben, mit dem standhaften Gedächtnis der Welt, der Gerechtigkeit der Nachwelt, vor allem aber mit der Dauer aller Dinge. Werden Welt und Nachwelt fragwürdig, fällt sofort auch der Ruhm weg. Die wenig gesicherte Lage beider macht das Ausharren bei literarischer Tätigkeit heute zu einer tapferen Haltung, falls es nicht bloßer Leichtsinn ist.

Zur Zeit der Bürgerwelt, die an sich glaubte, war sogar ihre Romantik eine gediegene Kapitalsanlage. Das Dichten in Dachkammern konnte schlechthin die Unsterblichkeit einbringen, die lebenslange, unverbrüchliche Arbeit am Wort aber den unbedingtesten Besitz, das Meisterwerk. Das war ein Wert, der sich gleichblieb durch die Zeiten, und Madame Bovary stand hart neben Homer.

Anfängern riet man: »Arbeiten Sie an Ihrem Buch x Jahre! Seien Sie rücksichtslos, seien Sie neu! Schreiben Sie für sich, nicht für andere! Sie sollen nicht hinabsteigen, Ihre Kraft muß die anderen zu Ihnen hinaufzwingen!« Was auch vorkam – nach fünfzehn Jahren. Solange dauerte es, aber sogar die Zeit, als nur Eingeweihte uns kannten, war ehrenvoll, ich weiß es. Sie war die ehrenvollste unserer Laufbahn.

Wer heute anfängt, spricht sogleich zu Läufern, Tänzern und Schwimmern, anstatt zu Eingeweihten. Als Leser hat er keine müßigen Gebildeten, fast keinen mehr, der das Schreiben unermeßlich hoch über das Boxen stellte, und bestimmt keinen, der ihn für die große Persönlichkeit hält. Will er trotz allem seine besonderen Wege gehen, allein mit einigen Auserwählten? Daran hindert schon die Geldfrage. Die geduldigen Verwirklicher literarischer Ideale hatten früher Renten, wenn noch so kleine.

Dem Jungen, der bei mir anfragt, sage ich: »Sie müssen Erfolg haben. Sind Sie aber imstande, die Welt nach Wunsch zu bedienen und dennoch mit sich selbst im reinen zu bleiben? Literarische Träume zu verwirklichen, und das bei gutem Absatz? Es kommt jetzt häufiger schon vor. Die Jüngeren sind natürlich angepaßt an die Bedingungen ihrer Zeit. Hoffentlich auch Sie. Ich hoffe nicht, daß veraltete Ratschläge auf Sie zutreffen: arbeiten Sie an einem Buch x Jahre usw. Denn dann würde Ihr Buch nie fertig, die Wirtschaftslage wäre dagegen. Die sozialen Tatsachen würden es nicht zulassen. Ihr Buch wäre nicht organisch, es könnte nicht leben.«

Die Literatur lebt nicht anders als ihre Zeit, kann auch nicht mehr erreichen. Ihr Maß ist heute das gesprochene Wort. Der Satz ist gut, der noch in diesen eiligen Mund geht. Deine Sache, ihn so zu bilden, daß der ganz unheilige Mund, er weiß nicht wie, noch immer durch ihn geweiht wird. Das Maß ist heute Bewegung, gleichwohl bekräftige nicht einfach den geltenden Irrtum, als ersetzten Beförderungsmittel eine Weltanschauung. Aber damit die Schnellbeförderten den Geist doch achten, mache sichtbar, daß er Flügel hat.

Die rasch wechselnden Richtungen zwischen Im- und

Expressionismus waren Zeichen der Auflösung, ein Zeitalter ging zu Ende. Habe zu deiner eigenen Rettung keine andere Richtung als nur die Lebensnähe. Es ist das Schwerste, obwohl es auf der Hand liegt. Diese Welt ist noch unentschieden. Wenige Kapitalisten ersetzen den einstigen Bürger nicht, aber der umgeschichtete Nachkomme des Bürgers sträubt sich noch oft, bloß Arbeiter zu sein. Anonyme Mächte, thronend über Heeren von Proletariern mit verschiedenstem Einkommen; aber verbürgt ist, wenn es gut geht, höchstens nur ihre Gesamtheit. Jeder einzelne hat sein Morgen so wenig sicher wie du selbst. Er hat, wie du, als Halt und Habe seine Leistung.

Mache ihm Mut! Er muß gleich dir organisiert für den Erfolg, daher im Innern erfüllt von der schöpferischen Sendung der Arbeit selbst sein. Eine neue soziale Welt ist im Entstehen, die Verfasser von Romanen und Komödien werden genau soweit in sie aufgenommen werden, wie sie aus eigener Kraft in sie eindringen. Auch sie werden geprüft, wieviel sie sozial zu bieten haben. Ihre Nützlichkeit entscheidet.

Keßheit tut es nicht. Auftrieb, Dynamik und sittliche Unbesorgtheit tun es durchaus nicht, das Motorische kann im Gegenteil nur Mittel sittlicher Zwecke sein. Das wahre Geheimnis der entstehenden Welt ist ihre Moral. Neue Menschen bringen die Moral mit, die ihnen zu leben hilft; nur neue Gesellschaften haben Moral als Lebenstatsache. Das äußere Drunter und Drüber, der Kampf und daß zu Zweifeln nicht Raum bleibt, was wäre Grundsätzen günstiger.

Einfache Grundsätze. »Gib deinen Kindern dein Beispiel statt des Geldes, das du ihnen nicht wirst vererben können!« – »Statt auf eingebildete Beziehungen und Schliche, die Geld bringen sollen, oder auf einen Reichtum, der Abhängigkeit nicht mehr ausschließt, stütze dich einfach auf ein sichtbares Werk, auf die Brücke, die du baust, den

Stein, den du einfügst!« Das wird erlebt, und Komödien und Romane müssen, um zu wirken, aus Menschen erst recht machen, was sie werden können. Müssen ihnen nur sie selbst vorhalten und ein, man weiß nicht wie einfaches Geschlecht noch vereinfachen. Über die Zeit hinausgehen, auch scheinbar gegen sie, heißt nichts weiter als dies.

Sittliche Tatsachen beginnen dort, wo Ideologien sich entwerten. Diese alle sind von gestern, sind alle bürgerlich und dienen nicht mehr. Man hatte Muße damals, jetzt wird aber gehandelt allein schon dadurch, daß man lebt. Romane und Komödien erschließen allenfalls die Idee des gegebenen Tages. Zukunft, Ferne und was nicht jetzt und hier geschieht, bekommt schwerlich jemals greifbaren Sinn für dies Geschlecht. Wer begreift Utopien? Der Gebildete, der an sie nicht glaubt. Oder Vergangenes? Gewiß nicht der Gedächtnislose.

Gerade die neue Wichtigkeit der Moral gibt der Literatur ihre Aussichten. Sie wird bestehen, weil sie sittliche Tatsachen eindringlicher formen kann als das Bild, selbst wenn es wollte. Aber das Filmbild will alles andere eher. Es entdeckt die äußere Welt, es täuscht Bewegung vor, es tröstet die Augen, nicht das Herz. Übrigens hat es Tendenz, schlechte zumeist: aber hätte es auch bessere, das wäre noch nicht der beflügelte und tiefblickende Geist, der kurz und herrlich den Lebenden zu sich selbst erhebt, und nie kommt dort der menschlichste Augenblick. Der neu beseelten Zeit ihr sittliches Bild zeigen wird, wie je, das Wort.

Wann, soweit zurück wir noch deutlich sehen, war das Wort am mächtigsten? Wurde für ernste Wirklichkeit gehalten mehr als für Liebhaberei? Im Naturalismus, der ebenso sehr sittlicher als Kunstwille war. Er allein hat »Volk« erfaßt, mochten es auch Bürgerliche sein, die angesichts der *Weber* wie Volk fühlten. Der Naturalismus war Vorwegnahme, er tat, als sei schon die Welt der armen

Leute. Heute ist sie. Seine Arbeitermoral war Forderung, nicht Gegenwart, sie lag noch im Kampf mit der bestehenden Wirklichkeit, sie war voll Bitterkeiten. Heute wäre sie sachlich und rein.

Die Namen des Naturalismus leben weiter. So gibt es noch Ruhm. Des Ruhmes nicht achten, im Werk nur einfach nützen wollen dort, wo mehr auf dem Spiel steht als Ruhm, vielleicht ist dies die List, mit der du daneben auch ihm noch begegnest.

Rumänien

Da ist eine Broschüre über die für Rumänien so schimpfliche Ermordung von Pavel Tkatchenko.

Rumänien ist sicher heute ein schreckenvolles Land. Ich möchte nicht dort sein. Ich bin lieber in Deutschland, – ohne aber zu verkennen, daß dieselbe Geistesrichtung, die aus dem Osten Europas jetzt eine Hölle macht, auch den Westen hinlänglich verpestet hat. Jeder Richter in Westeuropa, der einen Kommunisten verurteilt, nur weil er Kommunist ist; jeder Soldat, der verstört durch windige nationalistische Hirngespinste seinen eigenen Kameraden qualvoll umbringt; auch der Abgeordnete, der bedenkenlos unsere Freiheit, zu denken und zu schreiben, gesetzlich abzuschaffen hilft: alle diese nähern uns Rumänien an und nehmen uns leider das sittliche Recht, gegen die Greuel Rumäniens noch groß zu protestieren.

Wir dürfen nicht an unsere Brust schlagen und Gott dafür danken, daß wir nicht sind wie jener. Sind wir besser? Wir handeln bis jetzt nur ausnahmsweise ganz so schlimm, denn wir haben um tausend Jahre mehr Gesittung im Blut. Hemmungen der Zivilisation sind aber kein Verdienst der Handelnden, die sich oft sogar schämen, daß sie nicht noch schändlicher zu sein wagen.

Gesinnungskrise. Die Gesinnung der Welt neigt zur leeren, ziellosen Gewalt, überall flackert eine Gegenrevolution, die aus Angst, Begriffsverwirrung und wütendem Haß manchmal weit genug geht, um sich äußerlich aufzuführen wie eine entgleiste Revolution. Die unvergänglichen Ideen Europas, seine Humanität, die sein Ein und

Alles ist, sind vielfach außer Kraft gesetzt. Man tut, als habe man nie von ihnen gehört. Man tut wie neugeboren, aber solchen jähen Verlust einer ehrbaren Vergangenheit erleiden lasterhafte Greise.

Da hier im Westen jetzt nahezu Asien ist, was soll auf dem Balkan sein? Greuel, Schändung, Mord in den Straßen, jede Willkür und die Folter als Norm... Dies alles aber fällt auch auf uns. Wären wir anders, wäre dies nicht. Wären wir anders, ließe es uns nicht kühl. Der Westen war einst das Maß für die Sittlichkeit, die anderswo wenigstens vorgetäuscht ward. Jetzt bemißt man nach ihm, wieviel vom Gegenteil erlaubt ist. Wir möchten protestieren? So war es denn doch nicht gemeint?

Das müssen wir durch Taten beweisen. Wir müssen uns ändern. Wir müssen uns auf uns selbst besinnen. Rumänien zeigt uns nur, wie hoch es an der Zeit ist.

1927

Die Literatur und die deutsch-französische Verständigung

Vortrag

1870 nach dem Zusammenbruch Napoleons III. sprach in der Nationalversammlung zu Bordeaux der Dichter Victor Hugo von dem Zukunftstraum, den er die Vereinigten Staaten von Europa nannte. Der Sieger stand im Land, eine nachbarliche Feindschaft war geschaffen, die ein halbes Jahrhundert anhalten sollte; er aber bekannte sich zu der Menschheit und zu den Vereinigten Staaten Europas.

Vierundfünfzig Jahre lang sollte kein Mensch in Europa mehr diesen Glauben bekennen. Dann war es wieder ein für sein Land sprechender Franzose, Eduard Herriot, 1924. Dieser war kein Dichter mehr, er war Ministerpräsident – kam freilich gleichfalls von der Literatur. Man muß mit Ideen, noch unverwirklichten Ideen berufsmäßig vertraut sein, um sie sich in der Welt der Tatsachen überhaupt denken zu können. Dennoch haben auch die Denkenden, als Herriot vor dem ganzen Parlament das Wort Vereinigte Staaten aussprach, zugleich ein beglücktes Staunen und Schmerz gefühlt, das schmerzliche Vorgefühl einer künftigen Enttäuschung. Wir hatten nicht nur den letzten und schrecklichsten Krieg dieses Europa miterlebt, wir hatten es zeit unseres Lebens zur Einigung und besseren Einsicht so unwillig wie nur möglich gefunden.

Nun ist aber in den zwei Jahren, seitdem in der französischen Kammer das Wort fiel, mehr geschehen, als irgend jemand damals zu hoffen wagte. Wir wissen wohl: das hat auch zwingende Gründe, die wirtschaftlicher Art sind. Allein durch Vernunft wäre nichts erreicht worden. Überdies verständigen sich vorerst nur Deutschland und

Frankreich, – falls es denn wirklich dabei bleibt, daß sie sich verständigen. Im übrigen Europa steht keineswegs alles gut, manches aber durchaus schlecht. Gleichwohl – Frankreich und Deutschland sind der Anfang, der hier wirklich das Schwerste ist, und hier ist er obendrein das Wichtigste und Nächste. Wären Deutschland und Frankreich erst wahrhaft einig, hat der noch übrige Kontinent, außer Rußland, ihnen ernsthaft nichts entgegenzusetzen. Er würde die Wohltat der Befriedung und Einigung auch gegen seinen Willen über sich ergehen lassen müssen.

Wir Deutsche haben schon früher, wenn wir an Frieden der Welt und an ihre bessere Ordnung dachten, im Grunde immer hauptsächlich an Frankreich gedacht. Das schlechte Verhältnis zu Frankreich war das Grundübel, es war das scheinbar unüberwindliche Hindernis, das jede glücklichere Zukunft versperrte. Es war zugleich, was einige sich schon längst heimlich eingestanden, der Konstruktionsfehler unseres Reiches. Dies schmerzte uns umso tiefer, weil wir es nur für einen Fehler der tatsächlichen Geschichte hielten, durchaus nicht für notwendig und unabwendbar schicksalhaft.

Bis zum Kriege von 1870 hatten wir uns fünfzig Jahre lang mit Frankreich ausgezeichnet vertragen. Auch Napoleon III. war nicht von Natur unser Feind, und der preußische Gesandte Bismarck gehörte zu den Freunden seines Hauses. 1864 im Sommer, nur sechs Jahre vor dem Krieg, fuhr die Kaiserin Eugénie nach Baden, die alte Großherzogin war eine Kusine Napoleons III. Andererseits war die Frau des Königs Wilhelm von Preußen ihre Tochter. Beide Höfe, der badische und der preußische, hatten die Kaiserin lange gebeten, nun kam sie. Sie kommt von Schwalbach aus der Kur, sie übernachtet in Mannheim. Die Zimmer sind auf falsche Namen bestellt, Eugénie und ihre Damen tragen sich ganz einfach. Eine Depesche wird gebracht, sie ist gerichtet an den Kammerherrn, der die

Kaiserin begleitet. Um nicht zugeben zu müssen, daß sie es ist, lehnt er die Annahme ab. Am nächsten Morgen aber, bei der Ankunft in Karlsruhe, wird die französische Gesellschaft zu ihrer größten Überraschung am Bahnhof begrüßt von zahlreichen Generalstabsoffizieren und von Militärmusik, die einen französischen Armeemarsch spielt. Kaum hält der Zug, tritt der König von Preußen in großer Uniform an die Tür des kaiserlichen Wagens und bittet die Kaiserin um die Erlaubnis, ihr den Großherzog von Baden vorstellen zu dürfen. Das gestern abgewiesene Telegramm war vom König Wilhelm.

Dies, meine Damen und Herren, war die vorgeblich unabänderliche Feindschaft, die zwischen Deutschland und Frankreich bestand, so kurz vor dem Kriege, der das Schicksal beider wurde. So sah es zwischen den offiziellen politischen Persönlichkeiten aus. Betrachten wir aber das private Leben, so sind bis 1870 die Franzosen nach Deutschland und die Deutschen nach Frankreich gefahren wie in ein befreundetes Land, ohne mehr Umstände als andere bestgelittene Nachbarn. Wenn die Kaiserin Eugénie in Schwalbach Kur machte, so erholte sich zum Beispiel mein Vater als junger Mann in Pau, Département Basses Pyrénées, – wohin man später als Deutscher nicht mehr ging. Ist es nicht so, daß wir zwischen 1871 und 1914 eigentlich nur noch Paris, ein gewisses kosmopolitisches Paris besucht haben, nicht mehr Frankreich?

Vorher war alles anders, besonders das geistige Klima. Auch zu unserer Zeit sind aus Frankreich Bücher und Bilder gekommen, die in das geistige Deutschland tief eingedrungen sind und nachhaltig gewirkt haben. Aufgenommen wurden sie aber doch immer mit gewissen Vorbehalten. Erinnern Sie sich nur! »Meinetwegen, das könnt ihr«, dachte man wohl. Unsere Väter und Großväter haben die Dinge vor 1870 ganz anders aufgefaßt. Sie hatten gegen Flaubert keine Vorbehalte, sie lasen ihn wahrscheinlich offen. 1885 mußte mein Vater um den Band Zola einen Schutzumschlag tragen, die Leute hätten ihm den Autor verdacht.

Was die Franzosen betrifft, sie haben zwischen 1870 und 1914 von deutschen Büchern nur ganz wenige sich zu eigen gemacht, im Ernst nur Nietzsche, der damals schlechthin unausweichlich war. Was noch? Die Musik von Wagner. Was weiter? Kaum etwas. Bei uns war doch seit dem Ende der achtziger Jahre eine recht wichtige Literatur entstanden, voran Gerhart Hauptmann. Der erste Einfluß, unter dem der Naturalismus auftrat, war freilich französisch. Wir haben zu bedenken, daß die literarische Leistung Frankreichs im ganzen während der zweiten Hälfte des neunzehnten Jahrhunderts größer war. Vor allem wirkt sie größer, weil sie zusammenhängt. Nichts, weder Kriege noch Revolutionen, unterbrachen die große einheitliche Anstrengung, die dort das ganze neunzehnte Jahrhundert im sozialen Roman machte. Er geht von Stendhal und Balzac über Victor Hugo und Flaubert folgerichtig zu Zola und zu Anatole France. Dem hatten wir keinen ähnlich eindrucksvollen Block entgegenzusetzen. Wir wurden mehr und mehr die Nehmenden.

Vorher aber, in der ersten Hälfte des neunzehnten Jahrhunderts, nahm auch Frankreich von uns viel. Dort waren unsere Philosophen zu Hause, viel mehr als die französischen bei uns. Die Hochgebildeten lasen dort alle Hegel, sie waren alle genährt mit Kant. Gelehrte haben die deutschen Denk- und Forschungsmethoden bewundert und erlernt. Deutsche Schriftsteller konnten in Paris eine befreundete Geisteswelt antreffen und in ihr heimisch werden. Sie wissen, so erging es Heinrich Heine. Er gilt dort noch heute nahezu als einheimischer Dichter. Er und viele andere kamen nach Frankreich zunächst wegen einer Idee, des Gedankens der bürgerlichen Freiheit. Die große französische Revolution von 1789 zog die Geister noch immer an, sie war von der übrigen Welt und von Deutschland noch keineswegs zu Ende ausgenutzt. Bemerkenswert ist aber, daß Deutschland damals etwas hatte, das wieder auf Frankreich anziehend wirkte, nämlich seine Romantik. Das Dunkle, Phantastische war dort ein ebenso willkommenes Geschenk des Nachbarn, wie hier die Freiheit und das Licht. Der Romantiker E. T. A. Hoffmann hat nicht einmal bei uns die Rolle gespielt, wie in Frankreich. Dort zuerst ist er sprichwörtlich und ist Figur geworden. Eine Oper ward auf ihn gemacht.

Sehen Sie doch, wie merkwürdig, alle diese Opern mit deutschen Gestalten und französischer Musik! Da ist Werther, da sind Mignon und Margarete. Die beiden berühmten Mädchengestalten bekommen auf der französischen Bühne etwas Realeres, mehr Bürgerliches als im Gedicht, obwohl sie jetzt singen. Aber zu fühlen ist, daß sie herbeigeholt sind als Geschöpfe einer poetischen Welt von besonderer Reinheit und aus einem Lande der Seele, das man ersehnt und liebt. Dies Land nun ist in der Wirklichkeit doch Deutschland. Mehrere Generationen von Franzosen haben in den Klängen ihrer gelungensten und gefühltesten Musik deutsche Wesen vor Augen gehabt. Nein, ich weiß nichts Rührenderes, als wenn Werther auftritt! Er ist der leidende, hochgestimmte Jüngling, an zuviel Sehnsucht, zuviel Seele wird er sogar sterben. Aus Zeiten, die wir uns inniger, von Liebe erfüllter und zugleich zerrissener als jede Gegenwart denken, tritt er hervor, gleich seine ersten Worte sind der Inbegriff des Schmerzes: »Wir müssen scheiden«; aber er singt sie mit französischer Stimme, und auch die Gestalt selbst hat die gewisse stolze Nervosität einer französischen Bühnenfigur. Deutscher Traum ist in ihr französische Wirklichkeit geworden, und französischer Traum bedient sich deutscher Geschichte. Diese Vereinigung ist erstrebt und erreicht, sie lebt – in einer Oper.

Dabei ist Werther sogar erst nach 1870 dort auf die Bühne gebracht worden. Sie sehen: das wahre Empfinden war doch stärker als alle politischen Tatsachen – das Empfinden, an Deutschland etwas Wichtiges verloren zu haben, etwas Unvergängliches suchen und wiederfinden zu müssen in Deutschland. Klare und unbeirrbare Geister aber, die nichts vergessen hatten trotz Krieg und Entfremdung, gingen noch viel weiter. Ich will etwas erwähnen, das schlechthin furchtbar klingt. 1870 am 6. September, fünf Tage nach der Niederlage, sagte Renan: »In allem, was ich studiert habe, bin ich immer betroffen worden von der Überlegenheit des deutschen Geistes und der deutschen Arbeit. Es ist nicht weiter verwunderlich, daß sie in der Kriegskunst, die schließlich eine untergeordnete, wenn auch komplizierte Kunst ist, dieselbe Überlegenheit erreicht haben, wie in all dem, was ich gelernt habe und weiß. Ja, meine Herren, die Deutschen sind eine überlegene Rasse.«

Gewiß, solche Worte entstehen aus dem Schmerz über die Niederlage, man spricht sie im Augenblick des eigenen Sturzes. Aber man hätte sie nie laut werden lassen, hätte man vorher nicht als Freund und Mitbewerber hart neben den deutschen Zeitgenossen gestanden. Jetzt haben der Krieg und die Missetaten der Politiker diesen Abgrund geöffnet, da schreit einer auf: was seid ihr wert! Euer sogenannter Feind, ich kenne ihn, seinen Wert ermesse ich und weiß, wieviel wir an ihm verlieren!... Dies war Ernst Renan, den Frankreich noch heute für einen seiner Besten hält.

Beurteilen Sie danach selbst, wie sehr noch viele andere, nicht nur in dem anderen Lande, gelitten haben müssen – ich weiß nicht, ob mehr am Anfang, als das Unglück geschehen war, oder später, als es unabänderlich schien. Zuerst hat den deutschen Geistern der Stolz auf ihr neues Reich darüber fortgeholfen, daß sie mit der einst geliebten französischen Gesittung nur noch aus der Ferne und in sehr veränderten Gefühlen verbunden waren. Zuletzt, das kann ich aus eigenem sagen, wurde der Zustand hoffnungslos. Wir hatten an Frankreich besonders seit den neunziger Jahren einige unserer wichtigsten Erfahrungen gemacht, ich erinnere nur an den Kampf um Dreyfus oder vielmehr um das Recht des Menschen – jenen durchaus klassischen Kampf der Geister, der ganz Europa, nicht zuletzt Deutschland mitbewegt hat, als wäre er auch für uns mit ausgefochten worden. Die französische Literatur hatte gewonnen durch diesen Kampf der Geister an Unmittelbarkeit und Lebensnähe. Wie erhitzten uns die Taten Zolas! Denn was er und Anatole France damals schrieben, hatte den Wert von Taten. Noch heute, wenn Sie Crainquebille im Theater wieder ansehen, können Sie erkennen, ein wie leidenschaftlicher Gegenstand damals Recht, Unrecht und ein unschuldiger Mensch waren.

Alles dies aber kam zu uns aus einem verfeindeten Lande. Unermeßliche geistige Teilnahme, mitgefühlte Freuden und Kämpfe des Willens sogar, dazwischen aber die bewaffnete Grenze. Als junger Schriftsteller konnte man in Frankreich geistig befreundet und verpflichtet sein, jeder war es mehr oder weniger; dabei aber wurden wir unablässig darauf gestoßen, wie die Politik uns in Feindschaft erhielt mit Frankreich! Uns, gegen den wirklichen Willen der Völker, täglich tiefer verfeindete! Keine Politik, die kulturelle Rücksichten anerkannte, hätte so gehandelt, diese aber tat es leider auf beiden Seiten der bewaffneten Grenze. Die deutsche Politik vor dem Kriege nahm geistige Rücksichten auch im Innern nicht, wieviel weniger nach außen. Der europäischen Zusammengehörigkeit freilich war auch keine andere Politik damals sich bewußt. Hinzu trat das innere Mißverhältnis. Frankreich wurde seit 1878 dauernd links regiert, das Deutsche Reich, so lange es auch bestand, nur rechts. Schon dies allein erzwang das Auseinanderstreben der beiden Länder; machtlos dabei stehen mußten wir, die immer gewußt haben, wie notwendig sie im Grunde einander hatten. So kam zuletzt der Krieg.

Vier Jahre lang in aller Form, dann aber noch lange auf Grund der Tatsachen, waren wir Deutsche getrennt von der übrigen Welt. Geistige Verbindungen bestanden so wenig wie alle anderen. Die Entwertung unseres Geldes, von den übrigen Hindernissen zu schweigen, verleidete den meisten der Deutschen, die es sonst gewollt hätten, sowohl zu reisen wie fremde Bücher zu lesen. Als wir endlich die ersten französischen Schriften zu Gesicht bekamen, überraschten sie uns. Vieles hatte sich verändert, aber nicht dies war unerwartet; das Merkwürdige war, es hatte sich in der gleichen Richtung verändert wie bei uns. Auch die französische Literatur war keine Friedensliteratur mehr. Psychologische Probleme standen nicht mehr im Vordergrund, statt der sozialen Studien der früheren Romane überwogen jetzt Darstellungen des Krieges. Der Mann und seine Welt nahmen allen Raum ein – sogar hier, wo die Frau sonst vielfach geherrscht hatte. Das alles kannten wir, wir stellten fest, daß aus uns selbst ziemlich dasselbe geworden war. Aber die Ähnlichkeit ging weiter. Obwohl Sieger, hatten sie auch drüben eine Literatur der Revolution, sie hatten Barbusse. Obwohl niemals abgeschlossen gewesen von der Welt, wie wir, hatten auch sie jetzt einen Exotismus, der aussah wie Flucht aus der Heimat und der Gegenwart, sie hatten Paul Morand und noch andere.

Ja, die französische Literatur, die nationalste in dem Sinne, daß sie alle Menschheitsdinge immer an der eigenen, zeitgenössischen Gesellschaft erfuhr und erkannte, sie war überaus unruhig geworden, gefiel sich nicht mehr in der sicheren Beschränkung, strebte in die Weite und schien beinahe die Welt für ihr Feld zu halten. Sie war europäisch geworden, – was allein schon anzeigte, daß der Waffensieg ihrer Nation sie nicht verblendet hatte. Sonst wäre sie enger und selbstgenügsamer geworden als vorher. Nein, die junge französische Literatur war im Gegenteil jetzt voll Neuerungssucht, nicht ohne Auflehnung gegen bewährte Größen und anerkannte Leistungen, die ihr tatenlos erschienen. Ihr eigenes Stichwort war Tat, Aktivität, Aufbau, – was alles auch den jungen Deutschen genau bekannt war. Drüben gilt, was hier gilt. Die aktive Gesinnung sei ganz rechts gerichtet oder ganz links, nur bewegt sei sie! Verboten ist Skepsis, höchst unbeliebt Erkenntnis um ihrer selbst willen. Daher weit verbreitet die Ablehnung der größten nationalen Gestalt von gestern, Anatole France. Geboten sind nicht Wohlgestalt und nicht Weisheit, eher Fragwürdigkeit, auch sittliche Forderung. Diese letzten vertritt André Gide, der nicht mehr jung ist und früher als Protestant und unkirchlicher Moralist nicht durchdringen konnte. Jetzt ergreift er viele gerade deshalb. Andere Schriftsteller dagegen siegen mit katholischer Mystik, je gesteigerter, umso siegreicher.

Kurz, es ist das ganze stark bewegte Durcheinander der noch unentschiedenen Nachkriegszeit. Nur leben! Das aus den Schrecken des Weltunterganges gerettete Dasein stark fühlen, so stark wie irgend nur möglich. Es aufpeitschen, es umwälzen, es von allen Seiten neu aufziehen. Wie Gide, war auch Marcel Proust früher allein und unverstanden geblieben. Seine Seelenerforschung war die vereinzelte Übung eines Kranken, der ärztlichen Psychoanalyse verwandter als dem Seelenaufbau des französischen Romans. Jetzt ist trotz seinen Schwierigkeiten auch zu ihm der Weg offen, wie zu allem, was einen neuen Anblick des Menschen gewährt.

Sehen Sie jetzt, wie merkwürdig verwandt alle diese Vorgänge mit unseren deutschen sind? Dabei waren die

Grenzen seit vielen Jahren geschlossen, Beeinflussung war unmöglich gemacht. Kein Verkehr, aber dieselbe, von beiden getrennten Gegnern ertragene Katastrophe. Dasselbe Erleben im Grunde, daraus wird, anstatt daß die Geister sich hassen, vielmehr eine durchaus erkennbare Ähnlichkeit.

Freilich unmöglich war es für einen längst nicht mehr unterrichteten Fremden, die gründliche Veränderung und diese neue Ähnlichkeit auf einmal richtig zu erfassen. Wir Deutsche besonders hatten zu Hause doch genug tatsächlichen politischen Kampf und Umsturz erlebt, daß wir Frankreich vergleichsweise für unberührt halten mußten. Hinzu kam die Unsicherheit, mit der man auf ein so lange verfeindetes Land sieht. Man aberkennt sich selbst das volle Recht, es zu beurteilen, nachdem man ihm vier Kriegsjahre lang notgedrungen nach allen Kräften geschadet hatte. Man ist mit der Lage des eigenen Landes auf das gespannteste beschäftigt, Verantwortung und Aufgabe wären zu groß, sollte man geistig auch noch für andere einstehen.

So empfand wenigstens ich selbst, als ich 1923 im Sommer nach Frankreich gebeten wurde. Die Einladung ward mir durch einen literarischen Freund übermittelt, kam aber von Unbekannten. Ich sollte an einer Zusammenkunft irgendwo tief im Lande teilnehmen. Sie erinnern sich wohl: damals war der sogenannte Ruhrkampf und überdies Inflation. Diese Umstände erschwerten mir das Unternehmen. Ich sagte anfangs ab, nahm erst an, als man auf das freundlichste dringend wurde, hatte dann noch Scherereien die Menge, bis ich reisen konnte, zog auch vor, nicht viel davon zu reden, und gelangte schließlich über eine Strecke, die zwischen Kehl und Straßburg glatt abbrach, in das nahezu verbotene Land.

Mein Freund Bertaux, ein Germanist, Kritiker und überaus erfolgreicher Vermittler zwischen französischer und deutscher Literatur, führte mich nahe von Paris zuerst in das Haus eines höheren Unterrichtsbeamten. Dieser klagte mir, daß man unter der Tyrannei der herrschenden Richtung nicht offen sprechen dürfe. Ich konnte ihm für seinesgleichen in Deutschland nur dasselbe sagen. Wir waren sofort Verbündete.

Tags darauf ging es nach Pontigny. Man fährt mehrere Stunden in Richtung von Lyon, dann kurz mit einer Kleinbahn und landet in einem Dorf, das eine große alte Abtei hat. Als infolge der Dreyfus-Sache die Mönche sie räumen mußten, zog Herr Paul Desjardins dort ein. Er war einmal Unterstaatssekretär der Schönen Künste, außerdem ein hervorragender Kritiker gewesen. Als ich hinkam, war er etwa sechzig, ein stiller Mann, obwohl er gut sprach, ebenso witzig wie bescheiden, ganz erfüllt von dem sittlichen Willen, gerecht zu urteilen und gütig zu leben.

Seine Gäste, deren er in jedem Sommer drei Gruppen einlädt, sind jedesmal vierzig oder fünfzig, so viele als das große Haus faßt. Sie gehören einigen Nationen an, sie bilden eine pädagogische, eine diplomatische und eine literarische Gruppe. Diese letzte kam diesmal mit demselben Zuge vollzählig bei ihm an. Wir hatten uns gleich in der Bahn, so gut es ging, kennen gelernt. Sie wissen, wie das ist: Fremde, selbst wenn sie sonst schon verkehrt haben, sollen jetzt zehn Tage unter einem Dach und in stündlicher Nähe leben. Da kehrt jeder gleich anfangs seine besten Sitten hervor, alle Höflichkeit, und man tut, als sei man geradezu für einander bestimmt. Ich konnte nicht finden, daß sie es darin anders mit mir als unter einander hielten. Befangen war eher ich selbst. Ich sah mich, zum erstenmal seit der halbvergessenen Vorkriegszeit, plötzlich in eine große, fremde Gesellschaft versetzt. Von meiner Nationalität war ich der einzige, blieb es die ganze Zeit, stellte daher eine Art repräsentativen Musters dar und hatte Haltung zu zeigen. Bei der noch weiter bestehenden Spannung unserer Länder, man konnte sie damals Kriegszustand nennen, mußte ich auf meine Haltung noch aufmerksamer sein als auf alles andere. Sie hat mich diese zehn Tage hauptsächlich beschäftigt.

Meine französischen Reisegefährten brachten mir begreiflicherweise vor allem Neugier entgegen. Sie waren Schriftsteller, darunter auch junge Diplomaten, die Völkerbundskreisen nahestanden. Aus Deutschland gelangte nicht viel zu ihnen, wir boten aber gerade in unserem damaligen bewegten Treiben ein ebenso befremdliches wie fesselndes Phänomen. Seitdem hat Frankreich in verkleinertem, bei weitem vernünftigerem Maß Ähnliches selbst erfahren. 1923 waren die wirtschaftlichen und sozialen Erschütterungen dort erst von fern vorauszufühlen – wenn auch schon weniger fern, als hätten sie sich noch immer auf das entlegene Rußland beschränkt. Jetzt betrafen sie schon den deutschen Nachbarn. Wir waren Gegenstand des Staunens und der angstvollen Teilnahme.

Die Gäste kommen an. Sie beziehen ihre, auf die Gebäude des großen Grundstückes verteilten Zimmer, treffen sich beim Tee in dem gewölbten Refektorium des einstigen Klosters, unterhalten sich weiter in dem langen Laubengang des Gartens und dinieren zusammen, ich zwischen einer Engländerin und einer Korsin. Die Frauen sind zum Glück weniger höflich als wir. Sie nehmen sich leichter das Recht, die Dinge frei auszusprechen. Man rechnete ein wenig ab mit mir und meinem Lande, ich bekam Gelegenheit, Erklärungen zu liefern. Ähnlich muß wohl der Ton der gegnerischen Staatsmänner bei ihren Zusammenkünften sein. Ist der Standpunkt gegenseitig festgelegt, flicht man auch Komplimente ein. Es wurde als mutig anerkannt, daß ich hier sei.

Die Vormittage war man frei, draußen oder in der reichen Bibliothek zu verbringen. Eine halbe Stunde nach dem Mittagessen begann die programmäßige Vollversammlung, eine Art von literarischem Parlament. Verhandelt wurden Fragen des geistigen Austausches zwischen den Nationen, der Übersetzungen, der Unterschiede in den Geistesformen. Hier ward eines Tages das Problem aufgeworfen, wieviel zur Überspannung des Nationalismus doch in jeder Nation gerade die ursprünglich Fremden beitragen, jene einzelnen, die aus freiem Entschluß in ein fremdes Geistesleben eingedrungen sind, es zu ihrer persönlichen Sache gemacht haben und es noch viel unduldsamer verfechten, als selbst Einheimische. Wir brauchen nur an Erscheinungen in Bayreuth zu denken. Dergleichen Beispiele aus mehreren Ländern beschäftigten die internationale Versammlung.

Hätten Sie es geglaubt? Alle diese Intellektuellen, in der Mehrzahl Franzosen, waren einig gegen den Nationalismus in geistiger Hinsicht wie in politischer. Dies war sogar das Wichtigste, wenn nicht das Einzige, was sie zusammenführte. Natürlich waren sie nicht immer so gewesen. Ich konnte mir denken, daß die meisten den Krieg verbracht hatten mit denselben Gefühlen wie alle übrige Welt. Über den oder jenen, der jetzt den besten Willen zeigte, erfuhr ich, daß er noch kürzlich gezweifelt hatte, ob man mit Deutschen je wieder werde verkehren können. Genug, damals, 1923, hatten sie sich eines besseren besonnen. Die Versammlung dort in Pontigny war international, fühlte sich so und rechnete sich nationale Duldsamkeit zur Ehre. Die Abweichungen der National-Charaktere verrieten sich natürlich von Zeit zu Zeit auch hier. Einmal wurden mehrere der Herren aufgefordert, zu sagen, wie sie zum Studium fremder Literaturen eigentlich gekommen seien. André Gide sprach offen, schön und ausführlich, er legte eine ganze Beichte ab. Nach ihm erklärte ein namhafter Engländer im kalten Ton der Überlegenheit: »Das Beichten ist nicht meine Art.« Worauf Stille eintrat.

Man verstand sich nicht immer. Der vollendete Takt wird dadurch erschwert. Gleichwohl ist beachtenswert, daß dies einer der ersten Versuche war, sich ohne Unterschied der nationalen Herkunft zu verständigen, sogar mit soeben noch Verfeindeten; und daß dies lauter Intellektuelle waren. Über Geschäfte reden auch andere. Das ist schwer zu vermeiden. Aber wer zwingt uns, rein geistige Interessen mit Gegnern zu verhandeln? Dazu gehört viel guter Wille und eine innere Umkehr. Nun sind es wenigstens in Frankreich gerade Intellektuelle, die führen im Sinne der Verständigung. Der wichtigste Teil der Intellektuellen ist dort für die Verständigung, und er wird auch zum zahlenmäßig größten Teil durch den Einfluß der Universitätslehrer. Die Lehrer, die meisten höheren und die Masse der kleinen, sind links gerichtet und Friedensfreunde. Dies ist wichtig, wenn nicht entscheidend für ein Land.

Mit völkischen Universitäten kann es den richtigen Weg weit schwerer gehen.

In Pontigny war der französische Lehrkörper mehrfach vertreten. Es gab einen Draufgänger, der dem lautesten Nationalisten von Paris gern seinen Säbel in den Bauch gerannt hätte. Gegensatz war der bescheidene Herr Desjardins. Ihm gehörte wohl die Abtei, aber der Müller nebenan war reicher und achtete ihn nicht besonders, was Herr Desjardins gern hervorhob. Er tat auch, als wäre er ein Unbekannter. Er hatte aber einst großen literarischen Einfluß gehabt, nur eine Art frommer Zurückhaltung, ja Selbstentäußerung ließ ihn heute beiseite stehen. Er war der Mensch, der nicht hassen will und nationale Überheblichkeit verachtet, mit dem Recht dessen, der sich selbst zur inneren Bescheidenheit durchgerungen hat. Wir gingen zusammen ein kurzes Stück über Straßen und Hügel dieser schönen Provinz Burgund. Herr Desjardins, mit dem höheren Grad des Ordens der Ehrenlegion geschmückt, versuchte, seltene deutsche Worte ins Französische zu übersetzen.

Am Abend, wenn alle im Salon zusammenkamen, hatte die Frau des Hauses den Vorsitz. Der Salon war groß, und man trat aus ihm gleich in den Garten, wo Grillen zirpten und die Sommernacht nach Heu roch. Madame Desjardins war eine kraftvolle Frau, breit, etwas vorgebeugt, ein längliches, großflächiges Gesicht, das Einfachheit und Güte ausdrückte, und ein glatter Matronenscheitel. Sie hatte zwei Söhne verloren. Sie war nicht alt, nicht jung und so schien sie endgültig. Sie war die feste Hand dieses großen Hauses. Sie bewirtschaftete das Gut; man fühlte, das Vermögen und das Wohl der Familie seien bei ihr gut aufgehoben. Früher hatte sie auch die Bücher geliebt, so sagte sie ruhig; jetzt kam sie im Winter ganz allein nach Pontigny, dann ward nur ihr Zimmer geöffnet. In den dicken Mauern des Klosters ist es nie sehr kalt. Das Land ist warm, es liegt am Weg nach Süden. Die letzten Tage meines Aufenthaltes wurde ich mit dem Platz neben ihr ausgezeichnet. Sie sagte: »Der Absolutismus der Jugend, ihre unfreiheitliche Gesinnung ist eine Art Selbstschutz. Denn die jüngeren Söhne, die nicht mit im Kriege waren, sind in Verwahrlosung aufgewachsen. Die selbst draußen waren, denken anders.« Wir sprachen bei Tisch miteinander viel. Später hörte ich, daß sie schweigsam sei. Sie hat also mir, gerade dem Fremdesten, besonderes Wohlwollen erwiesen, was eine so praktische Frau gewiß nur tut, wenn sie es für das Richtige hält.

Den Veranstaltungen des Abends saß sie zwischen zwei großen Lampen vor. Diesseits der Lampen las manchmal Gide aus seinen Büchern. Er las gern und großartig. Er war damals zweiundfünfzig, sein Kopf erschien noch etwas älter, vielleicht nur durch Schauspielerei. Denn sein Gesicht war überaus beweglich. Die Augen waren schmal und schwarz, kein Bart und wenig Haar. Er kleidete sich besonders, man dachte wieder an Theater. Ein Mann dieses Äußeren produziert sich wohl auch gern. Noch dazu konnte er eine prachtvolle helle Stimme zur Geltung bringen. Trotzdem war offenbar der reinste geistige Eifer nötig, damit ein in ganz Frankreich wirkender Autor sich hier halbe Abende lang ausgab für kleinsten Lohn, für das beifällige Murmeln einiger Kollegen, einiger Fremder. Höchst auffallend: seinesgleichen in seinem Lande sündigt durch Stolz nicht. Viele Franzosen behalten auch dort noch, wo sie hochmütig sein könnten, das Gefühl der menschlichen Gleichgestelltheit, wenn nicht Gleichheit. Mit ihnen ist durchaus zu leben. Gide und ich kannten uns persönlich erst wenig, von unseren Veröffentlichungen wenig oder nichts, legten aber Wert darauf, bei jedem Zusammensein einen besonders auszeichnenden Ton zu haben. Zum Schluß kündigte er mir das Geschenk seiner Bücher an und sagte beim Abschied, daß wir einander noch mehr hätten sein können, wenn wir unsere Arbeiten schon gelesen hätten. Wir hatten sie aber nicht gelesen, weil Krieg war.

Dafür sah ich ihn jetzt nicht nur als Rhapsoden, er führte sogar Gesellschaftsspiele an. Dort werden noch immer die bei uns etwas vergessenen Charaden gespielt, und bereitwillig verkleidete Gide sich mit den Jüngsten. Auch wurden Rätsel geraten. Zwei große Parteien überboten einander im Erfinden von Schwierigkeiten. Es war harmlos, und es war reizend. Nun sind aber die zehn reichbelebten Tage vorbei; ein wenig müde, wie begreiflich, trennt man sich. Schon am Bahnhof werden die Fremden wieder fremd. So ist es. Aber es war ein schöner Versuch. Ich habe ausführlicher von ihm gesprochen, weil es der erste war. Mein Besuch in der gotischen Abtei von Pontigny, gelegen in einem französischen Dorf, am Ende einer staubigen Straße, und einer niedrigen, breiten und lückenhaften Häuserreihe, dieser Besuch hat für meine Erinnerung etwas nur halb Wirkliches, weil er so früh kam. Man war der Verständigung, sogar ihrem ersten Vorspiel, noch fern. Wer sie wollte und bekannte, tat es auf seine Gefahr. Unsere Zusammenkunft dort hinten geschah außerhalb der Öffentlichkeit, man könnte sagen: eine Stunde vor Sonnenaufgang.

Als ich zwei Jahre später wieder nach Paris kam, 1925, war schon ziemlich heller Morgen, die Annäherung der beiden Länder war geistig immerhin so weit gediehen, daß wir Deutsche eingeladen wurden zu einem öffentlichen internationalen Kongreß der Literaturen, vertreten von den in London begründeten Pen-Clubs. Die französische Gruppe lud ein und hatte mich angefordert. Ich bitte, zu entschuldigen, wenn ich schon wieder mich selbst erwähne. Annäherungen sind immer an so viel Persönliches gebunden. Nur Entzweiungen geschehen in gegenseitiger Unkenntnis.

In einem der größten Säle von Paris versammelten sich im Mai 1925 ungefähr zweihundert Personen aus mehr als zwanzig Ländern. Mit ihren Damen erschienen die Schriftsteller, meistens Franzosen, und ihre Freunde aus der Wirtschaft und den Ämtern. Österreicher und Deutsche saßen zuerst hier offiziell am gleichen Tisch mit allen anderen. Jedem der an die Haupttafel quer angeschobenen Tische präsidierte der Führer einer der nationalen Delegationen. Beim Dessert kamen die Reden. Der Vorsitzende aller Pen-Clubs, Galsworthy, eröffnete sie. Dann sprachen Valéry und Duhamel. Als zweiter der Fremden ward der Deutsche aufgerufen, aber noch konnte ich nichts sagen, der Beifall, kaum daß ich aufgestanden war, erschütterte den Saal. Umso besser und umso größer, daß er nicht mir einzelnem galt, sondern dem Lande, aus dem ich kam, noch mehr, einem Gedanken.

Der Gedanke der internationalen geistigen Verständigung, vor allem der deutsch-französischen, ist seitdem von vielen aufgenommen und bekräftigt worden. Fast niemand entzieht sich ihm mehr ganz. Deutsche, vor allem mein Bruder Thomas, haben in Paris gesprochen, Franzosen, darunter der kraftvolle Jules Romains und der reizende Tristan Bernard, sind nach Berlin gekommen. 1925 sagte mir in Paris der damalige Unterrichtsminister De Monzie: die Schriftsteller sind die Vordiplomaten. Das war wörtlich wahr. Nach uns entschlossen sich dann auch Briand und Stresemann.

Sie mußten es natürlich tun, sie mußten endlich eine beiden Nationen gemeinsame Lebensgrundlage herzustellen versuchen, hauptsächlich, weil die Industrie der Länder dies brauchte und auf eigene Hand auch schon verwirklichte; hauptsächlich, weil die Not drängte. Aber die Minister konnten doch wohl nur Erfolg haben, weil wir Schriftsteller vorgearbeitet und eine besser zu atmende Luft geschaffen hatten. Auch ist der letzte Zweck jeder Verständigung immer nur, gemeinsam Kultur zu erleben. Zuerst haben einige Deutsche, einige Franzosen sich erinnert, daß sie sich geistig doch nicht immer so sehr mißverstanden hatten. Dann besprachen andere sich wirtschaftlich und politisch. Das letzte aber wäre, jetzt wirklich eines Geistes zu sein.

Frankreich und wir werden eines Geistes sein, wenn wir eine bleibende Idee gemeinsam vor der Welt vertreten. Die europäische Idee, die Dauer hatte und haben muß, ist die Humanität, die Pflege des Menschentums. Sie wird oft bestritten, besonders in der etwas verwahrlosten Zeit nach einem großen Krieg. Darum ist es doch die bleibende Idee, auf der eigentlich das höhere Selbstbewußtsein Europas vor der Welt allein beruht. Deutschland und Frankreich sind gerade jetzt berufen, die Überlieferung aufrecht zu erhalten. Ihre Annäherung wird mindestens verhüten, daß Menschenrecht und Freiheit vergessene Begriffe werden. Wirkliche Besserung des Menschenschicksals hier in unserer Zone aber ist fortan überhaupt undenkbar außer beim Zusammenwirken Frankreichs und Deutschlands.

Die Literatur, meine Damen und Herren, hat als Gegenstand den Menschen. Sie steigt und fällt mit ihm. Ihre großen Zeiten sind die seinen, und wenn er verkannt wird, gilt auch sie nicht. Es kommt nicht so sehr darauf an, daß einige französische Bücher uns gut gefallen, aber alles hängt davon ab, ob sie ein menschliches Beispiel geben. Je mehr wir einzelne als Menschen wachsen, umso bessere Aussicht haben wir, einander zu verstehen, einander zu fördern. Auch jede wirklich wertvolle Verständigung von Völkern vollzieht sich immer nur in den höheren Gegenden der menschlichen Natur.

Unser Einfluß und diese Zeit

I

Wie glaubt man wohl, daß die Welt aussehen würde ohne die Wirkungen der Literatur? Vor allem gäbe es keine Nationen. Sie sind das Werk der Idee und nur der Idee. Jede Nation ist, so wie sie dasteht, von ihren Dichtern geschaffen worden. Sie wäre ihrer selbst sonst nie bewußt geworden, und kein Staatsmann hätte Gelegenheit bekommen, an ihr sich auszuzeichnen. Vor hundert Jahren war dies alles tägliche Erfahrung, niemand hätte es aus den Augen verloren.

Aber auch das übernationale Gemeinschaftsgefühl der Europäer ist reine Erfindung der Dichter – nur von ihnen erhalten und aufbewahrt während der feindlichsten Zeiten. Eines Tages können dann die gewohnten Praktikusse es für undurchsichtige Zwecke benutzen. Von ihresgleichen wurde schon die Idee der Nation mißbraucht. Die Erfindungen der Dichter haben das Schicksal, ganz andere Leute reich und glücklich zu machen.

Jede zur Herrschaft gelangende Wirklichkeit bestand literarisch schon längst. Das Zweite Kaiserreich Frankreichs war von Kopf bis Fuß ein Erfolg des Romandichters Balzac. Wer bedroht ernsthaft die heutige kapitalistisch-demokratische Gesellschaft? Nicht Parteien, nicht bewaffnete Banden; aber die Tatsache, daß die junge europäische Literatur nicht mehr auf ihrer Seite ist. Die junge Literatur hat nur nicht Genie wie Balzac, es ist ein Glück für die alte Gesellschaft.

Im Vorgefühl, es könnte ihr etwas zustoßen, trifft sie ihre Maßnahmen gegen die Literatur. Bevor es zum Handeln kommt, wird immer noch schnell versucht, die Gedankenfreiheit zu beseitigen. Unsere neuen Gesetze gegen »Schund« und »Lustbarkeit«; eingesperrt, wer kommunistische Gedanken und Gesichte äußert; sogenannter Landesverrat durch Literatur; dies alles zeigt doch ihre Macht! Sie wird gefürchtet.

Man muß nicht einmal politisch, muß überhaupt kein Angreifer sein. Bedenken erregt auch schon der Kritiker der Gesellschaft, ja, ihr tendenzloser Darsteller in Romanen. Er habe nur ungewöhnliche Intensität des Blickes, er komme ihr hinter peinlich gehütete Geheimnisse, – und um ihn her wird, je höher er steigt, eine Zone vieldeutigen Schweigens liegen. Haßt sie? Huldigt sie?... Gelegentlich aber sucht die Gesellschaft sich einen erklärten Feind aus und huldigt ihm hemmungslos.

Nicht, daß eine ganze Gesellschaft bereuen und gutmachen wollte! Jede tut Unrecht, keine will es wissen. Aber sie kann nicht ganz absehen von denen, die ihr Unrecht kennen. Zu einigen zieht es sie unheimlich hin. Wer sich ihrer Schwäche zielbewußt und mit Leidenschaft bediente, – ein von seinem Beruf in großartiger Weise überzeugter Journalist hätte Aussicht auf Macht ohnegleichen. Er hätte sie gerade angesichts der Gesellschaft, die schwankt und schon glaubt, starke Maßnahmen ergreifen zu müssen.

Literatur ist niemals nur Kunst, eine bei ihrem Entstehen schon überzeitliche Dichtung gibt es nicht. Sie kann so kindlich nicht geliebt werden wie Musik. Denn sie ist Gewissen – das aus der Welt hervorgehobene und vor sie hingestellte Gewissen. Es wirkt und handelt immer. Wer es verfolgt, kann eine Zeit lang die Welt den Unbedenklichen allein überliefern. Dann kommt für das Gewissen ein um so größerer Tag.

II

Diese Zeit hat geistige Bewegungen, sie sieht Kühnheiten wie die Propaganda für Einigung Europas und den ideellen Kampf des entschiedenen Sozialismus. Sie sieht eine geistige Tat wie die Neuordnung der Lehrerbildung in Preußen. Gehalten gegen die verflossenen Bürgerzeiten ist diese nachbürgerliche gewiß nicht ärmer an Idee. Wir haben eine Literatur, frischer, aufgeschlossener und furchtloser als früher oft.

Verhältnismäßig kleine Kreise sind von den Ideen ergriffen; nur dürfen wir nicht vergessen, daß früher die geistigen Bewegungen unter noch viel weniger Personen spielten. Von einer erklärten Demokratie erwarten wir immer gleich, daß sie sich ganz und gar in Bewegung setzt.

Dies tut die unsere freilich bei weitem nicht. Sie hat, wie jeder weiß, hauptsächlich Sinn für Technik, Geschäft und Sport. Ansprüche, die der Intellekt stellt, sind ihr im ganzen überaus lästig. Dies ermöglicht den wachsamen und interessierten Gegnern der geistigen Bewegungen, mit Macht gegen sie einzuschreiten. Niemand hindert sie. Jedes Vorgehen gegen geistige Tatsachen, geistige Kämpfer geschieht unter dem tödlich gleichgültigen Blick der Gesamtheit.

So durften einige Politiker und ihre Parteien die gedruckte Literatur gesetzlich unter Kontrolle stellen. Gerichte dürfen sogar Buchhändler samt ihren Angestellten bestrafen für Verbreitung von Ideen, die aber in den Parlamenten ausgesprochen werden, daher in jeder Zeitung zu lesen sind. Kreuz und quer wird konfisziert, spioniert, verfolgt und eingesperrt, wie vor hundert Jahren, zur Zeit der Heiligen Allianz und der Demagogenriecher.

Was kann in dieser Lage gesagt werden? Reaktion, ausgeübt im Namen einer Volksmasse, die nicht mit der Wimper zuckt, sei eigentlich noch nicht Demokratie. Das kann man wohl sagen. Demokratie bestehe hauptsächlich in der besten Führerauslese. Das ist oft gesagt worden. Die besten Führer wären selbstverständlich geistig interessiert und würden den Unfug, der jetzt im Namen des Volkes geschieht, verhindern.

Berechtigt wäre noch, eine Zeitlang nur sportlich, technisch, wirtschaftlich zu leben. Das ruht den Kopf aus, kräftigt den Körper und bringt offenbar die schweren Erfahrungen, die hinter uns liegen, am schnellsten in Vergessenheit. Die Frage wäre, ob man so schnell vergessen sollte, aber wir wollen darum nicht handeln. Wollen auch ununtersucht lassen, ob nicht das Unglück selbst erst kam, weil Erkenntnis, besonders Selbsterkenntnis schon damals zu wenig gepflegt wurde.

Nur eins: die Abneigung, zu denken, muß nicht gleich ausarten bis zum Haß gegen den Gedanken. Das geht zu weit. Verfolgung von Ideen sollte von der Mehrheit nicht geduldet werden. Ihre Verfolgung ist unwürdig und ist überdies zwecklos. Selbst eine Mehrheit, die geistig ausruht, sollte sich noch erinnern können oder eindringlich daran erinnert werden. Man erschlägt Ideen nicht wie Fliegen, legt sie auch nicht um, wie allenfalls die Menschen, die für sie kämpfen. Ideen waren noch immer die realsten Mächte auf Erden. Als solche haben die schon erfüllten ihren Weg gemacht.

Kein Grund besteht, die noch in der Zukunft liegenden Ideen für unwirklich und für so schwach zu halten, daß Gewalt sie leichthin abtut. Man hat sie vielmehr lebendig zu verarbeiten. Sie liegen noch fern, sind daher unverstanden auch von ihren Freunden. Was z. B. heute Kommunismus heißt, wird, einmal verwirklicht, anders aussehen, als sie meinen, wird vielleicht sogar anders heißen. Übrigens verändern sich unsere Begriffe, bevor wir es wissen, und eines Tages staunen wir, wo wir stehen und wie es einfach war. Keine Idee müßte jemals das Schreckgespenst werden, an dem die völlig überflüssigen Gesellschaftsretter sich wichtig machen.

Man mag geistig ausruhen und in der Stille sich hoffentlich regenerieren, was diesem Geschlecht vollauf zu gönnen ist. Trotzdem sollte man noch wissen, in welchem Ruf jene vergangenen Geschlechter stehen, die nur beharren, nur Abgelaufenes retten wollten (während auch sie in Wirklichkeit tagtäglich von der Stelle mußten). Es sind in der Geschichte immer die verachtetsten. Ihr Ideenhaß sieht nachträglich aus wie ärmlichste Verkümmerung. Ihr unvernünftiger Kampf gegen Lebenstatsachen, die sich durchsetzen wollen, läßt sie später unwürdig erscheinen sogar des Mitgefühls mit ihrer wirklichen Not.

Auf Kraft, die man »Dynamik« nennt, tut man sich jetzt viel zu gut. Bedenken wir doch, daß die vielgerühmte Dynamik durchaus noch nicht Tatkraft ist! Geschulte, lebenfördernde Tatkraft hängt mit Erkenntnis zusammen, – anstatt, daß Erkenntnis der Tatkraft im Wege wäre. Geistige Anstrengungen, geistige Willigkeit, Furchtlosigkeit und Verantwortung wären, recht besehen, der Verbesserung des Daseins überaus dienlich. Verlangen wir von Erholungsbedürftigen nicht zu viel, – aber der Menschentyp, in dem Erkennen und Handeln einander nicht im Wege sondern förderlich sind, ist nun einmal das wahre historische Ideal Europas. Wir sollten ihm im Grunde treu bleiben. Nur dann ist unsere Zukunft verbürgt.

Was besagt dies praktisch? Daß unsere Bildung zu erneuern ist. Denn sie hat gelitten, wie jeder weiß. Die Jüngeren haben fast nirgends das früher in ganzen Schichten doch übliche Wissen, noch die menschliche Gepflegtheit, die wir kannten. Ich meine jene Humanität, die erst der Bildung verdankt wird, wenn sie nicht sogar dasselbe wie Bildung ist. Je besser es gelänge, humane Bildung zu verbreiten, um so mehr Aussicht hätte die Demokratie, ihrem Beruf zu genügen.

Daher ist unter den besten der neuen Ideen, die gerade aus der Not der Zeit entstehen, vor allem der Gedanke der Einheitsbildung. Seit 1924 ist die Allgemeinbildung der künftigen Volksschullehrer auf die höheren Schulen verlegt worden. Die Volksschule ist mit der Höheren Schule organisch verbunden worden. Es gibt eine einheitliche Grundschule, und es gibt die Aufbauschule, die begabte Volksschulkinder zur Hochschulreife führt. Die Kluft zwischen Volksbildung und höherer Bildung ist überbrückt.

Das ist der erste Schritt, auch die sozialen Abgründe zu überbrücken; denn es ist die Anerkennung, daß jeder gleich gut gerüstet das Leben soll beginnen dürfen. Ein Zeitalter, das diese Idee zur Tat machte, hat geistig nicht umsonst gelebt.

Der tiefere Sinn der Republik

Rede, gehalten auf der Hamburger Tagung der Deutschen Demokratischen Partei

Um den tieferen Sinn der Republik uns zu vergegenwärtigen, müssen wir nicht draußen suchen, wir haben ihn in uns. Von jeder ihrer noch nicht ganz sicheren Republik wird gesagt, sie sei eine Republik ohne Republikaner. Das ist nur so zu erklären, daß diese Republikaner es doch erst geworden sein können in anderen Staatsformen. Davon haftet natürlich noch etwas. Aber sie wurden es, wenn auch oftmals ohne Wissen und Willen, schon damals. Sie wurden unter der Monarchie für die Republik schon reif, dadurch daß ihre Gesellschaft sich veränderte, ihre Vorstellung von Pflichten und Rechten des Bürgers sich erweiterte und gewisse moralische Werte stiegen, während andere fielen.

Wenn Arbeit anfängt, die notwendige Voraussetzung jedes Daseins zu sein, wird sie bald auch die allgemeine Ehre und die sittliche Grundlage der Gesellschaft bilden. Zugleich sinken im Wert alle Vorzüge, die nicht erarbeitet, persönlicher Leistung nicht verdankt sind. Die Republik ist hiermit vorbereitet; sie beherrscht eigentlich schon die Seelen, noch bevor sie im Lande herrscht.

Auch beginnt ihr Reich im Grunde schon, wenn die Gesellschaft Pflichten übernimmt gegen jedermann und uns alle für ihre Gläubiger hält. So lange der alte Staat ganz unverfälscht war, gehörte er mit keinem Hauch seinen Untertanen, nur sie ihm. Soziale Gesinnung ist der Beginn der Republik.

Die Republik beginnt inmitten der Monarchie mit langsamer, unwiderstehlicher Umschichtung der Klassen, mit dem Vordringen der arbeitenden. Sie beginnt bei dem geistigen Durchbruch, in dem Augenblick, da Erkenntnis und Meinung unmittelbare Mächte werden. Gegen Ende des Kaiserreiches hatten die Denkenden und öffentlich sich Äußernden bei weitem mehr Geltung, als ein Zustand starrer Autorität noch verträgt. Die Geltung nicht der herrschenden Gewalten, aber ihrer Gesinnung war bezweifelt und verringert, bevor der Krieg kam. Die immer selbstbewußtere Masse sowohl wie die Intellektuellen, die sich achteten, alles stieß schon längst von innen gegen den geistigen und sozialen Festungsgürtel des alten Staates. Man tat es ohne viel Absicht, nur die Macht der Dinge wollte es. Die bestehende Ordnung ward dann erst von draußen, vom Kriegsgegner zerbrochen. Niemand in Deutschland hätte den alten Staat für so schwach gehalten, daß er von einer Niederlage abhing. Aber es ist sogar die Frage, wie lange er, selbst ohne äußere Niederlage, dem schicksalsmäßigen Druck von innen noch standgehalten hätte.

Die Republik ist nicht die Gabe des Zufalls. Sie überkommt uns nicht bei Nacht. Wir selbst haben sie vorbereitet, und in uns ging sie vor. Ihre Verwirklichung bestätigt nur Geschehenes. Wenn sie endlich da ist, drückt sie nur die Menschen aus, die schon da sind. Die vorhandene Gesellschaft findet sich durch sie am besten gesammelt und vertreten. Die Fähigkeiten, die in dieser Gesellschaft, ihren gegliederten Massen tätig sind, haben in einer Republik den größten Spielraum.

Zunächst und vorläufig äußern sich noch die Fähigkeiten, die der drängenden Not angehören, rasche Umstellung, bedenkenlose Anpassung, ein Kampf der Interessen, unverschleierter als in gesicherten Tagen. Wie könnte es anders sein! Soziale Veränderungen kommen jetzt in weit schnellerem Tempo. Wir haben uns an solche Erschütterungen von Wirtschaft und Moral angleichen müssen, daß auch gerühmte und siegreiche Geschlechter früher ihre Not gehabt hätten, sich nur zu halten. Anders wir, die das gesicherte Leben der früheren Tage schon fast vergessen haben und uns frisch und aufgeweckt in diesen mühevollen bewegen. Welche Monarchie wollte mit uns wohl auskommen? Mit einer Gesellschaft von solcher Beweglichkeit des Ausdrucks und so plötzlichen Schwankungen? Nur die freieste aller denkbaren staatlichen Formen kommt da noch mit. Dieses Volk hat Schweres in dieser langen Reihe schwerer Jahre allein, ohne die Hilfe von vorgesetzten Autoritäten überstanden und bewältigt. Dafür darf es natürlich fordern, daß seine Mündigkeit nie mehr angezweifelt wird. Sie ist endgültig, es wird sie zu verteidigen wissen.

Freilich muß diesem Volk und überhaupt dem reichlich geprüften Geschlecht, das jetzt Europa bewohnt, für manches Nachsicht gewährt werden. Es scheint, daß überall, hier und anderswo, die Freiheitsliebe zeitweilig zurückgeht, der Sinn für Autorität dagegen zunimmt. Das war auch sonst so nach großen Kriegen. Es ist das vorübergehende Ruhebedürfnis der Völker, aus dem die Diktatoren ihren Vorteil ziehen, sonst nichts. Die Richtung wird in der Welt vorbei sein, bevor sie noch recht durchgedrungen ist. Gegen die bleibende, unzerstörbare Freiheitsliebe des Menschen unserer Zone verstößt auch bei uns noch manches. Aber wir können davon so sprechen, als wäre es schon vergangen; denn eines Tages entledigen wir uns des allen sicher.

Die Versuche, im öffentlichen Leben anstelle der Vernunft die Gewalt und die bewaffnete Bande zu setzen, sind gerichtet, sie versagen bei uns immer, sie werden verschwinden. Auch die großen Geldinteressen, die sich der Gewalt zuweilen bedient haben, werden darauf verzichten müssen, den Staat auf ungesetzliche Art zu beherrschen.

Darüber hinaus aber wird sicherlich einst nach weittragenden Gedanken gehandelt werden, anstatt, wie jetzt noch oft, aus Furcht vor Ideen und in kleinlicher Abwehr gegen das Neue, das sie ankündigen.

Die Republik ist, kurz gesagt, der Staat, der Gedanken offen ist. Er hat kein Dogma, darf keins haben; denn dieser Staat ist gerade der Ausdruck relativer Menschen und einer veränderlichen Ordnung. Ihm fehlt die Erblichkeit der Macht. Er hat dafür das Recht der Idee.

Es anzuerkennen, wird nicht immer leicht, besonders dem nicht, der schon Macht hat, schon Besitz hat, der Macht ist. Machthaber, die einmal da sind, wollen niemals abtreten, neue Gedanken aber bringen neue Männer, die Bedingungen der Macht wechseln. Es ist verlockend, aus dem neuen Staat das Machtinstrument einiger wirtschaftlich Einflußreicher zu machen und einfach abzuwehren, was stört. Aber wozu wäre der eine Feudalismus gestürzt, wenn sogleich der nächste sich einnisten sollte? Nein, die Republik muß offenen Sinn behalten. Sie soll frei bleiben, in jede neue geistige oder wirtschaftliche Ordnung hineinzuwachsen.

Ist nicht eben dies die eigentlich demokratische Auffassung der Republik? Unter denen, die z. B. die Idee des Kollektivismus verfolgen und austreiben wollen mit dem Gesetz und sogar gegen das Gesetz, – ist sicher kein seiner selbst bewußter Demokrat; denn der hätte niemals diese abergläubische Furcht vor einer Idee, würde auch nicht glauben, daß die Wahrheit, falls sie irgendwo sich ankündigte, mit Gewalt zum Schweigen gebracht werden kann. Ein Demokrat wird vor allem das Volk, die große besitzlose Mehrheit, nicht seiner Aussichten auf Verbesserung des Daseins, falls denn Aussicht wäre, berauben wollen, – und er wird Achtung vor unglücklichen Kämpfern haben.

Von jeher haben so manche Persönlichkeiten von großer sozialer Machtstellung sich Demokraten genannt. Sie taten es wohl, weil gerade ihnen auch die Mächte des Geistes vertraut sind und die große Gefahr, sie zu leugnen, ihnen bewußt ist. Solche auch geistig hochstehenden Demokraten glauben nicht, daß mit dem Bestand und der Ordnung von heute schon alles gesagt ist. Wo starklebige Ideen darüber hinausführen, folgt eines Tages auch die Wirklichkeit. Sie sind darauf gefaßt, daß ein gewisser Ausgleich sowohl des Wissens und der menschlichen Pflege als auch des Besitzes allmählich doch wohl eintreten könnte. Sie sehen den Ereignissen, je nach Natur und Neigung, mit verschiedenen Gefühlen entgegen, aber sie haben vor anderen, die gleiche soziale Stellungen einnehmen, Klugheit voraus. Denn man muß mit allem rechnen und darf auf keinen Fall die Fühlung mit dem Volksganzen verlieren. Sie haben im Grunde wohl auch Herz voraus. Man schlägt nicht, wie diese besten Demokraten es möchten, Brücken zwischen den Klassen und bis in die Zukunft der Nation, ohne daß gelegentlich Güte sich regte und ohne die Mitwirkung eines wohlgeratenen Herzens.

Demokratie und Republik brauchen Güte so sehr wie Erkenntnis. Ihr Beruf wäre, beide in der Welt zu vermehren. Das Gegenteil von Demokratie ist Ideenhaß, die Verfolgung von Gesinnungen. Dem republikanischen Geiste am fremdesten ist die Verweigerung des Rechtes zum Schaden Schwacher, ist der Zusammenschluß aller derer, die schon in Besitz und Macht sind, gegen alle jene, die erst noch hinstreben.

So darf das Leben nicht aussehen. Das ist sein häßlichster Zustand, wenn auch dem ursprünglichen Menschen nur zu sehr gewohnt. Menschen sind von Natur nicht gut, und nichts bedarf so langer Lehre und Übung, wie Gerechtigkeit. Aber welchen Sinn hätte denn Demokratie, wenn sie uns nicht gerechter machte!

Demokratie ist im Grunde die Anerkennung, daß wir, sozial genommen, alle für einander verantwortlich sind. Keiner hat einzeln volle Geltung oder auch nur wirkliches

Leben. Was wir sind und vollbringen, ist bedingt durch alle, und alle helfen uns. Die Gesellschaft hilft jedem von uns, seinen Besitz zu erwerben. So reich er auch sei, er konnte es ohne uns alle nicht werden. Sogar die persönlichste aller Arbeiten, der Gedanke, wird hervorgebracht im Denker durch die ganze mitlebende Welt.

Wer dies erwägt und gelten läßt, wird nicht länger dulden wollen, daß die Gesellschaft nur einen vorherbestimmten Teil ihrer Mitglieder mit höherer Bildung ausrüstet, den anderen aber unwissend läßt und von vornherein in Nachteil setzt. Es ändert sich denn auch, es hat sich schon geändert. Die von Preußen ausgegangene Reform der Lehrerbildung, die organische Verbindung der Volksschule mit der Höheren Schule und daß begabte Volksschulkinder höhere Schulen besuchen können, dies ist ein Anfang. Die Republik macht ernst, und sie handelt von Grund auf. Zuerst die Annäherung im Wissen und inneren Menschentum, – wenn jemals der äußere Ausgleich der Lebenslage allgemein und von Dauer werden soll.

Die Republik fußt auf Erkenntnis anstatt auf Autorität, und ihr Ziel ist volle Gerechtigkeit.

Sie wird daher friedlich sein. Keine anderen zwei Tatsachen hängen heute so eng zusammen, wie die Republik und der Friede. Glaubt irgend jemand, daß wir unter einer anderen Daseinsform als der demokratischen Republik sogar mit Frankreich uns verständigen könnten? Wieviel stand früher zwischen Frankreich und uns, und was bleibt von Gegensätzen übrig, wenn wir einander jetzt vergleichen – unsere Interessen und unsere Geistesziele vergleichen mit denen Frankreichs? Wir dürfen vergangenen Groll der abgetanen Geschichte einreihen und vergessen, wenn doch keine lebende Tatsache ihn noch rechtfertigt.

Die übereinstimmenden Interessen drücken sich in dem deutsch-französischen Eisenkartell aus. Es werden auch noch Organe gefunden werden, um auszudrücken, daß, wie heute die Welt aussieht, in Wahrheit jene Nachbarrepublik unser nächster Geistesfreund ist. Wir teilen mit ihr das Staatsideal. Denn die deutsche Republik ist wohl erstens und vor allem der letzte Ausdruck unserer Geschichte und des deutschen Schicksals. Sodann aber ist die Republik ein menschliches Ideal, an dem zu arbeiten bleibt. Wer daran schon länger arbeitet als wir, hat Erfahrungen, die uns nützen können. Der Austausch mit ihm wird uns bestätigen, wird uns fördern auf unserem eigenen Weg, der nicht leicht ist. Wir sind in eine Krise der europäischen Demokratie hineingeraten, wir brauchen bei anderen geistige Anerkennung unseres Staates.

Bei uns selbst brauchen wir geistige Führerschaft. Die Republik empfängt ihre Wesensart nicht erst von äußerer Macht, sie wird groß durch Eroberung und Gewinn im inneren, die Hebung ihrer Menschen. Sie, die nicht nur materielles Gebiet, keineswegs nur die Mitte zwischen streitenden Interessen sein darf, die Republik ist berufen, sich fortwährend weiter auszudehnen und wahre Reiche zu erwerben dadurch, daß sie den geistigen und menschlichen Wert der Gesamtheit erhöht. Die richtig verstandene Demokratie darf nie die Senkung der gemeinsamen Ebene bedeuten, sie muß im Gegenteil das Mittel zur Züchtung der Besseren und Besten sein. Die richtig verstandene Demokratie allein kann den neuen Adel formen, – denn seinen Adel braucht jeder Staat. Dieser aber will nicht den ein- für allemal verankerten in Geburt und Besitz, er will die immer wieder erneuerte Aristokratie derer, die sich auszeichnen für die Nation.

Die Nation und unser Vaterland! Lieben wir sie denn nur, weil sie uns das materielle Leben gewähren? Liebe fängt doch erst an, wo Freude für den Geist, wo für die Seele das Versprechen von Glück ist. Wir sind geworden, was wir sind, zuerst durch die Sprache, dann durch Gebilde dieser Sprache, die beispielhaft in unserem Leben stehen. Noch mehr, die Nation selbst ist das Werk der Sprache. Die Dichter, nur sie, erfanden die Nation; wie wäre sie ihrer sonst jemals inne geworden. Von ihnen als Idee erschaffen, kam erst das Vaterland zur Welt.

Die Republik aber ist, wie das Vaterland, Gedanke, noch ehe sie Wirklichkeit ist. Sie wird das Vaterland vollenden und zur unbeschränkten staatlichen Einheit machen. Auf Arbeit begründet, der Gerechtigkeit bedürftig und mit dem Berufe, Erkenntnisse zu verwirklichen – erst die wahre Republik erfüllt einst den Gedanken eines Vaterlandes ohne Grenzen zwischen seinen Ländern, zwischen seinen Menschen.

Sobald wir wollen

Deutschland ein Einheitsstaat wie jeder andere? Phantastischer Gedanke! Wir schreiben weder 1848 noch 1866. Im Gegenteil, wir machen Finanzausgleich. Zwei Drittel Deutschlands, die schon staatlich geeinigt sind, werden genötigt, die Kleinstaaten, die das letzte Drittel bilden, mit Geld am Leben zu erhalten. Wenn sie es tun, warum dann nicht?

Sie tun es vermutlich nicht aus Liebe zum Partikularismus, sondern dank Parteiinteressen und zuletzt aus Gründen des sozialen, nicht nur des politischen Erhaltungswillens. Der Gegensatz arm-reich ist am Boden jeder Frage, auch dieser.

Schließlich einmal wird die künstliche Erhaltung der Kleinstaaten dem Reich und seinem größten Lande zu teuer kommen. Rechtskoalitionen und sozialer Widerstand werden sich bei solchen Preisen endlich nicht mehr lohnen, dann hat die Stunde der Länder geschlagen.

Die Stunde wäre viel früher da, sie wäre sogar schon längst dagewesen, wenn ein Ideal und ein Wille sie herbeiriefen. Fehlt es vielleicht ein wenig am Willen? Sind Ideale im ganzen überhaupt unbeliebt? Dann wäre freilich nicht viel zu machen. Die Deutschen müßten von neuer Begeisterung erfaßt werden – nicht für ein kriegerisch berauschtes Deutschland, was nur zu leicht ist, vielmehr für das Land der Brüder und der Kinder.

Das Vaterland noch einmal so empfinden können wie andere Geschlechter vor Zeiten, – es wäre schön. Nur als Pfand der Einigkeit, der sozialen Gerechtigkeit und besseren Zukunft, nie als Vorwand des Hasses gegen andere, besonders aber nicht als Geschäft. Das Vaterland kein Geschäft! Eine geschäftsfreie Stunde, und Deutschland wäre ein Einheitsstaat!

Lebensfeinde

I

Mir wird ein auf überaus drohende Art nationales Wochenblatt zugeschickt. Ich soll davon Kenntnis nehmen, daß ich »einer der schlimmsten Linksmänner« bin. Aber was kann das noch verschlagen, wenn die »Zersetzung des deutschen Geisteslebens« schon so weit, wie man dort annimmt, gediehen ist.

Die »Zersetzung« gedeiht besonders im S. Fischer-Verlag – merkwürdig, nicht bei Ibsen, nicht bei Hauptmann, reichlich dagegen durch andere, die gerade für die beiden manches getan haben. Dann sind noch ungenannte »Elemente« da, es scheint die gesamte Literatur zu sein. Warum aus falschem Schamgefühl Hauptmann ausnehmen? Die *Weber* sind zersetzend – nicht weniger als Schiller und seine »Gedankenfreiheit«, nicht weniger als Goethe mit seinem Napoleon.

Zersetzend, o nationaler Kämpfer, ist der Gedanke selbst. Begreife dies endlich! Quäle dich nicht um Sonderung von rechts und links. Die ganze Literatur taugt dir nichts, denn sie enthält Anschauung und Idee, umfaßt daher das Leben. Wer, o nationaler Kämpfer, das Leben leugnet, verfeindet ist mit seinen gegebenen Tatsachen, verfeindet den Ideen, die es nährt und die es fortsetzen werden, – der hat gegen sich immer auch die Literatur. Das ist wenig, verglichen mit dem Leben selbst, das er gegen sich hat.

Gibt es auch Literatur, die gegen das Leben ist? Wo steht dann euer Spengler, wenn man fragen darf? Der hält sich mit »Zersetzung« nicht erst lange auf. Gleich Untergang! Dahin gelangt ihr rechts, beim ersten Anlauf, Lebensfeinde! Der Untergang ist euer Wunschtraum, gerichtet an das Leben, das euch nicht gehorcht. Sein natürlicher Verlauf mißfällt, was bleibt da, außer Untergang, übrig, als ihn zu bändigen, zu fälschen. Gewalt! – die nie anders beginnt, als mit Maßnahmen gegen den Gedanken. Man war nicht mißtrauisch genug gegen Einstein, denn er ist »linksgerichtet«, denn er sucht die Wahrheit!

Was wollen sie – gesetzt, sie hätten endlich ihre Diktatur, ihre völkische Reinheit, ihre Vernichtung des Gedankens samt Mord an allen Denkern. Nichts. Dies ist erst die ganze Traurigkeit ihres Zustandes. Nichts wollen sie, als was schon da ist und durch eine noch unzulängliche Demokratie höchstens gemildert wird, die Herrschaft der wirtschaftlich Stärksten. Vorhanden sind Parteien und Parlamente, die kunstvoll vermeiden, daß die ungeheure besitzlose Mehrheit des Volkes gesammelt zur Geltung kommt, – aber die demokratische Form erhält doch die Hoffnung und zeigt den Weg.

Die nationale Einigung, von der Nationale nur reden können, ist bei der Demokratie im Werden, dank der Proletarisierung des Bürgertums. Das entmachtete, enteignete Bürgertum hat, wie der Proletarier, als Zuchtrute über sich das Kapital, es leidet sogar unmittelbarer und härter. Dem Bürger ist seine Lage noch neu, er erkennt sie vielfach noch nicht. Aber große Teile des Bürgertums wären bereit, sie zu erkennen. Die nationale Einigung wäre erreichbar, im Wege ist ihr vor allem die Propaganda der Nationalen.

National nennt sich, wer zugunsten des Großkapitals die nationale Einigung nach Kräften aufhält. Er hält das Leben auf, das sich vollziehen will, – was manches andere, nur nicht Kraft verrät. Wer nimmt gerade die so laut in Anspruch? Das droht und protzt mit seiner deutschen Kraft, aber noch nie ist der Gesellschaft etwas anderes eingefallen, als von der Schwerindustrie Geld zu nehmen, fünfzig Mark für den Mann – für Proletarier, die im proletarischen Berlin Schrecken verbreiten sollen. Ein Anblick, voll der Trauer.

Die sie führen und hinschicken, würden auch als Sieger nichts weiter können, als die Gesamtheit den paar Reichen bedingungslos ausliefern. Sie täten es nicht einmal aus Überzeugung, geschweige unüberwindlicher Liebe zum Kapital, sondern einzig und allein zufolge ihrer eigenen Leerheit, ihrer Schwäche. Das Wochenblatt mit der »Zersetzung« enthält einen Witz, lehrreicher als seine literarischen Meinungen, die vorauszusehen waren. Ein Feldwebel läßt Kaufleute vortreten, dann verwendet er Kommerzienräte und Direktoren, um aus Heringen Rollmöpse zu machen. Dies die nationale Auffassung vom Kaufmannsberuf. Andere, die so denken, werden ehrlicherweise Kommunisten.

Aber nationale Männer hassen die Kommunisten und die Kaufleute, den Gedanken und auch das unbewußte Blühen. Sie hassen den Menschen, der sich klar entfaltet, der mehr Glück will. Sie hassen das Leben.

Trauer, weitab vom Haß die reinste Trauer, erfaßt jedes fühlende Herz, wenn Scharen der Armen, namens eines sinnlos gemachten Deutschtums, sich trennen lassen von ihren natürlichen Gefährten. Wie viel Freude wirklicher Gemeinschaft entgeht ihnen! Da sie ihre eigensten Hoffnungen bekämpfen müssen, wie viel Herzensfreude! Da sie auch nicht lesen und lernen dürfen, wie viel Geistesfreude!

II. An einen Völkischen

Sie schreiben mir trotz Gesinnungsfremdheit, das ist viel. Sie versuchen auf Ihre Art beinahe höflich zu sein. So antworte ich Ihnen, zumal ich Gesinnung nicht für das Grundlegende halte. Man muß guten Willen haben. Wenn ich sehen könnte, daß Ihre Richtung erstens die Welt vorwärts brächte und zweitens die meisten glücklicher machte – was eigentlich zusammenfallen sollte –, ich würde jede geistige Abneigung zu überwinden trachten. Aber tut Ihre Richtung das? Ich sehe sie leider nur Haß verbreiten. Ich beklage (auch in dem Artikel, den Sie meinen), daß so viele jüngere Menschen die ideale Kraft ihres Lebens nur dafür ausgeben, sich der großen Mehrheit ihrer natürlichen Genossen in den Weg zu stellen. Auf die Weise erreicht keiner etwas. Das war dann auch der Zweck derer, die zufolge äußerer wie innerer Wahrscheinlichkeit und nach fester Überzeugung der ganzen Öffentlichkeit noch bei jedem Anlaß das Geld gaben.

Mein Artikel wiederholt, was nicht mein Einfall, aber mehr, eine absichtlich verkannte Wahrheit ist: die Besitzlosen sollten sich einigen, – anstatt, daß Teile von ihnen sich zugunsten der paar Besitzenden als Quertreiber mißbrauchen lassen. Das hat nichts Rührendes, wie Sie glauben, es ist nur traurig.

Ich bin ein sozialer Beobachter, »kannegießen« werden eher jene, die nichts sehen und meine Gesellschaftsromane nicht geschrieben haben. Ich sehe, daß die Gemeinschaft aller Besitzlosen sich auszudrücken beginnt – zuerst dort, wo man Tatsachen schneller anerkennt. Der französische Lehrkörper hatte sich schon in einem Syndikat vereinigt, jetzt ist dieses an die Confédération du Travail angeschlossen. Damit haben die meisten französischen Professoren aufgehört, »bourgeois« zu sein und sind organisierte Proletarier geworden – durchaus nicht aus Vorliebe und

Gesinnung, einfach in Anerkennung der neu gegebenen Tatsachen. Was nennen Sie nun »pervertiertes Klassenbewußtsein«? Daß man sich nach seinen wirklichen Verhältnissen einreiht? Pervers, vielmehr stur, ist eher die Einbildung, man sei »bürgerlich«, weil man auch bei der Arbeit einen Hemdkragen trägt. (Aber Geld hat man womöglich weniger als ein Fabrikarbeiter.)

Ihr Brief enthält ferner den Irrtum, als hätten ich und meinesgleichen noch niemals, wie Ihre Freunde, auch nur ein halbes Monatsgehalt unseren Ideen geopfert. Ich kann versichern, daß ich dauernd mehr opfere. Sie wissen wohl, wie sehr ein ganz großer Teil des Buchhandels rechts gerichtet ist. Ein Buch kann die ehrenvollste Aufnahme finden, einer solchen Firma genügt der politische Ruf des Verfassers, um laut zu erklären, sie werde es nicht empfehlen. Man könnte dies auch Boykott nennen, freilich ist es ein durch Selbstverleugnung vermeidbarer Boykott. Ich habe ihn nicht vermieden.

So wehrlos sind die Ihren nicht, wie Sie mir vorhalten wollen. Mir ist, als sei sogar der Angriff gewöhnlich von Ihrer Seite gekommen. Ich weiß mich trotzdem von Vorurteilen frei. Ich erstrebe Verständnis für die Lage einer Gesellschaft, die mit dem Recht der Logik auch die Ihren hervorbringt.

Huldigung für Max Liebermann

Zwei Bilder hingen einmal nebeneinander an zwei Wänden, die einen Winkel beschrieben. Zwischen den Bildern lag nur der Winkel, übrigens waren sie von derselben Hand und Männerbildnisse alle beide.

Die Gesichter sahen aneinander vorbei. Ganz wie die wirklichen Gesichter, lebte jedes streng in seinem Bezirk. Beziehungen wären auch hier nur auf sozialem Wege herzustellen gewesen. Das eine gehörte einem General. Er war in Feldgrau, wohlbeleibt, ohne fett zu sein, mit rosiger Miene und blauen Augen. Die Augen wurden nicht mehr von innen erhellt, da es Greisenaugen waren. Trotz Undurchsichtigkeit wirkte aber das Blau entschieden und ungeschwächt, weil ein volles, einfaches Gesicht von gesunder Färbung es umgab. Freilich glaube ich nicht, daß jeder gute Maler dies einfache, unverblaßte Gesicht richtig hervorgeholt hätte aus der Vieldeutigkeit des lebenden Menschen. Dieser hier war durchgedrungen bis hinter die Vorhänge, die der fremde Beruf, die verschiedene Welt, der andere Mensch sind.

Das zweite Bildnis war sein eigenes – und hatte gemalt werden können nur von einer noch weitergehenden Erfahrung. Die schlanke, beherrschte Altersgestalt stand leicht vorgeneigt, sie bot die kahle gelbe Stirn, die matt glänzte. Darunter waren die Augen ganz geöffnet. Ich kannte diese Augen, aber so hatte ich sie nie gesehen. So sehen unsere Augen, falls sie es können, sich selbst, samt unserem Dasein und ganzen Bestand. Kein anderer sieht uns so, und wir sehen so nichts anderes.

Die Lippen des Bildnisses waren mit den Spitzen leicht aneinander gedrückt, dunkle Gruben aus mürbem Fleisch liefen von den Mundwinkeln hinab im Halbkreis. Die schwarzen Augen wußten um jede ermüdete Falte, sie benannten den ihr entsprechenden Wert an Erleben. Sie kannten scheinbar in diesem festgehaltenen Augenblick sogar die Grenze alles Erlebens, ja, schienen bereit, den Blick hinüber zu tun. Sie blickten fest, tief und mit der Unerbittlichkeit des Gedankens wie des Alters.

Derselbe Darsteller verfügte für sein eigenes Bildnis über Mittel äußerster Geistigkeit. Gleich daneben verstand er sich auf das unbefangene Abblühen bei einem soldatischen Greise. Während seiner ganzen Laufbahn ist er der Welt gerecht geworden, sie fand sich von ihm verherrlicht wie je. Über alle die Herrlichkeit aber gebietet sein Wissen, gebietet seine Klarheit, die immer noch lieber karg als schwerfällig wäre. Er hat nie überladen und hat nur gesagt, was er wußte. Max Liebermann tat im ganzen Leben wohl keinen Pinselstrich zu viel. Dies ist nicht mehr und nicht weniger als die erste Vorbedingung der Dauer.

Wer dauert, verdankt es der Stetigkeit seiner inneren Verantwortung. Er hat sein Können nicht wild wuchern lassen. Der Zufall und das Gleichgültige waren ihm fremd. Wahr und maßvoll zu sein gebot ihm seine Natur, überdies wußte er, was er tat. Er steht sicher.

Statt der Zukunft, die wir nicht mehr hören sollen, sprechen uns manchmal Fremde von jenseits der Landesgrenzen schon das gültige Urteil. Max Liebermann aber ist in aller Welt umgeben von Huldigungen, die noch einmal volle Freude an unserer gemeinsamen Gesittung sind.

Er hat vermocht, was nur die Vollkommensten hier und überall vertreten: Besonnenheit im Reichtum, Kraft und dennoch Geist.

Deutsche Republik

Auf deutsch gesagt: der deutsche Republikaner mittlerer Güte weiß von seinem Staat nur das eine sicher, daß er ein Geschäft sein muß. Der Monarchist hat von der Republik genau dieselbe Meinung. Übrigens gibt es keine Monarchisten. Es gibt nur Leute, die aus ihren früheren monarchistischen Gewohnheiten ein Handelsobjekt machen. Wer sie hergibt, wird ins Geschäft gelassen. Er verwandelt sich glatt in den üblichen Republikaner; die Republik aber bekommt einen geradezu höfischen Zug, was lügen betrifft.

Der deutsche Monarchorepublikaner ist in der Seele ein Verwaltungsrat. Er steht zur zahlenden Volksmasse, wie die Verwaltung der Bank zu den Kleinaktionären. Sie sollen keinen Einfluß haben, und ihr Anteil am Aktienkapital muß dauernd verkürzt werden. Daher Kapitalverwässerung, bei schönen Reden über die Gemeinnützigkeit des Instituts. Vielfaches Stimmrecht der Verwaltung, und ewig bleibt im unklaren, daß die Opposition im Grunde zwei Drittel der Stimmen hat.

Zwei Drittel der Deutschen sind Arbeiter und Angestellte, wo kommt dies jemals zum Ausdruck? Aber auch im letzten Drittel hat fast niemand Geld. Offenbar regiert das Geld ganz allein; es hat Seltenheitswert. Es herrscht, nicht weil die paar es haben, sondern weil alle, alle es täglich ersehnen. Weil es der Wunschtraum aller ist. Weil sie ihre Arbeit, die endgültig ihr ganzes Leben ist, noch immer nicht so hoch achten, wie das fast allen unzugängliche, daher eigentlich nur eingebildete Geld.

Es ist die nachbürgerliche Zeit, eine Neuheit. Sie wissen noch nicht, daß es so bleibt, und daß wir für immer nur Arbeiter sind. Was sofort einen anderen, erträglicheren Sinn hätte, wenn wir es anerkennten. Da wir es nicht anerkennen, verzetteln wir uns und werden betrogen. Unser Anteil an der Aktiengesellschaft, wenn wir die Republik für sonst nichts halten, ist leicht zu entwerten, er fällt bestimmt noch auf Null. Eine gewitzte Verwaltung bringt das fertig.

Wir könnten aber sehr wohl die Republik für etwas ganz anderes halten. Wir könnten sagen und vertreten: die Republik, das sind wir selbst. Wir haben sie vorbereitet schon unter der Monarchie; denn die Welt der Arbeitenden drängte schon damals heran gegen die der Bevorrechteten, die Autorität wich schon damals der Kritik. Der Krieg war die Gelegenheit der Geschichte, aber sie hätte uns die Republik auch sonst gebracht. Man tue doch nicht, als wäre das größte Schicksal abwendbar gewesen, und was wir sind, wäre reiner Zufall.

Die Republik ist geboten und besteht als Ausdruck der Arbeitenden, die Gerechtigkeit für möglich halten und von der Wirksamkeit der Vernunft überzeugt sind. So sind wir, wenn die Verwaltung uns nicht dumm macht. Uns sagt die Republik etwas Außergeschäftliches, horchen wir nur in uns hinein, denn dort wohnt sie! Sie sagt beinahe etwas Feierliches. Es soll Friede sein. Die allgemeine Lebenslage soll ständig verbessert werden. In der Schulbildung, seiner geistigen Rüstung für das Leben, sei niemand willkürlich benachteiligt.

Daraus macht die Verwaltung: ein Eisenkartell statt des Friedens. Kein Wort ward je von dort gehört, daß wir die Freunde Frankreichs sein wollen. Wir dürfen nur seine Geschäftsfreunde sein. Jeder Hauch eines republikanischen Empfindens müßte uns, wie die Welt heute aussieht, an die Seite Frankreichs eilen lassen. Es hat unser Staatsideal, das eine Vorstellung glücklicherer Menschen ist. Es ist darin erfahrener als wir, es kann uns helfen, seine geistige Anerkennung nützt unserem Staat... Nichts davon! Aber der abgeschminkte Nationalismus schließt ein Eisenkartell und nennt das Verständigung.

Das Eisenkartell kann eines Tages ausgedient haben und sich erübrigen. Dann haben sie vor, den »Erbfeind« wieder aus der Kiste zu holen. Oder es soll zusammen mit ihm gegen andere gehen. Die Reichswehr erfordert mehr Geld, als irgend jemand versteht oder verstehen darf. Welche Mehrheit besitzloser Wähler hat die Abgeordneten ermächtigt, für einen Heeresetat zu stimmen, der die besitzlose Masse schon jetzt alles kostet, was sie hat haben wollen, produktive Arbeitslosenfürsorge, Abbau der Zölle, öffentliche Geistes- und Menschenpflege; und der sie mit vollkommener Sicherheit eines Tages wieder auf den Schlachtfeldern das Leben kostet.

Welche besitzlose Wählermasse hat ihre Abgeordneten ermächtigt, den Mehlzoll sogar noch zu erhöhen? Durch welchen Verrat, welche Niedertracht von Geisteshaß, der sozialer Haß ist, kommen Gesetze gegen die Gedanken- und Redefreiheit zustande, obwohl keine nennenswerte Zahl im Lande sie gewollt oder in ihren Wirkungen ermessen hat? Was haben Abgeordnete, die zu zwei Dritteln dem Einheitsstaat Preußen angehören, mit einem »Föderalismus« zu tun, – den sie ausschließlich darum böswillig begünstigen, weil er sozialen Rückschritt bedeutet. Auch für ein Konkordat oder das Schulgesetz, das ihm gleicht, ist keine wirkliche Mehrheit im Lande. Trotzdem soll es uns hinter die Zeiten Wilhelms zurückdrängen – sozial, und geistig nur um der sozialen Wirkung willen!

Alle, aber auch alle Maßnahmen der Verwaltung dieser Aktiengesellschaft gehen bewußt auf Täuschung und Entrechtung der Kleinen aus. Wir sind eine Demokratie, Gewalt ist für täglich nicht mehr angebracht, die Kleinen stimmen mit – aber immer zu ihrem Schaden. Man überzeugt die Kleinen mit Brustton, daß sie sich fressen lassen müssen. Jetzt läuft im Lande wieder einmal ein Film zur moralischen Rechtfertigung der Waffenfabrikation; man dürfe doch den Arbeitern nicht das Brot nehmen. Brot! Saures, hartes Brot, – dafür, daß sie einwilligen, sich einstmals wieder für edle Brotgeber vergasen zu lassen. So sieht von vorn und von hinten die Moral dieses Republikgeschäftes aus.

So seine Moral, so sein Geist und so sein Herz. Denselben Menschen, die im Reichstag einen ausdrücklich gegen die Besitzlosen gerichteten sozialreaktionären Block bilden und sich darin wohlfühlen, sogar noch, wenn er Abstriche an Kinderspeisungen macht, – ist nicht beizubringen, daß sie häßlich sind, grundhäßlich im Innern. Wenn sie sich sehen könnten, sie täten wenigstens dies nicht. Sittlichkeit als innere Ästhetik ist ihnen unbekannt. Sie kennen nur das leere Wort »Sittlichkeit« als technisches Mittel, irgend jemand hineinzulegen. In der Seele Verwaltungsrat und auch im Leben dieser Beschäftigung meistens zugeneigt, haben sie nicht Zeit, noch zu lernen.

Höchstens können sie gebeten werden, wieder durchzunehmen, was in alten Tagen, wenn auch nicht gerade erfolgreich, ihrer menschlichen Bildung diente: die Fibel – die Fibel mit den lehrreichen Geschichten, und auch die Postille!

Paneuropa, Traum und Wirklichkeit

Paneuropa war zuerst der Traum einiger Geister, ist aber jetzt nicht mehr weit davon, das praktische Ziel von Geschäftsleuten und Machtpolitikern zu werden. Nur noch ein Krieg im nahen Osten könnte dazwischen stehen. Paneuropa lebte anfangs im gefühlsmäßigen Widerspruch gegen die unsinnigen Taten des Nationalismus, im Mitleid mit den Völkern und den Menschen. Dann zog es Kraft aus der Forderung der einfachen Vernunft, daß endlich dieser kleine Erdteil sich organisiere, da doch viel größere besser organisiert sind. Dies alles würde nicht genügt haben. Die wirtschaftlich Mächtigsten mußten auch noch bemerken, daß Paneuropa geschäftliche Vorteile haben würde vor der bisherigen Zerrissenheit des Weltteils.

Jetzt reift die Idee. Sie ist nicht mehr hochherzig wie sie war. Dafür ist sie gediegener. Sie entspricht Interessen. Die Idee arbeitet zufällig genau in der Richtung der Interessen. Radikale Idealisten tun ihr Bestes und damit zugleich das Beste internationaler Wirtschaftsmächte. Künftige interkontinentale Kriege werden mit vorbereitet von echten Friedensfreunden, die es nicht wissen. Paneuropa wird nicht die Sache von Pazifisten bleiben. Es wird in die Hände von Imperialisten kommen. Paneuropa wird eine Machtorganisation werden – möglichenfalls zur Bekämpfung gerade derer, die es als erste ersehnt hatten. Es wird, wie alles Menschliche, schuldig werden.

Paneuropa wird dennoch eine durchgesetzte Forderung der Vernunft sein, was immer ein Gewinn bleibt. Es wird Landsleute aus früheren Feinden machen, mehr Menschen einander angleichen in Gefühlen und Geschicken. Es wird dahin führen, daß Katastrophen vielleicht größer, sicher seltener werden, und wird das auf Erden mögliche Glück im ganzen wohl mindestens aufrecht erhalten, wie jede von neuen Ideen bewirkte Umwälzung es, wenn nicht vermehrt, doch aufrecht erhält. Wir müssen trotz allem, was sich voraussehen läßt, Paneuropa wünschen.

Justiz

I. Auf einem Scheiterhaufen

Was sagen zu dem Brand des Wiener Justizpalastes die Juristen? Einige Rechtsgelehrte Wiens sind vielleicht stutzig geworden, aber ihre Fachgenossen in anderen Städten und Ländern, auch deutschen? Welche Schlüsse ziehen sie? Daß man in Wien hätte ausgiebiger schießen sollen? Dann wäre es zu dem Tatbestand der Brandlegung nicht erst gekommen? ... Gewiß nicht. Nirgends konnte es gegenwärtig dazu kommen, nur gerade in Wien. Aber was beweist dies, wenn die Hindernisse ausschließlich technischer, also überwindbarer Art sind. Anderswo hat der Staat mehr Machtmittel, das Volk muß mehr hinnehmen, es ist gebändigt. Fragt sich nur, wie viele andere Justizpaläste in der Einbildung und in den Wünschen von Millionen mitgebrannt haben, als in Wien einer brannte, – und wie viele, wenn es zu machen wäre, wirklich brennen würden.

Warum das? Warum überhaupt der Justizpalast? Den Juristen, nicht nur Österreichs, muß doch auffallen, daß von allen öffentlichen Gebäuden, die zur Wahl standen, gerade das ihre getroffen wurde. Augenscheinlich war es das verhaßteste. Früher hatte es so heftige Gefühle nie erregt. Hier äußert sich mit höchster Sichtbarkeit jene »Vertrauenskrise«, ein offenbar zu mattes Wort für Dinge, die sich so äußern.

Haben die Juristen – nicht die Richter nur, die Mehrzahl aller ihrer Fachgenossen, haben sie eigentlich nötig gehabt, es so weit kommen zu lassen? Von ganzen Volksklassen, so großen, daß niemand weiß, wo sie enden, gehaßt zu werden, ist doch kein Spaß. Es gibt kaum

Beispiele, daß es gut geendet hätte. Wer stellt sich leichtfertig heraus für Interessen, die eigentlich gar nicht die seinen sind? Die bei weitem meisten Juristen sind arm, sie leben außerhalb der Gesellschaft der Reichen oder sind an ihrem Tisch nur geduldet. Trotzdem begegnen sie nicht allein der Auflehnung der Armen, die schon längst keine Hand mehr erheben, nein, ihren Ansprüchen und selbst ihrer Sehnsucht, mit einer Schroffheit, daß wahrscheinlich sogar die Reichen sich wundern.

Alles, was es an Opposition in dieser demütig gewordenen Welt noch gibt, soll gleich Kommunismus sein. Wenn die Organe der Reichen es behaupten, ein Richter, ein Beamter oder Professor braucht es deshalb noch nicht zu glauben. Die Wiener Arbeiter, die den Justizpalast anzündeten, dachten dabei nicht an Kommunismus. Sie waren einfach schon zu lange gepeinigt und erbittert worden durch die ewige grundsätzliche Parteinahme des gesamten Justizbetriebes gegen sie, sogar, wenn ihre Gegner sie umbringen. Diese Gegner, ob sie sich völkisch oder anders nennen, mögen dabei die heldenhaftesten Vorstellungen haben; im Reich der Tatsachen sind sie natürlich nichts weiter als Wachtposten vor allzu reich gedeckten Tischen. Wenn etwas sie entschuldigt, ist es ihre Unwissenheit. Aber die Juristen?

Die Juristen müssen doch sehen, daß in der Gesellschaft, wie sie jetzt abläuft, etwas nicht stimmt. Für soviel Armut hat sich der Reichtum etwas zu großartig. Für soviel Arbeitslosigkeit handeln die herrschenden Parteien etwas zu arbeiterfeindlich, für so große besitzlose Volksmassen wirkt alles, was geschieht, zu wenig volkstümlich. Zweifellos läßt sich jeder Zustand aufrechterhalten, wenn man immer den einen Teil der Besitzlosen gegen den anderen ausspielt, – aber doch nur eine Zeitlang. Juristen sollten immerhin wissen, daß auch die soziale Reaktion, wie jede andere, ihre Zeit hat. Eines Tages ist sie verbraucht.

Dann kommt nicht der Kommunismus, der könnte höchstens zu einer Stunde geworden und da sein, wenn schon niemand mehr von ihm spräche. Für Westeuropa ist er nur ein vorläufiges Kennwort gründlicher Unzufriedenheit. Aber dann beginnt ein Zeitalter der Umkehr und der Reformen. Das erwartet uns so sicher, wie heute der Mißbrauch ungerechter Vorteile herrscht. Haben die Juristen ein begründetes Interesse, den Anschein zu erwekken, als seien sie die zuverlässigsten Freunde sämtlicher Mißbräuche? Wenn sie wenigstens auch selbst die Vorteile hätten! Aber nur den Haß einzukassieren bei sonst leeren Kassen? Sie machen wirklich den Eindruck Hineingefallener. Gehen durch dick und dünn mit Nutznießern, zu denen sie selbst nicht gehören. Aber zuletzt werden sie bezahlen müssen, hauptsächlich sie.

Die noch rauchenden Trümmer eines Hauses, das ihres war, warnen sie.

II. Sacco und Vanzetti starben

Die elektrisch gekochten Sacco und Vanzetti waren, als sie vor sieben Jahren vielleicht jemand töteten, nicht nur Raubmörder, sondern sogar Anarchisten. Als sie aber bis zum mehr oder weniger sicheren Eintritt des Todes zehn Minuten lang gekocht wurden, war der eine seit dem Raubmord zum zärtlichsten Bruder und Sohn, der andere zum Philosophen geworden. Dieser hatte in siebenjähriger Erwartung des juridischen Kochapparates sowohl die griechischen Denker, als auch Descartes und Kant gelesen. Was alles dem Menschen bestimmt sein kann! Der andere inzwischen lebte mit allen seinen Gedanken unter den fernen Seinen, ihn erhielt bei Vernunft trotz täglicher Todesdrohung allein das Gefühl. Welche Wege! Man beginnt als Raubmörder, wie wir annehmen wollen, endet aber weise und liebreich. In diesem Augenblick wird man gekocht. Hier arbeitet der bisher beste Beweis gegen die Todesstrafe.

Sie schneidet Entwicklungen ab, die dies einzige Mal trotzdem sichtbar eingetreten sind. Sacco und Vanzetti waren nach dem richterlichen Beschluß, dessen Wirkung nur durch formale Einwände solange aufgehalten werden konnte, sieben Jahre lang tot, bevor sie starben. In diesem Zeitraum verwandelten sie sich. Sie verwandelten sich nicht mehr und nicht weniger, als andere Menschen in so langen Zeiträumen sich verwandeln können; nur ihnen war es wegen schon beschlossenen Todes eigentlich verboten. Aus einem armen, aber ehrlichen Handwerker kann in sieben Jahren ein reicher Mann werden, der ungezählten seiner früheren Genossen ihren Anteil am Leben, ja, auch das Leben selbst verkürzt hat. Das geht. Oder aus einem Reichen, der das Leben nicht kannte, wird in weit kürzerer Zeit ein armer kleiner Gauner. Das ist erlaubt. Der Staat mit seiner Inflation, die Richter mit ihrem »Mark ist Mark«, besorgen den Vorgang selbst. Sogar ein wirklich guter Mensch kann im Verlauf von sieben Jahren Erlebnisse haben, die ihn bis zum Mord führen. Das muß man hinnehmen. Nur das Umgekehrte, aus einem Mörder ein guter Mensch zu werden, ist strikt verboten. Dem wird durch Hinrichtung vorgebeugt.

Möglich wäre es; das Leben läßt schlechthin alles zu. Zwei Gerichtete, die mitten im Tode durch eine unwahrscheinliche Kette von Zufällen noch sieben Jahre am Leben erhalten wurden, haben die Möglichkeit erwiesen. Aber es soll nicht erlaubt sein. Der Fall Sacco und Vanzetti wird die Todesstrafe, je lauter er gegen sie spricht, um so sicherer befestigen. Denn es gibt erstens die, deren Interesse es ist, zu behaupten und zu verbreiten, Revolutionär und Raubmörder sei dasselbe, aus dem ersten könne nie etwas anderes werden, als das zweite.

Außerdem gibt es die Juristen – gewisse Juristen. Der Richter Thayer hat sieben Jahre lang die beiden Hinrichtungen aufgeschoben, ohne sich jemals auf die Nachprüfung der Sache selbst einzulassen. Einzig die ihm vorgeworfenen Formfehler bewogen ihn, Menschen, auf deren Tötung durch elektrisches Kochen er keinen Augenblick innerlich verzichtet hat, außer dem schrecklichsten, je erfundenen Sterben auch noch siebenjährige Todesangst erleiden zu lassen. Sie sind der Angst begegnet durch Liebe und durch Philosophie. Aber was kann dafür Richter Thayer.

Ein Typ, der an Formfehler sein bestes Denken wendet und sein etwaiges Gefühl an den Sport, wird für die Abschaffung der Todesstrafe nie zu haben sein. Richter Thayer braucht sie, und seinesgleichen braucht sie. Wer nähme sie selbst sonst ernst. Erst mit der Todesstrafe im Hintergrund überzeugen sie den Zweifler von der tödlichen Wichtigkeit der Frage, ob Formfehler vorliegen oder nicht. Sonst sähe darin jeder außer ihnen selbst nur den läppischsten Unfug.

Die Todesstrafe braucht unerläßlich, wer über Menschenschicksale nachdenken weder will noch kann. Wer nichts weiß und gerade darum richten darf, richten aus Mangel an Erkenntnis, – der braucht sie. Um Besitz und Macht für heilig halten zu können, ihre Opfer aber, die sich empören, für Verbrecher, muß er sie auch töten dürfen, sonst könnte er selbst am Ende schwanken.

Die eigene Furchtbarkeit muß ihn stärken.

Denn seine Aufgabe ist paradoxal. Er selbst besitzt nichts, und nur das Geld soll ihm heilig sein, unvergleichlich heiliger als das Leben.

Die soziale Maschine ist anfechtbar, manchmal wird sie auch abgeändert. Er hat davon wegzusehen und es zu leugnen, sogar bis nach der Abänderung. Er, der alle Grausamkeit, den ganzen Unsinn der sozialen Maschine an jedem Angreifer rächen soll, ist verpflichtet zu dem abgehärteten Gewissen, dessen stärkste Probe die von ihm zu verhängende Todesstrafe ist. Richter Thayer braucht daher die Todesstrafe.

Wenn er nicht dazu verpflichtet wäre, hätte er aber das abgehärtete Gewissen zur eigenen Lust, man muß es für ihn hoffen und es ihm zutrauen. Es ist doch immer etwas, in einer vorsichtig gewordenen Welt der einzige noch funktionierende Absolutist zu sein. Richter Thayer und seinesgleichen sind die noch übriggebliebenen unkontrollierbaren Selbstherrscher, vor deren Machtwort Menschen als Leichen hinsinken. Sonst kann selbst der Mächtigste ganz ohne Schein und Vorwand nicht einmal die wirtschaftliche Existenz eines anderen vernichten. Er wird beobachtet, ihm sind Grenzen gezogen. Richter Thayer ist mächtiger, – was ihn um so stolzer macht, da er nicht reich ist wie sonst die Mächtigen.

Er wird, wie sie, furchtbar und der Schrecken der Armen dadurch, daß er unabsetzbar ist und, es komme wie es will, die Armen quälen, entrechten, zuletzt sogar töten kann. Die Mächtigen brauchen ihn, wenn sie, der öffentlichen Meinung aller Weltteile zum Trotz, zwei ihrer Feinde kochen wollen. Er dagegen braucht sie, um an ihrer Macht sich für die seine zu begeistern. Warum wäre er sonst immer und ewig für sie und gegen ihre Feinde? Richter Thayer könnte, bei seiner Unabsetzbarkeit, anstatt mit den Schwachen es im Gegenteil mit den Mächtigen aufnehmen. Freilich müßte er fürchten, dann nicht mehr lange unabsetzbar zu bleiben. Vor allem aber treibt ihn doch, wir wollen es hoffen, seine Lust, auf der Seite der Mächtigen zu stehen, ihnen zu gleichen, es ihnen gleichzutun, ja, sie zu überbieten und zu wagen, was sie im eigenen Namen nicht wagen: zu töten.

III. Das größte Unglück

Die Schriftstellerin Frau Berta Lask wird verfolgt von Polizei und Gerichten, gleichzeitig in Berlin, Kassel, Halle – wegen Vorbereitung zum Hochverrat. Sie hat Stücke aufführen lassen. Dadurch fordert sie nach Meinung der Juristen sowohl zum Bürgerkrieg auf, wie sie auch eine gewaltsame Änderung der Verfassung vorbereitet. Sämtliche Juristen hängen, wie bekannt, mit ganzer Seele an der Verfassung.

Gesetzwidrige Handlungen denken wir uns herkömmlicherweise als heimliche und dunkle Taten. Wie falsch! Die Schriftstellerin Frau Berta Lask handelt gesetzwidrig in Gegenwart von sechzehnhundert Personen, bei erleuchtetem Hause und allgemeinem Jubel. Dies ist das Auffallende. Den Juristen fällt es nicht auf, wenn so viele, in normalen Zeiten, sich gegen das begeistern, was sie Gesetz nennen.

Die Stücke kenne ich nicht und muß sie nicht kennen. Es genügt, daß sie Tausenden, und verböte man sie nicht, ebenso gut Hunderttausenden geben, was die Herzen sich wünschen. *Leuna 1921* erweckt zweifellos in proletarischen Zuschauern erlebte Tatsachen, so, wie die Hunderttausende sie erlebt haben und kennen. Die Juristen sehen sie anders, nämlich so, wie die Gegner der Arbeiter sie sehen. Was die Arbeiter kennen und sehen, darf nicht aufgeführt werden; daher Verbot.

Das »Revuedrama« namens *Giftgasnebel über Sowjetrußland* verbildlicht wahrscheinlich Angst- und Wunschträume. Auch diese leben in ungezählten Köpfen – mit demselben Recht, wie die Existenzangst, die Kommunisten macht, wie der Drang nach einem besseren Los, der für Rußland wirbt. Aber die Träume sollen in den Köpfen nicht leben, sie dürfen nicht Bild und Szene werden, sie verfallen, öffentlich geäußert, alsbald der Anklage.

Die Hochzeit des Figaro wurde, als sie genau so zum Bürgerkrieg aufforderte und die gewaltsame Änderung der Verfassung vorbereitete wie *Leuna 1921*, dennoch aufgeführt und nicht verfolgt. Gerade die von der Satire Betroffenen bereiteten dem Stück seinen Erfolg. Das war unvorsichtig; denn nachher kam die Revolution. Da *Leuna 1921* glücklich verboten ist, kann nie mehr Revolution kommen, so die Meinung der Juristen. Sie sind mit der Angelegenheit fertig geworden.

Sie sind hundert Jahre alt. Es sind noch dieselben, die Gottfried Kinkel und Fritz Reuter ins Gefängnis steckten, Heine und Herwegh zu Verbannten machten und sich einbildeten, sie retteten damit die Feudalherrschaft. Mit voraussichtlich gleichem Erfolg retten sie jetzt die Plutokratie. Die bürgerliche Welt sieht dem zu und findet es diesmal in der Ordnung. Damals hatte sie Zweifel. Damals war sie für Gedankenfreiheit – aber bei näherer Überlegung doch nur für die Freiheit ihrer eigenen Gedanken. Proletarische Gedanken fielen nur höchstens so lange unter die Gedankenfreiheit, als auch die bürgerlichen Gedanken noch verboten waren. In demselben Augenblick, da der bürgerliche Gedanke endlich erfüllt ist in seiner Republik, hört der proletarische Gedanke restlos auf, erlaubt zu sein.

In der Verfassung, deren Hort die Juristen sind, steht wohl auch etwas von der Freiheit der Rede und der Schrift. Gemeint sind bürgerliche Rede, bürgerliche Schrift. Tausende Andersgesinnter können versammelt sein, um dargestellt zu sehen, was sie wissen, glauben, ersehnen, ihr Lebensbild, ihren Zukunftstraum. Verboten.

Sie sind freilich nicht mehr nur auf Theatervorstellungen angewiesen, die proletarische Welt lebt längst nicht mehr allein in Träumen, auch nicht mehr ausschließlich in Vorbereitungen zu ihrer Verwirklichung oder zum »Hochverrat«. Vieles steht fertig da. Sie hat ihre eigene

Jugendpflege, ihre neuen Bildungsmittel, eine Form der Propaganda, der niemand beikommt, ein nie gesehenes Hilfswerk. Sie hat für sich die tatsächliche Proletarisierung der Allgemeinheit. Das proletarische Erlebnis erscheint schon jetzt als Kern der sich merklich umbildenden Gesellschaft. Selbstgewonnene Begriffe und Vorstellungen, eigenes geschichtliches Erfahren, das Beispiel jenseits der Grenze, der tägliche Antrieb durch das herrschende Unrecht, das als Recht empfundene Ziel – alles, was wirklich lebt, ist gegeben. Das will jemand verbieten? Den dramatischen Ausdruck des Lebens will er verbieten?

Mit Verboten verbürgen juristisch vorgebildete Dummköpfe den nicht juristisch vorgebildeten, daß die Welt am Fleck bleibt. Bis zur Plutokratie gab es für alle diese Dummköpfe den »Fortschritt«. Was nach der Plutokratie noch kommt, ist Bolschewismus und verboten. Sie nennen Bolschewismus die bloße Annahme, daß irgend etwas auf Erden sich künftig ändern könnte, indes vor ihren Augen schon jetzt sich täglich alles ändert.

Sie sind tief zu beklagen – mehr als ihre Opfer, mehr als die Schriftstellerin Frau Berta Lask. Überall gibt es jetzt Arme, an denen das Verbot der Gesinnung sogar körperlich qualvoll durchgeführt wird. Auch sie haben eins voraus vor denen, die sie quälen. Ihr Zustand ist hassenswert, aber wenigstens nicht verächtlich. Sie leben nicht in Schanden. Sie kennen nicht die Schande, Freiheiten zu verfolgen, ohne die man selbst nicht da wäre, und Wahrheiten anzuklagen, seitdem sie nicht mehr nur dem eigenen Vorteil dienen. So sehr im Unrecht versinken, heißt geistig abgedankt haben, – was immer das größte Unglück bleibt für Menschen, Berufe und Klassen.

Weiß man, daß von den bayerischen Räterepublikanern heute noch zehn Arbeiter in Haft sind? Mir wurden diese Dinge erst durch besondere Mitteilungen ins Gedächtnis zurückgerufen. Man hat genug damit zu tun, an die ganz schweren Fälle zu denken. Max Hölz ist lebenslänglich verurteilt, diese Arbeiter nur zu zwölf oder fünfzehn Jahren. Das ist nicht lebenslänglich für einen, der es übersteht. Andererseits dürfen wir gewiß sein, daß die Richter jener Zeit sie lebenslänglich verurteilt hätten, wenn ihre Vergehen von irgend einem Belang gewesen wären. Fünfzehn Jahre Zuchthaus ist nichts, die bekam man nach der Münchener Rätezeit fürs Zusehen und für ein beifälliges Lächeln.

Wie alt sind diese Dinge! Nach seiner traurigen Räterepublik hat Bayern, wie das übrige Deutschland, andere triste Übungen gesehen, die von der entgegengesetzten Seite kamen. Nebenbei sind die meisten Deutschen ihres Vermögens enteignet worden, wenn auch nicht gerade von den Münchener Räterepulikanern, die höchstens in guten Häusern einige Eier beschlagnahmten. Wir leben ohne andere als die gewohnten Wirtschaftssorgen in einer seit 1919 völlig veränderten, politisch mehr oder weniger abgestumpften Welt. Die Zuchthäuser aber halten künstlich Erinnerungen lebendig, die sonst glücklich abgetan wären. Alle sind anders geworden; nur noch aus dem Zuchthaus kann ein armer Mensch, den man für zwölf Jahre auf das Jahr 1919 festgelegt hat, seiner Tochter schreiben, er bleibe seiner Gesinnung treu. Rechtzeitig freigelassen, hätte er sich der Bienenzucht ergeben.

Der Reichspräsident wird, wie es heißt, an seinem Geburtstag keine Amnestie erlassen, nur Begnadigungen gewähren. Die Vergessenen von 1919 werden schwerlich dabei sein. Aber die Nation? Hat sie das Recht, gleichgültig zu bleiben, wo sie nicht ohne Verantwortung ist? Schicksale wie diese erschafft sie durch ihre eigenen Krisen erst selbst, mitverantwortlich ist sie selbst. Nachher aber überläßt sie die, die es trifft, dem Zufall? Die Pompadour freilich setzte einen Menschen namens Latude in die Bastille, dort wurde er Jahrzehnte später wieder aufgefunden. Was er getan hatte, war niemals der Rede wert gewesen, überdies der neuen Zeit schon nicht mehr verständlich. Dieselbe sinnlose Willkür lassen wir, wir selbst, sich heute, heute wiederholen.

Ich erlaube mir die Anregung, daß der Reichstag einer Einzelperson, die nicht an alles denken kann, die Sache der Amnestie kurzweg aus der Hand nimmt. Er kann es, glaube ich, wenn er ein Gesetz beschließt, daß politische Urteile, die Urteilssprüche in politischen Prozessen, nach einer gewissen Zeitdauer nachgeprüft werden müssen. Aufzuheben wären sie, wenn erstens der Verurteilte weder Blut vergossen noch sich anders als aus Gründen seiner Gesinnung strafbar gemacht hat; und wenn zweitens Lage und Geisteszustand des Landes derart verändert sind, daß das Fortbestehen der alten Verurteilung sinnlos erscheint.

Gefahren und Unmöglichkeiten, die in diesem Vorschlag von Juristen zweifellos gefunden werden, sind überwindbar und müssen es sein. Denn auf keinen Fall ist irgend etwas unmöglicher oder gefährlicher, als ein Zustand, bei dem Menschen gepeinigt, bis zum Eintreten des Todes gepeinigt werden für eine Schuld, die durch das Wirken der Zeit schon längst zur Unschuld geworden ist.

V. Amnestie

Rede, gehalten bei der öffentlichen Kundgebung im Theater am Nollendorfplatz, 18. Oktober 1927

Vor dem Erlaß der Amnestie und in der Voraussicht, daß sie nicht viel Gutes bringen werde, habe ich mir erlaubt, ein Gesetz anzuregen. Das Gesetz, das ich vom Reichstage forderte, sollte künftig jede Amnestie überflüssig machen. Alle politischen Urteile, alle Urteile in politischen Prozessen wären nach einer gewissen Zeitdauer nachzuprüfen. Aufzuheben wären sie, wenn erstens der Verurteilte weder Blut vergossen noch sich anders als aus Gründen der Gesinnung strafbar gemacht hat, und wenn zweitens Lage und Geisteszustand des Landes derart verändert sind, daß das Fortbestehen der alten Verurteilung sinnlos erscheint.

Ich glaube, daß ein solches Gesetz, falls es schon bestände, doch andere Wirkungen hätte haben müssen, als die kürzlich erlebte sogenannte Amnestie. Vor allem hätte jede Gesinnung eines Gesinnungsverbrechers den Vorteil dieses Gesetzes genossen. Der Straferlaß wäre nicht, wie jetzt, beschränkt geblieben auf eine Gesinnung, mit der die zum Straferlaß Befugten mitfühlen können. Ermessen Sie die ganze Wichtigkeit meiner Forderung, wenn Sie den neuen Entwurf eines Strafgesetzes betrachten. Seine Verfasser verpflichten, wenn auch in schwer erkennbaren, nicht besonders geraden Formen – aber sie verpflichten doch den Richter, nur die wohlangesehene Gesinnung immer freizusprechen.

Was ist tatsächlich geschehen? In der Festung Gollnow sind sechzehn politischen Gefangenen zusammen siebenundzwanzig Monate auf dem Gnadenwege geschenkt worden, einem einzigen dagegen zweiundsiebzig Monate. Die sechzehn waren natürlich Proletarier, der eine war Major. Aber Gollnow ist noch eine Wohltat, Gollnow ist noch lieblich gegen das andere.

Im Ruhrgebiet haben vierundfünfzig politische Gefangene insgesamt hundertsiebenundachtzig Jahre Zuchthaus und neunzehn Jahre Gefängnis abzubüßen. Begnadigt sind nur fünf, darunter einer mit sieben Jahren. Aber in seinem Fall drohte das Wiederaufnahmeverfahren. Durch seine Begnadigung ist es vermieden worden.

In Württemberg sind von neunzehn politischen Gefangenen nur vier begnadigt worden, dafür wurden aber acht Arbeiter noch schnell vor der Amnestie zum Strafantritt aufgefordert. Acht weniger vier, die Justiz verdient noch immer vier.

Hölz ist nicht begnadigt worden. Wie konnte man auch? Er hatte sich die Begnadigung verbeten. Man begnadigt niemand gegen seinen Willen, so unmenschlich ist man nicht! Hätte er auch eine allgemeine Amnestie abgelehnt? Die Amnestie, die nicht nur ihn selbst, sondern alle seine Genossen befreit hätte? Nein, die hätte er doch vielleicht nicht abgelehnt. Es wäre daher für die Justizverwaltung gefährlich gewesen, sie ihm anzubieten. Da haben wir schon einen wichtigen Grund, weshalb nur begnadigt, nicht aber amnestiert worden ist. Hölz, den ganz Deutschland für unschuldig hält, muß jetzt gerade und jetzt erst recht im Zuchthaus bleiben. Die Justiz büßt sonst an Ansehen ein, wie sie glaubt. Sie versteht noch immer nicht, daß dies für sie gar nicht mehr so leicht ist. Sie ist in Wirklichkeit auf einem Punkt angelangt, wo die kleinste gute Regung ihr bei dem ganzen Volk unglaublich nützen könnte, weil man dies von ihr nicht gewöhnt ist. Eine Regung der Gerechtigkeit, und die Justiz würde an Ansehen sofort gewinnen. Aber verlieren? An Ansehen noch verlieren? Das kann nicht jeder, der möchte.

Sprechen wir von Bayern! Meine Herren, ich bin von mehreren von Ihnen hart behandelt worden, weil ich mich eines einzelnen Falles der bayerischen Justiz nicht öffentlich annahm. Es sind der Fälle aber noch mehr, der man sich annehmen müßte. Und es gibt ein Maß der Entmutigung, wo man dies nicht mehr tut. Es gibt ein Maß der Verachtung, wo man sich abwendet. Es gibt Entmutigung infolge von zuviel Verachtung.

Jetzt sind in Bayern vorgeblich die Räterepublikaner von 1919 bis auf zwei begnadigt worden. In Wahrheit haben sie nur Bewährungsfrist bekommen, die erst 1936 endet. Inzwischen können sie jeden Augenblick ins Zuchthaus zurückwandern. Das wäre schon verstockt und bösartig genug, aber was ist es gegen die Behandlung Lindners. Wäre nur gerade Lindner nicht zurückbehalten worden! An jedem anderen hätte man ein Exempel der Ungerechtigkeit statuieren dürfen, aber dieser Metzger Lindner, der ist der juridische Zwillingsbruder des Grafen Arco-Valley. Das sagt viel, es sagt mehr, als irgend noch erträglich ist. Er erblickte erst mit Arco das Licht der Öffentlichkeit und der Tendenzprozesse. Weil Arco nach reiflicher Überlegung Eisner erschoß, nur darum schoß Lindner wie blind und toll auf Auer. Auer lebt, Eisner ist tot. Der Mörder Eisners war aus sanfter Festungshaft schon längst mit Strafaussetzung entlassen, ist jetzt aber voll begnadigt. Wozu bei ihm noch Bewährungsfrist? Einen zweiten Eisner gibt es in München nicht umzubringen. Sein Zwillingsbruder, sein Genosse, der von ihm erst angestiftete und mitgerissene Lindner hat im Leben nichts weiter mehr zu erwarten, als endlose Zuchthausjahre.

Man muß fragen: warum? Ist es nach den Begriffen einer Justiz nicht strafwürdig, sondern geradezu ein Verdienst, Eisner zu erschießen, warum dann nicht auch Auer. Sozialisten sind beide Opfer, da ist für Marxistenfeinde wenig Unterschied. Aber die Attentäter! In ihnen und nur in ihnen liegt der Unterschied. Ein Metzger darf nicht, was ein Graf darf. Er darf es besonders dann nicht, wenn er damit die Tat des Grafen rächen will. Lindner sitzt, genau besehen, im Zuchthaus nicht wegen Auer; der wäre es der Justiz nicht wert; sondern zu Ehren Arcos und weil er sich unterfangen hatte, ein Held von der anderen Seite zu sein. Wenn Auer auch die unbefangene Menschlichkeit hätte, für seinen Attentäter um Gnade zu bitten, der Attentäter bekäme sie darum nicht. Er bekäme sie höchstens, wenn Arco für ihn bäte. Aber das ist die Sache.

Jemand, der imstande war, auf Eisner zu schießen, ist gerade darum von Natur nicht fähig, für den zu bitten, der schuldig erst durch ihn selbst geworden ist.

So arbeitet die Justiz.

Ihre geistigen Voraussetzungen lassen nur kaltes Denken und ungerades Handeln zu. Aber aus diesem Labyrinth gehen Urteile hervor! Daraus wird Recht! Wie jetzt begnadigt worden ist, so wird weiter auch gerichtet. Dem Geist der sogenannten Amnestie entsprechen die Urteile, die wir miterleben und miterleben werden. Dies sind alle jene Urteile, die von der vorsichtig republikanischen Presse Tag für Tag als »unverständlich« bezeichnet werden – wahrscheinlich, weil sie im Gegenteil so durchsichtig sind. Dies sind Richter, denen nicht mal im Traum einfallen würde, zwei gleiche Verbrecher gleich zu richten. Sondern sie teilen die Gesinnung des einen, billigen im Grunde, was sie verurteilen sollen, und demgemäß üben sie an dem anderen, der von entgegengesetzter Gesinnung ist, ihre eigene Rache. Wie ungeheuer sie handeln, bemerken sie nicht einmal. Sie sind die bedenkenlosen Soldaten einer Gesinnung, jener reaktionären Gesinnung, die aber nicht einmal von der weniger vorgeschrittenen Hälfte der Nation wahrhaft geteilt wird. Wie könnten jemals beträchtliche Massen mit Überlegung reaktionär sein! Sie sind es doch höchstens aus Unwissenheit und gegen ihr eigenes Interesse. Die Gesinnung solcher Richter lebt unverfälscht nur in einer engen Schicht. Diese Richter stehen für eine Minderheit. Sie stehen allein – eigentlich allein gegenüber der Gesamtheit.

Auch dies muß endlich doch erklärbar sein. Man sagt: berufliche Abgeschlossenheit, Verhärtung, Rückständigkeit. Ich glaube, daß es nicht nur dies ist. Dann müßten sie so ziemlich einander wert sein, – während es doch in Wirklichkeit auch Richter gibt, die mit dem unverfälschten Willen des Volkes und mit den fruchtbaren Kräften der Zeit sein wollen, ja, die selbst Opfer dafür bringen.

Denn es ist schwer, heute gerecht zu sein und gerechte Urteile zu sprechen. Die guten Richter, die es trotz allem gibt, müssen tapfere Männer sein. Im ganzen Gefüge der Gesellschaft herrscht nämlich noch keineswegs Gerechtigkeit. Was kann dagegen sogar ein Richter viel nützen? Er selbst hätte viel zu leiden, wenn er immer gerecht sein wollte.

Dies gilt für die Wohlmeinenden. Die anderen dagegen bieten das Phänomen, daß Richter grundsätzlich und geradezu mit Emphase ungerecht sind; ja, daß sie ohne Rücksicht auf die bestehenden Einrichtungen ungerecht sind. Die Republik besteht; aber ihre Beamten, ihre Wehrverbände, ihre öffentlichen Männer sind vor dem Richter nur sicher, wenn sie, wie der Richter, gegen die Republik sind. Ist das Marotte? Leichter Wahnsinn? Fällt es aus dem gemein Menschlichen heraus und bildet eine Abart?

Doch nicht. Diese Richter glauben weder besonders stark an die Rückkehr der Monarchie noch halten sie die Plutokratie für unerschütterlich. Warum sollten sie, als schlecht bezahlte Abhängige, besondere Liebe hegen für einen Zustand, in dem nur das Geld herrscht? Sie wissen, wie jeder andere, daß die Inhaber der Geldmacht weder sittlich noch geistig hervorragen, ja, daß Moral und Menschenrecht meist eher bei den anderen sind. Unsere

Richter haben schwerlich jenen Aberglauben an das Bestehende, der jetzt im größten Teil der Welt umgeht. Sie sagen nicht abergläubisch und bieder, wie der Richter Thayer: »Die Verurteilten sind auf jeden Fall schuldig, denn sie sind gegen das Bestehende.« Für so dumm halte ich in Deutschland nicht leicht jemand. Die Richter sind nicht so dumm.

Aber erstens wollen sie leben, da ist es in kritischen Zeiten am einfachsten, jedem recht zu geben, der Macht hat, und auch die bestehenden Einrichtungen nur gerade soweit zu achten, als man sie fürchten muß.

Besonders aber wollen die Richter einen einzigen hochhalten, einen einzigen an die Spitze bringen und ganz beispiellos groß, gefürchtet und stark machen, den Richter. Unterscheiden sie sich wesentlich von anderen Zeitgenossen? Von dem Selbstbewußtsein der Industrieführer? Oder auch der kommunistischen Geister? Sowie der nationalistischen Widergeister. Unterscheiden sich die Bestrebungen der Richter von den diktatorischen Gelüsten so vieler anderer? Freilich sind nur die Richter in der Lage, wie Diktatoren auch zu handeln und nie, nie Rechenschaft geben zu müssen.

Es ist eine Epoche, zusammengesetzt aus lauter einander ausschließenden Einseitigkeiten. Es ist eine Gesellschaft mit beschränkter Denkpflicht. Überall Diktatoren und bei uns Richter. Die einen wie die anderen handeln immer so, wie die öffentliche Meinung nicht will; nun gerade und nun erst recht. Die Richter sind bei all dem die echten Produkte aus unser aller Zusammenwirken. Absolutistisch angesteckt sind jetzt alle. Es zeigt sich nicht bei der breiten, dichten Mitte der Mitlebenden; aber nur weil dort sich nie etwas zeigt. Wenn die breite Mitte die anderen Gesinnungen halbwegs hinnimmt, tut sie es aus Schwäche und wegen der technischen Erwägung, daß man Ventile braucht. Sie tut es keineswegs aus Liberalismus.

Der Liberalismus war die Anschauung, die mehrere Richtungen gleichzeitig nicht nur duldete, sondern sie guthieß, ja, von ihrem Zusammenwirken erhoffte, was sie Fortschritt nannte. Der Liberalismus war überzeugte Milde. Er begünstigte die Kritik. Er führte zur Skepsis.

Aber Skepsis können arme Lebenskämpfer wie die heutigen sich nicht mehr erlauben, und auch Kritik wird bald unbekannt sein. Wir sind Absolutisten und haben – ich hätte fast gesagt: mit Recht unsere Richter.

Nein. Wir haben sie nicht mit Recht. Niemals und unter keinen Umständen dürfen Richter vergessen, daß Menschen eigentlich und aus tiefster Wahrheit nicht richten sollen. Daß sie selbst dort stehen, wo ursprünglich ein frommes Vertrauen sie hingestellt hat. Daß nur tiefste innere Bescheidenheit rechtfertigen kann, was in ihrem Beruf von Anfang an Überhebliches wohnt. Daß sie nur entweder durch selbstlose Gerechtigkeit die höchste, oder, wenn sie von ihr abweichen, die tiefste Stufe der öffentlichen Achtung einnehmen können.

Richtern, die sich diktatorisch gebärden wollen, müssen ihre Waffen entrissen werden. Eine völlige und vorbehaltlose Amnestie für alle politischen Vergehen hätte die Ordnung der Angelegenheit hinausschieben können. Diese muß, besonders da die Amnestie nicht gekommen ist, dahin geordnet werden, daß es Richtern nichts mehr hilft, wenn sie in parteiischer Leidenschaft ihren eigenen Gegner auf unabsehbare Zeit ins Zuchthaus schicken. Das Gesetz, das ich fordere, holt ihn wieder heraus. Es schwächt ab oder macht unwirksam den schändlichen Versuch des neuen Strafgesetzentwurfes, die Gesinnungen vom Richter verschieden bewerten zu lassen.

Es ist wahrhaft nichts Gründliches oder Starkes, was ich vorschlage. Es wäre leicht, Härteres zu verlangen. Ich sehe mehr darauf, ob es erreichbar erscheint. Die stärkeren Mittel gegen eine Justiz, die nicht nachgeben will, sind für später. Vorerst bitte ich Sie, den Gedanken weiter zu tragen, daß politische Verurteilte entlassen werden müssen, wenn Lage und Geistesart des Landes sich verändert haben; wenn die politischen Bedingungen, unter denen sie verurteilt wurden, nicht mehr bestehen.

VI. Lindner

Der Metzger Lindner verehrte den Schriftsteller Eisner, wie nur in bewegter Zeit ein Armer seinen geistigen Befreier. Der hat ihm bewiesen, daß das Leben so ungerecht und so hoffnungslos, wie es war, nicht immer bleiben muß. Er hat ihm ein menschenwürdiges Geschick zum Greifen nahe gezeigt, ja, ist in eigener Person vorangeschritten, um es zu erobern für alle Arbeiter. Wenn Eisner nur geschrieben hätte, würde Lindner ihn nicht gekannt haben. Als Eisner aber handelt, revolutionär handelt, verhundertfacht es seine Tat, daß er ein Mensch des Geistes ist. Auf zarten Schultern wird ein zerdachter Kopf getragen, darin ist vorgegangen, was den Metzger Lindner befreit hat. Der Metzger fühlt für diesen Kopf die größte Zärtlichkeit seines Lebens.

Der Schriftsteller wird ermordet. Er hatte sich zum Ministerpräsidenten des von ihm erschaffenen Freistaates Bayern gemacht. Es war natürlich, daß er dies Ende nahm; er selbst hatte es vorausgesagt, und er lebte im Hinblick auf dies Ende. Er lebte enthaltsam und trotz leidenschaftlicher Tätigkeit wie abgeschieden. Als er einst ohne Begleitung um eine Straßenecke bog, – nur die wenigen Schritte hatte er machen wollen von seinem Ministerium in den Landtag, da kam die Kugel. Sie kam von rückwärts und drang in den Hinterkopf. So zerbrach der Kopf, dies Ziel vieler Gläubigkeit, auch der des Metzgers Lindner.

Natürlich war nicht nur dieser Tod; auch die Hand, die

ihn vollzog, schien von Natur dafür bestimmt. Dieser Arco rächte die von Eisner entrechtete Herrenkaste, der er nur halb nach seiner Herkunft angehörte. Seine Mutter war Jüdin, das gab ihm den erbitterten Ehrgeiz. Nicht mehr »Graf« sein zu sollen, der er nur halb war, quälte ihn unvergleichlich mehr als die ganzen Grafen. Er war eine kleine Gestalt mit großem Kopf. Nach langer Überlegung, langem Schwanken und dem Drängen innerer Stimmen, war er reichlich verstört, als er die Tat zuletzt beging.

Übrigens wurde er sofort auf der Straße, angesichts seines Opfers, schwer mißhandelt. Dann die Einlieferung ins Krankenhaus, aber schon hier begann sein Erfolg. Er hatte die Ärzte für sich, sie schützten ihn, während sie die medizinischen Folgen seiner Tat behandelten, auch vor sonst zu befürchtenden Wirkungen. Erst unter einer freundlichen Regierung war er so weit hergestellt, um eine leichte Festungshaft ertragen zu können. Er war zum Tod verurteilt worden, denn »das Gesetz muß seinen Lauf nehmen«, sagten seine Bewunderer, die zugleich seine Richter waren, – worauf sie ihn begnadigen ließen. Seitdem hat er noch viel Lob und Dank erfahren, ist aus einem halben Grafen ein ganzer Direktor geworden, und so wäre alles gut.

Nur, daß seine Tat noch eine zweite nach sich zog. Der Metzger Lindner schoß auf den Politiker Auer. Es war nur Minuten nach der Ermordung Eisners, die Nachricht dringt in den Sitzungssaal des Landtages. Auf der Zuschauertribüne sitzt Lindner, der hört von dem Tod seines Helden. Er hätte ihn retten, hätte über ihn wachen sollen! Selbstanklage bedrängte ihn so sehr wie Rachsucht. Zu dem Namen seines Herrn findet sich ganz von selbst der Name dessen, den sein Herr am meisten gehaßt hatte. Nur der kann den Mord befohlen haben! Und Lindner reißt schon die Waffe hervor, er schießt schon. Auer wird getroffen, Auer hat daran lange zu leiden. Aber er ist gesund geworden. Zu allem Unglück trifft der blind und tolle Lindner einen zweiten, den er nicht gemeint hat, und der stirbt.

Alles, was er vollbracht hat, ist nur Totschlag. Das Gericht erkennt es an. Es schickt ihn ins Zuchthaus – auf zwölf Jahre, für Totschlag. Der Totschläger kommt auch wirklich hinein. Der vorbedachte Mörder bezieht Festung und Sanatorium. Er ist beliebt, der andere nicht, – mag das viel entschuldigen. Es soll am Anfang alles entschuldigen. Welch ein Abstand zwischen einem wüst darauf losschießenden Proletarier und dem Mann von Klasse, der für Ordnung und gewohnte Interessen zweckvoll vorgeht! Gegen die Zügellosigkeit ergreift man leicht Partei.

Eines Tages kann der Beliebte, ohne daß es noch zu sehr auffällt, aus der Festung entlassen und kann Direktor werden. Dies heißt Strafunterbrechung. Auch das mag gehen. Nur wird an dieser Stelle der Gedanke peinlicher, daß der andere, Unbeliebte, noch immer das Zuchthaus erduldet. Es ist ein richtiges, von außen sichtbares Zuchthaus, wenn auch das Leben darin nicht für jeden vorstellbar ist. Die Festung des Beliebten ist dagegen unsichtbar geworden, er bewohnt sie nur noch in der Idee, wie die Heiligen das Paradies bewohnen. In Wirklichkeit? In Wirklichkeit verkehrt er in Bars, wie ich und du. Hierauf erscheint die Amnestie, jene Amnestie zum achtzigsten Geburtstag eines großen Siegers – und legt sogar die metaphysische Festung nieder. Der Beliebte soll sie nicht einmal mehr im Traum erblicken, er wird voll und ohne Vorbehalt begnadigt.

Zur gleichen Stunde wurden Hunderte nur mit Bewährungsfrist begnadigt, ihnen droht wohl nicht die Festung, aber das Zuchthaus noch immer. Lindner dagegen hat nichts zu fürchten. Er sitzt, wo er saß. Die Amnestie ging vorbei und kennt ihn nicht. Niemand kennt ihn mehr – außer denen, die ihn festhalten. Sie halten ihn vielleicht fest, weil er schon verrückt ist, wer könnte es wissen. Außerdem halten sie ihn fest, weil er jemand erschießen wollte. Das wollte auch jener andere? Tat es sogar? Dafür ist er beliebt. Es kommt im Leben immer darauf an, die Herzen zu gewinnen. Lindner hatte es falsch angefaßt.

Neben dieser Wahrheit besteht für sich und vom weitestgehenden Verständnis aller Gegebenheiten unabhängig, die Tatsache, daß nur menschliche Verhärtung ihn noch festhält. Nur Verhärtung, nur menschlicher Tiefstand. Nur der schamlose Verzicht auf den kleinsten Rest von Recht und Gerechtigkeit. Nur der stiere Widerwille gegen die Erkenntnis des Geschehenen und Gefügten. Christentum heucheln und das Herz voll Schlangen haben! Sich stellen, als ob die Begnadigung Lindners an einem Wort Auers hinge, während nicht einmal Arco das Opfer freibrächte! Gerade für ihn wird Lindner geopfert. Er büßt für beide, und hätte doch nie geschossen, wenn nicht vorher der dort schoß. Jetzt ist erst alles im Gleichgewicht; der eine in das Allerweltsleben zurückversetzt, der andere dem Tod im Zuchthaus verschrieben. Weit entfernt, sie zu beunruhigen, macht Schädeln, die so gebaut sind, daß sie dies beschließen, erst das Leiden Lindners ein gutes Gewissen.

Entdeckung Zolas

Er starb in der Nacht vom 28. zum 29. September 1902 an einem Unglücksfall. Er war damals in großen Arbeiten begriffen, seine Organe waren gesund, das Herz des Zweiundsechzigjährigen auffallend kräftig geblieben. Er hatte immer gearbeitet, zuweilen Roman am Morgen und abends Drama. Zu Beginn seiner Laufbahn hatte er sich in Arbeit versenkt aus Ehrgeiz, Wirkungsbedürfnis, für Geld und um sich leben zu fühlen. »Einem Werk sich hingeben, im Nichts aller Dinge ist dies, wenn schon unnütz, noch immer das Begeisterndste.« War es einfach dies, was ihn jung erhielt?

Einmal schrieb er: »Man liest mich nicht gerade verständnisvoll. Was über mich zu sagen wäre, wird nicht gesagt. Zwanzig Jahre nach meinem Tode werde ich entdeckt werden.« Es sind jetzt fünfundzwanzig Jahre. Jetzt wäre er zu entdecken für ein Geschlecht, das mit großem Nutzen von ihm lernen könnte, wie man immer arbeitet und immer jung bleibt.

Das Geheimnis liegt tiefer, vielleicht liegt es in einem späteren Ausspruch wie diesem: »Ich habe all mein Leben auf Arbeit gestellt, und es ist mir gut bekommen. Was hat mich aufrecht erhalten? Die Arbeit, das Denken an mein Werk, an die mir auferlegte Pflicht. Freuden habe ich nur durch Arbeit gekannt und ich glaube fast, daß ich auch, was ich allenfalls wert bin, nur der Arbeit verdanke. Wahrheit und Gerechtigkeit werden nur durch Arbeit kommen. Der Mensch schuldet ihr alles, Einsicht und anständige Haltung.«

Hier ist die Wirkung der Arbeit erweitert über das Persönliche hinaus. Die Beweggründe, die anfangs zu ihr hinführten, sind bis zur Unkenntlichkeit verändert. Zwanzig Bände sozialer Zeitgeschichte in Romanen, überdies und daraus hervorgegangen der Kampf um die Rettung eines unschuldig Verurteilten, das wandelt das Lebensgefühl. Die Skepsis ist jetzt überholt, das eigene Wirkungsbedürfnis gilt nicht mehr allein. Er denkt nicht mehr nur an den eigenen Nutzen, denkt endlich nicht einmal mehr in der edelsten Form an ihn. Da die Arbeit ihm selbst helfen konnte, soll sie auch anderen helfen. Sie holte aus einem bekümmerten Wesen die tiefinnere Heiterkeit hervor, sie hat ihn gebessert. Dasselbe kann sie für andere tun. Sie hat ihn eines Kampfes für Wahrheit und Gerechtigkeit fähig gemacht, ebensogut werden andere, die redlich arbeiten, reif werden für die Gerechtigkeit und die Wahrheit. Mehr Einsicht wird ihnen werden. Im täglichen Leben der Gesellschaft, ja sogar bei ihren Katastrophen werden sie eine anständigere Haltung bewahren, wenn sie arbeiten und den Wert der Arbeit begreifen.

Begreife, daß die Arbeit, selbst die lange, unergiebige, mühselige Arbeit dein einziges wahres Gut und deine Größe ist, alles andere aber, wie in der Geschichte der Rougon-Macquart, Irrtum und Verfall. Auf die leichten, schnellen Gewinne folgen die Laster, Verlust der Selbstbesinnung und Zusammenbruch. Der Gewalt antwortet Gewalt. Dir bleibt nichts übrig, als daß du deine Arbeit, einst begonnen aus Not und noch trüben Neigungen, zu deiner Hoffnung, deinem Glauben machst. Wenn je, kommt auch die Liebe nur durch sie in die Welt. So schloß er.

Er schloß mit Evangelien, dem der Arbeit, dem der Fruchtbarkeit, dem der Wahrheit. Sein viertes Evangelium der Gerechtigkeit ist nicht beendet, so wenig wie es in der Welt seiner Verwirklichung entgegensieht. Übrigens wurden seine Evangelien langweilig gefunden, besonders in Deutschland, wo man doch seiner Aktion für Dreyfus mit beträchtlicher Aufregung gefolgt war. Die Tugend muß sich, um Eindruck zu machen, der Prozesse und grellen Wirkungen bedienen. Sonst ist das Laster wirksamer. Die Rougon-Macquart, weniger wegen ihrer Lehren als wegen ihres nackten Bestandes an Gestalt berühmt, spielen mehr denn je im wirklichen Leben weiter.

Er hat natürlich gewußt, daß es so kommen würde. Das Kaiserreich, dessen soziales Spiel er dargestellt hatte, konnte ebensogut noch oftmals spielen. Das Bewundernswerte ist nicht, daß 1860 Napoleon herrschte und um 1900 wieder Wilhelm. Das Bewundernswerte ist, daß ein Jahrhundert, das neunzehnte, die Gedanken der Wahrheit und der Gerechtigkeit ernst nahm und trotz allen zu befürchtenden Rückschlägen auf sie hinschritt. Da dies einmal war, kann es wieder sein. Gute Arbeiter wie Zola haben das unzerstörbare Beispiel gegeben, wie wir dorthin schreiten müssen. Es kommt nur darauf an, in immer tieferen Gliedern dorthin zu schreiten.

Er nannte, was er tat, »die Endtrauer bekämpfen«. Alles, was die Wirklichkeit ihn gelehrt hatte an Beobachtung, Zerlegung, bitterem Wissen, ward hell und freudig, ja, ward ein Bau und Werk erst durch die eine große Tatsache der fruchtbaren Arbeit. »Mein besonderes Verfahren wird mit mir sterben, aber lebendiger als je ist die experimentelle Methode«, – welches Wort nicht nur Achtung vor den Tatsachen besagt, sondern mit einbegreift, was sittlich aus ihnen folgt. Er sagte: »Eine Seite unserer sozialen Geschichte zu schreiben, sollte unser aller Ehrgeiz sein«, und sagte schon im voraus als Jüngling: »Der Roman hat nicht den Zweck allein, zu malen. Er soll auch bessern.«

Das wollte vor ihm ebenso Victor Hugo mit den *Misérables* und übrigens sein Leben lang in Schriften und in

Taten. Das ganze neunzehnte Jahrhundert wollte dasselbe. Es ist nicht sicher, wie sehr sogar der tiefste Schmerz Flauberts verwandt ist der Angst, nichts bessern zu können, nur verachten zu müssen. Einzig der Grad des Glaubens ist verschieden. Victor Hugo, im Herzen des Jahrhunderts, bezeugt ihn am vollkommensten und am beständigsten. Er hat nicht bitten müssen wie Zola: »Vierzig Jahre lang sezierte ich. Meinem Alter erlaube man zu träumen.« Dieser hier mußte offenen Auges, durch eine ganze Welt harter, furchtbarer Lebensbestände hindurch und seinen Optimismus behalten. Er behielt ihn, weil er stark und schöpferisch war. Sein Jahrhundert selbst ist nur darum welt- und menschengläubig trotz unerhörter Erkenntnis, weil es schöpferisch ist.

Weit entfernt, der Handlungskraft zu schaden, macht vielmehr nur die Erkenntnis sie schöpferisch. Aus den Tatsachen die sittlichen Folgerungen ziehen, heißt erst handeln. Was wäre es denn sonst? Der aktive Mensch nach dem gewöhnlichen Begriff der nur aktiven Epochen ist freilich sofort auf den sozialen Erfolg gerichtet, anstatt auf geistigen. Seine innere Voraussetzung bleibt, wie auch immer verstanden, die Bestechlichkeit des Menschen. Er nimmt dies oft heiter, ein Bedürfnis nach Besserung der Welt kennt er nicht, sein Kräftemaß gibt es ihm nicht ein. Äußere Liebe zur Welt, im Innern aber nicht einmal die Hoffnung, daß sie dauert, viel weniger es uns lohnt, daß wir gelebt haben; Erfolge, an den Zufall, nicht an das Eintreten erstrebter Gedanken gebunden; und wenn man altert, dann eben nur das Alter. Die Jugend war die physiologische Tatsache von gestern.

Aber es hat Jugend gegeben, die unsterblich bleibt. Das Herz des Sterbenden ist jung, weil es über persönlichen Nutzen hinaus für so vieles geschlagen hatte. Es kam zur Welt einst frei und unberührt und darf so scheiden, denn auch dank ihm und seinem tätigen Schlag wird einst mehr

Liebe sein. »Annahme des Lebens in seiner Härte und Armut, aber verklärt von einem reinen Gefühl.« So als Junger. »Zwanzig Jahre nach meinem Tode wird man mich entdecken.« So als Alter. Dazwischen liegen die Taten.

Nach einer Reise

Der Ruhm des Ozeanbades Biarritz, das am Fuße der Pyrenäen liegt, ist einst von Eugénie, Kaiserin der Franzosen, ausgegangen. Sie hatte den Platz entdeckt, noch bevor Napoleon III. sie auf den Thron hob. Später verbrachte sie dort jeden September mit dem Kaiser und dem ganzen Hof. Eine durchaus künstliche Stadt entstand. Das Paar erbaute die Villa Eugénie, aus der nach seinem Sturz ein Hotel wurde. Das Hotel brannte ab, ein neues ward errichtet, heißt aber wieder »Palais«, als Anziehung für das beste Publikum und zur Abschreckung der kleinen Leute.

Der große Name Biarritz für sich allein genügt heutzutage nicht mehr, um sie abzuschrecken. Die kleine Bürgerwelt überschwemmt ohne Scheu den einst so gewählten Strand. Sie macht Picknick angesichts des ungeheuren, immer ruhelosen Meeres. Ihre Kinder, die so hübsch und so taktvoll ruhig sind, erklettern in Badeanzügen die einzeln aus dem Wasser ragenden Felsen, denen einst nur Hofdamen nahten, und die nachgerade unter der Flut zerfallen sein müßten, wenn sie nicht künstlich erhalten würden.

Die spanische Sonne des Golfes von Biscaya und sein warmer Sommerregen gehen nieder auf reich und arm, das Volk am Strande, die beiden Kasinos mit ihren Spielern. Das größere, das erhaben über das Meer blickt, öffnet sich nur für sechs Wochen, aber sein Besitzer schließt mit vierzig Millionen Gewinn ab. Gewinnt dort einmal ein spanischer Herzog sechshunderttausend Francs, dann spricht ganz Biarritz nur von diesem Wunder, und die vierzig Millionen, die einfach den Naturgesetzen entsprechen, sind vergessen. Biarritz ist fromm. Die Kirche Sainte-Eugénie hat mehr Zulauf als die beiden Kinos. Bis zu fünfmal täglich quillt der Überfluß der Menge auf die Rampe hinaus. Die Automobile der Beter bedecken den Platz. Bevor der Tag beginnt, eilen die trostbedürftigsten der Frauen zu Fuß herbei, schwarze Spitzenschleier fallen ewig über ihre schwarzen Haare, die Gesichter darunter bleiben vom Schatten der Kirchen weißgrau wie Blei. Priester folgen ihnen, immer mehr Priester. Jetzt laufen sie schon, um den Dienst nicht zu versäumen.

Alle Gesichter der Stadt und Gegend erhalten sich überaus südlich, naiv und hart inmitten des französischen Anstandes, der, auch der Güte verwandt, sie umgibt. Ihre Liebe zu Stierkämpfen wird nie geringer. Beter und Spieler zeigen vielfach den Typ des spanischen Abenteurers, die gemeinen Leute aber sind Basken, ein Gebirgsvolk wie die Bayern, auch mit solchen Tänzen, nur der Stierkampf kommt noch hinzu. Die spanisch aussehenden Herren beginnen das Gespräch mit einer Frau: »Sie sind viel jünger als Ihr Mann«, – was zu stimmen pflegt und gleich zur Sache selbst führt.

Wie schön ist die Stadt Bayonne! Von Biarritz läuft der Autobus dorthin zwischen tiefen Gärten mit weißen Villen. Baskische Häuser, Schweizerhäuschen ähnlich, halten vereinzelt jedes seinen kleinen Hügel, der umgrünt und umblüht ist. So wild der Ozean, so heiter das Land. Bayonne, an der Grenze Spaniens, behauptet die französische Helle der Straßen, die Leichtigkeit der Luft und des Lebens. Nur die Blumen gedeihen größer und bunter als in der gemäßigten Parklandschaft des anderen Frankreich; und wärmerer Zauber weht über den Flüssen Nive und Adour. Der mit dem schönen Namen entspringt unweit, wird sogleich breit und fällt auch schon ins Meer. Auf dem anderen fahren die Schiffe, mit Eisen beladen, von Spanien her. Aus Spanien kommt auch die dicke und würzige

Schokolade, die alle trinken in Bayonne unter den Steinlauben. Daneben steht das Hotel, das »Zum Blumenkorb« heißt.

Die Autobusse fahren von Biarritz den Golf entlang und über die Grenze nach San Sebastian, dem viel älteren Strand. Sie kommen durch Hendaye, letzter französischer Ort, – dort sitzt als spanischer Republikaner Unamuno, schickt sehnsüchtig den Blick in die Heimat und arbeitet für sie. Andere Autobusse erklettern das grüne Gebirge, eine Drahtseilbahn löst sie ab. Farren, Ziegen und Wolken, du atmest Einöde, kannst aber noch am Abend die Oper besuchen. Biarritz kennt Gegensätze.

Es hat das »Palais«, das allem übrigen fremd und entgegengesetzt ist. Dort wohnen die Reichsten, die einzig wirklich Reichen, Amerika unter sich. Du begegnest ihnen nicht auf dem Strande, der sein bürgerliches Gewimmel bis unter die getürmte Mauer ihres Gartens drängt. Sie erscheinen in den Kasinos nicht, die Dancings sehen sie nicht, sie beten nicht in der Kirche. Sie haben alles im Hause für sich allein, Bakkarat, Feste, ihr eigenes Feuerwerk, gewiß auch den Geistlichen. Sie sind die unsichtbare Klasse. Der spanische Herzog mit den gewonnenen hunderttausend Mark hielte sich bei ihnen nicht lange. Man bekommt Mitleid sogar mit den Industrieführern des ganzen armen Europa, denn hier wäre auch ihres Bleibens nicht. Ein magerer Greis, steif aufgerichtet trotz Tapprigkeit, betritt einsam das ausdrücklich verbotene Felsentor. Hoch oben im weltentrückten Garten Klingsors träumt ein Mann, anzusehen nicht anders als ein Rayonchef, hinaus auf das Toben des Ozeans. Er träumt von aller dieser technisch noch unausgenützten Kraft.

Dies Amerika stört nicht, und es gibt niemand zu denken. Die drunten wimmelnde Bürgerschaft Europas spricht im Gefühl ihrer Sorgen gern von Diktatur. Dort oben im »Palais« hat sie ihre Diktatur, sieht sie aber nicht.

Franzosen sind hervorragend europäisch und besonders bürgerlich. Sogar die hübschesten der gut hergerichteten Damen interessieren sich für die Möglichkeit eines staatsmännischen homme à poigne. Sie fragen den Deutschen, wie wir aus unserer Inflation errettet worden sind. Nicht durch einen starken Mann? Dies wundert sie. Ein Mann in bürgerlicher Stellung zögert hier, zu verraten, daß er die Zusammenhänge besser versteht als die anderen. Es ist ein Herr aus Paris, Direktor, gut verdienend, aber abhängig, und er braucht Umwege von zehn Minuten, bis ich weiß, daß er sozialradikal denkt. Nur die Intellektuellen aller Klassen erklären dies alles sofort.

Am Strande werden Pariser Zeitungen ausgerufen, aber fast immer die mehr oder weniger konservativen. Das einzige radikale Blatt kommt aus Toulouse, der Industriestadt des Südens. In Toulouse herrscht bei aller Menschlichkeit des französischen Wesens eher der kurze Ton vor. Das bestaubte Bild der Straßen und öffentlichen Gärten dieser großen Stadt wird von Arbeitern bestimmt. Als Schaffnerin der Straßenbahn dient auch jetzt noch eine feindlich vergrämte Proletarierin. Die Kathedrale ist das stolzeste Denkmal des frühen romanischen Mittelalters, Pilger erfüllen sie unaufhörlich. Aber um die Kathedrale her hat seit den Kundgebungen für Sacco und Vanzetti kein Haus lauter ganze Fensterscheiben. Ein einziger Platz zeigt alt-bürgerliche Gepflegtheit mit Bäumen, Cafés und dem Komödientheater. Dort wurde die *Gefangene* gespielt und ausschließlich aus Respekt vor Paris zu Ende gehört. Beim dritten Akt blieben dennoch manche fort.

Die ›Dépêche‹, das größte Provinzblatt, Auflage eine Million, erscheint in Toulouse, geschrieben wird sie hauptsächlich in Paris. Die Hauptstadt eines anderen großen Landes wird sich soweit durchsetzen müssen, daß sie den Provinzen ihre Zeitungen schreibt. Das Publikum der

Sozialradikalen ist meist besitzlos, oft intellektuell, daher in ihrer Presse viel guter Wille und nicht wenig geistiger Antrieb. Ich habe erlebt, wie glänzend er weiterwirkt. Einige Sätze von mir, über unsere Annäherung an Frankreich im Geistigen, waren wiedergegeben von der ›Dépêche‹. Ich las es am Strand von Biarritz, und um Zweifel zu beheben, antwortete ich. Mein Brief erschien alsbald, worauf, wer mich kannte, mir zustimmte. Auch ein alter Gymnasiallehrer aus Bayonne kam eigens herbei, um mir zuzustimmen.

Wir dürfen nichts für gering achten, was auch nur wenige Seelen bewegt. Die Geschichte wird niemals ganz von den Trusten gemacht werden, und nicht gleichgültig ist, ob sogar in einem schwer zugänglichen, baskisch-maurischen Tal der Pyrenäen ein Mensch sich uns nähern möchte. Ich fand einen solchen.

Ich hatte ihn dort nicht vermutet. Ich fuhr hinauf nach Lescun nur wegen meines Freundes Bertaux. In Paris wirken schon viele für das Verständnis des deutschen Geistes, aber einer der erfolgreichsten unter ihnen ist Felix Bertaux. Er ist der Erfinder jener neuen Lesebücher, die dem Schüler in sprachlichen Beispielen die Kunst, Kultur und selbst das zeitgenössische Leben des anderen Volkes unmittelbar vorführen. Bald erscheint von ihm ein »Panorama« der deutschen Literatur seit 1890. Die Kapitel, die ich kenne, sind außerordentlich, die Gesichtspunkte neu und fesselnd, der Scharfsinn des französischen Kritikers angewendet auf einen mit Unruhe, aber ernst geliebten Gegenstand ... Indessen handelt es sich um jenen anderen, den ich bei ihm traf.

Von Biarritz fuhr ich nach Pau, dem milden Bad am Fuß der Berge, wo um 1860 mein Vater sich von einer Krankheit erholt hat. Wie wenige Deutsche werden nach 1870 noch dorthin gekommen sein! Ist es nicht so, daß wir in all der Zeit vom ganzen Frankreich höchstens noch Paris, ein gewisses kosmopolitisches Paris gekannt haben? Die Beziehungen waren vorher annähernd der Art, wie sie heute, in zielbewußter Gesinnung, wieder werden müssen. Wie friedlich breiteten sich die Kurgärten von Pau! Aus Stein geformt las ein lachender, gezierter Dichter von einst aus seinem Manuskript vor. Die Häuser hatten das freundlich Verwitterte, bei dem man aufblickt und verweilen möchte. Eine Terrasse ohne Ende aber läßt endlos das Land drunten vorbeiziehen. Die Flüsse blinken, und die Pyrenäen geben ein nahes, übersichtliches Schauspiel, wie nie sonst ein Gebirge. Hier ist das Land Heinrichs des Vierten, der zu seiner Zeit groß hieß. Sein Schloß, Renaissance in höchster Vollendung, prunkt am Abschluß der Terrasse. Es ist restauriert unter Louis Philippe, der seinen Viollet-le-Duc hatte, wie Wilhelm II. den seinen gehabt hat. Man sagt von Restauratoren nur Schlimmes, aber das Schloß des Königs Henri Quatre wäre sonst wahrscheinlich ein Trümmerhaufen, und jetzt sieht man in ihm sein Leben – den König selbst in hundert Szenen, bis zu jener im Haus des Müllers. Es ist ein flämischer Gobelin, und der Tag scheint dargestellt, als der König aussprach, daß jeder Bauer sein Huhn im Topf haben solle. Oder es ist der Tag, als er seinen Wunsch erfüllt zu haben hoffte. Denn er ist hier alt, die meisten seiner Mühen und Kämpfe sind vollbracht, und aus dem Bilde blicken seine großen dunklen Augen entrückt vom Schmerz und vom Glück zugleich. Zum Schloß des guten Königs Heinrich strömten die Besucher hinein und hinaus. Es waren lauter Franzosen.

Es geht ins Gebirge. Die großen Bahnen führen nur entlang, eine elektrische Linie quer hindurch ist im Entstehen. Die Straßen meines Tales werden allmählich so eng und steil, daß auch das Auto Mühe hat. Das Tal aber bleibt grün, unvermittelt überragen es dort hinten graue Bergzinken, dolomitenähnlich. Das Dorf Lescun scheint von unten nur für Ziegen erreichbar, seine Häuser gleichen den felsig kahlen Nestern aller südlichen Gebirgsdörfer. Dies ist nur der Anblick für die Außenwelt. Drinnen stehen Wohnungen für Wohlhabende und für Arme. Die Wohlhabendsten waren einen Teil ihres Lebens in Amerika. Die Einwohner von Lescun haben entweder ihr Dorf kaum verlassen oder sie sind gleich bis nach Amerika gereist. Am Wege dorthin kennen sie noch Bordeaux. Paris liegt außerhalb ihrer Welt. Manche verdienten früher mit Schmuggel über die Bergpässe nach Spanien. Sie trugen auf ihren Schultern Lasten, die oft nur fünf Francs wert waren. Das lohnt sich nicht mehr. Höchstens ist ihnen davon etwas Räuberromantik und Rauflust geblieben. Heute verdienen sie an Pferden und Mauleseln. Ihr Vieh bleibt allein droben auf den grünen Weiden. Täglich geht ein anderer hinauf, um nachzusehen, ob nachts der Wolf da war. Es sind gesprächige Leute. Ihre Vorfahren waren Spanier oder Mauren, sie haben eine Sprache für sich, aber französisch reden sie ebensogut, auch fassen sie das Leben französisch auf. Sie pflegen ihr Land und bauen an, was irgend wächst. Viele ihrer Häuser stammen von der Hand jener Mauren, die vor fünfzehnhundert Jahren hier die Herren waren. Aber sie haben sie wohnlich gemacht. Vom Friedhof der kleinen alten Kirche gesehen, erscheint die ganze Landschaft wie ein leichter Spaziergang im Grünen, ist aber in Wahrheit doch hart errungene Gesittung. Jenseits der Pässe hört sofort alles auf, die ganze liebenswürdige Verwandlung der Einöde in französische Wohnstätten. Drüben ist Spanien, dort reitet über die starre nackte Hochebene Don Quichotte in stolzer Einsamkeit.

Die Armen Lescuns wohnen meistens in den Häusern der ehemaligen Leprakranken. Nicht nur die Opfer der mittelalterlichen Krankheit selbst, noch ihre späten Nachkommen bis vor fünfzig Jahren waren auf ein Viertel beschränkt, das heute das elendeste des Dorfes ist. Die erste Heirat eines Vollberechtigten mit einer Tochter der Aussätzigen geschah unter starkem Widerspruch erst vor zwanzig Jahren. Wahrscheinlich war das Mädchen arm. Nachkomme eines Aussätzigen bleibt man nur, wenn man arm ist. Sonst ist es überall schon bald vergessen.

Mein Freund Bertaux bewohnt eins der besten Häuser, bequeme Zimmer und den großen Raum, wo gegessen und vor dem hohen, geschwärzten Kamin die Mahlzeit bereitet wird. Auf einem Spaziergang betraten wir eins der kleineren Häuser, ich glaube, auch hier war früher jemand aussätzig. Diesen Sommer verbringt dort ein Lehrer, der aus der Gegend gebürtig, in einem Dorf bei Bayonne die Schule verwaltet. Als wir seine Wohnküche betraten, schlief er daneben noch, denn bis in die Nacht hatte er auf Gemsen gejagt – eine Art Gemsen, izards genannt. Zwei Zicklein mit Blut auf dem hellen Fell hingen über einer Leine. Die Augen des größeren waren jetzt blank und ohne Ausdruck. Sie sollen im Augenblick, da das Tier sich verloren sieht, von Ratlosigkeit und von Grauen sprechen.

Mit dem Lehrer hatte ich bei einer früheren Begegnung drunten in Biarritz nur wenige Worte gewechselt. Er war im Krieg Offizier geworden. Die Auszeichnungen, die er sich erwarb, sollen seine Vorgesetzten bewogen haben, sogar über seine Eigenwilligkeiten hinwegzusehen. Ein Abenteurerblut; der Krieg war der eine seiner Glücksfälle, die Frauen sind der andere. Schnell angekleidet trat er ein, ich sah seinen schwarzen Krauskopf und sein braunes Gesicht, aber nicht mehr das kühne Lächeln. Er drückte mir mehrmals die Hand, ich wußte noch nicht, warum.

Am Abend erfuhr ich es. Er kam zu uns nach dem Essen. Wir besprachen meine Reise. Plötzlich stand er auf und sagte mit verändertem Ton, daß er gekommen sei, um mir zu danken. Wofür? Mein Erstaunen beirrte ihn nicht. Er wolle mir danken für meine Worte in seiner Zeitung und daß ich für Frankreich sei und für Freundschaft mit Frankreich. Er sprach sein rollendes Südfranzösisch, sprach rauh wie ein Gebirgler und sagte zarte und feste Worte. Seine Augen blickten fest und treu. Ich begriff, daß er mir früher mißtraut hatte. Es gibt zwei Deutschland, wie es auch zwei Frankreich gibt, und die Frage ist immer, zu welchem der beiden jeder gehört.

Er war ein Lehrer und übrigens Soldat, war einer der zahllosen kleinen Unterrichtsbeamten, die durch das Land hin und bis in seine entlegensten Erdfalten die Liebe zur Republik, zur nationalen Kraft zusammen mit dem Bewußtsein der Menschlichkeit verbreiten. Sie wirken im kleinsten, um so wichtiger sind sie. Ihr Einfluß ist täglich und unzählig. Sie haben für sich die enge Zugehörigkeit zum Volk, das ihnen glaubt. Sie haben für sich ihren eigenen guten Glauben, das Gemeinschaftsgefühl ihres Standes und seine freiheitliche Überlieferung. Die Republik fußt auf den Lehrern der Laienschule. Ihre eigene Vernunft, Volkstümlichkeit und wie sie dastehen will vor der Welt, alles hat seine Wurzeln in der Schule. Die Lehrer aber sind wie dieser.

Höher hinauf verändert sich natürlich mit der sozialen die Geistesart. Auch die meisten Gymnasiallehrer scheinen humanitär gesinnt und der Hinfristung aller Feindschaften abgeneigt. An den Universitäten mag eine Minderheit von Nationalisten sich erhalten. Aber weder sie noch die großen Zeitungen haben das wirkliche Land. Keine noch so mächtige Meinung übertönt dort die des Lehrers. Keine gedruckte Verfeindung macht ungeschehen, was er an Freundschaft sät. »Auf die Freundschaft Frankreichs mit Deutschland«, sagte zu mir der Lehrer.

Er kam am nächsten Morgen noch zu dem Automobil, als mein Freund von mir Abschied nahm. Auch er gab mir nochmals die Hand, schwieg aber jetzt. Er hatte das Seine gesagt, und das besteht fort.

Ein geistiges Locarno

Gesprochen im ehemaligen Herrenhaus und in der Sorbonne

Diesen Sommer in Frankreich las ich einen Artikel über die geistige Annäherung an Deutschland. Die Überschrift fragte: Un Locarno intellectuel? Dann kam die Wiedergabe einiger Sätze von mir, die in der ›Literarischen Welt‹ gestanden hatten. Zuletzt ward gesagt, dies alles sei gut und schön, und umso besser, wenn es deutsche Schriftsteller gäbe, die auf ein Zusammengehen mit der jungen französischen Generation Wert legten. Nur frage sich, wie weit sie selbst in ihrem eigenen Land die geistige Jugend mit sich hätten.

Hierauf antwortete ich sofort. Ich würde einem der großen Nachrichtenblätter vielleicht nichts zu sagen gehabt haben, sie wollen im allgemeinen von einem geistigen Locarno so wenig hören wie von dem anderen. Hier handelte es sich aber um eine Zeitung jener sozialradikalen Richtung, die der Annäherung an Deutschland durchaus nicht abgeneigt ist. Die ›Dépêche de Toulouse‹ ist die größte Provinzzeitung mit einer Auflage von einer Million. Ihr schrieb ich, daß ich die geistige Verständigung unserer beiden Länder jedenfalls jetzt für sehr viel wahrscheinlicher halte als vor dem Krieg, ja, daß sie mir schon begonnen scheint. Nicht nur sind die persönlichen Beziehungen zwischen deutschen und französischen Schriftstellern jetzt häufiger als damals, ich habe auch den Eindruck, daß man sich in Frankreich mit uns nicht nur beschäftigt, sondern aus einer gewissen Vorliebe gerade mit uns. Andererseits ist das deutsche Interesse für die geistige Bewegung in Frankreich zweifellos lebhaft. Ich gab natürlich zu, es sei nicht allgemein und auch der Verständigungswille beherrsche keineswegs alle Kreise, die sich intellektuell nennen, besonders nicht überall die Studenten. Aber die reaktionäre Gesinnung der Söhne des mittleren und kleinen Bürgertums habe vor allem soziale und wirtschaftliche Gründe, die nicht von Dauer sein könnten. Denn die Republik stehe bei uns längst nicht mehr allein auf dem Willen der Arbeiter. Die mächtigen Wirtschaftsinteressen rechnen auch schon mit ihr. Da andererseits der größte Teil der einflußreichen Schriftsteller europäische Ideen vertritt, ist nicht einzusehen, wie die bürgerliche Jugend in ihrer Gesamtheit dem allgemeinen Zuge widerstehen sollte.

So sagte ich, denn ein gewisser Optimismus schien mir geboten. Die Schwierigkeiten kennen wir; aber wer sie übertreibt, erreicht gar nichts. Die Schwierigkeiten liegen nicht nur bei unseren Nationalisten, sie liegen ebensogut bei dem entgegengesetzten Teil der deutschen Jugend, der sich nur mit Rußland verständigen möchte und Frankreich für belanglos hält. Ich bin, um es sogleich zu sagen, für den Anschluß nach beiden Seiten.

Mein Brief an die ›Dépêche‹ veranlaßte wieder einen ihrer Mitarbeiter, seine Zweifel zu äußern, weniger an dem Nachwuchs der deutschen Literatur als an dem der französischen. Er sprach von den noch nicht Dreißigjährigen, die ihre Langeweile durch die ganze Welt spazierenführen, und an ihre Zeit so wenig glauben wie an sich selbst. Das sind bekannte Klänge. Auch wir in Deutschland kennen den hier gemeinten Einwand. Übrigens haben die noch nicht dreißigjährigen Franzosen durch einen der Ihren darauf geantwortet. Dies erfuhr ich aus dem Pariser ›Quotidien‹, einem anderen für die Verständigung arbeitenden Blatt.

Nicht alle sind gleichgültig oder mutlos, so wird dort behauptet. Noch weniger folgen sie dem reaktionären Fahrwasser der ›Action Française‹. Ganz im Gegenteil sind sie überzeugt, daß ihnen selbst und der europäisch-radikalen Gesinnung die Zukunft gehört. Die nationalistischen Schüler der Barrès und Maurras haben für sich nur gerade noch diese Gegenwart. Sie sind auf der Höhe des Lebens, und ihre Meister hatten dreißig Jahre lang ihnen vorgearbeitet; jetzt aber dreht sich das Rad. Andere Meister ziehen eben jetzt ein neues Geschlecht geistiger Führer heran. Die Meister werden genannt, Duhamel, dieser besonders reiche und tiefe Geist ist darunter. Alles verbündet sich, damit eine neue, fruchtbare Sinnesart im intellektuellen Frankreich zur Herrschaft gelangt.

Sie muß vorerst nur gesammelt und wirksam gemacht werden. Das wird verlangt in vielen Zuschriften an den Verfasser des Artikels im ›Quotidien‹. Die linksgerichtete Literatur muß so einheitlich vorzugehen lernen, wie die rechtsgerichtete es mit durchschlagendem Erfolg getan hat. Wenn dazu dann auch noch käme, daß auf der linken Seite so viele persönliche Belohnungen bereit gestellt würden, wie auf der rechten –. Auch diese Töne kennen wir aus eigenem.

Bei uns steht alles wie drüben. Europäische Gesinnung und der Wille sich zu verständigen, ist auch hier im Grunde unzertrennlich von politischer Freiheitlichkeit. Die materielle Macht bleibt noch viel zu sehr den Nationalisten, die geistige Macht zieht dauernd nach links. Zusammenhalt und Disziplin fehlen auf dieser Seite noch. Die internationale geistige Verständigung der früher einander wenig Bekannten ist möglich. Ihr gemeinsames Vorschreiten zu einer erträglicheren Ordnung des Lebens, wodurch jede Verständigung doch erst ihren vollen Sinn bekäme, – alles ist möglich. Wenn nicht aus größeren Anzeichen, würde ich es ersehen können aus dem kleinen, aber doch nachwirkenden Erfolg meines Briefes an eine französische Zeitung. Nur als Beispiel habe ich mein Erlebnis angeführt.

Das Wichtigste freilich scheint mir im gegebenen Augenblick, daß in jedem der Länder alle, die es geistig vertreten wollen, sich klar darüber werden, was es leisten kann und wozu sie selbst berufen sind. Die Intellektuellen der verschiedenen Länder haben, glaube ich, in der Frage nicht alle den gleichen Beruf. Deutschland sehe ich als den geborenen Vermittler an. Um nur die wichtigsten der kontinental-europäischen Nationen im Auge zu behalten, von Rußland und Frankreich darf uns keines ferner bleiben als das andere.

Wie könnte es übrigens. Wir sind das Land der Mitte Europas. Daraus folgt erstens, daß wir uns mindestens ebensosehr wie andere als Europäer und für dieses Europa verantwortlich fühlen müssen. Sodann scheint mir klar, daß wir zwischen unseren Nachbarn im Osten und im Westen nicht nur geographisch die Mitte zu halten haben.

Wir sind verpflichtet und es entspricht übrigens unserer Natur, zwischen ihnen beiden zu vermitteln. Wir sollen, deutlich gesagt, zwischen Frankreich und Rußland den geistigen, wirtschaftlichen, politischen Ausgleich suchen; – und wenn wir nicht dazu verpflichtet wären, täten wir es wahrscheinlich von selbst. Die Extreme liegen uns ohnedies nicht. Sondern uns liegt der Ausgleich. Wir haben weder die französische noch die russische Revolution gemacht und werden voraussichtlich niemals eine entscheidende Revolution machen, ich meine, eine Revolution, die auf wirklich neues Gebiet führt. Wir werden aufnehmen und uns angleichen, was immer Zeit braucht.

Nach dem Erscheinen der französischen Revolution hat Deutschland anfangs lange ihren Auswirkungen in der Welt zugesehen. Es war nicht ohne Wißbegier. Denken Sie an Kant, wie er von seinem unabänderlichen Spaziergang abwich, um etwas früher die Nachrichten aus Frankreich zu bekommen! Der westlichste Teil Deutschlands hatte schon damals die liberalen Einrichtungen von außen empfangen und sich, so lange sie ihm erlaubt waren, nicht schlecht dabei befunden. Mit ihrer selbständigen Einführung aber blieben wir noch das ganze neunzehnte Jahrhundert überaus vorsichtig. Was wir davon annahmen, ward aufgewogen durch die preußische Monarchie; denn die preußische Monarchie war doch an den Zarismus angelehnt und ohne ihn nicht zu denken – hat übrigens ohne ihn nicht mehr weiter bestanden.

Deutschland war vor den großen Ereignissen, die wir miterlebt haben, dank den Volksrechten westlich, dank den Königsrechten östlich, und hatte gerade darum nicht den geringsten inneren Grund, gegen seine Nachbarn Krieg zu führen. Es ähnelte beiden, sowohl in seiner geistigen wie in seiner politischen Struktur. Dabei ist es auch geblieben. Seine Verwandten wird man nie los; und wenn es schon das Schicksal und, wir wollen hoffen, das Glück Deutschlands ist, mit ganz Europa verwandt und das eigentliche Bindeglied zu sein, dann gilt dies jetzt wie je.

Wir stehen auch jetzt zwischen Osten und Westen, und zwar in allem und jedem. Wir sind im Sozialismus, wäre es auch nur im Gefühl für Sozialismus, weiter vorgeschritten als Frankreich, aber auch mit der Idee des Völkerbundes, der das Gefühl für eine bürgerlich befriedete Welt umfaßt, innerlich vertrauter als Rußland. Wir haben den revolutionären Ruck, den Rußland plötzlich vollzog, auf unsere bescheidenere Art, mehr probeweise anfangs mitgemacht und schwimmen nun wacker in der kapitalistischen Gegenströmung des Westens. Wir sind enteignet worden; denn das sind wir doch, obwohl nicht gerade von links her, aber darum nur gründlicher; – und wenn einige bei uns dadurch noch immer gerade so erbittert sind wie die russischen Emigranten, im ganzen sind wir männlich gefaßt ein besitzloses Arbeitervolk geworden, auch ohne Bolschewismus. Dabei bewahren wir uns, doppelten Wesens, wie wir sind, immer noch die geheime Hoffnung, einmal wieder zu Geld zu kommen, sogar Rentner zu werden – ganz wie der Franzose, der das auch noch hofft. Wir übernahmen nicht nur den westlichen Parlamentarismus, auch die russische Sturmflut hat, als sie abzog, bei uns Spuren hinterlassen, verwischte Spuren. Aber unter anderem in unserem Reichswirtschaftsrat sind sie zu erkennen. Das merkwürdigste: wir setzen inmitten unserer Proletarisierung, die man russisch nennen könnte, noch immer die bürgerlich geistige Überlieferung fort, die eher französisch ist.

Unsere geistige Verwandtschaft mit Frankreich ist unverkennbar; sie ist sogar deutlicher, als sie vor dem Kriege oft war. Damals gingen wir immerhin noch Wege, die durch die Politik weit getrennt wurden, auch im Geistigen spürte man dies. Seitdem hatten wir dasselbe Erlebnis des Krieges. Gerade der Krieg, der uns gründlich und für immer auseinanderreißen wollte, hat uns in Wahrheit erst auf die gleiche geistige Bahn geführt. Die Literatur der jüngeren Generationen hier und in Frankreich könnte man fast zusammenlegen, wie eine einzige. Nur provinzielle Unterschiede blieben übrig. Andererseits ist uns Rußland nur verständlicher geworden, und zwar gerade in dem Augenblick, als es sich von der ganzen westlichen Welt scharf zu trennen schien.

Wir kannten schon vorher die russische Literatur. Wir fanden trotz einiger Überraschung beim Auftreten des neuen Rußland, doch bald die Verbindung, die von Tolstoi und Dostojewski zum Geist des Leninismus führt. Andere können das nicht so gut sehen. Ich weiß wohl, daß heute die französischen Schriftsteller, die nach Rußland reisen, mit die besten Beobachter sind. Als ich 1923, auf dem Gipfel unserer Inflation, in Frankreich gefragt wurde, woher unser neues starkes Interesse für Dostojewski komme, antwortete ich: vom Bolschewismus, – worauf alle sich voll Erstaunen nach mir umdrehten, teils, weil ich in Rätseln sprach, aber besonders, weil ich jenes furchtbare Wort nannte.

Wir sind in Europa, man darf sagen, die einzigen, die dem russischen Problem vorurteilslos ins Auge sehen können. Von der abergläubischen Furcht vor dem Bolschewismus, die den größten Teil Europas heute hauptsächlich bestimmt und beherrscht, sind nur wir im ganzen frei. Natürlich sprechen große Interessen, ganz abgesehen von unseren Lebensgewohnheiten, auch bei uns gegen den Kommunismus. Aber ich bezweifle, daß die Nation selbst, ihre durch Parteien unverfälschte Mehrheit, innerlich zustimmt, wenn Kommunisten verfolgt werden. Sie glaubt wohl nicht, daß Unterdrückungen berechtigt oder auch nur notwendig sind. Dafür vertraut sie viel zu sehr dem langsamen und sicheren Verlauf der Dinge, an den sie gewöhnt ist. Sie hat sowohl das Lebenstempo wie die Philosophie einer Nation der Mitte.

Den deutschen Intellektuellen erteilen die Umstände eine Aufgabe, unvergleichlich wichtiger, als sie sonst eine hatten. Sie sollen die furchtbare Fremdheit, die heute alle Teile Europas für einander erfüllt, beseitigen. Sie können ihr jedenfalls Abbruch tun. Um es abgekürzt zu sagen, mögen Deutsche nach Frankreich wie auch nach Rußland gehen und jedem der beiden wenigstens den Anfangsbegriff davon beibringen, wie es auf der anderen Seite der Welt aussieht. Dies übrigens ohne besondere Betonung, ja, fast absichtslos. Wer sich einfach als Deutscher zeigt, der zeigt immer dem Ostmenschen etwas Westliches, dem Westländer aber ein Stück Osten.

Dies fühlen die anderen sehr wohl. Auch hierdurch erklärt sich das Interesse, das sie gerade uns, wie mir scheint, in verstärktem Maße entgegenbringen. Jeder hat seine Erfahrung, ich denke hauptsächlich an Frankreich. Wann hätte dort ein deutscher Schriftsteller die wißbegierige, ja, die aus Wißbegier nahezu befreundete Aufnahme gefunden wie jetzt! Die Erscheinung hat natürlich einige Gründe. Französische Geister wünschen den früheren Gegner jetzt endlich tiefer kennen zu lernen. Eine höhere Menschlichkeit meldet sich bei ihnen wie bei uns, nachdem das niedrig Menschliche zu lange hatte allein befehlen dürfen. Ferner haben sie mit uns die gleichen Sorgen, gerade darum sind wir uns ähnlicher geworden.

Ich habe seit 1923 in Frankreich an mehreren internationalen Zusammenkünften von Schriftstellern, Pädagogen, Diplomaten teilgenommen. Ich kann versichern, daß immer die Franzosen die herzlichsten waren. Ein ungezwungener Geistesaustausch ergab sich eigentlich nur mit Franzosen. Sie hatten zu lernen, wir hatten zu verstehen. Beide zusammen erlebten wir die Freude, eine Trennung zu überwinden, die uns lange Zeit hindurch künstlich auferlegt war, und Irrtümer zu berichtigen, denen manche von uns unfreiwillig verfallen waren. Ich konnte mir denken, daß die meisten den Krieg verbracht hatten mit Gefühlen wie alle übrige Welt. Genug, jetzt sprachen die besseren Gefühle und nicht nur sie; Vernunft, Wißbegier, die tiefe Kollegialität des geistigen Menschen sprach.

Das war viel, denn es wirkte sich in der Öffentlichkeit doch immer aus, auch wenn die große Nachrichtenpresse unsere Zusammenkünfte kaum zur Kenntnis nahm, eben, weil sie ihre Wirkung nicht wünschte. »Die Schriftsteller sind die Vordiplomaten«, sagte mir ein französischer Minister schon 1925, und Sie wissen, daß Locarno, das politische Locarno, erst später kam.

Ein geistiges Locarno schlechthin kommt freilich weit schwerer zustande als das politische, wozu schließlich der gute Wille zweier Minister genügt. Das geistige Locarno wäre viel mehr. Es wäre erst die Verwirklichung des politischen, die Einlösung des Versprechens, das die Minister sich gaben. Das geistige Locarno würde bis in die Tiefen der Gemüter und bis zu den Wurzeln des menschlichen Zusammenlebens reichen.

Dies bedingt Erziehung – unsere eigene Erziehung, die Erziehung der Massen, der Erwachsenen und der Kinder. Innerhalb der Völker wird wohl immer ein Teil lieber die Freundschaft, ein Teil lieber die Feindschaft des anderen Volkes haben wollen. Nur ist es nicht notwendig, daß die Seite der Feindschaft immer, wie jetzt, nach Parteien gerechnet fast ebenso groß bleibt wie die Seite der Freundschaft. Es ist nicht notwendig, weil es unnatürlich ist. Die bei weitem meisten Anhänger der nationalistischen Parteien sind an ihnen in Wahrheit nicht interessiert. Sie werden künstlich dabei erhalten. Wir können das alles ändern. Aber wenn es sich um Erziehung handelt, ist das erste, daß wir die Lehrer für uns haben müssen. Ich meine die wirklich unmittelbaren Lehrer der Kinder und des Volkes, die Volksschullehrer.

Die Schule muß die Schule des Friedens werden. Der Friedenswille des Volkes muß gleich in der Schule entstehen. Der ungeheure Einfluß des Volksschullehrers muß fruchtbar gemacht werden für die große Sache, die seiner würdig ist. Ich glaube, daß dies schon begonnen hat, und daß viele Volksschullehrer unsere Mitarbeiter sind. Es müssen mehr werden. Die Bedeutung des Lehrers hat seit Begründung der Republik unvergleichlich gewonnen. Sein Bildungsgang ist erweitert, seine soziale Stellung gehoben. Das verpflichtet ihn in demselben Maße wie es sein Selbstbewußtsein stärkt. Es muß dahin kommen, daß die Lehrer sich als Grundlage eines werdenden und zu erstrebenden Volksstaates fühlen, als erste, gründlichste Vertreter seiner friedlichen Ansprüche, deren vornehmster das unverletzliche Menschenleben ist.

Ich glaube, daß eine Republik, die allmählich sich ihrer Sendung bewußt wird, einen solchen Lehrkörper schließlich auch erzeugt. Die ältere Republik Frankreich hat ihn längst. Hören Sie bitte, diese Sätze, die von der Vorsteherin einer staatlichen Schule beim Schulbeginn kürzlich gesprochen wurden.

»Habt ihr kein lebendiges Bewußtsein der Freiheit, so wird vergebens dies große Wort am Giebel der Stadthäuser stehen, und die Republik wird nicht republikanisch sein.

Die Republik hat die Menschen gleich gewollt. Hierin lassen wir auch, liebe Kinder, viel zu tun übrig, und ich zweifle, daß selbst eure Generation das große Werk schon wird verwirklichen können.

Wir wissen aber genau: Solange die Gleichheit nicht verwirklicht ist, klingt das schöne Wort Brüderlichkeit nur wie Hohn und Spott.«

Es ist leider unwahrscheinlich, daß Worte von solcher Entschiedenheit in deutschen Schulen bisher schon gesprochen werden, und gerade darum hören Sie vielleicht auch noch keine Worte des klaren Willens zur Verständigung. Eins hängt vom anderen ab und folgt auf das andere. Die Schule ist in Frankreich republikanisch schon seit Jules Ferry. Für Frieden und Freundschaft ist sie auch dort erst seit dem Kriege.

Wirtschaftlich hatte schon der ganze französische Lehrkörper samt den Professoren der Mittel- und Hochschulen sich vereinigt in einem Syndikat, das jetzt angeschlossen ist an die Conféderation du Travail. Beweist dies noch nicht die Gesinnung aller Mitglieder, so sind doch die Volksschullehrer ein einziger republikanisch gesinnter Block. Wenn in Frankreich die Neigung, auch mit uns in Frieden und Freundschaft zu leben, fortwährend zunimmt, der erste, dem wir zu danken haben, ist der Lehrer.

Discours tenu à la Ligue des Droits de l'homme et à l'Union Féminine pour la Société des Nations*

Mesdames et Messieurs,
Me voyant en face d'un public français, j'ai à dire à peu près les mêmes choses que je dirais dans mon pays, et ce ne sera sûrement rien de bien nouveau. Sur certains sujets en effet, et notamment en matière littéraire, il me semble que nous commençons à penser sensiblement de même. Les jeunes, du moins beaucoup de jeunes d'ici et de chez moi, s'entendent entre eux à merveille. A peine savent-ils se parler, déjà ils sont amis. On n'avait jamais vu cela. Autrefois, avant les terribles événements qui nous avaient séparés, on se recontrait bien déjà à des congrès. On a même vu dès alors des comédiens allemands à Paris, de même qu'on admirait vos artistes en Allemagne. C'est égal, il y avait de la contrainte, et à ces expériences-là il manquait la foi.

L'air me semble tout de même purifié depuis. Les tentatives d'entente sont plus franches, et les conjurations contre la paix de nos nations moins redoutables. Si cela est vrai c'est surtout grâce à la jeune génération, qui, en grande partie, n'a jamais connu, ni voulu connaître nos rivalités et nos entraves. Ne trouvez-vous pas que ces jeunes gens sont beaucoup plus libres de préjugés traditionnels, et je dirais même de connaissances historiques, que nous ne l'étions? Ils prennent résolument possession de leur époque, et quelquefois n'y regardent pas de si près quant aux frontières d'un Continent qu'ils s'adjugent tout entier comme patrie.

* Übersetzung ins Deutsche auf den Seiten 511–523.

Aussi voyez comme ils se ressemblent. Français ou Allemands, en les lisant j'ai quelquefois l'impression d'une littérature unique provenant seulement de différentes provinces d'une même république. C'est beaucoup dire évidemment, et il semblerait alors que l'esprit littéraire soit en avance sur les données contemporaines.

Mais non, en creusant un peu la question, il n'est pas étonnant que nous nous connaissions un peu mieux déjà, que les relations personnelles deviennent entre nous plus fréquentes, et qu'on traduise nos livres maintenant; pas seulement les français mais aussi les allemands, ce qui était rare jadis. Je ne m'en étonne pas, puisque les conditions de vie de la France et de l'Allemagne se ressemblent beaucoup maintenant. Cela n'était pas arrivé souvent et cela n'arrive pas trop tôt. Mais enfin nous sommes les uns et les autres en République. Nous sommes de plus les soutiens sur le Continent d'une Démocratie qui sans nous s'en irait certainement. Nous défendons presque seuls, avec la liberté politique de l'Europe, son indépendance économique vis-à-vis du Monde: tâche assez difficile par le temps qui court. Tout cela nous rapproche. Cela nous rapproche malgré toutes les divergences de vainqueurs à vaincus, de créanciers à débiteurs. Et l'on peut dire que les catastrophes récentes, supportées en commun, quoique des deux côtés d'un mur, nous ont rendus plus humains, je veux dire plus compréhensifs l'un pour l'autre que nous ne l'avions été auparavant.

Je sais bien que ce n'est pas vrai pour tout le monde. Il y en a qui se défient du nom de Locarno, même quand il s'agit d'un Locarno intellectuel. Il nous disent, ces Allemands, ces Français réunis dans la méfiance, que nous exagérons nos efforts de rapprochement, que les sentiments compromettent tout, et qu'étant donné leur propre méfiance notre confiance à nous n'a qu'à se taire.

Eh bien non, elle ne se taira pas du tout. Je dirais même

que loin de tenir le rapprochement franco-allemand pour une tentative osée et presque monstrueuse, je le regarde tout simplement comme le plus naturel des faits. Je sens en cela comme les jeunes. Je le crois naturel et en même temps je déteste comme chose contre nature, les faits et les reproches qui nous avaient conduits à la conflagration et à la ruine. Ces faits-là avaient été créés artificiellement, non par les peuples, mais par l'intrigue de quelques-uns. Ces reproches que l'on se faisait ont duré de par l'inaction des populations et à la faveur des erreurs politiques. On revient de ces erreurs. Même nombre de ceux qui hier prétendaient dangereux le relèvement de l'adversaire commencent à voir que cet adversaire méritera d'autant plus leur intérêt qu'il se sera plus dignement relevé.

Où étaient donc les suspicions, dans lesquelles en France on aurait tenu les influences allemandes, quand il y a bientôt cent ans Henri Heine se faisait parisien et presque poète français? N'est-ce pas qu'ici on lui a trouvé autant d'attraits, sinon plus, que parmi sa propre nation, et que le même fait s'est produit pour quelques autres, comme pour Hoffmann, comme pour Nietzsche? Nous vous l'avons bien revalu, et s'il y a un lieu sur terre où le génie français rendu visible par les lettres, a produit d'aussi fortes émotions que dans les cœurs français, j'ose dire que c'est dans un cœur allemand.

Quand j'avais vingt ans, la première lecture française que je faisais sans efforts et à cœur ouvert c'était Musset. Je faisais comme les jeunes de ma génération, et surtout sans doute ceux de France. Mais par le monde il y en avait beaucoup qui aimaient leur poète et j'étais du nombre.

Quelques années plus tard, j'en étais à admirer Flaubert, à en faire mon maître, tout en découvrant déjà Stendhal, dont je n'ai jamais cessé de cultiver l'œuvre, source de toutes connaissances modernes, aussi bien de l'homme social que de l'homme passionné. Remarquez que pour la première fois j'avais rencontré son nom dans une des nouvelles magistrales de Paul Heyse. Encore un qui s'était fait une vie de l'esprit d'autant plus riche, qu'il y réunissait les apports de langues diverses assimilés à sa propre nature. Il restait Allemand tout en devenant meilleur. N'est-ce pas le cas même de Goethe? On a bien parlé de la part du génie germanique dans Victor Hugo. Pourtant il reste l'homme de son siècle qui a le mieux résumé son pays. C'est qu'il résumait surtout les grandes idées et les sentiments généreux qui sont de tous les pays. Si on ne les y voit pas toujours, tout de même ils s'y retrouvent.

Je n'ai à aucun moment de ma vie oublié mon pays et mes devoirs envers mon pays, lorsque séparé de lui par mes voyages, je menais une vie spirituelle, indépendante et multiple. Il ne suffit pas de se transporter par la voie des grands romans dans des sociétés lointaines et d'ailleurs disparues. On n'est foncièrement occupé que de ce qui nous touche de près, de ce qui nous irrite, nous menace, nous fait soupirer ou nous fait rire. On n'aime en somme que ce qui pourrait être conquis par nous. Jeune homme je comprenais déjà que ma vie se passerait à faire le roman de la société allemande.

N'empêche que la lecture de certains livres français en a déclanché en moi l'ambition et même peut-être le don. Je dirai plus. Une certaine communication d'idées avec la France n'était pas sans servir cet esprit d'opposition contre le régime impérial, qui est propre à la meilleure partie de la littérature allemande sous l'Empire. Je n'en veux pour preuve que l'émotion violente produite surtout en Allemagne par l'affaire Dreyfus. Evidemment, cela devait rester sans suite visible. Mais un malaise moral profond et alors presque sans espoir s'annonçait dans cette participation allemande, aussi passionnée que platonique, au grand combat français pour la vérité et la justice. Ce malaise existait déjà avant la célèbre affaire qui le dénonçait ouvertement. Voyez donc l'œuvre qui représente le mieux la jeune génération des premiers temps de Guillaume II, le Théâtre de Hauptmann à trente ans. C'est la révolte sociale qui y domine. Et je me rappelle que, lors de la première représentation à Berlin des *Tisserands*, le frisson qui parcourait le public était semblable à celui ressenti quelques années plus tard, par tous les êtres accessibles à la grande voix de la justice. Alors c'était la vie elle-même qui agissait, tandis qu'à Berlin ce soir-là ce n'était que le théâtre, autorisé pourtant par la vie.

Je n'ai pas mis en romans la révolte sociale, puisque j'en voulais à la société allemande contemporaine et qu'elle était loin alors de toute révolte véritable. Mais je me suis efforcé de mettre à nu son armature. Ce n'était pas chose aisée. Le roman social, je veux dire le roman écrit en bonne connaissance de la société entière n'existait guère alors, en Allemagne, et n'était du reste pas facile à faire. La Société officielle de ce temps-là fonctionnait en quelque sorte à huis-clos. Mais il est inutile de vouloir écrire l'histoire contemporaine d'une classe ou d'un cercle quelconques, sans une idée précise du régime établi et de ceux qui le représentent.

Dès mes débuts en effet, j'ai cherché à comprendre le pouvoir. La mentalité des puissants, voire la signification de la Puissance, voilà ce qui a peut-être été ma préoccupation la plus constante pendant longtemps. Lorsque j'établissais les romans de la grande ou de la petite bourgeoisie, c'était cette conception des choses qui me guidait. Arrivé au roman de la *Tête* qui est l'histoire des dirigeants eux-mêmes, je n'avais plus grand'chose à apprendre sur ceux-ci, que je n'eusse déjà su par la fréquentation de leurs sujets.

Mais pour avoir la permission de faire le roman des Maîtres, il fallait d'abord qu'ils eussent disparu. Cela tombait bien, ils disparurent. Je fis alors par moi-même l'expérience dont d'autres dans des circonstances semblables avaient profité. J'avais souvent admiré la chance de Zola, concevant le plan des Rougon-Macquart deux années seulement avant la chûte de l'Empire, que personne alors ne prévoyait et sans laquelle il n'aurait pu écrire sa grande œuvre. C'est une chance qu'on paie par bien des souffrances. Je connus que l'écrivain que épouse une défaite n'en fait sa propre victoire qu'en se donnant de nombreuses blessures. Il me fallait pour écrire l'épilogue du régime tombé y faire figurer, et moi-même, et ma génération spirituelle, avec nos espoirs déçus et nos chimères, avec notre intellectualité jamais vraiment assouvie par la vie réelle.

Puis pour écrire ces trois romans, où j'ai réuni ce que l'Empire disparu m'avait appris, il m'avait fallu aussi vivre la guerre. Il fallait même que je l'eusse prévue, dénoncée dans le premier de ces trois romans qui s'appelle *Sujet*, et que j'en eusse souffert plus que ma part.

Je sais bien que la seule souffrance vraiment digne d'intérêt s'est passée pendant la guerre dans les tranchées. Loin de moi, de vouloir faire figure de celui qui porte à lui seul, la charge du monde moral. Seulement voilà, je n'ai oublié à aucun moment que cela n'aurait pas dû être. Je gardais pendant ces longues années sanglantes, présents à l'esprit, des souvenirs qui étaient des devoirs et n'attendais que l'heure ou renaîtraient les idées, ensevelies alors, d'humanité et de solidarité. C'était le cas de bien d'autres, il n'y a pas lieu d'insister. J'explique seulement comment je m'occupais précisement au milieu de la pire tragédie, d'une grande étude sur Zola, sur son action optimiste pour sauver l'innocence, et comment je faisais représenter alors une pièce de théâtre intitulée *Madame Legros* et où l'innocence encore était sauvée. Cela passait la censure, cette vieille histoire du prisonnier Latude et de sa protectrice ingénue et farouche n'inquiétait guère. Le public cependant sentait très bien qu'il s'agissait de lui, que c'était la dignité humaine qui, du moins pour un moment, sortait de la Bastille. J'entendais dire qu'enfin l'on pouvait de nouveau se regarder en face l'un l'autre. C'était un des premiers de mes francs succès auprès du gros public.

Car il faut vous avouer que ma manière de voir n'a été comprise et goûtée de la masse des lecteurs, que depuis les événements qui lui donnaient trop raison. Avant j'avais les seuls honneurs littéraires.

Puisque je fais ici ma confession, je dirai que c'est très bien d'avoir entrevu le triomphe et que c'est très bien aussi de retourner au combat, de ne jamais atteindre complètement le but, et d'être beaucoup haï. Surtout n'allez pas croire que je parle de ces choses par habitude. Dans tout ce que j'ai écrit, le mot »moi« ne se trouve pas souvent. S'il revient tant de fois dans ce discours, c'est que j'ai mes raisons. Le temps me paraît, en effet, passé de seulement parler de se connaître, il faut que l'on se montre. Vous verrez ce que vous en ferez, et si une personnalité allemande, qui, en somme, n'est pas isolée, mais qui en représente beaucoup d'autres, vous semble tout de même plus proche et plus facile à comprendre, que divers autres habitants de la Planète.

C'est en 1923 que je retournai pour la première fois à Paris. L'illustre ami parisien qui me conduisit à travers la ville, me fit passer devant ce Café où mourut Jaurès. Alors entre moi et cette façade banale et tragique, s'entreposa une vision qui était un souvenir. Je me voyais dans la montagne de Bavière, un jour d'été de l'année 1914, au moment de l'arrivée d'un train. Les portières s'ouvrent, quelqu'un que j'attendais saute en bas, et avant même que de nous saluer me crie: On a tué Jaurès. Puis nous nous tûmes, très pâles. Nous savions bien que c'en était fait et que la fin s'annonçait.

Ce sont pourtant ces émotions décisives qu'on a senties en même temps les uns et les autres. Et qui donc dans le reste du monde les eût tellement senties? Le Passé, si douloureux qu'il soit, reste chose vécue. Evidemment qu'on obtiendrait un progrès plus rapide en rasant le passé et en oubliant tout. Mais non, avançons lentement plutôt en suivant chacun le génie de son pays et les conditions spéciales de son existence.

Pour ne parler que de mon pays, je le vois situé entre l'ouest et l'est, et rattaché des deux côtés. Beaucoup de diversités et même d'inconséquences dans l'esprit allemand, et qu'on comprend difficilement, s'expliquent par cela. Il y a comme un schisme des intelligences, ainsi que des tempéraments allemands, les uns se sentant attirés vers la France, les autres vers la Russie. Toutes les deux attirances viennent de gagner en actualité, mais elles ont toujours existé dans le pays qui tient le milieu de l'Europe. Rappelez-vous les enthousiasmes que suscitait autrefois parmi nous, votre révolution victorieuse. Une partie des Allemands d'alors se vouait à elle corps et âme, tandis qu'une autre restait insensible. Il n'en advient pas autrement de la révolution russe. Elle a ses fanatiques, et elle a ceux qui chez nous s'y intéressent au moins moralement. On constatait le même phénomène moral, quand il y a cent trente ans, les intellectuels allemands, sans être le moins du monde révolutionnaires, sympathisaient avec les choses de France. Kant, le plus pacifique des hommes, s'écartait de son chemin journalier, ce qui ne lui arrivait jamais, pour avoir un peu plus tôt les nouvelles de Paris.

Eh bien, nous tous, nous nous écartons quelque peu de notre route ordinaire, pour avoir des nouvelles de Moscou. Je parle de ceux de mes compatriotes qui voient plus loin que nos jours, et pour qui le monde social existe. Ils ne sont pour cela pas plus souvent bolchevistes qu'à leur tour. Ils restent aussi fermement que jamais convaincus que la nation qui occupe le milieu du continent ne fera pas plus de révolution russe, qu'elle n'a fait de révolution française, et même qu'elle ne fera jamais de vraie révolution. Ce n'est ni dans ses moyens, ni dans sa nature. Elle préfère être l'intermédiaire des idées et des tendances. C'est le rôle qu'elle a toujours tenu, et plus qu'un rôle, c'est une mission.

Je me souviens qu'étant en France, à un entretien littéraire, auquel participaient une cinquantaine de personnes, Français pour la plupart, on me demandait les raisons de la nouvelle faveur chez nous de Dostojewsky. Je répondis: c'est un des effets du bolchevisme, et c'était vrai. Mais tout le monde de se retourner, perplexe, vers moi. C'est qu'en France on n'avait pas passé par toutes les crises économiques et morales qui nous avaient rendus capables, nous, de nous mettre à la place des Russes, de suivre avec nos nerfs mêmes, leurs faits et gestes, d'en comprendre les enchaînements, et de démêler les parentés existantes entre leurs grands romans et leurs grandes actions. De tels liens avaient conduit des encyclopédistes aux Jacobins.

Depuis des Français, comme M. Georges Duhamel, ont observé la Russie moderne, aussi bien, sinon mieux que personne. Quant à Dostojewsky, il n'a jamais été plus profondément senti que par M. André Gide. Il n'est pas question d'être plus perspicace, ou plus vibrant que les esprits de cette envergure. Seulement toute une nation intéressée immédiatement au sort de ses deux voisins d'est et d'ouest, peut faire plus que les critiques même incomparables. J'aime à croire que le double engagement des sympathies allemandes servira l'Europe elle-même en créant des transitions, et en ménageant l'avenir. Je n'ai pas voulu dire plus, mais il m'a paru nécessaire de le dire.

Quelques Allemands qui ne sont pas tous communistes vont en Russie, sans prétendre à autre chose, qu'à renouer les relations de la Pensée. Il en est qui ont commémoré le 7 novembre, à Moscou, l'avènement des Soviets. J'étais invité et j'aurais eu des raisons personnelles pour ne pas décliner l'offre, car j'y rencontrais des amis. On me connaît en Russie plus longtemps à ce qu'il semble qu'on ne me connaît même dans mon propre pays. En ce moment, on y traduit pour la deuxième fois, presque tout ce que j'ai écrit. Mais je regrette de ne pas comprendre la langue russe, et d'être par cela même empêché de bien observer la vie russe. Or, je crois qu'il s'agit moins pour moi d'être connu, que de connaître. Les sympathies qu'on apporte n'obtiennent toute leur valeur qu'en réussissant à se faire entendre. C'est pourquoi vous me voyez m'y efforcer chez vous.

J'ai au cours de ces dernières années, plusieurs fois voyagé en France. Avouerai-je qu'une grande timidité m'a, à plusieurs reprises, retenu de proférer ce que je croyais cependant utile à dire, et ce qui du reste m'était dicté par le cœur? Il y avait trop de passé, et un passé trop chargé. Les bonnes volontés se croient parfois destinées à rester silencieuses et contrites.

Si je sors aujourd'hui résolument mes idées et mes voeux, c'est que vraiment depuis peu, la contrainte est devenue moindre, et plus grand au contraire le besoin de s'ouvrir sans peur de cette censure très méfiante que nous portons dans notre propre tête et aussi, malgré tous ceux qui pourraient y avoir à redire. Mais j'ai été vraiment amené à rejeter toute fausse honte par un homme simple, franc, rencontré cet été, pendant un séjour dans le Midi.

C'était un instituteur, un de ceux dont j'aime à parler à mes compatriotes, pour leur dire qu'il nous en faudrait beaucoup de pareils. Car ils enseignent aux enfants les droits de l'homme et du citoyen, en même temps que l'amour du sol natal, et leur patriotisme relève de leur conscience humaine. Celui-ci avait été fait officier pendant la guerre. C'était un homme actif et pratique, qui ne se confiait pas à la légère. Au commencement, il se méfiait peutêtre de moi. Il y a deux Allemagnes malheureusement, comme il y a deux Frances. Et il ne pouvait pas encore savoir de laquelle j'étais.

Puis il lut une certaine lettre écrite par moi à un journal français, et tout changea. Je le revis, c'était dans la solitude des Pyrénées, à mille mètres d'altitude et parmi les antiques maisons d'un village fondé autrefois par les Maures. Il me serra la main d'une façon significative, mais je ne savais encore que penser. Le soir, après dîner, je le sus. Il arriva tout exprès pour me faire son discours. Il m'avait lu et avait cru à ma bonne volonté. Il pensait comme moi, que nos deux nations pourraient s'entendre, et que même par l'union de leurs idées et de leurs sentiments intimes, elles ne formeraient moralement et devant l'humanité qu'une seule. C'est pourquoi il me regarda bien en face en me disant ses souhaits pour l'amitié de la France avec l'Allemagne.

Mesdames et Messieurs, en vous expliquant ici un peu de moi et de mon pays, j'ai voulu suivre l'exemple de ce Français qui m'apprit à parler à cœur ouvert et dont je n'oublierai pas la voix.

Discours tenu au Palais du Trocadéro, le 16 Décembre*

Venu, moi aussi, pour rendre hommage au grand Victor Hugo, je vois mon amour et mon admiration se fondre dans cette immense masse d'admiration et d'amour qu'il soulève.

Il est le seul dont la mémoire rassemble les esprits et les cœurs, pour le proclamer le premier des poètes.

Mais son siècle et son peuple produisirent tant de noms illustres, qu'il semble étonnant de voir l'un d'eux élevé plus haut que tous les autres. Comment donc a-t-il fait pour gagner les suffrages de tant d'hommes divers, de classes sociales qui s'unissent et de nations qui se rencontrent pour célébrer son génie?

C'est qu'il avait reçu le génie du cœur avec l'autre génie. Quand une grande décision était à prendre pour la justice et la vérité, il acceptait de souffrir plutôt que de les renier. Chaque fois qu'il lui fallait se prononcer sur le droit des hommes ou d'un homme, il a pris le parti de l'homme et du droit.

Arrivé au faîte des honneurs, il s'en retira et s'exila, pour ne pas consentir à ce qu'il fût fait injure au droit du peuple. Car il croyait et proclamait que la République est pour le peuple une sorte de droit naturel comme la Liberté pour l'homme.

Au fond de la conscience, il y a, disait-il, un sentiment sublime, sacré, indestructible, incorruptible, éternel: le droit.

* Übersetzung ins Deutsche auf den Seiten 524–527.

Cet homme qui avait agi selon sa conscience, voyez le peupler son rocher de Guernesey des figures immortelles des Misérables! Ces figures, dans la vie réelle elles sont vaincues. Mais lui les a adoptées, il les défend, il en fait des hommes qui verront un jour la Justice et qui connaîtront le bonheur.

Lui, le créateur, lui le fort, a appris dans son exil à souffrir pour d'autres que lui-même. Ne cherchons pas plus loin, c'est là sa grandeur. Par cela même, il est devenu le premier entre nous. Son génie si fier s'est soumis à la pitié. C'est pourquoi il s'est élevé au rang suprême.

Par la pitié, Victor Hugo embrasse l'humanité tout entière, qu'il exalte au nom de la conscience humaine. Rien de ce qui intéresse l'avenir des hommes n'est exclu de sa sympathie agissante. Répandant son grand cœur sur l'ensemble des nations, c'est lui qui, le premier, a réclamé les Etats-Unis d'Europe. Il sut honorer sa propre nation en prenant pour elle cette mémorable initiative. »Le peuple Français, s'écria-t-il à la tribune de l'Assemblée Législative, le 17 juillet 1851, le peuple Français a taillé dans un granit indestructible et posé au milieu du vieux continent monarchique la première assise de cet immense édifice de l'Avenir qui s'apellera un jour les Etat-Unis d'Europe.«

Et où a-t-il parlé de même, mais grandi encore par les événements et la dignité héroïque de sa conscience? A l'Assemblée Nationale de Bordeaux, en 1870!

On se plaît à penser qu'en 1924, après bien des mauvais jours passés, M. Edouard Herriot s'est souvenu de ces paroles du poète national, quand il osait, avant tous les autres hommes d'état de l'Europe, évoquer de nouveau nos Etats Unis.

C'est aux paroles de Victor Hugo que je dois, moi aussi, le profond bonheur et peut-être le droit de rendre hommage, ici, au génie français glorifié par votre poète.

N'est-ce pas qu'il saluerait les visages amis venus pour

s'incliner? N'est-ce pas qu'il tendrait la main aux hommes de bonne volonté? Il n'est pas permis de douter qu'il serait heureux de voir la France et l'Allemagne, républiques l'une et l'autre, se consacrer, d'un commun accord, à l'effort qui fut le sien, de paix et d'amitié.

Il ne désespéra jamais que les choses en dussent venir là, et nous sommes quelques-uns qui n'avons non plus jamais désespéré. J'étais de ceux-là, mais il m'a fallu son exemple.

C'est lui, c'est Victor Hugo, qui soutient à jamais de ses grands vers, de sa parole prophétique et sa figure légendaire, l'espoir des humains qui peinent et combattent, obscurs encore et confiants dans l'apparition de l'étoile qui dit:

»Je suis l'astre qui vient d'abord.
»Je suis celle qu'on croit dans la tombe et qui sort...
»Je suis ce qui renaît quand un monde est détruit...«

Réponse de M. Edouard Herriot

Mesdames et Messieurs,
Cette immense assemblée se réunit ce soir, dans cette salle, pour entendre Victor Hugo lui même lui parler, et j'aurais garde de retarder son plaisir, mais la circonstance est si solennelle et cette cérémonie est dans notre pensée de si grande conséquence, que je vous demande la permission de remercier ceux qui l'ont improvisée et ceux qui, par leur présence, lui donnent un si grand éclat.

....

Et pour vous, Monsieur Mann, comme nous sommes touchés que vous soyez venu ce soir apporter ici à Hugo l'hommage de l'Allemagne républicaine, fait que tout à l'heure cette assemblée a si justement souligné. Certes, Victor Hugo fut un patriote français, mais aussi bien notre conception de la paix et de la fraternité des peuples ne demande, et bien au contraire, à qui que ce soit de ne pas avoir au cœur l'amour de sa Patrie, et jusque dans les heures les plus tragiques, jusque dans ces moments où son âme saignait de la détresse et des plaies de la France, Victor Hugo n'éloignait de son esprit, ni la justice, ni l'espoir des pacifiques lendemains. Il savait faire parvenir, aux blessés allemands, de notre part, des secours que sa générosité d'exilé avait préparés et si, permettez moi de parler librement, il s'insurgeait contre le militarisme, il n'avait, et bien des vers en témoignent, que de la tendresse et que de l'admiration pour cette Allemagne idyllique, romantique, volontiers chevaleresque, qu'il a si bien décrite dans ses volumes du Rhin, pour cette Allemagne dont nous souhaitons en effet qu'elle reste fidèle au grand esprit de Goethe, à la magnifique tradition de Schiller et à l'élévation morale qui fait que, si nous avons donné Victor Hugo au monde, elle a donné Kant à la conscience universelle!

1928

§ 300

Bericht an den Arbeitsausschuß der Sektion für Dichtkunst der Preußischen Akademie der Künste

Der Entwurf des § 300 im zukünftigen deutschen Strafgesetzbuch behandelt Gegenstände, die nur gefühlsmäßig zu erfassen sind. Denn es ist und bleibt Sache des individuellen Gefühls, was »unzüchtig« oder »geeignet, das Geschlechtsgefühl der Jugend zu überreizen und irrezuleiten« sein soll. Jeder urteilt darüber nach dem Maßstab, den seine eigene Natur ihm gibt, und nach seinen Anschauungen über die menschliche Natur. Weiter ist das Urteil bedingt durch soziologisches Verständnis, das der Richter hat oder das ihm fehlt.

Ein Gesetz aber, das jeder beliebigen Auslegung sich widerstandslos darbietet, hat selbst etwas an sich von Unzucht, geistiger Unzucht. Es dürfte nach streng sittlicher Auffassung weder beschlossen werden noch dem Gebrauch dienen.

Wenn die Notdurft der Gesellschaft oder auch nur die Sucht, sie geistig zu gängeln, ein Gesetz gegen »unzüchtige« Kunst dennoch erfordert, ist es so unmißverständlich genau wie irgend möglich abzufassen. Der Gesetzgeber soll ohne Zweideutigkeit erklären, welche Darstellungen er a) für Erwachsene, b) für Jugendliche wirklich verbieten will. Die »unzüchtige« Literatur oder eine Literatur, die wegen »Unzucht« bisher angeklagt und verurteilt wurde, ist bekannt genug. Nach den vorhandenen Mustern hat der Gesetzgeber die menschlichen Lagen und Handlungen ausdrücklich zu bezeichnen, die a) für Erwachsene, b) für Jugendliche in dichterischen Werken nicht wiedergegeben werden dürfen.

Hinsichtlich der »unzüchtigen« Malerei gebe er die Stellungen und die Körperteile ein für alle Male an, die a) Erwachsenen, b) Jugendlichen zu betrachten nicht erlaubt ist.

Hier wird mit unleugbarem Recht gefordert, daß der Gesetzgeber, wo es sich um die wichtigen Gebiete der Literatur und der bildenden Kunst handelt, weniger Leichtfertigkeit und mehr Ernst zeigt; daß er sich nicht hinter Allgemeinheiten versteckt, weil es ihm verfänglich und unsicher scheint, ins Einzelne und Greifbare zu gehen; daß er nicht dem individuellen Zufall und der Willkür die Begriffe der Weltanschauung auszulegen überläßt, indes er Begriffe des Eigentums ihnen nie überlassen würde.

Die Bestimmungen des alten Strafgesetzbuches sind im neuen § 300 noch verschärft. Man muß fragen, warum sie nicht vielmehr gemildert sind. Denn unter den Tatsachen der Gegenwart spielt jedenfalls die »Unzucht« eine weit geringere Rolle als früher. Man hat, kurz gesagt, andere Sorgen. Auch Jugendliche, die früher müßig gingen, müssen heute frühzeitig erwerben. Sie treiben Sport und verbrauchen dabei die Kraft, die sonst der »Unzucht« zufloß. Übrigens lesen sie ungleich weniger als ihre Vorgänger. Lektüre könnte sie aber auch kaum »überreizen und irreleiten«, da nicht einmal die herrschenden Sitten, die ihnen alles erlauben und alles zeigen, sie zu Ausschweifungen anregen. Wer sehen kann, weiß, daß die wenig gebundene, wenig erzogene Nachkriegsjugend vernünftiger und mit ihren Mitteln haushälterischer ist, als irgend eine der früheren Generationen. Ihre Lebensweise bedingt den ungezwungenen Verkehr der beiden Geschlechter, solche Gewöhnung allein schon hebt jede »Unzucht« auf.

Der Begriff »Unzucht« und alle von ihm abhängigen Begriffe gehören zu einer Welt der geschlechtlichen Heimlichkeiten, die nicht mehr besteht. Sie sind geistiger Nachlaß einer dezenten, höchst verfeinerten Bürgergesellschaft, die sowohl des Anstandes wie des größeren Genusses wegen auf Offenheit in geschlechtlichen Dingen verzichtete. Jene Begriffe sind grober Widersinn geworden unter den heutigen, so viel gradlinigeren, so viel unschuldigeren Verhältnissen.

Ein Gesetzgeber, der allen sozialen Tatsachen zum Trotz seine, das Geschlechtsleben angehenden Bestimmungen verschärft anstatt sie zusammenzustreichen, und die Kunst für die Darstellung geschlechtlicher Beziehungen noch mehr als bisher bedroht, macht sich verdächtig. Er meint wahrscheinlich nicht so sehr die vorgeblichen Gefahren, die er nennt, er meint die Freiheit der Gesinnung und des Ausdrucks schlechthin. Seine allgemein gehaltenen, nachlässig und mehrdeutig abgefaßten Wendungen erlauben nachher dem Richter, das geistige Leben zu verfolgen in Werken, an die bei Beschließung des Gesetzes höchstens Eingeweihte denken konnten.

Das eigentliche, wenn auch uneingestandene Ziel solcher Gesetze ist die Stärkung der Autorität. Gerade die geistige Unschuld eines Zeitalters erlaubt der Autorität, ihre Ansprüche zu erhöhen. Aufgabe einer berufenen Vertretung der Dichtkunst ist es, die Autorität in ihre Grenzen zu weisen und die geistige Freiheit vor Fallen, die ihr gelegt werden, zu schützen.

Hommage à Gorki*

»L'Asile de nuit«

La force de Gorki est évidente, puisque ses œuvres durent. Pourtant il semble rare de voir une pièce de théâtre prendre, après un quart de siècle, une signification qu'elle n'avait pas à son apparition.

Il y aura bientôt trente ans, *L'Asile de nuit* présentait le type même du drame naturaliste. C'était l'étude consciencieuse d'un milieu tout spécial dont la société bourgeoise de ce temps-là n'imaginait pas même l'existence. Ce milieu surpassait ceux des autres pièces en misère humaine. Ici, elle régnait en maîtresse. Plus rien que des existences irrémédiablement déchues, des mourants, des criminels et de pauvres êtres vicieux réunis dans un bouge que commandait un couple de crapules avides.

Dans le tas se trouve bien un saint, c'est ce pèlerin acheminé vers des pays lointains qui d'après une rumeur seraient le berceau d'une nouvelle foi. Mais le saint homme reste lui-même assez inquiétant. L'intimité des voleurs ne le rebute pas assez, du moins telle pouvait être l'impression d'un public encore habitué aux décences du XIXe siècle. D'ailleurs ce bon Luc s'éclipse à l'approche de la police.

C'est qu'un jeune homme que la tenancière aurait voulu séduire vient de tuer le mari. Cette action fait pour quelques instants surgir les personnages de la torpeur due à leur misère. On entend des cris sauvages qui indiquent des explosions de haine et de désespoir. Toutes les passions, y

* Übersetzung ins Deutsche auf den Seiten 528–531.

compris même l'amour pur et la révolte contre l'injustice, peuplent alors la scène. Le public des temps paisibles devait être incapable de concevoir ce qui en sortirait.

De toute évidence il n'en pouvait rien sortir. La révolution russe, même la première, était loin encore. Ceux qui s'appelaient les humiliés et les offensés n'avaient pas même l'instinct de classe qui les aurait unis. Ils étaient des isolés tombés séparément dans l'abîme de la misère, se chamaillant comme si la société des hommes ne les eût pas encore assez offensés, et s'humiliant l'un l'autre pour le rester plus sûrement.

Aussi redeviennent-ils après la catastrophe ce qu'ils avaient été tout d'abord, des inutiles et des résignés qui trompent le temps avant que de disparaître. Un comédien alcoolique, désespérant de se relever, se pend. Un homme de bonne famille et dont les ancêtres ont roulé carrosse continue de remâcher interminablement sa gloire passée.

Après tant d'années écoulées dequis la première représensation, la mémoire en retient trois personnages: le baron, le comédien et Luc le pèlerin, ce dernier joué par Reinhardt. Car alors Reinhardt jouait encore lui-même et avait rendu ce pèlerin célèbre dans les villes d'Allemagne. Il lui prêtait un visage doux et transfiguré. C'étaient l'indulgence et la compréhensivité personnifiées. Vous n'auriez pas imaginé autrement les bons saints, un peu canailles peut-être, si touchants tout de même, d'un peuple qu'on disait fortement éprouvé, mais endurant de sa nature, résolu sans doute à souffrir même l'impossible.

Il faut avouer que notre Ouest se faisait alors de la Russie une idée quelque peu arbitraire. J'ai entendu dire à des Russes modernes qu'il y avait là l'effet d'une littérature presque entièrement aristocratique, écrite par des gentilshommes compatissants à l'abaissement du peuple, mais mal placés pour en déduire les suites à venir.

En 1926 M. Piscator reprenait *L'Asile de nuit*. C'est

parmi les hommes de théâtre de Berlin le plus dévoué aux problèmes d'actualité, problèmes politiques et sociaux qu'il illustre par des mises en scène dignes de la turbulence et de la diversité de l'époque. Depuis qu'il a son théâtre à lui ses pièces se font pour ainsi dire sur la scène. Leurs intentions littéraires restent subordonnées aux puissantes visions d'histoire contemporaine qu'elles sont chargées de transmettre.

L'année dernière M. Piscator en était encore à se servir, pour ses fins, du drame de Gorki. Il lui était défendu de rien changer au texte, il n'avait comme moyens de suggestion que ceux de la scène. La pièce se prêta quand même à ce qu'on lui demandait, quelque surprenant que se fût, et devint un drame social, ce qu'elle n'avait jamais été.

D'individualiste elle devint sociale. Les portraits de quelques malheureux se muèrent en fresque de la misère humaine, une et indivisible. *L'Asile de nuit* résuma alors la révolution, sa force première tirée du fond éternel de la misérable humanité, et son déclin quand, la catastrophe passée, la déception subie, tout retourne à la faiblesse commune.

Elle devait être bien forte, cette pièce, pour exprimer ce qu'on voulait d'elle, pour se renouveler et revivre en des temps changés de fond en comble! Il a fallu une des plus extraordinaires intuitions sociales dont la littérature offre l'exemple. C'est le dramaturge Gorki qui autrefois a deviné le visage futur des choses et en a dénoncé les origines. C'est l'artiste intuitif, ce n'est pas le penseur, dont les propos prêtés à Luc le pèlerin restent empreints d'un individualisme nietzschéen.

En 1900 nous étions loin de le comprendre. En 1926, tout ce qui dans cette pièce déjà ancienne habitait d'inconscient et d'inconnu, monta à la surface, y prit une figure fatidique et annonça plusieurs étapes d'une route que l'humanité depuis a dû parcourir. Quand après le meurtre une femme se mit à crier En prison! Moi aussi, en prison! et que tous, à l'unisson du peuple accouru, clamèrent En prison! pendant que sur un rideau de gaze descendu entre eux et nous apparaissaient déjà les barreaux de la geôle, c'était bien une trouvaille du metteur en scène. Mais c'était aussi la vision anticipée du poète, reconnue vraie pour un long défilé d'années terribles par l'experience des hommes.

Ils étaient là, ouvriers et petits employés, se penchant en dehors des galeries de ce grand théâtre populaire, tombant presque, agités d'une frénésie de sombre enthousiasme comme aucun théâtre du monde n'en pourra voir souvent.

C'est Gorki, homme de soixante ans, retiré près de Sorrente, qui provoque encore, parmi la jeunesse des classes montantes, ces grands mouvements de l'âme. Il a le droit d'être fier. La littérature a, de son fait, comme par le mérite de Zola, élargi ses frontières jusqu'au milieu des prolétaires, qui lisent et qui comprennent. Il doit en être heureux.

Der Film

Rede, gehalten auf der ersten Veranstaltung des Volksverbandes für Filmkunst, am 26. Februar 1928 im Capitol

I. Film und Volk

Meine Damen und Herren!
Sie werden sogleich – nein, Sie hätten jetzt eine Film-Wochenschau sehen sollen, wie Sie vermutlich noch nicht oft eine gesehen haben. Es wäre denkbar, daß so etwas Ihnen überhaupt noch nicht vorgekommen ist, wie diese leider verbotene Wochenschau. Keineswegs, weil sie großartiger gewesen wäre als alles frühere. Nein, aber sie wäre weniger einseitig gewesen. Die Wochenschau, die Sie gesehen hätten und nach gehöriger Ordnung der Sache sicher auch sehen werden, zeigt mehrere Seiten der Dinge, oder wenigstens zeigt sie die Dinge von den beiden Seiten, die sie zusammen erst interessant machen, von rechts und von links. Man kann auch sagen, von vorn und von hinten.

Wie sieht die Welt in einer offiziellen Rede aus, und wie ist sie dahinter wirklich? Oder was begibt sich links von den abgeschrittenen Ehrenkompagnien, unbändig bejubelten Exoten und ausgestellten Luxusautomobilen?

Einmal auf diesem Wege, könnte man auf eigentümliche Einfälle kommen, die aber von Natur aus die nächstliegenden sind. Sie werden nur künstlich verdrängt. In den üblichen Wochenschauen begegnet man indischen Tempeln, die freilich seit mancher lieben Woche dastehen. Hat man dagegen das viel jüngere Kraftwerk Rummelsburg schon einmal gesehen? Vielleicht. Aber dann auch nur, wie bei dem indischen Tempel, die Fassade. Rummelsburg in

Wichs und Glanz, in seiner Bedeutung für die deutsche Wirtschaft, Technik und für die nationale Weltgeltung.

Dahinter liegt das Rummelsburg der Arbeiter, es ist Zeit, daß es gezeigt wird. Es ist Zeit, daß hinter und neben aller Parade die wirklichen Menschen sichtbar werden. Unsere wirkliche Arbeit, wirkliche Not und die Art von Lebensgefühl sowohl wie Richtung der Gemüter, die in Wahrheit vorherrscht: alles wäre in Bildern auszudrükken. Danach schreit nicht nur die Wochenschau, danach schreien Spiel- und Großfilm.

Es geht durchaus. Es geht bei sämtlichen Arten des Films genau so leicht auszudrücken, wie jene ewig photographierte Paradewelt. Nur, die Paradewelt hat für sich die Gewohnheit. Alle kennen sie auswendig, und jeder sieht sie sich darum immer wieder an. Eigentlich wünschte sich jeder schon längst etwas anderes. Er langweilt sich schon längst. Aber nichts hält sich so lange, wie das Langweilige. Wer langweilig ist, dürfte im stillen sogar bösartig sein, wenn er wollte. Die Langeweile lähmt den Widerspruch. Eher gibt man schweigend den Besuch der Kinotheater auf.

So erklärt sich das viel beklagte schlechte Verhältnis sehr vieler Gebildeter zum Film. Die Gebildeten, genauer die geistig Anspruchsvollen, sie sind die ersten, die ihn satt bekommen. Sie sind nur die ersten, der Abfall der anderen kann nicht ausbleiben. Begreiflicherweise übersieht man dann auch die rühmlichen Ausnahmen, die der Film doch aufweist. Die Ausnahmen sollen nicht übersehen, nicht verkleinert werden, aber es sind zu wenige.

Die Gründung einer Volks-Film-Bühne war nötig, damit der lange angesammelte Widerspruch durchbrach. Wenn der Volksverband für Filmkunst bis heute noch keine anderen Verdienste haben kann, so hat er doch schon jetzt das Verdienst, sehr vielen die unerträgliche Langeweile der üblichen Filmprogramme zur Gewißheit gemacht zu haben. Solange traute mancher vielleicht seinen eigenen Eindrücken nicht, oder er machte aus Gutmütigkeit noch mit.

Diese heutige Versammlung allein beweist schon, daß es so nicht mehr weitergeht. In der alltäglichen Filmproduktion kommen Geist und Geschmack zu kurz. Die Köpfe, die das machen, haben Scheuklappen, und die von ihnen vorgeführte Welt ist einseitig. Die Fabeln und Geschichten sind kindisch erdacht, sie gehen vorbei an unseren Lebenstatsachen. Die Bilder und die durch sie vermittelten Gedanken wollen von allem, was unser Dasein bewegt, ablenken, nicht aber hinweisen, klären und weiterhelfen.

Bestenfalls geschieht dies alles nicht bewußt, sondern aus allgemeiner Unzulänglichkeit. Oft aber heißt es geradezu: Sand in die Augen, und dient als Menschenbetrug, noch mehr, als Verführung. Wenn nämlich die Zeiten vorbei sind, als man dem Volk einfach befehlen durfte: So ist euer Leben, so habt ihr es hinzunehmen, – kann man es immer noch verführen, statt es zu vergewaltigen; kann es dazu verführen, das Leben als Parade, Heldenverehrung und als Kriechen der Herde im Staub aufzufassen. Man kann sich an seine historisch gewordenen Geistesgewohnheiten wenden, dann hat man von dem Volk wenigstens einzelne Teile und von jedem aus dem Volk vielleicht doch eine gewisse Seite. Man begeistert es in Ermangelung lebender Könige für einen toten. Man spielt auf der Volksseele die romantischen Flötentöne. Man macht ihm etwas vor.

Anzuerkennen ist, daß das Volk sich nicht ungern etwas vormachen läßt. Wie könnte es anders sein, das Volk langweilt sich nicht so schnell. Wenn schon Gebildete gegen ihr besseres Wissen sich Fälschungen ansehen, der einfache Mensch kommt erstens lange nicht darauf; und selbst aufgeklärt bleibt er noch willig, das Hohe, das Furchtbare, das Begeisternde dort anzuerkennen, wo man es ihm vormacht.

Ist es nicht viel eher in seinem Leben und um ihn her? Das weiß er nicht, und niemand zeigt es ihm dort. Man zeigt es ihm in der Vergangenheit und bringt ihn auf dem Gefühlswege und durch Begeisterung, wohin man will. Man bringt ihn dahin, einer Vergangenheit, die er doch, käme sie wieder, nie mehr wirklich ertragen würde, im Bilde und in der Idee den Vorzug zu geben. Welch eine Verfälschung des einfachen Menschen selbst wird damit unternommen!

Was er als hoch und begeisternd fühlen lernen sollte, ist kein Monarch, der einstmals seine Zeit gehabt hat; es ist seine eigene gesammelte Kraft und das von ihr noch zu Schaffende. Auch Romantik bieten die Abenteuer und Verwandlungen der jetzt Lebenden in ihrer Art genug. Die jungen Leute aus dem Prozeß in Moabit können ein Lied davon singen. Sogar die größte Furchtbarkeit gehört nicht mehr den Kriegen von früher, noch dazu wenn von ihren wirklichen Hintergründen nicht das Geringste gezeigt, immer nur mit Heldentum geprahlt wird. Furchtbar ist der nächste Krieg, und statt aller Heldentaten bekümmere man sich lieber um die, deren unersättlicher Erwerbssinn ihn schon wieder vorbereitet.

Da niemand dem einfachen Menschen dies alles zeigt, denkt er daran nicht, zumindest nicht im Kino. Es sieht oft aus, als machte der einfache Mensch zwischen seinem übrigen Dasein und dem Kino einen dicken Strich; auf der einen Seite er als Arbeiter, er als Zeitungsleser, er als Wähler, auf der anderen Seite das Kino, das mit dem allen nicht das Geringste zu tun hat. Der Kinobesucher scheint, solange er drin sitzt, nur an Potsdam und Heidelberg zu glauben, nicht an das Ruhrgebiet und an Berlin.

Dies ist aber doch sichtlich eine gewagte Situation, die allen Beteiligten zu denken geben müßte. Wie lange soll sich das noch halten? Einmal verbrauchen sich die schönsten Begeisterungen eines Publikums, wenn sie im Grunde gegenstandslos sind, und auch die süßeste Romantik zieht zuletzt nicht mehr bei Lebenden, die bekanntlich so nicht aussehen.

Jede Spur von Vernunft aber hört auf, wenn der politisch beratene Film ganz im Ernst eine einzige Richtung und zurückgebliebene Gesinnung durchsetzen möchte bei einer großen Mehrheit von Zuschauern, denen sie genau besehen ganz fern liegt. Sie haben wohl die Seite ihrer Natur, die man die schwache nennen darf, aber an die andere Seite, die tüchtigere, ist mit den albernen Mitteln nationalistischer Filme überhaupt nicht heranzukommen. »Monopol, alles aufkaufen, nur noch deutschnationale Filme! Die Leute wollen doch was sehen, und etwas anderes gibt es nicht zu sehen, dann haben wir sie.« Das ist kläglich falsch, es fordert äußerste Gegenwehr heraus, und es rächt sich schon jetzt mit schlechten Geschäften. Wie erst, wenn die Mode der Fürsten-, Kriegs- und Burschenherrlichkeit vorbei ist? Dann wird der Anschluß vielleicht verpaßt sein.

Der jetzt begründete Volksverband für Filmkunst bekämpft nicht das Filmwesen, wie es nun einmal besteht. Seine sozialen Veränderungen wird es mit der Zeit von selbst durchmachen. Der Verband will ihm im Gegenteil helfen, den Anschluß an die in der Welt vorherrschende Geistesart zu finden. Denn schließlich wird man ihn doch suchen müssen. Niemand verkennt, daß es den Filmleuten, selbst wenn sie wollten, heute nicht mehr leicht fallen würde. Der einfache Mann ist für den Film schon reichlich verdorben.

Die hier geleistete Arbeit soll helfen, seine Stellung zum übrigen Leben auszugleichen mit seinem Verhältnis zum Film und auch die geistig Anspruchsvollen, die schon geflüchtet waren, wieder zurückzuholen.

Diesmal wird es hier noch mit einem russischen Filmwerk versucht werden. Aber man darf hoffen, daß bald, recht bald auch deutsche Filme zur Verfügung stehen. Die Produktion wird sich gewiß damit beeilen, wenn sie erst alle links gerichteten Volkskreise in einem Verband für Filmkunst organisiert sieht. Lieber als dieses große Publikum zu verlieren, wird die einheimische Produktion über Geschmack und Gesinnung mit sich reden lassen.

Was wird verlangt? Daß einer Volksmehrheit, deren geistige Ebene in allem übrigen höher liegt, vom Film allein nicht eine kindische Senkung ihrer geistigen Ansprüche zugemutet werde. Der Film soll nicht fälschen, die Geschichte nicht, die Gegenwart nicht, weder im Geistigen, noch was Kunst betrifft.

Die Filmkunst, von ihr ist selten die Rede in Deutschland. Hier hört man nur immer von der Filmindustrie. Der Unterschied ist, daß Industrien nur gegen sich selbst und ihre Geldgeber Pflichten haben. Die Kunst ist verantwortlich der Mit- und Nachwelt und steht noch ein für ihre fernsten Auswirkungen. Kunst, auf die ein Volk blickt, verführt es nicht, sondern erzieht es. Sie verkauft sich nicht, sie gibt sich nicht dazu her, das Volk nur abzulenken, anstatt es sehen und denken zu lehren. Es denken lehren, es vergeistigen, jede Kunst, die ernstlich sich selbst will, plant dies mit ihrem Volk.

II. Filmdichtung

Wenn die Propagandisten der deutschen Filmindustrie den Schriftstellern etwas Unangenehmes sagen möchten, wiederholen sie immer, wir wollten den Film »literarisch« machen. Das haben wir aber nicht nötig; er ist es mehr als genug. Er ist es gewöhnlich in untergeordneter Art, aber das hindert nicht. Er illustriert nicht die besten der Romane, wie sie in Wochenschriften, der Novellen, wie sie in Magazinen stehen. Auch dort haben sie oft schon Illustrationen, und wenn diese Illustrationen sich bewegen lernen, sind es sofort die üblichen Spielfilme.

Die berühmten Großfilme – gehen denn sie von inneren Antrieben filmischer Art aus, oder nicht vielmehr von literarischen Vorstellungen, die nur leider bestreitbar, von literarischen Absichten, die nur leider oft schädlich sind? Sie wollen Gedanken – und was für welche! – ausdrücken, so wie sie Gesinnungen – und was für welche! – verbreiten wollen. Die Bilder entstehen erst nachträglich.

Wohingegen ich imstande bin, in einem russischen Film – es ist schade, daß es kein deutscher ist – an Bilder zu glauben, die früher da waren als jede Tendenz, ja, als das Denken selbst. Wir sahen *Die letzten Tage von St. Petersburg*. Unter der Übermacht von riesig wuchtenden Denkmälern gehen durch St. Petersburg zwei von ihnen erdrückte, ganz kleine, ganz arme Menschenwesen. Das ist zuerst erfühlt und erschaut, vor jedem Bewußtsein. Die kleinen, ohnmächtigen Menschenwesen werden im Verlauf der Filmhandlung immer größer, zuletzt sind sie viel stärker, unvergleichlich wichtiger als die Bildsäulen der Überlieferung und der Gewalt. Das ergibt sich dem Filmdichter durch einfache Befolgung der Wirklichkeit und der von allen dort erlebten Gefühle. Kaum, daß er etwas will, er überläßt sich seiner Seele, und sie gehört allen. Daher braucht er wenig Schauspieler, ob prominent oder nicht. Er läßt das Volk selbst spielen, vielmehr das Leben selbst noch einmal vor sich gehen. Das Übertragene, Gesteigerte, Sinnbildliche ist die natürliche Folge dieser großen Gemeinsamkeit. Er steht neben der Kamera und wartet, bis der Bauer das echte Gesicht hat. Dann gibt er das Zeichen.

Ich wüßte dies weniger genau, hätte ich nicht mit Pudowkin sprechen können. Der Regisseur des Films, der neulich vom Volksverband für Filmkunst im Capitol gezeigt wurde, – er hat die *Letzten Tage von St. Petersburg*

»gedreht«, einen Film, sonst nichts. Er aber bleibt in jedem Augenblick Dichter, daran ist kein Zweifel; bleibt Dichter, Visionenempfänger, eingeweiht in Geheimnisse, die Seele sichtbar zu machen – über das Wort hinweg, sogar über den Gedanken fort, geradenwegs eure Seele, wie sie sein könnte.

Sie ist nicht so, eure Seele, oder hat sich dessen nie bewußt werden dürfen, dieser Bewegtheit, Weite, Kraft. Leben und Geschichte erhielten sie, bis auf kurze Zwischenfälle, nun einmal nüchterner; ein durchaus anständiges Schicksal für eine Seele. Nicht jede muß russisch sein. Nur, daß daher die Eindrücke aus einer russischen Filmdichtung allerdings für unsere Seele etwas zu stark sind. Sie greift zur Gegenwehr, wie käme sie sich sonst vor.

Die absolute Filmdichtung, vom wörtlich ausgesprochenen Gedanken so unabhängig wie Werke sein können, so unabhängig wie die absolute Musik, ist jetzt russischer Besitz, wie einst Beethoven deutscher. Jedem das Seine, jeder muß wissen, was er erlebt hat, wiedergeben kann, und wo für ihn der Selbstbetrug anfinge. Deutsche Filme, die der einfachen deutschen Wahrheit dienen, sind hier und für uns im Grunde wichtiger als der schönste russische. Das bescheidenere Werden der deutschen Gegenwart, der bürgerlichen Republik, ihres Zwischenzustandes gesellschaftlich und geistig zwischen Tradition und Zukunft, sollte ehrlich gezeigt werden. Wie die meisten es erlitten und durchgemacht haben, so, und nicht im Sinn der bevorzugten Minderheit, sollte es gezeigt werden.

Dies ist durchaus kein verwickeltes Problem der philosophischen Gerechtigkeit, sondern die einfachste praktische Wahrheitsliebe genügt. Niemand hätte die Gewissenspflicht, statt alles dessen, was die Mehrheit des Volkes zeitgeschichtlich erlebt hat und noch sehr wohl weiß, sehr wohl fühlt, geflissentlich nur die Auffassungen einer Minderheit zu verfilmen. Dem Volk zur bloßen Ablenkung

Stoffe, Helden, Gefühle aufzudrängen, nach denen es nie verlangt hat: aus Bedenken der Objektivität geht auch dies nicht gerade hervor, wie man weiß. An Kitsch gewöhnen kann man jede große Masse. Nachher ist leicht behaupten, sie verstehe nichts anderes.

Grundsätzlich und von den paar rühmlichen Ausnahmen wie *Die Weber* abgesehen, wird Literatur zweiten bis letzten Ranges verfilmt. Es ist Literatur. Nur nicht so getan, als wäre man »volkstümlicher« oder naturnäher. Man ist »Literatur«, aber mindere, – weil nämlich die mindere jeder menschlichen und sozialen Verfälschung besser entgegenkommt als die gute Literatur.

Warum aber Literatur? Mit Stoffen, die nicht erst durch die Literatur hindurch gegangen sind, kann ein Regisseur Größeres erreichen, – falls er es kann. Wir haben solche Regisseure. Sie möchten irgend etwas nachdichten vom wirklichen Wesen dieser Zeit, Gestalten in ihrer Atmosphäre. Man erlaube es ihnen doch. Das russische Beispiel zeigt, wo unverfälschte Wirkungen liegen.

Gedenktage

Wedekind und sein Publikum
Gesprochen im Münchener Schauspielhaus
am 13. März 1928

Auf dieser Bühne stand er oft. Häufiger als auf dieser hat er auf keiner Bühne gestanden. Er spielte, wie Sie wissen, seine eigenen Stücke. Seine Stücke werden, wie Sie wissen, erst seit seinem Tode überall gespielt. Sie haben seit den schon fernen Tagen ihrer ersten Aufführungen von ihrer Kraft noch nichts verloren. Nur wirkt ihre Kraft heute anders. Jedes Geschlecht läßt die Werke des Geistes mit anderen Mitteln auf sich wirken.

Zehn Jahre ist er tot. Wie viele Geschlechter von Zuschauern, von geistig Aufnehmenden sind ihm seither nachgestorben! Wenigstens verschwanden sie als Zuschauer; es ging so schnell in den Zeiten der jähen sozialen Veränderungen. Da veränderte auch sein Publikum sich fortwährend.

Sein Werk ist zuletzt doch eine bleibende Kraft. Sein Publikum aber hat die ganze Zeit über ein oft wechselndes Schauspiel gegeben. Es kam vor, daß die *Büchse der Pandora* hier Abend für Abend gespielt wurde – bei ausverkauftem Haus, aber ohne daß eine Hand sich rührte. Die Kundgebungen sozialer, vorgeblich sittlicher Entrüstung, die anfangs versucht worden waren, durften bei Strafe der Ausweisung nicht fortgesetzt werden. Beifall gab es auch nicht, aber man kam doch – kam in Massen zu dem aufreizenden Stück.

Das war die schlimmste Zeit, war die Menschheit des sozialen Zerfalles, die keine Maßstäbe mehr hat und sich überall selbst getroffen fühlt. Früher dagegen, in den letzten Friedensjahren, hatte ein feineres, von ihm selbst erzogenes Publikum schon vielfach gelernt zu fühlen und zu begreifen, wer er war: ein Moralist, ein sittlicher Kämpfer, ein Kämpfer um die Menschenwürde. Man hatte gefühlt, daß er ein Mensch war, der, durch selbst erlittene Demütigungen belehrt, Achtung vor allem Menschlichen lehrte.

Persönlich, hier auf dieser Bühne, verteidigte und vertrat er die hohe Menschenwürde in Gestalt seines Königs Niccolo gegen Hohn und Mißgunst der Gegenspieler. Das Bild war uns vertraut. Der Geistesgesellschaft kurz vor dem Kriege war Wedekind unter allen Lebenden eine der größten und die ergreifendste Erscheinung.

Im Kriege und zur Zeit der Niederlage, als er starb, hat die von früher noch übrige Gesellschaft ihn als Gewissensmahnung betrachtet. Jedes hohe, sittlich gewillte Werk, jedes Werk der Wahrheit mußte damals zu den Gewissen sprechen. Wedekind besonders hatte schon längst eine Welt nackten Kampfes in seinen Stücken hingestellt, als man sich allgemein noch vollauf gesittet fühlte. Er hatte im voraus furchtbar und stark gestaltet, was die Lebenden in sich selbst und im Lande erst noch heranwachsen ließen. Jetzt war es da, der Krieg war da. Der Dichter war sichtlich Prophet gewesen. So sah ihn sein Publikum im Krieg und nach der Niederlage.

Dann kam der soziale Zerfall, mit ihm das schlimmste und dümmste Publikum. Seither aber haben neue Geschlechter ihn angehört und anerkannt – viel junge Leute, durch keine Erinnerungen an ihn gebunden, ihm nicht zum Dank und zur Achtung verpflichtet. Es ist die voraussetzungslose Jugend, die wir kennen. Vor dem Krieg hat es für sie die Welt noch nicht gegeben, und eine Literatur gibt es für sie immer erst seit höchstens sechs Monaten.

Findet eine Jugend wie diese zu Schriftstellern eines anderen Zeitalters ausnahmsweise einmal Beziehungen, dann muß ein solcher Schriftsteller zerlegbare Eigenschaften haben und seine Kraft muß besonders weit ausholen. Wedekind hat, kurz gesagt, nicht nur die Willenskraft des sittlichen Erneuerers, er hat jene bis zum Furchtbaren gehende szenische Wirksamkeit, die eine Form außerordentlicher Lebenskraft schlechthin ist.

Als er selbst schon nicht mehr da war, ist das Wort Dynamik für die geistigen Dinge aufgekommen. Es sagt im Grunde, daß man leben will, sonst nichts. Nicht, daß man Zwecke hat, wenn man lebt, sittliche Zwecke gar, – beileibe nicht, das sagt es nicht. Es bekundet den Lebenswillen, und der ist mit Recht die größte, drängendste Sorge solcher Geschlechter.

Für den Lebenswillen schlechthin bieten die Stücke Wedekinds vielen, die sonst darin nichts sehen, das größte szenische Beispiel. Die Geladenheit der Situationen entspricht der Gefährlichkeit der Personen; und sich behaupten – gegen die soziale Bosheit, die Diktatur des Geldes, die gefräßigen Begierden der anderen sich dennoch behaupten, scheint heute den meisten, die Wedekind erleben, alles.

Was würde er selbst dazu sagen? Er hielt das Publikum für seinen Freund, er würde sich zufrieden geben. Er würde sagen: »Es geht vorwärts. Sie merken schon, daß ich Arme und Beine habe. Wenn sie selbst erst wieder einen Kopf haben, entdecken sie auch bei mir einen.«

Denn so sehr seine Art, das Leben zu handhaben, dynamisch bestimmt war, sein Denken war Zeit seines Lebens ethisch. Auch er war von der Generation, die auf Ibsen folgte. In den Stücken Ibsens vollzieht sich die Zersetzung der bürgerlichen Moral, wenn auch in den bürgerlichsten Formen. Heuchelei, Lebenslüge und Verhärtung der sittlichen Konventionen, dies beschäftigt den bürgerlich dichtenden Ibsen.

Wedekind ging sicher um ein Menschenalter weiter, denn so viel später schrieb er. Bei der Lüge hält er sich nicht lange auf, er haßt sie nicht einmal, und seine Abenteurer lügen viel. Sie läßt er aber nicht schon verloren gehen bei dem einfachen Versuch, anständig zu handeln, wie der *Volksfeind*. Sein *Hetmann* darf mit dem Grundsatz »Moral ist das beste Geschäft« auf gläubigen Menschen ungeheure Unternehmungen errichten, wonach er erst um so schrecklicher zusammenbricht. Er hatte aber doch die Idee.

In jedem Stück ist es eigentlich die Idee, der schöpferische Gedanke, der von der Welt verkannt, verlacht, verdorben wird. Sogar der arme Schwindler Keith hat noch die Idee des Feenpalastes gehabt und ist darum mehr wert als alle, die sie nach ihm ausbeuten. Verteidigt wird das Menschliche gegen die unpersönlichen Mächte. Der Vortritt des Denkenden wird gefordert; und Moral heißt: Vergeistigt das Leben!

Ibsen

Ibsen gehört unter den Begriff 1880. Diese Jahreszahl ist nachgerade zum Begriff geworden, man dankt dabei vor allem an Unsportlichkeit, lange Kleider und Haare, bürgerliche Grundsätze. Seltener macht man sich klar, daß auch Ibsen, Zola und Tolstoi damals wirksam waren. Der revolutionäre Moralist Ibsen war die lebende Warnung für die Gesellschaft seiner Zeit. Aber indes er sie zersetzte, verewigte er sie auch.

Jene Gesellschaft dauert in seinen Stücken, sie wiederholen uns unermüdlich die Erlebnisse derer, die an ihr gelitten haben. Heuchelei, Neigung zur Lebenslüge, zur sittlichen Willkür und Härte, dies alles büßt jetzt die Bürgerzeit noch immer vor der Nachwelt, so oft ein Stück von

Ibsen spielt. Aber sie wird, ohne daß sie es weiß, auch verklärt; denn die bürgerliche Zeit war es doch selbst, die Ibsen hervorbrachte. Sie gab ihm aus ihren unbewußten Kraftquellen mit, was ihn groß werden ließ: Drang nach sittlicher Erkenntnis, das Ernstnehmen des sittlichen Menschen, der Kämpfe, die nicht nur um Geld und Gut und nicht nur auf Sportplätzen vorgehen.

Er verhielt sich in seinem Leben so bürgerlich wie möglich, weil dies die Lebenshaltung des Erkennenden war und bis heute geblieben ist. Er trug das Kostüm seiner Gestalten. Alle die fragwürdigen Leidenden, die lange Reihe seiner Gestalten aus dem Ghetto der Bürgerlichkeit, begleiten ihn seitdem, wohin immer seine Geltung und sein Name reichen. Sie treten mit ihm auf – noch angesichts dieser heutigen Welt, die sich für sittlich frei hält. Sie hält sich für frei genug, um von sittlichen Fragen ein für alle Male absehen zu können. Oder wagt sie sich nur nicht heran? Es könnte eine Schwäche dieses Zeitalters sein, und 1880 war vielleicht in manchem stärker. Es hatte Ibsen.

Kurzes Besinnen

Einer der verrufensten Begriffe, auf die man heute anspielen kann, ist »die Dame von 1880«. Man denkt sie sich maßlos ungeschickt und geschmacklos, lächerlich anspruchsvoll, selbst aber derart lebensuntüchtig, daß es unbegreiflich erscheint, wie sie eine so bedeutende Nachkommenschaft haben konnte. Alles was heute lebt, fühlt sich hauptsächlich groß im Gegensatz zu 1880. Damals gab es die technischen Errungenschaften meistens noch nicht, gesellschaftlich war jedes zweite unerlaubt, und man trieb keinen Sport.

Jede Zeit ist von sich eingenommen, denn wenn sie nützliche Vergleiche anstellen könnte, wäre sie nicht mehr »die Zeit«. Was die heutige sich hierin erlaubt, übersteigt aber das Übliche. Unsere Mütter sind, kurzum, mehr geliebt worden, als die Frauen von 1928. Dies beweist, daß die ihnen nachgesagten Eigenschaften nicht richtig sind, oder daß es Reize waren.

Sie lebten in einer erotischen Atmosphäre, geschaffen aus Geheimnis, Unzugänglichkeit, Dezenz. Wenn sie in ihren »Boudoirs« viel unbeschäftigt und allein waren, näherten sich dafür die Träume der Männer jenem Raume anders als heute einer Tanzbar. Die Fußspitze, die einst unter einem Kleid hervorsah, hat sicherlich mehr Schauer erweckt, als jetzt ganze Körper.

Junge Leute sollen sich 1928 manchmal darüber unterhalten, daß die Liebe ausgespielt habe und nichts so dumm gewesen sei, wie in der Frau eine Sphinx zu sehen.

Gewiß, es war dumm. Aber es war fruchtbar. Die Rätsel

lagen nicht in der Frau. Aber durch die Frau wurden sie in uns erregt, und wir begannen zu denken, sinnlich zu denken, was die vollständigste Art des Denkens ist. Die Psychologie war 1880 nichts Herbeigeholtes, man atmete sie mit ein. Noch der Einfachste fand in den Romanen beantwortet, was er sich schon gefragt hatte, und die Liebesprobleme waren seine Verbindung zu dem geistigen Leben.

Erotisierte Zeiten sind die Augenblicke der Geschichte, die dem Gedanken gehören. Welche hätte er sonst? Doch nicht die, in denen man mit den Damen boxt?

Das Geschlecht von 1928 führt sein Leben mit Recht. Die Nachwelt wird ihm hoffentlich bezeugen können, daß es mit gutem Erfolg kühl aber darum nicht kritisch, daß es infolge seiner bewundernswerten »Dynamik« für alles Sittliche tief gleichgültig und im Grunde von ergreifender Unschuld war. So sehen Geschlechter aus, die viel erneuern müssen. Seine Haltung wird eines Tages vielleicht dahin geführt haben, die Welt wieder anständiger und für verantwortungsvolle Köpfe und Herzen bewohnbarer zu machen.

Jedes Geschlecht erreicht zuletzt das Gegenteil seines eigenen Wesens und Strebens. 1880 stellte am höchsten Erkenntnis und feinen Genuß. Da sind nun die Folgen.

Gerade das verrufene 1880 war eine der letzten Jahreszahlen eines langen und ergebnisreichen, gleich nachher abgeschlossenen Zeitalters, der Bürgerzeit. Dann folgte schon die imperialistische und was sie uns Armen bringen sollte. Wilhelm I., einer der Bürgerfürsten, hatte wie sein feindlicher Vetter Napoleon III. in seinem Lebenslauf noch alle Anzeichen der Romantik gehabt. Beide waren, so kraftvoll sie auch handelten, Schwärmer und Träumer mit mehr als einer Lebenslüge. Sie wären die besten Objekte für den Schriftsteller Henrik Ibsen gewesen. Nur hinderte ihn sein Respekt.

Als die Bürgerzeit zu Ende ging, ward sie sich in einigen Geistern mit herrlicher, an Grausamkeit grenzender Klarheit bewußt, was sie gewesen war, und was sie statt dessen hatte scheinen wollen. Die Geister ließen Ibsen, Zola, Tolstoi, Nietzsche. Sie beherrschten die Geisteswelt 1880. Wer beherrscht eigentlich 1928 die Geisteswelt, gesetzt, es gäbe eine? Damals stand in Frage das Sittliche der Lebenden, – nicht, ob sie nur gelebt und Kraft entwickelt, sondern warum und wie sie gelebt hatten.

Spannend kann auch dies sein. Spannend und erregend war damals nicht der Angriff einer trainierten Muskelmasse auf die andere. Statt dessen war es der sittliche Angriff auf eine Gesellschaft Mitlebender. Ihn vollführten an erster Stelle, als wahre Champions, Ibsen mit seinen Problemen, Tolstoi in seinen Manifesten, Zola bei allem was er darstellte, und Nietzsche, wenn er der Moral auf den Grund ging.

Alle standen zu ihrer Zeit kritisch. Dadurch förderten sie das Leben, – das niemals gewinnt, wenn man seinen gerade geltenden Formen bedingungslos zustimmt.

Den komplizierten Methoden von 1880 wäre nicht jeder gewachsen. Einander die Nase einschlagen, ist weniger schmerzhaft und nicht so folgenschwer. Übrigens haben Geschlechter, die nach großen Katastrophen neu beginnen müssen, sich vorerst keine sittlichen Sorgen zu machen, um dennoch große Geschlechter zu sein. Stofflich aufzubauen oder wenigstens erhalten zu bleiben, ist das Nächste und für sie das Größte. Einmal hat das Jahrhundert sich dann genügend eingewohnt, um auch auf die Moral zurückzukommen. Man kommt immer auf die Moral zurück – wie übrigens auf die Liebe.

Haltet es vorläufig nach eurem Belieben für die ganze Freiheit, halb nackt zu laufen, und für die ganze Menschengröße, nach Amerika oder dem Mond zu sprechen. Den technischen Fortschritten muß die Menschennatur sich jedesmal erst angleichen. Den neueren hat sie sich noch nicht angepaßt, denn das Technische, alle Technik, auch die des Körpers, beschäftigt sie noch über Gebühr. Erst nachher wird ans Licht kommen, was denn menschlich in Wirklichkeit gewonnen worden ist, und sittliche Tatsachen ergeben sich dann, die nicht die der Bürgerzeit waren, die einzig diesen Zeiten gehören.

Nur dafür werden im Grunde alle und alles gearbeitet haben. Eine endlose Reihe, nein, die überwältigendste Wirrnis materieller Ereignisse und Eroberungen ist nötig, damit endlich die große sittliche Tatsache, sagen wir z. B. die Tatsache »Europa« sich unumschränkt hervorschwingt. Hätte sie nicht nur die materiellen Interessen, auf die kein Verlaß ist, nein, die Gemüter und Gewissen endgültig erfaßt, welch ein großer Vorgang vollzöge sich mit dem sittlichen Menschen! Wie wäre er aufgeweckt und neu gewaschen, ausgestattet mit Pflichten, Rechten, Aussichten der Seele, die vor dem Einschlafen niemand ahnen konnte.

Dies sei gesagt, damit nicht ein Jahr wie 1880 immer weiter unbedacht mißachtet wird. Das beste, was sich hoffen läßt, ist vielmehr, daß 1880 und sein sittliches Geschehen sich in anderen Zusammenhängen später wiederholt.

Gräber des Geistes öffnen sich

Da dies der Tag ist, an dem Gräber des Geistes sich öffnen können, wollen wir ihn zu überraschen suchen bei seiner Wiederkehr.

Geist war für frühere Geschlechter dasselbe, was es für spätere sein wird: die Richtung des Menschen auf Ziele über der Materie, gedachte Ziele, sittliche Ziele. Man weiß, was man tun sollte. Versäumt man es, ist es Schwäche, und das eigene Gewissen rächt sich. Gewöhnt an den Anspruch seines eigenen Gewissens, erwartest du auch von der Welt, daß sie sich geistigen Forderungen beugt, anstatt nur den Trieben ihrer Stofflichkeit. Raub an Schwächeren, unbestrafte Gewalt, Entrechtung, Triumph der Schamlosen, dies alles ist unerträglich, wenn nicht unvorstellbar für lebendige Gewissen. Das Gewissen als Weltgeist wird sogar in der Geschichte empfunden, wird angerufen bei der Nachwelt.

So sonst und so künftig wieder. Wir selbst haben den Vorzug, in einem Zwischenraum ohne geistiges Gesetz zu leben, oder es auszuhalten. Wir halten es übrigens glänzend aus.

Zum Beispiel sitzen rings um uns her in den Zuchthäusern Menschen, von denen wir genau wissen, daß sie es nicht verdienen. Jeder weiß es. Die Richter, die sie hineingeschickt haben, wissen es mittlerweile. Die Justizverwaltung weiß es, obwohl sie jene Menschen läßt, wo sie sind. Ausgezeichnet weiß es der Teil der Presse, der das Gegenteil behauptet, und der andere, der schweigt. Alle, die tagtäglich zum Essen, Verdienen, in das Kino und mit ihren Frauen schlafen gehen, sind einwandfrei versichert, daß einer Menge Menschen in Zuchthäusern und anderswo ungerechte Qualen auferlegt sind, tagtäglich. Sie wenden nichts Ernstliches dagegen ein.

Wie steht es daher mit jedem selbst? Er, der von der Welt ganz natürlich findet, daß sie Abscheulichkeiten begeht, wird sie unmöglich selbst von der Hand weisen. In die Lage versetzt, sie zu begehen, wird er in sich andere Widerstände finden, seine Trägheit, seine Vorsicht oder gewohnte Friedfertigkeit – aber auch den entscheidenden, den des Gewissens?

In einem der italienischen Gefängnisse, nachgerade die größten Sehenswürdigkeiten des interessanten Landes, hat jemand, der seine politische Organisation nicht verraten wollte, Jodklistiere bekommen. »Ich höre immer: Jodklistiere.« Richtig gehört. Seine Leiche ist Neugierigen sorgfältig entzogen worden. Übrigens herrscht in England eine Partei, die durch Fälschung eines russischen Briefes zur Macht gelangt ist. Übrigens ist in Ungarn wegen einiger geschriebener Sätze jemand zu sieben Jahren Zuchthaus verurteilt worden, und es gibt doch in den menschlichen Sprachen kein Wort, das auch nur eine Stunde Gefängnis wert wäre. Übrigens besteht in dem wohlhabenden Amerika genau wie auf dem armseligen Balkan bezeugtermaßen die polizeiliche Folter. Übrigens wurde der Richter, der beschuldigt worden ist, den Mörder Liebknechts und der Luxenburg vermittels seiner echten, vorgeblich gefälschten Unterschrift laufen gelassen zu haben – was wurde er? Er wurde jetzt endlich Reichsanwalt. Es war auch Zeit. Er fehlte schon zu lange in einem Gericht, das bei dem einen schon die Gesinnung bestraft, bei dem anderen nicht einmal die vollbrachte Tat. Mit dem Landesverratsparagraphen als Waffe schützt es den wirklichen Verrat und vergreift sich an dem Land, dem dies Gericht dicht nebeneinander die Wahrheit und das Zuchthaus zeigt.

Alles dies ist nur möglich, weil wir, wir selbst nicht wie von unserem Leben davon überzeugt sind, daß das Recht eine Stimme, die Welt ein Gewissen hat. Unsere Väter und Großväter, die felsenfest hiervon überzeugt waren, haben der Gesellschaft ihres Zeitalters ein anständiges Gesicht gegeben. Sie haben es erzwungen. Über das Gesicht des unseren laufen die Tränen, die das Blut färbt, und das Blut, das vom Unrat stockt.

Das Diktat irgend eines zufälligen Individuums beseitigt sittliche Errungenschaften, um derentwillen die vorigen Geschlechter ihr Herz und ihre Kraft verschenkten. So leicht das Geschworenengericht fallen konnte, so leicht versinken auch das Budgetrecht, das Recht der Mehrheit, das Recht der Wähler auf den guten Glauben ihrer Partei. Kaum von ihren kleinen Leuten gewählt, schwenken die Abgeordneten, zum Beispiel die des Zentrums, auf die Gegenseite zu den Größten.

Drei Viertel der Wähler sind besitzlos, dennoch wird die Mehrheit für die Entrechtung der Besitzlosen immer noch größer, und selbst aus Linkswahlen schieben sich unentwegt Rechtsregierungen hervor. Wie schlau das gemacht sein muß? Nicht einmal schlau. Das Gegenteil dessen, was Recht und Wahrheit wäre, ist zu geläufig, zu gebräuchlich. Jeder findet es in sich selbst wieder.

Der Haushalt eines Reiches aber hat geheimnisvolle Löcher, ähnlich den auch erst unlängst bekannt gewordenen in der Luft. Man fällt hinein, verläßt sie und fliegt weiter. Hunderte unterschlagener Millionen bekümmern niemand. Aufsehen erregt nur der Oberbaurat, der Provisionen nahm, – als ob er nicht gerade die »Einstellung« hätte, zu der sein Staat ihn erzieht.

Ist eine zersetzende Grundgewalt da? Sie verdirbt, was immer Menschen anfassen, wäre es selbst das Reinste, selbst das Ersehnteste. Die deutsch-französische Verständigung war der einzige Gedanke dieser Jahre, den mitzudenken stolz machen konnte. Was hören wir jetzt? Die mächtigsten Kreise der beiden Länder werden ihm nur dann zustimmen, wenn ein militärisches Bündnis daraus wird, und wenn sie selbst, deutsche und französische Schwerindustrielle, gemeinsam Deutschland neu bewaffnen dürfen. Gegen wen?

Ihr wißt, was hinter allem steckt. Ihr tut nur so, als wüßtet ihr es nicht. Alle Tatsachen, politische, sittliche und die der Wirtschaft, verbergen nur den nächsten Krieg. Unser sittlicher Zustand besonders ist nicht mehr Folge des letzten, so gründlich vergessenen Krieges. Er ist schon Vorbote des nächsten. Schon im voraus tobt überall ein verfälschter Kampf gegen einen sogenannten Kommunismus, der in Wirklichkeit nirgends besteht, am wenigsten in der Bauernrepublik Rußland. Aber es gibt in Rußland wirkliches Petroleum. Nun sage man statt Petroleum einfach Kommunismus, und alle Heere Europas stehen auf.

Denn hier ist jeder Individualist,
Wenn er nur wüßte, was das ist.

»Individualismus« heißt vielleicht nur, daß ein englischer Diktator des antirussischen Petroleums nach Belieben Rubel fälscht und niemand etwas dabei findet. Außerhalb des Beliebens der wenigen Allerreichsten aber? Was heißt da »Individualismus«, und welche sozialistischen Einrichtungen könnten uns sehr viel enger in soziale Abhängigkeiten spannen, als jeder einzelne schon gespannt ist?

Zittert nicht! Was wir, wenn man uns ließe, in Europa während der nächsten hundert Jahre von Sozialismus merken würden, wäre nichts. Denn es käme durch sich selbst und unbemerkt. Statt dessen ruft ihr Katastrophen herbei. Wäre in hundert Jahren sogar der hundertprozentige Sozialismus eingetroffen, ist er etwa furchtbarer als in zehn Jahren der Krieg um Petroleum?

Der aber kommt. In unserer Lebensspanne, die beträchtliche Ereignisse umfaßt, haben wir noch nie erfahren, daß etwas, das drohte, ausgeblieben wäre. Was wir kommen lassen, kommt. Wir müßten denn eingreifen.

Wir müßten uns weigern, noch länger zu glauben, daß Gewalt, Entrechtung, Willkür gerade während unserer Erdenzeit unbezwingbar sein sollen, während sie von so vielen anderen Geschlechtern sehr wohl bezwungen worden sind. Wenn wir nicht mehr zugeben, nicht mehr verfechten, mit Fanatismus verfechten wollten, daß das Geld und sein Nutzen allem Menschlichen vorangeht, wer will dem Geld bei seinen Verbrechen noch helfen? Wir tun es doch nur selbst, wir, die keins haben. Die aber, die es haben, irren auch.

Die deutschen und die französischen Industriellen, die uns für den Krieg gegen Rußland bewaffnen dürfen, sind nur Subalterne. Das Kapital der Weltmächte gewährt diesen Krämern Provisionen, nicht anders, als einst England den deutschen Fürsten, die ihm Soldaten schickten. Davon macht ihr mit vollem Recht noch heute Aufhebens. Seht aber doch auch, wie viel ungeheurer es jetzt, jetzt wiederkehrt! Wir sollen diesmal vollzählig, der ganze Kontinent, aufgeboten werden gegen ein Land, das, wie jedes andere, einmal in seinem Leben um etwas Freiheit, etwas mehr Lebensmöglichkeit gerungen hatte. Es wird sich gut verteidigen. Gesetzt aber, der eigens hierfür geeinte Kontinent würfe es nieder, wird er selbst doch der Unterworfene des fremden Weltkapitals sein und bleiben.

Er würde weiterleben trotzdem. Die Schwäche lebt in jeder Verfassung weiter, schon ein Mensch tut es, um so mehr eine Menschheit. Es steht bei unserem besseren Selbst, zu hoffen, zu wollen und zu beschließen, daß das schon erreichte Maß von Erniedrigung das Äußerste gewesen sein soll, und daß wir auferstehen. Gräber des Geistes, des Gewissens und Menschentums haben sich einst schon geöffnet.

Geist und Friede

I

Niemals lag es den geistigen Gestaltern fern, sich alles Menschlichen anzunehmen, der Öffentlichkeit so gut wie jedes einzelnen. Wo wäre auch die Grenze? Dieselben gesellschaftlichen Tatsachen und sittlichen Gesetze bestimmen die Wenigen wie die Vielen. Das Privatleben einer Zeit sieht nicht anders aus als ihre Politik. Der Weg, den Denkart und Moral nehmen, die Zeitgenossen gehen ihn mit. Sie gestalten, heißt die Zeit begreifen. Wer gestaltet, urteilt auch. Der Politik geistig fremd zu bleiben, wäre daher schwer. Wer wird sich aber noch anders als geistig mit ihr beschäftigen? Das scheint mehr die Sache materieller Interessen. Je größer die Interessen, um so stärker pflegen sie sich politisch auszudrücken. Daneben schweigen die Ideen und die Ideale.

Übrigens hätten ihre Träger, um sie auf politische Geschäfte anzuwenden, Opfer zu bringen. Vor allem bedarf es der Überwindung eines gewissen Daseinsstils und besonderen Ehrgeizes, der die Klasse der geistigen Gestalter auszeichnet. Sie sind gewohnt, Fertiges hinzustellen und darin über den Tag hinaus leben zu wollen. Sie rechnen mit der Geltung des von ihnen Erkannten und Gestalteten für Jahrzehnte mindestens. Anderseits erfahren sie oft, daß es erst nach zehn Jahren verstanden wird.

In der Politik wird erstens nichts fertig, wie ein Roman fertig wird. Die Politiker arbeiten von Tag zu Tag und sehen das Ende nie. Sie müssen sich einsetzen für veränderliche Ziele, die, einst erreicht, nur selten noch ihren Namen tragen. Inzwischen verzeichnen sie vorläufige Erfolge eher als Ergebnisse, werden möglichst oft genannt und gleich wieder vergessen. Sie müssen auffallen, sonst bekommen sie sofort zu hören, ihnen glücke nichts mehr. Zuweilen blüht ihnen ein großer Tag, der eben auch nur ein Tag ist.

Das ist das Gegenteil unserer Art, das Leben zu verbringen. Wir werden uns daher nicht häufig einmischen in die Einzelheiten der Politik.

Große Gelegenheiten werden uns dennoch bereit finden. Da ist die deutsch-französische Verständigung, die manche von uns ersehnt, oft mit ihrer Person vertreten, in einigen Fällen durch alles, was sie dachten und schrieben, ein Lebenlang vorbereitet haben. Diese Verständigung und Freundschaft ist der Anfang des geeinten Europas, eine Lebensnotwendigkeit materiell wie sittlich, das Ergebnis teuer bezahlter Erfahrungen. Jetzt ist es so weit, am Ende aller Leiden, alles Betruges, Hasses und der vielen Gräber winkt das Ziel. Was geschieht jetzt?

Es geschieht, daß, wie immer, die andere Menschenart zur Hand ist, jene, die der Politik kein geistiges, nur materielles Interesse entgegenbringt. Diese Menschenart hat für die deutsch-französische Annäherung niemals das geringste getan, ganz im Gegenteil: sie hat am Haß verdient. Da sie aber am Haß verdient hat, will sie auch an der Freundschaft nicht verlieren.

Soll diese Menschenart der Freundschaft zustimmen, dann muß gerüstet, Deutschland muß neu bewaffnet werden, und die Lieferungen teilt sie selbst sich in beiden Ländern. Gemeinsam wird dann von ganz Europa der neue Krieg geführt, wahrscheinlich der Krieg um Petroleum gegen Rußland. Wir haben die deutsch-französische Freundschaft mit den vergangenen Leiden noch nicht bezahlt. Mit künftigen sollen wir weiterzahlen.

Hier ist, wie man sieht, der stärkste nur denkbare Anlaß, intellektuelle Politik zu machen, die Politik dessen, der sittliche Ziele hat, gegen den nur Geldgierigen, die Politik der Verantwortung und Ordnung gegen die räuberische Anarchie, des Lebens gegen den Tod. Wir, die im Leben den geistig-sittlichen Wert sehen, fördern es. Sie, die es für ihren käuflichen Stoff halten, töten es. Hier wird es klar wie nie.

II

Vous me connaissez assez pour savoir ce que je pense. Une nouvelle conflagration générale ne serait pas seulement la fin de notre culture. L'indépendance de l'Europe aussi finirait là.

La pierre angulaire de la paix européenne, c'est pour moi l'amitié franco-allemande. Je désire qu'elle se réalise et devienne tout ce qu'il y a de plus intime et sur tous les terrains, économique, social et culturel.

Si j'ai des doutes, ils concernent surtout la question militaire. On nous dit que de gros intérêts, en Allemagne aussi bien qu'en France, ne consentiraient à l'amitié des deux nations qu'en y mettant des conditions susceptibles d'amener une nouvelle guerre.

Or, je veux bien qu'une guerre où nous combattrions l'un à côté de l'autre soit par cela même plus morale qu'une autre. Mais à quoi sert, puisque nous marcherions infailliblement à la ruine commune et générale?

Non. Il faut se prémunir contre ce danger et jeter les bases d'une amitié plus sûre que la fortune des batailles, plus humaine aussi et qui aide les autres nations de l'Europe à maintenir une paix que protège notre accord.*

* Übersetzung ins Deutsche auf der Seite 532.

L'avenir de la Culture*

Quand il s'agit d'avenir et notamment du sort réservé à la culture de l'Europe, je ne peux pas m'empêcher de répéter intérieurement ces paroles d'Anatole France méditées bien des fois: »Je crois à présent que tous tant que nous sommes, grands et petits, nous n'aurons pas plus de postérité que n'en eurent les derniers écrivains de l'antiquité latine, et que l'Europe nouvelle sera trop différente de l'Europe qui s'abîme à cette heure sous nos yeux, pour se soucier de nos arts et de notre pensée.«

Comment expliquer que l'écrivain le plus heureux de son temps en soit arrivé là. Car je ne veux pas y voir le désir inconscient du vieillard d'emporter avec lui un monde qui ne le connaîtra plus. Ce vieillard-ci était bien trop lucide et le contrôle de ses propres mobiles ne lui avait jamais échappé. Mais son grand âge le rendait audacieux, il s'avoua et fit connaître aux autres des découvertes amères qu'autrefois le penseur se serait retenu d'émettre. Et voilà sa dernière vérité.

Je la crois du reste fondée sans pour cela désespérer des arts ni de la pensée. Si l'avenir n'oublie pas tout à fait nos efforts, toutefois il les tiendra pour assez vains; mais il en fournira d'autres. J'ajoute que cet avenir est dès maintenant commencé. Le beau désintéressé et qui ne sert pas immédiatement n'est presque plus admis, de même que les vérités décevantes ont cessé d'avoir cours. Ceux qui pensent et créent ont été les premiers à s'en apercevoir. Aussi

* Übersetzung ins Deutsche auf den Seiten 533–537.

ne les voyez-vous plus guère s'atteler à des œuvres comme Saint Antoine ou la Reine Pédauque. Ils recherchent en général l'actualité, l'action directe et optimiste. Pour cela même les plus fiers d'entre nous ne demandent plus exclusivement l'inspiration à leur propre génie, mais consentent à le subordonner aux exigences d'une société devenue tyrannique.

Elle l'était moins, il y a quelque temps, envers nous autres. Jeune, l'artiste pouvait avoir des loisirs; vieux, il s'était souvent fait des rentes. En somme la littérature du dix-neuvième siècle est une littérature qui suppose des rentes: chez la plupart de ceux qui la firent aussi bien que du côté de leur public. Bien des œuvres de longue haleine et qui ne promettaient pas de succès rapide n'auraient sans cela jamais vu le jour. C'est tellement vrai qu'un fléchissement des rentes était capable de marquer la face de l'œuvre. Voyez l'opinion de Flaubert sur Taine et sa Révolution. D'autre part toute cette littérature eut besoin d'une classe de lecteurs au-dessus des nécessités et souvent oisifs.

Les jeunes de 1928 ne peuvent que rarement compter sur des héritages, et quant à gagner leur vie, c'est plus dur qu'en 1880. Ils sont contemporains d'un monde appauvri dont l'intellectualité a baissé et qui se meut dans le cercle restreint de ses préoccupations matérielles, techniques et sportives. Mais, étonnamment vivant après avoir vu la mort de près, il est en train de produire un renouvellement social et humain qui pour son expression culturelle non plus ne restera pas sans conséquence.

Parmi tant d'exemples qui s'offrent, je pense à un journal satirique commençant à paraître à Berlin et qui me donne bien l'idée du visage que montrera une vie intellectuelle à l'usage des masses laborieuses et désargentées. Le rire y est innocent, la pensée fruste, et le goût plutôt rude. Mais on y est précis et plastique. D'ailleurs on connaît l'indignation dans sa force primitive et l'on y aspire à une certaine pureté sociale. Evidemment ce n'est pas la seule conscience humaine qui se fait jour. Ce sont les injustices subies et les souffrances endurées qui éclatent.

Mais justement il est probable que les souffrances et les injustices armeront les hommes du courage nécessaire pour imposer des progrès à leur morale. Sinon, comment en ferait elle? Il n'y a jamais eu de progrès moral que sous la pression des circonstances. Ceux qui en ont besoin pour vivre décideront de son application. Quant à l'écrivain, sa voix sera renforcée de toute l'autorité des masses, ou bien elle ne portera plus. C'est dire qu'il cherchera davantage pendant un certain temps à rendre des services sociaux qu'à étonner par l'étendue des idées.

Les jeunes s'y sont faits tout d'abord. Ne trouvant plus un nombre suffisant d'amateurs éclairés, ces écrivains apprennent à parler à des gens incultes, mais sincères et actifs. Il convient de les louer de leur esprit de sacrifice. En recherchant l'actualité ils se mesurent avec les lois inexorables de la vie à l'instar du reste de l'humanité. Pour pouvoir rendre le génie collectif plus encore que le leur propre, ils doivent supprimer en grande partie cet orgueil de la personnalité unique qui faisait des artistes bourgeois de brillants isolés. Eux, au contraire, se confondent de plus en plus avec la foule. Il se peut qu'un jour on ne sache plus même le nom de ceux qu'on admire.

Cette tendance s'annonce dès qu'il se produit des romans destinés expressément à être filmés, ou bien des romans traitant des questions brûlantes du jour. Il ne faudrait pas confondre avec nos romans sociaux qui donnaient simplement l'histoire morale de l'époque. La même tendance est visible là où l'auteur dramatique prend conseil auprès des techniciens du théâtre pour le sujet qu'impose l'actualité. D'ailleurs la manière de le traiter lui sera prescrite par les progrès techniques de la scène. Alors on est déjà loin des rêves solitaires chers aux générations précédentes et que regretteront toujours ceux qui les ont connus. On ne va pas attendre pendant de longues années que le monde nous comprenne et nous suive. On ne le précède plus, on le sert et on le surprend. C'est un moment bien choisi qui décide de la réussite. Le producteur intellectuel se sera rapproché de l'homme d'action et il rentrera dans le mouvement commun.

La culture intellectuelle ainsi conformée aux données de l'époque profitera du même renouvellement social et humain auquel on doit déjà l'immense développement des moyens techniques. Pour être moins noble et moins délicieuse qu'autrefois elle sera désormais plus répandue, partant plus efficace. Morale et technique, culture physique et spirituelle ne peuvent pas être opposées, ce sont les effets d'une même cause, impossibles à concevoir l'un sans l'autre. L'Europe gardera ce qui lui est en propre, sans que sa culture, loin d'être abolie, cesse un instant de faire partie de sa force vitale.

Est-ce qu'il y aura de nouveau une élite purement intellectuelle? Il serait naturel qu'une société équilibrée et qui se trouve en ascension morale en produise une. La disparition lente mais sûre des anciennes élites intellectuelles prévue par Anatole France, s'ensuit de ce qu'elles vivaient sur le passé, ne s'appuyant plus guère à une société en pleine transformation.

Les arts et la pensée qu'elles avaient cultivées n'auront pas tout à fait disparu de la mémoire des hommes, du moins je l'espère. Il restera bien quelques moines laïques pour en conserver la tradition à travers cette espèce de nouveau Moyen-Age qui semble se préparer.

Dichtkunst und Politik

Bericht an die Preußische Akademie der Künste, Sektion für Dichtkunst

I

Wir wollen wissen, welche Stellung eine Form des schöpferischen Geistes, die Dichtkunst, dem Staat gegenüber behaupten muß, und was andererseits der Staat von ihr zu halten hat. Der Geist und der Staat sind die beiden alles umfassenden Großmächte, deren Verhältnis, falls es existiert, wir verstehen müssen. Erst dann werden wir die ihnen untergeordneten Teilkräfte miteinander vergleichen können. Dies sind auf der einen Seite die Künste und die Wissenschaften, auf der anderen die politischen Gewalten.

Wir nennen Geist die menschliche Fähigkeit, der Wahrheit nachzugehen ohne Rücksicht auf Nutzen oder Schaden, und Gerechtigkeit zu erstreben sogar wider praktische Vernunft. Der Staat hingegen vertritt die Menschennatur gerade so weit, als sie Vorteil sucht und sich seinetwegen auch mit dem Schlechten abfindet.

Der Staat ist vom Zweck bestimmt. Zweckhaft Gesinnte, denen die Macht dazu gegeben war, haben ihn errichtet. Sogar die Gerechtigkeit des Staates ist zweckvoll. Sie wird keineswegs vom Streben nach Wahrheit und unbedingtem Gleichmaß bestimmt. Sie ist nicht sittlich im Sinn des geistigen Gewissens. Dieses wohnt weder in der ursprünglichen Gerechtigkeit des Staates, noch in irgend einer anderen seiner Funktionen. Sein Wesen selbst ist nicht Sittlichkeit, sondern der Nutzen.

Der Geist aber ist sittlich in sich selbst, und Sittlichkeit vollendet sich einzig in ihm. Außerhalb des Geistes, besonders in den Handlungen, kommt sie nicht endgültig vor.

Von den frühesten Zeiten bis heute hat jeder sittliche Fortschritt ungeheure Hindernisse zu überwinden gehabt, und gerade unsere Zeit kann sehen, daß selbst die erreichten niemals gesichert sind. Rückfälle ereignen sich, das von drei Jahrtausenden unermüdlich gezüchtete Gewissen kann wanken, könnte untergehen. In gewissen Augenblicken der Geschichte scheint es von neuem Problem zu werden, ob sittliches Handeln der Natur des Menschen überhaupt entspricht. Der Verdacht entsteht dann, sein eigentliches Gesetz sei die Gewalt, – noch dazu ist es für sehr viele kein Verdacht, sondern ihre liebste Hoffnung.

Trotzdem läßt sich wohl sagen, daß in der Welt auch sittlich gehandelt wird. Religionen, Philosophien und mit den anderen Künsten die Dichtkunst sorgen seit besonders dreitausend Jahren dafür, daß die Gewissen nie völlig einschlafen. Sogar dem Staat muß nachgesagt werden, daß die menschlichen Gewissen, wenn sie zahlreich und stark werden, ihm zeitweilig Anstrengungen, die ihm sonst fern lägen, dennoch abgewinnen. Die Einrichtungen, die »sozial« heißen, sind nicht zuerst zum Nutzen des Staates, sondern als gerechte Sorge für Menschen, sie sind demnach sittlich gedacht. Mit ihren Feinden, den inneren wie den äußeren, verfahren einige Staaten milder als sie durchaus müßten – selbst jetzt noch, wo Härte und Grausamkeit in der Welt wieder einmal zugenommen haben.

Alles dies kam nicht notwendig, nicht von selbst. Es kam, weil drei Jahrtausende hindurch der Geist sich behauptet hatte gegen die Wirklichkeit und ihren Staat, die ihn ihrer Natur nach nicht kennen. Da der Geist auch in den meisten einzelnen Menschen nur selten und zaghaft auftritt, um alsbald wieder zu verstummen, brauchte er von jeher eigene Stimmen, eine Menschenklasse, die nur ihm diente, nichts anerkannte neben dem Geist, nichts forderte, als seine Sittlichkeit.

Dies sind die Priester, die Philosophen und die Dichter.

Es sind aber ebensowohl alle Denkenden, alle Schaffenden, die um des Gedankens und des Werkes willen, nicht wegen ihres Nutzens und äußeren Vorteils das Leben bestehen. Sie geben ein Beispiel; und vielleicht ist das stumme Beispiel des Forschers oder Bildners stärker als unseres, die wir reden. Gewirkt haben wir alle, so lange Zeiten wir nun schon, ob Griechen, Christen oder Zweifler, das höhere Leben des Geistes verkünden und darstellen. Wir tun dies übrigens auch in unseren weltlichen Bildern.

Wir haben immer und zu allen Zeiten behauptet, das höchste, ja, das wahre Leben sei das des Geistes. Auf die Seele des Menschen komme es an, nicht auf die Taten des Staates. Alle Werke des Staates, seine Kriege, Geschäfte, Bauten, nannten wir gleichgültig neben den unseren, – was nicht Überhebung war.

Es war nicht Überhebung, weil im Bewußtsein der Geistigen, aller Geistigen, ihr eigener Daseinsgrund entfernt und geschieden von dem des Staates lag. Dieser mochte sein Recht haben, sein Recht kam ihm von der zeitbedingten Menschenart. Sie wieder hatten das ihre, es gründete sich auf den Begriff des vollkommenen Menschen, etwas Ewiges, im Zeitlichen nie zu erreichen. Das Allgemeine, Ewige ist das Reich des Geistes, denn er will Wahrheit, Gerechtigkeit und den Menschen schlechthin. Was hätte er gemein mit dem Staat, der sterblich ist, und der in Gerechtigkeit und Wahrheit nicht einmal einen Tag bestehen könnte.

Beziehungen zwischen Geist und Staat sind eigentlich undenkbar. Aber kann die Idee kein Verhältnis herstellen, die Wirklichkeit tut es. Praktisch haben sowohl die Kunst als auch die Religion und die Wissenschaft von jeher mit den politischen Mächten zu schaffen gehabt, immer fordernd, oft triumphierend, noch öfter leidend. Dies ist die herkömmliche Haltung der Geistigen, zu fordern, in ihren Forderungen entweder zu siegen oder zu unterliegen, dauernd aber im Gegensatz zu sein zu der politisch mächtigen Wirklichkeit. Von jenen Geistigen, die sich ihr unterwerfen, ist hier nicht die Rede, nur von den anderen.

Die Geistigen, die sich nicht unterwarfen, sind im ganzen höher geehrt worden, als die anderen. Auch verfolgt zu werden, geriet ihnen schließlich zur Ehre. Man hat es andererseits weit bringen können, wenn man sich unter Verleugnung der zeit- und körperlosen Wahrheit für die vergänglichen Leidenschaften einer gegebenen Menschengruppe einsetzte. Aber so achtbar die Leidenschaften und ihr Verfechter gelegentlich sein mochten, der unverwandte Blick auf die Ewigkeit hat weiter hinan und zu größerer Geltung getragen. Nur der unnachsichtig fordernde Geist hat volle Anerkennung von der Wirklichkeit erzwungen. Im allgemeinen Bewußtsein steht Kant höher als Fichte.

Der Verfasser der *Reden an die deutsche Nation* hat eine nationale Gruppe, der er zufällig selbst angehörte, ungerecht beleidigt gefunden. Anstatt die Gerechtigkeit schlechthin, hat er der fremden Ungerechtigkeit nur die Gerechtigkeit seiner Gruppe entgegengesetzt, und auch sie war natürlich ungerecht. Er hat zu seinen Deutschen und über sie in unhaltbaren Übertreibungen geredet. Was er sagte, gilt nur bei ihnen, und sogar bei ihnen gilt es seither nur in national erregten Augenblicken. Er ist der Denker, der seine Lehren auf seine Erfahrungen und auf seine Leidenschaften gründet. Dort bestehen sie, solange irgend eine Wirklichkeit ihnen entspricht. Im Geist bestehen sie nicht.

Auf die Wirklichkeit, wie sie ist, sich nicht einlassen,

ihre Ausreden nicht kennen wollen; den Geist für unabhängig halten von den Zufällen des wirklichen Geschehens wie auch von dem Lande, in dem der Denker geboren ist; den Menschen lieben nicht als ihm selbst verwandte Gruppe, nur als immer gültige Idee, und diese dort aufsuchen, wo ein geschichtlicher Augenblick sie gerade leibhaftig zur Welt bringt, wäre es auch jenseits der Grenze; den Staat herausfordern durch das Bekennen der Wahrheit, bis er eingreift und den Denker verwarnt; ohne Ansehen fordern, was wahr und gerecht wäre, den Ewigen Frieden fordern, während ein Zeitalter der Kriege soeben anbricht: dies ist die reine Gestalt des Geistigen. Dies ist Kant.

II

Uns beschäftigt besonders die Dichtkunst. Auch ihre höheren Rechte gehen genau so weit, als sie schöpferischer Geist ist. Was der Staat in ihr ehrt, wird gewiß gleichfalls ihr Anteil an dem unbedingten Geist sein. Wenn er sie fürchtet jedenfalls und ihr mißtraut, hat es nur diese Ursache. Je nachdem sein Mißtrauen oder seine Achtung überwiegen, verbietet er Bücher oder gründet Akademien.

Warum ist in unserer Akademie die Sektion für Dichtkunst die zuletzt gegründete? Man erklärt es wohl mit der verschiedenen Geltung der Kunstarten. Die Dichtung sei als letzte für vollwertige Kunst vom Staat anerkannt. Er mußte indessen längst wissen, daß der Nation gerade in den entscheidenden Zeiten ihrer modernen Geschichte die Kunst des Wortes allen voran gestanden hat. Mit den klassischen Meistern ist aus anderen Künsten nur Beethoven an öffentlicher Würde vergleichbar. Die Meister gemeinsam haben im Bewußtsein der Deutschen als Zusammenfassung ihrer selbst bestanden, sie allein waren befähigt, eine wirkliche deutsche Einheit mitsamt dem Staate innerlich vorzubereiten und eigentlich zu gründen.

Die Ehrfurcht vor den klassischen Dichtern umgab noch nachglänzend ein halbes Jahrhundert die gesamte Dichtung. Bis kurz nach 1870 haben alle Dichtenden den Nutzen gehabt von der einmal erworbenen Herzensnähe der Nation zu ihren Dichtern. Ehe die Musik sie für einige Jahrzehnte ablöste, ist die Dichtung hierzulande die erste der Künste gewesen. Der Staat, der sie dennoch in seine Akademie noch immer nicht aufnahm, hatte keinen Zweifel an ihrem Wesen als Kunst, er hat andere Gründe gehabt.

Er fürchtete das Wort mehr als die Form oder die Harmonie. Er ehrte es gern, so oft er sich mit ihm schmücken konnte wie mit Harmonie und Form, hatte aber durchaus das richtige Gefühl, daß auf das Wort für ihn kein Verlaß ist. Es kann vernehmlich Wahrheiten äußern, die nicht die des Staates sind, und kann auftreten für eine Gerechtigkeit, die ihm in die Quere kommt. Vor allem ist das dichterische Wort, es stelle sich wie immer, doch die Stimme des Menschen selbst, keines Untertanen oder Staatsbürgers, Herren oder Knechtes, keines Mitgliedes herrschender oder unterworfener Klassen. Wir dürfen ruhig sagen, daß in der Dichtung, die so zu heißen verdient, noch niemals ein anderer gesprochen hat, als jener Mensch, der ewig und der Idee ist.

Dies gilt sogar für unsere Darstellungen aus der sozialen Wirklichkeit und gerade für sie. Bedenken wir nur die pessimistische Roman- und Dramendichtung des neunzehnten Jahrhunderts, jene Anklageliteratur voll Mitleidens und Bitterkeit, nachsichtslosen Drängens zur Wahrheit, voll heftiger innerer Ermahnungen, um so heftiger, je eindringlicher Gestaltung unmittelbar spricht. Der Bildner seiner Menschen bleibt unzufrieden mit ihnen. Sie sind, was ihre Gesellschaft, ihr Zeitalter wollen, das ist falsch.

Sie sind, was ihr Staat braucht, das ist vom Übel. Er kennt sie, aber er kennt heimlich auch ihr verwandeltes Bild. Hinter allem Menschlichen, das er wiedergibt, wartet erst das nie gesehene wahrhaft Menschliche. Dies empfiehlt er, ohne es zu nennen. Dorthin strebt er, so unerlaubt es der Wirklichkeit und ihren Mächten auch schiene.

Der offenkundigste Vertreter des unbedingten Geistes konnte damals im Staat nicht amtlich beglaubigt sein. Er könnte es, ehrlich gesagt, auch jetzt nicht, sofern der Staat sich einzig an seine natürliche Zweckhaftigkeit hielte. Verdienste bemißt er, im Kulturellen wie überall, nach dem Patriotismus und dem Nutzen für die bestehende Gesellschaftsordnung. Beide müssen geschmückt, verherrlicht und dürfen nicht bedroht werden. So sind seine Überlieferung und seine Natur.

Umso achtbarer handelte der preußische Staat, als er seiner Akademie die Sektion für Dichtkunst hinzufügte. Es ist ein Zugeständnis an Mächte, die außerhalb seines Wesens wie jedes staatlichen Wesens liegen. Es ist ein verdienstvolles Opfer an eine Macht, die, wie er sehr wohl weiß, ihm unliebsam begegnen könnte. Die beste Dichtung des vergangenen Kaiserreiches hat dieses weder verherrlicht noch sein Vertrauen erworben. Auch in der heutigen Dichtung arbeitet vieles der bestehenden Wirklichkeit offen entgegen. Wird diese, wenn man einst auf beide zurückblickt, mit der zeitgenössischen Dichtung befreundet gewesen sein? Es wäre die seltenste Ausnahme.

Der preußische Staat mag die Klugheit haben, beide, Dichtung und Wirklichkeit, befreunden zu wollen. Weisheit wäre nötig, um sogar eine unversöhnte Geistesmacht neben sich zu dulden, ja, zu wünschen, daß sie seinen Bürgern jenseits seines eigenen Nutzens und Schadens vorhält, was nicht nur von den Umständen bedingt menschlich, nicht nur preußisch, deutsch, bürgerlich und heutig, sondern was der immer gültige Mensch ist.

Wir möchten glauben, daß der Staat, der die Sektion für Dichtkunst begründete, ebensowohl der Weisheit als der Klugkeit gefolgt ist.

Er wollte zuerst betonen, daß von Wichtigkeit jetzt das Zivile und Zivilisatorische sei. Die jetzt Lebenden brauchen sogar das Sittigende, bevor sie das Versittlichende brauchen. Sie haben letzthin so vieles Untermenschliche erblickt, es notgedrungen mitgemacht und sind so sehr noch darin befangen, daß der Staat zu neuen Erziehungs- und Besänftigungsmitteln greifen mußte. Ihm kam es wohl gelegen, die Künste des Friedens ehrenvoll zusammenzufassen und damit der Ehrerbietung seiner Bürger anzuempfehlen – um so eher, als es nach Mißerfolgen anderer Art hier wirklich etwas zu rühmen gab.

Der preußische Staat hat durch seine höchsten und vorzüglichsten Vertreter weiterhin bedacht, daß die Republik in der Urteilskraft jedes Bürgers wurzelt, und daß jeder der ihren die gesellschaftlichen wie auch die menschlichen Zusammenhänge deutlicher begreifen muß als unter anderen Staatsformen. Sonst böte er der Republik keine Sicherheit. Aber niemand lehrt das Wissen um das gesellschaftliche Leben und um das Leben schlechthin, wie unsere Kunst, die Dichtkunst. Denn sie lehrt es auf dem Weg der Erfahrung, da Dichtung das Leben selbst, vermehrt durch Erkennbarkeit ist.

Dieser hohe Gesichtspunkt ist bei dem preußischen Staat um so eher zu suchen, weil Geistige über ihn mitbestimmen, wie über jede Republik, die sich ernst nimmt. Die Geistigen, die über ihn mitbestimmen, haben in unserer Sektion für Dichtkunst, so möchten wir glauben, befreundetes Gebiet gesehen und eben darum ihre Errichtung befürwortet. Hier sitzen ihresgleichen oder doch wenigstens keine Fremden. Es könnte schließlich sein, daß ein Minister, der zugleich Denker wäre, sich besser mit uns, als mit vielen seiner politischen Freunde verständigte.

Wir würden ihm etwa sagen:

»Sie haben uns zum ersten Mal seit Bestehen dieses Staates amtliche Geltung verliehen, Herr Minister. Sie und Ihre Regierung haben ohne Rücksicht auf die Gesinnung der einzelnen von uns, Freundschaft angeboten sowohl der Dichtkunst als auch dem Geist, jenem der Wirklichkeit oft abgeneigten Geist, der sie beseelt. Wir haben natürlich angenommen. Wir durften den Staat, der sich uns näherte, nicht entmutigen, obwohl wir wußten, daß wir ihm kaum anders würden dienen können, als durch Darstellungen der Wirklichkeit, in denen weder diese noch er selbst dem Ideal entsprechen. Das wußten Sie doch selbst, Herr Minister?«

Er würde vielleicht anerkennen, daß er es gewußt habe. Darauf müßten wir noch weitergehen.

»In diesem Staat, wie er ist und wie auch jeder andere ist, gibt es Herrschende und Leidende. Ungerechtigkeit zugunsten der Herrschenden erwarten Sie bestimmt nicht von eben der Kunst, die in ihren menschlichen Beziehungen vor allem das Mitleiden kennt, zugleich aber sich auf die allerhöchste Gerechtigkeit muß berufen können, wenn sie bestehen soll. Die Gerechtigkeit des Geistes neigt immer noch eher zu den Leidenden. Die Gerechtigkeit und das Mitleiden stimmen bei uns zuletzt überein, und die Dichtung, diese treue Liebende des ewig Menschlichen oder menschlich Ewigen, fühlt sich in der Zeitlichkeit noch am nächsten denen, die nicht ihr Übermut, sondern das Unglück vom Ideal trennt. Die Dichter sind oft sogar erbittert im Namen des Unglücks. Sie sind es im Grunde für den Begriff des Menschlichen, der verkannt wird. Aber dies kommt dem Unglück zustatten, und so gibt es freilich Dichter, die wie Revolutionäre der Wirklichkeit aussehen. Haben Sie damit gerechnet bei der Errichtung unserer Sektion, Herr Minister?«

Es wäre unstatthaft, wörtlich entscheiden zu wollen,

was der Minister geantwortet hätte. Wir haben das Vertrauen, daß es nicht durchaus ablehnend wäre. Noch weniger befürchten wir dies, wenn die Rede von den Machtverhältnissen innerhalb des Staates auf den Patriotismus käme.

Die Vaterlandsliebe hat für vorgeschrittene Menschengruppen nachgerade ein neues Gesetz bekommen. Die solchen Gruppen nahestehenden Staaten begreifen sie gleichfalls jetzt weitherziger. Sie sehen ihren Ruhm und den ihres Landes nicht mehr allein in dem Besonderen, das alle anderen Staaten und Länder ausschließt. Sie beachten das Allgemeine, das eine Gesamtheit von Staaten und Ländern fester als jemals vorher verbindet, ja, sogar ihr Selbstbestimmungsrecht schon beschränkt zugunsten höherer Ziele.

Derart ist das neue Gesetz der Vaterlandsliebe. Je mehr es sich durchsetzt, verlieren ihre früheren Gesetze an Geltung.

Erinnern wir uns aber, daß die Dichtkunst als eine Form des schöpferischen Geistes schlechthin, vom Allgemeinen herkommt, ja, das unzulängliche Besondere im Grunde nur benutzt wie ein Gleichnis und Gegenbeispiel zum unbedingten Allgemeinen! Dann wird sie zwar immer noch nicht auf derselben Ebene liegen wie der Staat, auch wenn er in gewissen Stücken seine frühere Enge aufgibt und allgemein menschlicher wird. Er aber könnte, während er seine Wirklichkeit umgestaltet, den Wunsch haben, hinüber zu blicken nach ihr, der eine unerreichbar hohe Form des Lebens vertraut ist. Er könnte sie bitten, sein Gewissen zu sein.

III

Wenn die Dichtkunst in guten Beziehungen zum Staat steht, muß darum leider die Politik noch längst nicht ihr Freund sein. Dem Staat unter- oder eingeordnete Mächte sind Verwaltung, Gesetzgebung und Justiz, die nicht immer zu beachten brauchen, was an der Spitze vorgeht. Auch hat er geradezu gegen sich die noch bestehende Tatsache, daß in Deutschland drei Drittel anders regiert werden als zwei Drittel.

Der preußische Staat nimmt die Dichtkunst in seine Akademie auf. Kurz darauf stimmt das Reich gegen die von der ganzen Welt geplante Verbesserung der Autorenrechte. Die Konferenz zur Revision der Berner Übereinkunft in Rom ist gefördert worden von allen Regierungen, die Wert darauf legen, auch das Geistesleben ihres Landes zu vertreten. Zu fast jedem der dreißig Artikel der Berner Konvention hat Frankreich ausgezeichnete Verbesserungsvorschläge gemacht. Auch den deutschen Reichsbehörden wurden sie nahe genug gelegt. Aber nichts. Die Beauftragten des Reiches haben in Rom fast nichts vorzubringen, es seien denn Verschlechterungen und Rückschritte. Sie können bestenfalls nur den Eindruck machen, als vertreten sie eine schon veraltete Staatsauffassung von der Rolle der Literatur. Dies wäre wenigstens noch ein Grund, der sich eingestehen läßt, wenn man sich vor aller Welt hinsichtlich des Geisteslebens seines eigenen Landes faul, gleichgültig oder feindlich zeigen muß.

In demselben Augenblick, als der preußische Staat der Dichtkunst akademische Ehren erwies, fand ein Reichstag es richtig, gegen die Literatur ein sogenanntes »Gesetz zur Bewahrung der Jugend vor Schmutz und Schund« zu beschließen. Da »Schmutz und Schund« nicht definiert, übrigens niemals gültig definierbar sind, trifft die gesetzliche Brandmarkung die Literatur schlechthin, mit einbegriffen die höchste Dichtung. Denn verdächtigt werden kann alles. Die praktische Auswirkung des Gesetzes entspricht genau dem, was sich erwarten ließ und vorhergesagt worden war. Schon wurde auf die Liste der infamierten Schriften mindestens ein Buch von gewissen dichterischen Eigenschaften gesetzt. Schon ist auch ein dichterisches Kunstwerk ersten und unbestrittenen Ranges der Verhandlung unterworfen worden. Der erfolgte Freispruch ändert nichts daran, daß hier die Dichtkunst gedemütigt wurde.

Dabei bekunden die Vorschriften zur Anwendung des Gesetzes die vollste bürokratische Verantwortungslosigkeit. Ein Buch, das in einem einzigen Exemplar eine einzige Bibliothek ziert, muß für die Jugend verboten werden, dafür arbeitet ein ganzer Apparat. Die erste und selbstverständlichste Verpflichtung, sich zu überzeugen, ob das ihnen unterbreitete Buch von Jugendlichen überhaupt gelesen wird, für die Prüfstellen besteht sie nicht. Man darf dort ins Leere hinein vom »Gewissen« für »unsere Jugend« reden, damit man sich über geistige Werte keins zu machen braucht.

Als aber ein wirklich unerwünschtes Produkt getroffen wurde und ein Gesetz, das noch schlechter als das Produkt ist, wenigstens diese hinzunehmende Wirkung hatte, wann kam das Verbot? Leider konnte es noch nicht kommen, solange der Roman in einem illustrierten Blatt lief, hunderttausendfach gekauft und von einer Million gelesen wurde; denn damals gab es das Gesetz noch nicht. Erst die kleine Buchauflage traf das Verbot. Mögen die Umstände den Fall erklären. Man fragt sich höchstens, warum auch jetzt nur Veröffentlichungen in Buchform getroffen werden, als ob arme junge Leute heute Bücher läsen. In Zeitschriften freilich, die sie kaufen können, läßt sich die ganze Schädlichkeit einer schlechten Lektüre erst feststellen, wenn der Abdruck beendet und das Unglück geschehen ist. Wozu dann aber noch die Bemühungen, die das Gesetz verlangt?

Das Gesetz zur Bewahrung der Jugend vor geistigen Gefahren ist natürlich überflüssig für eine mitlebende Gesellschaft, die aus eigenem und ohne Geist, o ganz ohne Geist, längst alles getan hatte, was ihre Kinder gefährden konnte. Im Fall das Gesetz aber durchaus nicht unterbleiben sollte, war seine Ausführung wenigstens uns zu übergeben – keinem Unzuständigen, sondern der Preußischen Akademie der Künste, Sektion für Dichtkunst.

Für solche Arbeiten sind wir da. Wir selbst hätten die Würde unserer Kunst, die unser Wesen selbst ist, nicht aus dem Auge verloren, und gerade darum wären unsere Maßnahmen erzieherisch. Nur unsere können es sein. Welche geistige Autorität haben andere »Prüfstellen«? Man kuscht doch nur und betrügt sie. Was ist die volkserzieherische Verantwortung sozialer Interessen neben der unseren? Unser ganzer Ruf und unser innerstes Schicksal hängen daran, daß wir versittlichen, durch Erkenntnis und Anschauung uns und andere versittlichen.

Unsinnig und uns unerträglich ist, daß über die rein menschlichen Wirkungen beanstandeter Werke der Dichtung von anderen als von uns selbst bindend entschieden wird. Wir müssen aber auch fordern, gehört zu werden, bevor Gerichtsurteile ergehen über politische Verbrechen, die durch Werke der Dichtkunst begangen sein sollen. Dabei wäre es an uns, zu sagen, ob es Werke der Dichtkunst sind. Hiermit aber ist auch gesagt, ob sie im höchsten Sinn staatsfeindlich sein können.

Man sieht das Reichsgericht, das über eine angeblich landesverräterische Dichtung urteilen soll, zögern und seine Sitzung immer weiter hinausschieben. Ist der Eindruck unberechtigt, es zweifle selbst, ob Dichtungen, sogar politische Dichtungen, politisch angreifbar sind mit den Mitteln der Justiz?

Vielleicht wird diese es auch künftig noch behaupten wollen; dann sind aber, praktisch gesprochen, peinliche Konflikte mit staatlichen Vertretungen vorauszusehen. Die Preußische Akademie der Künste und ihre Sektion für Dichtkunst sind staatliche Körperschaften. Die Sektion bezieht staatliche Mittel und kann sie verwenden für Vorträge im Lande, zum Beispiel auch für Vorträge von Arbeiterdichtern vor Arbeitern. Falls diese Vorträge, entgegen unseren Absichten und Wünschen, nicht immer nach dem Sinn der Gerichte wären, täten diese doch, gerade um der staatlichen Autorität willen, besser, der Sektion das Urteil zu überlassen.

Auch ist den Gerichten aufrichtig zu wünschen, sie möchten niemals in die Lage kommen, den § 300 des neuen Strafgesetzentwurfes anzuwenden, wenigstens so nicht, wie er dem Reichstag bisher vorgelegen hat. Der Paragraph ist ebenso widerwärtig wie gefährlich durch eine verantwortungslose Unwissenheit, die im Grunde zwischen Dichtung schlechthin und der gröbsten Unzucht nicht zu unterscheiden weiß. Hier wirkt das ratlos Unbestimmte der Ausdrücke schnodderig, und eine solche Unbekümmertheit um Rechte des Geistes verblüfft, bevor sie empört.

Ein besser beratenes Parlament wird nicht nur dies alles streichen. Es möge unmißverständlich dafür sorgen, daß Dichtungen, die von unserer staatlichen Vertretung der Dichtkunst anerkannt sind, weder angeklagt noch verurteilt werden können, ob aus sittlichen oder politischen Gründen. Dichtungen gehören niemals vor die Gerichte. Der Unfug muß aufhören. In Wahrheit gibt es keine unsittliche Dichtung, wie es keine politisch unerlaubte gibt.

Konstruieren wir das Beispiel einer politischen Dichtung, die den Gerichten so viel als irgend möglich mißfallen soll. Zu diesem Zweck muß der Dichter sich erstens an der herrschenden Klasse vergreifen, muß schildern, was er ihre Verbrechen nennt, ihren vermeintlich des Äußersten fähigen Widerstand gegen Verbesserungen der Gesellschaftsordnung oder was er dafür hält. Er muß bis zum bewaffneten Kampf der Klassen, bis zum Bürgerkrieg gehen und muß die herrschende Klasse darin unterliegen lassen.

Damit hat er das Beste schon getan, um ins Gefängnis zu wandern, er hat in seinen Richtern das Bewußtsein ihrer Klasse gereizt. Nichts, auf der ganzen Welt nichts ist heute so reizbar wie das bürgerliche Klassengefühl. Es ist erst allmählich dahin gelangt und hat erst einige Jahre nach dem Sieg der russischen Arbeiterklasse einen begreiflichen Höhepunkt der Empfindlichkeit erreicht. Man kann sagen, daß die Arbeiterklasse Westeuropas heute weniger haßt als seine Bürgerklasse, aber es hat freilich lange gedauert, bis das frühere Verhältnis sich umkehrte.

Soll jener politische Dichter daß Maß vollmachen, dann vergeht er sich auch noch gegen die übliche, jetzt aber veraltende Form des Patriotismus, diese ideologische Rechtfertigung jeder beliebigen Klassenherrschaft. Er gibt heimliche Kriegsrüstungen zu kennen vor, ergeht sich über verbotene Fabrikationen, verfaßt ein ganzes System von Verbrechen der Herrschenden am eigenen Volk und an anderen Völkern, was alles erfunden oder wahr sein könnte. Jedenfalls beleidigt er sämtliche herkömmlichen Patrioten bis aufs Blut und versinkt bis an den Hals im sogenannten Landesverrat.

Hier bleibe ungerechnet, daß für Nationen, die dem Völkerbund angehören und damit eine höhere Souveränität als ihre eigene anerkannt haben, ein solcher Landesverrat eigentlich nicht mehr gegeben sein kann. Sie haben kein Recht mehr, von ihm zu reden. Die neue Vaterlandsliebe, die eine Gemeinschaft unseres Landes mit anderen umfaßt, weiß nichts mehr von Landesverrat im alten Sinn. Aber dies ist bisher nur Erkenntnis, nicht Übung. Die Richter sind durch ihre Vorsicht als Verteidiger der Gesellschaft und durch das konventionelle Denken ihres Berufes noch mehr als andere an das Herkommen gebunden – an das patriotische Herkommen, wie an das der Klassen. Auch dem bürgerlichen Klassenhaß und den Gerichtsurteilen, die ihn bestätigen, würde andernfalls schon die einfachste Erkenntnis widerstreben.

Uns aber kommt es weder zuerst noch zuletzt darauf an, ob Landesverrat oder nicht, ob Aufhetzung gegen die bestehende Ordnung oder vielleicht nur berechtigte Empörung und Klage. Dies sei dahingestellt. Wir fragen: ist dies eine Dichtung? Schrieb dies ein Dichter? Dann ist seine Herkunft geistig und auch sein Ziel im Grunde nicht politisch, sondern geistig. Er hat sich empört; aber ihn empört nicht, daß gerade jene Klasse Unrecht tut und gerade diese es erleidet. Ihn empört das Unrecht. Es würde ihn auch empören, wenn andere Klassen so handelten oder litten.

Er gehört selbst, wenn es denn Klassen geben soll, einer Klasse an außerhalb aller jener: keine soziale, eine menschliche. Er und seinesgleichen vertreten seit dreitausend Jahren die menschliche Fähigkeit, der Wahrheit nachzugehen ohne Rücksicht auf Nutzen oder Schaden, und Gerechtigkeit zu erstreben sogar wider praktische Vernunft. Er und seinesgleichen kämpfen seit alten Zeiten dafür, daß die Gewissen nie völlig einschlafen. Es war von jeher schwer. Der Staat und alle politischen Gewalten, die Justiz voran, waren fast immer und überall dagegen, wie es ihrer Natur entspricht. Denn diese hält sich an Gegebenes, nicht an Gedachtes, an den bisherigen Nutzen, nicht an eine Sittlichkeit, die nur fordert um ihrer selbst willen.

Wenn trotz Hindernissen und Rückfällen ohne Zahl dennoch sittliche Fortschritte erreicht sind und der immer wieder versuchte Zweifel, ob sittliches Handeln der Natur des Menschen entspricht, heute nicht mehr geduldet zu werden braucht, wem ist es zu danken? Doch einzig und allein jener Menschenklasse der Geistigen, die sich empören können, was ihr anderen schon in der Jugend verlernt, die vom Menschen das Allgemeine und Ewige kennen und lehren, das ihr anderen nur flüchtig einmal erblickt, – und die richten, im tiefsten Ernst allein richten dürfen, denn durch sie richtet ein Höherer, der Geist heißt.

Sie selbst können sehr fehlbar, sehr schwach sein. Trotzdem solltet ihr sie nicht mit den Kämpfern für Interessen, seien es selbst die Interessen der Unglücklichen, verwechseln. Ihr solltet nicht den Haß für ihren Ausgangspunkt halten. Der Haß kann ein Mittel der Gerechtigkeit sein. Wer sie lange gewöhnt ist, braucht ihn nicht mehr. Auch die Kunst des Ausdrucks und der Gestaltung, die vor den Gerichten so oft als Entschuldigung für anstößige geistige Absichten vorgebracht wird, die Kunst ist nur Werkzeug. Wer sehr hoch stieg im Geistig-Sittlichen, hat manchmal fast vergessen, daß er sie besitzt.

»Mein bestes Werk ist, was ich Gutes tat«, schrieb einer dieser.

Justiz

I. Jakubowski

Das Todesurteil, kraft dessen Jakubowski hingerichtet wurde, war unterzeichnet von einem Deutschnationalen und einem Demokraten, den Ministern in Mecklenburg-Strelitz. Der Deutschnationale mag getan haben, wofür er da war. Demokraten aber werden nicht Minister, um Todesurteile zu unterschreiben. Dies war in der Sache der erste Fehler.

Herr Dr. Hustädt, der Justizminister, der sich nicht bedachte, mit dem Nationalisten in der Regierung zu sitzen, kann kein Demokrat nach dem im Reich herrschenden Begriff sein. Überdies hat er, wo es um Leben und Tod ging, zu wenig Zweifel gehegt. Der Menschliche – oder einfach der Fortgeschrittene, ja schon der Kluge hätte gezweifelt. Die Prozeßverhandlung hatte doch gar zu grobe Züge getragen. Sie war unerlaubt primitiv geführt worden, Beweise und Zeugen waren anfechtbar, sobald man guten Willen hatte. Ein Idiot als entscheidender Zeuge!

Der eigentliche, innere Beweis für die Schuld Jakubowskis stand freilich nicht im Urteil, es war seine Eigenschaft als Fremder. Der Russe mußte gemordet haben, nicht der Strelitzer. Diese Voraussetzung war da vor jeder Untersuchung. Dies Vorurteil führte zu dem Urteil, das gefällt wurde. Es mochte den Vorsitzenden des Gerichts und den Oberstaatsanwalt leider verleiten, natürlich befriedigte es auch den nationalistischen Minister. Den Demokraten hätten gerade diese Zusammenhänge stutzig machen sollen. Noch dazu konnte er dem Menschen, über dessen Kopf verhandelt wurde, selbst ins Gesicht sehen.

…all „Haus Hof Garten" • „Jede Woche Musik"

Morgen-Ausgabe

Einzelnummer in Berlin 15 Pfg., auswärts 20 Pfg.

Berliner Tageblatt

und Handels-Zeitung

Nr. 305
Ausgabe für Berlin

57. Jahrgang
Sonnabend, 30. Juni 1928

JAKUBOWSKI.

Von

Heinrich Mann.

Das Todesurteil, kraft dessen Jakubowski hingerichtet wurde, war unterzeichnet von einem Deutschnationalen und einem Demokraten, den Ministern in Mecklenburg-Strelitz. Der Deutschnationale mag getan haben, wofür er da war. Demokraten aber werden nicht Minister, um Todesurteile zu unterschreiben. Dies war in der Sache der erste Fehler.

Herr Dr. Hustädt, der Justizminister, der sich nicht bedachte, mit dem Nationalisten in der Regierung zu sitzen, kann kein Demokrat nach dem im Reich herrschenden Begriff sein. Ueberdies hat er, wo es um Leben und Tod ging, zu wenig Zweifel gehegt. Der Menschliche — oder einfach der Fortgeschrittene, ja schon der nur Kluge hätte gezweifelt. Die Prozessverhandlung hatte doch gar zu grobe Züge getragen. Sie war überlaubt primitiv geführt worden. Beweise und Zeugen waren anfechtbar, sobald man guten Willen hatte. Ein Idiot als entscheidender Zeuge!

Der eigentliche, innere Beweis für die Schuld Jakubowskis stand freilich nicht im Urteil, es war seine Eigenschaft als Fremder. Der Russe musste gemordet haben, nicht der Strelitzer. Diese Voraussetzung war da vor jeder Untersuchung. Das Vorurteil führte zu dem Urteil, das gefällt wurde. Es mochte den Vorsitzenden des Gerichts und den Oberstaatsanwalt leider verleiten, natürlich befriedigte es auch den nationalistischen Minister. Den Demokraten hätten gerade diese Zusammenhänge stutzig machen sollen. Noch dazu konnte er dem Menschen, über dessen Kopf verhandelt wurde, selbst ins Gesicht sehen.

Ob ein Richter und ein Staatsanwalt sich eher auf schlechte Konstruktionen verlassen als auf den Blick in sein Gesicht, der vom Volk gewählte Minister behält das Recht auf Ungläubigkeit, er hat menschliche Verpflichtungen längst vor den juristischen. Das Land ist klein, einen Mörder sieht er nicht alle Tage. Was fand er im Gesicht des vorgeblichen Mörders? Wenn er jetzt an den Hingerichteten zurückdenkt, wie erscheinen ihm jene Züge? Nicht schmerzlich erstaunt vielleicht? Nicht warnend? Gar nicht beängstigend? … Es war ein gutmütiges, breites Slawengesicht, die dunklen Augen blickten naiv. Der russische Kriegsgefangene und Landarbeiter hat die Deutschen, unter denen er leben durfte, bewundert und verehrt. Er, eins ihrer Kinder töten? Er muss auf das ärgste enttäuscht worden sein, als sie ihn dessen schuldig sprachen. Er hatte sie für besser und weiser gehalten.

Jetzt erhebt sich sein vergossenes Blut. Man könnte meinen, es käme über die Schuldigen. Sehr verschiedene Schuldige. Denn es sind erstens die armen verachtungswerten Wesen, die statt seiner wirklich gemordet haben, — und dann die von ihm gewiss besonders bewunderten Herren, die ihn endlich so schwer enttäuschen sollten. Es geschieht aber, dass das auferstandene Blut niedergeschlagen und zum Schweigen gebracht wird. Oder aber, ihm müsste viel, viel zahlreicher beigestanden werden als bisher.

Alle, ohne Ausnahme, sind heute von der Unschuld des Russen überzeugt. Die Personen, die als die wirklichen Mörder gelten, wurden von der Polizei festgenommen, was jedem nur selbstverständlich erschien. Herr Oberstaatsanwalt Müller aus Neustrelitz aber fuhr eigens hin, um die Verhafteten in Freiheit zu setzen. So verhinderte er neue Ermittlungen. Er verteidigt das Urteil, das auf seinen Antrag ergangen ist, gegen jeden Angriff auch seitens der besseren Einsicht, der er sich verschliesst. Obwohl 70 Jahre alt, findet er es wichtig, hier auf Erden, entgegen der auferstandenen Wahrheit und seiner eigenen, nicht erkannten Würde, bis zuletzt sein formales Recht zu retten. Er täte besser, sich vorzubereiten, zu erkennen, einzugestehen, und vielleicht, auch mit Jakubowski versöhnt, dahin zu gehen. Es steht mit ihm nicht gut.

Mit dem Gerichtspräsidenten steht es besser, weil er weniger alt ist. Er hat voraussichtlich länger Zeit, sein Gewissen zu erforschen. Wenn er den Fall Jakubowski jemals im Wiederaufnahmeverfahren zu verhandeln hätte, wäre ihm inzwischen vielleicht klar geworden, dass es

Ob ein Richter und ein Staatsanwalt sich eher auf schlechte Konstruktionen verlassen als auf den Blick in sein Gesicht, der vom Volk gewählte Minister behält das Recht auf Unmittelbarkeit, er hat menschliche Verpflichtungen längst vor den juristischen. Das Land ist klein, einen Mörder sieht er nicht alle Tage. Was fand er im Gesicht des vorgeblichen Mörders? Wenn er jetzt an den Hingerichteten zurückdenkt, wie erscheinen ihm jene Züge? Nicht schmerzlich erstaunt vielleicht? Nicht warnend? Gar nicht beängstigend?... Es war ein gutmütiges, breites Slawengesicht, die dunklen Augen glänzten naiv. Der russische Kriegsgefangene und Landarbeiter hat die Deutschen, unter denen er leben durfte, bewundert und verehrt. Er, eins ihrer Kinder töten? Er muß auf das ärgste enttäuscht worden sein, als sie ihn dessen schuldig sprachen. Er hatte sie für besser und weiser gehalten.

Jetzt erhebt sich sein vergossenes Blut. Man könnte meinen, es käme über die Schuldigen. Sehr verschiedene Schuldige. Denn es sind erstens die armen vernachlässigten Wesen, die statt seiner wirklich gemordet haben, – und dann die von ihm gewiß besonders bewunderten Herren, die ihn endlich so schwer enttäuschen sollten. Es geschieht aber, daß das auferstandene Blut niedergeschlagen und zum Schweigen gebracht wird. Oder ihm müßte viel, viel zahlreicher beigestanden werden als bisher.

Alle, ohne Ausnahme, sind heute von der Unschuld des Russen überzeugt. Die Personen, die als die wirklichen Mörder gelten, wurden von der Polizei festgenommen, was jedem nur selbstverständlich erschien. Herr Oberstaatsanwalt Müller aus Neustrelitz aber fuhr eigens hin, um die Verhafteten in Freiheit zu setzen. So verhinderte er neue Ermittlungen. Er verteidigt das Urteil, das auf seinen Antrag ergangen ist, gegen jeden Angriff auch seitens der besseren Einsicht, der er sich verschließt. Obwohl siebzig Jahre alt, findet er es wichtig, hier auf Erden, entgegen der unverstandenen Wahrheit und seiner eigenen, nicht erkannten Würde, bis zuletzt sein formales Recht zu retten. Er täte besser, sich vorzubereiten, zu erkennen, einzugestehen, und versöhnt, auch mit Jakubowski versöhnt, dahin zu gehen. Es steht mit ihm nicht gut.

Mit dem Gerichtspräsidenten steht es besser, weil er weniger alt ist. Er hat voraussichtlich länger Zeit, sein Gewissen zu erforschen. Wenn er den Fall Jakubowski jemals im Wiederaufnahmeverfahren zu verhandeln hätte, wäre ihm inzwischen vielleicht klar geworden, daß es für einen Richter, wenn jemals, so doch heute bestimmt nicht mehr das günstigste ist, im Irrtum zu verharren. Fehlurteile, ungleiche Urteile, die von Strafrechtslehrern gemeingefährlicher Unfug genannt worden sind, – alle »Unbegreiflichkeiten« der Justiz samt Protesten dagegen hat es nachgerade so viele gegeben, daß niemand mehr im Widerstand der Strafjustiz gegen die öffentliche Stimme ein Zeichen ruhiger Kraft erblickt. Er ist nur eine Folge der allgemeinen Langmut, – die enden kann.

Wie verhält es sich mit dem anderen Nächstbeteiligten am Todesurteil, dem damaligen Minister, der es unterschrieb? Nicht der Deutschnationale; der hat den Russen hinrichten lassen, das ist in Ordnung und für seinesgleichen erledigt. Aber der andere, der sich Demokrat nennt. Dieser ist jetzt belehrt, sollte man denken. Bekennt er nicht laut, er sei getäuscht worden, wenn er schon vermeiden möchte, zuzugeben, er selbst habe manches verfehlt? Benutzt er nicht die tragische Gelegenheit, um Menschlichkeit und den Glauben an ideales Recht als Grundzüge seiner Gesinnung laut zu beschwören? Erhebt er sich nicht als Mitglied der Partei, die gerade jetzt die Abschaffung der Todesstrafe beantragt? Schreit er nicht ins Land hinaus – von dieser Stelle hier statt meiner –, daß man sie beseitigen solle, er zeuge gegen sie. Er habe genug durch sie erlitten, übergenug Reue, den Mißerfolg seines ganzen

Daseins. Denn wenn er auch in Wirklichkeit nur einige Handwerker vertrete, Demokratie bedeute nun einmal das Versprechen, dem ganzen Volk mehr Glück, mehr Güte zu bringen, anstatt wie jetzt, das grauenhafte Beispiel eines unschuldig Enthaupteten.

Er hat es bisher nicht getan. Etwas anderes geht vor. Mecklenburg-Strelitz wird jetzt von einem sozialdemokratischen Minister regiert. Dieser hätte keinen eigenen Grund, das geschehene Unrecht fortbestehen zu lassen. Wer möchte ihn dazu nötigen? Er hängt von den zwei Stimmen der Demokraten ab. Ihr Führer ist der ehemalige Minister Hustädt. »Derselbe?« fragt man. Derselbe. Überall dieselben paar Personen. Der Oberstaatsanwalt, der das Todesurteil beantragt hat, müßte jetzt seine Aufhebung betreiben. Derselbe Gerichtspräsident müßte sie verkünden. Der Minister von damals wäre verpflichtet, als Abgeordneter aufzutreten gegen seine eigenen amtlichen Handlungen. Geht es über Menschenkraft? Sie finden alle, daß es über ihr Vermögen geht. So wird es unfehlbar sein und bleiben in Zwergstaaten, die für Personen keinen Ersatz haben, und wo jeder den anderen in der Hand hat. Der Unbeteiligte sogar ist in der Hand der Beteiligten.

Justizminister von Reibnitz allein könnte den Oberstaatsanwalt anweisen, das Wiederaufnahmeverfahren einzuleiten. Er fürchtet, daß Hustädt ihn dann stürzen würde, daher zögert er. Er will nicht, daß der Staat ihn verliert. Ein sozialdemokratischer Minister wie er bedeutet gewiß nach seiner Meinung für Mecklenburg-Strelitz mehr als der tote Jakubowski für die ganze übrige Welt. Minister von Reibnitz ist keine stürmische Natur, wie es scheint. Er wird kulturvoll, ruheliebend und skeptisch sein. So sind gewöhnlich jene, die nicht gern selbst Unrecht tun, aber sich zu leicht mit dem Geschehenen abfinden. Ihre anziehenden Eigenschaften im persönlichen Verkehr stehen außer Frage. Es gibt aber auch aktive und tapfere Skepsis, und oft braucht es nur einen Entschluß, damit sie so wird.

Reibnitz sollte sofort den Befehl, den jeder wohlgeratene Sinn von ihm erwartet, seinem Oberstaatsanwalt geben. Sollte sich mutig von Hustädt stürzen lassen, – um wiederzukehren, wenn das neue Verfahren endlich der Gerechtigkeit, die nicht mehr viele Siege kennt, den unbezweifelbarsten Triumph gebracht hat. Dann wäre Reibnitz mehr als ein Duodezminister. Er hätte für eine Nation gehandelt, anstatt im Auftrag eines Winkelparlaments, und für eine Idee, anstatt nur zur Erhaltung seiner eigenen Stellung.

Seine Antwort hierauf ist leicht vorauszusehen, aber sie gilt nicht. »Warum gerade ich?« wird er zu seinem Inneren sprechen. »Erstens: ist die Unschuld eines Toten jemals ganz, ganz sicher? Er soll sie mir beweisen. Wäre ferner in dieser Zeitgenossenschaft irgendeiner fähig und bereit, sich rückhaltlos hinzugeben an jene früher wohl gefeierten Ideen, die uns jetzt alle abgegriffen, bedingt und kaum noch vollwertig erscheinen? Gerechtigkeit! Wahrheit! Keine Begriffe regen, seien es auch sittliche, heute noch auf! Tatsachen und Interessen bestimmen allein. Unsere Interessen! sagen die Lebenden, darunter Hustädt und ich. Tot ist tot! sagt der Geschäftsmann, der die Zeitung liest.«

Dies haben Sie, Minister von Reibnitz, sehr gut erfaßt. So ist es. Unsere Zeitgenossen sind so, und wären sie anders, würden sie sich dessen nicht mehr allzu laut rühmen, man fällt auf, und es lohnt sich nicht. Sehen Sie, die Kriminalwissenschaft schweigt zum großen Teil, die Bemühungen des tapferen Hentig blieben vereinzelt; und die weitere Öffentlichkeit empört sich nur mit Massen, ja, sichtlich mit vorweggenommener Bescheidung. Zu oft schon hat sich das Unrecht gegen ihre Proteste behauptet, sie erwartet es wohl auch diesmal. Im Fall Leister andererseits haben wahrhaftig Richter ihre Fehlbarkeit bekannt, haben die Tötung eines Unschuldigen verhindert. Es hat alle, die es erfuhren, noch mehr in Erstaunen gesetzt als befriedigt. Man wagt nicht zu hoffen, daß dies zur Regel werden sollte. Vor Leister liegen zu viele Fälle, die mehr an Jakubowski erinnern. Auch nachher, meint man, wird die Reihe weitergehen.

Im Fall Jakubowski kämpfen offensichtliche Privatzwecke gegen den Staatszweck, der ihnen bisher scheint unterliegen zu sollen. Auch in Kämpfen zwischen Wirtschaft und Staat, oder wenn Reichsregierungen gebildet werden, sind wir schon gewohnt, daß die Privatzwecke sich durchsetzen. Nur greift unleugbar die Justiz viel stärker in das Empfinden ein. Ein Justizmord wiegt noch unvergleichlich schwerer als die Verschleuderung öffentlicher Gelder. Er bedroht alle unheimlicher. Dürfen Privatinteressen so weit gehen, daß ein unschuldig Hingerichteter schuldig bleibt für die Justiz? Dann kann auch ein Verurteilter, dessen Unschuld noch rechtzeitig erkannt ist, um derselben Privatinteressen willen dennoch sterben müssen. Von Jakubowski zu Sacco und Vanzetti ist ein Schritt. Erschrecken wir nicht?

Wenn wir aber erst erschrecken, werden wir uns doch endlich auch schämen. Die Scham über gewisse Erniedrigungen, zu denen es gekommen ist, bleibt merkwürdig lange aus. Sie muß uns erfassen, damit wir ehrenhafter werden können. Wir sollen, strahlender als wir es für möglich gehalten hätten, vor uns wiedererstehen sehen Macht und Größe jener Ideen, die wir vergaßen und die ewig sind: Wahrheit, Gerechtigkeit!

II. Das Gericht

Der zum Tode verurteilte und hingerichtete Jakubowski war, wie sich inzwischen herausgestellt hat, nicht der Vater seines vorgeblichen Opfers. Das Gericht nahm an, er habe das Kind umgebracht, um nicht länger die Alimente zahlen zu müssen. Jetzt wird durch nicht weniger als sieben Zeugen bekundet, daß er zum Zahlen nicht verpflichtet gewesen wäre. Das Gericht, das ihn verurteilte, hat dies nicht gewußt und nicht ermittelt.

Das Gericht hat nicht bemerkt, daß Jakubowski schlecht deutsch verstand und gebrochen sprach. Er verwechselte »ob« und »wann«, wurde daraufhin zum Tode verurteilt, aber nachträglich erhärten vier Zeugen, darunter ein Strafanstaltsoberwachmeister, wie schlecht es mit den Sprachkenntnissen des Russen stand. Das Gericht, das tagelang seine Antworten anhörte, hat nichts davon gewußt und nichts ermittelt.

Es hat, solange Jakubowski lebte, nie erfahren, daß er zum Kindesmörder wenig geeignet, weil überaus liebevoll war. Er war nach den Aussagen, die später, nicht aber vom Gericht, beigebracht worden sind, anständig, gefällig und fleißig, half auf dem Felde ohne Bezahlung und zahlte Alimente für ein Kind, das nicht seines war. Das Gericht hat dies alles weder gewußt noch ermittelt. Es war vielmehr des irrigen Glaubens, Jakubowski hasse ein Kind, und sogar das Kind, das seines sei.

Wenn jemand äußert, die Kinder verkämen im Schmutz, sie seien gar nicht anzufassen, – so richtet sich dies mit zwingender Deutlichkeit gegen den Schmutz, nicht aber gegen die Kinder. Das Gericht freilich hat daraus den Haß Jakubowskis auf sein »eigenes« Kind gefolgert. Es hat die Zeugin, die jene Äußerung Jakubowskis wiedergab, mißverstanden; so sagt sie selbst. Hier hat das Gericht keine bessere Kenntnis der deutschen Sprache be-

Verkaufspreis für Morgen-Ausgabe mit Abend-Ausgabe 1,20 Lira

mit farbig illustriertem „Ulk"

Einzelnummer in Berlin 15 Pfg., auswärts 20 Pfg.

Berliner Tageblatt

und Handels-Zeitung

57. Jahrgang • Nr. 495

Freitag, 19. Oktober 1928

Generalstaatsanwalt Krylenko kündigt Justizreformen an.

Der Strafvollzug in Russland.

Die Konferenz zur Reform des Gefängniswesens.

(Telegramm unseres Korrespondenten)

MOSKAU, 18. Oktober.

Belgrads Untätigkeit in der Minderheitenfrage.

Deutsche Nöte in Südslawien.

Amtsenthebung des Deutschen-Führers Dr. Morocutti.

(Telegramm unseres Korrespondenten)

BELGRAD, 18. Oktober.

Der Ausgleich Paris—Nanking.

(Telegramm unseres Pariser Bureaus)

PARIS, 18. Oktober.

Neue Tanger-Schwierigkeiten.

(Telegramm unseres Pariser Bureaus)

PARIS, 18. Oktober.

Das Gericht.

Von

HEINRICH MANN.

wiesen, als sonst der Russe, der daraufhin zum Tode verurteilt wurde. Das Gericht hat nichts begriffen, nicht einmal klare Worte.

Es hat nicht gewußt, obwohl es dies zu wissen vorgab, daß die Uhren dreier Zeugen nicht gleich gehen können. Denn es hat nicht ermittelt, daß sie tatsächlich sogar um fünfundzwanzig Minuten auseinander gingen. Erst nach vollstrecktem Urteil wurde dies festgestellt. Infolge der Angaben der Zeugen mit den falschgehenden Uhren war Jakubowski, der für einen Zeitraum von zwanzig Minuten kein Alibi hatte, zum Tode verurteilt worden. Er wurde verurteilt und hingerichtet auf Grund von drei falschgehenden Uhren, einer vom Gericht mißverstandenen Zeugenaussage nebst vielen Lügen, die es nicht beanstandete, sowie infolge seiner eigenen schlechten Sprache und weil das Gericht ihn ohne Nachprüfung für den Vater des getöteten Kindes hielt. Jeder der Gründe, die das Gericht zu seinem Urteil führten, war falsch. Das Gericht hat dagegen von allem, was wahr ist, nichts gewußt und nichts ermittelt.

Es hat die Menschen, die ihm gegenüberstanden, weder durchschaut noch richtig eingeschätzt. Hatte es mit einem Geisteskranken zu tun, einem zurückgebliebenen Geschöpf, dem Verstande nach höchsten zwei- oder dreijährig? Das Gericht nahm allen Ernstes sein Lallen als Aussage entgegen, es belastete damit den Angeklagten, denn es hielt den Unheilbaren für glaubwürdig. Dem Gericht ist nie bewußt geworden, daß die ganze Zeugenschaft, die Jakubowski belastete, eine verkommene Gesellschaft war, sich übrigens verabredet hatte und das Gericht vom ersten bis zum letzten Wort zum besten hielt.

Spätere Vernehmungen, die den toten Jakubowski nicht wieder lebendig machten, haben ans Licht gebracht, daß diese Leute vorher vom Beiseiteschaffen des Kindes offen gesprochen hatten. Daß der eine die anderen angestiftet hatte und sie bedrohte, falls sie gegen ihn aussagten. Daß die Frau, mit der Jakubowski nicht schlafen wollte, sich gerühmt hatte, sie werde dafür sorgen, daß er nicht wieder herauskomme. Ihm als Russen werde nicht so viel geglaubt werden, wie ihr, – womit sie auch recht behielt. Denn die Frau aus dem Volk schätzte das Gericht, von dem sie falsch eingeschätzt wurde, richtig ein. Wenn Jakubowski es mit ihr gehalten hätte, so sagte sie weiter, dann wäre alles anders gekommen. So aber kam es, wie sie wollte. Eine rachsüchtige Verschmähte lenkte das Urteil des Gerichtes. Alles dies ward amtlich nachher ermittelt. Aber nichts davon durch das Gericht. Nicht ein wahres Wort durch das Gericht.

In dem Wiederaufnahmeantrag, den im Auftrag der Liga für Menschenrechte der Rechtsanwalt Dr. Arthur Brandt jetzt gestellt hat, folgt auf jede »neue Tatsache«, auf jede neue Ungeheuerlichkeit, der Satz: »Hätte das erkennende Gericht von diesen gegenseitigen Beschuldigungen der damals vernommenen Zeugen (oder den falsch gehenden Uhren oder der falschen Vaterschaft oder von allem übrigen) auch nur die geringste Kenntnis gehabt, so wäre nach meiner festen Überzeugung niemals das Todesurteil zustande gekommen und so begründet worden.« Zuletzt klingt es wie Ironie, aber sie ist unbeabsichtigt. Sie liegt in der Sache und ist daher die furchtbarste Ironie. Eine Urteilskraft der hier beobachteten Art bei Personen, die richten sollen und deren Urteil andere töten darf!

Was müssen Richter, wie die hier bei der Arbeit belauschten, eigentlich wissen? Für welche Mängel und Versehen sind sie im Ernst verantwortlich? Sie müssen die offenkundigsten Tatsachen nicht beachten, die von den Tätern verheimlichten nicht ermitteln, über Uhren so wenig belehrt sein wie über Menschen, müssen die Beweggründe keiner Aussage prüfen und nicht einmal richtig aufpassen, was gemeint ist. Sie dürfen einen Russen schuldig sprechen in der Hauptsache, weil er Russe ist, und sind nicht verantwortlich. Unter allen den halb vertierten Insassen einer überfüllten Hütte des Elends dürfen sie gerade den herausgreifen, der bei weitem der menschlichste war, und gerade ihn dem Henker überliefern. Ihr guter Glaube und ihr wohlerworbenes Amt rechtfertigen alles, einbegriffen den Tod eines Unschuldigen.

Amt und guter Glaube rechtfertigen sogar, daß man die wirklich Schuldigen, die endlich verhaftet waren, wieder freiläßt; daß man sich allen himmelschreienden Gründen für die Wiederaufnahme glatt verschließt und Geständnisse nicht einmal zur Kenntnis nimmt. Ja, endlich des Amtsverbrechens beschuldigt, darf man die Anzeige durch einfache Behauptung der eigenen Unantastbarkeit abschlagen und erledigen. Alles dies rechtfertigen Amt und guter Glaube. Was rechtfertigen sie also nicht? Oh, sie würden die Unkenntnis des Gesetzes keineswegs entschuldigen. Das muß man kennen. Auf Mord steht Tod, das wußten hier die Richter denn auch zu gut. Man hätte freilich zur Not einen Volksschüler danach fragen können.

Aber selbst der Volksschüler, der diese Richter mit Glück ersetzt hätte, sieht heute, daß die Todesstrafe ausgespielt hat. Denn sie kann von solchen Richtern kommen. Sie kommt besonders von solchen Richtern. Die anderen sprechen sie weniger leichtfertig, weniger zuversichtlich aus. Die anderen Richter haben manches erkannt hinsichtlich der Todesstrafe. Das Maß unserer gesamten Erkenntnis bestimmt jedem von uns, dem Menschen wie dem Richter, was er zu halten hat von einer Strafe, die Unfehlbarkeit voraussetzt, und von der Befugnis, sich gottähnlich zu stellen.

Je mehr wir wissen, je menschlicher könnten wir sein. Über Menschlichkeit ist dagegen nicht zu rechten mit denen, die nichts wissen. Aber die Pflicht einer Gesellschaft, die nicht mehr dahinleben will in Unwissenheit und im Vertrauen auf unwissende Autoritäten, – ihre nächste dringlichste Pflicht ist, die ungebührliche Waffe der Todesstrafe aus Menschenhänden, solchen Händen, zu winden und sie zu zerschlagen.

Geht es im Fall dieses Jakubowski, der so bald nicht verstummen soll, um die Wiedergutmachung an einem Toten? Ja. Die Wiederaufnahme wird gefordert, und sie muß kommen. Überdies aber geht es um die Wiedergutmachung an allen Lebenden. Wir haben nicht Lust, noch länger unter dem Schwert der Gewissenlosigkeit und der Dummheit zu stehen. Wir wollen nicht, daß Urteile ergehen im grellen Widerspruch zu der gesamten, schweren Erfahrung der mitlebenden Menschenwelt. Im Fall Jakubowski, diesem lückenlosen Beispiel und Beweis für einen ganzen gesellschaftlichen Bestand, hat ein Zeuge, als es zu spät war, nicht nur diese Worte des wahrscheinlichen Haupttäters bekundet: »Wenn nun einmal so was passiert und ein Kind verschwindet, und es geht vor Gericht, so schiebt die Schuld auf Josef ab.«

Sie konnten nicht schlafen. Sie konnten nicht atmen. Sie konnten einander nicht mehr riechen. Daher töteten sie zuletzt. Sie töteten eins der schwächsten unter ihnen, ein Kind. Sie schrieben die Tat dem Wehrlosesten zu, einem Fremden. Eine Gesellschaft aber, die Panzerkreuzer baut, bevor alle Armen zu wohnen haben, natürlich hat sie auch manche Richter, denen nie, nie die Schuld der Gesellschaft einfallen würde.

Was ist das für ein Gesetz, das in solche Zusammenhänge, diese schmerzliche Wirrsal sozialen Verschuldens, menschlichen Erduldens und Schuldigwerdens – mit dem Beil fährt? Sollten wir das länger ertragen? Ein Gesetz, das unsere Gebrechen, überwindbar durch Erkenntnis, alle unsere ärgsten sozialen Gebrechen heuchlerisch und plump bemäntelt hinter blutrotem Vorhang? Was wären wir für Menschen!

Bibi und andere Gestalten

I

Ich wollte in der Komödie *Bibi* der heutigen Jugend oder doch einer ihrer Klassen Gelegenheit geben, sich auf die ihr eigene Art auszudrücken. Nicht, daß ich ein leichtes Werk zu schreiben dachte. Aber die Personen übernahmen die Führung, und sie waren leicht.

Junge Leute von der Klasse *Bibi* empfinden ihr Leben sicher selbst als heitere Komödie – heiter mit Hintergründen. Sie sehen ganz gut die Fragwürdigkeit der Welt, in der sie doch vorankommen müssen, und sehen auch, was sich gegen ihre eigene Leichtigkeit und Ungehemmtheit einwenden ließe. In ihrem Inneren haben manche, hat auch Bibi ein reserviertes Gebiet, wo er sich ernst nimmt. Zugeständnisse an die Welt und an seine Karriere kosten ihn nicht viel. Nur im Punkt »Persönlichkeit« macht er Vorbehalte, was ich anständig finde; und einige freie Erkenntnisse läßt er sich sogar von der heißgeliebten Welt nicht nehmen. Das verdient Anerkennung.

Aber sein Tatsachensinn ist stärker als alles, und sein Drang, sich anzupassen, ist unfehlbar. Daher kann das wirkliche Leben ihn nie entmutigen, wie dies vorhergegangenen Generationen manchmal geschehen sein mag. Er bleibt immer tapfer, bleibt heiter und siegt endlich – warum? Er weiß es sehr genau: weil er nicht fordert, sondern besticht. Dies geht so vor sich, daß er die glückliche Gabe verwendet, die lieben zu können, die ihm Vorteil bringen sollen. Er liebt sie wie seinen Vorteil. So erscheint auch er ihnen liebenswürdig, und sie helfen ihm wirklich, helfen ihm gern. Darin hat er es ungleich leichter als ein kalter Streber, nicht zu reden von denen, die das Bestehende und Herrschende hassen, denn ihre Aussichten sind immer gering.

Bibi bemüht sich warmherzig, wenn auch listig, bei allen Mächten des Lebens, und auch seinerseits kann er ihnen nichts abschlagen. »Nehmt mich hin, aber gebt mir!« Das ist die weibliche Seite dieses Bibi. Männlich ist er durch seine außerordentliche Aktivität.

Seine Betriebsamkeit voll guter Laune macht sein Dasein zu einer Reihe verwegener Szenen, – sind sie Spaß, Parodie oder nur die wenig zarte Spielerei eines jungen Wesens, das Lärm braucht?

Soviel ich sehen kann, treibt Bibi dies alles nur am Anfang seiner Laufbahn ganz unbefangen um der reinen Bewegung willen. Mit der Erfahrung dringt ein geheimer Ernst in die komischen Abenteuer. Er denkt in einigen kritischen Augenblicken, daß es schrecklich ist, arm, allein und schließlich doch ausgeliefert zu sein allen Stärkeren. Sie versöhnlich und freigebig stimmen, mehr kann man nicht. Nur das Unheil abwenden. Nur gerade dem Versinken entgehen... Mit scheint nicht, daß der junge Bibi für die furchtbare Gefährlichkeit des Lebens keinen Sinn hätte. Er hütet sich nur, zu viel daraus zu machen. Eine frühere Jugend hat sich der Trauer ergeben wie einem Rausch, nicht aber diese. Sie hat einfach nicht genug Geld, um traurig zu sein, denn der Schmerz ist ein großer Luxus. Die Zeit drängt, und diese Jugend weiß deutlicher als andere es wußten, eine wie kurze Frist ihr glattes Gesicht hat, um für sie zu werben.

So ist Bibi wohl fähig, auch Protest zu äußern. Protest gegen sein Geschick, sozialer Protest liegt ihm nicht ganz fern. Freilich genügen ihm wenige Sätze in einer dunklen Szene. Oder etwas Ironie genügt ihm, oder ein unerlaubter Streich, worin auch wieder Ironie liegt. Aber mehr als alles dies verriete ihn der gespannte Ernst, mit dem er bei allem scheinbaren Leichtsinn seinen Weg nach oben verfolgt. Seine Mitspieler und Zeitgenossen verstehen dies nur nicht.

Er drückt sich gern in Chansons aus. Ich habe ihm diese Eigenart gelassen und mit Vergnügen seine kleinen Versmonologe, wie auch die der anderen Personen, nachgeschrieben. Sie gehören wirklich eher ihnen als mir.

Diese Chansons nehmen die kurze Trauer, die Bibi sich erlaubt, ebenso restlos auf, wie seinen Witz und seine Gewitztheit. Die Welt seiner Mitspieler antwortet ihm gleichfalls mit Chansons, nichts natürlicher. Bibi tanzt, und auch der große Geldmann tanzt, es tanzen die populäre Künstlerin und alle die anderen schönen Damen. Sie lieben ihn, die Damen wie der Geschäftsmann. Sie lieben in ihm die Jugend selbst, die sie nie verlieren möchten. Daher singen und tanzen sie wie er und leben gleich ihm in einer von Musik durchwobenen Komödie.

Alle beseelt eine einzige, so inbrünstig schon lange nicht dagewesene Liebe zur Jugend. Jugend, Erfolg, Glück, Leichtigkeit und Jazzmusik, das ist das ganze Reich ihrer Wünsche, sogar noch die Großmutter kennt kein anderes.

Wenn es den Himmel auf Erden gibt, tanzen sie gewiß hinein. Nur nehmen sie sich selbst mit, das ist das Schlimme, aber niemand muß es wissen.

Bibi, so viel Sinn für das Fragwürdige er immer hat, zum Schluß tanzt auch er in den reinsten Himmel und glaubt an ihn mit ganzer Kraft. Eine so wohl angewendete Jugend mußte doch wirklich belohnt werden, und nichts durfte ausbleiben von der Seligkeit, weder die Braut, noch das Geld, noch das glückliche Ende.

II

Je parlerai de moi-même avec sincérité. Quant à être complet et définitif, c'est le fait d'un Henri Brûlard, et encore, il n'a pas l'air d'avoir entièrement résolu cette grande question du: Qui suis-je?

Il faut partir du moment présent: c'est le seul où l'on se voie agir en tant qu'unité stable et d'une façon à peu près intelligible. Le reste d'une vie ne prend de signification qu'en l'accordant avec ce que nous ferons tout à l'heure.

Je vais faire représenter une pièce de théâtre qui est l'histoire d'un jeune homme de nos jours, depuis l'instant où, collégien, il se sauve en compagnie d'une femme mariée, jusqu'à son mariage qui mettra fin à une serie d'aventures d'ordre social et sentimental, funambulesques la plupart du temps, mélancoliques quelquefois. Si tout en m'associant à ses destins je ne parais pas les prendre très au sérieux, c'est que ce jeune de 1928 n'est lui-même aucunement convaincu ni de la valeur intrinsèque de ses faits et gestes ni de celle d'une société où pourtant de toutes ses forces et par tous les moyens, même réprouvables, il tâche courageusement de se faire sa place. A une manière d'être sceptique et toute en survace je fais répondre une comédie légère, accompagnée d'un jazz. Certains me le reprocheront; c'est qu'ils ne tiendront compte ni de *Liliane et Paul* ni de *Mère Marie* où la même jeuneusse éprouvée au contraire tragiquement se montre d'une indénialbe force de caractère. Elle trouve des réserves dans sa légèreté même et sans se départir jamais de ce dédain du passé ni de cette insouciance de l'avenir qui lui sont propres.

Ce n'est qu'un exemple. De même pour »Sujet« j'ai abordé le côté cocasse d'un régime autoritaire, tandis que dans *La Tête* je lui laisse exprimer ce qu'il avait de décevant et d'illogique en même temps que de menaçant et de sinistre. La tenue des deux romans diffère selon les personnages qui les occupent et le cercle moral où ils se meuvent. Là où il n'y a que des sous-ordres, je procède autrement qu'avec les représentants de l'intelligence. Ce n'est pas moi qui choisis une manière de les faire vivre: ce sont eux qui me l'imposent. Je ne tiens à aucun style. Je ne recherche ni la noblesse ni la beauté, mais mes personnages me les ont quelquefois fait rencontrer à force de passions, de souffrances ou d'efforts moraux. Les autres m'ont initié à leurs existences relâchées et à cette ingénuité dans le mal qui pour moi fait le comique. Il est probable que je les avais trouvés tous, avec leurs défauts et leurs qualités, en moi-même avant que de les situer dans une réalité tangible. Encore fallait-il qu'ils m'enseignent bien des choses et surtout l'art d'écrire, car il me vient d'eux. J'aime à croire que j'ai écrit sous la dictée de la masse de mes contemporains. Tantôt ils me firent entendre du pathétique, tantôt du risible. Je les ai connus bêtes, très forts, et même tendres. Toujours ils me demandaient d'en faire quelque chose qui les rendrait bien et dans un style approprié à leur nature intime, qui sans doute n'est pas reconnaissable pour tout le monde.

Ils ne m'ont demandé ni du réalisme ni du romantisme ni surtout du chiqué. Ils se voulaient expressément transposés dans un style qu'ils eussent eux-même vécu. Il est vrai qu'à l'heure où je les faisais parler et agir, ils se sont rarement reconnus, et qu'ils m'ont assez brutalement fait sentir leur incompréhension. Quinze ans après, tout était changé et ils me donnèrent souvent raison – pour ce qui était du passé. Pour ce que je dis du présent, ils continuent à faire des réserves.

Le tout est de persévérer. La vérité ne s'obtient pas par la seule connaissance. La vérité, j'ai des raisons pour croire que c'est une affaire de force acquise.*

* Übersetzung in Deutsche auf den Seiten 538–540.

Jugend früher und jetzt

Die ›Literarische Welt‹ glaubt, daß die gerade beendete Arbeit an der Berliner Aufführung meines kleinen Stückes *Bibi* mir nahegelegt hat, Allgemeineres über die Jugend zu sagen. Das Singspiel *Bibi* ist freilich nichts weniger als allgemein gültig, es zeigt, wie jeder Gutgläubige sieht, den Vertreter einer einzelnen Klasse dieser neuen Jugend, die viele Klassen hat. Es gibt Jugend überall, sie bildet den Anhang von Kolonialgesellschaften, organisiert sich demokratisch oder kommunistisch, sie fördert friedliche Zeltlagerwerke ebenso gut wie Unternehmungen, die nicht menschenfreundlich sind. Das geistige und sittliche Leben so vieler Abarten von Jugend kann nicht genau dasselbe sein, nur die Grundzüge sind gegeben.

Alle haben heute die gemeinsame Grundlage der Besitzlosigkeit. Die Söhne des vormaligen Bürgertums waren vor Not geschützt, dies ergab eine junge Menschenmasse, deren innerste Sorge noch nicht die Materie war. Das kam später im Leben. Am Anfang stand bei beträchtlich vielen die Idee. Sie konnten rücksichtslos denken und theoretisch bis ans Ende gehen, denn wer prüfte sie? Noch nicht die Gefahr, noch nicht Armut. Dennoch bleibt es immer ein Verdienst, denken und erkennen zu wollen. Andere ziehen sogar in gesicherten Zeiten den unmittelbaren Nutzen vor und denken nur, was ihm nicht widerspricht.

Aber erst jetzt, angesichts dieser besitzlosen Jugend ergibt sich, welch ein ungeheurer Luxus das fessellose Denken war – übrigens auch das unvorsichtige Gefühl, das

Mitleid, der Schmerz. Eine Gesellschaft könnte ihre jungen Leute noch anders als durch väterliche Renten sichern. Da aber die heutige ihre Jungen nicht einmal von den äußersten Gefahren des Lebens ausnimmt, darf sie von ihnen vieles nicht erwarten, im Geistigen keine weitgehende Rechtlichkeit, im Sittlichen nicht gerade Zartheit, nicht feine Bedenken, im Gefühl wenig Wärme.

Sie müssen erwerben. Sie müssen kämpfen von Tag zu Tag, gewöhnlich ohne Aussicht auf die endgültige Stellung oder das ausreichende Vermögen. Sie leben, ob reichlich oder ärmlich, von der Hand in den Mund, und die Furcht vor Überalterung hetzt sie. Die Jugend hat an Wert gewonnen, je mehr sie das einzige Kapital des Menschen wurde, und ihr Verlust gilt als die Katastrophe selbst.

Diese Art, die Jugend zu empfinden, begann im Kriege und ist immer noch von ihm geprägt. Alt sein heißt in Kriegszeiten nicht mehr erfahren, erkenntnisreich und daher hilfsbereit sein. Es bedeutet im Gegenteil für alle Welt, auch für die Alten, nur Hilflosigkeit und Untauglichkeit. Das Recht und die Güte, denen jeder sich erst durch Reife nähern kann, sind wenig gefragt, weil nicht lebenswichtig in kriegerischen oder jugendlichen Zeiten. Wobei vollends klar wird, daß der Zustand der Jugendlichkeit leicht auf ganze Gesellschaften übergreift, leichter jedenfalls, als er wieder verschwindet. Der Vortritt der Gewalt und die völlige Unschuld im Geistigen brauchen niemals besonders gepflegt zu werden. Sie gedeihen von selbst, sobald Recht und Geist nicht mehr hinlänglich verteidigt werden. Es gibt jetzt Gegenden Europas, wo man Ungeist und Gewalt seit dem Kriege einfach hat wuchern lassen und wo das Ergebnis bestaunt werden kann. Die hemmungslos jugendlichen Eigenschaften des Menschen zurückzudrängen, sie anstatt zerstörerisch wieder nützlich zu machen, war die schwerste Aufgabe des vergangenen Jahrzehnts und bleibt es auch im nächsten.

Das Beste tut auch hierfür die Jugend selbst. Wer täte es sonst? Ältere können mit einstimmen, wenn die Rede von Sachlichkeit ist. Sie selbst haben nicht immer die sachlichste Vergangenheit. Sie können noch andere Schlagworte zu den ihren machen. Aber das Gesicht des Lebens verändert sich doch nur dadurch, daß ungezählte neue Gesichter es annehmen. Was liest man in ihnen gegen früher? Sie sind offener. Sie können es sein, weil sie einfacher sind. Die Zahl der inneren Vorgänge, die dies Gesicht bewegt haben, ist scheinbar kleiner als sonst einmal, und nicht viele sind darunter, die es glaubt verbergen zu müssen. Dies Gesicht schämt sich nicht oft, und es heuchelt so selten, als irgendeinem Gesicht erlaubt ist.

Woher die Sexualverbrechen oder sexuellen Abwege dieser Jugendlichen? Gesetzt, sie wären häufiger als früher, so bewiese es unter anderem, daß hier nichts verschlossen, nichts zum Problem oder Komplex wird, – man handelt einfach. Woher andererseits die Tüchtigkeit, das Zugreifen, Einnehmen und Nichtschwanken? Man ist seiner Sache sicher, weil man im Leben wohl vielem, aber noch nie dem Zweifel an sich selbst begegnet ist. Wie die Jungen nun sind, finden sie sich richtig, – aber das glaubten andere nicht immer von sich. Was sie tun, muß sein, alle Folgen eingerechnet. Sie haben nichts zu unterdrücken, sie haben nichts zu verleugnen. Das trägt ihnen in vielen glücklichen Fällen sogar Anmut ein. Selbst krasse Zielbewußtheit kann liebenswürdig sein, wo Jugend ist. Sogar selbstsüchtige Jugend kann von Älteren geliebt werden für alle die Erfahrungen, in die sie gestellt ist, und für das auferlegte Leben, das einmal leichter war.

Vielmehr, wir vermuten nur, daß unseres einmal leichter war. Sie aber sind hier akklimatisiert, sind seelisch nicht stark beansprucht, mit naheliegenden Zielen zufrieden und gute Tänzer in allem. Was kann ihnen geschehen? Zusammenbrüche durchaus greifbarer Art, und vor allem, daß sie schließlich doch altern. Das ging früher, heute sollte es nicht vorkommen.

Sie sind weltgerecht, denn Ungesicherte, täglich Gefährdete könnten anders nicht bestehen. Nie war so wenig Protest in der Welt. Nie ging äußerlich alles so glatt und fast ohne Meinungsverschiedenheit, um nicht zu sagen ohne Überlegung. Revolutionär wird man allenfalls in Zeiten, wenn kein Hunger droht. Arbeiter aber, die Aussperrung fürchten müssen, sind es ebensowenig wie andere junge Leute, die ein Auto abzahlen. Die Anerkennung aller gegebenen Tatsachen leiht ihnen vielmehr eine Art falscher Bürgerlichkeit. Natürlich ist niemand weiter als diese mitlebende Gesellschaft entfernt von den inneren und äußeren Gewohnheiten der vormaligen bürgerlichen. Nur der tiefsitzende Wunsch, alles was da ist, und besonders die eigene Existenz aufrecht zu erhalten, ermutigt sie zur Strenge, – junge Leute können jetzt strenge Richter sein. Ihr wirkliches Leben widerspricht dem, die Umstände erlauben es gar nicht anders. Aber darum heucheln sie noch nicht, der Widerspruch bleibt ihnen, wie so vieles Sittliche, einfach unbekannt. Problematischere waren duldsamer.

Mit ihnen ist schwer zu reden – so schwer, wie mit einfachen Naturen, die doch fortwährend wechseln, weil sie sich anpassen. Zeigst du ihnen ihr Bild vom vorigen Jahr, sie sind es längst nicht mehr und leugnen mit gutem Recht alles ab. Auch verstehen sie verwickelte Urteile nicht, und Zusammenhänge scheinen ihnen unwahr, die einen kleinen Schuft zeigen und ihn dennoch als anmutig und liebenswert zeigen. So sehen sie sich nicht, sie haben eine handfestere Unmoral und Moral. Vor allem aber sind sie unhistorisch, als wären sie vom Himmel gefallen. Vor sechs Monaten war, wenn man sie hört, noch keiner da, und wer sie in sechs Monaten sein werden, findet sich. Sie lesen nur Bücher, die dieses Alter nicht überschritten haben. Sie ziehen aus Erlebtem keine Schlüsse, Gewesenes ist nicht einmal als Mahnung und Schatten noch da, und ihr Respekt hält sich nie bei vergangenen Leistungen auf. Ihr Respekt eilt geradewegs zu den Erfolgen von heute. Gegenwärtig sein gilt als Tugend. Es ist auch wirklich eine, denn so bleibt man furchtlos. Das wichtigste Verdienst einer solchen Jugend ist ihre Furchtlosigkeit. Was sie tun und wie sie leben, dies Nichtwegsehen von Tatsachen, diese Ungehemmtheit, Gegenwärtigkeit und gute Laune um jeden Preis, alles hat als innersten Antrieb die Gewißheit, daß sie sich nicht fürchten dürfen. Wenn sie sich erst fürchteten, was würde aus ihnen!

Nie gab es so sehr »die Jugend«, den Zusammenschluß aller, die leben wollen, ihre Kampfstellung gegen die mehr oder weniger Vollendeten. Nie wurde so eifrig vermieden, alleinzustehen. Eigene Verantwortung trägt nicht mehr der einzelne, die Gesamtheit eines Geschlechtes steht für sich ein, und es wird ihr leicht gemacht, es ist »die Jugend«. Das geistige Leben sogar vollzieht sich gemeinsam und in Betrieben, wie das technische. Ein Dichter spricht nicht für sich selbst, er vertritt seine Altersklasse. Ein dramatischer Dichter wird fertig erst auf der Bühne, und der Regisseur führt nicht so sehr den Dichter auf, als dieser ihn und alle anderen. Die kollektive Arbeit des Theaters ist das schönste Sinnbild für alles, was auch sonst geschieht. Es gibt nichts Wichtiges, und alles ist wichtig. Man bringt nichts Einzelnes mit, aber doch entsteht das Ganze.

Dann wird es kritisiert, merkwürdigerweise noch immer von Individualisten. Aber wenigstens das hier Gesagte kommt weder aus unreumütigem Individualismus noch ist es kritisch gemeint – um so weniger, da es nur im ganzen wahr ist. Außerhalb aller dieser Jugend gibt es einen Teil der proletarischen, der meistens politisch nicht organisiert, nirgends angepaßt, nie entmutigt das entschiedene Ideal behauptet wie je. Und in der bürgerlichen Jugend kommen junge Mädchen vor, die jeden Morgen das wohlhabende Haus in Grunewald verlassen, um im Norden Berlins soziale Arbeit zu tun.

Zeit und Kunst

Im Entwurf eines Films, der nicht ohne Sinn und Absicht ist, begibt es sich schließlich, daß ein bedeutungsvoller Revolverschuß fällt. Er ist als wirklicher Schuß gemeint, nicht nur als gedanklicher Schatten eines Schusses, – das hilft nichts, denn überdies »bedeutet« er etwas. Das aber wirkt auf nur tausend Personen, der übrigen Million Zuschauer wird es entgehen. Daher fort damit, denn jede halbe Wirksamkeit ist unerlaubt, und das Leben des Films soll unmittelbar sein, wie die nicht ganz geruchlose Menge, die davor sitzt und ihn einatmet.

Wir sprechen praktisch, wir kritisieren nicht. Ein kleines Stück kam auf die Bühne. Es war nicht anspruchsvoll, nur aufrichtig bemüht – nicht um alte Anekdoten, sondern um ein paar neuere Gestalten und die Atmosphäre, die sie mit sich tragen. Vor dem Beginn der Proben wurde in dieser Atmosphäre Musik entdeckt, man machte daher Musik zu dem Stück. Auf den Proben sprangen aus den Szenen noch immer mehr Gesangstexte hervor. Sie waren gegeben von der Handlung selbst, sie mußten nicht, wie früher wohl, darauf gesetzt werden. Die Darsteller entdeckten meistens selbst, wo sie ihr Lied haben wollten. Der Autor schrieb es ihnen auf der Bühne. Er strich und ergänzte ihre Szenen mit ihnen, sie probten mit dem Komponisten, und seiner Musik paßte manchmal der Autor seine Worte an. Es war wirklich eine Zusammenarbeit, die, irre ich nicht, allerseits als glücklich empfunden wurde. Neuartig war sie außerdem. 1890 wäre sie nach menschlichem Ermessen nicht vorgekommen.

Auch die Geschichte mit dem Revolverschuß im Film konnte 1890 nicht spielen, schon aus technischen Gründen nicht. Das Kollektiv auf der Bühne aber trägt im Grunde noch deutlicher die Züge von heute. Man bedenke, daß andere Autoren als Mitarbeiter nicht nur ihre Schauspieler wählen, sondern vor allem einen alten Engländer, und daß dann auch der Regisseur auf eigene Hand noch Szenen hineinschreibt. Zum Schluß bei der Premiere erscheinen freilich die Kritiker und beurteilen die ganze Veranstaltung als das Werk eines alleinstehenden Dichters, genau wie 1890. Darin liegt ein leichter Irrtum, selbst wenn er von einer zum Irren besonders befugten Seite kommt.

Die Kunst des Schreibens ist weit mehr als früher eine Angelegenheit des Lebens geworden. Dies ist kein Urteil, weder über das Leben noch über die Kunst. Die Meisterwerke sind immer selten, wenn auch 1880 bis gegen 1900 wahrscheinlich mehr von ihnen entstanden. Tolstoi, Ibsen, Zola und Nietzsche werden nicht so bald wieder auf einmal vorkommen, weil keine Klasse der Gesellschaft reif, gesichert und auf Erkenntnisse begierig wie damals dastehen wird. Alle Klassen und nahezu die Gesamtheit der Individuen haben auf den Vorrang des Geistigen verzichten müssen, weil der Erwerb zu sehr drängte. Fast niemand außer den paar Reichen könnte sich noch erlauben, revolutionär zu sein. Es ist eine resignierte Menge grau in grau, die nur noch nach Farbigkeit lechzt und das Leben samt seinem vorhandenem Zustand eifrigst bejaht in der Hoffnung, es könnte dadurch weniger trostlos werden. In diese Art Leben, geistverlassen, grau in grau und hungrig nach starken Mitteln, wird die Kunst des Schreibens einverleibt.

Ihr selbst bleibt weiter nichts übrig als Lebensnähe. Die Tatsache des Erwerbes drängt dorthin, denn sie erfüllt den Schriftsteller früh und endgültig, wie jeden anderen, der leben soll. Vom Erwerb bestimmt sind alle Werte, auf die er sich beruft, ob Sachlichkeit, Aktualität, Dynamik oder die Lebensnähe selbst. Denn geschrieben wird für illustrierte Zeitungsleser und Schnellfahrer, denen das Buch auf alle Fälle zu lange währt und denen man drastisch kommen muß. Was den Erwerb nicht angeht, verschwindet einfach als Wert, so der Ruhm. Der Ruhm würde bedeuten, fünfzehn Jahre erfolglos zu arbeiten und auch dann noch von ihm allein nicht leben zu können. Er war die Erfindung ausgestorbener Menschenarten und wurde einst gutgläubig übernommen von einem Bürgertum, das auch seinerseits nun dahinging.

Wie wählt man einen Stoff? Die Verbraucher selbst wählen ihn, wie alles andere im Erwerbsleben. Wem wäre ein lang anhaltender, rein persönlicher Traum noch erlaubt? Er gefiele übrigens nicht einmal dem Träumenden mehr. Es ist notwendig, Weisungen vieler auszuführen, auf eine Gesamtheit zu horchen, bevor man anfängt, und der Welt zu geben, was sie auf der Stelle verbraucht. Dann weiter! In wenigen Monaten ist hiervon nicht mehr die Rede, und wer sollte es auch wünschen. Den Schriftsteller treiben Unbestand und schnelles Vergessen dahin wie alle anderen. Sein Anreiz ist der Befehl des Augenblicks und sein einziger Richter der Erfolg. Statt Erfolg wäre Gewinn zu sagen, könnte man um ihn nicht doch gebracht werden. Der Erfolg aber gehorcht unbedingt dem Werk, wenn es richtig ist und genau in den Zeitpunkt fällt, dem es angehört.

Es will nicht, wie ehedem, einen vereinzelten Menschen zeigen, der Schriftsteller hat nicht mehr die Neigung, eine Persönlichkeit, seine eigene, durchzusetzen. Er kämpft, falls er kämpfte, für einen Typ, eine Altersklasse, eine soziale Stufe, für den Menschen dieser Stunde allerhöchstens, anstatt schlechthin für den Menschen. So ist es auch gut – zuerst, weil es notwendig ist; dann, weil es unbefangen, leidlich neu und weil es ebenso tatkräftig wie bescheiden ist. Dies sind die wirklichen Tugenden der grau in grauen Zeit, der Schriftsteller, der sie hat, ist zu loben. Er muß nur auch Erfolg haben, dann ist er zu loben. Mißerfolg würde bedeuten, daß er nicht ist, was er sein wollte. Das wäre traurig für ihn, müßte aber nicht erst vermerkt werden. Zu der Neuheit der Lage gehört, daß eigentlich jede Kritik sich erübrigt. Wer Sachlichkeit erstrebt, kann nur durch Tatsachen widerlegt oder bestätigt werden, nie durch Worte. Freilich schafft Kritik auch Tatsachen, sie kann Theater leer machen und Bücher in die Lager zurückjagen. Dann sei sie nur versichert, daß sie von jedem, in dieser Zeit durchaus zuständigen Schriftsteller nicht als geistige Macht gewertet werden wird, nur als tatsächliche. Man begegnet ihr, indem man sie selbst ausübt.

Soviel Kritik trat selten im Bild einer Zeit auf, – was aber nicht klingen darf, als träte hier der Drang nach Erkenntnis auf. Kritik als Selbstbehauptung, als Kampfmittel des Erfolgsuchers, Kritik im Dienst der Ertüchtigung, gleich dem Sport, und im Dienst des Wettbewerbes, wie ein unbezahltes Auto! Das können jetzt alt und jung, und der eine kämpft den anderen so gut nieder wie dieser ihn. Sie haben das sicher noch aus dem Krieg. Haben nicht alle auch einen gemeinsamen Feind? Zu fürchten ist, daß er das Gefühl heißt.

Wir sprechen praktisch, wir kritisieren nicht. Die Menschen und die Taten einer Epoche sind immer gut, schon weil sie da sind und andere als sie nicht einmal gedacht werden können. Mit Toten vergleichen wir uns nicht. Wer den neuen Romanen einer Gesellschaft, die so nie da war, Zola entgegenhält, begreift gar nichts – und noch weniger als gar nichts, wenn er der Hundertste ist, der es tut. Zola schriebe heute wie wir und nicht anders. Sonst wäre er nicht Zola, würde übrigens nicht gelesen werden. Er hätte jetzt die Synthese statt des ganzen Ablaufs der Natur, er würde verkürzen, eine Volksmenge in zwei Gestalten versammeln, würde Atmosphäre erreichen fast ohne Schilderung, und anstatt das Lebende geduldig nachzuschaffen, gäbe er die Bewegung und den Nachhall. Aber in jeder seiner zeitbedingten Verwandlungen bliebe ihm doch immer das Gefühl. Sonst entstände kein Leben ersten Ranges. Er sähe in seiner Kreatur nicht gänzlich die des Augenblickes, um die es daher nicht schade ist. Er würde ihr Zukunft wünschen, mehr Glück sogar, er würde sie lieben, und das gäbe ihm Kampfesmut. Auch er hat die Zusammenhänge der Gesellschaft sachlich begriffen, aber vorher und nachher war sein Gefühl.

Es ist eine Art guter Haltung, sich mit den harten Tatsachen seiner Epoche abzufinden ohne Mitgefühl für sich und andere. Der Gewinn besteht in Nüchternheit, Genauigkeit und einer oft weitgehenden Disziplin der praktischen Vernunft. Er besteht in Tatkraft verbunden mit Bescheidung – in Verzicht auf Größeres, wenn das noch Gewinn ist. Warum wird verzichtet? Man glaubt nicht sehr, daß in einer ungesicherten Welt, mit Katastrophen hinter und vielleicht auch vor uns, die Anstrengungen des Herzens lohnend wären, und man fürchtet das Gefühl wie einen Unruhestifter. Die Stimmung des Vorläufigen beherrscht Europa, sie bestimmt auch, was man schreibt. Die Gleichgültigkeit im Geistigen, ja, sogar hinsichtlich des entscheidenden Geschehens – wenn heute jeder handelnde Mensch in ihr dahinlebt, wie dann nicht auch der schreibende, der noch stärker handelt. Der Wert der Kämpfe um Ideen und um Tatsachen ist ihm, wie allen anderen, aus dem Bewußtsein entschwunden, oder er hat ihn daraus vertrieben. Er will angepaßt sein, und wollte er nicht, müßte er. Das hat alle Vorzüge und besonders den, daß es nicht anders geht. Zuweilen werden wir dennoch erinnert, daß sogar in der mitlebenden Welt aufgewühlte, gespannte Lebenszonen liegen, und daß die nicht nur sachlich sind.

Die Welt erneuert sich durch das Gefühl. Sie fürchtet das Gefühl nur aus Furcht vor Erneuerung. Das Gefühl befähigt zu wollen, und ermutigt, zu denken. Jeder menschliche Aufstieg fußt auf dem Gefühl. Allein das gesättigte Gefühl erhebt ein Geschlecht vorübergehend zur Vollendung. Das schon erlebte Gefühl, abgeklungen endlich und Gleichnis geworden, erlaubt einer zeitbedingten Dichtung, sich ewig zu fühlen. Wie fern von uns! Wir Armen, wie fern!

Damit der *Herakles* gespielt wird

Der tragische Held Herakles spricht seinem Dichter aus der Seele viele Worte des Schicksals, darunter dieses: »So freud- und ruhmlos ist kein Kampf, wie der um schlichte Menschenwürde.« Eben dies aber war auch der Kampf der anderen Helden in allen Dichtungen Wedekinds. Der Abenteurer Keith und der Idealist Hetmann reichen, wenn sie nun vorbeiziehen, die Hand dem Halbgott Herakles, und er tritt als Letzter in ihren furchtbaren Reigen.

Was alles bewegt diese Gestalten! Was alles macht sie unvergeßlich! Ihre Besessenheit von sich, die Wut und tiefe Qual ihrer Persönlichkeit. Sie sind von einem Dichter, der nichts nachließ, was die eigene Natur ihm schuldete, und nichts schuldig blieb, was sie ihm auferlegte. Seine Helden stehen unter Geboten, wie er. Sie haben Dienst zu tun, wie er. Sie haben Strafen zu erleiden, erniedrigt zu sein ist ihr unumstößliches Gefühl, und jeder Augenblick ihres Daseins heißt Kampf.

Die anderen Helden Wedekinds kämpfen mit einer bürgerlich verkleideten Gesellschaft, nur Herakles gegen den nackten Menschen, ja, auch gegen Götter, die doch unverwundbar sind. Ihn hassen sowohl die Götter als die Menschen, denn er gleicht nicht diesen, nicht jenen ganz. Er steht allein und nur auf sich selbst.

Zwischen Gottheit und Menschheit im Ehbruch gezeugt,
Von den Göttern verhöhnt, bei den Menschen verhaßt,
Schaff' ich neu mir die Bahn.

Wer dies sagen kann, sei es Herakles oder sein Dichter, weiß über sich noch vieles andere.

Der Gottheit leichter Sonnenflug ward nicht
Dem Bastard zwischen Gott und Mensch beschieden.

Dies weiß er und bekennt auch:

Unsterblichkeit! Welch' tiefe Schmach hab' ich
Nicht deinethalben knirschend schon getragen!

Wie die Schmach, trägt er sogar den Tod – um der Unsterblichkeit willen, die eigentlich nur den Göttern, aber ausnahmsweise hier einem Halbgott zuteil wird.

Höher begabt,
Muß ich auch früher hinweg –
Wollt' ich mit keinem doch tauschen.

So denkt der Held. In ihm handelt das Bewußtsein der Einzigkeit, und tatsächlich war dessen fähig nur ein einziger von allen, die wir kannten. Das ist Wedekind. Sähen wir den Herakles Wedekinds endlich auf der Bühne, wir erblickten wahrhaftig hüllenlos den einzigen wirklichen Helden, der unter uns erstanden ist und unser miterlebter, sichtbar handelnder Zeitgenosse war. Dieser Herakles preist den Schmerz, der die Seele fördert. Er ist vertraut allen anderen Kämpfenden, die ihr Leben wagen, wäre es im Zirkus. Er vollbringt alle von ihm geforderten Taten in der felsenfesten Überzeugung, der Menschheit zu dienen, den Menschenheiland Prometheus befreit er – und alles für einen Wucherer, damit ein Wucherer verdient.

Er hat die Fähigkeit, die Göttern fehlt, und die nur Helden haben: schwere Lasten abzuschütteln, um sich noch schwerere aufzubürden. Sklave der Dirne Omphale, will er in Werken und Künsten geistiger Kraft keinen seiner würdigen Ruhm sehen; denn was sind schon Werke und Künste, die eine große Dirne, auch Öffentlichkeit genannt, ihm erlaubt!

Er erfaßt die Qual des Helden, Vorbild sein zu wollen, aber Strafgericht sein zu müssen, die Qual, Schicksal von Menschen zu werden und immer und ewig mit seinem eigenen Geschick zu streiten. Er muß verderben, wo er geliebt wird. Ihm selbst ist verboten, in Liebe auszuruhen. Seine Eifersucht befällt ihn jäh und mörderisch. »Empfangt denn für Entwürdigung euren Lohn!« – und diese Entwürdigung, die er lebenslang blutig rächt, sie nährt sich an Wahngebilden, an Überreiztheit. Ihn entwürdigen die Menschen von selbst, denn er erwartet von ihnen zu viel, er überfordert ihre Natur. Die Menschen sind zugleich seine Sendung und seine Verzweiflung.

Wann ruht die Menschheit, meine Wut zu schüren,
An ihr die Kraft zu stählen, Mensch zu sein!

Nur wahrhaft Mensch sein dürfen ohne Scham und Eifersucht, mehr will schließlich kein Held. Nur die Würde des Menschen nicht länger verraten wissen bei sich und bei allen – das ist alles, darum vergeht ein ganzes Kämpferleben. Statt dessen ist er verurteilt, immer anzugreifen, rastlos zu wüten, unerbittlich Blut zu vergießen und mit verzerrtem Gesicht ironisch zu sein – er, dessen Ziel die Liebe war.

»Nicht unversöhnlich sein!« sagt ihm noch im Olymp eine Göttin. »Galt all dein Ringen dem schönen Ziel nicht, andere zu beglücken?«

Das gerade vergißt sich im Kampf und verlernt sich beinahe durch das Leben. Ein armes Wesen, Nessos, der nur halb Mensch, zur anderen Hälfte noch Tier war, nannte ihn einst: mordgieriger Narr! Das wollte er nicht sein, weder Narr noch mordgierig, das nicht. Am wenigsten wollte er gehaßt werden von den Ärmsten, der Befreiung Bedürftigsten. Sie verehren ihn aber erst wirklich, wenn sie durch ihn sterben. Dann verehrt ihn auch Nessos. In diesem Fall ist der Held sicher, allgemein verehrt zu werden.

Hier ist die vollständige Heldenseele, die tiefe Nacht dieser Seele samt der Glut, die aus ihr schlägt, und samt ihren unerreichbaren Sternen. Ausgang des Helden? Die Kraft in der Erniedrigung. Sein Aufstieg? Schmerz, Tat und Verbrechen, ja, Umnachtung – alles im unverbrüchlichen Glauben an die Unsterblichkeit. Endlich aber der selbstgewollte Scheiterhaufen, letztes Lager vor der Ewigkeit, und gleich darauf auch der Olymp, der Blick von oben, der gereinigte Überblick.

Wahrlich, es fiel nicht leicht,
Göttliche Gaben zu bändigen.
Nie fand ein Sterblicher sich
Schwerer ins irdische Joch.

Worauf die Sterblichen dann auch erwidern:

Heil sei dem Kämpfer.
Ihn krönt Unsterblichkeit,
Ihn preist der Jugend
Flammender Mund.

Denn zum Olymp hinauf redet man endlich so.

Wer wußte hiervon? Wer kannte den Helden, war stark genug, Empörer genug, so reizbar, glühend, bewegt, um vor die Welt hinzutreten in Gestalten, die alle von ihm selbst erfahren und alle in Fragwürdigkeit und Tiefe heldenhaft waren, – die letzte aber der nackte, überlebensgroße Held in Person und dabei mit jedem Zuge das Abbild seines Schöpfers! Dies ist nur einmal unter uns erlebt und wird nur einmal von uns miterlebt. Das muß zum Schweigen bringen, es ist nicht gestrig, wie man sich wohl ausdrückt, nicht heutig, wie man wohl sagt, es ist einzig.

Jemand, der über Einzigkeit, über Heldentum und den

Zusammenhang beider Bescheid wußte, Napoleon, verkehrte trotz der Trennung durch die Jahrhunderte vertraut mit einer gleichgearteten Seele, mit Corneille. Denn auch er kannte die Helden. Um seinen Dichter in seine nächste Nähe zu ziehen und den Gefährten zu haben für seine letzte, einsamste Zeit, sprach Napoleon das Wort: »Wenn er noch lebte, ich machte ihn zum Fürsten.«

Der Antisemitismus und seine Heilung

Die selbstbewußtesten Völker unseres Kulturkreises sind am wenigsten antisemitisch. Der Antisemitismus beginnt dort, wo man an Erfolge nicht lange genug gewöhnt ist und die eigene Stellung in der Welt noch als Problem empfindet. Er artet aus, wo ein Volk geknechtet ist. Er erhält sich in mehr oder weniger bösartiger Form nach nationalen oder politischen Befreiungen, die zwar im Äußeren vollzogen, aber innerlich noch nicht erworben sind.

Der deutsche Antisemit oder vielmehr der »national« genannte Menschentyp, der die meisten Antisemiten stellt, war Franzosenfresser, bis der Zwischenfall eines deutschen Sieges über Frankreich ihn in dieser Hinsicht erleichterte. Er verlegte sich auf den Haß Englands, bis der Weltkrieg ihm die Wohltat erwies, ganz Europa, auch England, im Wert herabzusetzen. Sieger, denen selbst nicht allzu wohl ist, zehren immerhin weniger an seinem ungefestigten Selbstbewußtsein, als vor der Niederlage. Die Qual dagegen, die sein Judenhaß ihm bereitet, kann der deutsche Antisemit durch gewalttätige Ereignisse nicht loswerden. Das wäre Selbstzerstörung, denn er hat mit seinen Juden alles gemein, das Land, die Wirtschaft, die Art zu denken und zu leben, seine Haltung vor Fremden, vor den Aufgaben der Welt, und sogar die Güte seines Selbstbewußtseins.

Man hält die jüdische Selbstironie für den Rest einer gedrückten Daseinsform. Auch der deutsche Antisemit hat in seinem Blut noch immer die einstige Benachteiligung des historischen Deutschlands. Er ist unter den deutschen Typen der mit dem hartnäckigsten nationalen Gedächtnis. Sein Gedächtnis bildet in ihm einen »Minderwertigkeitskomplex«. Er kann die Zeiten der nationalen Unterlegenheit nicht vergessen. Er braucht daher die Überbetonung des nationalen Wertes, mögen andere ihn längst als selbstverständlich empfinden. Unentbehrlich ist ihm der Haß, und unentbehrlich die Nähe des Gehaßten, ein sichtbarer, täglich erreichbarer Gefährte, an dem er sich ausläßt, mit dem er um die Palme streitet. Denn Antisemitismus ist nicht nur die Ablenkung eigener innerer Nöte. Er ist auch der schwierige Vollzug einer Angleichung oder der bittere Verzicht auf sie.

In der Vorstellung des Antisemiten ist der Jude der schlaueste und härteste der Lebenskämpfer. Jeden, der Erfolg hat, ist er zuerst geneigt, als Juden anzusprechen. Man frage nicht lange, was der Antisemit am liebsten auch seinerseits wäre und in gelungenen Fällen wirklich wird. Er wird genau das, was er jüdisch nennt. Ihm entgeht freilich zumeist der Anteil des Juden an der gerade vorhandenen Geistigkeit, – und eben dies ist ein wichtiges Geheimnis der jüdischen Erfolge. Der Antisemit wäre konkurrenzfähiger, wenn er weniger Geringschätzung hätte für Werte, die nicht sogleich Geld ergeben. Er täte gut, seine Begier nach Macht auf die Ideen auszudehnen. Sie sind große Mächte.

Wenn der Antisemit denken lernte, würde er erstens Zusammenhänge entdecken, die ihm noch fehlen, so die hier genannten. Wie erst, wenn er besser denken lernte als die Juden, die darin heute auch nicht Meister sind! Er würde sich selbst samt seinen Juden über die Landesgrenzen hinweg in eine umfassende, bei weitem wichtigere kulturelle Gesamtheit einreihen. Der Gedanke an seine Nation wäre ihm kein Grund zur Gereiztheit mehr, keine Qual mehr. Er wäre zugleich bescheidener und stärker. Er würde sich vor der Welt nicht mehr brüsten, mit dem Juden sich nicht mehr messen wollen. Er würde, um leben zu können, des Hasses nicht mehr bedürfen. Er wäre glücklicher. Er wäre daher kein Antisemit mehr.

Fünf Jahre nach dem Tode Lenins

Die russische Revolution ist so glücklich, einen allen gemeinsamen Helden zu haben. Lenin steht an ihren Anfängen, und er ist es noch immer, der diese Revolution fortsetzt; denn er lebt weiter auch nach seinem Tode in den Herzen und den Köpfen aller Handelnden, mögen sie sonst durch vieles von einander unterschieden sein. Der Name des ersten Staatsmannes der Revolution steht in vielen Reden ihrer heutigen Staatsmänner gleich zu Beginn. In seinem Sinn zu handeln, halten sie augenscheinlich für ein Gebot der Liebe ebensowohl wie des Gewissens.

Die Führer einer anderen Revolution, der französischen, folgten einander gleichberechtigt vor der Geschichte. Aber jeder von ihnen hatte den vorigen überwunden und getötet. Ganz zusammengefaßt wurde jene Revolution nur von ihrem letzten Helden, der sie zugleich in die Welt überführte und verdünnte – Napoleon.

Lenin bleibt im Gegenteil die stärkste Konzentration des revolutionären Gedankens. Er ist der Anfang, niemand hat ihn überwunden, und so viele sich auf ihn berufen, so viele erhöhen seine Macht.

Seit die Letzten fielen

Zehn Jahre, seit die Letzten fielen. Waren sie die Letzten? Nachher wurde am Krieg weiter gestorben, Verwundete und Geschwächte starben. Die Unterernährung vernichtete Kinder. Die Kraft zu leben hat vielen Kindern nicht mitgegeben werden können. Alternde verloren sie vorzeitig. Erwerb und Kampfesmut wurden abgeschnitten ganzen Klassen, und gerade jenen Einzelnen, deren geistiger Wert das Leben verdient hätte. Was alles ist untergegangen! Wie viele sind, ohne darum Helden genannt zu werden, in die gleichen Massengräber des Krieges den Gefallenen nachgesunken!

Der Krieg mit allen seinen Opfern in endlosen Jahren hat kommen können, weil wir ihn kommen ließen. Nie wäre er gekommen, hätten wir es ihm nicht erlaubt. Seine Vorbereitung und sein Ausbruch hängen ausschließlich vom Willen der Menschen ab. Dem Willen derer, die ihn wollten, begegnete damals kein entschlossener Wille, ihn zu verhindern. Er kommt auch das nächstemal, wenn nicht Wachsamkeit ihn aufhält. Dies vor 1914 nicht zu wissen, war zur Not entschuldbar. Aber es wäre unverzeihlich, auch jetzt noch vertrauen zu wollen – sei es der Gutwilligkeit der Mächtigen oder der Selbstregelung der Ereignisse.

Man kann wissen, und dennoch nicht glauben. Auch damals glaubten manche nicht, was sie doch sahen und schon greifen konnten. Es kommt darauf an, keinen Augenblick an der immer drohenden Gefahr zu zweifeln. Es ist nötig, innerlich gewappnet zu bleiben gegen jeden

Angriff auf das Dasein unserer Kinder. Am wenigsten darf friedfertig sein, wer den Frieden will. So ist die Welt. Der Toten des Krieges, der Gefallenen und der nachher Geopferten soll gedacht werden, nicht um sie zu feiern, denn keiner starb gern. Keiner starb mit Recht. Das Wohl des Menschengeschlechtes und unser eigenes Wohl fordern Verhungerte so wenig wie Erschossene. An die Toten werde gedacht wie an Mahner. Was seither besser geworden ist in unserem Zusammenleben, ist durchsetzt mit ihrem Tode. Wir gehen auch weiterhin, gerade als Lebende und am Leben Arbeitende, mit diesen Toten Hand in Hand.

Übersetzung
der französischen Texte
von Una Pfau

Rede, gehalten bei der Liga für Menschenrechte und der Frauenunion der Vereinten Nationen*

Meine Damen und Herren,
angesichts eines französischen Publikums habe ich ungefähr dieselben Dinge zu sagen, die ich auch in meinem Land aussprechen würde, und das wird sicherlich nichts sehr Neues sein. In der Tat beginnen wir und zwar besonders auf literarischem Gebiet, scheint mir, fühlbar das Gleiche zu denken. Die jungen Leute, zumindest viele junge Menschen hier und in meiner Heimat, verstehen sich wunderbar. Kaum, daß sie miteinander sprechen können, sind sie schon Freunde. Wir hatten das niemals zuvor erlebt. Früher, vor den schrecklichen Ereignissen, die uns getrennt hatten, trafen wir uns manchmal bei Kongressen. Sogar schon damals waren deutsche Schauspieler in Paris zu sehen, ebenso wie wir Ihre Künstler in Deutschland bewundert haben. Doch gleichviel, es lag ein Zwang darin, und jenen Experimenten gebrach es am Glauben.

Trotz allem scheint mir die Luft seitdem reiner geworden zu sein. Die Verständigungsversuche sind offener, und die Verschwörungen gegen den Frieden unserer Nationen weniger furchtbar. Wenn dies der Fall ist, so vor allem dank der jungen Generation, die zum größten Teil unsere Rivalitäten und Hemmnisse niemals gekannt hat, noch hat kennen wollen. Finden Sie nicht, daß diese jungen Leute sehr viel freier sind von traditionellen Vorurteilen, ja sogar von historischen Kenntnissen, würde ich sagen, als wir es waren? Ihre Epoche nehmen sie entschlos-

* Der französische Originaltext auf den Seiten 395–405.

sen in Besitz und schauen manchmal nicht so genau hin, was die Grenzen innerhalb eines Kontinents betrifft, den sie sich gänzlich als Vaterland aneignen.

So sehen Sie auch, wie sie sich gleichen. Wenn ich sie lese, seien es Franzosen oder Deutsche, habe ich manchmal den Eindruck, daß ich eine einzige Literatur vor mir habe, die nur aus den verschiedenen Provinzen ein und derselben Republik herrührt. Das heißt offensichtlich viel sagen, und es könnte dann so scheinen, als ob der literarische Geist den zeitgenössischen Begebenheiten vorauseilt.

Aber nein, wenn man die Frage etwas vertieft, erstaunt es nicht, daß wir uns schon etwas besser kennen, daß die persönlichen Kontakte unter uns häufiger und daß unsere Bücher nun übersetzt werden; nicht nur die französischen, sondern auch die deutschen, was einst selten geschah. Ich bin nicht erstaunt darüber, da die Lebensbedingungen in Frankreich und Deutschland sich nun sehr gleichen. Das war nicht oft der Fall, und das geschieht nicht zu früh. Aber schließlich befinden wir uns beide in einer Republik. Auf dem Kontinent sind wir außerdem diejenigen, die eine Demokratie unterstützen, die ohne uns sicherlich verschwinden würde. Beinahe als einzige verteidigen wir mit der politischen Freiheit von Europa seine wirtschaftliche Unabhängigkeit gegenüber der Welt: in der gegenwärtigen Zeit eine ziemlich schwierige Aufgabe. All das nähert uns einander. Es bringt uns einander näher, trotz der Divergenzen zwischen Sieger und Besiegten, zwischen Gläubigern und Schuldnern. Und man kann sagen, daß die gemeinsam, wenn auch auf zwei Seiten einer Front, überstandenen Katastrophen der letzten Zeit uns menschlicher, ich will sagen, verständnisvoller einander gegenüber gemacht haben, als wir zuvor gewesen waren.

Ich weiß wohl, daß das nicht bei jedermann der Fall ist.

Manche mißtrauen dem Namen Locarno, selbst wenn es sich um ein intellektuelles Locarno handelt. Vereint im Argwohn, sagen uns diese Deutschen, diese Franzosen, daß wir unsere Anstrengungen, einander näherzukommen, übertreiben, daß die Gefühle alles herabmindern und daß angesichts ihres eigenen Mißtrauens unser Vertrauen nur stillschweigen kann.

Aber nein, es wird überhaupt nicht geschwiegen. Ich möchte sogar sagen, daß ich, weit davon entfernt, die französisch-deutsche Annäherung für einen gewagten und beinahe ungeheuerlichen Versuch zu halten, sie für mich ganz einfach die natürlichste aller Dinge ist. Ich fühle darin wie die Jungen. Ich halte sie für selbstverständlich, und gleichzeitig verabscheue ich als etwas gegen die Natur Gerichtetes die Taten und Vorwürfe, die uns zum Weltkrieg und zum Ruin geführt hatten. Diese Tatsachen waren künstlich geschaffen worden, nicht von den Völkern, sondern durch die Intrige einiger. Die Vorwürfe, die wir uns gegenseitig machten, haben auf Grund der Untätigkeit der Völker und unter dem Schutze der politischen Irrtümer angedauert. Wir kommen von diesen ab. Eine ganze Anzahl derer sogar, die gestern behaupteten, es sei gefährlich, daß der Gegner sich wieder aufrichtet, beginnen zu sehen, daß dieser um so eher ihr Interesse verdienen wird, je würdiger er es getan hat.

Wo waren also all die Verdächtigungen, die man in Frankreich den deutschen Einflüssen entgegengebracht hatte, als vor nun bald hundert Jahren Heinrich Heine sich in einen Pariser und fast in einen französischen Dichter verwandelte? Hat man hier nicht ebensoviel Vorzüge, wenn nicht sogar mehr bei ihm gefunden als in seiner eigenen Nation, und hat das Gleiche sich nicht bei einigen anderen wie Hoffmann, wie Nietzsche vollzogen? Wir haben es Ihnen wohl vergolten, und ich wage zu sagen, daß es, wenn es einen Ort auf Erden gibt, wo das französische

Genie, sichtbar gemacht durch die Literatur, ebenso starke Emotionen hervorgerufen hatte wie in den französischen Herzen, dieser das deutsche Herz ist.

Als ich zwanzig Jahre alt war, war die erste französische Lektüre, die ich ohne Anstrengungen und mit offenem Gemüt genoß, Musset. Ich machte es ebenso wie die Jugend meiner Generation und vor allem zweifellos die Frankreichs. Aber auf der ganzen Welt liebten viele ihren Dichter, und ich gehörte zu ihnen.

Einige Jahre später bewunderte ich Flaubert so sehr, daß ich ihn zu meinem Meister machte, und entdeckte dabei schon Stendhal, dessen Werk zu pflegen ich nie aufgehört habe, die Quelle aller modernen Kenntnisse, ebenso sehr des sozialen Menschen wie des der Leidenschaft. Wohlgemerkt, ich war zum ersten Mal in einer der meisterhaften Novellen von Paul Heyse auf seinen Namen gestoßen. Auch einer, der sich ein um so reicheres geistiges Leben geschaffen hatte, desto mehr er darin die Beiträge von verschiedenen Sprachen, die er seiner eigenen Natur einverleibt hatte, vereinte. Er blieb Deutscher, während er zugleich besser wurde. Ist es nicht ebenso bei Goethe? Man hat wohl vom Anteil des germanischen Genies bei Victor Hugo gesprochen. Dennoch bleibt er der Mann seines Jahrhunderts, der sein Land am besten resümiert hat. Das bedeutet, er faßte vor allem die großen Gedanken und die großherzigen Gefühle zusammen, die Teil aller Länder sind. Wenn man sie auch nicht immer sieht, finden sie sich doch immer dort.

Ich habe in keinem Augenblick meines Lebens mein Land und meine Pflichten ihm gegenüber vergessen, als ich, durch meine Reisen von ihm getrennt, ein geistiges, unabhängiges und vielschichtiges Leben führte. Es genügt nicht, sich auf dem Weg über die großen Romane in ferne und außerdem untergegangene Gesellschaften zu versetzen. Man ist nur mit dem grundlegend beschäftigt, was uns von nahem berührt, uns ärgert, bedroht, zum Seufzen oder zum Lachen bringt. Wir lieben im ganzen nur das, was durch uns erobert werden könnte. Als junger Mann begriff ich schon, daß mein Leben darin bestehen würde, den Roman der deutschen Gesellschaft zu schreiben.

Das verhindert nicht, daß die Lektüre bestimmter französischer Bücher den Ehrgeiz und vielleicht die Gabe dazu in mir ausgelöst hat. Ich werde noch mehr sagen. Eine bestimmte Kommunikation der Ideen mit Frankreich war geeignet, diesem Geist der Opposition gegen das kaiserliche Regime zu dienen, der dem besten Teil der deutschen Literatur unter dem Imperium eigen ist. Ich will als Beweis nur die heftige Emotion nennen, die vor allem in Deutschland die Dreyfusaffäre auslöste. Offensichtlich konnte sie nicht ohne sichtbare Folge bleiben. Aber ein tiefes und damals beinahe hoffnungsloses moralisches Unbehagen kündigte sich in der ebenso leidenschaftlichen wie platonischen Teilnahme am französischen Kampf um Wahrheit und Gerechtigkeit an. Es existierte schon vor der berühmten Affäre, die es nur offen zu Tage brachte. Sehen Sie also das Werk, das am besten die junge Generation der ersten Zeit von Wilhelm II. repräsentiert, das Theater des dreißigjährigen Hauptmann. Die soziale Revolte dominiert darin. Und ich erinnere mich, daß anläßlich der ersten Aufführung der *Weber* in Berlin der Schauer, der durch das Publikum ging, dem glich, den einige Jahre später alle fühlten, die der großen Stimme der Gerechtigkeit zugänglich waren. Damals war es das Leben selbst, das handelte, während es in Berlin an diesem Abend nur das Theater war, das dennoch die Vollmacht des Lebens besaß.

Die soziale Revolte habe ich nicht in Romane umgesetzt, da ich der zeitgenössischen deutschen Gesellschaft böse war, und da sie damals weit von jeder wahrhaften Revolte entfernt war. Aber ich habe mich bemüht, ihr Gerüst bloßzulegen. Das war nicht einfach. Der Gesellschaftsroman, ich will sagen, der in guter Kenntnis der ganzen Gesellschaft geschriebene Roman, existierte damals in Deutschland nicht und war übrigens nicht einfach zu schreiben. Die offizielle Gesellschaft jener Zeit funktionierte in gewisser Weise bei geschlossenen Türen. Aber es ist nutzlos, die gegenwärtige Geschichte irgendeiner Klasse oder eines Zirkels schreiben zu wollen, ohne eine genaue Vorstellung von dem von ihnen errichteten Regime und von denen, die sie darstellen.

In der Tat habe ich von meinen Anfängen an versucht, die Macht zu begreifen. Die Mentalität der Mächtigen, sogar die Bedeutung der Herrschaft waren vielleicht lange Zeit hindurch meine beständigste Sorge. Als ich die Romane der großen und der kleinen Bourgeoisie zusammenstellte, leitete mich diese Auffassung der Dinge. Beim Roman *Der Kopf*, der die Geschichte der Herrschenden selbst ist, angelangt, hatte ich nicht mehr viel über diese zu lernen, was ich nicht schon durch den Umgang mit ihren Untertanen gewußt hätte.

Aber damit ich die Erlaubnis erhielt, den Roman über die Herren zu schreiben, mußten sie zuerst verschwunden sein. Es traf sich gut, sie gingen unter. Ich machte damals für mich persönlich die Erfahrung, von der andere unter ähnlichen Umständen profitiert hatten. Ich hatte oft das Glück von Zola bewundert, der den Plan zu den Rougon-Macquart nur zwei Jahre vor dem Niedergang des Kaiserreiches gefaßt hatte, den damals niemand vorhersah und ohne den er nicht sein großes Werk hätte schreiben können. Dieses Glück bezahlt man mit viel Leid. Ich erfuhr, daß der Schriftsteller, der sich gründlich mit einer Niederlage beschäftigt, nur dadurch seinen eigenen Sieg daraus macht, daß er sich selbst zahlreiche Wunden zufügt. Um den Epilog des gefallenen Regimes zu schreiben, mußte ich darin mich selbst und meine geistige Generation mit unseren enttäuschten Hoffnungen und unseren Schimären, mit unserer niemals durch das wirkliche Leben gesättigten Intellektualität auftreten lassen.

Um diese drei Romane zu schreiben, in denen ich vereinigt habe, was das verschwenderische Reich mich gelehrt hatte, war es auch nötig, daß ich den Krieg erlebte. Es war sogar notwendig, daß ich ihn in dem ersten, der den Titel *Der Untertan* trägt, vorhergesehen, denunziert und daß ich unverhältnismäßig mehr darunter gelitten hatte, als mir eigentlich zugestanden hätte.

Ich weiß wohl, das einzige wirklich eines Interesses würdige Leiden spielte sich während des Krieges in den Schützengräben ab. Fern liegt es mir, hier denjenigen vorstellen zu wollen, der für sich allein die Last der moralischen Welt trägt. Nur daß ich eben in keinem Augenblick vergessen habe, daß das nicht hätte sein dürfen. Ich behielt während diesen langen blutigen Jahren, die dem Geist noch gegenwärtig sind, Erinnerungen, die Verpflichtungen waren, und wartete nur auf die Stunde, in der die damals begrabenen Ideen von Humanität und Solidarität wieder aufleben würden. Das war der Fall für viele andere, das braucht nicht betont zu werden. Ich erkläre nur, wie ich mich genau mitten in der schlimmsten Tragödie mit einer großen Untersuchung über Zola, über seine optimistische Aktion, um die Unschuld zu retten, beschäftigte und wie ich damals ein Theaterstück mit dem Titel *Madame Legros*, in dem die Unschuld noch gerettet wurde, aufführen ließ. Es wurde von der Zensur durchgelassen; diese alte Geschichte vom Gefangenen Latude und seiner naiven und wilden Beschützerin beunruhigte kaum. Das Publikum fühlte dennoch sehr gut, daß es sich um es selbst handelte, daß die menschliche Würde zumindest für einen Augenblick aus der Bastille hervortrat. Ich hörte sagen, daß man von neuem einander ins Gesicht schauen könnte. Das war einer der ersten meiner ehrlichen Erfolge beim großen Publikum.

Denn ich muß Ihnen gestehen, daß meine Art zu sehen, erst nach den Ereignissen, die ihr nur allzu recht gaben, von der Masse der Leser begriffen und gewürdigt worden ist. Vorher kannte ich nur literarische Ehre.

Da ich hier meine Beichte ablege, will ich sagen, daß es sehr gut ist, den Triumph flüchtig erblickt zu haben, und daß es auch sehr gut ist, in den Kampf zurückzukehren, das Ziel niemals vollständig zu erreichen und sehr gehaßt zu werden. Vor allem glauben Sie nicht, daß ich aus Gewohnheit von diesen Dingen spreche. In allem, was ich geschrieben habe, findet das Wort »ich« sich nicht häufig. Wenn es in diesen Reden so oft wiederkehrt, dann deshalb, weil ich meine Gründe habe. In der Tat scheint mir die Zeit vorbei zu sein, nur davon zu sprechen, sich kennenzulernen, man muß sich offenbaren. Sie werden sehen, was Sie daraus machen werden, und ob eine deutsche Persönlichkeit, die an sich nicht isoliert ist, sondern die für viele andere steht, Sie nicht dennoch näher und einfacher zu verstehen scheint als verschiedene andere Bewohner des Planeten.

1923 kehrte ich zum ersten Mal nach Paris zurück. Der berühmte Pariser Freund, der mir die Stadt zeigte, führte mich zu dem Café, wo Jaurès starb. Da stellte sich zwischen mich und diese banale und tragische Fassade eine Vision, die eine Erinnerung war. Ich befand mich an einem Donnerstag des Jahres 1914 in dem Augenblick im bayerischen Gebirge, als der Zug einfuhr. Die Türen öffnen sich, jemand, den ich erwartete, springt heraus, und sogar bevor er mich grüßt, ruft er mir zu: Sie haben Jaurès getötet. Dann schwiegen wir, sehr bleich. Wir wußten wohl, daß es nun vorbei war und daß sich das Ende ankündigte.

Es sind dennoch diese entscheidenden Emotionen, die wir auf beiden Seiten gleichzeitig gehabt haben. Und wer denn auf der übrigen Welt hätte sie so sehr deutlich gefühlt? Die Vergangenheit, so schmerzlich sie sein mag, bleibt eine gelebte Sache. Offensichtlich würde man einen schnelleren Fortschritt erzielen, wenn man das Vergangene wegwischte und alles vergäße. Aber nein, wir wollen eher langsam voranschreiten, indem wir jeder dem Genie seines Landes und den speziellen Bedingungen unserer Existenz folgen.

Um nur von meinem Land zu sprechen, so sehe ich es zwischen West und Ost gelegen und von beiden Seiten von Ländern umgeben. Viele der Abweichungen und sogar der Inkonsequenzen im deutschen Geist, die schwer zu verstehen sind, sind dadurch zu erklären. Es existiert eine Art Schisma der Intelligenzen wie der deutschen Temperamente, da die einen sich zu Frankreich, die anderen zu Rußland hingezogen fühlen. Beide Abhängigkeiten haben vor kurzem an Aktualität gewonnen, aber sie haben in dem Land, das in der Mitte von Europa liegt, immer existiert. Erinnern Sie sich an die Begeisterung, die einst Ihre siegreiche Revolution unter uns auslöste. Ein Teil der Deutschen widmete sich ihr damals mit Leib und Seele, während ein anderer fühllos blieb. Es geschah nicht anders mit der russischen Revolution. Sie hat ihre fanatischen Anhänger, und sie hat die, die sich bei uns zumindest geistig dafür interessieren. Dasselbe moralische Phänomen war festzustellen, als vor hundertdreißig Jahren die deutschen Intellektuellen, ohne im mindesten revolutionär zu sein, mit den Angelegenheiten Frankreichs sympathisierten. Kant, der friedlichste aller Menschen, wich von seinem täglichen Weg ab, was ihm sonst nie passierte, um etwas früher die Nachrichten aus Paris zu bekommen.

Nun, wir alle weichen etwas von unserem gewöhnlichen Weg ab, um Nachrichten aus Moskau zu bekommen. Ich spreche von denen unter meinen Landsleuten, die über die Gegenwart hinaussehen und für die die soziale Welt existiert. Das macht sie deshalb nicht eher zu Bolschewisten als die anderen. Sie bleiben auch so fest überzeugt wie niemals, daß die Nation, die die Mitte des Kontinents innehat, ebenso wenig die russische Revolution machen wird, wie sie die französische Revolution gemacht hat, und daß sie sogar nie eine echte Revolution machen wird. Sie hat weder die Mittel dazu noch die Veranlagung. Sie zieht es vor, Vermittler von Ideen und Tendenzen zu sein. Diese Rolle hatte sie immer, und eher als um eine Rolle handelt es sich um eine Mission.

Ich erinnere mich, daß man mich in Frankreich bei einem literarischen Gespräch, an dem ungefähr fünfzig Personen teilnahmen, zum größten Teil Franzosen, nach den Gründen dafür fragte, warum Dostojewski plötzlich bei uns so hoch in Gunst stand. Ich antwortete: Das ist eine der Wirkungen des Bolschewismus, und das stimmte. Aber alle Welt drehte sich erstaunt nach mir um. In Frankreich hatte man nicht all die ökonomischen und moralischen Krisen durchgemacht, die uns befähigt hatten, uns an die Stelle der Russen zu versetzen, mit unseren eigenen Nerven ihre Taten und Gesten zu verfolgen, ihre Verstrickungen zu verstehen und die Verwandtschaftsbeziehungen zwischen ihren großen Romanen und ihren großen Handlungen zu entwirren. Derartige Beziehungen hatten die Enzyklopädisten den Jakobinern angenähert.

Seitdem haben Franzosen wie Herr Georges Duhamel das moderne Rußland so gut, wenn nicht besser als irgend jemand, beobachtet. Was Dostojewski betrifft, so wurde er niemals tiefer empfunden als durch Herrn André Gide. Es kann keine Rede davon sein, daß man klarsichtiger oder enthusiastischer sein kann als Geister dieser Art. Nur eine ganz unmittelbar am Schicksal ihrer beiden Nachbarn im Osten und Westen interessierte Nation kann mehr erwirken als sogar die unvergleichlichsten Kritiker. Ich glaube gern, daß das doppelte Engagement der deutschen Sympathien Europa selbst dienen wird, indem es Übergänge schafft und Vorsorge trifft für die Zukunft. Ich wollte nicht mehr sagen, aber mir schien es notwendig, dies auszusprechen.

Einige Deutsche, die nicht alle Kommunisten sind, gehen nach Rußland, ohne nach etwas anderem zu streben, als an die geistigen Verbindungen wieder anzuknüpfen. Manche haben des 7. Novembers in Moskau gedacht, des Machtantritts der Sowjets. Ich war eingeladen, und ich hätte persönliche Gründe gehabt, um das Angebot nicht abzulehnen, denn ich träfe dort Freunde. Ich bin in Rußland schon länger bekannt als scheinbar in meinem eigenen Land. In diesem Augenblick wird dort zum zweiten Mal beinahe alles, was ich geschrieben habe, übersetzt. Aber ich bedaure, daß ich die russische Sprache nicht verstehe und durch diese Tatsache daran gehindert bin, das Leben dort besser zu beobachten. Nun, ich glaube, es handelt sich für mich weniger darum, bekannt zu sein als zu kennen. Die Sympathien, die man mitbringt, erhalten ihren ganzen Wert erst, wenn es einem gelingt, sich Gehör zu verschaffen. Deshalb sehen Sie, daß ich mir bei Ihnen Mühe gebe.

Ich habe im Verlauf dieser letzten Jahre mehrere Reisen nach Frankreich gemacht. Soll ich gestehen, daß mich eine große Schüchternheit mehrere Male davon abgehalten hat, das auszusprechen, was zu sagen ich dennoch für nützlich hielt und was mir überdies vom Herzen diktiert war? Es lag zuviel Vergangenheit, eine zu belastete Vergangenheit darin. Die, die guten Willens sind, glauben manchmal dazu bestimmt zu sein, schweigsam und bußfertig zu sein.

Wenn ich heute entschieden meine Ideen und Wünsche äußere, so ist wahrhaftig erst seit kurzem der Zwang geringer und im Gegenteil das Bedürfnis größer geworden, sich ohne Angst vor dieser sehr mißtrauischen Zensur, die wir in unserem eigenen Kopf tragen, zu öffnen und auch trotz all derer, die dies tadelnswert finden könnten. Aber ich bin wirklich dazu gebracht worden, jede falsche Scham zurückzuweisen, und zwar durch einen einfachen, offenen Mann, den ich dieses Jahr während eines Aufenthaltes im Süden traf.

Es war ein Volksschullehrer, einer von denen, mit denen ich gerne mit meinen Mitbürgern spreche, um ihnen zu sagen, daß wir viele Leute dieser Art bräuchten. Denn sie lehren die Kinder die Rechte des Menschen und des Bürgers ebenso wie die Liebe zur heimischen Erde, und ihr Patriotismus stammt aus ihrem menschlichen Bewußtsein. Dieser hatte es während des Krieges zum Offizier gebracht. Es war ein aktiver und praktischer Mensch, der sich nicht aufs Geratewohl anvertraute. Zu Beginn mißtraute er mir vielleicht. Es gibt unglücklicherweise zweierlei Deutschland, wie es zweierlei Frankreich gibt. Und er konnte noch nicht wissen, aus welchem ich kam.

Dann las er einen von mir in einer französischen Zeitung veröffentlichten Brief, und alles änderte sich. Ich sah ihn wieder in der Einsamkeit der Pyrenäen, auf 1000 Metern Höhe und inmitten der alten Häuser eines Dorfes, das früher von den Mauren gegründet worden war. Er drückte mir vielsagend die Hand, aber ich wußte noch nicht, was ich denken sollte. Abends nach dem Diner erfuhr ich es. Er kam eigens, um mit mir zu sprechen. Er hatte mich gelesen und hatte an meinen guten Willen geglaubt. Er dachte wie ich, daß unsere beiden Nationen sich verstehen könnten und daß sie sogar durch die Vereinigung ihrer Ideen und ihrer intimsten Gefühle geistig und vor der Menschheit nur eine einzige bilden würden. Deshalb sah er mir gerade ins Gesicht und drückte mir dabei seine

Wünsche für die Freundschaft Frankreichs mit Deutschland aus.

Meine Damen und Herren, indem ich Ihnen hier ein wenig von mir und meinem Land erkläre, habe ich dem Beispiel dieses Franzosen folgen wollen, der mich gelehrt hat, mit offenem Herzen zu sprechen, und dessen Stimme ich nicht vergessen werde.

Rede, gehalten am 16. Dezember 1927 im Palais du Trocadéro*

Meine Liebe und meine Bewunderung gehen bei mir ineinander über, der ich auch gekommen bin, den großen Victor Hugo zu ehren, bei der unendlichen Bewunderung und Liebe, die er erweckt.

Er ist der einzige, dessen Gedächtnis die Geister und Herzen vereinigt, um ihn zum ersten aller Dichter auszurufen.

Aber sein Jahrhundert und sein Volk brachten so viele berühmte Namen hervor, daß es erstaunlich scheint zu sehen, daß einer von ihnen über die anderen erhoben wird. Was hat er also getan, um die Zustimmung soviel verschiedener Menschen, so vieler Klassen zu gewinnen, die sich vereinen, und von Nationen, die zusammenkommen, um sein Genie zu feiern?

Er hatte das Genie des Herzens empfangen zusammen mit jenem anderen Genie. Als eine große Entscheidung für Gerechtigkeit und Wahrheit zu treffen war, akzeptierte er es eher, zu leiden, als sie zu verleugnen. Jedes Mal, wenn er sich über die Rechte der Menschen oder eines Menschen äußern mußte, hat er die Partei für den Menschen und das Recht ergriffen.

Auf dem Gipfel des Ruhmes angekommen, zog er sich zurück und ging ins Exil, um nicht zuzustimmen, daß das Recht des Volkes beleidigt werde. Denn er glaubte und proklamierte, daß die Republik für das Volk eine Art natürlichen Rechtes ist, wie die Freiheit für den Menschen.

* Der französische Originaltext auf den Seiten 406–409

Tief im Bewußtsein, sagte er, gibt es ein erhabenes Gefühl, das heilig, unzerstörbar, unbestechlich, ewig ist: das Recht.

Sehen Sie, wie dieser Mann, der nach seinem Gewissen gehandelt hat, den Felsen von Guernesey mit den unsterblichen Figuren der ›Elenden‹ bevölkert! Diese Figuren sind im wirklichen Leben gescheitert. Aber er hat sie angenommen, er verteidigt sie, macht Menschen daraus, die eines Tages die Gerechtigkeit sehen und das Glück kennen werden.

Er, der Schöpfer, er, der Starke, hat in seinem Exil gelernt, für andere als sich selbst zu leiden. Wir wollen nicht weiter weg suchen, denn darin liegt seine Größe. Dadurch selbst ist er der erste unter uns geworden. Sein so stolzes Genie hat sich dem Mitleid unterworfen. Deshalb ist er in den höchsten Rang erhoben worden.

Durch das Mitgefühl umfaßt Victor Hugo die ganze Menschheit, die er im Namen des menschlichen Bewußtseins verherrlicht. Nichts, was die Zukunft der Menschen betrifft, ist aus seiner handelnden Sympathie ausgeschlossen. Sein großes Herz über die Gesamtheit der Nationen ausströmend, hat er als erster die Vereinigten Staaten von Europa gefordert. Er verstand es, seine eigene Nation zu ehren, indem er für sie diese denkwürdige Initiative ergriff. »Das französische Volk«, rief er am 17. Juli 1851 auf der Tribüne der legislativen Versammlung aus, »das französische Volk hat die erste Schicht dieses ungeheuren Gebäudes der Zukunft, das eines Tages als die Vereinigten Staaten von Europa bezeichnet werden wird, in unzerstörbaren Granit gehauen und mitten auf den alten monarchischen Kontinent gebaut.«

Und wo hat er ebenso gesprochen, aber noch größer auf Grund der Ereignisse und der heroischen Würde seines Bewußtseins? 1870 bei der Nationalversammlung in Bordeaux!

Man denkt gerne, daß Herr Eduard Herriot sich 1924 nach vielen schlechten Tagen an seine Worte als Nationaldichter erinnert hat, als er es wagte, vor allen anderen Staatsmännern von Europa von neuem unsere Vereinigten Nationen heraufzubeschwören.

Den Worten von Victor Hugo schulde ich auch das tiefe Glück und vielleicht das Recht, hier dem durch Ihren Dichter verherrlichten französischen Genie Ehre zu erweisen.

Würde er nicht die Gesichter der Freunde grüßen, die gekommen sind, um sich zu verneigen? Würde er nicht den Menschen guten Willens die Hand hinstrecken? Es besteht kein Zweifel, daß er glücklich wäre, zu sehen, wie Frankreich und Deutschland, beide Republiken, sich übereinstimmend der Anstrengung von Frieden und Freundschaft widmen, um die er sich so bemüht hat.

Er zog nie in Zweifel, daß es dahin kommen mußte, und wir sind einige Leute, die auch niemals daran gezweifelt haben. Ich gehöre zu jenen, bedurfte aber seines Beispiels.

Er, Victor Hugo, unterstützt auf ewig mit seinen großen Versen, seinem prophetischen Wort und seiner legendären Gestalt die Hoffnung der Menschen, die sich abmühen und kämpfen, noch unbekannt und auf die Erscheinung des Sternes vertrauend, der sagt:

»Ich bin der Stern, der zuerst kommt.«

»Ich bin die, die man im Grabe glaubt und die herauskommt...«

»Ich bin der, der wiedergeboren wird, wenn eine Welt zerstört ist...«

Antwort von Herrn Eduard Herriot

Meine Damen und Herren,
diese eindrucksvolle Versammlung kommt heute abend in

diesem Saal zusammen, um Victor Hugo selbst zu sich sprechen zu hören, und ich werde keineswegs ihr Vergnügen verzögern, aber die Umstände sind so feierlich, und diese Zeremonie ist für unser Denken so folgenreich, daß ich Sie um die Erlaubnis bitte, denen zu danken, die sie improvisiert haben, und denen, die ihr durch ihre Gegenwart einen so großen Glanz geben.

....

Und was Sie betrifft, Herr Mann, wie sehr sind wir gerührt, daß Sie heute abend gekommen sind, hier Hugo die Ehrbezeigung des republikanischen Deutschland zu erweisen, was die Versammlung vorhin so zu Recht unterstrichen hat. Sicherlich war Victor Hugo ein französischer Patriot, aber unsere Auffassung von Frieden und Brüderlichkeit der Völker verlangt auch keineswegs – ja gerade im Gegenteil – von irgend jemanden, daß er die Liebe zu seinem Vaterland, die er im Herzen trägt, verleugne, und selbst in seinen tragischsten Stunden, bis zu den Augenblicken, in denen seine Seele auf Grund der Not und der Wunden von Frankreich blutete, entfernte Victor Hugo aus seinem Geist weder die Gerechtigkeit noch die Hoffnung auf friedliche kommende Tage. Er verstand es, den deutschen Verwundeten von unserer Seite Hilfeleistungen zukommen zu lassen, die seine Großherzigkeit eines Exilierten bereitgestellt hatte, und wenn er sich, erlauben Sie mir, offen zu sprechen, gegen den Militarismus erhob, fühlte er, und viele Verse zeugen davon, nichts als Zärtlichkeit und Bewunderung für dieses idyllische, romantische, gerne ritterliche Deutschland, das er so gut in seinen Bänden über den Rhein beschrieben hat, für dieses Deutschland, von dem wir in der Tat hoffen, daß es dem großen Geist von Goethe treu bleibt, der wunderbaren Tradition von Schiller und der moralischen Erhebung, die bewirkt, daß, wenn wir der Welt Victor Hugo geschenkt haben, es dem universellen Bewußtsein Kant vermacht hat!

Ehrung für Gorki*

Das Nachtasyl

Die Kraft von Gorki ist offensichtlich, da seine Werke fortdauern. Dennoch scheint es selten zu sein, daß ein Theaterstück nach einem Vierteljahrhundert eine Bedeutung annimmt, die es bei seinem Erscheinen nicht hatte.

Es ist bald dreißig Jahre her, daß *Das Nachtasyl* den eigentlichen Typ des naturalistischen Dramas darstellte. Es war die gewissenhafte Studie eines ganz speziellen Milieus, dessen Existenz die bürgerliche Gesellschaft jener Zeit sich nicht einmal vorstellen konnte. Dieses Milieu übertraf die der anderen Stücke an menschlichem Elend. Hier war es Herr und Meister. Nichts anderes mehr als unwiderruflich verlorene Existenzen, Sterbende, Kriminelle und arme lasterhafte Wesen, die in einem Drecksloch vereinigt waren, das von zwei Lumpen kommandiert wurde.

In diesem Haufen findet sich wohl ein Heiliger, das ist dieser Pilger, der zu fernen Ländern unterwegs ist, die einem Gerücht zufolge die Wiege eines neuen Glaubens sein sollen. Aber der heilige Mann bleibt selbst ziemlich beunruhigend. Das enge Beisammensein mit Dieben stößt ihn nicht genügend ab, zumindest konnte das der Eindruck eines Publikums sein, das noch an die Zurückhaltung des neunzehnten Jahrhunderts gewöhnt war. Übrigens macht sich der gute Lukas beim Herannahen der Polizei aus dem Staube.

Ein junger Mann nämlich, den die Pächterin des Asyls

* Der französische Originaltext auf den Seiten 416–419.

gerne verführt hätte, hat soeben ihren Gatten getötet. Diese Handlung läßt für einige Augenblicke die Personen aus der Starre, die sie ihrem Elend verdanken, auftauchen. Man hört wilde Schreie, die Ausbrüche von Haß und Verzweiflung anzeigen. Alle Leidenschaften, eingeschlossen die reine Liebe und die Revolte gegen die Ungerechtigkeit, bevölkern da die Szene. Das Publikum friedlicher Zeiten konnte nicht fähig sein, zu erfassen, was daraus würde.

Offensichtlich konnte nichts daraus entstehen. Die russische Revolution, sogar die erste, war noch fern. Die, die als die Gedemütigten und Beleidigten bezeichnet wurden, hatten nicht einmal einen Klasseninstinkt, der sie vereinigt hätte. Sie waren isoliert, waren getrennt in den Abgrund des Elends gefallen, stritten sich herum, als ob die Gesellschaft der Menschen sie nicht schon genügend gekränkt hätte, und demütigten sich gegenseitig, um desto sicherer in der Demütigung zu verharren.

So werden sie nach der Katastrophe das, was sie zu allererst gewesen waren, Unnütze und Resignierte, die die Zeit totschlagen, bevor sie verschwinden. Ein trunksüchtiger Komödiant, der daran verzweifelt, wieder hochzukommen, erhängt sich. Ein Mann aus guter Familie, dessen Vorfahren in der Kutsche gefahren waren, fährt fort, unablässig seinen vergangenen Ruhm wiederzukäuen.

Nach soviel Jahren, die seit der ersten Vorstellung verflossen waren, behält man drei Personen im Gedächtnis: den Baron, den Komödianten und Lukas, den Pilger, dieser letztere von Reinhardt gespielt. Denn damals stand Reinhardt noch selbst auf der Bühne und hatte diesen Pilger in den deutschen Städten berühmt gemacht. Er verlieh ihm ein sanftes, verklärtes Antlitz. Er war die personifizierte Nachsicht und Verständnisbereitschaft. Sie hätten sich die guten Heiligen eines Volkes nicht anders vorstellen können, das man als sehr geprüft, aber von Natur aus ausdauernd, zweifellos dazu entschlossen, sogar das Unmögliche zu erdulden, darstellte, ein bißchen schurkisch vielleicht, aber dennoch so rührend.

Man muß gestehen, daß unser Westen sich damals von Rußland eine etwas willkürliche Vorstellung machte. Ich habe moderne Russen sagen hören, daß darin die Wirkung einer fast gänzlich aristokratischen Literatur zu suchen sei, die von Edelleuten verfaßt wurde, die teilnahmsvoll gegenüber der Herabsetzung des Volkes, aber schlecht plaziert waren, um die künftigen Folgen daraus abzuleiten.

1926 nahm Herr Piscator *Das Nachtasyl* wieder auf. Unter den Theaterleuten von Berlin ist er derjenige, der sich am meisten mit den aktuellen Problemen auseinandersetzt, solchen politischer und sozialer Natur, die er durch Inszenierungen illustriert, die der Turbulenz und Vielfalt der Epoche würdig sind. Seit er sein eigenes Theater hat, werden seine Stücke sozusagen auf der Bühne geschaffen. Ihre literarischen Absichten bleiben den mächtigen Visionen der zeitgenössischen Geschichte, die weiterzuleiten sie die Aufgabe haben, untergeordnet.

Letztes Jahr war Herr Piscator soweit, sich für seine Ziele des Dramas von Gorki zu bedienen. Es war ihm verboten, irgend etwas am Text zu verändern, er hatte als Mittel der Suggestion nur die der Bühne. Das Stück eignete sich dennoch zu dem, was man von ihm verlangte, so überraschend das war, und wurde ein soziales Drama, was es niemals gewesen war.

Von individualistisch wurde es sozial. Die Porträts von einigen Unglücklichen verwandelten sich in ein Fresko des menschlichen, einen und unteilbaren Elends. *Das Nachtasyl* faßte damals die Revolution zusammen, ihre erste Kraft, die aus dem ewigen Fundus der elenden Menschheit gezogen ist, und ihren Niedergang, wenn die Katastrophe vorbei, die Enttäuschung erduldet ist, und alles zur gemeinsamen Schwäche zurückkehrt.

Es mußte sehr stark sein, dieses Stück, um das auszudrücken, was man von ihm wollte, um sich zu erneuern und in von Grund aus veränderten Zeiten wieder aufzuleben! Es war eine der außergewöhnlichsten sozialen Intuitionen nötig, deren Beispiel die Literatur bietet. Es ist der Dramatiker Gorki, der einst das künftige Gesicht der Dinge erraten und ihre Ursprünge bloßgestellt hat. Es ist der intuitive Künstler, nicht der Denker, dessen Lukas dem Pilger in den Mund gelegte Worte die Prägung eines nietzscheanischen Individualismus tragen.

1900 waren wir weit davon entfernt, das zu verstehen. 1926 stieg alles, was an Unbewußtem und Unbekanntem in diesem schon alten Stück enthalten war, an die Oberfläche, nahm dort eine schicksalhafte Gestalt an und kündigte mehrere Etappen eines Weges an, die die Menschheit seitdem durchlaufen mußte. Als nach dem Mord eine Frau anfing zu schreien: »Ins Gefängnis! Auch ich ins Gefängnis!« und als alle im Einklang mit dem herbeigelaufenen Volk schrien »Ins Gefängnis!«, während auf einem Vorhang aus Gaze, der sich zwischen ihnen und uns herabsenkte, schon die Gitter des Kerkers erschienen, war das alles wohl ein guter Einfall des Regisseurs. Aber es war auch die vorweggenommene Vision des Dichters, die durch die Erfahrung der Menschen für eine lange Reihe von schrecklichen Jahren als wahr erkannt wurde. Sie waren da, Arbeiter oder kleine Angestellte, neigten sich über die Galerien dieses großen volkstümlichen Theaters, fielen beinahe herunter, erregt von einer Wut düsterer Begeisterung, wie kein Theater der Welt sie oft sehen kann.

Gorki, ein Mann von sechzig Jahren, der zurückgezogen bei Sorrent lebt, ruft unter der Jugend der aufsteigenden Klassen noch große seelische Emotionen hervor. Er hat das Recht, stolz zu sein. Die Literatur hat durch seine Tat wie durch das Verdienst von Zola ihre Grenzen bis mitten unter die Proletarier ausgedehnt, die sie lesen und verstehen. Er muß glücklich darüber sein.

Geist und Friede*

II

Sie kennen mich genügend, um zu wissen, was ich denke. Ein neuer Weltkrieg wäre nicht nur das Ende unserer Kultur. Auch die Unabhängigkeit von Europa würde damit enden. Der Grundstein des europäischen Friedens ist für mich die französisch-deutsche Freundschaft. Ich wünsche, daß sie sich verwirklicht und das wird, was an enger Verknüpfung auf allen Gebieten, dem ökonomischen, sozialen und kulturellen, überhaupt möglich ist.

Wenn ich Zweifel habe, so betreffen sie vor allem die militärische Frage. Man sagt uns, daß große Interessengruppen in Deutschland ebensosehr wie in Frankreich nicht der Freundschaft der beiden Nationen zustimmen würden, außer wenn sie Bedingungen darein legen, die Gefahr laufen, einen neuen Krieg herbeizuführen.

Nun, ich will wohl glauben, daß ein Krieg, in dem wir Seite an Seite kämpfen, gerade deshalb moralischer würde als ein anderer. Aber wozu soll das gut sein, da wir unfehlbar in den gemeinsamen und allgemeinen Ruin gehen würden?

Nein. Wir müssen uns gegen diese Gefahr wappnen und die Grundlagen für eine Freundschaft legen, die sicherer und auch menschlicher als das Glück der Schlachten ist und die den anderen Nationen Europas hilft, einen Frieden aufrecht zu erhalten, den unsere Übereinstimmung schützt.

* Der französische Originaltext auf der Seite 445.

Die Zukunft der Kultur*

Wenn es sich um Zukunft handelt und vor allem um das Schicksal, das der Kultur Europas vorbehalten ist, kann ich mich nicht enthalten, innerlich jene Worte von Anatole France zu wiederholen, mit denen ich mich oft beschäftigt habe: »Ich glaube gegenwärtig, daß wir alle, so wie wir sind, groß und klein, nicht mehr Nachkommenschaft haben werden als die letzten Schriftsteller der lateinischen Antike, und daß das neue Europa zu verschieden sein wird von dem Europa, das zu dieser Stunde unter unseren Augen zerstört wird, als daß es sich um unsere Künste und unser Denken kümmerte.«

Wie soll man erklären, daß der glücklichste Schriftsteller seiner Zeit zu diesem Urteil gekommen ist. Denn ich will darin nicht den unbewußten Wunsch des Greises sehen, eine Welt, die er nicht mehr kennen wird, mit sich zu nehmen. Dieser alte Mann war wohl zu klarsichtig, und die Kontrolle seiner eigenen Beweggründe war ihm niemals entgangen. Aber sein großes Alter machte ihn kühn, er gestand sich selbst und machte die anderen mit den bitteren Entdeckungen bekannt, die einst der Denker sich zu äußern enthalten hätte. Und hier haben wir seine letzte Wahrheit.

Ich glaube übrigens, daß sie begründet ist, ohne deshalb an den Künsten oder am Denken zu verzweifeln. Wenn die Zukunft unsere Anstrengungen nicht völlig vergißt, wird sie sie jedenfalls doch für ziemlich eitel halten; aber

* Der französische Originaltext auf den Seiten 446–449.

sie wird andere liefern. Ich füge hinzu, daß diese Zukunft schon jetzt begonnen hat. Das selbstlose Schöne, das nicht unmittelbar einem Zweck dient, ist beinahe nicht mehr zugelassen, ebenso wie die enttäuschenden Wahrheiten aufgehört haben, Gültigkeit zu haben. Die, die denken und schöpferisch sind, waren die ersten, die das bemerkten. So seht Ihr kaum noch, wie sie sich an Werke wie *Die Versuchung des Heiligen Antonius* oder *Die Königin Pédauque* machen. Sie suchen im allgemeinen die Aktualität, die direkte und optimistische Handlung. Deswegen verlangen selbst die stolzesten unter uns nicht mehr, daß die Inspiration ausschließlich von ihrem eigenen Genie komme, sondern stimmen zu, es den Forderungen einer tyrannisch gewordenen Gesellschaft unterzuordnen.

Vor einiger Zeit war sie es uns gegenüber weniger. Wenn er jung war, konnte der Künstler Muße haben; wenn er alt war, hatte er sich häufig Renten geschaffen. Insgesamt ist die Literatur des neunzehnten Jahrhunderts eine Literatur, die Renten voraussetzt: bei den meisten von denen, die sie schufen, übrigens auch beim Publikum. Viele langatmige Werke, die keinen schnellen Erfolg versprachen, hätten ohne sie niemals den Tag gesehen. Das ist so wahr, daß eine verminderte Rente verantwortlich dafür war, das Antlitz eines Werkes zu prägen. Nehmen Sie nur zum Beispiel die Meinung Flauberts über Taine und seine Revolution. Andererseits brauchte diese ganze Literatur eine Klasse von Lesern, die über den alltäglichen Notwendigkeiten standen und oft müßig waren.

Die jungen Leute von 1928 können nur noch selten auf ein Erbe zählen, und was den Lebensunterhalt betrifft, so ist er schwerer zu verdienen als 1880. Sie sind Zeitgenossen einer verarmten Welt, deren Intellektualität nachgelassen hat und die sich in dem engen Zirkel ihrer materiellen, technischen und sportlichen Beschäftigungen bewegt. Aber erstaunlich lebendig, nachdem sie den Tod von so nahem gesehen hat, ist sie dabei, eine soziale und menschliche Erneuerung hervorzubringen, die auch für ihren kulturellen Ausdruck nicht ohne Folgen bleiben wird.

Unter so vielen Beispielen, die sich anbieten, denke ich an eine satirische Zeitung, die eben in Berlin zu erscheinen beginnt und die mir wohl den Gedanken an das Gesicht eingibt, das ein intellektuelles Leben zum Gebrauch der arbeitenden und mittellosen Massen zeigen wird. Das Lachen ist darin unschuldig, der Gedanke grob und der Geschmack eher rauh. Aber man ist darin genau und plastisch. Übrigens kennt man die Empörung in ihrer ursprünglichen Kraft und bemüht sich um eine gewisse soziale Reinheit. Offensichtlich ist es nicht nur das menschliche Bewußtsein, das sich Luft macht. Es sind die erlittenen Ungerechtigkeiten und die zugefügten Leiden, die ausbrechen.

Aber es ist gerade möglich, daß Leiden und Ungerechtigkeiten die Menschen mit dem nötigen Mut bewaffnen, so daß sie ihrer Moral Fortschritte auferlegen. Wenn nicht, wie würde sie welche machen? Es gab niemals einen moralischen Fortschritt außer unter dem Druck der Ereignisse. Die, die ihn brauchen, um zu leben, werden über seine Anwendung entscheiden. Was den Schriftsteller betrifft, so wird seine Stimme durch die ganze Autorität der Massen verstärkt werden, oder sie wird nicht mehr tragen. Das heißt, daß er während einer gewissen Zeit eher versuchen wird, soziale Dienste zu leisten, als durch den weiten Horizont seiner Ideen Erstaunen hervorzurufen.

Die Jungen haben sich zuerst damit abgefunden. Da sie keine genügende Anzahl von aufgeklärten Amateuren mehr finden, lernen diese Schriftsteller mit ungebildeten, aber aufrichtigen und aktiven Leuten zu sprechen. Man muß sie für ihren Opfergeist loben. Indem sie die Aktualität suchen, messen sie sich mit den unerbittlichen Gesetzen des Lebens nach dem Beispiel des Restes der Menschheit. Um das kollektive Genie mehr noch als ihr eigenes wiederzugeben, müssen sie zu einem großen Teil diesen Hochmut der einzigartigen Persönlichkeit, die aus den bürgerlichen Künstlern glänzende Isolierte machte, unterdrücken. Sie vermengen sich im Gegenteil mehr und mehr mit der Menge. Es ist möglich, daß man eines Tages nicht einmal mehr den Namen von denen weiß, die man bewundert.

Diese Tendenz kündigt sich an, sobald Romane entstehen, die ausdrücklich dazu bestimmt sind, verfilmt zu werden, oder solche, die die brennenden Fragen des Tages behandeln. Man darf sie nicht mit unseren sozialen Romanen verwechseln, die einfach die Sittengeschichte der Epoche wiedergaben. Dieselbe Tendenz ist dort sichtbar, wo der dramatische Autor für den Gegenstand, den die Aktualität auferlegt, Rat bei den Fachleuten des Theaters einholt. Übrigens wird die Art, ihn zu behandeln, ihm durch die technischen Fortschritte der Bühne vorgeschrieben. Da ist man schon weit entfernt von den einsamen Träumen, die den vorhergehenden Generationen teuer waren und denen immer diejenigen nachtrauern werden, die sie gekannt haben. Wir werden nicht viele Jahre warten müssen, bis die Welt uns begreift und folgt. Wir gehen ihr nicht mehr voraus, wir dienen ihr und überraschen sie. Der richtig gewählte Augenblick entscheidet über den Erfolg. Der intellektuell Produzierende wird sich dem Mann der Tat angenähert haben und sich in die gemeinsame Bewegung eingliedern.

Die intellektuelle Kultur, die auf diese Weise den Gegebenheiten der Epoche angemessen ist, wird von derselben sozialen und menschlichen Erneuerung profitieren, der man schon die immense Entwicklung der technischen

Mittel verdankt. Dafür daß sie weniger edel und köstlich als früher ist, wird sie von nun an verbreiteter und von daher wirksamer sein. Moral und Technik, physische und geistige Kultur, können nicht einander entgegengesetzt sein, sie sind die Wirkungen ein und derselben Ursache, die getrennt zu konzipieren unmöglich ist. Europa wird das bewahren, was ihm eigen ist, ohne daß seine Kultur, weit entfernt davon vernichtet zu sein, einen Augenblick aufhört, Teil seiner Lebenskraft zu sein.

Wird es von neuem eine rein intellektuelle Elite geben? Es wäre natürlich, daß eine ausgewogene Gesellschaft, die sich im moralischen Aufschwung befindet, eine hervorbringt. Das langsame, aber sichere Verschwinden der alten geistigen Eliten, das Anatole France vorhersieht, folgt aus dem, daß sie auf die Vergangenheit gerichtet lebten und sich kaum mehr auf eine Gesellschaft in voller Umwandlung stützten. Die Künste und das Denken, die sie gepflegt hatten, werden nicht vollkommen aus dem Gedächtnis der Menschen verschwinden, zumindest hoffe ich das. Es werden wohl einige laizistische Mönche bleiben, um durch diese Art von neuem Mittelalter, das sich vorzubereiten scheint, die Tradition zu bewahren.

Bibi und andere Gestalten*

II

Ich werde aufrichtig über mich sprechen. Wenn es darum geht, ganz und gar und endgültig zu sein, so ist das Sache eines Henri Brûlard, und auch er wirkt nicht so, als ob er diese große Frage vollständig beantwortet hat: Wer bin ich?

Wir müssen vom gegenwärtigen Augenblick ausgehen: Das ist der einzige, in dem wir uns als beständige Einheit und in ungefähr verständlicher Form handeln sehen. Der Rest eines Lebens nimmt keine Bedeutung an, außer wenn man es auf das abstimmt, was wir wenig später tun werden.

Ich bereite ein Theaterstück vor, das die Geschichte eines jungen Mannes aus unseren Tagen erzählt von dem Augenblick an, da er, ein Oberschüler, in Begleitung einer verheirateten Frau flüchtet, bis zu seiner Heirat, die einer Reihe von Abenteuern gesellschaftlicher und gefühlvoller Natur, die zum größten Teil verrückt, manchmal melancholisch sind, ein Ende setzt. Wenn es scheint, daß ich ihn nicht ganz ernst nehme, obwohl ich an seinen Geschicken Anteil nehme, dann deshalb, weil dieser junge Mann von 1928 selbst überhaupt nicht überzeugt ist, weder vom Wert seiner Taten und Gesten noch von dem einer Gesellschaft, in der er dennoch mutig versucht, sich mit aller Kraft und allen Mitteln, selbst tadelnswerten, seinen Platz zu schaffen. Auf eine Art und Weise, skeptisch zu sein, und zwar ganz an der Oberfläche, antworte ich mit einer leich-

* Der französische Originaltext auf den Seiten 483–484.

ten Komödie, begleitet von Jazzmusik. Manche werden es mir vorwerfen; d. h., sie berücksichtigen weder *Liliane und Paul* noch *Mutter Marie*, wo dieselbe Jugend, im Gegenteil auf tragische Weise geprüft, eine unleugbare Charakterstärke zeigt. Sie findet Reserven in ihrer Leichtfertigkeit selbst, ohne daß sie sich jemals von dieser Verachtung für die Vergangenheit oder von ihrer Sorglosigkeit der Zukunft gegenüber löst, die ihr eigen sind.

Das ist nur ein Beispiel. Ebenso habe ich für *Der Untertan* die komische Seite eines autoritären Regimes angesprochen, während ich es in *Der Kopf* das ausdrücken lasse, was es an Enttäuschendem und Unlogischem und zugleich Bedrohlichem und Finsterem hatte. Die Haltung der beiden Romane unterscheidet sich je nach den Personen, die sie ausfüllen, und dem moralischen Zirkel, in dem sie sich bewegen. Dort, wo es nur Untergebene gibt, gehe ich anders vor als bei den Repräsentanten der Intelligenz. Nicht ich wähle eine Art, sie zum Leben zu bringen: Sie erlegen sie mir ihrerseits auf. Ich lege auf keinerlei bestimmten Stil Wert. Ich suche auch nicht nach Adel oder Schönheit, aber meine Personen haben sie mich manchmal auf Grund ihrer Leidenschaften, Leiden und moralischen Anstrengungen finden lassen. Die anderen haben mich in ihre lockeren Existenzen und diese Naivität im Bösen, die für mich das Komische ausmacht, eingeweiht. Es ist möglich, daß ich sie alle mit ihren Fehlern und ihren guten Eigenschaften in mir selbst gefunden hatte, bevor ich sie in eine faßbare Wirklichkeit versetzte. Und außerdem war es noch nötig, daß sie mir viele Dinge beibrachten und vor allem die Fähigkeit zu schreiben, denn ich habe sie von ihnen. Ich glaube gern, daß ich unter dem Diktat der Masse meiner Zeitgenossen geschrieben habe. Bald ließen sie mich Pathetisches, bald Lächerliches hören. Ich habe sie als dumm und sogar zärtlich gekannt. Immer baten sie mich, etwas daraus zu machen, das sie gut und in einem

Stil wiedergäbe, der ihrer intimen Natur angemessen wäre, die zweifellos nicht für jedermann erkennbar ist.

Sie haben von mir weder Realismus noch Romantik und vor allem keinen Kitsch verlangt. Sie wollten ausdrücklich in einen Stil umgesetzt werden, den sie selbst gelebt hätten. Allerdings haben sie sich in dem Augenblick, wo ich sie sprechen und handeln ließ, selten wiedererkannt, und sie haben mich ziemlich brutal ihr Unverständnis fühlen lassen. Fünfzehn Jahre später war alles verändert, und sie gaben mir oft recht – was die Vergangenheit betraf. Was die Gegenwart betrifft, so fahren sie fort, Einschränkungen zu machen.

Es geht vor allem darum durchzuhalten. Man erzielt die Wahrheit nicht durch die Erkenntnis allein. Ich habe meine Gründe zu glauben, daß die Wahrheit eine Angelegenheit der Kraft ist, die man erworben hat.

Nachwort

von Hans Wißkirchen

»Inmitten einer im Einzelnen nicht mehr faßbaren Korruption des öffentlichen Lebens steht ein Mann, klar, unbeirrbar, ein kritischer Kopf höchsten Ranges, ein Unerbittlicher, ein Unbestechlicher. Hier ist ein Mensch, der in einer Zeit der Anarchie Ordnung fordert, der inmitten blödfrecher Arroganz bluffender Literaten und sich brüstender Unbildung Haltung bewahrt, der dem Übermut des Hochkapitals nichts als die blanke und scharfe Waffe seines Geistes gegenüberstellt, der durch diese entzauberte Welt hindurchgeht wie ein Mensch von einem andern Stern.« Diese Sätze stammen von Wilhelm Herzog und finden sich in der ›Literarischen Welt‹ vom 9. August 1929 [vgl. Zeitgenössische Rezensionen, S. 735]. Der Mann, über den er so spricht, ist Heinrich Mann, und das Buch, das er so rezensiert, ist dessen Essay-Band *Sieben Jahre*, 1929 im Paul Zsolnay Verlag erschienen. Der Untertitel lautet *Chronik der Gedanken und Vorgänge*, was den Charakter der in dem umfangreichen Band abgedruckten Essays, Reden, Feuilletons und anderen Texte sehr gut umfaßt. Es ist eine Bilanz der Jahre 1921 bis 1928, zugleich eine vorläufige Bilanz der Weimarer Republik.

Herzogs Charakterisierung ist eine sehr gelungene Verkürzung der Themen des Buches und der Vorgehensweise seines Verfassers. Der Kritiker hebt zum einen die singuläre Stellung Heinrich Manns hervor, weiterhin seinen moralischen Rigorismus, eben seine »Unerbittlichkeit«. Er erkennt ferner, daß diese Position aus seiner »Haltung« resultiert, eben aus seiner Stellung jenseits des Flüchtig-

Modischen, aus seiner Gründung im 19. Jahrhundert, im Jahrhundert eines Nietzsche, Zola und Flaubert, wie er es selber immer wieder betont hat. Herzog übersieht auch nicht den scharfen Antikapitalismus Heinrich Manns, seine Kritik daran, daß sich das Großkapital die Demokratie untertan gemacht hatte, daß Industrielle wie Hugo Stinnes und nicht die Politiker in Wahrheit die Republik lenkten. Und schließlich kommt er auf die Unzeitgemäßheit Heinrich Manns zu sprechen. Dem »Mensch von einem andern Stern« bleibt nur der einsame Kampf gegen die obsiegenden Tendenzen der Zeit. Möglich ist ihm wirklich nur der Protest mittels des Geistes. Ein Protest, der in den zwanziger Jahren zwar erfolglos verhallt, der aber dennoch nicht nutzlos gewesen ist, weil der Einspruch Heinrich Manns die Zeiten überdauert hat. Er ist für uns Heutige Symbol dafür, daß es auch in den zwanziger Jahren kritische Geister gab, die vieles von dem vorausgesehen haben, was die Deutschen spätestens ab 1933 in eine der schlimmsten Phasen ihres an Abgründen und Irrungen wirklich nicht armen geschichtlichen Lebens geführt hat.

Sieben Jahre steht in einer Reihe von publizistischen Bemühungen Heinrich Manns, die sich mit der vollständigen Umgestaltung des politischen und gesellschaftlichen Lebens in Deutschland nach dem Ersten Weltkrieg auseinandersetzen. In *Macht und Mensch* (1919) hatte er sich vor allem mit der Situation Deutschlands im Krieg und mit der Revolution von 1918 beschäftigt. Die Widmung des Bandes »Der deutschen Republik« zeigte klar seine Zielsetzung. Heinrich Mann wollte die gerade entstandenen demokratischen Strukturen festigen und unterstützen. »Unser Deutschland werde so gerecht, frei und wahr, wie einige von uns es sogar in seinen dunkelsten Tagen verlangt und erstrebt haben – bestärkt in ihrem Glauben an die Zukunft des deutschen Geistes durch seine große Vergangenheit. In diesem Lande, komme alles, wie es mag, wird endlich doch der Geist herrschen.« [*Macht und Mensch*, Fischer Taschenbuch Bd. 5933, S. 161] Was Heinrich Mann hier in seiner *Sinn und Idee der Revolution* betitelten Ansprache vor dem Münchener Rat geistiger Arbeiter im Dezember 1918 an Hoffnungen aussprach, war in der Geburtsstunde des republikanischen Geistes in Deutschland fest verankert. Die Texte von *Macht und Mensch* sind vom Pathos des Mahners, der am Ende doch noch recht bekommen hat, bestimmt. In ihnen dominiert die Sprache eines Aufbruchs, dessen Verfechter jetzt die historische Chance sieht, seine immer wieder angemahnten Ideale zu verwirklichen.

Sieben Jahre stehen in einem anderen historischen Kontext. Den Texten merkt man an, daß die Republik Alltag geworden ist. Die historische Offenheit der unmittelbaren Nachkriegszeit, als ein radikaler Neubeginn möglich war, hatte sich im Laufe der zwanziger Jahre immer mehr zu bestimmten Strukturen verfestigt, die oftmals mit der Verfassung von Weimar nichts mehr gemein hatten. Heinrich Mann, der glühende Anhänger der Republik, sah sich immer wieder mit der Differenz zwischen Verfassungspostulat und Verfassungswirklichkeit konfrontiert. Er mußte immer stärker wahrnehmen, daß die republikanische Staatsform, die er seit 1910 durch Wort und Tat mitzuschaffen gesucht hatte, voller Mängel und Halbheiten war. Diese Spannung zwischen Ideal und Wirklichkeit ist fast allen wichtigen Texten in *Sieben Jahre* eingeschrieben.

Wilhelm Herzog hatte in seiner Rezension die zentralen Themen angerissen, um die es in *Sieben Jahre* geht: die singuläre Stellung des Mahners Heinrich Mann, seine Kritik der vermeintlichen Modernität, die Dominanz des Ordnungsgedankens, die Kritik am hemmungslosen Kommerzialismus der Republik und schließlich der Gegensatz von Geist und Wirklichkeit. Wie sehen nun alle diese hier abstrakt benannten Bereiche in der konkreten Welt der Texte aus?

Während des Ersten Weltkrieges hatte Heinrich Mann im *Zola*-Essay nur scheinbar ein fremdes Land und die Vergangenheit des 19. Jahrhunderts gemeint. Unter der Maske der französischen Thematik hatte er über Deutschland gesprochen und auch über sich und sein Verständnis einer Literatur, die sich einmischt, die moralische Verantwortung beansprucht. Diese Schreibweise setzt sich auch in den Essays der zwanziger Jahre fort. Diesmal ist es das Reden über den geliebten Frank Wedekind, das einer versteckten literarischen Selbstcharakteristik gleichkommt. Zweimal spricht er über Wedekind, zum fünften und zum zehnten Todestag, 1923 und 1928.

1923, im Vortrag *Erinnerungen an Frank Wedekind*, dominiert noch eine optimistischere Sicht der Zukunft. Wedekind wird als Seher, als Vorwegnehmender gedeutet. »Wenn im Jahre 1900 jemand schon so schrieb, als sei es 1914: wer sollte den mit offenen Armen empfangen! Eine Welt nackten Kampfes hinstellen, während man sich doch noch vollauf gesittet glaubte! Alles anders, drohender auffassen, als man sich selbst damals auffaßte; alles entkleiden, zuerst von den schönen Worten, den sittlichen Vorwänden, endlich beinahe vom Fleisch!« [S. 69 f.] Das ist nicht nur auf die Kunst Wedekinds hin gesprochen, sondern umgreift auch wesentliche Teile der Entwicklung Heinrich Manns, etwa den satirisch-zeitkritischen Bereich seines Oeuvres, also die Linie, die sich vom *Professor Unrat* zum *Untertan* ziehen läßt. Aber nicht nur für die Rückschau, mithin für die Stärkung der Identität als sozial engagierter Schriftsteller, steht Wedekind, sondern auch für das Zukünftige, die gewandelten Aufgaben des Literaten in der Weimarer Republik. »Wedekind hat in seinen Stücken vorweggenommen, was erst noch kommen sollte.« [S. 70] Das ist das eine, das Heinrich Mann ebenfalls geleistet hat. »Empfinden wir nicht Bücher wie den *Untertan*, den *Professor Unrat*, die *Kleine Stadt* heute als vollendete Prophetie?« – so der Bruder Thomas in seiner Ansprache zum siebzigsten Geburtstag Heinrichs. 1923 hebt Heinrich Mann außerdem noch den Zug zur Realität in Wedekinds Kunst hervor. »Um besser mit der Welt fertig zu werden, riet er, sie anzuerkennen wie sie war. Die Wirklichkeit anerkennen, damit sie anbiß und das Werk hinnahm, das sie selbst umstürzen sollte.« [S. 81] Das ist auch Programm für die zwanziger Jahre, das klingt nach Neuer Sachlichkeit und ihrer Aufhebung durch das Auf-die-Spitze-Treiben der eigenen Mittel. Es ist, als ob Heinrich Mann das Programm des *Kobes* und der *Großen Sache*, die ja beide von der realistischen Übertreibung bestimmter Wirklichkeitsmechanismen einen großen Teil ihrer Wirkung beziehen, vorweggenommen hätte. Der Wedekind-Text von 1923 antizipiert also in diesem Punkt den ästhetisch-weltanschaulichen Weg Heinrich Manns hin zum Ende der Weimarer Republik. Wie stellt sich dies aber 1928, gleichsam auf der zweiten Hälfte des Weges durch die ›Goldenen Zwanziger‹, dar?

Heinrich Mann ist pessimistischer geworden. Der Grund dafür ist in einer geänderten Publikumsstruktur zu suchen. »Jedes Geschlecht läßt die Werke des Geistes mit anderen Mitteln auf sich wirken.« [S. 429] Das findet sich zu Beginn der Rede zum zehnten Todestag, die nicht zufällig *Wedekind und sein Publikum* überschrieben ist. Heinrich Mann differenziert nun bei der Frage der Wirkung. »Der Dichter war sichtlich Prophet gewesen. So sah ihn sein Publikum im Krieg und nach der Niederlage.« [S. 430] Das alles gilt nicht mehr für das neue Publikum der Republik. »Dann kam der soziale Zerfall, mit ihm das schlimmste und dümmste Publikum.« [S. 430] Danach war nichts mehr, wie es vorher war, es kam eine Jugend, die keinem der Schriftsteller dieser Epoche verpflichtet war. »Vor dem Krieg hat es für sie die Welt noch nicht gegeben, und eine Literatur gibt es für sie immer erst seit höchstens sechs Monaten.« [S. 430] Auch hier findet sich wieder die versteckte Rede über das eigene Schreiben, denn auch Heinrich Mann hat sich 1928 mit dieser lesenden Jugend auseinanderzusetzen. Für diese Jugend ist »die Willenskraft des sittlichen Erneuerers« [S. 431] nicht ausreichend, sondern die Kunst muß von Dynamik, dem puren Lebenswillen bestimmt werden. Das sieht Heinrich Mann bei Wedekind, und das ist wohl auch die größtmögliche Wirkung, die er sich selber am Ende des Jahrzehnts zutraut. Wenn er am Schluß der Rede auf die rhetorische Frage, wie Wedekind denn zu dieser Wirkung stünde, eine Antwort gibt, so ist zum Großteil seine eigene gemeint: »Es geht vorwärts. Sie merken schon, daß ich Arme und Beine habe. Wenn sie selbst erst wieder einen Kopf haben, entdecken sie auch bei mir einen.« [S. 431] Für einen Schriftsteller, der wie Heinrich Mann immer die Macht des Geistes gerade in der Literatur sehr hoch eingeschätzt hat, ist das eine resignierende Feststellung. Sie muß aber vor dem Hintergrund des Zeitgeistes von 1928 gesehen werden.

Heinrich Mann begreift die Republik, zumindest was ihre ästhetischen Qualitäten, ihre Möglichkeiten für den literarisch Schaffenden angeht, als eine Übergangsepoche, als eine Zwischenzeit, die als Tal auf eine große Epoche folgt und die auf einen baldigen Aufschwung nur hoffen kann. Dieser illusionslose Blick kommt besonders darin zum Ausdruck, daß er die eigene Jugendzeit mit den Lebensumständen der gegenwärtigen Jugend vergleicht. Er beschreibt ein Geschlecht, das von der Neuen Sachlichkeit dominiert wird: »Das Geschlecht von 1928 führt sein Leben mit Recht. Die Nachwelt wird ihm hoffentlich bezeugen können, daß es mit gutem Erfolg kühl aber darum nicht kritisch, daß es infolge seiner bewundernswerten ›Dynamik‹ für alles Sittliche tief gleichgültig und im Grunde von ergreifender Unschuld war. So sehen Geschlechter aus, die viel erneuern müssen. Seine Haltung wird eines Tages vielleicht dahin geführt haben, die Welt wieder anständiger und für verantwortungsvolle Köpfe und Herzen bewohnbarer zu machen.« [S. 435]

Diese Diagnose ist typisch für den Heinrich Mann der zwanziger Jahre. Seine Essayistik ist von der andauernden Spannung zwischen moralischer Verantwortung und Demut gegenüber der Wirklichkeit bestimmt. Er will der Republik zum Leben verhelfen, aber gleichzeitig die Augen nicht vor den Entwicklungen der Zeit verschließen. Er versucht, aus der schlimmen Diagnose das Positive herauszulesen. Die jungen Leute können eben nicht anders sein und bieten gerade damit die Voraussetzung zur Besserung der Situation. Daß Heinrich Mann sich damit in gewisser Weise Zwang antut, beweist der zunehmend verklärte Blick auf die Vergangenheit. So wird in *Eugénie oder Die Bürgerzeit* (1928) das Lübeck der eigenen Jugend – der Roman spielt 1873 – zum Handlungsort des Werkes. Trotz aller Kritik an der Lebensführung der Bürger und ihrem repräsentativen Dichter, der Emanuel Geibel nachgezeichnet ist, bleibt ein positiver Rest bei der Schilderung dieser untergegangenen gesellschaftlichen Sphäre sichtbar. Die Bürgerzeit von 1880, also die eigene Jugend, gewinnt vor dem gegenwärtigen Tiefstand an Rang. »1880 stellte am höchsten Erkenntnis und feinen Genuß.« [S. 435] Heinrich Mann wendet sich auch gegen den traditionslosen Blick der neuen Jugend, die nur »Erfolg, Glück, Leichtigkeit und Jazzmusik« im Sinne hat, und ruft ihr aus dem 19. Jahrhundert zu: »Das beste, was sich hoffen läßt, ist vielmehr, daß 1880 und sein sittliches Geschehen sich in anderen Zusammenhängen später wiederholt.« [S. 437]

Damit ist auch die Literatur gemeint. Die neue Jugend liest immer weniger und lebt immer mehr. [Vgl. S. 414] Das hat natürlich Folgen für den Schriftsteller. »Wer Sachlichkeit erstrebt, kann nur durch Tatsachen widerlegt oder bestätigt werden, nie durch Worte.« [S. 494] Die idealistische Kunst, die Heinrich Mann vor dem Krieg gepflegt hat, ist antiquiert geworden. Dies weiß er 1928. Seine Diagnose des Zusammenhangs von historischer Entwicklung, Veränderung der Publikumsstruktur und dem Hervorwachsen einer neuen Kunst ist von erstaunlicher Hellsichtigkeit: »Die Kunst des Schreibens ist weit mehr als früher eine Angelegenheit des Lebens geworden. Dies ist kein Urteil, weder über das Leben noch über die Kunst. Die Meisterwerke sind immer selten, wenn auch 1880 bis gegen 1900 wahrscheinlich mehr von ihnen entstanden.« [S. 492]

So wählen die »Verbraucher« nach Heinrich Mann folgerichtig selbst ihren Stoff. Es ist diese Wirklichkeitsdemut, die ihn zu einem heroischen Anhänger der Neuen Sachlichkeit macht. Er preist daher die »Haltung, sich mit den harten Tatsachen seiner Epoche abzufinden« [S. 495]. Diese Haltung fordert aber Verluste, denn sie impliziert den »Verzicht auf Größeres« [S. 495]. Damit sind vor allem die großen Werke gemeint. »Die Stimmung des Vorläufigen beherrscht Europa, sie bestimmt auch, was man schreibt.« [S. 495] Man merkt deutlich, daß Heinrich Mann hier ein Phänomen des republikanischen Lebens unterstützt, ohne inhaltlich dahinter zu stehen. Im Grunde kann er sich mit dieser Form des Miteinanders und des Schreibens nicht identifizieren.

Heinrich Mann hat trotzdem sein Werk am Ende der Weimarer Republik, stellvertretend seien *Mutter Marie* (1927), *Eugénie oder Die Bürgerzeit* (1928) und *Die große Sache* (1930) genannt, in den Dienst der republikanischen Sache gestellt. Er hat die Vorläufigkeit und starke Zeitgebundenheit gerade dieser Werke mehrfach betont. Ihr primär moralischer Impetus, der von Beginn an auf die Möglichkeit des Meisterwerkes verzichtet, findet sich verdichtet wieder in einem Brief vom 13. Februar 1928 an den französischen Freund Félix Bertaux über den *Eugénie*-Roman: »Er hat seine moralische Lehre, wenn auch keine hohe Geistigkeit. Er ist eine Zwischenarbeit zwischen *Mutter Marie* und dem dritten Roman dieser Reihe *(Die große Sache)*, die zusammen eine ›gute Lehre‹ bildet: 1) Lernt verantworten, 2) lernt ertragen, 3) lernt euch freuen.«

Auch in anderen Texten aus *Sieben Jahre* ist das Bemühen zu spüren, sich der Moderne zuzuwenden. So ist Heinrich Mann einer der wenigen Schriftsteller von Rang, die sich schon in den zwanziger Jahren mit dem Film als dem aktuellsten künstlerischen Medium auseinandersetzen. Dabei gelangt er zu weitreichenden Einsichten. Am Beispiel einer Wochenschau kritisiert er die Vordergründigkeit der Wirklichkeitsdarstellung. Man zeige nur die Fassaden, etwa das Äußere der Fabrik. Was aber fehle, seien »die wirklichen Menschen« [S. 421]. Heinrich Mann vermerkt sehr kritisch die Macht der Bilder, die Fähigkeit des Films, als ein neues und gefährliches Verführungsmedium zu wirken. »Wenn nämlich die Zeiten vorbei sind, als man dem Volk einfach befehlen durfte: So ist euer Leben, so habt ihr es hinzunehmen, – kann man es immer noch verführen, statt es zu vergewaltigen; kann es dazu verführen, das Leben als Parade, Heldenverehrung und als Kriechen der Herde im Staub aufzufassen.« [S. 422]

Was hier wie ein Rückfall in das weltfremde Moralisieren der Zeit aus dem Ersten Weltkrieg klingt, wird sofort relativiert, denn Heinrich Mann stellt diese traurige aber richtige Beobachtung sofort in den zeitgeschichtlichen Kontext; er erweist sich als ein aufmerksamer Kinobesucher:

»Anzuerkennen ist, daß das Volk sich nicht ungern etwas vormachen läßt.« [S. 422] Es ist dieser Eindruck von der Suggestivkraft der filmischen Bilder, der ihn dazu befähigt, das innovative Prinzip der Filmkunst schon 1928 zu erkennen. Thomas Mann schrieb im selben Jahr apodiktisch: »mit Kunst hat, glaube ich, verzeihen Sie mir, der Film nicht viel zu schaffen«. Und etwas später bringt er seine Meinung auf den Punkt, wenn er sagt: »Er ist nicht Kunst, er ist Leben und Wirklichkeit, und seine Wirkungen sind, in ihrer bewegten Stummheit, krud sensationell im Vergleich mit den geistigen Wirkungen der Kunst.« [*Über den Film, Gesammelte Werke,* Bd. X, S. 899] Auch Thomas Mann spürt die starke emotionale Kraft des Films, führt sie aber auf die Lebensnähe, auf die Authentizität des Gezeigten zurück. Die genuine ästhetische Qualität der Bilder bemerkt er nicht. Bei alledem ist zu berücksichtigen, daß die Brüder über den Stummfilm sprechen, der nur Bild und Musik, aber noch keine Sprache kennt. Der erste Tonfilm (*Dich hab ich geliebt* von Walter Jankow) wurde erst am 22. Dezember 1929 in Berlin uraufgeführt. Heinrich Mann hingegen erkennt, daß die spezifische Kunstleistung des Films in den Bildern liegt. Er berichtet, daß es ihm angesichts der Vorführung von Pudowkins *Die letzten Tage von St. Petersburg* gelungen sei, »an Bilder zu glauben, die früher da waren als jede Tendenz, ja, als das Denken selbst« [S. 426]. Das ist ein ganz moderner Gedanke, und Heinrich Mann treibt ihn auf die Spitze, wenn er gegen Ende seines Essays schreibt: »Die absolute Filmdichtung, vom wörtlich ausgesprochenen Gedanken so unabhängig wie Werke sein können, so unabhängig wie die absolute Musik, ist jetzt russischer Besitz, wie einst Beethoven deutscher.« [S. 427]

Heinrich Mann hat sich nicht nur auf dem Gebiet des Films mit Gegenwartsfragen befaßt. Es gibt auch andere Felder, denen er sich öffnet. So ist etwa die Justizkritik ein wesentlicher Bestandteil seiner Essayistik in den zwanziger Jahren. Dabei wendet er sich vor allem gegen die unterschiedliche Behandlung linker und rechter Angeklagter. Er sieht, dies analog zu den ›Weltbühne‹-Autoren, daß die Republik ihre linken Feinde mit einer Erbitterung verfolgt, die sie gegenüber der Bedrohung von rechts vollkommen vermissen läßt. »In demselben Augenblick, da der bürgerliche Gedanke endlich erfüllt ist in seiner Republik, hört der proletarische Gedanke restlos auf, erlaubt zu sein.« [S. 356]

Der resignative Ton, der aus dieser Bemerkung spricht, ist ein Grundzug in den Reden und Essays der zwanziger Jahre. Heinrich Mann, der als einer der ersten deutschen Literaten von Rang für die Demokratie eingetreten war, als es noch keine Selbstverständlichkeit war, der im Krieg und direkt nach der Niederlage für die Errichtung der Weimarer Republik viel Kraft und Energie eingesetzt hatte, ist von der realen Republik enttäuscht. Damit einher geht eine Änderung seiner politischen Haltung. Hatte er noch in *Macht und Mensch* auf die Kraft des Geistes, die Macht der Argumente gesetzt, so schwenkt er jetzt um. Wie verzweifelt Heinrich Mann etwa 1923, dem Jahr der Ruhrbesetzung und der schlimmsten wirtschaftlichen Depression, die Situation der Republik einschätzt, läßt sich daran ablesen, daß er jetzt den Ordnungsgedanken, »die Diktatur des Rechtes« gegen »die Diktatur der Gewalt« [S. 139], fordert. Die Macht ist so stark geworden, daß der Geist als Widersacher nicht mehr taugt, daß nur noch die mit der Vernunft gepaarte Gegengewalt hilft.

Wie ist es zu diesem Sinneswandel gekommen? Wie ist es zu erklären, daß Heinrich Mann, der 1910 ausgezogen war, das Ideal der Freiheit und Demokratie in Deutschland zu propagieren und zu verwirklichen, der in seinen Reden und Ansprachen von 1918 die Bürgerlichen und die Sozialisten davor warnte, den politischen Gegner durch die Anwendung von Gewalt auszuschalten, jetzt Zwangsmaßnahmen zum Schutz der Republik fordert? Er selber hat die Antwort darauf gegeben; und zwar an herausragender Stelle, in seiner in der Dresdener Staatsoper am 11. August 1923 gehaltenen Rede *Wir feiern die Verfassung*. »Liebe Freunde, die Diktatur, von der man spricht, muß nicht erst kommen, und käme der Name, er müßte uns keinen Eindruck mehr machen, denn sie selbst ist schon da, es ist die Diktatur der Gierigsten. Die diktieren konkurrenzlos.« [S. 131 f.]

Es ist die Dominanz des Wirtschaftlichen über die Ideale, die Heinrich Mann erfahren hat und die ihn zu einer entscheidenden Modifikation seines Bildes der Republik geführt hat. In der Rede drückt er die Niederlage des Geistes vor dem Geld deutlich aus: »Der Geist der Verfassung ist inzwischen verkannt, verleugnet, entstellt, er ist ihr fast ausgetrieben worden. [...] Das Kapital ist erst jetzt wahrhaft überwältigend geworden. Seine Herrschsucht vergreift sich erst jetzt ganz offen an jedem einzelnen von uns, wie am Staate selbst.« [S. 128 und 130]

Spätestens 1923 zeigt sich für Heinrich Mann, daß die Republik vor allem zum politischen Handlanger des Kapitals verkümmert ist. Der Widerstand gegen die Ruhrbesetzung wird von ihm daher auch nicht als ein nationaler Protestakt gegen eine französische Intervention gesehen. Er erkennt vielmehr, daß die streikenden Arbeiter benutzt werden, die Interessen des Kapitals zu schützen, das sich gegen alle vertraglichen Fixierungen bereichert hatte. »Der französische Einfall ist auf alle Fälle hart und keineswegs ehrenvoll, trotz seiner für niemand rühmlichen Vorgeschichte. Aber wenn seit dem Ruhreinfall schon wieder der Nationalismus in Deutschland obenauf ist, dann wollen wir uns doch klar machen, wem wir ihn und den Ruhreinfall zu verdanken haben: dem widerrechtlich aufgehäuften Kapital.« [S. 134]

Heinrich Manns geänderte Haltung läßt sich, gemeinsam mit ihrer Begründung, paradigmatisch in einem 1924 geschriebenen kurzen Text über Lenin, *Antworten nach Rußland*, ablesen. Bei Lenin finde sich »Treue zu einem ungeheuren Werke notwendigerweise mit Unerbittlichkeit gegen alle, die es stören wollten« verbunden [S. 159]. Heinrich Mann akzeptiert diese »Unerbittlichkeit«, die nichts anderes als den revolutionären Terror meint. Er tut dies aus zwei Gründen. Zum einen lobt er Lenin dafür, daß er sein Werk umgestaltet habe, wenn es die Bedürfnisse der Menschen erfordert hätten. Noch ausschlaggebender für Heinrich Manns Einschätzung ist aber die Entwicklung in Deutschland zwischen 1918 und 1924 gewesen. »Seine Größe ward mir übrigens immer begreiflicher, wenn ich dagegen sah, was aus Deutschland wurde. Hier war nur blinder Haß gegen Idee und Werk, gegen Idee als erneuerndes Prinzip und gegen eine menschliche Gemeinschaft als Werk bildender Vernunft.« [S. 159] Für Heinrich Mann wird die Position des Geistespolitikers immer schwieriger, da er sieht, daß die Republik eben nicht die Verwirklichung der Herrschaft des Geistes ist. Dies hängt auf das engste mit dem Kommerzialismus und dem Zerfall des Bürgertums zusammen. »Sein Ideal der ›bürgerlichen Freiheit‹ ist längst aufgegeben. Sein Ideal von ›Bildung‹ war einmal.« [S. 161] Das trifft nicht nur auf das Bürgertum insgesamt, sondern vor allem auf die Ideale und Existenzgrundlagen des Bürgers Heinrich Mann zu. Nicht nur auf dem ästhetischen Felde verliert er sein Publikum, sondern auch auf dem politischen Sektor fehlen die Mitstreiter für eine humane, geistbestimmte politische Lebensform.

Dieser Pessimismus war aber nicht von Beginn an gegeben. Die frühen Texte in *Sieben Jahre*, speziell von 1921 und 1922, atmen noch einen anderen Geist, der von Hoffnung, von einer Aufbruchsstimmung, ähnlich der in

Macht und Mensch, geprägt wird. Deutlich wird dies etwa in der Schilderung Berlins von 1921. »Berlin, heute ohne Glanz und Fülle, ist unvergleichlich schöner als vor den Katastrophen. Man muß es ihm leise sagen: das Schönste ist, daß es nichts davon ahnt. Die Katastrophen erlösten es, indem sie es entblößten.« [S. 18] Das republikanische Berlin ist das arme Berlin, und das wird positiv gesehen, weil es die Chance zum Neubeginn impliziert. Diese arme, neue Zeit wird dann vom »eisernen Gürtel Militarismus« [S. 18] abgegrenzt, der Berlin früher die Luft abgeschnürt hatte. Zwei Jahre später liest sich das ganz anders. Der Kapitalismus ist an die Stelle des Militarismus getreten, und Heinrich Mann erkennt, daß dies weitaus schlimmer für die meisten Menschen ist.

Einzig die Außenpolitik ist das Feld, auf dem Heinrich Mann in den zwanziger Jahren einen Hoffnungsanker für eine positive Zukunft in Deutschland und Europa sieht. Die Utopie verlagert sich in den internationalen Raum, umgreift nicht mehr Deutschland, das sich als unfähig zur Verwirklichung der Träume von 1910 erwiesen hat. In *Anfänge Europas* (1923) heißt es programmatisch: »Europa: der Gedanke enthält neue Ziele, neue Mittel, vielleicht ein ganzes neues Menschentum und sicher neue Kämpfe.« [S. 111] Was in Deutschland für Heinrich Mann obsolet geworden ist, in der Aussöhnung mit Frankreich und dem daraus resultierenden Europagedanken sieht er eine Möglichkeit dafür. »Wie wollen geistig Lebende bessern? Natürlich durch Vergeistigung. Die Handlungen unserer Länder sollen zum Antrieb Idee haben. Wir glauben, jeder von seinem Land, daß ihm dies durchaus gemäß ist. Demnach wäre es europäisch. Geist und Tat, voneinander durchdrungen und bewegt, sind europäisch.« [S. 113] Heinrich Mann zumindest hat diese Utopie der Völkerverständigung gelebt. Er war der erste deutsche Schriftsteller, der 1923 – die deutsch-französischen Beziehungen waren wegen der Ruhrbesetzung auf den Nullpunkt gesunken – zu den Entretiens de Pontigny, einem intimen Gesprächskreis französischer Intellektueller, eingeladen wurde. Unter den Gästen befanden sich auch der befreundete Germanist Félix Bertaux, Roger Martin du Gard und André Gide. Zwei Jahre später war Heinrich Mann, als Führer der deutschen Delegation auf Einladung des französischen PEN-Clubs in Paris. Er hat darüber in *Die Literatur und die deutsch-französische Verständigung* berichtet. »Als zweiter der Fremden ward der Deutsche aufgerufen, aber noch konnte ich nichts sagen, der Beifall, kaum daß ich aufgestanden war, erschütterte den Saal.« [S. 317] Das Beispiel zeigt: Heinrich Mann war vor allem im westlichen Ausland Symbol eines besseren Deutschlands, das nicht in einem dumpfen Nationalismus verharren, sondern sich seinen Nachbarn gegenüber öffnen wollte.

In Deutschland sah das alles ganz anders aus, und hier hat Heinrich Mann nicht nur von den rechten und nationalistischen Kreisen, sondern auch von linksbürgerlichen Publizisten Kritik erfahren, weil er an seinen abstrakt-moralischen Prinzipien auch angesichts der immer stärkeren Bedrohung der Republik festhielt. Siegfried Kracauer etwa warf ihm später vor, er verabsolutiere »seinen Begriff des Geistes in idealistischer Weise« und verfehle daher »die richtige Einschätzung der realen Kräfte und Gegenkräfte, die jeder politischen Aktion vorauszugehen hätte«. Das trifft sicher für viele Bemühungen Heinrich Manns zu, übersieht aber eine Textsorte, die er in den zwanziger Jahren neu entwickelt und die sich weit mehr auf die konkreten gesellschaftlichen Phänomene eingelassen hatte. Die Rede ist von kleinen Skizzen, die schlaglichtartig Themen wie Mode, Tanzen, Boxen, Sexualität und ähnliche Wirklichkeitsfelder in den Blick nehmen.

Dabei gelingt es Heinrich Mann, die Ebene der nur äußerlichen Nachzeichnung des Lebens in Berlin oder anderen deutschen Großstädten zu durchbrechen. In der Beschreibung des Zufälligen, der kleinen Episode, scheint immer wieder der Zeitgeist, die große Richtung der Dinge, durch. Bestes Beispiel dafür ist der 1926 entstandene Text *Der Bubikopf*. Er beschreibt ein modisches Phänomen, nämlich die kurzen Haare bei vielen jungen Frauen. Heinrich Mann stellt dieses Phänomen aber direkt in den gesellschaftlichen Zusammenhang. »Kurze Haare durften nicht ausbleiben, nachdem die Figur der Dame knabenhaft geworden war. Hievon abgesehen läßt sich damit besser sowohl tanzen und Sport treiben wie auch in Fabriken arbeiten.« [S. 274] Die Mode ist Indiz für ein gewandeltes Frauenbild, ein Frauenbild, das letztlich in einer ökonomischen Zwangslage gründet, der Notwendigkeit, daß die Frauen in den Fabriken arbeiten müssen, um die Familie zu ernähren und die Wirtschaft aus der Talsohle herauszuführen. Heinrich Mann verfällt also nicht dem Glamourglanz, den die neuen Illustrierten und der Film mit ihrer Propagierung der schnell wechselnden Moden verbreiten, sondern führt die neue Erscheinung auf ihren bitteren Kern zurück. Das Schöne und das Nützliche, der äußere Schein und die harte Notwendigkeit, werden bei ihm in aller Schärfe in Kontrast gesetzt. »Haben etwa kühne Schwimmerinnen und die Filmsterne, die mit Apachen kämpften, sich als erste die Haare geschnitten, dann jedenfalls ganz im Sinne der Industriearbeiterin, deren Haare von der Arbeit so staubig werden.« [S. 274] Die neue Sachlichkeit dominiert nicht nur die Kunst, sondern auch die Freizeit der Menschen. Schönheit und Nützlichkeit sind eine Synthese eingegangen. »Die gegebenen Verhältnisse aber bestimmen mit Recht, was schön ist.« [S. 275]

Auch das Verhältnis der Geschlechter hat Heinrich Mann unter diesem Aspekt gesehen. In seinem im gleichen Jahr geschriebenen Essay *Sie reichen sich die Hände* berichtet er von einem alternden Agenten, der seiner jungen

Konkurrentin Vitriol in das hübsche Gesicht geschüttet habe. Der Kommentar führt wieder auf die ökonomische Basis der ›Goldenen Zwanziger‹: »Dies ist ein sehr heutiger Ausdruck des Geschlechtshasses. Die Frau muß zuerst geschäftlich erfolgreicher sein, dann fällt es jemandem ein, sie auch als Frau zu hassen.« [S. 279]

Aber nicht nur im kleinen setzt sich der veränderte Blick auf die geänderte Wirklichkeit durch. Auch im großen trägt Heinrich Mann den gewandelten Verhältnissen Rechnung. Dies geschieht gegen Ende der Republik, in einem *Dichtkunst und Politik* überschriebenen Bericht an die Sektion für Dichtkunst der Preußischen Akademie der Künste. Heinrich Mann nimmt hier Abschied von einem einseitig idealistischen Politikverständnis, das von der Grundhaltung ausging, der Geist könne mit der Politik verschmelzen. 1928 tritt er für einen strengen Dualismus von Geist und Politik, Literatur und Staat ein. Dem sind die Erfahrungen mit der Republik in den vorangegangenen sieben Jahren tief eingeschrieben. »Der Staat ist vom Zweck bestimmt. Zweckhaft Gesinnte, denen die Macht dazu gegeben war, haben ihn errichtet. Sogar die Gerechtigkeit des Staates ist zweckvoll. [...] Sein Wesen selbst ist nicht Sittlichkeit, sondern der Nutzen.« [S. 450] Hier ist jeglicher verklärende Blick auf die staatliche Wirklichkeit der zwanziger Jahre überwunden. Dieser Heinrich Mann gibt sich keinen Illusionen mehr hin. Dennoch verfällt er weder in einen Quietismus, der auf jegliches öffentliche Handeln verzichtet, noch in eine vorschnelle Anerkennung des Faktischen. »Trotzdem läßt sich wohl sagen, daß in der Welt auch sittlich gehandelt wird. Religionen, Philosophien und mit den anderen Künsten die Dichtkunst sorgen seit besonders dreitausend Jahren dafür, daß die Gewissen nie völlig einschlafen.« [S. 451] In diesem »Trotzdem« fungiert die Kunst als sittliches Korrektiv gegen den moralisch und ethisch neutralen Mechanismus

Staat. Das ist eine andere Haltung als zehn Jahre zuvor, als die Trennung von Geist und Politik so eindeutig nicht fixiert wurde.

Der Geist wird jetzt zum Refugium für das Wahre und Gute, zu einem Refugium, in dem man sich nicht der Hoffnung hingibt, Entscheidendes verändern zu können. Was jetzt um 1928 zählt, ist tatsächlich nur das Trotzdem, das Überwintern von humanen Werten im Geiste der Literatur. Daß damit der Weg zur direkten politischen Einmischung weitgehend versperrt wird, gesteht Heinrich Mann dann auch ein, wenn er schreibt: »Auf die Wirklichkeit, wie sie ist, sich nicht einlassen, ihre Ausreden nicht kennen wollen; den Geist für unabhängig halten von den Zufällen des wirklichen Geschehens [...]; ohne Ansehen fordern, was wahr und gerecht wäre, den Ewigen Frieden fordern, während ein Zeitalter der Kriege soeben anbricht: dies ist die reine Gestalt des Geistigen. Dies ist Kant.« [S. 453 f.]

Dies ist natürlich nicht nur Kant, der in der Forschung immer wieder als einer der geistigen Ahnherren Heinrich Manns hervorgehoben worden ist, sondern dies ist sicher seine Position am Ende der Weimarer Republik.

Die Darstellung von Heinrich Manns Essayistik in den zwanziger Jahren wäre unvollständig, würde man nicht auf seine prophetischen Qualitäten zu sprechen kommen. Sein Gespür für die kommenden politischen Ereignisse hatte während und kurz nach dem Krieg zu einem großen Teil seinen Ruhm begründet. So nimmt es nicht wunder, daß auch in *Sieben Jahre* dieser Zug seines Schreibens sich immer wieder findet. Allerdings mit einer charakteristischen Änderung.

In einer Reihe von Briefen, in denen er den Amerikanern die deutsche Gegenwart von 1925 erklären will, kommt er auch auf die Demokratiefähigkeit seiner Landsleute zu sprechen. Trotz der negativen Erfahrungen, die er besonders seit 1923 gemacht hat, will er im Ausland Optimismus verbreiten. In einem ersten Schritt versucht er, seinen Glauben an die Demokratie und die beobachteten Realien noch miteinander zu verknüpfen. »Welche gegebene Wirklichkeit heißt Demokratie? Der Zustand, in dem ein Volk, mündig geworden, sich den Interessen der wirtschaftlich Mächtigen hingibt mit voller Kraft.« [S. 206] Hier propagiert Heinrich Mann die Identität von Kapitalismus und Demokratie in einem positiven Sinne. Dann kommt er auf die Frage zu sprechen, wie fest die Demokratie in Deutschland etabliert sei. Indem er in den prophetischen Gestus verfällt, spielt sich eine gespenstische Szene ab. Heinrich Mann verneint die Möglichkeit einer Diktatur in Deutschland, gibt allerdings eine Ausnahme an, die er aber historisch für unmöglich hält. Die Ausnahme aber trägt alle Züge Hitlers, ist also letztlich doch wahr. Die Deutschen unterscheiden nach Heinrich Mann zwischen den »Gedanken und Vorstellungen« und der wirklichen, politischen Welt. Sie liebten daher eine so »regelmäßige Existenz wie Bismarck, adelig und begütert, Beamter und Offizier, konservativ, bodenständig und fremd jeder grenzenlosen Spekulation« [S. 208]. Auf gar keinen Fall könne bei den Deutschen Erfolg haben, wer »literarisch wirkte« [S. 208]. Dann folgt die Beschreibung eines Diktators, die undeutsch sein soll, aber die Geschichte des Dritten Reiches in den Kernzügen antizipiert. »Der herkömmliche Diktator fängt mit Lesen an. Die Werke der Phantasie kommen bei ihm vor denen der Tat. Denken und Schwärmen ersetzt ihm die vollgültige Herkunft, die ihm fehlt, und zaubert ihm Größe vor, von der sein Blut sonst nichts wüßte. Dann Handeln – und umso schrofferes Handeln, je beziehungsloser er ist, je mehr auf sich allein gestellt, je gewagter. Was hat er zu verlieren selbst auf dem höchsten Gipfel? Er kann wieder werden, was er schon einmal war: nichts. Und das kommt dann auch. Jeder Diktator endet mit einem Waterloo.« [S. 209]

Nicht eindringlicher konnte man wohl 1925 die Psychologie eines Hitlers und seiner Schergen voraussagen. Seine schwärmerische Basis, seine zauberische, eben stark ästhetische Wirkung und schließlich sein Handeln, das ja tatsächlich in dem Maße radikaler und maßloser wurde, je mehr die Lage aussichtslos, je mehr Deutschland isoliert wurde. Und schließlich das bittere Ende, auch das nimmt Heinrich Mann vorweg, wenn auch in der Form des 19. Jahrhunderts, als in Waterloo eine große Armee, aber nicht große Teile eines ganzen Volkes vernichtet wurden.

Gerade dieses Beispiel macht aber deutlich, wohin es den Propheten treibt, wenn er an den geschichtlichen Abläufen nichts ändern kann, so sehr er sich auch müht. Er kann dann einzig noch das Grauenhafte voraussehen. Angesichts dieses Faktums sei daher abschließend die Frage gestellt, wie sich Heinrich Manns Rolle als Schriftsteller, als Tribun der Republik, vor diesem historischen Hintergrund ausnimmt. Es ist dies speziell die Frage nach dem Kraftzentrum, das es ihm all die Jahre möglich gemacht hat, trotz der hellsichtigen Einblicke in das marode Staatswesen Weimarer Republik, seine Rolle als demokratisches Gewissen dieses Gemeinwesens weiter wahrzunehmen. 1933 wird er als einer der ersten in die Emigration gezwungen, er wird in den dreißiger Jahren einer der wichtigsten antifaschistischen Publizisten in Europa, und er schreibt mit dem *Henri Quatre* den historischen Exilroman, der neben der *Joseph*-Tetralogie seines Bruders und einigen wenigen anderen Werken wohl über den Tag hinaus bleiben wird. Heinrich Mann selbst hat an einer versteckten Stelle in *Sieben Jahre* die Antwort darauf gegeben, eine Antwort, die sein Selbstverständnis als Schriftsteller auf das bündigste zusammenfaßt: »Die großen Schläge des Lebens aber treffen selbst den Gereiften jedesmal wie ein Gewaltstreich, der noch soeben unmöglich schien. Er weiß vom Unglück, vergißt es aber immer wieder, und jeden Morgen glaubt er an das Glück. Es ist der allgemein menschliche Optimismus, nur die größere Erregbarkeit dieses Menschen macht daraus etwas Neues. Ihn selbst erhält sie neu, er bleibt um so länger jung, je reizbarer er erlebt.« [S. 255 f.]

Zur Entstehungs- und Überlieferungsgeschichte

Sieben Jahre. Chronik der Gedanken und Vorgänge ist die dritte Essay-Sammlung, die Heinrich Mann nach *Macht und Mensch* (1919) und *Diktatur der Vernunft* (Berlin: Verlag Die Schmiede 1923) zusammenstellte, wobei die Essays aus *Diktatur der Vernunft* nochmals alle, wenn auch mit gewichtigen Änderungen, in den Band *Sieben Jahre* aufgenommen wurden. Darüber hinaus waren diese und fast alle anderen Essays bereits in Zeitungen und Zeitschriften erschienen. Heinrich Mann hatte – nicht zuletzt durch das Vorbild Zolas und dessen erfolgreicher Intervention in der Dreyfus-Affäre – früh erkannt, daß publizistische Arbeit eine persönliche und charakteristische Form politischer Tat ermöglichte, die zudem den direkten Eingriff in politische Entwicklungen bot. In essayistischen Beiträgen konnte schneller auf Tagesereignisse reagiert werden als in anderen literarischen Formen. Die Presse bot ihrerseits dem Autor den größtmöglichen Wirkungskreis nicht nur durch Auflage und Verbreitungsgrad der Zeitungen, sondern auch dadurch, daß die Texte einer Öffentlichkeit zugänglich gemacht wurden, die sonst kaum zu seinen Lesern zählte. Dem Schriftsteller bot sich damit die Chance, die Kluft zwischen Geist und Politik, zwischen Öffentlichkeit und Kultur überbrücken zu helfen. Heinrich Mann veröffentlichte – dezidiert über alle Parteigrenzen hinweg – sowohl in den großen liberalen Zeitungen ›Berliner Tageblatt‹, ›Vossische Zeitung‹, ›Berliner Börsen-Courier‹, ›Frankfurter Zeitung‹ als auch in der ›Roten Fahne‹, dem Organ der Kommunistischen Partei Deutschlands (KPD), wie in Wilhelm Herzogs ›Forum‹ oder Willy Haas' ›Literarischer Welt‹. Hinzu kamen vereinzelte Publikationen, zum Teil als Erstveröffentlichungen, in französischen Organen.

Bis auf eine Ausnahme haben sich keine handschriftlichen Fassungen der Essays aus *Sieben Jahre* noch Konzept-Notizen oder Entwürfe dazu erhalten. Im folgenden sind zu den einzelnen Essays jeweils Erstdruck und weitere wichtige Drucke vor der Veröffentlichung im Band *Sieben Jahre* zusammengestellt[1]:

1921

Berlin

Erstdruck: ›BZ am Mittag‹. Berlin. Jg. 44, Nr. 272 vom 21. November 1921, S. 1 und 2, u. d. T.: *Berlin 1921* und Nr. 274 vom 23. November 1921, S. 1 und 2, u. d. T.: *Die große Stadt*.

Weiterer Druck: [Auszüge von *Berlin 1921*:] ›Vossische Zeitung‹. Berlin. Jg. 218, Nr. 549 vom 22. November 1921, Morgen-Ausgabe, S. 2, u. d. T.: *Berliner Eindrücke*.

1 Für Hinweise, Ergänzungen und entscheidende Korrekturen zu den bibliographischen Angaben der Drucke gebührt den Berliner Kolleginnen Barbara Voigt [Zeitraum: bis 1925] und Brigitte Melzwig [Zeitraum: ab 1926] großer Dank, die mir ihre Arbeitsergebnisse selbstlos zur Einarbeitung überlassen haben.

Einband der Erstausgabe
[vgl. S. 562]

Deutsche Literatur um 1920.
Bericht nach Amerika

Erstdruck: ›The Literary Review‹. New York. 16. Oktober 1920, S. 1–2 (Beilage zu: ›New York Evening Post‹), u. d. T.: *German Youth of Today.*

Weiterer Druck: ›Das Forum‹. Berlin. Jg. 9, Heft 4, Januar 1929, S. 181–184, ohne Untertitel, mit einer Vorbemerkung von Wilhelm Herzog.

Der bürgerliche Held

Erstdruck: ›Berliner Tageblatt‹. Jg. 50, Nr. 209 vom 5. Mai 1921, Morgen-Ausgabe, S. 1, m. d. Untertitel: *Napoleon, gestorben bei Sonnenuntergang, am 5. Mai 1821.*

Der hundertjährige Flaubert

Erstdruck: ›Berliner Tageblatt‹. Jg. 50, Nr. 571 vom 11. Dezember 1921, Morgen-Ausgabe, S. 1, u. d. T.: *Flaubert. Geboren in Rouen am 12. Dezember 1821.*

1922

Gedenktage

Gerhart Hauptmann
Erstdruck: ›Die Wage‹. Wien. Jg. 25, Neue Folge: 3, Nr. 39 vom 4. November 1922, S. 635–637.

Weitere Drucke: ›Blätter des Deutschen Theaters. Ausgabe für das Grosse Schauspielhaus‹. Berlin. Jg. 8 [1922], Heft 16: ›Gerhart Hauptmann-Heft‹, S. 121–122. – ›Festschrift zum 60. Geburtstag Gerhart Hauptmanns‹. Berlin: [Mosse] 1922, S. 7.

Arthur Schnitzler
Erstdruck: ›Die Neue Rundschau‹. Berlin. Jg. 33 der ›Freien Bühne‹. Bd. 1, Heft 5, Mai 1922, S. 506.

Peter Altenberg
Erstdruck: ›Das Altenbergbuch‹. Hg. von Egon Friedell. Leipzig, Wien, Zürich: Verlag der Wiener Graphischen Werkstätte G. M. B. H. o. J. [1921], S. 61–66.

Weiterer Druck: ›Der Kunstwart‹. München. Jg. 36, Bd. 1, Heft 6, März 1923, S. 241 f.

Hermann Bahr
Erstdruck: bislang nicht nachgewiesen.

Tragische Jugend. Bericht nach Amerika über Europa

Erstdruck: bislang nicht nachgewiesen.

Weiterer Druck [unvollständig]: ›Das Forum‹. Berlin. Jg. 9, Heft 4, Januar 1929, S. 184–187, m. d. Untertitel: *Schluß eines Essays aus dem Jahre 1922.*

1923

Erinnerungen an Frank Wedekind. Vortrag

Erstdruck: ›Prager Presse‹. Jg. 3, Nr. 109 vom 22. April 1923, S. 14; Nr. 111 vom 24. April 1923, S. 8; Nr. 112 vom 25. April 1923, S. 9; Nr. 113 vom 26. April 1923, S. 7.

Weitere Drucke: ›Neue Zürcher Zeitung‹. Jg. 144,

Nr. 834 vom 20. Juni 1923, 1. Morgenblatt, Feuilleton, S. 1–2; Nr. 840 vom 21. Juni 1923, 1. Morgenblatt, Feuilleton, S. 1–2; Nr. 846 vom 22. Juni 1923, 1. Morgenblatt, Feuilleton, S. 1–2. – ›Die Neue Rundschau‹. Berlin. Jg. 38 der ›Freien Bühne‹. Bd. 1, Heft 6, Juni 1927, S. 585–599.

Die Tragödie von 1923

I. Das Sterben der geistigen Schicht. April 1923
Erstdruck: ›Berliner Tageblatt‹. Jg. 52, Nr. 156 vom 3. April 1923, Abend-Ausgabe, S. 1, u. d. T.: *Ihr müßt wollen*. [Stellungnahme zu einer redaktionellen Umfrage: *Untergang oder Aufstieg?*, zu der in der Osternummer des ›Berliner Tageblatts‹ bereits Beiträge anderer Autoren erschienen.]

Weitere Drucke: *Diktatur der Vernunft*, S. 17–21. – [unvollständig:] ›Das Forum‹. Berlin. Jg. 9, Heft 5/6, Februar/März 1929, S. 226–228.

II. »Wirtschaft« 1923. Mai 1923
Teilvorabdruck [mit Auslassungen]: ›Prager Tagblatt‹. Jg. 48, Nr. 151 vom 1. Juli 1923, S. 1, Leitartikel, u. d. T.: *Die Stinnes und die neuen Untertanen*, mit dem redaktionellen Vorspann: »Der Dichter Heinrich Mann, dessen politisch-psychologischer Scharfblick in der Zeitsatire *Der Untertan* so siegreich hervorleuchtete, entwickelt die nachfolgenden Gedanken im Juliheft der ›Neuen Rundschau‹, das demnächst erscheint.«

Erstdruck: ›Die Neue Rundschau‹. Berlin. Jg. 34 der ›Freien Bühne‹. Bd. 2, Heft 7, Juli 1923, S. 577–602, u. d. T.: *Europa. Reich über den Reichen*, Teil I.

Weitere Drucke: ›Nakanune‹. Berlin. [Russische Tageszeitung], Nr. 379 vom 8. Juli 1923, Beilage ›Literaturnoe priloschenie‹, Nr. 60, S. 1–5, u. d. T.: *Europa. Reich über den Reichen*, Teil I [in russischer Sprache]. – *Diktatur der Vernunft*, S. 22–38, u. d. T.: *Europa. Reich über den Reichen*, Teil I. – *Geistige Politik! Fünftes der Ziel-Jahrbücher*. Hg. von Kurt Hiller. Leipzig, Wien: Ziel-Verlag / im Buchhandel Literaria 1924, S. 9–16, u. d. T.: *Gierigstenherrschaft*. – [unvollständig:] ›Das Forum‹. Berlin. Jg. 9, Heft 5 / 6, Februar / März 1929, S. 228–241.

III. Anfänge Europas. Mai 1923
Erstdruck: ›Die Neue Rundschau‹. Berlin. Jg. 34 der ›Freien Bühne‹. Bd. 2, Heft 7, Juli 1923, S. 577–602, u. d. T.: *Europa. Reich über den Reichen*, Teil II.

Weitere Drucke: ›Nakanune‹. Berlin. [Russische Tageszeitung], Nr. 379 vom 8. Juli 1923, Beilage ›Literaturnoe priloschenie‹, Nr. 60, S. 5–8, u. d. T.: *Europa. Reich über den Reichen*, Teil II [in russischer Sprache]. – ›Europe‹. Paris. Bd. 2, Nr. 6 vom 15. Juli 1923, S. 129–149, u. d. T.: *L'Europe, Etat suprême* [in französischer Sprache, übersetzt von G.-A. Khnopff]. – ›Frankfurter Zeitung‹. Jg. 68, Nr. 823 vom 6. November 1923, Morgenblatt, S. 1 und 2, Auszug u. d. T.: *Die Wage steht!* – *Diktatur der Vernunft*, S. 38–54, u. d. T.: *Europa. Reich über den Reichen*, Teil II. – *Geistige Politik! Fünftes der Ziel-Jahrbücher*. Hg. von Kurt Hiller. Leipzig, Wien: Ziel-Verlag / im Buchhandel Literaria 1924, S. 16–17, u. d. T.: *Gierigstenherrschaft*.

IV. Noch ein Krieg mit Frankreich. Antwort nach Frankreich, Juni 1923
Erstdruck: ›Die Neue Rundschau‹. Berlin. Jg. 34 der ›Freien Bühne‹. Bd. 2, Heft 9, September 1923, S. 769 bis 777, u. d. T.: *Deutschland und Frankreich. Antwort an Jacques Rivière*. – Die früher erschienene französische Übersetzung bietet nur Auszüge: ›La Nouvelle Revue Française. Revue Mensuelle de Littérature et de

Critique‹. Paris. Tome XXI, Nr. 69 vom 1. August 1923, ›Correspondance‹, S. 249–253, u. d. T.: *Coopération économique seulement?*, mit einem redaktionellen Vorspann von Félix Bertaux, S. 248 f. [Antwort auf den Artikel von Jacques Rivière, *Pour une entente économique avec l'Allemagne*, ›La Nouvelle Revue Française. Revue Mensuelle de Littérature et de Critique‹. Paris. Tome XX, 1. Mai 1923, S. 725–735.]

Weiterer Druck: *Diktatur der Vernunft*, S. 55–65.

V. Wir feiern die Verfassung. Rede, gehalten am 11. August 1923 in der Dresdener Staatsoper

Erstdruck: ›Sächsische Staatszeitung‹. Dresden. Nr. 190 vom 16. August 1923, S. 1–2, u. d. T.: *»Begeisterung für Ideen kann fertig werden mit der Not!« Heinrich Manns Festansprache zur Verfassungsfeier in der Sächsischen Staatsoper.*

Weitere Drucke: ›Prager Tagblatt‹. Jg. 48, Nr. 192 vom 18. August 1923, S. 1, Leitartikel, mit dem redaktionellen Vorspann: »Die Rede, von Jubel und Protest unterbrochen, hielt der große Dichter in der Dresdener Staatsoper, am 11. Aug. 1923 ...« [mit textlichen Abweichungen vom Erstdruck]. – ›Living Age‹. New York. 8. Serie, Bd. 32, Nr. 319 vom 13. Oktober 1923, S. 57–60, u. d. T.: *In Honor of the Constitution. – Diktatur der Vernunft*, S. 66–75, u. d. T.: *Dresdner Rede, gehalten zur Feier der Verfassung, am 11. August 1923 in der Staatsoper.*

VI. Sie gehen bis zum Verrat. Oktober 1923

Erstdruck: ›Vossische Zeitung‹. Berlin. Jg. 220, Nr. 481 vom 11. Oktober 1923, S. 1–2, Leitartikel, u. d. T.: *Diktatur der Vernunft*, mit dem redaktionellen Vorspann: »Der Dichter Heinrich Mann sendet uns folgenden ›offenen Brief‹ an den Reichskanzler«. – ›Prager Tagblatt‹. Jg. 48, Nr. 237 vom 11. Oktober 1923, S. 1, Leitartikel, u. d. T.:

Diktatur der Vernunft, mit dem redaktionellen Vorspann: »Heinrich Mann sendet uns diesen offenen Brief an Stresemann, den wir umso lieber veröffentlichen, als wir – trotz Einwände gegen diese Beurteilung Poincarés – den Gedanken einer direkten Aussprache für überaus fruchtbringend halten.«

Weitere Drucke: *Diktatur der Vernunft*, S. 7–16, u. d. T.: *Herr Reichskanzler! – Deutschland und Frankreich. Ihre Wirtschaft und ihre Politik 1923/24*. Mit Beiträgen von Fr[iedrich] Aereboe [...] hg. von R[obert] Kuczynski. [Bd. 1.] Berlin: Prager 1924, S. 138–145. – *L'Allemagne et la France. Leur vie économique et politique en 1923-24*. Par Fr[iedrich] Aereboe [...]. La Flèche ⟨Sarthe⟩ 1924, S. 138–151.

1924

Gespräch mit Masaryk

Erstdruck: ›Přítomnost‹. Prag. Jg. 1, Nr. 3 vom 31. Januar 1924, S. 38–39, u. d. T.: *Rozhovor s Masarykem* [in tschechischer Sprache]. – ›Neue Freie Presse‹. Wien. Nr. 21334 vom 1. Februar 1924, Morgenblatt, S. 2–3.

Weitere Drucke: ›Vossische Zeitung‹. Berlin. Jg. 221, Nr. 55 vom 1. Februar 1924, Abend-Ausgabe, S. 1, Leitartikel, m. d. Untertitel: *Prag, Ende Januar*. – ›Das Forum‹. Berlin. Jg. 9, Heft 4, Januar 1929, S. 187–191.

Antworten nach Rußland

Handschrift von Teil I [Fotokopie]: HMA SB 226, vgl. Abb., S. 160.

Erstdruck [Teil I]: ›Die Gegenwart über Lenin. Stimmen führender Persönlichkeiten‹. Berlin: Neuer Deutscher Verlag [ca. 1924], S. 16–17, ohne Titel.

Weitere Drucke: ›Das Forum‹. Berlin. Jg. 8, Nr. 1–5, Februar 1924, Lenin-Heft, S. 22. – ›Das Forum‹. Berlin. Jg. 9, Heft 5/6, Februar/März 1929, S. 241, u. d. T.: *Antworten nach Rußland.*

Erstdruck [Teil II]: ›Krasnaja Niva‹. Moskau. Nr. 44 vom 2. November 1924, S. 1061 als Beitrag zu der Umfrage »Der Westen über die Oktoberrevolution« [in russischer Sprache].

Weiterer Druck: ›Das Forum‹. Berlin. Jg. 9, Heft 5/6, Februar/März 1929, S. 242, u. d. T.: *Antworten nach Rußland.*

Anatole France. Zu seinem Tode

Erstdruck: ›Neue Freie Presse‹. Wien. Nr. 21590 vom 19. Oktober 1924, Morgenblatt, S. 3–4, u. d. T.: *Anatole France.*

Weitere Drucke: ›Frankfurter Zeitung‹. Jg. 69, Nr. 787 vom 21. Oktober 1924, Morgenblatt, S. 1 und 2, u. d. T.: *Skepsis und Liebe. Zum Tode von Anatole France.* – ›Das Forum‹. Berlin. Jg. 9, Heft 5/6, Februar/März 1929, S. 242–248.

Der Einfluß der französischen Literatur. Bericht nach Frankreich

Erstdruck: ›Les Nouvelles Littéraires‹. Paris. 11. Juli 1925, S. 5, u. d. T.: *L'influence littéraire de la France à l'étranger: Allemagne.*

Weiterer Druck: [Referat mit Zitaten:] ›Berliner Börsen-Courier‹. Jg. 57, Nr. 420 vom 8. September 1925, Abend-Ausgabe, S. 2.

V. S. E.

Erstdruck: ›Vossische Zeitung‹. Berlin. Jg. 221, Nr. 571 vom 2. Dezember 1924, Morgen-Ausgabe, S. 1, Leitartikel, und Nr. 573 vom 3. Dezember 1924, Morgen-Ausgabe, S. 1, Leitartikel.

An die Wähler zum Reichstag

Erstdruck: bislang nicht nachgewiesen.

Geistiges Gesellschaftskapital

Erstdruck: ›Berliner Börsen-Courier‹. Jg. 57, Nr. 605 vom 25. Dezember 1924, Morgen-Ausgabe, 1. Beilage, S. 5.

Weitere Drucke: ›Neues Wiener Journal‹. Jg. 33, Nr. 11271 vom 7. April 1925, S. 3–4 und ›Neues Wiener Journal‹. Jg. 34, Nr. 11757 vom 15. August 1926, S. 4.

1925

Die jungen Leute

Erstdruck: ›Berliner Börsen-Courier‹. Jg. 57, Nr. 174 vom 15. April 1925, Abend-Ausgabe, S. 1–2, Leitartikel.

Briefe ins ferne Ausland

I. Die Natur der Deutschen
Erstdruck: ›La Nación‹. Buenos Aires. 5. Juni 1925, Bei-

lage ›Letras – Artes‹, S. 3 und 6, u. d. T.: *El Alma Alemana* [in spanischer Sprache].

Weiterer Druck: ›Der Neue Merkur. Monatshefte‹. Hg. von Efraim Frisch. Stuttgart, Berlin. Jg. 8, Bd. II, Heft 10, Juli 1925, S. 769–773.

II. Die deutsche Demokratie
Erstdruck: bislang nicht nachgewiesen.

III. Geistige Neigungen in Deutschland
Erstdruck: bislang nicht nachgewiesen.

Weiterer Druck: ›Vossische Zeitung‹. Berlin. Jg. 222, Nr. 506 vom 25. Oktober 1925, ›Das Unterhaltungsblatt‹, o. S.

IV. Arm oder reich?
Erstdruck: ›Berliner Börsen-Courier‹. Jg. 58, Nr. 603 vom 25. Dezember 1925, Morgen-Ausgabe, S. 3 und 4.

Weiterer Druck: ›L'Europe Nouvelle‹. Paris. Jg. 9, Nr. 421 vom 13. März 1926, S. 331–332, u. d. T.: *Des penchants de l'esprit en Allemagne*.

V. Warum man sich tötet
Erstdruck: ›Berliner Tageblatt‹. Jg. 55, Nr. 71 vom 11. Februar 1926, Abend-Ausgabe, S. 1.

Weiterer Druck: ›Prager Tagblatt‹. Jg. 51, Nr. 40 vom 11. Februar 1926, S. 4, ›Vom Tage‹.

Unser gemeinsames Problem. Bericht nach Frankreich

Erstdruck: ›La Revue Européenne‹. Paris. Jg. 3, Nr. 33 vom 1. November 1925, S. 62–67, u. d. T.: *Le problème, qui nous est commun*, trad. de Félix Bertaux.

Die Memoiren Napoleons

Erstdruck: ›Die Literarische Welt‹. Berlin. Jg. 1, Nr. 12/13 vom 25. Dezember 1925, Weihnachtsbeilage, S. 1–2.

1926

Theater der Zeit

Erstdruck: ›Die Volksbühne‹. Berlin. Jg. 1, Nr. 1 vom 1. Januar 1926, S. 1–2, Leitartikel, u. d. T.: *Zeit und Dichtung*.

Schauspielerinnen

Erstdruck: ›Frankfurter Zeitung‹. Jg. 71, Nr. 343 vom 9. Mai 1926, 2. Morgenblatt, Beilage ›Für die Frau‹, S. 5–6.

Weiterer Druck: ›Die Künstler-Selbsthilfe. Zeitschrift für Kunst und Literatur‹. Berlin-Frohnau. Jg. 1, Nr. 3, 1927, S. 59–60.

Was ist eigentlich ein Schriftsteller?

Erstdruck: ›Vierteljahresblätter des Volksverbandes der Bücherfreunde‹. Berlin. Jg. 2, Nr. 2, November 1926, S. 11–13.

Weiterer Druck: ›Deutscher Journalistenspiegel‹. Berlin. Jg. 3, Nr. 5 vom 5. Dezember 1926, S. 138–140.

Schmutz und Schund

I. Gegen Zensur, für Sittlichkeit

Erstdruck: ›Berliner Tageblatt‹. Jg. 55, Nr. 197 vom 20. Juli 1926, Abend-Ausgabe, S. 1.

Weiterer Druck: »Dresdner Volkszeitung‹. Jg. 37, Nr. 168 vom 22. Juli 1926, S. 3.

II. Herr Staatsanwalt!

Erstdruck: ›Berliner Tageblatt‹. Jg. 55, Nr. 409 vom 31. August 1926, Morgen-Ausgabe, S. 1.

Weiterer Druck: ›Der Schriftsteller‹. Berlin. Jg. 13, Heft 9, September 1926, S. 59–63.

III. »Die Jugend bewahren«

Erstdruck: ›Vossische Zeitung‹. Berlin. Jg. 223, Nr. 560 vom 27. November 1926, Abend-Ausgabe, ›Dritte Beilage‹, Nr. 284, S. 1, Leitartikel.

IV. Letzte Warnung

Erstdruck: ›Berliner Tageblatt‹. Jg. 55, Nr. 526 vom 6. November 1926, Abend-Ausgabe, S. 1, Leitartikel.

Weiterer Druck: ›Sächsische Schulzeitung‹. Dresden. Jg. 93, Nr. 37 vom 24. November 1926, S. 675, u. d. T.: *Gegen das Gesetz über Schund- und Schmutzschriften.*

Der Bubikopf

Erstdruck: ›Frankfurter Zeitung‹. Jg. 71, Nr. 566 vom 1. August 1926, Expressausgabe, 2. Morgenblatt, Beilage ›Für die Frau‹, 31. Juli 1926, S. 8.

Weiterer Druck: ›Dresdner Nachrichten‹. Jg. 72, Nr. 168 vom 8. April 1928, Morgen-Ausgabe, 1. Beiblatt. – ›Neue Leipziger Zeitung‹, Nr. 221 vom 12. 8. 1926, S. 2.

Sie reichen sich die Hände

Erstdruck: ›Uhu‹. Berlin. Jg. 3, Heft 4, Januar 1927, S. 47–52, m. d. Untertitel: *Eine Zeitbetrachtung* und mit Zeichnungen von Eichenberg.

Weiterer Druck: ›Magdeburgische Zeitung‹. Jg. 302, Nr. 422 vom 21. August 1927, 1. Hauptausgabe, S. 2–3.

Uns gemeinsam erinnern

Erstdruck: ›Berliner Tageblatt‹. Jg. 55, Nr. 462 vom 30. September 1926, Abend-Ausgabe, S. 1.

Weiterer Druck: [Einleitung zu:] Henri Poulaille: Die Geburtsstunde des Friedens [= L'enfantement de la paix (dt.)]. Berlin, Wien, Leipzig: Zsolnay 1927, S. 7–14.

Die neuen Gebote

Erstdruck: ›Die Literarische Welt‹. Berlin. Jg. 3, Nr. 3 vom 21. Januar 1927, S. 1 [als Beitrag Nr. IV innerhalb eines von der ›Literarischen Welt‹ veranstalteten Zyklus: *Worte an die Jugend*].

Rumänien

Erstdruck: bislang nicht nachgewiesen.

Die Literatur und die deutsch-französische Verständigung. Vortrag

Erstdruck: [Auszug:] ›Die Literarische Welt‹. Berlin. Jg. 3, Nr. 14 vom 8. April 1927, S. 1.

Weiterer Druck: ›Magdeburgische Zeitung‹. Jg. 302, Nr. 179 vom 8. April 1927.

Unser Einfluß und diese Zeit

Erstdruck: bislang nicht nachgewiesen.

Der tiefere Sinn der Republik. Rede, gehalten auf der Hamburger Tagung der Deutschen Demokratischen Partei

Erstdruck: ›Deutsche Einheit‹. Hamburg. Jg. 9, Nr. 17 vom 30. April 1927, S. 406–411.

Weitere Drucke: [Auszug:] ›Berliner Börsen-Courier‹. Jg. 59, Nr. 190 vom 25. April 1927, Abend-Ausgabe, S. 2, u. d. T.: *Der Sinn der Republik*. – ›Königsberger Hartungsche Zeitung‹. 26. April 1927, S. 1.

Sobald wir wollen

Erstdruck: ›Deutsche Einheit‹. Hamburg. Jg. 9, Nr. 17 vom 30. April 1927, S. 386 [Beitrag zu einer redaktionellen Umfrage: *Wege zum Einheitsstaat*].

Lebensfeinde

Erstdruck: bislang nicht nachgewiesen.

Huldigung für Max Liebermann

Erstdruck: ›Kunst und Künstler‹. Berlin. Jg. 25, Heft 10, Juli 1927, Sonderheft: *Max Liebermann*, S. 373–375.

Deutsche Republik

Erstdruck: bislang nicht nachgewiesen.

Paneuropa, Traum und Wirklichkeit

Erstdruck: bislang nicht nachgewiesen.

Justiz

I. Auf einem Scheiterhaufen
Erstdruck: ›Das Tage-Buch‹. Berlin. Jg. 8, Heft 30 vom 23. Juli 1927, S. 1183–1184.

Weiterer Druck [gekürzt]: ›Die Welt am Abend‹. Berlin. Jg. 5, Nr. 170 vom 23. Juli 1927, S. 7.

II. Sacco und Vanzetti starben
Erstdruck: bislang nicht nachgewiesen.

III. Das größte Unglück
Erstdruck: ›Das Tage-Buch‹. Berlin. Jg. 8, Heft 35 vom 27. August 1927, S. 1390–1391.

IV. Die Vergessenen von 1919
Erstdruck: ›Berliner Tageblatt‹. Jg. 56, Nr. 462 vom 30. September 1927, Morgen-Ausgabe, S. 1.

V. Amnestie. Rede, gehalten bei der öffentlichen Kundgebung im Theater am Nollendorfplatz, 18. Oktober 1927
Erstdruck: ›Die Menschenrechte‹. Berlin. Jg. 2, Nr. 15 vom 31. Dezember 1927, S. 1–3.

VI. Lindner
Erstdruck: bislang nicht nachgewiesen.

Entdeckung Zolas

Erstdruck: ›Die Literarische Welt‹. Berlin. Jg. 3, Nr. 39 vom 30. September 1927, S. 1–2.

Weitere Drucke: ›Magdeburgische Zeitung‹. Jg. 302, Nr. 503 vom 4. Oktober 1927, 3. Beilage, S. 13. – ›Les Nouvelles Littéraires‹. Paris. 8. Oktober 1928, u. d. T.: *Zola vu d'Allemagne*, trad. de Félix Bertaux.

Nach einer Reise

Erstdruck: ›Die Neue Bücherschau‹. Berlin. Jg. 6, Heft 1, Januar 1928, S. 6–13.

Ein geistiges Locarno. Gesprochen im ehemaligen Herrenhaus und in der Sorbonne

Erstdruck: ›Revue d'Allemagne‹. Paris. Jg. 1, Nr. 4, Februar 1928, S. 291–301.

Discours tenu à la Ligue des Droits de l'homme et à l'Union Féminine pour la Société des Nations

Erstdruck: bislang nicht nachgewiesen.

Discours tenu au Palais du Trocadéro, le 16 Décembre

Erstdruck: bislang nicht nachgewiesen.

1928

§ 300.
Bericht an den Arbeitsausschuß der Sektion für Dichtkunst der Preußischen Akademie der Künste

Erstdruck: bislang nicht nachgewiesen.

Hommage à Gorki.
»L'Asile de nuit«

Erstdruck: ›La Revue Européenne‹. Paris. Jg. 6, Nr. 4, April 1928, S. 385–388.

Der Film

I. Film und Volk. Rede, gehalten auf der ersten Veranstaltung des Volksverbandes für Filmkunst, am 26. Februar 1928 im Capitol
Erstdruck: ›Vossische Zeitung‹. Berlin. Jg. 225, Nr. 51 vom 29. Februar 1928, Unterhaltungsblatt, S. 1–2.
Weiterer Druck: ›Film und Volk‹. Berlin. Jg. 1, Heft 2, April 1928, S. 4–6.

II. Filmdichtung
Erstdruck: ›Berliner Tageblatt‹. Jg. 57, Nr. 157 vom 1. April 1928, Morgen-Ausgabe, 1. Beiblatt, u. d. T.: *Es soll anders werden*, zu Pudowkins Film *Die letzten Tage von St. Petersburg* [zusammen mit einem Text von S. (ergej) M. Eisenstein *Hunderttausend vor den Aufnahme-Apparaten* anläßlich der Uraufführung des Eisenstein-Films *Zehn Tage, die die Welt erschütterten*; vgl. Materialien, Nr. 51].

Gedenktage

Wedekind und sein Publikum.
Gesprochen im Münchener Schauspielhaus am 13. März 1928
Erstdruck: ›Frankfurter Zeitung‹. Jg. 73, Nr. 195 vom 13. März 1928, Morgenblatt, [S. 1].
Weiterer Druck: ›Der Scheinwerfer‹. Essen. Jg. 3, Heft 3, Oktober 1929, S. 25–26.

Ibsen
Erstdruck: bislang nicht nachgewiesen.

Kurzes Besinnen

Erstdruck: bislang nicht nachgewiesen.

Gräber des Geistes öffnen sich

Erstdruck: bislang nicht nachgewiesen.

Geist und Friede

Erstdruck: bislang nicht nachgewiesen.

L'avenir de la Culture

Erstdruck: bislang nicht nachgewiesen.

Dichtkunst und Politik.
Bericht an die Preußische Akademie der Künste, Sektion für Dichtkunst

Erstdruck: ›Die Neue Rundschau‹. Berlin. Jg. 39 der ›Freien Bühne‹. Bd. 2, Heft 7, Juli 1928, S. 1–13.

Weiterer Druck: *Preußische Akademie der Künste. Jahrbuch der Sektion für Dichtkunst. 1929.* Berlin: S. Fischer (1929), S. 111–128, ohne Titel.

Justiz

I. Jakubowski
Erstdruck: ›Berliner Tageblatt‹. Jg. 57, Nr. 305 vom 30. Juni 1928, Morgen-Ausgabe, S. [1–2], Leitartikel.

II. Das Gericht
Erstdruck: ›Berliner Tageblatt‹. Jg. 57, Nr. 495 vom 19. Oktober 1928, Morgen-Ausgabe, S. [1–2], Leitartikel.

Bibi und andere Gestalten

Erstdruck: ›Berliner Tageblatt‹. Jg. 57, Nr. 493 vom 18. Oktober 1928, Morgen-Ausgabe, S. 1.

Weiterer Druck: ›Das Forum‹. Berlin. Jg. 9, Heft 1, Oktober 1928, S. 43–44.

Jugend früher und jetzt

Erstdruck: ›Die Literarische Welt‹. Berlin. Jg. 4, Nr. 45 vom 9. November 1928, S. 1.

Weiterer Druck: ›Revue d'Allemagne‹. Paris. Jg. 3, Nr. 15, Januar 1929, S. 91–92, u. d. T.: *Jeunesse d'hier et d'aujourd'hui.*

Zeit und Kunst

Erstdruck: ›Das Tage-Buch‹. Berlin. Jg. 10, Heft 1 vom 5. Januar 1929, S. 24–27.

Damit der ›Herakles‹ gespielt wird

Erstdruck: ›Berliner Tageblatt‹. Jg. 58, Nr. 147 vom 27. März 1929, Abend-Ausgabe, S. 1.

Der Antisemitismus und seine Heilung

Erstdruck: ›Die Wahrheit‹. Prag. Jg. 7, 1928, Nr. 21, Sonderheft: *Christianisierung und Europäisierung der Juden oder Judaisierung der christlichen Welt.*

Weiterer Druck: ›Israelitisches Familienblatt‹. Hamburg. Jg. 31, Nr. 27 vom 4. Juli 1929, S. 2.

Fünf Jahre nach dem Tode Lenins

Erstdruck: bislang nicht nachgewiesen.

Seit die Letzten fielen

Erstdruck: ›Die Menschenrechte‹. Berlin. Jg. 3, Nr. 8 vom 11. November 1928, S. 7–8, u. d. T.: *Zum 11. November 1928.*

Weiterer Druck: ›Das Forum‹. Berlin. Jg. 9, Heft 4, Januar 1929, S. 191.

Sieben Jahre erschien im Frühjahr 1929 im Wiener Verlag Paul Zsolnay im »1.–5. Tausend« und erfuhr keine weitere Auflage. Der Band war in zwei Bindungen zu unterschiedlichem Preis zu haben: »Geheftet M 6,––, Ganzleinen M 9,50«, wie es in einem Verlagsprospekt hieß, der den Essayband mit den Worten ankündigte: »Der große geistige Rechenschaftsbericht der Epoche, rückschauend, kämpferisch und wegweisend, das Buch von den Nöten und Hoffnungen unserer Tage, das Vermächtnis an Zeit und Zukunft, ein Werk, das bleiben wird.« Von allen Essay-Sammlungen Heinrich Manns erhielt *Sieben Jahre* die meisten Rezensionen, während das schmale Bändchen *Diktatur der Vernunft* von 1923 erstaunlich wenig öffentliche Resonanz fand. Stärker als zuvor wird bei der Aufnahme von *Sieben Jahre* deutlich, daß Zustimmung und Ablehnung bei der Kritik hauptsächlich von der politischen Haltung des einzelnen Rezensenten bestimmt wird.[1]

1 Vgl. Zeitgenössische Rezensionen, S. 734–737 und weiterführend dazu: Peter-Paul Schneider: *»Was ich büße, ist mein Sinn*

Der Abdruck der Essays in dieser Ausgabe erfolgt ausschließlich nach der jeweiligen Fassung in *Sieben Jahre*, lediglich Druckfehler sind stillschweigend gebessert. Einige größere Abweichungen der Essays aus *Diktatur der Vernunft* gegenüber dem Druck in *Sieben Jahre* werden in den Materialien mitgeteilt [vgl. Materialien Nr. 26].

für das öffentliche Leben«. Die Rezeption des Essayisten Heinrich Mann bis 1933. In: ›Heinrich Mann-Jahrbuch‹. Lübeck. 7/1989: *Heinrich Mann, die Französische Revolution und Europa*, S. 253–271.

Schutzumschlag und Broschur-Einband der Erstausgabe
[vgl. S. 585]

Materialien

Theodor Tagger [d. i.: Ferdinand Bruckner] an Heinrich Mann, Puchenstuben/N.–Österreich, 28. März 1921: 1

Sehr verehrter Herr Mann, ich bitte Sie, zu ihrem 50. Geburtstag auch meine Glückwünsche entgegen zu nehmen. Die deutsche Literatur, vor allem die deutsche Jugend, wird diesen Tag besonders feiern, denn in keinem ihrer heutigen Vertreter hat sie ein so großes und vollkommenes Beispiel von Mensch und Werk, wie in Ihnen. Die Stärkung, die Sie uns gegeben haben, wird Sie mit Genugtuung erfüllen können, wenn Sie an diesem Tage wirklich »rückschauen« sollten. Aber was für Sie, den Schöpfer, der gerade in seinem letzten Werk, dem *Weg zur Macht* bewies, wie sehr er noch weiter nach vorn schreitet, nur eine kalendarische Feststellung sein mag, gibt uns einen Anlaß, um Ihnen ein Wort der Dankbarkeit und Verehrung zu sagen.

Mit ergebenen Grüßen

Ihr
Th. Tagger

Verzeihen Sie bitte, wenn ich zu früh oder zu spät komme. In diesem Gebirgsdorf braucht die Post Tage, und ich bin auch ohne Zeitungen.

Original: HMA 2531. – Druck: *Heinrich Mann 1871–1950. Werk und Leben in Dokumenten und Bildern.* Mit unveröffentlichten Manuskripten und Briefen aus dem Nachlaß. Hg. von der Akademie der Künste zu Berlin anläßlich der Ausstellung zu seinem 100. Geburtstag. Ausstellung und Katalog:

Heinrich Mann (1921)

Sigrid Anger unter Mitarbeit von Rosemarie Eggert und Gerda Weißenfels. Berlin und Weimar: Aufbau-Verlag 1971, S. 203.
[Im folgenden zitiert: *Dok.*]
Heinrich Mann hatte nach dem Ersten Weltkrieg zunehmend an Ansehen gewonnen – auch bedingt durch die großen Auflagen seines erzählerischen und publizistischen Werkes im Kurt Wolff Verlag (seit 1916) – und galt als einer der wichtigsten Repräsentanten der Weimarer Republik. Zu seinem 50. Geburtstag am 27. März 1921 erhielt er zahlreiche Glückwünsche.
Das Schauspiel *Der Weg zur Macht* schrieb Heinrich Mann 1917 und 1918; es erschien 1919 im Kurt Wolff Verlag. Die Uraufführung war am 22. Oktober 1920 im Residenz-Theater in München.

Thomas Mann: Tagebuch,
München, 30. März 1921 [Auszug]: 2

Die Feier von H.'s 50. Geburtstag wirft beständig Wellen zu mir: Festabend in den Kammerspielen. Man rühmt jetzt vorzugsweise seine Herzensgüte und Menschlichkeit.

In: Thomas Mann: *Tagebücher 1918–1921*. Hg. von Peter de Mendelssohn. Frankfurt am Main: S. Fischer 1979, S. 497.
[Im folgenden zitiert: *TM:TB 18/21*]
Zur Feier von Heinrich Manns 50. Geburtstag lud der Kurt Wolff Verlag zu einem Empfang ein. Vgl. die Einladungskarte, Abb., S. 590f.
Die Brüder hatten sich 1917 entzweit, vgl. Heinrich Mann: *Macht und Mensch*. Frankfurt am Main: Fischer Taschenbuch Verlag 1988 (= Fischer Taschenbuch Bd. 5929), Materialien, S. 258–334.

HEINRICH MANNS FREUNDE

UND DER KURT WOLFF VERLAG

bitten Sie zu der am Donnerstag

den 7. April 1921 Luisenstraße 31

abends 8 1/2 Uhr stattfindenden

FEIER

DES 50. GEBURTSTAGES

VON

Heinrich Mann

*

Um Antwort

an die Adresse des Kurt Wolff Verlages

Luisenstraße 31 / Telefon 55350

wird gebeten

Einladungskarte des Kurt Wolff Verlages

Programm

PHILIPPINE LANDSHOFF / LUISE WILLER

LUDWIG LANDSHOFF:

Kammerduett „E pur vuole il cielo“ . . . Giacomo Carissimi
(1604—1674)

Arie „Deh, rendetemi, ombre care“ a. d. Oper „La Stellidaura vendicata“ . . . . Francesco Provenzale
(ca. 1640 bis ca. 1700)

Kammerduett „Vo cercando fra le ombre“ . . E. B. d'Astorga
(geb. 1680)

JOACHIM FRIEDENTHAL:

Heinrich Mann und sein Werk

KURT STIELER:

Richard Elchinger . . . . Sonett auf Heinrich Mann

Heinrich Mann . . . . Der Bruder

Heinrich Mann . . . . Drei-Minuten-Roman

PHILIPPINE LANDSHOFF / LUISE WILLER

LUDWIG LANDSHOFF:

Menuett aus der Oper „Erminia“ . . . . G. B. Bononcini
(ca. 1660 bis ca 1750)

Arie a. d. Oper „La donna ancora è fedele . . . . A. Scarlatti
(1659—1725)

3 Thomas Mann: Tagebuch,
München, 4. April 1921 [Auszug]:

Die Feier von H.'s 50. Geburtstag bei K. Wolf scheint immer noch bevor[zu]stehen. Üppige Einladungen sollen dazu ergangen sein, die ein Programm von altitalienischer Musik und Rezitationen verzeichnen. Huldigungssonett, aus eigenen Werken, Kräfte der Oper, Tusch und Gloria. Habeat, habeat. Welchen Grad seine Zufriedenheit mit der Welt wohl erreicht hat.

In: *TM:TB 18/21*, S. 499.

4 Thomas Mann an Ludwig Ewers,
München, 6. April 1921:

Lieber Ludwig Ewers:
Dein schöner Artikel zu Heinrichs 50. Geburtstag hat mich sehr gerührt und gefreut, und gewiß ist bei dem Gefeierten das Gleiche der Fall gewesen. Heinrich wird jetzt durch ungemessene Ehrungen für alles entschädigt, was er in jungen Jahren bitterer, als ich mir früher träumen ließ, entbehrt hat. Der innere Entstehungsherd des Giftes, das sein Dichtertum zu zersetzen drohte, war sicher hier. War er durch Vernachlässigung so bestimmbar, so wird er es durch die Huldigungen von heute nicht weniger sein. Ich halte ihn für einen gesättigten, mit der Welt und sogar mit dem Vaterlande versöhnten Menschen, der Deine Freundschaft heute im Grunde seiner Seele derjenigen seiner jüdisch-radikalen Galoppins und Verkünder vielleicht wieder vorzieht. Wie es zwischen uns Brüdern steht, wirst Du wissen. Der Krieg mußte die Gegensätze zwischen uns akut machen. Was mich betrifft, so kennst Du meine Natur gut genug, um zu glauben, daß ich das Verhältnis um Lebens und Sterbens willen gern gefristet hätte. Aber

Heinrich hat sich damals, auf hochliterarische Weise, in seinem Zola-Essay, dessen Lektüre mich für Wochen krank machte, feierlich und ausdrucksvoll von mir getrennt und hätte mich kaum sehr achten können, wenn ich auf einen überlegenen Wiederannäherungsversuch, den er vor einiger Zeit, als eben mit Deutschland seine kühnsten Wünsche sich erfüllten, unternahm, gutmütig-leichtsinnig eingegangen wäre. Zuletzt, man soll einen Zwist wie den unseren in Ehren halten, ihm den todernsten Akzent nicht nehmen wollen. Vielleicht sind wir, getrennt, mehr einer des anderen Bruder, als wir es an gemeinsamer Festtafel wären.

Dein Thomas Mann

In: Thomas Mann / Heinrich Mann: *Briefwechsel 1900–1949*. Hg. von Hans Wysling. Erweiterte Neuausgabe. Frankfurt am Main: S. Fischer 1984, S. 394f.
[Im folgenden zit.: *TM/HM*]

Thomas Mann: Tagebuch, 5
München, 11. April 1921 [Auszug]:

Mittags Besuch von Mama, die von der schon einige Tage zurückliegenden Geburtstagsfeier bei Wolf erzählte.

In: *TM:TB 18/21*, S. 503.

Thomas Mann: Tagebuch, 6
München, 21. Mai 1921 [Auszug]:

Martens meldete brieflich einen schwedischen Besucher an, der mich als den nächsten Anwärter auf den Nobel-Preis designiert haben soll. Ich wollte, diesen Preis gäbe es nicht, denn wenn ich ihn erhalte, wird es heißen, daß er H. zugekommen wäre, und wenn dieser ihn erhält, werde ich darunter leiden. Das Wohlthuendste wäre, wenn man ihn zwischen uns teilte. Aber dieser Gedanke ist, fürchte ich, zu fein für die Preisrichter.

In: *TM:TB 18/21*, S. 521.

7 Thomas Mann an Heinrich Mann,
München, 31. Januar 1922:

Lieber Heinrich,
nimm mit diesen Blumen meine herzlichen Grüße und Wünsche, – ich durfte sie Dir nicht früher senden.

Es waren schwere Tage, die hinter uns liegen, aber nun sind wir über den Berg und werden besser gehen, – zusammen, wenn Dir's ums Herz ist, wie mir. T.

Original: HMA 1990 (vgl. Abb., S. 595) – Druck: *TM/HM*, S. 142.

8 Thomas Mann an Ernst Bertram,
München, 2. Februar 1922 [Auszug]:

Mein Bruder (ich habe in höherem Sinn ja nur einen; der andere ist ein guter Bursch, mit dem keine Feindschaft möglich wäre) erkrankte vor einigen Tagen schwer: Grippe, Blinddarm- und Bauchfellentzündung, Operation bei Bronchial-Katarrh, der Lungen-Komplikation befürchten ließ. Auch vom Herzen her drohten Gefahren, und drei, vier Tage lang war die Lage sehr ernst. Sie können sich denken, was da alles aufgeregt wurde. Meine Frau besuchte die seine. Man meldete ihm meine Teilnahme, meine täglichen Erkundigungen und berichtete mir von der Freude, die er darüber gezeigt habe. Diese Freude soll auf ihren Gipfel gekommen sein, als ich ihm, sobald dergleichen ihm nicht mehr schaden konnte, einen Blumen-

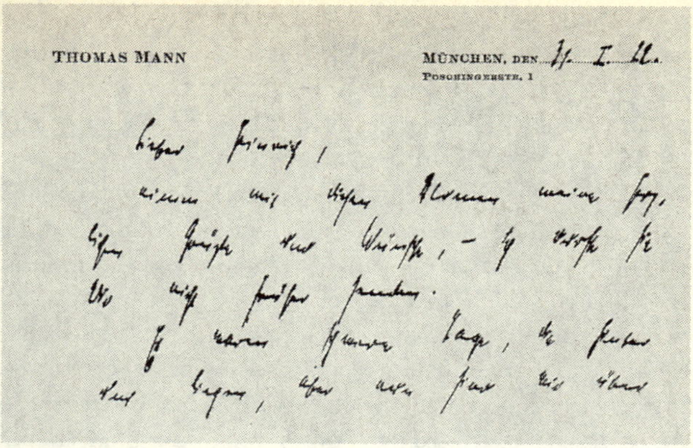

[Rückseite der Briefkarte:]

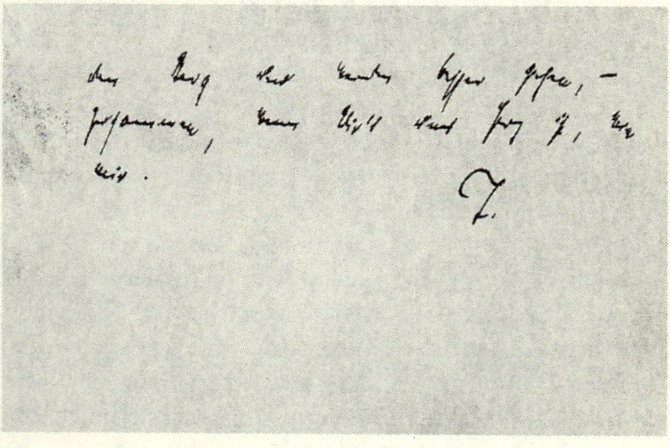

Thomas Mann an Heinrich Mann vom 31. Januar 1922
[vgl. Materialien, Nr. 7]

gruß und einige Zeilen sandte: Es seien schwere Tage gewesen, aber nun seien wir über den Berg und würden besser gehen, – zusammen, wenn es ihm ums Herz sei, wie mir. Er ließ mir Dank sagen und wir wollten uns nun – Meinungen hin und her – »nie wieder verlieren«.

Freudig bewegt, ja abenteuerlich erschüttert, wie ich bin, mache ich mir doch keine Illusionen über die Zartheit und Schwierigkeit des neu belebten Verhältnisses. Ein modus vivendi menschlich-anständiger Art wird alles sein, worauf es hinauslaufen kann. Eigentliche Freundschaft ist kaum denkbar. Die Denkmale unseres Zwistes bestehen fort, – übrigens versichert man mir, daß er die *Betrachtungen* niemals gelesen hat. Das ist gut – und auch wieder nicht; denn von dem, was ich durchgemacht, weiß er also nichts. Das Herz will sich mir umkehren, wenn ich höre, daß er nach dem Lesen einiger Sätze im ›Berliner Tageblatt‹, in denen ich von Solchen sprach, die Gottesliebe verkünden und ihren Bruder hassen, sich hingesetzt und geweint habe. Aber mir ließ der Jahre lange Kampf um *Gut und Blut*, den ich bei physischer Unterernährung zu führen hatte, zu Thränen keine Zeit. Davon, und wie die Zeit mich zum Manne schmiedete, wie ich dabei wuchs und auch anderen zum Helfer und Führer wurde, – von alldem weiß er nichts. Vielleicht wird ers irgendwie fühlen, wenn wir wieder zusammen kommen. Noch darf er niemanden sehen.

Er soll weicher, gütiger geworden sein in diesen Jahren. Unmöglich, daß seine Anschauungen nicht irgendwelche Korrektur erlitten haben. Vielleicht kann von einer gewissen Entwicklung zu einander hin doch die Rede sein: Mir ist so zu Mute, wenn ich mich erinnere, daß der mich zur Zeit eigentlich beherrschende Gedanke der einer neuen, persönlichen Erfüllung des Humanitätsgedankens ist, – im Gegensatz allerdings zur humanitären Welt Rousseaus'.

In: Thomas Mann: *Briefe 1889–1936*. [= Bd. I] Hg. von Erika Mann. Frankfurt am Main: S. Fischer 1978, S. 197f.

Arthur Schnitzler an Heinrich Mann, 9
Wien, 9. Februar 1922:

Lieber Freund, nun darf ich wohl annehmen, daß Sie nicht nur über das schlimmste, sondern auch über allerlei schmerzhaftes und unangenehmes hinaus sind, daß auch den gelungensten Operationen zu folgen pflegt, und diese Zeilen treffen sie als Genesenden an, als Einen, der sich genesen und neu leben fühlt. Wie sehr hat mich die erste Notiz erschreckt, die ich in der Neuen Freien Presse fand und wie dankbar war ich ihrer lieben Gattin schon für das erste Telegramm, mit dem sie meine Depesche beantwortete. Nun können wohl Sie schon, mein lieber Freund, ihr für das zweite in meinem Namen danken – und ich darf Ihnen sagen, wie tief ich in den Tagen, da sie in Gefahr schwebten, meiner Verbundenheit mit Ihnen, meiner innigen Freundschaft für Sie wieder bewußt geworden bin. Es gibt nicht viele Menschen, deren Da-sein in der Welt (ganz abgesehen davon, was ich Ihnen an hohen künstlerischen Freuden zu danken habe) mir so viel bedeutet als das Ihrige. Eine Zeile, ein Wort von Ihnen wäre mir eine rechte Beruhigung. Ich bin mit meinen aufrichtigsten Gefühlen, meinen herzlichsten Wünschen bei Ihnen und Ihrer verehrten Frau – seien Sie tausendmal gegrüßt!

In Treue Ihr
Arthur Schnitzler

Original: HMA 2443. – Druck: Arthur Schnitzler: *Briefe 1913–1931*. Hg. von Peter Michael Braunwarth, Richard Miklin, Susanne Pertlik und Heinrich Schnitzler. Frankfurt am Main: S. Fischer 1984, S. 267f.
[Im folgenden zit.: *Schnitzler-Briefe*]
Heinrich Mann hatte den Wiener Schriftsteller und Arzt Arthur Schnitzler (1862–1931) 1907 kennengelernt. Beide korrespondierten miteinander und trafen öfters in München und Wien zusammen. In seinem Memoirenwerk *Ein Zeitalter wird besichtigt* widmete Heinrich Mann dem »geliebten Freund«,

mit dem er sich gut verstand, wenn auch »in den Grenzen, die immer bleiben«, in dem Kapitel *Gefährten* einen ganzen Abschnitt. Vgl. Heinrich Mann: *Ein Zeitalter wird besichtigt*. Frankfurt am Main: Fischer Taschenbuch Verlag 1988 (= Fischer Taschenbuch Bd. 5929), S. 257–266.
[Im folgenden zit.: *Zeitalter*]
Schnitzler bezieht sich in dem Brief auf eine Notiz in der ›Neuen Freien Presse‹, Wien, vom 28. Januar 1922, in der von Heinrich Manns Erkrankung berichtet wird.

10 Viktor Mann: [Über die Versöhnung der beiden Brüder]:

Das rüttelnde Ereignis, auf das ich gehofft hatte, erwies sich als gefährliche und dramatische Vermittlerin: Heinrich erkrankte schwer, eine Operation wurde von einer Stunde zur anderen notwendig, und als sie vorüber war, da stand Thomas am Lager des Bruders. Alles war gut.

[...]

Es gab eine Art von offizieller Feier bei den Heinrichs, als der Genesende aus der Klinik nach Hause gekommen war. Schwägerin Mimi hatte die drei Brüder noch nie beisammen gesehen. Jetzt lud sie Thomas und mich zu einem Tee. Niemand sonst durfte erscheinen. Und ich saß nach langen schlimmen Jahren zum erstenmal wieder zwischen Heini und Ommo. Es war eine frohe Stunde.

Im Sommer aber fuhren die Brüder zusammen an die Ostsee. Es stand kein Wort von all diesen guten Ereignissen in den Zeitungen, aber mich machten die Tatsachen selbst froh genug.

Und Mamas Gesicht leuchtete, als sie bei uns in der Mariahilfstraße auf dem Ecksofa saß, jenem Seidenmöbel, das schon in der Herzogstraße der Platz für geehrte Gäste gewesen war. »Du bist aus dem Krieg errettet worden«, sagte sie, »und die beiden haben sich ganz wiedergefunden! Das ist – – –«

Heinrich Mann und sein Bruder Viktor (1921)

»Das ist der Friede, Mama«, sagte ich fröhlich, »c'est la paix!«

In: Viktor Mann: *Wir waren fünf. Bildnis der Familie Mann.* Konstanz: Südverlag 1949, S. 445 f.

Viktor Mann (1890–1949) war der jüngste Bruder in der Familie Mann.

11 Heinrich Mann an Félix Bertaux,
München, 27. Mai 1922:

Sehr geehrter Herr,
Sie haben mich gelesen und öffentlich besprochen, ich schulde Ihnen Dank. Nun wollen Sie sogar mein Gesamtwerk und den Geist, aus dem es hervorgegangen ist, in Frankreich bekannt machen. Ich hoffe, daß Sie unserer gemeinsamen Sache, der Verständigung, damit nützen werden. Mir liegt weit mehr daran, zu wirken, als bewundert zu werden, und ich glaube, daß wahre Wirkung heute keine Landesgrenzen mehr kennen darf. Schon längst ist es meine Überzeugung, daß, im Geistigen wie im Materiellen, die Länder Europas, besonders aber Frankreich und Deutschland, sich annähern und ausgleichen müssen, wenn unser Erdtheil lebendig erhalten werden soll.

Darum erfahre ich mit großer, aufrichtiger Freude von der Union pour la vérité und den Entretiens. Es ist sehr schön, daß es bei Ihnen genügend große Kreise giebt, die zum Guten bereit sind. Auch ich würde sehr gern der so freundlichen Einladung des Herrn Paul Desjardins folgen; die äußeren Umstände verhindern es leider. Dann glaube ich freilich auch, daß wir Deutschen noch nicht gut daran thun würden, uns in Ihre Bemühungen einzumischen. Es wäre verfrüht, angesichts der Schwierigkeiten,

Heinrich Mann und Félix Bertaux

die sich sogar Ihnen wahrscheinlich heute noch entgegenstellen.

Wir sollen lieber durch unsere Handlungen das Urtheil der Welt zu entkräften versuchen. Ich will für meinen Theil in meiner Arbeit fortfahren. Meine Erkenntlichkeit wird groß sein, wenn Sie, Herr Bertaux, mir helfen wollen, auch in Frankreich zur Kenntniss der »besseren Seele« Deutschlands beizutragen. Es ist nicht leicht. *Der Untertan* hätte vor zwei Jahren erscheinen sollen; ich habe kein materielles Interesse mehr daran; aber der moralische Schade, den die Verzögerungen des Rheinverlages anrichten, ist unverantwortlich. Können Sie statt dessen ein anderes meiner Bücher, das Ihnen am geeignetsten erscheinende, einem dortigen Verlag, etwa dem Verlag der Nouvelle Revue Française, empfehlen? Alle meine Veröffentlichungen, außer den Ihnen schon bekannten, habe ich Ihnen durch Kurt Wolff schicken lassen.

Ich begrüße Sie in herzlicher Gesinnung.

Heinrich Mann

Original: Privatbesitz; Fotokopie: HMA SB 24/1, Druck: *Dok.*, S. 222f.

Félix Bertaux (1881–1948), französischer Germanist und Übersetzer, war mit Heinrich und Thomas Mann befreundet und setzte sich für die Verbreitung der Werke beider Brüder in Frankreich maßgeblich ein. Der Briefwechsel mit Heinrich Mann begann 1922 und dauerte bis zum Tode Bertaux'; weit über 200 Briefe Heinrich Manns an Bertaux sind aus diesem Zeitraum erhalten. Bertaux gehörte zu dem Kreis um Paul Desjardins, dessen Mitglieder einander im Sommer zu den ›Entretiens de Pontigny‹ trafen; Heinrich Mann nahm 1923 daran teil [vgl. Materialien, Nr. 21].

Heinrich Mann an Maximilian Brantl, 12
München, 20. September 1922:

Lieber Herr Doktor Brantl,
aus meinem Besuch bei Ihnen ist leider nichts geworden, denn ich mußte geschäftlich nach Berlin fahren. Dann war ich von dort aus noch einige Tage an der Ostsee, zusammen mit meinem Bruder. Das war sogar der beste Theil des Sommers. Jetzt sitzen wir wieder in Feuchtigkeit und Geldverdienen, darin geht es mir wie Ihnen. Ich hoffe nur, daß Ihre Angelegenheiten oder das Bedürfniß mal auszuspannen, Sie früher hierher führen, als mich dorthin. Möchten wir uns recht bald wiedersehn!

Nehmen Sie Beide von uns die besten Grüße. Herzlichst Ihr

H. Mann

In: Ulrich Dietzel: *Heinrich Manns Briefe an Maximilian Brantl.* In: ›Weimarer Beiträge‹. Jg. 14, 1968, Heft 2, S. 393–422, Brief, S. 408.
[Im folgenden zit.: *Brantl-Briefe*]
Maximilian Brantl (1881–1951) war mit Heinrich und Thomas Mann befreundet und war auch deren Rechtsberater. Zwischen 1917 und 1949 richtete Heinrich Mann ca. 330 Briefe an den Freund, die sich heute im Heinrich-Mann-Archiv befinden.

Heinrich Mann an Félix Bertaux, 13
München, 19. Oktober 1922 [Auszug]:

Dies heißt nicht, daß ich meine Zeitkritik für unwirksam halte. Auch der Widerspruch, den sie erregt hat, wirkt fort; und wenn ich der nationalistischen Jugend verhaßt bin, zieht die republikanische Jugend mich gern zu ihren Kundgebungen heran. Die republikanische Jugend fängt erst jetzt an, geschlossen hervorzutreten und sich für oder gegen einen Schriftsteller zu erklären. [...]

Vorläufig kann man den Leuten nicht mit einer verwirklichten – auch wirthschaftlich verwirklichten – Demokratie kommen. Man reicht grade an sie heran, wenn man sie für eine nur politische, wenn auch hoch-kapitalistische Republik zu gewinnen versucht. Dies überlasse ich Anderen, sehe aber ein, daß es nothwendig ist. Schon 1919, als die radikalen Sozialisten voll überschwänglicher Hoffnungen waren, hielt ich ihnen entgegen, daß die Geschichte keine Sprünge macht. Wir müssen, so gut wie Andere es müssen, die Epoche der rein kapitalistischen Demokratie überstehen. Hoffentlich dauert sie bei uns weniger lange; die Maßlosigkeit des heutigen Kapitalismus scheint dies zu versprechen. Aber vorläufig schläft die Sozialisirung der Bergwerke in den Sätzen der Weimarer Verfassung, und Herr Stinnes schließt Staatsverträge. Mit diesen Thatsachen haben wir uns abzufinden, und auch meine gegenwärtige Stellung wird durch sie bestimmt.

Original: Privatbesitz; Fotokopie: HMA SB 24/2 – Druck: *Dok.*, S. 192f.

Der Unternehmer Hugo Stinnes (1870–1924), Chef des im 19. Jahrhundert gegründeten Stinnes-Konzerns – eines Industrie-Imperiums, das durch Inflationsgewinne seine wirtschaftliche Machtkonzentration hatte ausbauen können – galt Heinrich Mann als der Repräsentant des deutschen Großkapitals. Seine Person und der Konzern waren Vorbild für die Novelle *Kobes*, die Heinrich Mann 1923/24 verfaßte und die 1925 zusammen mit zehn Lithographien von George Grosz im Berliner Propyläen-Verlag und in der ›Neuen Rundschau‹ erschien.

Arthur Schnitzler an Heinrich Mann, 14
Wien, 28. Dezember 1922 [Auszug]:

Lieber Freund.
Wir haben lange nichts von einander gehört – ich bin schuld daran. […] Seien Sie mir nicht böse, ich habe Ihrer viel und stets mit den alten Gefühlen gedacht. […]

Daß Sie mit ihrem Bruder Thomas an der Ostsee zusammen waren, hat mich – ich darf es vielleicht sagen – wohltuend berührt. Es war eben der rechte Moment, daß zwei Menschen wie Sie einander über allerlei Meinungsverschiedenheiten oder vielleicht nur Mißverständnisse (Abgründe waren es nicht) die Hände reichen. Es war für mich ein sonderbares Erlebnis, als ich im Spätsommer 1918 (heute kann ich Ihnen ja davon erzählen) zur Zeit, da wir in Partenkirchen allerlei politische Gespräche miteinander führten, die Korrekturen zu den damals gerade in Druck befindlichen *Betrachtungen* Ihres Bruders las (die mir damals zufällig in die Hände kamen), so daß ich mich, Ihrer beiden Ansichten gegeneinander haltend, aneinander abwägend, angeregt von beiden Seiten her, und doch von keiner her gänzlich überzeugt, als ein platonischer, zum Schweigen verurteilter Mittelsmann empfinden mußte.

Der Lauf dieser Zeiten freut mich so wenig wie Sie, was Sie »Engpaß« nennen, wird er sich jemals wieder erweitern, und den Blick ins Unbegrenzte frei geben? Vorläufig bleibt uns nichts übrig, als an den Wänden hinaufzuklettern, wobei man, wenn's gerade gelingt, gelegentlich doch, wenn auch zu einer beschränkten Aussicht kommt.

In: *Schnitzler-Briefe*, S. 296f.

15 Heinrich Mann an Maximilian Brantl,
Bühl, 9. Februar 1923:

z. Z. Kurhaus Bühlerhöhe

Lieber Herr Doktor Brantl,
Dank für Ihre Sendung! Die Zeitschriften sind jederzeit zu Ihrer Verfügung, die Widmung Ihres Bildes erfreut mich.

Ihre Stimmung und Ihre Äußerungen verstehe ich, meine ersten Regungen sind auch so. Wie sollte es anders sein, wir sind die Geschädigten, wir, nicht die »Industrie«, jene paar Dutzend eiserne Stirnen, für die heute, wie 1914, ganz Deutschland mobil macht.

Gewalt führt immer zu bösem Ende. Damit ist das was Frankreich jetzt thut, gerichtet. Dies festgestellt und bei Seite gelassen, ist nicht zu verhehlen, daß wir wieder einmal Alles gethan haben, es zur Gewalt kommen zu lassen. Wir haben der »Industrie«, anstatt sie noch viel ausgiebiger zu besteuern, zum Theil wenigstens auch zu sozialisiren, 40 Milliarden geschenkt, haben ihr thatsächlich zu einer »prospérité impudente« verholfen (während die französische Industrie unter unseren Zerstörungen weiterlitt), und ihr zum Schluß sogar die offene politische Macht gegeben. Unsere gesamte Entwicklung ist fern von jeder wirklichen, vor Allem inneren seelischen Wiedergutmachung. Sie ist frech, feig, gemein. Das Gemeinste ist die Reklame mit unserer Noth, die zu verschlimmern doch unser ganzes Streben ist; denn bewußt wird in der »sozialen Republik« alles den paar Reichen zugeschanzt.

Alles wahr, und ich gehe hierin so weit wie möglich. Dann sage ich mir wieder, daß der Standpunkt des Geistes und des Gewissens gut für Intellektuelle, auch für die Mitarbeiter der ›Weltbühne‹, ist. Politik führt aber über Zweideutigkeiten, Lügen, Triebhaftigkeiten, über Dummheit, Dummheit zu Zielen, die den Handelnden unbekannt waren und manchmal besser als sie sind. Ich will hoffen, daß wenigstens einige Sozialisten sich über »nationale Bewegung« und »Einheitsfront« diesmal nicht täuschen. Zunächst ist alles barer Mißbrauch der Armen, und erst recht, wenn sie selbst verblendet genug wären, freiwillig mitzuthun. Anstatt ihnen noch Befehle zu geben, die sie weiter hineintreiben, sollte man sie aufklären über ihre »passive Resistenz«. Sich so verhalten, daß der Gegner nothwendig das ganze Ruhrgebiet lahmlegen, wenn nicht zerstören muß, als wenn man es selbst thäte? Zu schweigen von den persönlichen Leiden der Armen, eines armen Schupomannes, der von Franzosen, die er auf Befehl nicht grüßen darf, halbtot geschlagen wird, – indeß die regierenden Nationalisten Selbstbefriedigung treiben und von Opfern faseln. Alles Schwindel und Widersinn; – und doch, es wäre möglich, daß der erste große, geschlossene Kampf der Nation zum Schluß den Erfolg hat, die Republik zu festigen. Keinen anderen Erfolg, aber doch den! Cuno und seine Bande werden es peinlich empfinden. Aber ob sie wollen oder nicht, Gott hat sie bestellt.

Übrigens bin ich überzeugt, daß sie, ob Sieg oder Niederlage, verschwinden und daß dann Linksradikale kommen. Niederlage besiegelt ihr Schicksal sowieso. Sieg bedeutet: die Arbeiter haben ihn bezahlt. Und dafür wird Bezahlung verlangt werden. »Die Industrie« würde billiger fortgekommen sein, wenn sie alles rechtzeitig an Poincaré bezahlt hätte.

Dies gilt nur in der Annahme eines Volkes, das politisch endlich etwas gelernt hätte. Wir können nur hoffen.

Seien Sie herzlich gegrüßt. Wir freuen uns Ihres gelungenen Tauffestes und wünschen Ihnen Allen das Beste.

Einliegend das Porto Ihrer Sendung. Wenn Sie wieder einmal ›Weltbühnen‹ schicken, bin ich dankbar. Meine Frau muß Kur machen. Voraussichtlich sind wir den ganzen Februar, vielleicht bis in den März fort. Dann auf Wiedersehn!

Ihr H. Mann

In: *Brantl-Briefe*, S. 409f.
Mit »was Frankreich jetzt thut« ist die Ruhrbesetzung durch französische Truppen am 9. Januar 1923 gemeint. Der parteilose Politiker Wilhelm Cuno (1876–1933) war von November 1922 bis August 1923 Reichskanzler. Mit seiner Regierung, der neben Politikern von Zentrum, Deutsche Demokratische Partei (DDP) und Deutsche Volks-Partei (DVP) auch Repräsentanten der Wirtschaft angehörten, versuchte er vergeblich die Reparationsfrage zu lösen. Raymond Poincaré (1860 bis 1934) war 1922 bis 1924 sowie 1926 bis 1929 französischer Ministerpräsident.

16 Thomas Mann an Heinrich Mann,
München, 17. Februar 1923:

Lieber Heinrich,
ich brauche Dir nicht zu sagen, daß deutsche Vortragsreisen sich jetzt wenig lohnen. Ich war eben in Dresden, für 50000 Mark, die die arme Gesellschaft ad hoc geschenkt bekommen hatte, und *hätte zugesetzt*, wenn ich nicht privat gewohnt hätte u. nicht ohnehin nach Berlin gemußt hätte, sodaß ich die Reise sparte. Wenn Du bei einer Kombination von näher gelegenen Städten 30000 M pro Abend nimmst, wirst Du kein Geschäft machen, daß Dir die Strapazen aufwiegt. Andererseits glaube ich kaum, daß die Vereine mehr leisten können. Verlange erst einmal 40000 pro Abend. Nach Augsburg fahre ich nächstens für 25000, und das ist schon eine ältere Verabredung.

Unsere Franzosen betragen sich gut. Sie scheinen es sich in den Kopf gesetzt haben, jedem das Konzept zu verderben, der in Deutschland zum Guten redet. Es wird versichert, daß die Details von der Ruhr nicht übertrieben sind, sondern eher noch hinter der Wahrheit zurückbleiben. Der Ingrimm ist fürchterlich, – tiefer und einheitlicher, als der, der Napoléon zu Fall brachte. Man sieht nicht ab, wie das in Zukunft werden soll. Und das Schlimme ist, daß ein französisches Fiasko, so sehr es zu begrüßen wäre, innerpolitisch den Triumph des Nationalismus bedeuten würde. Mußte man das bessere Deutschland wirklich in diese Zwickmühle bringen? Deutschland war windelweich 1918, aber die Anderen, die sich doch besser dünkten, haben wenig erzieherische Talente an den Tag gelegt.

Herzliche Grüße und Wünsche!

T.

In: *TM/HM*, S. 144.

Heinrich Mann an Félix Bertaux, 17
April 1923 [Auszug]:

Wenn Meinesgleichen nicht seine Pflicht thut, wer bleibt übrig? Der Industrie und ihren teuflischen Plänen, die tatsächlich auf die Vernichtung aller menschlichen Freiheit hinauslaufen, steht hier nichts weiter gegenüber, als eine von ihr schon halb eingefangene Sozialdemokratie.

Zit. nach: Klaus Schröter: *Heinrich Mann*. Reinbek bei Hamburg 1967 (= rowohlts monographien Bd. 125), S. 103.

A. S.: *Sittliche Forderung*: 18

Während Herr Thomas Mann sich zum Republikaner entwickelt und Formalist wird, rückt sein Bruder, Herr Heinrich Mann, im ›Berliner Tageblatt‹ sichtbar von der Republik ab und verinnerlicht sich. Daß er dabei seine internationalistischen Irrtümer noch mitschleppt und den feindlichen Nationalismus durch Humanität entwaffnen will, muß ihm wohl noch nachgesehen werden, da es schließlich ein hartes Stück ist, von jemand zu verlangen, er solle von sich selber sagen, daß er noch vorgestern ein Tor gewesen. Also damit hat es noch sein Bewenden. Der demokratischen und sozialdemokratischen Republik aber sagt er Wahrheiten, wie sie bitterer ein Nationalist, also ein Mann, dem sein Volk die Hauptsache und die Staatsform eine Nützlichkeitsfrage ist, auch nicht sagen könnte. Er redet vom Ruin des Mittelstandes, vom Elend und Sterben der geistig Schaffenden und vom Recht der zugrunde Gerichteten, laut und deutlich zu sprechen, weil sie Werte vertreten, wichtiger und unersetzlicher als Bergwerke und Fabriken. »Eine Wirtschaft, die nie erlebte, märchenhafte Vermögen und gleich daneben unseren Tod zuläßt, ist nur noch ein Skandal. Sie stellt ganz einfach den Begriff der Nation selbst in Frage.« Nation sei keine über bestimmte Gebiete verteilte Genossenschaft zur gegenseitigen wirtschaftlichen Ausbeutung, denn dann wäre niemand verpflichtet, sich für sie einzusetzen, der nicht am Nutzen beteiligt sei. Nation sei aber anderes. Sie ende und zerfalle, wenn das fortlaufende Band ihrer Gesittung zerreiße. Und jetzt stürben die Träger der Gesittung.

Sagt Herr Heinrich Mann und hat tausendmal recht. Nur daß er es vergißt hinzuzufügen, daß seine politischen Freunde es waren und sind, die alles von der Wirtschaft ableiten und in ihr enden lassen. Er vergißt, daß Einer, der sicher sein Freund war, das trostlose Wort gesprochen hat: »Die Wirtschaft ist unser Schicksal«. Er sieht überhaupt die Zusammenhänge zwischen der sonst von ihm vertretenen Politik und unseren wirtschaftlichen Zuständen, die unauflösliche Verkettung zwischen dem marxistischen Materialismus, dieser den Geist verhöhnenden Lehre, und dem heutigen Zerrbild eines natürlichen Lebens noch nicht. Er weiß noch nichts davon, wie nett sich

Ueberkapitalismus und Demokratie in der Praxis vertragen, und wie widerwärtig sich die demokratische Phrase im Munde eines überfutterten Reichtums ausnimmt. Aber immerhin, er ist anscheinend doch auf dem Wege zur Erkenntnis. Er weiß schon, daß Wirtschaft nie Selbstzweck sein kann und nur ein Mechanismus bleibt. Er weiß schon, daß die Erneuerung, wenn überhaupt, so nur von der Politik, vom Geiste kommen kann. Da sei ihm nun ein wenig geholfen.

Gewiß ist der Ruin der Möglichkeit zur ehrlichen geistigen Arbeit nicht nur ein Skandal, sondern auch ein nationales Unglück, das sich einst böse rächen muß, auch wenn es die schließlich mitleidenden Massen nie begreifen werden. Aber nicht vom Einzelfall, nicht von der Bedrängnis der einzelnen Schicht darf man ausgehen, wenn man die Erneuerung will, sondern von ewigen Grundsätzen. Und da leuchtet immer noch aus dem angeblich finsteren Altertum das Wort zu uns herüber, daß die Gerechtigkeit die beste Grundlage der Staaten ist. Das will wohl verstanden sein als ideale Forderung, der die Politik immer eingedenk zu sein hat, ohne sie je in allen Stücken erfüllen zu können. Und ein Staat, der so in schmählicher Abhängigkeit ist, wie das Deutsche Reich, hat es gewiß noch schwerer, dem Ziele der Gerechtigkeit auch nur näher zu kommen. Was aber gefordert werden kann und muß, ist der Wille zur Gerechtigkeit, ist der Mut zur Wahrheit und zum Eingeständnis des Unrechts, wenn ihm nicht gesteuert werden kann. So lange die Vertreter des staatlichen Prinzips zur selben Zeit so tun, als sei eine Goldmark gleich einer Papiermark, so lange sie Goldschulden in Papier verzinsen und zurückzahlen, während andere Funktionäre desselben Staates Goldstücke mit viel tausendfachem Papiergeldbetrag ankaufen, so lange kann nicht von einem gerechten Staat, kann nicht einmal vom Willen zur Gerechtigkeit im Staat die Rede sein. Ist die Zwangslage des Staates wirklich so schrecklich, daß er diese Täuschungen zum Leben braucht, so habe er den Mut, das auszusprechen. Warum geht der Kanzler oder der Finanzminister nicht her und sagt: »Wir wissen wohl, daß es Unrecht ist, was wir tun. Der Staat hat das Vertrauen seiner Bürger, die er auch zum Hergeben ihres Vermögens als Darlehen verleitet hat, schmählich mißbraucht. Er gibt ihnen heute Steine statt Brot. Aber, Mitbürger und Freunde, glaubt nicht, daß wir solch Politik etwa gern betreiben. Uns blutet das Herz beim Anblick eures Elends, denn wir sind von eurem Fleisch und Blut. Wenn wir es dennoch tun, so geschieht es, weil wir müssen, weil wir sonst den Forderungen mitleidloser Feinde nicht nachkommen, unsere eigenen Staatsbedürfnisse nicht decken können, weil sonst alles zusammenbräche, und weil ihr sonst auch mit unterginget.«

Das wäre wenigstens die Sprache ehrlicher Politik und sie würde selbst bei den am meisten Geschädigten, bei den um alles Gebrachten, noch Verständnis finden. Die weitere Forderung natürlich müßte lauten: Keinen Schritt weiter auf diesem Wege der Unehrlichkeit! Zurück zu einer Politik des Anstandes! Und wenn die ganze Parteiwirtschaft dabei zertrümmert werden müßte!

In: ›Münchener Zeitung‹. Nr. 94/95 vom 7./8. April 1923, S. 1. Der Artikel bezieht sich auf den Essay *Das Sterben der geistigen Schicht*, S. 88–92.

19 Heinrich Mann an Félix Bertaux,
Bad Schachen, 10. Mai 1923 [Auszug]:

Der schöne und dankenswerthe Artikel von Rivière wäre wirklich zu erweitern, und zwar in Ihrem Sinn. Ich möchte es wohl thun, aber ich gestehe, daß ich mich zu der Arbeit werde zwingen müssen, denn ich bin müde. Meine

Arbeiten dieses Winters waren abgeschlossen mit einem großen Aufsatz, der im Juliheft der Neuen Rundschau, u. dessen zweiter Theil zugleich in ›Europe‹ erscheinen soll. Der Aufsatz richtet sich gegen die Industriellen, die Europa uneinig erhalten, um es für sich auszubeuten, und fordert zu einem Bündnis deutscher u. französischer Intellektueller auf. Auch hieran könnte ich anknüpfen, wenn ich den Artikel für die N^{lle} R. Franç^{se} schriebe. Ich werde mich also der Sache wegen wohl verpflichtet fühlen und ihn vermuthlich um den 25ten abschicken, – obwohl ich solange lieber ganz ausruhen würde. Denn es war mein Plan, dann endlich wieder an meinem Roman zu schreiben. Ich komme dazu viel zu selten, es liegt an den Umständen. Da Sie Biographisches wünschen: ich habe jahrzehnte lang nur immer mein Werk gefördert, ganz gleich, ob es geschäftlich sich lohnte. Jetzt mit 52 Jahren muß ich in Amerika, Tschechoslowakei und jedem Land, das besser zahlt als Deutschland, mein Brot verdienen; dann erst kommt meine wirkliche Arbeit. So stehen wir heute, – indeß die »Industrie« alles aufkauft. Ich kann Frankreich nur vor dem gleichen Weg warnen.

In: Heinrich Mann: *Sieben Briefe an Félix Bertaux*. In: ›Akzente‹. München. Jg. 16, 1969, Heft 5, S. 386–399, Brief, S. 386. [Im folgenden zit.: *Bertaux-Briefe*]
Zu Rivière vgl. *Noch ein Krieg mit Frankreich*, S. 117–127 und ›Zur Entstehungs- und Überlieferungsgeschichte‹, S. 568 f.
Mit »Roman« ist *Der Kopf* gemeint, der 1925 erschien.

Heinrich Mann an Félix Bertaux, 20
Heringsdorf, 16. Juli 1923:

Lieber Herr Bertaux,
Sie kommen in Ihren Briefen immer als Freund zu mir, ich kann Ihnen nicht dankbar genug sein. In den Schulen gelesen zu werden, ist eine Ehre, an die ich nicht denken durfte; ihr Einfluß thut Wunder für mich.

Die Bücher von Gide und Schlumberger sind angekommen; ich weiß sehr wohl, daß ich auch diese Sympathieen vor allem Ihrer Wirksamkeit verdanke, – ebenso wie die gütige, besondere Einladung nach Pontigny. Hier bin ich in einer Verlegenheit, die ich nicht zuerst Herrn Paul Desjardins sondern Ihnen erklären möchte.

Mir liegt daran, die Einladung anzunehmen, schon damit ich meine vorjährige Absage wieder gut mache und die inzwischen empfangenen Freundlichkeiten erwidere. Damals hatte ich Ihre Briefe noch nicht und empfand innere Schwierigkeiten. Heute bestehen nur äußere, die sich hoffentlich heben lassen. Aber sie sind nicht ohne Gewicht. Ich kann mir nämlich Reise und Aufenthalt nicht bezahlen lassen. Erstens spricht ein natürlicher Stolz dagegen; wollte ich diesen unterdrücken – denn die gütige Gesinnung des Herren verdient es gewiß – so bleibt noch etwas anderes. Ich werde den heute, hier wie dort, verschärften Nationalismus unbeachtet lassen und werde hinkommen. Wird aber bekannt (was wird nicht bekannt?), daß ich nicht für mein eigenes Geld gereist bin, so ermessen Sie die unausbleiblichen Verleumdungen und Gefahren.

Ich müßte selbst die Kosten tragen, aber mit deutschem Geld kann ich es nicht, und im Ausland verdiene ich nur das Nothwendige. Aber Sie sagten mir, daß Sie versucht haben, meinen *Zola* dort unterzubringen. Ist es möglich, sogleich abzuschließen und 1000 fs im Voraus zu bekommen? Dann wäre die Schwierigkeit beseitigt, denn der Betrag würde hoffentlich genügen. Der Gedanke ist von meiner Frau, sie hat gewöhnlich die geschäftlichen Einfälle. Ich hoffe, daß Sie ihn nicht unbequem finden; was mich betrifft, würde ein Besuch in Pontigny die mir willkommenste Anwendung des Geldes sein, das eine französische Ausgabe mir einbrächte.

Nach Erledigung der Geldfrage wären die Mühen, die

mein Besuch Sie kostet, noch nicht beendet: dann folgt das Paß-Visum. Ich glaube, daß ein Deutscher, um die Einreise-Erlaubniß zu bekommen, von einem oder mehreren Franzosen »angefordert« werden muß. Es wird wohl eher noch schwieriger geworden sein. Vielleicht weiß Herr Paul Desjardins, welche Schritte zu thun sind, damit das Münchener Consulat mir ohne Umstände das Visum giebt. Die Weisung muß sicher aus Paris kommen. Ich würde dann um eine Benachrichtigung bitten. Mein Aufenthalt an der Ostsee soll womöglich bis Mitte August dauern. Zwischen 15ten und 20ten würde ich mir das Visum holen, – was übrigens auch in Berlin geschehen kann. Vielleicht wäre es einfacher, gleich von Berlin nach der Grenze zu fahren, falls ein in München ausgestellter Paß ein Visum des Berliner Consulates zuläßt?

Sie werden nun wohl aus Ihrem Ferienaufenthalt, den ich Ihnen ruhevoll wünsche, Briefe für mich schreiben müssen. Wenn Sie Erfolg haben, werden noch andere sich bemühen, damit ich hinkommen kann. Mir wird fast ängstlich. Werden nicht schließlich Alle bereuen? Was kann ich ihnen viel bringen? Ich bin in Gesprächen nicht sehr produktiv. Übung und Geistesgegenwart haben noch gelitten in dem geistig abgestorbenen München, wo ich nur arbeite und allein bin. Jedenfalls aber wird mir die Berührung mit befreundeten Geistern eine Genugthuung sein, und Sie zu sehen, eine wirkliche Freude. Läßt es sich nicht machen, dann bitte, behalten Sie doch einen Besuch bei mir in München im Auge! Warum nicht gleich am Schluß der Ferien? Ich glaube Ihnen die Einreise-Erlaubniß verschaffen zu können. Sie wohnen bei mir, Sie haben auf die Weise keine Unfreundlichkeiten zu befürchten. Wir sprechen, hier oder dort, auch über die traurige Schwierigkeit, ein »nouvel attentat contre les Industriels« zu vollführen, was Stendhal doch noch konnte. (Oder war es keins? Ich habe die so betitelte Schrift nirgends gefunden.) –

Geben Sie mir, bitte, bald Bescheid, damit ich mich danach einrichte. Meinen Dank u. Gruß an Hrn. Desjardins

Herzlichst Ihr

H. Mann

In: *Bertaux-Briefe*, S. 388f.

21 Paul Desjardins an Heinrich Mann,
Pontigny, 28. Juli 1923:

Monsieur,

Mon ami F. Bertaux me fait espérer que vous viendriez à notre simple et amical rendez-vous de Pontigny, si j'arrivais à lever quelques obstacles qui vous arrêtent. Comme, après avoir lu votre article dans la revue ›Europe‹ je désire extrémement cette rencontre, qui importe à l'avenir commun de nos pays, je vais être aussi persuasif que possible, avec le regret de n'être pas meilleur diplomate.

Question financière. Il ne faut pas un instant être empêché par des difficultés qui pèsent sur une grande partie de l'humanité et qui nous font sentir notre commun appauvritrement. A Pontigny il est précisement convenu que non seulement vous, mais les Italiens, et même les Espagnols, sont *invités* sans bourse délier. Autrement nous serions privés d'eux. Nous ne voulons pas être privés de vous, du moins pour cela. Accepter donc, sans embarras et sans obligation à la reconnaissance. Les frais de voyage (en France) peuvent aussi être supportés par notre petite Société. Cette objection n'est pas digne de nous arrêter.

Quant aux autres difficultés, passe-ports, permis de séjour, etc, – je ne sais quelles sont celles qui présentement élèvent une barrière entre nous. Je suis mal placé, dans un village, pour m'en informer. Il faut seulement, me dit-on, attester que vous êtes invité par des particuliers et pour une fin qui n'a rien de politique. Je vous mets sous cette enve-

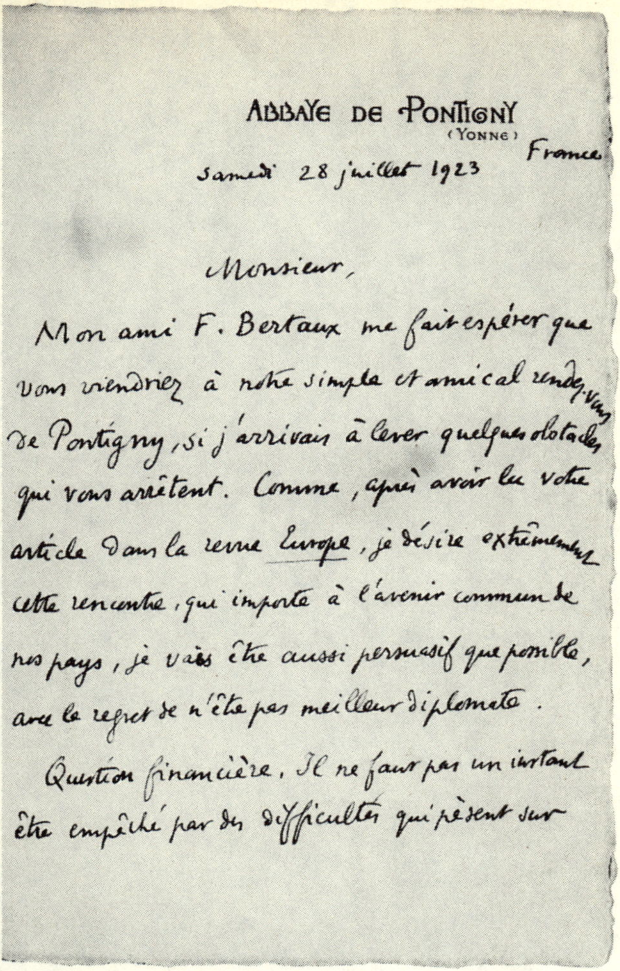

ABBAYE DE PONTIGNY
(YONNE)
France

samedi 28 juillet 1923

Monsieur,

Mon ami F. Bertaux me fait espérer que vous viendriez à notre simple et amical rendez-vous de Pontigny, si j'arrivais à lever quelques obstacles qui vous arrêtent. Comme, après avoir lu votre article dans la revue Europe, je désire extrêmement cette rencontre, qui importe à l'avenir commun de nos pays, je vais être aussi persuasif que possible, avec le regret de n'être pas meilleur diplomate.

Question financière. Il ne faut pas un instant être empêché par des difficultés qui pèsent sur

Paul Desjardins an Heinrich Mann
vom 28. Juli 1923
[vgl. Materialien, Nr. 21]

une grande partie de l'humanité et qui nous font sentir notre commun appauvrissement. A Pontigny il est précisément convenu que non seulement vous, mais les Italiens, et même les Espagnols, sont <u>invités</u> sans bourse délier. Autrement nous serions privés d'eux. Nous ne voulons pas être privés de vous, du moins pour cela. Acceptez donc, sans embarras et sans obligation à la reconnaissance. Les frais de voyage (en France) peuvent aussi être supportés par notre petite Société. Cette objection n'est pas digne de nous arrêter.

Quant aux autres difficultés, passe-ports, permis de séjour etc., je ne sais quelles sont celles qui présentement élèvent une barrière entre nous. Je suis mal placé, dans un village, pour m'en informer. Il faut seulement, me dit-on, attester que vous êtes invité par des particuliers et pour une fin qui n'a rien de politique. Je vous mets sous cette enveloppe

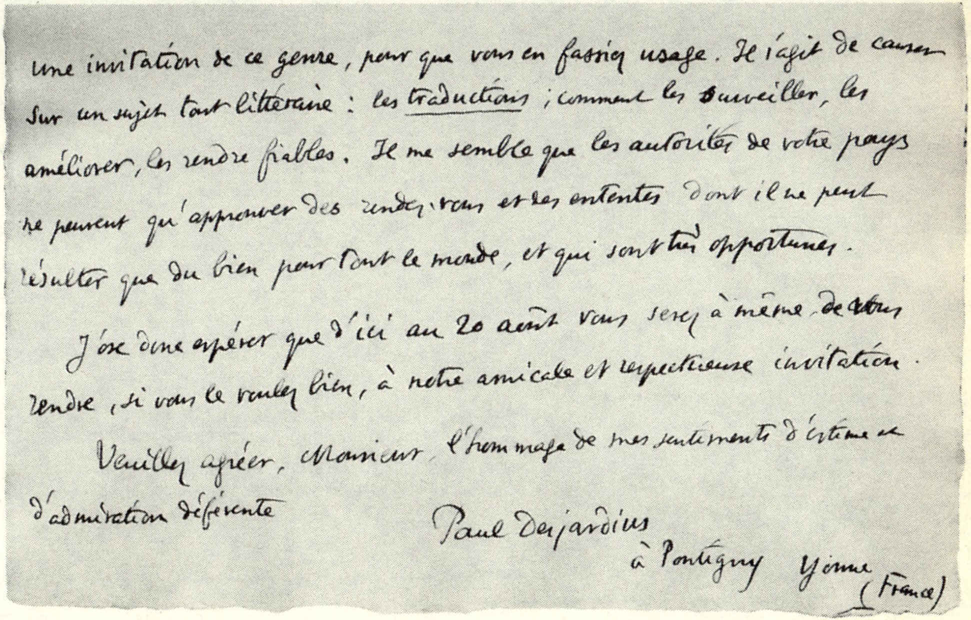
une invitation de ce genre, pour que vous en fassiez usage. Il s'agit de causer sur un sujet tout littéraire : les traductions ; comment les surveiller, les améliorer, les rendre fiables. Il me semble que les autorités de votre pays ne peuvent qu'approuver des rendez-vous et des ententes dont il ne peut résulter que du bien pour tout le monde, et qui sont très opportunes.

J'ose donc espérer que d'ici au 20 août vous serez à même de vous rendre, si vous le voulez bien, à notre amicale et respectueuse invitation.

Veuillez agréer, Monsieur, l'hommage de mes sentiments d'estime et d'admiration déférente

Paul Desjardins

à Pontigny Yonne (France)

loppe une invitation de ce genre, pour que vous en fassiez usage. Il s'agit de causer sur un sujet tout littéraire: les *traductions*; comment les surveiller, les améliorer, les rendre fiables. Il me semble que les autorités de votre pays ne peuvent qu'appreuver des rendez-vous et des ententes dont il ne peut résulter que du bien pour tout le monde, et qui sont très opportunes.

J'ose donc espérer que d'ici au 20 août vous serez à même, de vous rendre, si vous le voulez bien, à notre amicale et respecteuse invitation.

Veuillez agréer, Monsieur, l'hommage de mes sentiments d'estime et d'admiration déférente

Paul Desjardins
à Pontigny Yonne (France)

Original: HMA 1061. – Druck: *Dok.*, S. 225 f.
Die Übersetzung des Briefes lautet:

Sehr verehrter Herr,
Mein Freund F. Bertaux macht mir Hoffnung, daß Sie zu unserem freundschaftlichen kleinen Treffen nach Pontigny kommen werden, falls es mir gelingt, einige Hindernisse aus dem Wege zu räumen, die Sie zurückhalten. Nachdem ich Ihren Artikel in der Zeitschrift ›Europe‹ gelesen habe, wünsche ich diese Begegnung, die im Interesse der gemeinsamen Zukunft unserer Länder liegt, um jeden Preis; ich werde deshalb all meine Überzeugungskraft aufbieten und kann nur bedauern, daß ich kein besserer Diplomat bin.

Zur finanziellen Frage. Die Schwierigkeiten, die auf einem großen Teil der Menschheit lasten und die uns vor Augen führen, wie arm wir alle geworden sind, dürfen keinen Augenblick ein Hinderungsgrund sein. In Pontigny ist ausdrücklich vereinbart worden, daß nicht nur Sie, sondern auch die Italiener und sogar die Spanier *eingeladen* werden, ohne daß ihnen Kosten entstehen. Sonst müßten wir auf sie verzichten. Und wir wollen nicht auf Sie verzichten, wenigstens nicht aus diesem Grund. Nehmen Sie daher die Einladung an, ohne Bedenken und ohne zu Dank verpflichtet zu sein. Auch die Kosten der Reise (innerhalb Frankreichs) können von unserer kleinen

Gesellschaft getragen werden. Bei diesem Einwand brauchen wir uns nicht aufzuhalten.

Was die anderen Schwierigkeiten anbelangt, Pässe, Aufenthaltsgenehmigungen usw., so weiß ich nicht, welche gegenwärtig eine Schranke zwischen uns errichten. In einem Dorf bin ich nicht am rechten Ort, um mich darüber zu informieren. Mir wurde gesagt, man braucht nur zu bescheinigen, daß Sie von Privatpersonen eingeladen worden sind und daß die Einladung keinen politischen Zweck verfolgt. Ich lege Ihnen eine Einladung dieser Art bei, machen Sie Gebrauch davon. Wir wollen uns über ein rein literarisches Thema unterhalten: die *Übersetzungen*; wie kann man sie überwachen, verbessern, zuverlässig machen. Mir scheint, die Behörden Ihres Landes können solche Begegnungen, die der Verständigung dienen, nur begrüßen, denn sie sind äußerst opportun, und es kann sich für alle Beteiligten nur Gutes daraus ergeben.

Ich darf also hoffen, daß es Ihnen bis zum 20. August möglich sein wird, unserer freundschaftlichen und respektvollen Einladung, sofern sie Ihnen genehm ist, Folge zu leisten.

Seien Sie, sehr verehrter Herr, meiner vorzüglichen Hochachtung und Bewunderung versichert.

Paul Desjardins
Pontigny Yonne (Frankreich)

Heinrich Mann an Félix Bertaux, Bad Elster, 16. August 1923 [Auszug]: 22

[...] die letzten Tage war ich in Dresden, ich habe dort am Verfassungsfest die Rede gehalten. Bei dem Zustand der Dinge war es überaus schwer, festlich zu sprechen.

Ich war das Gegentheil davon, so habe ich nur die sozialistische sächsische Regierung befriedigt, – was auch der Zweck war, denn ich wollte sie stützen.

Original: Privatbesitz; Fotokopie: HMA SB 24/13. – Druck: *Dok.*, S. 196.

Mit »Rede« ist *Wir feiern die Verfassung*, S. 128–139, gemeint.

23 Heinrich Mann an Arthur Schnitzler,
München, 4. Oktober 1923:

Lieber Freund,
in der Freude, Ihre Schrift wiederzusehn, beantworte ich Ihren an meine Frau gerichteten Brief gleich selbst. Über meinen Sommer müßte ich Ihnen alles Mögliche erzählen, aber hier ist es nicht möglich. Wir haben den besten Theil in Heringsdorf verbracht, es war warm und trostreich, ich glaubte wunder wie erholt zu sein. Aber nun liegt schon wieder Vieles dazwischen, was diese Zeit in ihrem Schooße trug. Wir können es nicht ändern, ergründen wir ihn also weiter (den Schooß).

Im Geschäftlichen, das Sie erwähnen, bin ich nachgrade an Vieles gewöhnt. Die Verlage produziren kaum noch; wenn ich meinen Roman jetzt fertig hätte, würde ich meinen Verleger in Verlegenheit setzen. Dennoch will ich natürlich weiter daran arbeiten; nur jene anderen Gewissensverpflichtungen haben mich kurze Zeit davon abgehalten. Was die Geldentwerthung betrifft, mache ich Sie darauf aufmerksam, daß mein Bruder Thomas von Fischer jeden Monat eine gewisse Anzahl Bände seiner Gesamtausgabe (ich glaube 300) voraushonorirt bekommt, in Buchmark mal Index natürlich. Er behauptet, daß er größtentheils davon lebe. So glücklich bin ich nicht. Ich erstrebe Valorisation meines Vertrages mit Wolff, der mir seit Jahr und Tag so gut wie nichts gezahlt hat. Ich habe ein Gutachten eines Valorisations-Spezialisten erreicht, das mir günstig ist. Wenn Wolff infolgedessen seine Sache nicht verloren giebt, werde ich wohl klagen müssen.

In Prag soll *Mme Legros* herauskommen, bei Kvapil. Das ist meine Haupthoffnung für den Winter. In Berlin, wohin ein Telegramm Holländers mich rief, haben weder er noch ich die Proben zu meiner neuen Komödie von den Schauspielern erreichen können, sie haben sich selbständig gemacht. Ein neues Stück, keine bombensichere Kiste, ist ein Gefälligkeit für den Direktor, und dem mißliebigen Holländer thut man vor seinem Abgang keine Gefälligkeit mehr. Das sind die Bretter, die die heutige deutsche Welt durchaus richtig vorstellen.

Um Angenehmeres zu sagen: unser kleines Mädchen geht zur Schule, ist hübsch und entwickelt sich hoffnungsvoll. Was werden Die für Sorgen haben? Die unseren werden ihnen läppisch erscheinen, womit ich einverstanden bin. [...]

Wann wird man sich wiedersehn? frage auch ich. Seien Sie überzeugt, daß ich Ihrer viel gedenke. Wir wünschten uns manchmal in Wien zu leben; aber das würde in gewisser Hinsicht die Lage noch mehr verwickeln. [...]

Seien Sie von uns herzlichst gegrüßt, Ihnen treu ergeben

Ihr

Heinrich Mann

Fotokopie: HMA SB 199. – Druck: *Dok.*, S. 197f.

Kurt Wolff war seit 1916 der Verleger Heinrich Manns. Nach dem Bruch mit dem Kurt Wolff Verlag erschien das Werk Heinrich Manns seit 1925 im Paul Zsolnay Verlag in Wien. In der schwierigen finanziellen Situation des Krisenjahres 1923, in dem die Inflation ihren Höhepunkt erreichte, war Heinrich Mann auf ausländische Übersetzungen und Aufführungen angewiesen, wie auf die in Prag geplante Inszenierung des 1913 entstandenen Revolutionsdramas *Madame Legros*, das am 19. Februar 1917 in den Münchener Kammerspielen uraufgeführt worden war.

Heinrich Mann arbeitete damals an seinem Roman *Der Kopf*; bei der erwähnten Komödie handelte es sich um *Das gastliche Haus*. Die geplante Aufführung im Deutschen Theater in Berlin, das 1920 bis 1923 von Felix Holländer (1867–1931) geleitet wurde, kam durch einen Boykott nicht zustande. Die eingeleiteten gerichtlichen Schritte waren erfolglos [vgl. Materialien, Nr. 30 und 37]. Das Stück wurde erst am 21. Januar 1927 in den Münchener Kammerspielen uraufgeführt.

Heinrich Manns einziges Kind Carla Maria Henriette Leonie

(1914–1986), genannt »Goschi«, stammte aus seiner ersten Ehe mit der Prager Schauspielerin Maria (Mimi) Kanová (1886–1946).
Seinen Wunsch, nach Wien zu ziehen, scheint Heinrich Mann konkreter verfolgt zu haben. In einem Brief an seine geschiedene Frau Olga Schnitzler vom 27. November 1923 schreibt Schnitzler, die »Heinrich Manns« hätten vor – wie andere Schriftsteller in dieser Zeit – nach Wien zu übersiedeln, doch »kriegen sie alle keine Wohnung« [vgl. *Schnitzler-Briefe*, S. 332].

24 Heinrich Mann an Kurt Tucholsky,
München, 17. Oktober 1923 [Auszug]:

Verehrter Herr Doctor Tucholsky,
Ihr Brief erfreut mich, weil ich sehe, dass sie gern mit mir sprechen. Trostreich ist er nicht, aber das ist auch nicht zu verlangen. Sie haben natürlich recht mit Ihren Zweifeln an der Wirksamkeit meiner vorigen Arbeit und aller übrigen. Der französische Kollege unseres Staatsmannes würde einem Schriftsteller, der ihm so freundlich zuredet, beispielsweise vielleicht seine Visitenkarte schicken. Anders der hiesige. Denn erstens: hat er es nöthig? Und dann, ich kompromittire ihn höchstens. Aber das wusste ich vorher, und habe mir die Mühe auch nicht seinetwegen gemacht, so wenig wie für diese fragwürdige Nation: sondern mehr zu meiner Selbstbehauptung. Was vernünftig wäre, muss man doch wenigstens gewusst haben, sonst ginge man gar zu nichtswürdig mit unter.

Als ich für *Europa, Reich über den Reichen* einige vehement idealistische Forderungen aufgestellt hatte, sagte ein deutscher Berufsgenosse: »Das ist so blau.« Dagegen ein Franzose: »Justement. Il faut forcer sa conviction.« So ist es. So ist wahrscheinlich alles gemacht worden, was an Besserungsversuchen je unternommen wurde. Wer auf die eigene restlose Überzeugtheit wartet, kommt nie zu was. Womit nicht gesagt ist, dass ich zu was komme. Aber wenn ich bloss meine Skepsis sprechen liesse? Dann hätte der übliche Schafskopf oder Halunke jede erdenkliche Ausrede. Ich zeige ihnen, dass sie eigentlich garnicht so dumm und so verbrecherisch sein müssten, und dass das sogar besser wäre für sie selbst. Sie wollen es trotzdem sein? Na schön. Dann muss ich immer noch hoffen, dass die Macht der Dinge – oder etwa gar die Macht des Geistes, der in den Dingen ist – es besser mit ihnen meint als sie selbst. Das ist vorgekommen.

Im Übrigen und für den Tagesbedarf ist Pessimismus erlaubt und geboten. Bevor der härteste – sachliche oder menschliche – Zwang unseren Zeitgenossen etwas Anstand abnöthigt, werden sie noch tolle Zicken machen. Ich sehe dem entgegen. Was heisst: »Alles Gute für Sie in München«? Wenn Sie mir einmal irgendwelche beunruhigende Nachrichten geben können, unterlassen Sie es bitte nicht!

Original: Deutsches Literaturarchiv / Schiller-Nationalmuseum, Marbach am Neckar, A:Tucholsky, 86.2213/2. – Druck: Michael Stark: *»Ihre Briefe sind selten ...«. Neuigkeiten zum Briefwechsel zwischen Heinrich Mann und Kurt Tucholsky*. In: ›Arbeitskreis Heinrich Mann. Mitteilungsblatt‹. Hg. von Peter-Paul Schneider. Nr. 17, Lübeck 1982, S. 64–87, Brief, S. 74–76.
[Im folgenden zit.: *Tucholsky-Briefe*]
Mit der »vorigen Arbeit« bezieht sich Heinrich Mann auf den offenen Brief an den damaligen Reichskanzler Gustav Stresemann, der am 11. Oktober 1923 in der ›Vossischen Zeitung‹ (vgl. ›Zur Entstehungs- und Überlieferungsgeschichte‹, S. 569 f.) erschien. Der nationalpolitische Politiker Stresemann (1878–1929) war Reichskanzler und Außenminister der Großen Koalition aus Zentrum, DDP, DVP und SPD (13. August bis 23. Oktober 1923).
Der »französische Kollege« meint Aristide Briand (1862 bis 1932), sozialistisch-sozialrepublikanischer französischer Poli-

tiker, der zwischen 1915 und 1932 die französische Außenpolitik vertrat. Zum Zeitpunkt dieses Briefes war er französischer Ministerpräsident.

25 Heinrich Mann an Félix Bertaux,
München, 29. Dezember 1923 [Auszug]:

Ohnedies lebt man überall in Konflikten. Ich habe drei Prozesse, theils schon eingeleitet, theils im Entstehen: einen in Berlin, wo die Schauspieler meine Aufführung verhindert haben; einen in München, wo mein Verlag seinen Vertrag nicht hält; einen in Mailand, wo *Untertan* u. *Armen* ohne Autorisation erschienen und nicht honorirt sind. Ähnlich ergeht es jetzt den meisten Autoren. Die Wildheit der jetzigen Wirthschaft macht sich vor allem den Schutzlosen, Schlechtorganisirten fühlbar.

Original: Privatbesitz; Fotokopie: HMA SB 24/17. – Druck: *Dok.*, S. 208.

26 Abweichungen der Essays aus *Diktatur der Vernunft* gegenüber dem Druck in *Sieben Jahre*:

Ihr müßt wollen / Das Sterben der geistigen Schicht

S. 88 Einfügung am Beginn des zweiten Absatzes:
Ich bin kein Wirtschaftspolitiker, also nicht der Typ, der jetzt obenauf ist und den alle sofort verstehen. Daher muß ich sehr deutlich werden. Passiver Widerstand gegen ein besonders [...]

S. 92 zusätzlicher Absatz am Ende:
Politik ist Angelegenheit des Geistes. Reife erleben sie als sittliche Angelegenheit. Wirtschaft ist und bleibt ein Mechanismus. Wer Wirtschaft voranstellt, hat keinerlei Erneuerung zu erhoffen, gewiß

nicht menschliche, und schwerlich auch nur wirtschaftliche. Aufstieg ist möglich. Seine Formel heißt: Zuerst Politik!

Europa. Reich über den Reichen II / Anfänge Europas

S. 109 Einfügung am Anfang des Essays:
Es muß dafür gesorgt werden, daß sie kein Geschäft mehr machen mit zerstörten Gebieten. Ihr zerstörtes Gebiet aber ist Europa. Sie haben die überkommene, längst nur noch schädliche Uneinigkeit der Länder zu ihrem Geschäft gemacht. Der Krieg war ihr Geschäft, der Friede ist es wieder. Sie sind groß geworden und die Länder Trümmerhaufen, weil sie mit List und Gewalt erreicht haben, daß die Länder selbst sich verwechseln mit ihrem Geschäft. Kein Land wird wieder atmen vor Beseitigung des beutegierigen Industriellen, der es zurückstößt, so oft es sich mit seinen Nachbarn verständigen möchte. Europa lebt im Grunde auch jetzt – und will eins werden, mit ganz anderer Wucht als je in friedlichen Zeiten, aus ganz anderen Tiefen der Not und des Gewissens. Aber der Zusammenschluß Europas, den Industrielle, vor allem Industrielle, bislang vereitelten, muß gegen sie geschehn. Wehe, wenn Europa sich von ihnen, die die Einigung endlich nicht mehr hindern können, auf ihre Art einigen ließe!

Wo ist gegen sie ein Gegengewicht? Es gibt schon zu lange keins, es muß eins gefunden werden.

Die Gewerkschaften der Arbeiter, die ihnen heute allein entgegen stehen, reichen nicht aus. Die Gewerkschaften paktieren mit ihnen aus Not.

Die Gewerkschaften und ihre verbürgerlichten Führer wenden gegen die Herren der Industrie nichts Wesentliches mehr ein, nichts Unverbrüchliches, keine Idee. Im geistigen Umkreis der Gewerkschaften liegen Tarifkämpfe und die nicht weiter begründete Annahme, dank Tarifkämpfen werde eines Tages die Industrie von ihren Tyrannen befreit und nur noch der Masse der Menschen dienstbar sein.

Das ist schwerlich der Weg. Er verlangt mehr geistige Kämpfe, persönliche Entschlossenheit, mehr Einblick in Zusammenhänge. Menschen, die nur eine einzige Klasse vertreten und auch über der Landesgrenze nichts anderes kennen, werden ihn nicht finden. Geistige und soziale Gebundenheit führt zu nichts.

Der Glaube, Wirtschaft sei alles und nicht sie vom Menschen, sondern der Mensch von ihr bestimmt, ist beiden gemein, den Industriellen und den Gewerkschaften. Aber man besiegt einen Feind nicht, dessen Geistesart man teilt. Träte man auch an seine Stelle, er wäre, in anderer Verkörperung, noch immer da. Übrigens sind die Industriellen stärker als je, hemmungsloser als je, international verästelt wie vor dem Krieg und mehr. Wesentlicher Abbruch wird ihnen niemals durch praktische Mitarbeit auf derselben Plattform geschehn.

Vielleicht aber auch kommen ihnen keine Schwerter des Geistes mehr bei. Wenn es zu spät wäre, vollzieht sich unser Untergang, weil wir selbst ihn geistig schon vollzogen hatten; weil wir den Stoff selbsttätig werden ließen und ihn nicht mehr meistern wollten. Auch Wirtschaft sollte nur Stoff sein für Geister, die höhere Absichten haben als wirtschaftliche. Vorausgesetzt sei Kraft der Seele, jene gläubige Vernunft, in der unsere logischen Kräfte sich mit denen eines tätigen Herzens verbinden.

S. 112 Einfügung nach »[...] mit einer Bewegung des Überdrusses.«:

»Können Sie es durchaus nicht unterlassen, sich an mir zu vergreifen, bitte vergreifen Sie sich also, damit wir endlich weiterkommen.« Worauf der andere: »Müssen Sie durchaus größer und hungriger sein als ich? Nun schön. Wenn wir Freunde würden, hätte es nichts mehr zu sagen.«

S. 115 Einfügung nach »[...] was schon begonnen hat.«:

Vor dieser Aussicht reißt unsereiner Schranken fort, die sonst trennten. Die bürgerliche Welt weiß nicht, wie viele von uns dies äußerste Unglück des Weltteils und seines Geistes vor Augen haben, – indes ihre Industriellen und Politiker es blindlings weitertreiben. Wir sind drauf und dran, mit jedem zusammenzugehn, jede rettende Macht anzuerkennen, deren einziges Maß nicht Geld und die um Wesentliches besorgt wäre: die neueste oder die älteste Macht, Kommunismus oder Kirche. Welche sammelt sich früher? Welche kann mehr als die andere?

Der Kommunismus verspricht die geistige Erneuerung der menschlichen Gesellschaft mit der wirtschaftlichen. Leider macht er jene abhängig von dieser. Wie falsch das ist, wird nirgends sichtbarer als in seinem Fall. Mit Menschen, die bis elf Uhr neunundfünfzig nur Wucher und Börsenspiel kannten, will er um zwölf den Staat errichten, der alle gerecht macht. Freilich hat er in Rußland niemand gerecht gemacht, denn niemand war auf ihn vorbereitet. Menschliche Eigenschaften, die nicht endgültig und unabänderlich sein müssen, durchkreuzen vorerst das kommunistische Weltbild. Der Mensch ist Spieler. Unsicherheit und ein Dasein zwischen Katastrophen sind ihm von den Ahnen vererbt. Noch widerstrebt er dem einmaligen Ausgleich von Not und Übermut, Tod auf dem Strohsack und Tod im Palast. Ohne Güte, wie er sogar gegen sich selbst ist, wird kein blutendes Opfer einer ungerechten Gesellschaft ihn über Gebühr aufbringen. Es kommt vor. Aber nur gegen 1900 konnte ein Fall Dreyfus weit um sich greifen, nur in einer Epoche, die verhältnismäßig friedlich, dem Gedanken verhältnismäßig zugänglich, im Bösen nach unseren Begriffen schüchtern war. An jedem anderen Zeitpunkt war um Dreyfus kein Geisteskampf, nur ein Machtstreit zu führen. Selbst damals siegte nicht einfach Gerechtigkeit. Alle wurden begnadigt, der unschuldig Verurteilte in der Menge derer, die an ihm Verbrecher geworden waren.

Auf der Schwäche des menschlichen Sinnes für Gerechtigkeit einzig und allein fußt die immer noch ungeheure Widerstandskraft der kapitalistischen Ordnung, wie die Zerfahrenheit und Hilflosigkeit der Angreifer. Es wird sich ändern, Reichtum wird nicht mehr Geißel der Menschen sein, er wird ihr gemeinsames Glück werden – aber wie langsam, unter wie vielen Rückschlägen! Kommunismus? Nur wie Anatole France ihn verkündet, ist er Wahrheit. »Die sozialen Veränderungen vollziehen sich unmerklich und ohne Unterbrechung. Der zaghafte Mensch fürchtet wie einen künftigen Kataklysmus diese Veränderung, die doch bereits vor seiner Geburt begonnen hat, sich unter seinen Augen unmerklich vollzieht und erst nach einem Jahrhundert in sichtbare Erscheinung treten wird.« Nur daß darauf der Weltteil nicht warten kann. Wer hilft, seinen entschlafenden Geist noch einmal aufzurufen?

Die katholische Kirche war lange Inhaberin, Dach und Turm des Europa einenden Geistes. Der erweiterte Inhalt sprengte sie, nie aber fand er wieder sein Dach, noch weniger seinen Turm. Die Kirche ist der einzige organisierte Versuch der abendländischen Gesellschaft, zur Herrschaft ihren Geist zu führen, ihn höher einzusetzen als alle stoffliche Gewalt. Geist, unmittelbare Macht über jeden Europäer: das kam nie wieder. Was kam, waren Mächte, die von Stufe zu Stufe gemeiner wurden. Zwischen die, die im Namen Ehre noch Reste geistiger Bedenken bewahrten, schoben sich andere, ehrlose. Diese anderen herrschen jetzt allein. Die Entgeistigung der Macht ist vollendet in eben dem Augenblick, da Europa, um fortzuleben, nur noch eins hätte, seinen Geist.

In solcher Lage gedenken manche, die ihr nicht angehören, der Kirche. Man fragt, ob sie selbst noch ihrer Größe gedenke. Man zählt und mißt die Anzeichen, daß der Verfall des Weltteils sie beunruhigt. Ergriffe sie die Führung im Kampf um seine Einigung, es ist fraglich, ob sie stark genug wäre, nicht aber fraglich, daß der Kampf sie stärker machen würde, als zwei letzte Jahrhunderte sie kannten. Ihr Wille und Wort gegen den Nationalismus, für Völkerfrieden: – Massen würden aufblicken und Licht ahnen. Sie hätte, seit lange wieder, das Ideal für sich, das heimliche Zukunftsbild der meisten, das erklärte der Besten. Sie hatte geherrscht, hatte schon geknechtet, und würde nun wieder kämpfen, ja leiden dürfen, welche Gnade, leiden für ihre alte Sendung, die geistige Einheit Europas. Die Sendung würde ihr, in einem höheren Zustand der Dinge, zum zweitenmal nun aufgetragen. Hat sie noch den Mut zu sich selbst? Ist sie noch fähig, ihrer alten Weltklugheit den Geist des Sturmes voranzutreiben? Keine Liebhaber des Vergangenen rufen heute sie an, wie vor hundert Jahren, am Eingang der Bürgerzeit. Zukunftsliebe ist es, sie macht uns fähig, oh Kirche, selbst zu Opfern des Intellekts, – und, Gott weiß es, dies Opfer bringen wir zuletzt.

Wir könnten daran denken, aus eigener Kraft die große alte Organisation zu erneuern und uns nutzbar zu machen. Wir sollten Jugend hinein schicken, Heranwachsende, die unser Wort, zuerst unseres gehört haben und es als Priester würden fortklingen lassen. Das frische Leben wäre von unten, aus den Wurzeln, durch die ganze Hierarchie zu schicken... Nur, daß der Weltteil nicht warten kann. Wer hilft? Einzig wir selbst. Wir müssen unsere eigene Kirche gründen.

Hier stehen nicht Einfälle eines Einzelnen. Alles Wesentliche dieses Aufrufes wird vielfach in Europa geboren. Franzosen und Deutsche, die dem Gedanken, nicht Vorurteilen und flüchtigem Nutzen gehorchen, haben nur diesen Willen, Europa einige sich. Sollten sie nicht zuerst aus sich selbst eine Einheit schaffen? Ich bitte meine Kameraden in beiden Ländern, zu handeln.

Wir kommen aus verschiedenen Lagern, das ist gut. Wir sollen nicht samt und sonders den Krieg gehaßt haben. Der Franzose Drieu La Rochelle war ein ausgesprochener Verehrer des Krieges, er verleugnet noch heute, in seinem politischen Buch über Sinn und Wert Frankreichs, weder seinen Krieg noch sein Vaterland. Dennoch erscheint ihm heute die französische Armee nicht viel anders denn als romantischer Anachronismus. Er fordert Nachsicht für die »heilbare Unruhe«, die sein Volk an diese Armee noch kette. Seinerseits gewährt er Duldung dem Deutschland der wirtschaftlichen Geburtswehen und der Kapitalkolosse; man müsse es Gleichheit lehren. Gleichheit sei notwendig auch unter Völkern: verbündetes Europa dringendste Notwendigkeit. Wie wird sie erfüllt? Eine Kirche gründen. »Es ist Zeit, eine neue Kirche zu gründen, zurückzukehren zur Philosophie, zur Erkenntnis, zur Weisheit.« Um wieder handeln zu lernen. Damit nicht die Maschine, unter deren Diktat schon längst fast alles geschieht, unser aller Leben verschlinge. Dem Menschen die Herrschaft über die Maschine zurückgeben kann nicht Politik, wie viel weniger Wirtschaft. Es wäre eine geistig-sittliche Tat, für Intellektuelle, die eine Sekte bilden. Nochmals: »Bringen wir die naive Begeisterung auf, eine Kirche zu gründen?«

Wir müßten einander vertrauen können, zuerst aber uns selbst. Alles kommt für unsere Kirche darauf an, daß wir im Glauben unerschütterlich sind. Der Glaube ist Europa, die Heilslehre seine Einheit. Sie müssen fest stehen. Kritik des Glaubens kann nicht erlaubt sein; viel Selbstüberwindung für Menschen der Kritik. Hier sind wir Verschworene, sind Mönche. Wäre unser Gehorsam nicht erleuchtet, er müßte blind sein.

»Wo ist Euer Staat? Er hat sich aufgelöst in Wirtschaftsgruppen.« Denn eben dies, Franzosen, ist die allgemeine Gefahr, auch ihr entgeht ihr nur durch Europa. Keiner unserer Staaten ist heute noch für sich allein imstande, irgendeinen Gedanken, Grundsatz oder Ziel unbeirrt im Auge zu behalten. Er ist ausgeliefert dem Eigennutz der Gruppen. In Empirie und Willensschwäche lebt er von der Hand in den Mund. Einheit der Idee ist einzig bei uns, in unserer Kirche.

Er ist aber erleuchtet. Franzosen und Deutsche, die sich bei uns zusammenfinden, beide wissen, daß umfassende Nachsicht für fremde, ernste Beherzigung der eigenen Vergangenheiten Pflicht gegen uns selbst ist. Sie wissen, gerade auf altes Unrecht gründet sich die Erkenntnis unserer brüderlichen Sendung und der Wille zu ihr. Deutsche und Franzosen werden keinen Vorrang voreinander beanspruchen, auch den nicht, mehr mitzubringen für die Sache. Vielleicht hat deutsche Geistesart ursprünglich unbestimmtere Grenzen, sie könnte befruchtend überall hin fließen. Oder vielleicht ist französischer Ordnungssinn nützlicher für den Bau des übernationalen Reiches. Müßige Fragen, – da nur gleiches Zusammenwirken irgend Bürgschaft gibt. Sagt nicht zu uns:

S. 116 Einfügung nach »[...] den sie ihm noch vorbehalten.«:

Ihr Maß ist voll, auch wenn sie künftig Geschäfte mit dem Guten hätten. Niemand soll mit ihm Geschäfte haben. Das Gute soll erkämpft werden von Guten. Sie seien, auch in unserer Kirche, klug wie Schlangen, aber unschuldig wie Tauben. Wir werden anfangs nicht viel vermögen. Unser sind weder Armeen noch Presse noch Geld. Unser ist dafür der Glaube, das Wort und der Name.

Nutzen wir getrost unsere Mittel! Es ist nicht gleichgültig, ob Unbekannte vor der Welt erscheinen, oder für eine Partei von Denkenden aus beiden Hauptländern des Kontinentes die vortreten, die einen beträchtlichen Teil seiner Geistesmacht in den oft gehörten Silben ihrer Namen mit sich tragen. Es ist noch weniger gleichgültig, welches Wort an die Welt rührt, das verbrauchte, bezahlte, das sie täglich vernimmt, oder unseres, das Empfundenheit, Wissen, Zukunft atmet.

Am allerwenigsten gleichgültig aber ist es einer schuldbeladenen, im schlechten Gewissen dahin taumelnden Welt, mißbilligt zu werden von eben denen, die sie ermutigen sollen. Wer denkt und schafft, ermutigt das Leben. Mag man in den handgreiflichen Geschäften des öffentlichen Lebens derer, die nur ihr Wissen bezeugen, noch so wenig gedenken, ihre Zustimmung wird vorausgesetzt, ja, die Populärsten sind gehalten, sie auszudrücken. Die Populärsten von uns verdanken ihren Vorzug gewöhnlich ihrer Anpassungsfähigkeit. Wir könnten ihnen immerhin zu verstehen geben, daß sie besser täten, sich zu mäßigen. Sie sind für unsere Würde mit verantwortlich. Es muß nicht jeder industrielle Schwindel, der patriotisch »aufgezogen« ist, von ihnen mit Pauken und Trompeten begleitet werden. Es wird nicht unbemerkt bleiben, wenn dies aufhört; noch weniger, wenn ganz anderes geschieht. Die Welt wird dumpf sich bewußt werden, unermutigt schon halb im Schatten zu liegen. Sogar die Beherrscher der Welt, überreich, übermächtig wie sie sind, werden nur noch unter einem Fluch leben. Auf Schritt und Tritt durchschaut, entlarvt, geleugnet in ihrem Wesen selbst, nicht nur um einzelner Wirkungen willen, wie die herkömmlichen Parteien tun, dem sind auch sie nicht gewachsen. Durchdrungen von ihrer eigenen Größe und platzend von Verachtung des Geistes, werden sie dennoch erfahren, wie unser Fluch, nicht anders als eine ihrer wirklichen Maschinen, in unerreichbarer Höhe sie begleitet, ja, verwirren sie sich erst, niedergeht und vor ihren Schritten sich entlädt. Wer Geist nicht sieht, muß Zeichen und Wunder sehen.

Was wird weiter geschehn? Aufklärung vieler der Unserigen über sich selbst, wenn erst das Schweigen gebrochen ist; aber auch viele Politiker werden einschwenken. Fast alle sind abhängig, es macht sie nicht immer glücklich. Manche haben nicht ganz entsagt, heimlich warten sie auf eine andere Abhängigkeit, nun ja, aber eine, die ihrer würdiger wäre. Sie werden, um einige Stunden früher als die Menge, wittern, was kommt. Sie werden sich genötigt sehen, ihren Patriotismus einer Durchsicht zu unterziehen. Sie werden zugeben müssen, daß er hohl war, denn welche Erfüllung bieten Haß und Wahn. Sie werden entdecken, er könne erfüllt werden, und werden anfangen, ihren Wählern dies zu sagen. Aber die Wähler werden ihnen schnell über den Kopf wachsen; ihnen geht es um Dinge des Herzens.

Wir oder die Nächsten nach uns werden, bei diesem Stand der Sache, gehalten sein, uns, über alle ihre bisherigen Führer hinweg, selbst mit den Massen zu verständigen. Wir werden sie schon bereit finden, sich aufzuschließen und das wahre Vaterland in sich einzulassen. Da erleben sie, daß es nicht sein Wesen ist, andere Menschen verhaßt zu machen; daß es vielmehr, durch Klärung der eigenen Tugend, uns bereichern kann um die der Nachbarn. Daß es verbindet, weitet, daß es nur den Sinn hat, tauglich zu machen für das erhabenere Vaterland, das Europa ist.

Die Jungen unter uns werden dies erfüllt sehn, sogar es selbst erfüllen dürfen. Uns Ältere ermutigt es heute, daß wir unsere Gedanken auch bei ihnen finden. Tun wir noch das unsere, legen wir, Deutsche und Franzosen, den Grund unserer Kirche! Energien, die wir ansammeln, werden von den Jungen geerntet. Auch Krieg, auch Verfall, haben sich summiert aus ungezählten schädlichen Kräften. Häufen wir die guten! Wir werden unscheinbar beginnen, wir brauchen Unverdrossenheit. Dafür wird die Jugend unserer Kirche machtvoll vor den Völkern stehen. Ihre Macht könnte alles, was jetzt noch gilt, bei weitem überwiegen, sie möge sie nicht in Versuchung führen! Wenn heute wir uns auf Junge berufen, mögen sie einst unser denken. Sie sind vielleicht auserwählt, das seit langem immer wiederkehrende Zukunftsbild so vieler Erkennenden aufzurichten, die Regierung einer Akademie, Weisheit als Macht.

Inzwischen gründen wir unsere Kirche! Haben wir Glauben? Dann getrost. Es war nie anders, als daß ein unbeirrbarer Glaube um sich griff. Unsere tausendste Botschaft werden ganze Völker hören. Sie werden sie freudig hören. Den Betrug der anderen leiden sie nur, solange sie müssen. Die Völker werden in uns einen Willen fühlen, der weder auf Geld ausgeht, noch Geldgewinn für die Vollendung des Menschenberufs hält. Das kam schon lange nicht mehr vor, es wird den ganzen Reiz der Neuheit haben, verstärkt durch das Glück des Menschen, Gut neu aufzufinden, das einst sein war.

27 [Anonym:] *Mann und Masaryk. Ein offener Brief*:

Heinrich Mann, der anläßlich der Einstudierung seines Stückes *Madame Legros* in Prag war, ist vom Präsidenten des tschechoslowakischen Staates Masaryk, der der deutschen Kultur und Wissenschaft seine ganze Bildung zu verdanken hat, empfangen worden. Das war eine, wie es scheint, dem Staatsmanne von dritter Seite nahegelegte Höflichkeit, die aber infolge eines von dem Empfangenen darüber veröffentlichten Berichtes zu einer politischen Farce ausgeartet ist. Die ›Neue Freie Presse‹ veröffentlicht in ihrem Morgenblatt vom 1. Februar einen Bericht Manns über den Empfang und sein längeres Gespräch mit Masaryk. Politisch von Interesse ist darin nur die Versicherung Masaryks, daß das Bündnis seines Landes mit Frankreich keine Drohung enthalte, das Gegenteil. »Wir sind nicht nur an Frankreich gebunden, Frankreich auch an uns.« Dann aber die mehrmals betonte Versicherung: »Poincaré war gegen die Ruhrbesetzung« und die Bemerkung, die deutsche Vorgeschichte der Ruhrbesetzung sehe noch immer gerade in ihm den zähen, weitausholenden Anstifter. Und Mann glaubt dies alles, ist davon fest überzeugt, ohne zu der Frage den Mut zu finden: »Ja, wer hat dann eigentlich das ganze furchtbare Unglück über Europa heraufbeschworen?« Diesen Stolz vor einem demokratischen Präsidententhron hat der Dichter nicht aufgebracht, und man darf ihm wirklich glauben, wenn er in der Einleitung versichert, daß er »an Verkehr mit höchsten Stellen keineswegs gewöhnt sei«.

Was wir hier kurz angedeutet, sagt offen und die Einzelheiten des merkwürdigen Berichtes grell beleuchtend ein offener Brief, der uns mit der Bitte um Veröffentlichung übergeben wurde:

Hochgeehrter Herr Mann!
In die chaotische Verwirrung aller heute zutage tretenden Meinungen Ordnung bringen zu wollen, ist gewiß ein müßiges und brotloses Geschäft. Ihr in der Wiener ›Neuen Freien Presse‹ veröffentlichtes »Gespräch mit Masaryk«, auf das ich von befreundeter Seite aufmerksam gemacht wurde, hat mich jedoch aus meiner im Grunde friedfertigen Natur aufgerüttelt. Schon die Einleitung, die Sie Ihrer Erzählung gegeben haben, ist ärgerlich. Warum betonen Sie, daß Sie »an den Verkehr mit höchsten Stellen« nicht gewöhnt sind? Wahrscheinlich wohl in treuer Anhänglichkeit an eine Phraseologie der Vorkriegswelt, die (in Frankreich, England oder Italien völlig unbekannt) ohne Unterlaß den Stolz des deutschen Mannes vor Fürstenthronen verkündete, und die doch nur das Einbekenntnis innerer Unsicherheit war. Gegenüber dem schlichten Volksmann Masaryk ist es – denke ich mich in Ihre Psyche hinein – gewiß nicht am Platze, diese Worte zu gebrauchen.

Mit unbefangener Freude schildern Sie die Herzlichkeit der Ovationen, die dem präsidentiellen Auto, das Sie nach Lana führte, von der Bevölkerung dargebracht wurden. Immerhin ist es – entschuldigen Sie das harte Wort – kindlich zu behaupten, daß etwa der Präsident Ebert oder der in unserem Falle besprochene Präsident Masaryk besser und herzlicher gegrüßt würden, als seinerzeit die jetzt gestürzten Monarchen gegrüßt worden sind. Oder glauben Sie, daß die Hunderttausende, die sich nach dem der russischen Kriegserklärung folgenden Hochamte vor dem Zaren niederknieten oder aber die ungeheure Menge, die Kaiser Wilhelm zu derselben Zeit zujubelte, einen Schwindel aufführten? Ich bin überzeugt, daß die Gefühle damals zu mindest eben so echt waren wie später, da dieselben Massen sich für die rote Internationale begeisterten. Um aber auf Präsident Masaryk zurückzukommen, so kann ich Sie wahrheitsgemäß versichern, daß er durch weite Strecken Böhmens, Mährens und Schlesiens fahren kann, ohne daß sich eine Hand zum Gruße hebt. Auch durch rein tschechische Gegenden. Und in weiten Teilen der Slowakei dürfte er sich nicht einmal sehen lassen, ohne Beschimpfungen und Demonstrationen ausgesetzt zu sein. Diese Tatsache wird Ihnen jeder unbefangene Tscheche, wenn auch mit Bedauern, bestätigen können. Ihr Hinweis, Sie oder vielmehr Ihr Auto sei »Nicht wie ein Fürst, das wäre zu wenig« gegrüßt worden, ist, beim Jupiter, ausschließlich Literatur.

Eines gelinden Lächelns konnte ich mich auch nicht erwehren, als ich erfuhr, daß Sie »in Lana natürlich weder eine Gelehrtenstube noch ein Fürstenschloß erwarteten«. Vielleicht sind Sie inzwischen darüber aufgeklärt worden, daß Lana das Schloß der Fürsten von Fürstenberg gewesen ist, also wirklich ein Fürstenschloß war. Es gehört wohl nicht zu den größten in Böhmen, wurde aber von der durchaus nicht anspruchslosen Regie der tschechoslowakischen Republik für groß genug erachtet, um gleichzeitig mit einigen Tausend Hektar »enteignet« zu werden, wie der schöne, so euphemistische Ausdruck lautet, um dem Oberhaupte der Republik als buen retiro zu dienen. Da anscheinend Fürst von Fürstenberg (derselbe, dem auch Donaueschingen gehört) mit einer höheren Lebensführung nicht genügend vertraut war, wurde ein weiteres Dutzend Millionen Tschechokronen für die Ausstattung des »Landhauses«, wie Sie es nennen, ausgegeben. Sie müssen sehr verwöhnt sein, daß alles so einfach zu finden.

Ist Ihre Einschätzung des Schlosses Lana meines unmaßgeblichen Erachtens zu gering, finde ich andererseits die Bewunderung für den Hausherrn zu stark hervorgehoben. Da, wie Sie selbst sagen, keinerlei Alkohol beim Mahle geschenkt wurde, muß ich dieselbe auf das sehr menschlich Berührende, von Ihnen selbst zart angedeutete

Dankbarkeitsgefühl des einfachen Literaten zurückführen, von einer »höchsten Stelle« empfangen worden zu sein. Seinerseits dürfte es der Präsident angenehm empfunden haben, einen vom Hange zu zersetzender Kritik dermaßen unberührten Deutschen bei sich zu sehen. Seine Stellung ist ja fraglos schwierig. Vor dem Kriege gab es nicht tausend Tschechen, die völlige staatliche Unabhängigkeit anstrebten, die nationalst gesinnten wollten als äußerstes Ziel eine Art von Selbstverwaltung im Rahmen der Habsburger Monarchie. Der Zusammenbruch der Zentralmächte brachte es mit sich, daß 13 Millionen Menschen, die des Abends als Oesterreicher eingeschlafen waren, des Morgens als Kinder des Mütterchens Prag erwachten. Wissen Sie, Herr Mann, daß sich darunter zweieinhalb Millionen Deutsche und noch sehr viel mehr Altösterreicher befinden, die nicht recht begreifen können, daß ausgerechnet ein Deutscher sich zum Sprachrohr eines Mannes macht, der alles, was er ist – ja alles was er ißt – einzig und allein und ausschließlich dem Siege Frankreichs verdankt? Und daß es aufreizend und hohl klingt, wenn ausgerechnet der Präsident dieses aus einer Frankreich günstigen Konjunktur entstandenen Staatswesens Deutschland das schlechte Zeugnis ausstellt, »daß noch keine deutsche Regierung die Folgen der Niederlage in der Tat anerkannt habe«. Sie sehen, so unwahrscheinlich es klingt, wirklich nicht, daß Präsident Masaryk Sie bzw. Ihre Feder in einer Art und Weise in Bewegung gesetzt hat, die seiner Geschicklichkeit alle Ehre macht, Ihrer Einsicht aber kein günstiges Zeugnis ausstellt. Objektivität ist eine schöne Sache, doch gibt es eine Grenze, wo die Diagnose auf Mangel an Charakter gestellt werden muß. Vom Standpunkte der tschechoslowakischen Republik besehen ist der Friede von Versailles ein freudiges Familienereignis, während eine sehr große Anzahl von Millionen Mitteleuropäern keinen Grund haben, ihn mit jener Kaltblütigkeit, die Präsident Masaryk durch Sie anempfiehlt, als unumstößliche Tatsache hinzunehmen.

Sie sagen des weiteren: »Im Laufe einiger Geschlechter geschieht es vielleicht nur einmal, daß ein Intellektueller handelt. Wir aber haben den Vorzug, es öfters als einmal zu sehen. In Rußland mehrere, und dann Thomas Masaryk.« Nun: darüber, ob das, was Lenin, Trotzki und deren Kreise in Rußland gemacht haben, in politisch staatsmännischem Sinne Handlungen zu nennen sind, ist das Urteil der Geschichte noch nicht abgeschlossen. Sicher ist nur, daß die Männer jener Richtung, die ich die alte Schule nennen möchte und auf deren Prinzipien Staaten errichtet worden sind, die tausend Jahre und länger bestanden haben, nicht mit Volksführern in einem Atem genannt werden dürfen, die vorderhand nur ein Trümmerfeld und Massengräber geschaffen haben. Ebenso wird es der Zukunft vorbehalten bleiben, dem gottlob durchaus unblutigen Präsidenten Masaryk eine Stellung in der Reihe der Tatmenschen anzuweisen. Wir Zeitgenossen – insbesondere Sie, Herr Mann, der Sie in Lana gefrühstückt haben – stehen den Ereignissen zu nah, um eine Entscheidung fällen zu können. Hingegen wäre es Ihnen gewiß möglich, genauer zu umschreiben, was Sie eigentlich unter einem Intellektuellen verstehen. Ich finde, daß Sie den Begriff so eng ziehen, daß Sie dem Intellektuellen alles absprechen, auch die Intelligenz. Denn meiner Ueberzeugung nach sind alle Staatsmänner, gehörten sie nun zu den Sternen erster Größe wie die immer wieder zitierte Dreiheit Alexander d. Gr., Cäsar und Napoleon, Päpste (deren Namen vielleicht sogar nach Berlin gedrungen sind) wie Innozenz III., aber auch die zahlreichen dii minorum gentium wie etwa Kaunitz, Disraeli und Thiers handelnde Intellektuelle gewesen. Mit dem Worte »intellektuell« wird, so fürchte ich, gerade von den Nächstbetroffenen seit einigen Jahrzehnten schrecklicher Unfug getrieben, vor allem in Deutschland. Es scheint fast so, als ob nur solche Menschen mit diesem Epitheton belegt werden dürften, die keiner anderen Handlung fähig sind, denn ihre stets geduldige Feder ins Tintenfaß zu tauchen, und die in dem Augenblick, da sie sich vom Schreibtische entfernen, unsägliche Wirrnis anrichten.

Aber vielleicht hatten Sie, ohne es selbst zu wissen, doch recht und sind die »mehrere in Rußland, und dann Tomáš Masaryk« tatsächlich im Sinne dieser pessimistischeren Definition intellektuell.

Ich bleibe mit dem Ausdrucke meiner besonderen Verehrung usw.

In: ›Münchner Neueste Nachrichten‹. Jg. 77, Nr. 36 vom 6. Februar 1924, S. 1 u. 2.

Im Januar 1924 hatte sich Heinrich Mann auf Schloß Lana bei Prag mit dem tschechoslowakischen Staatspräsidenten Tomáš G. Masaryk (1850–1937) getroffen. Vgl. Heinrich Manns Schilderung des Besuchs in *Ein Zeitalter wird besichtigt*, Materialien, Nr. 59, S. 728.

Joseph Roth: *Der tapfere Dichter*: 28

Die Tradition des politisch »indifferenten« deutschen Dichterwaldes gebeut Schweigen in allen Fragen des öffentlichen Lebens. Vor der Revolution war diese Schweigsamkeit gerade noch vernehmbar, heute ist sie betäubend. Sie übertönt das barbarische Geräusch der Reaktion und den gellenden Todesruf ihrer Opfer. Niemals haben die deutschen Dichter so laut gesprochen, wie sie jetzt schweigen.

Seit Goethe halten sie es für ihre Pflicht, die obligate wirkliche und metaphorische »Reise nach Italien« zu unternehmen, die eine Flucht vor Deutschland ist, – aber niemals eine zugestandene. Immer war es eine vorgetäuschte

Heinrich Mann (1924)

»innere Notwendigkeit«, die verwerflichen, unwürdigen Zustände des nationalen, politischen, sozialen Diesseits zu vergessen und von den heiteren Himmeln anderer Zonen das sogenannte »innere Gleichgewicht« zu entlehnen. Ach! wie leicht erhielt man das innere Gleichgewicht! Es wurde wenigstens niemals hörbar erschüttert. Nicht, als Eisner und Landauer, Luxemburg und Liebknecht und tausende Arbeiter ermordet wurden, nicht, als Fechenbach ins Zuchthaus wanderte, nicht, als Kahr den Thron »platzhaltend« bestieg und in München die Republik begraben wurde. Immer sitzen sie in einem Schwabing, die Dichter. Es ist kein geographischer Begriff mehr, sondern ein symbolischer.

Der ruht von der Feier seines eigenen Geburtstags aus und jener fährt durch die Städte und hält Vorträge über sein okkultistisches Erlebnis. Er wohnt in München und erlebt nicht die Materialisation der Brutalität: Adolf Hitler – sondern die Materialisationsphänomene des Schrenck-Notzing. Aber die phänomenalen Ereignisse der deutschen Reaktion sieht er nicht. Er ist ein »deutscher Dichter«. (Etwas vom Begriff des kaiserlichen Gottesgnadentums haftet seiner »Berufung« an.)

In Deutschland trennt man »Politik« von »Poesie«. Der Dichter, aus dem Gefüge seiner Zeit, seiner Klasse gelöst, lebt in einer abstrakten »Heimat«. Kein Wunder, daß ihn die metaphysischen Wunder mehr interessieren, als die irdischen, als diese Geschehnisse: Fechenbach, München, Diktatur, die dadurch, daß eine Republik ihr Geburtsort ist, wunderbarer werden, als sämtliche Geistererscheinungen in Deutschland.

Man weiß nicht, ob es Hochmut ist oder Indolenz, dieses peinliche, schmerzhafte Schweigen. Es ist jedenfalls vorhanden, man hört es und es verurteilt selbst diejenigen, von denen es ausgeht.

*

Diese Vorrede war notwendig, um eine Erscheinung zu erklären, die in allen anderen europäischen Ländern eine Selbstverständlichkeit wäre und bei uns eine Tat ist. Heinrich Mann, seit Jahren der einzige Rufer von Geist im brüllenden Streit der reaktionären Barbaren (des Großkapitals, des Nationalismus, des völkischen Gedankens), schreibt ein Buch: *Die Diktatur der Vernunft*, in dem folgende Sätze stehen:

»Ihr (der Bürger) Anblick zwingt den Unschuldigsten, zu fragen, was sie denn, außer Raffen, noch können – da sieht er: nichts. Gegen sie waren Monarch und Generalstab humanistische Genies. Einer von ihnen hatte gerade mit Hilfe eines Agenten, der vom Balkan kam, die Mehrheit der Aktien einer Berliner Bank heimlich und hinterrücks an sich gebracht. Dann ging er in eins der Parlamente und sprach – der Satz kam vor –: ›Ich kann meine Zeit produktiver anwenden, als hier!‹ Mit Balkangeschäften. Derselbe wurde von einem Berichterstatter gefragt, für wen er eigentlich so unsinnig viel Geld verdiene. Er hätte natürlich sagen müssen: Für den Aufbau der deutschen Wirtschaft. Oder: Für Deutschland. Oder: Zum Heil der Welt. Aber nein, er vergaß sich. Für wen er soviel Geld verdiene? ›Für meine Kinder‹ sagte er schlicht.«

»Industrielle beider feindlicher Länder fanden sich, nach vollbrachter Tat, dort zusammen, um zu beaugenscheinigen, was sie vollbracht hatten. Die Herren verließen ihre starken und glänzenden Autos. Obwohl von feindlicher Herkunft schritten sie im besten Einvernehmen über die Stätte ihres Wirkens. Es war ihr gemeinsames Wirken. Die Feindschaft war in Wahrheit Arbeitsgemeinschaft.«

»Es gibt heute kaum noch vorgeschrittene Geistigkeit, ohne einen gewissen Internationalismus. Er wird bedingt schon durch die Qualität der Nationalisten.« – – –

Wie viele Dichter von Ansehen und Rang schreiben

noch so in Deutschland? Wen von ihnen kümmert das Parlament, dieser Stinnes, diese Industrie, dieser Patriotismus? Wäre dieses Buch von Heinrich Mann selbst nicht so geistreich, selbst nicht so von musikalischem Rhythmus, vom edelsten dichterischen Atem durchweht, wie es ist, – es müßte nur als eine deutsche Kuriosität verzeichnet und verbreitet werden, zur Erleuchtung der Anständigen, zur Beschämung der schweigenden Dichter. Ich fürchte nur: sie werden sich nicht schämen. Auch sie sagen: ihr Reich sei nicht von dieser Welt, und glauben sich dadurch berechtigt, zusehen zu dürfen, wie die anderen gekreuzigt werden. In einigen Jahren, wenn die Republik eine Legende geworden, wird sie ihnen das gegebene »distanzierte« Thema geworden sein. Denn ihr Blick ist so auf die Nachwelt gerichtet, daß sie an dem Untergang der Mitwelt schuldig werden.

In: ›Vorwärts‹. Berlin. Jg. 41, Nr. 85 vom 20. Februar 1924, Morgen-Ausgabe, [S. 2].

Heinrich Mann an Félix Bertaux, 29
Prag, 27. Februar 1924:

Lieber Freund Bertaux,
denken Sie nur nicht, ich hätte vergessen, Ihnen zu schreiben! Ich erinnerte mich Ihrer oft, die zwei Monate, die ich nun schon in Prag bin. Ich hatte *Madame Legros* hier im tschechischen Theater herauszubringen. Da dachte ich oft: in Paris wär' es schöner und nützlicher. Ci vuol pazienza. Hier ist das Stück gut u. mit Erfolg herausgekommen. Die Tschechen haben ein natürliches schauspielerisches Talent, meine Darsteller sind besser als ich sie im Durchschnitt gewöhnt bin. Nur die Regie hat mir Hindernisse bereitet; sie macht hier grade die Krise durch, die sich ausdrückt in gewollter Primitivität, Verkleinerung der Bühne, infolge-

dessen Bewegungslosigkeit des Spiels, in lebenden Bildern und falscher Beleuchtung, die symbolistisch sein soll. Nun, das ist in Berlin vorbei und wird auch in Prag vorbeigehn, aber ich bin grade in die Krise gerathen. Das Ereigniß der Aufführung war trotzdem bedeutend; es war, wie es scheint, das erste deutsche Stück am tschechischen Theater seit der Errichtung dieses Staates, zum mindesten das erste moderne. Ich wurde, schon vorher, zum Präsidenten Masaryk gebeten, hörte Interessantes von ihm, berichtete darüber, ward angegriffen etc. Die Unversönlichkeit ist, wie begreiflich, mehr auf Seiten der Deutschen. Die Tschechen acceptiren gern einen Vermittler, u. ich gelte hier schon längst als etwas der Art. Ich verkehre mit beiden Nationen u. bin wohl fast der Einzige, zu dessen Veranstaltungen sowohl Deutsche wie Tschechen kommen. Es ist schwer glaubhaft, wie getrennt sie in dieser Stadt sonst neben einander leben. Nach meiner Aufführung hatte ich einen Vortrag, *meine Erinnerungen an Wedekind*, – zuerst in Prag, dann in Brünn. Übermorgen halte ich ihn noch in Karlsbad und fahre dann mit den Meinen wieder nach München. – Dies ist mein Bericht.

Sie sehen, die ruhige u. fruchtbare Arbeit am Schreibtisch war mir auch jetzt nicht vergönnt. Ich lebe unter der Nothwendigkeit, Dinge zu unternehmen, die sofort Geld bringen. Dieser Winter, der die Einführung unserer sogenannten Goldmark gesehen hat, ist ein Kriegswinter für mich. Denn das Leben in Deutschland ist plötzlich um vieles theurer, während man keineswegs viel mehr verdienen kann u. die »Devisen« für uns entwerthet sind. Sonderbarer Verlauf, ich erwähne ihn eben wegen seiner Sonderbarkeit. Einige Novellen aus dem Kreise »Kobes u. seine Welt« habe ich dennoch geschrieben. Es sind äußerst zeitgemäße Sachen, denn Kobes ist ein Anderer auf-es; und ich hoffe, daß wenigstens dieser Band bis zum Herbst fertig ist, wenn es schon nicht der Roman sein kann. Aber ich wünschte mir die Zukunft fruchtbarer. Ich darf sagen, daß es nicht an mir liegt, wenn nicht schon die Gegenwart es ist. Ich bin voll ungeschaffener Arbeit. Die Zeit erlaubt sie mir nicht, und sie hat auch meine Nerven schon geschwächt.

Immer ich, ich, – aber ich glaube, Sie wollen von mir hören? Ich wieder werde mit Spannung von Ihnen hören, und wie für Sie, die Ihren, Ihre Freunde das Leben nun verläuft. Meine ganze Hoffnung ist, daß die große Krise nicht auch Frankreich ernstlich ergreife. Möglich, daß im Elend die Gegner sich endlich verständigen würden; aber es ist nicht einmal sicher, u. es wäre zu theuer bezahlt. – Man zeigte mir eine Nummer des Temps, worin Ihr Aufsatz über Zola u. Deutschland besprochen war. Dank für Ihre Worte über mich. Der Brief des Sagittaire ist mir räthselhaft (über *Sujet*). Ich fragte den Rhein-Verlag nach seiner Meinung, bin aber ohne Antwort. In der N.[ouvelle] R.[evue] F.[rançaise] vom Februar lese ich Sie mit Freuden. Unterrichten Sie mich weiter über Ihre Arbeiten! Leben Sie glücklich! Nehmen Sie von uns Drei die besten Wünsche u. Grüße für Sie Drei. Seien Sie der großen Genugthuung versichert, die es für mich ist, wenn wir Beide uns aussprechen. Schreiben Sie bald!

Herzlich Ihr

Heinrich Mann

In: *Bertaux-Briefe*, S. 390f.

Heinrich Mann an Kurt Tucholsky, 30
München, 12. Mai 1924:

Verehrter, lieber Doctor Tucholsky,
was machen Sie? Ihre Briefe sind selten, was heute kein Vorwurf sein kann. Oft wünsche ich mir, Sie wären hier, Sie könnten öfter ein paar Stunden bei mir sitzen. Aber

auch daraus würde wohl wieder nichts werden, denn unter den hiesigen Lebensbedingungen verkriecht man sich vollends in sich selbst. Das Gefühl, allein zu sein, wie sie es dort verstehn, hat noch etwas von Volksauflauf, verglichen mit hier.

Nicht einmal in der Weltbühne lese ich Sie, Sie haben es sichtlich ganz und gar satt. Ich meinerseits dachte schon früher, als man es noch nicht nöthig hatte, an Brasilien. Wenn ich jetzt noch jung und rüstig genug wäre! Wo steht es denn geschrieben, dass man eine wenig gelesene Literatur bereichern muss. Sehen müssen, dass sie immer Privatsache bleibt und nichts ändern kann! An eine analphabetische Reaktionsperiode schliesst sich lückenlos die nächste an; »Revolutionen« sind nur Athemholen für die nächste. Während des ganzen Wilhelms wartete ich, ob nicht doch mal Licht käme. Aber erst nach der Revolution steht es fest, dass ein Fünfziger ganz gewiss keins mehr sehen wird.

Dazu wieder das alte Spiel: Radikalismus in Frankreich, sobald in Deutschland überhaupt nichts mehr zu machen ist. So geht es nicht, die Beiden kommen durch eigne Kraft nicht zusammen. Man muss im Innern wohl alles treiben lassen: noch mehr völkische Tage mit Erlaubniss sozialistischer Innenminister, noch zehntausend Kommunisten abgeknallt. Lohn aber für zwölf Stunden Kohlenhacken abzüglich Mittagspause 5 Mark. Man muss dies und anderes mehr, z. B. dass wir im Interesse irgendeiner Industrie verhindert werden nach Italien zu reisen, möglichst gelassen mit ansehn und sich lieber auf das Internationale werfen, wie der junge Coudenhove mit seiner Agitation für Pan-Europa. Auch von da aus kann man Denen, die ein einzelnes Land erniedrigen und abwürgen, doch hoffentlich noch in die Suppe spucken. Ich habe dem jungen Coudenhove meine französischen Bekanntschaften ans Herz gelegt. Diesen Sommer wird er dort persönlich wirken. Das ist ein Anfang; möge er mehr bedeuten als wir Andern thun können!

Als alter Arbeiter beende ich meine Roman-Geschichte des Kaiserreiches. Heute kann fast Niemand dies verstehn; später finden dann einige Hundert dort den Schlüssel; es spricht sich herum; und man war nicht unnütz. – Diesen Winter schrieb ich auch den Hymnus der Inflation, eine Art Stinnes-Verklärung in Novellenform, kurz, aber vehement. Wer weiss, was damit wird. Für wen? ist immer und bei allem die grosse Frage.

Man sollte Märchen schreiben. Ähnliches nehme ich mir vor, sind meine Aufgaben nur erst gemacht.

Mein Theater-Process bringt es fertig, noch immer zu laufen. Meinen Segen hat er. Übrigens denke ich Mitte Juni nach Gastein zu gehen und für den August nach Heringsdorf. Ich sage Ihnen dies für den begrüssenswerthen Fall, dass Sie an einen dieser Orte kämen. Sonst treffe ich Sie Ende Juli hoffentlich in Berlin? Das heisst, ich hoffe nicht für Sie, dass Sie dann dort sein müssen. Aber wie gesagt, ich sähe Sie gern, und hörte von Ihnen gern.

Herzlichst Ihr
Heinrich Mann

Original: Deutsches Literaturarchiv / Schiller-Nationalmuseum, Marbach am Neckar, A:Tucholsky, 86.2213/3. Druck: *Tucholsky-Briefe*, S. 78f.

Der Politiker und Schriftsteller Richard Nikolaus Graf von Coudenhove-Kalergi (1894–1972) gründete 1923 die Paneuropa-Bewegung in Wien und war seit 1919 mit Heinrich Mann befreundet, der sich später allerdings von dem Gedanken einer primär wirtschaftlich-kapitalistischen Einigung Europas zunehmend distanzierte.

Mit der »Roman-Geschichte des Kaiserreiches« ist *Der Kopf* gemeint, mit dem »Hymnus der Inflation« die Novelle *Kobes*.

31 Gerhart Pohl: *Diktatur der Vernunft*:

Als ich, müde der verlogenen Phraseologien deutscher Realpolitiker und angeekelt von der Feigheit der humanitären Verbände, den Entschluß faßte, selbständig einen neuen Vorstoß für Fechenbach zu unternehmen, glaubte ich, auf einen Bundesgenossen bestimmt zählen zu dürfen: auf Heinrich Mann...

Denn ich wußte aus seiner Sammlung *Macht und Mensch*, daß Zola ihm das Bild des großen Schriftstellers an sich bedeutet. Zolas unerbittliche Schärfe und Energie im Dienst von Wahrheit und Gerechtigkeit hatten Alfred Dreyfus befreit und die Nation gereinigt. Grade diese Eigenschaften des französischen Schriftstellers wirkten bestimmend auf Heinrich Mann und verwandelten den barocken Individualisten in einen denkenden Geistigen. Gaben ihm die Bereitschaft, Bindung zu den Mächten der Oeffentlichkeit, zu Staat und Politik, zu suchen.

Heinrich Mann strebte seinem Vorbild nach. Daß Zola ein »besseres« Frankreich schließlich durchgesetzt hatte, war ihm Ansporn, aktiv der Neugestaltung des deutschen Chaos vorzuarbeiten. Er schrieb politische Aufsätze, einen Offenen Brief an den Reichskanzler und hielt die dresdner Rede zur Feier der Verfassung, auf die liberale Nerven entsprechend reagierten. Alle diese Aufrufe (als Buch unter dem Titel: *Diktatur der Vernunft* im Verlag Die Schmiede zu Berlin erschienen) wirken durch ihre Nüchternheit gespenstisch, sie sind kalt und temperamentarm, aber klar und bestimmt in These und Forderung.

Wen nimmt da Wunder, daß ich zuerst an Heinrich Mann schrieb, ihm meinen Plan darlegte und um seine Unterstützung bat! Las ich doch in seinem Aufsatz: *Europa, Reich über den Reichen*:

»Für die meisten Gerichte sind nicht Jene die Hochverräter, die dem Land an der Schlagader sitzen: der ists, der sie nennt.«

War das nicht eine deutliche Anspielung auf den Fall Fechenbach? Und die Worte:

»Sie (die Reaktionäre) tun recht, Personen, die ihr Geschäft stören möchten, als vaterlandslos [...] verfolgen zu lassen. Man sollte ihnen darin nicht unrecht geben. In unsrer Lage, die, solange wir es dulden, von der ihren nun einmal bestimmt wird, ist es gefährlich, Ausfälle ihrer Gegner mit Sympathie in den Zeitungen abzudrucken [...]«

diese Worte sind doch für Fechenbach geschrieben, für die anderen Justizmord-Aspiranten, für Zeigner oder Mühsam, vielleicht auch für die wenigen Publizisten und Redakteure, die ihr Leben als vollen Einsatz bieten, da sie den Augiasstall »amtlich« geduldeter Mörder-Banden auszumisten versuchen?! Nein, sie sind ein Plaidoyer ante festum für Heinrich Mann selbst. Seine Antwort an mich lautet:

»Sehr geehrter Herr Pohl, zu viele andre Angelegenheiten erlauben mir nicht die Beschäftigung mit der von Ihnen vertretenen.

Hochachtungsvoll ergeben
Heinrich Mann.«

Ja, es ist gefährlich, »Ausfälle der Gegner mit Sympathie in den Zeitungen abzudrucken«. Weit gefährlicher, selbst Ausfälle zu machen, indem man seinen Namen und seine Stimme einem unschuldigen »Zuchthäusler« leiht. Solange man abstrakte Abhandlungen über die deutsche Situation schreibt, darf man aktiv und agressiv sein. Wenn es gilt, zu einem Faktum Stellung zu nehmen, erlauben »zu viele andre Angelegenheiten nicht die Beschäftigung« mit diesem Fall.

Die Karte Heinrich Manns ist für mich ein Kulturdokument. Sie zeigt das wahre Gesicht des deutschen Intellektualismus, der, radikal in der Abstraktion, immer zurückschrickt, sobald eine Tatsache gebieterisch klare Entscheidung fordert. Diese Schriftsteller suchen Bindung zu ihrem Volke und können sie nicht erlangen, weil ihr Werk die Unverbindlichkeit abstrakter Schreibtischarbeit hat.

Anatole France konnte der Brennpunkt des heutigen Frankreich werden, da er als Kampfgenosse eines Jaurès seine Stimme dem Sozialismus lieh und so Bindung zu seinem Volke fand. Heinrich Mann schreibt »Belletristik«, selbst wenn er dem Reichskanzler ein politisches Programm nahelegt. In diesem Appell stehen eindringliche Worte, die an Heinrich Mann selbst gerichtet sein könnten:

»Die deutsche Tragik vollzieht sich immer auf Grund versäumter Gelegenheiten. Aber ich fürchte, daß selbst das säumigste Volksganze [...] Ihnen diesmal nicht verzeihen könnte.«

Ich kann es auch nicht...

In: ›Die Weltbühne‹. Berlin. Jg. 20, Nr. 30 vom 24. Juli 1924, S. 155–157.

Heinrich Mann wurde von Gerhart Pohl in der ›Weltbühne‹ angegriffen, weil er sich geweigert hatte, sich im Justizskandal um Felix Fechenbach (1894–1933) öffentlich für den ehemaligen Sekretär Kurt Eisners einzusetzen. Fechenbach war zu elf Jahren Zuchthaus verurteilt worden, weil er der ausländischen Presse angeblich »geheime« Dokumente zur Kriegsschuldfrage übermittelt hatte. 1933 wurde er von den Nationalsozialisten umgebracht. Heinrich Mann versuchte sich 1927 in dem Artikel *Amnestie* (S. 360–367) zu rechtfertigen. Bei verschiedenen anderen Urteilen hat er gegen die rechtsgerichtete Weimarer Justiz öffentlich Stellung bezogen. Seine Proteste wurden in *Sieben Jahre* (S. 349–370) unter dem Stichwort *Justiz* zusammengefaßt. 1936 hat Heinrich Mann ein Vorwort zu dem Fechenbach-Buch *Mein Herz schlägt weiter. Briefe aus der Schutzhaft* (St. Gallen: Kultur-Verlag 1936, S. 3 f.) geschrieben.

[Siegfried Jacobsohn]: *Heinrich J.*: 32

Sie betrübt, daß in Nummer 30 unfreundliche Sätze über Heinrich Mann zu lesen waren? Mich betrübt, daß sie notwendig waren, und daß sie gerecht sind. Der Verherrlicher des Dreyfus-Befreiers Zola und der bewundernde Nachschöpfer jener Madame Legros, die nicht ruhte, als bis die Bastille ihren unschuldigen Häftling herausgegeben hatte – dieser Heinrich Mann hätte die geistige und moralische Pflicht gehabt und hätte sie noch, sich für Fechenbach einzusetzen, ja sogar sich lokalen Unannehmlichkeiten für ihn auszusetzen. Wie heißt der Kernspruch des Buddha in Dhamapada? »Gleich der Blume, die in Farben prankt, doch des Duftes entbehrt, sind die unfruchtbaren Worte Dessen, der anders tut, als er spricht.«

Wir werden an diesen Worten künftig höchstens noch den Stil schätzen, nicht mehr die Gesinnung, die zu billig ist, und hinter der kein Mann, sondern nur Heinrich Mann steht.

In: ›Die Weltbühne‹. Berlin. Jg. 20, Nr. 31 vom 31. Juli 1924, S. 199, ›Antworten‹.

Heinrich Mann an Félix Bertaux, 33
München, 24. November 1924 [Auszug]:

Lieber Freund,
Ihr Brief ist schon vier Wochen alt, und inzwischen haben Sie mir Ihren schönen Aufsatz in der Revue Européenne geschickt. Ich hätte Ihnen gern sogleich gedankt, aber es geht mir wie Ihnen: die Arbeiten für den täglichen Bedarf nehmen einen Theil der Zeit, die frei wäre. Vor Weihnacht erfülle ich Aufträge der Zeitungen; alles in allem bringt mir das soviel wie ein ganzes kleines Buch, ich darf es also nicht lassen. Jetzt kann ich wegen einer Erkältung nicht

ausgehn, und die Weihnachts-Arbeiten scheinen beendet: nun schreibe ich Ihnen:

Lieber Freund, mich rührt es immer, wenn Sie sich wieder für mich einsetzen. Die Wirkung in die Ferne durch geistige Äußerung ist eigentlich wunderbar. Mich den Menschen, die künstlich vielleicht sogar durch naturgewordene Kunst, von mir getrennt sind, doch verständlich gemacht zu haben, erfüllt mich mit besonderem Dank. Nun sehen Sie meinen Kriticismus wohl als Reaktion gegen das (bisher) landläufige Deutschthum an; ich hoffe aber doch, wenn ich es auch noch nicht beweisen kann, daß meine Arbeiten Anfänge einer sozialen Roman-Literatur sind. Wir haben keine, wie Sie bemerken; aber glauben Sie, daß Demokratie sich heranbilden kann, ohne Darstellung der Gesellschaft? Sie ist künftig das Einzige, was Sinn und Berechtigung hat: nicht mehr das »Zeitlose«, das heute noch immer höchster Zweck scheint. (Soeben hat Barlach von dem Münchener Professor Strich den Kleist-Preis bekommen wegen vorgeblicher Zeitlosigkeit, Überzeitlichkeit oder wie der Unsinn heißt.) Aber die Romane Goethes waren nicht zeitlos. Die von Stendhal sind es noch heute nicht, grade darum halten sie sich. Sie haben ihre Zeit mit solchem endgiltigen Kriticismus dargestellt, daß ich manchmal erschrecke, innerhalb vollkommen moderner Anschauung und Technik beginnen plötzlich die Figuren im Ton jener alten Gesellschaft zu sprechen, – als ließe einer unserer Zeitgenossen sie sprechen, der damals schon dabei war. (Liebesszenen im Chasseur vert) Das hat etwas tief Beunruhigendes, es läßt von Dauer mehr ahnen, als die hilflosen Versuche, sie durch Unbestimmtheit zu erreichen.

Döblin, nach dem Sie fragen, ist gewiß keiner der Schlechtesten. Aber wozu soll ich von *Giganten* lesen, da ich meiner Lebtage nur menschlichen Durchschnitt gesehen habe. Da selbst die ärgste Widervernunft sich nie vermeiden ließ, wegen der allgemeinen Einigkeit im Mittelmäßigen? Bleiben wir auf festem Boden! Fabre-Luce ist ganz einfach einer der Verdienstvollsten, die unter uns leben. Redlichkeit und Sinn für Thatsachen sind das Gebotene. (Bei uns hat der Reichsbank-Director Schacht ähnliche Verdienste.) Ich habe Herrn Fabre-Luce nicht geschrieben, weil ich von ihm nur lernen und ihm danken könnte; meinen Dank schrieb ich in ein Exemplar meiner *Diktatur der Vernunft*, das ich ihm schickte. Hat er es nicht bekommen? Ich bitte Sie, es mir zu sagen und ihm meiner vollen Bewunderung und Sympathie nochmals zu versichern.

Auch Gide grüßen Sie, bitte, von mir! Seinen Corydon habe ich noch nicht gesehen, aber ich denke, ich werde ihn lesen, sobald ich etwas freier bin. Neulich habe ich den Nouvelles Littéraires auf ihre Rundfrage geantwortet, daß das am meisten französische der neueren Bücher Les Caves du Vatican sei.

Heute in ›Europe‹ las ich (außer den Tagebüchern des Botschafters Louis) Georges Duhamel, den ersten schönen Nachruf auf France. N[lle] Revue Française und Revue Européenne sind nicht grade festlich gestimmt. Aber wenn die jungen Leute auch schlecht sprechen von dem Alter, mir gefällt das Bekenntniß und die Leidenschaft. Wenn hier Hauptmann stirbt, wird die Republik, die ihn für sich benutzt hat, ihn amtlich begraben; aber die Literaten in ihren Caféhäusern werden achselzuckend die bestellten Festartikel schreiben. *Dagegen* kaum einer, wozu? Das Schlimmste ist die stumpfe Einmüthigkeit. France war mit Recht für den Bürgerkrieg, anstatt für den auswärtigen. Die Öffentlichkeit sollte denken lernen, d. h. nie auf Schlagworte hereinfallen. Statt dessen herrscht jetzt in Deutschland uneingeschränkte Empörung über die Verhaftung des deutschen Generals. Die Republikaner, die mitschreien, scheinen nicht zu bemerken, daß der Zwischenfall, vor den Wahlen, den deutschen Nationalisten so gelegen kommt, als ob sie ihn absichtlich herbeigeführt hätten. Die Republikaner haben immer Angst, im Nationalismus übertroffen zu werden, den Muth offenen Internationalismus finden sie nicht; sonst hätten sie sofort gerufen: belanglos! Herriot an der Macht beweist mehr als ein Kriegsgericht-Urtheil.

Aber an solchen sinnlosen Zwischenfällen hängt es zunächst noch, ob die Vernunft weiterkommt. In beiden Ländern wird es immer noch Machtbezirke des Nationalismus geben. Wir müssen Geduld haben und hoffen, die Zone der Annäherung noch zu erleben, in der sie fruchtbar wird, besonders seelisch fruchtbar.

Von der Stimmung der Kapitalisten und den geplanten militärischen Reformen zu hören, war mir wichtiger, als ich so schnell sagen kann!

In: *Bertaux-Briefe*, S. 391–393.

34 Thomas Mann: [*Briefe aus Deutschland*], [Sechster Brief] [Auszug]:

Von allen deutschen Dichtern ist Heinrich Mann der sozialste, der Mann eines gesellschaftlich-politischen Impulses, wie er in westeuropäischer und zumal lateinischer Sphäre nichts Ungewöhnliches, bei uns aber etwas Unerhörtes ist, – wenn auch dank schwerer Schicksalszüchtigungen, die über uns gekommen, etwas sehr Zeitgemäßes. Es sind metaphysische, moralische, pädagogische, kurz innermenschliche Motive und Interessen, die uns anderen am Herzen liegen: der Erziehungs-, der Entwicklungs- und Bekenntnisroman war immer die spezifisch deutsche Spielart dieser literarischen Kunstgattung. Bei diesem Autor fast allein, und verbunden mit soviel künstlerischem Glanz nur bei ihm, trug das moralische Element von Anbeginn nicht das Gepräge ›innerweltlicher Askese‹, um mich eines religionsphilosophischen Terminus zu bedienen, sondern dasjenige der politisch-sozialkritischen Ausdehnung. Er ist es, der, als wir noch im Glanze lebten, an der ideellen Stagnation unseres Staatslebens am tiefsten gelitten und unsere Führer in literarischen Manifesten, deren fulminante Ungerechtigkeit dennoch einem höheren Rechte entsprang, vor das Forum des Geistes gezogen hat. Er hat den Zusammenbruch des kaiserlichen Deutschland am Ende seines wütend karikaturistischen Romanes vom deutschen *Untertan* symbolisch prophezeit. Und er erzählt nun, in freier künstlerischer Gestaltung, die Geschichte dieses Unterganges, erzählt sie in einer Prosadichtung, die nicht mehr und nicht weniger vorstellt als ein deutsches Gegenstück zu *La débâcle*.

In: Thomas Mann: *Nachträge*. Frankfurt am Main: Fischer Taschenbuch Verlag 1990 (= Thomas Mann: *Gesammelte Werke in dreizehn Bänden*, Bd. XIII), S. 310.

Der Brief erschien in ›The Dial‹, New York, Bd. 79, Nr. 4, Oktober 1925, S. 333–338. In der New Yorker Zeitschrift hatte Thomas Mann seit 1922 regelmäßig seine *German Letters* veröffentlicht.

Mit der »Prosadichtung« ist Heinrich Manns Roman *Der Kopf* gemeint. Der Roman *La débâcle* von Emile Zola erschien 1892.

[Kürzel: -in]: *Ein Gespräch mit Heinrich Mann. Schöpferischer Pessimismus*: 35

Berlin weiß nur in den seltensten Fällen, welche Gäste es in seinen Mauern beherbergt. Daß Heinrich Mann aus München gekommen war, wäre mir vielleicht verborgen geblieben, hätte sich der Dichter der *Kleinen Stadt* nicht zu einem Vortrag von Kaplan Fahsel begeben, wo ich ihm, unter der Masse der hinausdrängenden Zuhörer, unvermutet begegnete. Der Freigeist war gekommen, den Priester zu hören; doch zwischen beiden bestand für mich keine Schranke. Als ich Heinrich Mann tags darauf bei Wilhelm Herzog, dem Herausgeber des ›Forum‹, traf, mußte ich ihm zuerst Daten über Fahsel liefern.

Heinrich Mann über Kaplan Fahsel.

»Ich hatte bereits erraten«, sagte er mir dann, »daß nur ein Konvertit so zu sprechen vermag. Ich bewundere an Fahsel die beherrschte Leidenschaftlichkeit des Ausdrucks, die gegliederte Inbrunst... Seine rednerische Begabung ist so sehr vom Geiste getragen, daß die kleinen Formfehler, die ihm zuweilen unterlaufen, bis auf den letzten störenden Rest vom Feuer des Geistes gleichsam aufgezehrt, augenblicklich verbrannt werden. Dabei beherrscht Fahsel, mit schauspielerischer Bewußtheit, die ganze Klaviatur der rednerischen Gebärde.«

»Glauben Sie, daß sich daraus allein sein großer Erfolg erklären läßt?«

»Eine der merkwürdigsten Nachkriegserscheinungen ist das Wiedererstarken des geistigen Katholizismus in Deutschland. Dieses zweiflerische Land verlangt dunkel nach einem Halt. Es will den Aufbau – ohne den Aufbau wahrzunehmen. Da sieht es den kirchlich gläubigen Menschen und staunt – denn der Katholizismus hat etwas Erbauendes.«

»Worin liegt für Sie das Erbauende?«

»Es ist schwierig, in einem Wort das Vielfältige auszusprechen. Doch betrachten Sie Fahsel: er ist ein Intellektueller von hohen Graden. Er betont das helle, klare, intellektuelle Moment auf Kosten des mystischen. Er stellt, durch diese seine Methode, den Geist wieder her. Daß er seinen großen Erfolg auf so saubere Weise errungen hat, ohne den mystischen Zeitströmungen im geringsten zu schmeicheln, wundert mich zwar. Doch es freut mich ebenso sehr, denn ich sehe hierin ein Symptom beginnender Gesundung... Im übrigen sehe ich dafür noch ein anderes Symptom: die wachsende Rolle der Jugend im Leben des Landes. Man kann das durch den Ausfall der vom Krieg hinweggerafften Generation allein nicht erklären. Die Jungen werden leichter durchgelassen, weil die Aelteren ein schlechtes Gewissen haben. Die reifere Generation fühlt dunkel, daß sie sich in der Vergangenheit, zumal auf politischem Gebiet, ganz falsch verhalten hat. Doch ihr schlechtes Gewissen müßte erst fruchtbar werden durch Reue. Und Reue vermag ich nirgends zu erkennen...«

Uebereinkunft und Tradition.

»Hat die wachsende Rolle der Jugend nicht auch ihre Kehrseite? Ich sehe, wie überall jene kurzsichtige Traditionslosigkeit überhand nimmt, an der Deutschland ohnehin schon krankt.«

»Ich bin kürzlich in Frankreich gewesen und habe gesehen, daß es dort genau so ist. Anatole France hat davon gelebt, daß die Leute Erkenntnisse achteten. Heute kommt eine Generation, der radikale, pessimistische Erkenntnisse zuwider sind. Sie verneint das Nihilistische in France. Ich weiß zwar, daß sie damit nur die eine Seite der französischen Tradition – das achtzehnte Jahrhundert – verleugnet. Doch es scheint mir, daß sie auch von der Klassik hinwegstrebt. Sie sucht etwas Anderes, Unmittelbares.«

»Die Jugend experimentiert zuerst immer gegen die Konvention. Später kommt sie darauf, daß in aller Konvention, jenseits des bloß Konventionellen, ewige Elemente enthalten sind. Ich glaube, daß auch die heutige französische Jugend die Konvention letzthin nur darum zerschlägt, um sie später wieder lebendig zu machen, in mitteilbare Formen und intelligible Uebereinkunft hinüberzuretten.«

»Der Franzose ist stilistisch gebundener als der Deutsche. Bei uns muß jeder einzelne Schriftsteller seinen Stil erfinden. Er bekommt kaum etwas mit. Insofern hat er naturgemäß weniger Anteil an der Tradition als der Franzose.«

Französische Erlebnisse.

»Wann waren Sie zuletzt in Frankreich?«

»Ich war kurz nacheinander zweimal in Frankreich. Das erstemal als Gast bei den Zusammenkünften in Pontigny, das zweitemal als Vertreter der Deutschen Schriftsteller bei der Tagung des Penclub in Paris. In Pontigny traf ich André Gide, Roger Martin du Gard, Jean Schlumberger, Alfred Fabre-Luce und andere. Bei Gide, den ich sehr bewundere, habe ich, bis in die äußere Kleidung hinein, trotz aller Modernität einen gewissen Zug seelischer Romantik beobachtet. Er betreibt die Gewissenserforschung als eine Art protestantischer Herzensangelegenheit. In Paris sah ich Paul Valéry. Er führte im Penclub mit Duhamel den Vorsitz der französischen Delegation, hatte aber, genau wie ich, vom Pencub bis gestern nichts gewußt und war über Nacht herangeholt worden. Selten sah ich einen schöneren, reineren, durchgeistigteren Kopf. Ich traf auch Jules Romains, dessen *Copains* ich mit Begeisterung gelesen hatte. In diesem Roman steckt eine ganze Metaphysik der Freundschaft...«

»Wie wurden Sie in Paris empfangen?«

»Mit ergreifender Herzlichkeit, die weniger meiner Person als dem Lande galt, das ich in Paris vertrat. Man hatte es sichtlich darauf abgesehen, uns Deutsche gut aufzunehmen. Ich hoffe nur, daß man die Franzosen bei der nächsten Tagung in Berlin ebenso gut empfangen wird.«

Heinrich Mann unterschätzt seine *Göttinnen*.

»Ihre *Göttinnen* müßten in Frankreich gefallen. Sind sie übersetzt?«

»*Nein, nur der Untertan* und eine kleine Novelle *Der Jüngling*... Meine *Göttinnen* stellten den Versuch eines jungen Menschen dar, das Ganze der Welt einzufangen. Man sagt ihnen Glanz und Farbe nach. Doch vieles ist darin nur angeschnitten, nichts ist fertiggemacht.«

»Mir scheint, Sie unterschätzen die *Göttinnen*, die ich, neben der *Kleinen Stadt*, von allen Ihren Werken am meisten liebe... Sie entledigen sich darin mit ganz außerordentlichem Gelingen der Aufgabe, einen wesentlichen Aspekt der Zeit zu gestalten – die intellektuelle Sensibilität.«

»Ja, dieses Wort bezeichnet in der Tat eine künstlerische Absicht, die ich in der *Kleinen Stadt* und in den *Novellen* nur noch weiter auszugestalten versuchte. Doch so wie die *Kleine Stadt* aus den *Göttinnen* hervorgeht, so führt aus der *Kleinen Stadt* eine Linie zu meinen späteren Zeitromanen. Zola hat uns gelehrt, daß ein richtiger Roman unmöglich ist, ohne daß man die ganze Epoche dazugibt.«

»Ich gewann den Eindruck, daß Ihre letzten Bücher mehr auf erzieherische Wirkung abgestellt sind.«

Zur Problematik der Zeit.

»Dadurch, daß man länger lebt, kommt einem das Beklagenswerte des Lebens immer stärker zum Bewußtsein. Als junger Mensch hatte man nicht die Absicht, zu bessern. Doch in Deutschland wird diese Tendenz wieder problematisch. Ich bedauere, auf dem Gebiet des Zeitromans keine Nachfolger zu haben. Meine einsamen Erfolge setzen mich in Erstaunen.«

»Man geht der Zeit aus dem Wege, wie allem, was schmerzlich ist.«

»Wer sich mit Illusionen tröstet, läßt das Schmerzliche bestehen. Erkenntnis aber ist Aufbau.«

»Dennoch sagten Sie, die erzieherische Tendenz sei problematisch...«

»Ja, ich sehe immer mehr ein, daß sich durch Literatur

nichts bessern läßt. Abgesehen von der Dreyfusaffäre, habe ich nichts dergleichen erlebt. Die Epoche ist ausschließlich auf das Materielle gerichtet. Durch ideelle Beweggründe macht man sich nur verdächtig. Der Grund unserer geistigen Verarmung besteht darin, daß jede Idee sogleich als Utopie gebrandmarkt wird. Unsere heutigen Politiker stehen mit den Ideen auf Kriegsfuß.«

»Sehen Sie nirgends Ansätze einer Besserung?«

»Ich sehe Proteste. Ganz rechts die reaktionäre »Action Française«. (Das Blatt gleichen Namens ist, seinem geistigen Niveau nach, eines der besten der Welt – was ich natürlich mit den größten inhaltlichen Einschränkungen verstanden wissen möchte). Ganz links der russische Kommunismus, der vom Protest zur Tat geschritten ist. Der Geist hat sich in die Extreme geflüchtet. Dazwischen gibt es leider nur die verschwommene bourgeoise Mitte, für welche die Idee nicht existent ist.«

»Und Coudenhove?«

»Obwohl ich Coudenhove für äußerst gutgläubig und hochherzig halte, kann ich mich mit der von ihm propagierten paneuropäischen Idee nicht befreunden. Wem kann es frommen, wenn man Westeuropa gegen Rußland ausspielt?«

Schöpferischer Pessimismus.

»Ich bewundere nichts mehr, als jene unbekannte Stärkung, die Sie, ungeachtet Ihrer äußerst pessimistischen Beurteilung der Lage, von irgendwoher empfangen. Ist es irrationaler Wille, ist es bewußte Ueberlegung?«

»Es besteht immerhin für uns alle die Möglichkeit, daß wir eine Aenderung noch miterleben. Und wenn überhaupt keine Hoffnung wäre, obläge es noch dem größten Pessimisten, wenigstens seine Seele zu salvieren. Das Bewußtsein, richtig zu sehen und zu denken, gewährt, jenseits aller Erfolge und Mißerfolge, eine stille Befriedigung. Schließlich muß man auch das Vielleicht in seine Rech-

Heinrich Mann (1925)

nung einbeziehen. Es gibt ein heroisches Vielleicht. Sein Ausdruck ist der schöpferische Pessimismus. Was noch nicht ist, kann vollbracht werden. In der Potenz ist alles da. Jeder kann sein bescheidenes Teil dazu beitragen, das Mögliche in den Akt zu überführen...«

»Wenn der Pessimismus, wie bei Ihnen, von einem großen Verstand begleitet ist, dann besteht noch ein zweiter Ausweg – die reine Betrachtung. Seine Verlockung ist groß. Ich denke an die *Göttinnen*, die auch den Keim einer rein betrachtenden Einstellung in sich enthalten.«

»Die reine Betrachtung, die das Leben, wie auch immer es beschaffen sei, als bloßes Schauspiel hinnimmt, ist die letzte Rettung des geistigen Menschen. Doch dazu gehört eine große philosophische Ruhe, von der man nicht weiß, ob man sie gerade dann noch zur Verfügung hat, wenn man ihrer als einer letzten Rettung bedarf. In den *Göttinnen* befinden sich sowohl Ansätze zum aktiven wie zum betrachtenden Leben. Die Zeitumstände begünstigen mehr das eine oder das andere. Im tiefsten Frieden konnte man leicht betrachten.«

»Sie halten also eine Geisteshaltung, die sich damit begnügt, das Leben bloß als Schauspiel zu betrachten, an sich nicht für verdammenswert?«

»Ich würde es keinem verübeln, wenn er es kann. Im übrigen gehört das, was Sie Betrachtung nennen, ohnehin zum Rüstzeug des Romanciers.«

»Und welches ist nun der letzte Trumpf, den der heroische Pessimisus noch auszuspielen hat, bevor er sich – vielleicht – der reinen Betrachtung ergibt?«

»Die Hoffnung auf eine Straffung und Klärung des Geistes – die Ausschaltung der Verschwommenen, die Sammlung der Intellekte.«

In: ›Berliner Börsen-Courier‹. Jg. 58, Nr. 487 vom 17. Oktober 1925, Morgen-Ausgabe, S. 3.
Zu »Kaplan Fahsel« vgl. *Arm oder reich?*, S. 222.

Heinrich Mann an Félix Bertaux, München, 27. Dezember 1925 [Auszug]: 36

Parlamentarismus und Diktatur sind jedenfalls die Grenzen eines und desselben Problems. Der Parlamentarismus ohne Gegengewicht (das wahrscheinlich die Vertretung der Berufe sein wird?) verliert täglich Boden. Wir sehen mit Staunen unsere eigenen Begriffe sich wandeln. Was heißt noch »Pressefreiheit«, – die z. B. mir jedes zweite Wort nicht zu sagen erlaubt. Es ist merkwürdig und selten, wie das hundertjährige System des Liberalismus vor unseren Augen abstirbt. Die Diktaturen sind, wie immer, ein Übergangs- u. Verlegensheits-Produkt, aber sie beweisen und klären Manches.

...Irgendwo las ich, daß in Paris jetzt drei Gelegenheiten zu sprechen für fremde Autoren sind: die Veranstaltungen der Académie Carnegie, der Ecole Normale Supérieure u. das Institut National d' Etudes. Würde mir solch eine Gelegenheit geboten, so werde ich mich erstens fürchten und nicht einmal wissen, was zu sagen wäre. Aber ich würde mich auch sehr freuen und stolz sein, daß ich nicht als Müßiggänger kommen müßte, um Paris und Sie vor allem wiederzusehen. (Mein Bruder las mir die Rede vor, die er im Institut Carnegie halten wird. Lichtenberger lädt ihn ein.)

Lieber Freund, das vergangene Jahr hat uns in Paris, München u. Salzburg zusammengeführt, wir haben schöne Tage gehabt. Möchten sie sich 1926 wiederholen. Ich glaube, ich käme auch sogar als Müßiggänger wieder, denn ich fühle bei Ihnen Wärme und geistige Nähe. Herzlich gedenke ich beim Jahreswechsel Ihrer und der Ihren. Meine Frau u. das Kind sind mit mir. –

In: *Bertaux-Briefe*, S. 395 f.

37 Heinrich Mann an Félix Bertaux,
München, 8. Dezember 1926:

Lieber Freund Bertaux,
je reviens de loin, denn ich habe ungewöhnlich viele Arbeiten und Unternehmungen hinter mir, oder auch noch nicht hinter mir. Zurück aus Frankreich, schrieb und beendete ich mit aller Kraft eine Novelle, weil ich voraussah, daß ich so bald nicht mehr dazu kommen würde. Ende Oktober ging ich auf die Reise nach Wien und Berlin. Ich hatte Vorträge, die sehr ehrungsvoll ausfielen, mit vielen Empfängen, Interviews und einer Menge von Menschen verbunden waren; aber das war nicht alles. Ich war, wie außer mir noch 24 Schriftsteller, in die Preußische Akademie der Künste, Sektion für Dichtkunst, berufen worden, daher neue Verpflichtungen. Der, leider vergebliche, Kampf gegen das Zensurgesetz, das fälschlich Gesetz gegen Schund und Schmutz heißt, hat mich zur selben Zeit fast noch mehr als alles andere beschäftigt. Ich habe halbe Tage im Berliner Tageblatt verbracht, die Gegenaktion in Gang zu setzen geholfen und überdies Artikel geschrieben. Ich hatte Abende, die anfingen mit meinem Vortrag im Sitzungssaal des Reichstages oder in der Volksbühne, sich fortsetzten mit einem Bankett, und in der russischen Botschaft oder auf einem anderen Fest gegen Morgen endeten. Meine Frau war überall mit, wir haben uns beträchtlich überanstrengt.

Als wir Mitte November nach Hause kamen, waren unter anderem auch Theatergeschäfte in Berlin von uns verabredet. Trotz aller Müdigkeit arbeitete ich leidenschaftlich an einem großen Entwurf. Niemand weiß, was aus der Sache wird, wahrscheinlich schläft sie ein, wie beim Theater das Meiste. Über das *Gastliche Haus* habe ich jetzt mit den Münchener Kammerspielen Vertrag gemacht –

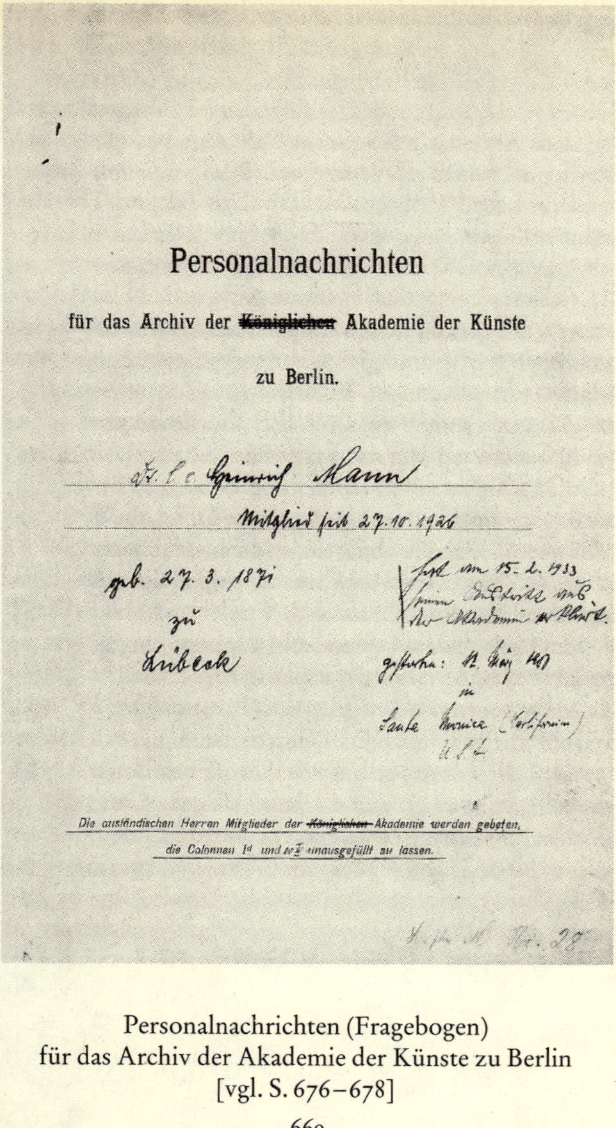

Personalnachrichten

für das Archiv der ~~Königlichen~~ Akademie der Künste

zu Berlin.

Dr. h. c. Heinrich Mann

Mitglied seit 27. 10. 1926

geb. 27. 3. 1871

zu

Lübeck

Seit am 15. 2. 1933 seinen Austritt aus der Akademie erklärt.

gestorben: 11. März 1950

in

Santa Monica (Californien)

USA

Die ausländischen Herren Mitglieder der ~~Königlichen~~ Akademie werden gebeten,

die Colonnen I^d und IV unausgefüllt zu lassen.

Personalnachrichten (Fragebogen)
für das Archiv der Akademie der Künste zu Berlin
[vgl. S. 676–678]

I.

Persönliche, Familien- und Militärverhältnisse.

a. Namen mit sämtlichen Vornamen, Rufnamen unterstreichen.

Luiz <u>Heinrich</u> Mann

Genaue Adresse: München 23 Leopoldstr. 59 III

b. Zeit und Ort der Geburt.

27. März 1871 in Lübeck

Name und Stand des Vaters.

Thomas Johann Heinrich Mann
Grosskaufmann, Senator der Freien Stadt Lübeck

Religion.

Konfessionslos

c. Familienstand. Verheiratet mit:

Marie geb. Kahn

Zahl der Kinder, unter Namhaftmachung der sich dem Künstlerberuf widmenden.

Eine Tochter

d. Zeit des aktiven Militärdienstes, Art des gegenwärtigen Militärverhältnisses und Charge (zutreffendenfalls ob militärfrei).

militärfrei

II.

Bildungslaufbahn.

a. Die besuchten Schulen, insbesondere Hochschulen und das an den Letzteren betriebene Studium.

Das Katharineum in Lübeck
Die Berliner Universität.
Philosophie und Literatur

b. Studien-Reisen mit Angabe der Zeit.

Französische Studien 1892–1893 in Lausanne u. Paris
Italienische Studien 1895–1898 in Italien

c. Zeit, Ort und Ergebnis etwaiger Dienstprüfungen.

/

d. Etwaige Berufsthätigkeit vor Eintritt in den öffentlichen Dienst; Zeit, Art und Ort derselben.

Schriftstellerische Arbeit

III.

Haupt-Werke

möglichst unter Angabe der derzeitigen Besitzer nebst Entstehungsjahr.

Titel.	Entstehungsjahr.	Besitzer.
Romane:		
In einer Familie	1892–1893	Verlag Ullstein
Im Schlaraffenland	1897–1899	
Die Göttinnen	1900–1902	
Die Jagd nach Liebe	1903	
Professor Unrat	1904	
Zwischen den Rassen	1905–1907	
Die kleine Stadt	1907–1909	
Der Untertan	1912–1914	
Die Armen	1916–1917	
Der Kopf	1918–1925	
Mutter Marie	1925–1926	
		Paul Zsolnay
Novellen:		Verlag, Wien
Gesammelte Novellen 2 Bände	1894–1911	
Liliane und Paul	1921 u. 1925	
Theater:		
Drei Akte	1907 u. 1910	
Schauspielerin	1911	
Die grosse Liebe	1912	
Madame Legros	1913	
Brabach	1915–1916	
Der Weg zur Macht	1917–1918	
Das gastliche Haus	1920–1921	
Essays:		
Macht und Mensch	1910–1919	

VI.

Orden, Ehrenzeichen, Würden, Mitgliedschaft

von auswärtigen Instituten und Korporationen. Durch Wahl übertragene öffentliche Aemter.

Art der Auszeichnung.	Datum der Ernennung.
Dr phil h.c.	[illegible]

VII.

Bemerkungen.

Hierunter ist ein eigenhändig geschriebener Lebenslauf sehr erwünscht.

Im Hause meiner Eltern zu Lübeck habe ich eine so glück-
liche Kindheit verbracht, wie die Schule es irgend erlaubte.
Denn ich war für gewisse Fächer, wie Mathematik, unbegabt und
ohne Interesse. Mit dreizehn Jahren machte ich meine erste
grosse Reise. Mein Vater, der Reeder war, liess mich auf einem
der Schiffe, die ihm mit gehörten, allein zu Verwandten nach
St. Petersburg fahren. Mein Vater, dessen Gesichtskreis über
die Enge der Zeit und seines kleinen Wohnortes weit hinausging,
wollte mir, nach begreiflichem Zögern, die literarische Lauf-
bahn zu wagen helfen. Er starb aber 1892.

In Berlin hörte ich einige Vorlesungen der Professoren Ludwig
Geiger, Erich Schmidt, Moritz Lazarus. Ich fühlte sogleich,
dass eigene Studien mich weiter brachten. Überdies erkrankte
ich und wurde von meiner besorgten Mutter zuerst in eine
Wiesbadener Kuranstalt gebracht, dann an den Genfer See
geschickt. Dort begann meine Beschäftigung mit der fran-
zösischen Literatur, die seither andauert.

In Italien vertiefte ich mich die folgenden Jahre wohl in
Kunst und Kultur, noch mehr aber in Land und Leute.
Ich lebte als junger Mensch mit wenig Geld inmitten des Volkes,
daher die Kenntnisse, die mich später befähigten, den Roman
„Die kleine Stadt" zu schreiben.

Nach frühen Versuchen, denen eine nur dem Erleben gewidmete
Pause folgte, begann meine zum Bewusstsein erwachte Produk-
tion 1897. Ich habe bis 1909 fast in einem Zuge sechs Romane
geschrieben, von 1910 bis 1913 vorwiegend für das Theater gear-
beitet (Frau Tilla Durieux brachte als Erste meine Stücke
auf die Bühne) und seither besonders den sozialen Roman gepflegt.
Ich folgte der mir im Blut liegenden Überzeugung, dass die Lite-
ratur zeitgeschichtlich bedingt und den Kämpfen der Mitwelt
verpflichtet ist.

Bis 1914 lebte ich abwechselnd in Italien, München, Berlin.
1914 heirathete ich und blieb in München, wo meine Mutter
noch lebte. Sie starb 1923. Sie war als Kind aus Brasilien nach
Lübeck gekommen. Ihre Mutter war Brasilianerin gewesen.
Muth zu einigen geistigen Wagnissen und Abenteuern kam mir im Lauf
meines Lebens zweifellos auch daher, dass meine Mutter aus einem
mir immer unbekannt gebliebenen Lande stammte.

Meine Frau ist die Tochter eines Prager Kaufmannes. Sie war
beim tschechischen Theater und wollte zur deutschen Bühne übergehen,
als wir uns kennen lernten. Meine Frau erleichtert mir das Leben
auch durch ihre Gabe der Menschenbehandlung. Seit 1916 haben wir

aber nur für den Fall, daß der Berliner Regisseur, den ich brauche, herkommen kann. Neben all dem läuft ein sogenannter »Kulturkampf« gegen den Münchener Nationalismus in geistigen Dingen. Mein Bruder, ich und noch vier Intellektuelle hielten den Zeitpunkt gekommen für eine Kundgebung, die unter tosendem Jubel stattgefunden und jetzt noch mancherlei Folgen hat. Es ist eine kleine »große Zeit«. Vieles wird aufgerührt, was aus Muthlosigkeit und Fahrlässigkeit im Zustand der Stagnation gelassen worden war. Die Reaktion flößt nicht mehr unbedingte Furcht ein, sie fühlt selbst, daß ihre Alleinherrschaft im Innern nicht mehr mit Geduld ertragen wird.

Die Annahme des Zensurgesetzes (das die Literatur unter Aufsicht stellt) ist schimpflich, aber grade dadurch sind viele aufgeweckt worden. Die »demokratische« Partei, die sich schlecht benommen hat, verlor dafür den mächtigen Theodor Wolff vom Tageblatt. – Der ganze Umschwung aber kommt von den äußeren Erfolgen der Republik, eigentlich also von der Verständigung mit Frankreich. Wollen Sie glauben, daß dies auf meine eigene Stellung einwirkt? Ich werde so viel in Anspruch genommen wie 1918 und spüre nach Jahren der Zurücksetzung wieder die Erfolgswelle. Man muß immer erst »recht gehabt haben«. Ich sehe nach den wechselnden Erfahrungen, die hinter mir liegen, den Dingen mit Skepsis zu. Ich gehe wieder an meine Arbeit.

Vorläufig sind es kleinere Arbeiten. Womöglich gegen das Frühjahr schreibe ich eine etwas größere. Die Novelle, die ich im Herbst beendete, erscheint grade jetzt in einer Zeitschrift. Ich schicke sie Ihnen, wenn der Schluß da ist. Auch möchte ich Ihnen als Weihnachtsgabe eine gewisse Darstellung unserer neuesten Literatur (von Mahrholz) schicken. Vielleicht gehört sie zu den besseren Darstellungen, ich denke, sie wird Sie interessiren. Ich selbst bin wenig einverstanden.

Nächstens muß ich einen Vortrag ausarbeiten, betitelt: *Die Literatur und die deutsch-französische Verständigung*. Ich spreche von meinen Erlebnissen in Pontigny und in Paris, von dem, was Deutsche bei Ihnen sprachen u. erscheinen ließen, und Franzosen hier. (Mit Tristan Bernard war ich einige Male in Berlin zusammen.) Können Sie mir für den Vortrag noch etwas Stoff geben?

Mit Kra schloß ich ab, mit den Quotidien infolge seiner Krise noch nicht. Ich verfolge eifrig, was bei Ihnen geschieht, in Literatur und in Politik. Hocherfreut bin ich, daß die Inflation zurück geht. Das ist der Beweis, daß ein Land es nicht zum Äußersten kommen lassen muß!

Nachrichten von Ihnen und den Ihren würden mich beglücken. Mit den meinen grüße ich Sie alle von Herzen.

Ihr
Heinrich Mann

In: *Bertaux-Briefe*, S. 396–398.
Am 19. März 1926 wurde der 1696 gegründeten Preußischen Akademie der Künste zu Berlin durch Erlaß des preußischen Ministers für Wissenschaft, Kunst und Volksbildung Karl Becker eine ›Sektion für Dichtkunst‹ angegliedert, damit nach verschiedenen gescheiterten Versuchen endlich auch die »Dichtkunst« neben der bildenden Kunst und der Tonkunst in der Akademie vertreten sei. Die ersten Mitglieder wurden berufen: Ludwig Fulda, Stefan George, Gerhart Hauptmann, Arno Holz und Thomas Mann. Nach Absagen von George und Hauptmann, nach der Ernennung Hermann Stehrs anstelle von George und nach dem polemischen Rückzug von Arno Holz aus der praktischen Arbeit der Sektion noch vor deren eigentlicher Konstitution, blieben als Gründungsmitglieder nur Ludwig Fulda, Thomas Mann und Hermann Stehr übrig. Auf der konstituierenden Sitzung der ›Sektion für Dichtkunst‹ am 27. Oktober 1926 wurden sechs in Berlin wohnende und achtzehn auswärtige Mitglieder, darunter Heinrich Mann, zugewählt. Vgl. die Abb. des von Heinrich Mann handschriftlich ausgefüllten Personalfragebogens der

Akademie (Orignal: Stiftung Archiv der Akademie der Künste zu Berlin, Hanseatenweg), S. 669–674; der Lebenslauf lautet vollständig:
»Im Hause meiner Eltern zu Lübeck habe ich eine so glückliche Kindheit verbracht, wie die Schule es irgend erlaubte. Denn ich war für gewisse Fächer, wie Mathematik, unbegabt und ohne Interesse. Mit dreizehn Jahren machte ich meine erste grosse Reise. Mein Vater, der Reeder war, liess mich auf einem der Schiffe, die ihm mit gehörten, allein zu Verwandten nach St. Petersburg fahren. Mein Vater, dessen Gesichtskreis über die Enge der Zeit und seines kleinen Wohnortes weit hinausging, wollte mir, nach begreiflichem Zögern, die literarische Laufbahn zu wagen helfen. Er starb aber 1892.
In Berlin hörte ich einige Vorlesungen der Professoren Ludwig Geiger, Erich Schmidt, Moritz Lazarus. Ich fühlte sogleich, dass eigene Studien mich weiter brachten. Überdies erkrankte ich und wurde von meiner besorgten Mutter zuerst in eine Wiesbadener Kuranstalt gebracht, dann an den Genfer See geschickt. Dort begann meine Beschäftigung mit der französischen Literatur, die seither andauert.
In Italien vertiefte ich mich die folgenden Jahre wohl in Kunst und Kultur, noch mehr aber in Land und Leute. Ich lebte als junger Mensch mit wenig Geld inmitten des Volkes, daher die Kenntnisse, die mich später befähigten, den Roman »Die kleine Stadt« zu schreiben.
Nach frühen Versuchen, denen eine nur dem Erleben gewidmete Pause folgte, begann meine zum Bewusstsein erwachte Produktion 1897. Ich habe bis 1909 fast in einem Zuge sechs Romane geschrieben, von 1910 bis 1913 vorwiegend für das Theater gearbeitet (Frau Tilla Durieux brachte als Erste meine Stücke auf die Bühne) und seither besonders den sozialen Roman gepflegt. Ich folgte der mir im Blut liegenden Überzeugung, dass die Literatur zeitgeschichtlich bedingt und den Kämpfen der Mitwelt verpflichtet ist.
Bis 1914 lebte ich abwechselnd in Italien, München, Berlin. 1914 heirathete ich und blieb in München, wo meine Mutter noch lebte. Sie starb 1923. Sie war als Kind aus Brasilien nach Lübeck gekommen. Ihre Mutter war Brasilianerin gewesen. Muth zu einigen geistigen Wagnissen und Abentheuern kam mir im Lauf meines Lebens zweifellos auch daher, dass meine

Mutter aus einem mir immer unbekannt gebliebenen Lande stammte.
Meine Frau ist die Tochter eines Prager Kaufmannes. Sie war beim tschechischen Theater und wollte zur deutschen Bühne übergehn, als wir uns kennen lernten. Meine Frau erleichtert mir das Leben auch durch ihre Gabe der Menschenbehandlung. Seit 1916 haben wir eine Tochter.«
Heinrich Mann hielt die Rede *Kulturpolitische Kundgebung* am 30. November 1926 bei einer Kundgebung der Deutschen Demokratischen Partei (DDP); sie erschien im ›Berliner Tageblatt‹, Jg. 55, Nr. 568 vom 2. Dezember 1926, Morgen-Ausgabe, S. 1 u. 2, und – gemeinsam mit den Vorträgen von Thomas Mann und anderen – im *Kampf um München als Kulturzentrum* (München: Pflaum [1926], S. 13–19). Zwei Jahre später, im Oktober 1928, verließ Heinrich Mann München. Seinen Freund Bertaux hatte er schon am 2. Dezember 1923 von dem »Gefühl der Vereinsamung und Nutzlosigkeit« in Deutschland berichtet, in dem »geistig abgestorbenen München, wo ich nur arbeite und allein bin« (Brief vom 16. Juli 1923 an Bertaux). München war für ihn zu einem Zentrum der Reaktion geworden – ein Umstand, den er in seiner Rede *Kulturpolitische Kundgebung* [später: *Kampf um München*] kritisierte. Heinrich Mann siedelte nach Berlin über. Private Gründe kamen hinzu: Ende 1928 trennte er sich von seiner Frau Mimi.
Mit »Novelle« ist *Surtup* gemeint, die in ›Das illustrierte Blatt‹, Frankfurt am Main, am Jahreswechsel 1926/1927 in mehreren Fortsetzungen erschien.

38 Heinrich Mann an Félix Bertaux,
München, 14. Mai 1927 [Auszug]:

Ich schreibe nach längerer Pause, es liegt daran, daß ich nie zur Ruhe kam. Der Winter war stark überladen. Im April hatte ich einen wichtigen Vortrag in Hamburg, der durch alle demokratischen Zeitungen gegangen ist. Denn er schloß den großen Parteitag ab. Ich gehöre der Partei nicht an, ich erlaubte mir einiges zu sagen, das ihre täglichen

Begriffe nach links überschreitet. Aber man war zufrieden, denn ich sagte es in schmeichelhaften Formen. Die geistige Annäherung an Frankreich, nicht nur die industrielle, empfahl ich besonders. Jetzt gehe ich mit jenem anderen Vortrag, über die Literatur und die deutsch-französische Verständigung, nach Zürich, Bern und Freiburg. Wenn Gide noch in Zürich wäre, könnte er über sich sprechen hören.

Original: Privatbesitz; Fotokopie: HMA SB 24/53. – Druck: *Dok.*, S. 201.

Gemeint ist ein Parteitag der Deutschen Demokratischen Partei (DDP) im April 1927, auf dem Heinrich Mann die Rede *Der tiefere Sinn der Republik* hielt. Vgl. die Abb., S. 680.

Heinrich Mann an René Schickele, 39
München, 7. September 1927:

Lieber Herr Schickele,
im Oktober soll der Präsident unserer akademischen Sektion gewählt werden. Ist an Sie schon jemand herangetreten? Mir haben Schäfer und Ponten die Wahl meines Bruders vorgeschlagen. Darauf habe ich von Biarritz nach Sylt meinem Bruder etwa Folgendes zu erwägen gegeben.

Unsere akademische Sektion ist für den Dienst der Literatur erst aufzubauen. Praktisch besteht sie noch kaum. Wir haben dem bisherigen Vorsitzenden, auf seinen Wunsch, ein Arbeitsprogramm entworfen, es wurde nur leider bisher nicht zur Berathung gestellt. Das meine enthielt moralische, gesellschaftliche und finanzielle Mittel, die alle zusammen aus der Literatur – durch ihr akademisches Organ – endlich die reale Macht werden lassen sollen, die sie sein muss.

Was nützt uns nun ein mehr oder weniger unthätiger

Heinrich Mann (April 1927)
bei der Rede *Der tiefere Sinn der Republik*
auf dem Hamburger Parteitag der
Deutschen Demokratischen Partei (DDP)

Ehrenpräsident, wäre es selbst der grösste Name. Der Name könnte wohl mithelfen, wenn der Präsident nur Zeit und Neigung hätte, sich ganz den Arbeiten der Akademie hinzugeben. Das wird grad einer, der literarisch viel leistet, am wenigsten können. Wir brauchten in Wahrheit einen Schriftsteller, gleichviel welchen Ranges, der aber ungewöhnlich begabt für die nothwendige Aktion wäre. Wir müssten ihn nicht zum Präsidenten machen, wir könnten ihn Direktor nennen.

Aber wäre er überhaupt auffindbar? Ich legte meinem Bruder sowohl die Aufgaben, als auch meine Zweifel dar. Er hat mir mit vollem Verständniss alles zugegeben. Er hatte sich nur, weil es gewünscht wurde, zur Verfügung gestellt, wird jetzt aber Ponten sagen, dass er seinen Antrag zurückziehen möge.

Dies macht mir, wie ich meinem Bruder zurückschrieb, nun auch wieder schwül. Wird der praktische Arbeiter, den ich unserer Sektion wünsche, nicht gefunden, was dann? Werden unsere Collegen für die Aufgaben, die ich meine, auch nur Sinn haben? Nichts ist vorbereitet und die Wahl so nahe.

Daher frage ich Sie, lieber Schickele, ob Sie an meiner Auffassung etwas Wahres finden, sich mit den Ihnen nahestehenden Akademikern darüber verständigen und einen Antrag herbeiführen wollen. Sonst lasse auch ich den Dingen ihren Lauf. Sachlich wäre dann vorerst nichts zu erreichen. Das Persönliche aber ist für mich entschieden. Stehen zur Wahl Scholz und mein Bruder, wähle ich meinen Bruder.

Wir begrüssen Sie alle herzlichst. Ihr

Heinrich Mann

Vom 9. bis ca 19. September bin ich (bei meinem Verleger P. v. Zsolnay) in Schloss Oberufer bei Bratislava, Tschechoslov. Rep.

Original: Deutsches Literaturarchiv / Schiller-Nationalmuseum, Marbach am Neckar (A:Schickele; 62.30/2).
Heinrich Mann betrachtete die Mitgliedschaft in der ›Sektion für Dichtkunst‹ vor allem als eine Verpflichtung, das öffentliche Leben kritisch zu begleiten, entsprechend zu beeinflussen oder gar mit Aufrufen und Protesten zu intervenieren. Daher lag ihm sehr an der Arbeitsfähigkeit der Sektion, wie aus diesem Brief hervorgeht. – Vgl. Abb., S. 683.

40 W. H. [d. i. Willy Haas]: *Zeitprobleme. Gespräch mit Heinrich Mann. – Das intellektuelle Locarno / Der Krieg mit Rußland / Die Aufgabe der deutschen Jugend / Die französische Jugend / Das intellektuelle Italien / Zur Polemik mit den Zwanzigjährigen in der ›L. W.‹ / Die Popularität Thomas Manns*:

Heinrich Mann hat in der ›L. W.‹ einmal einen Leitartikel über die Verständigung der intellektuellen Jugend Europas veröffentlicht, der in Paris ein gewisses Aufsehen erregt hat. Die demokratische ›Dépêche‹ hat diesen Artikel abgedruckt, mehrfach kommentiert und jetzt schließlich zum Gegenstand einer umfangreichen deutsch-französischen Enquête über das »Intellektuelle Locarno« gemacht.

Grund genug, Heinrich Mann anläßlich seines Berliner Aufenthaltes zu bitten, er möge auf dieses Thema und benachbarte Zeitprobleme noch einmal etwas ausführlicher mündlich eingehen.

Benachbarte Zeitprobleme... das ließ sich nun freilich bei dem Interview, das der liebenswürdige Dichter der ›L. W.‹ sofort gewährte, schwer abgrenzen. Denn wer mit Heinrich Mann spricht, hat schon in den ersten fünf Minuten das Gefühl, daß er einem vollkommen durchdachten, programmatisch einfachen, sorgfältig kontrollierten Komplex von Gedanken und Forderungen gegenüber-

Tagung des Arbeitsausschusses der
›Sektion für Dichtkunst‹:
Oskar Loerke, René Schickele, Ludwig Fulda,
Max Halbe, Walter von Molo,
Heinrich Mann (Vorsitzender)
(26. Oktober 1927)

steht, der so genau ausgesponnen ist, daß Alles in ihm zusammenhängt und das Besondere kaum isoliert werden kann, ohne fragmentarisch zu wirken.

Und so wurde aus dem Interview über ein Thema ein Interview über hundert Themen. Gewiß, diese hundert Themen weisen alle auf einen Brennpunkt hin. Aber dieser Brennpunkt läßt sich mit einem Worte kaum bezeichnen; es sei denn mit dem einen Namen: Heinrich Mann.

*

»Die Idee der Republik muß *zur Gewohnheit werden*« – das ist die Formel, die er zwei-, drei-, viermal während des Interviews ausspricht. Und er fordert von der Jugend, daß sie sich dieser Aufgabe widmet.

»Zum erstenmal ist es jetzt so, daß die deutsche und die französische intellektuelle Jugend entwicklungsgeschichtlich auf dem gleichen Statusquo steht. Niemals waren sie einander innerlich näher. Niemals waren die Voraussetzungen einer Zusammenarbeit günstiger. Die Zeit *fordert* also diese Zusammenarbeit nicht nur dringender als je, sie *ermöglicht* sie auch mehr als je...

Der Sinn dieser Zusammenarbeit ist vor allem: *die Verhinderung des Krieges mit Rußland*, der immer wieder vor der Tür steht. Die intellektuelle Jugend muß gemeinsam mit dem Proletariat diese verborgenen Kriegspläne im Keime ersticken.

Niemals wieder darf Deutschland der Feind Rußlands werden. Seine historische Rolle ist: der Vermittler zwischen dem Osten und dem Westen zu sein. Dazu ist es innerlich prädestiniert; denn der Deutsche ist seelisch aus den Elementen des Ostens und des Westens zusammengesetzt; das ist seine ewige Problematik; und in dieser Problematik liegt auch seine welthistorische Aufgabe...«

»Wäre es nicht vor allem unsere Aufgabe und die Aufgabe unserer französischen Kameraden, gegen den Krieg Deutschlands *mit Frankreich* zu arbeiten?«

»Nein. Das Phantom dieses Krieges ist mehr eine Hoffnung unserer Maulhelden und Revancheschreier als eine wirklich aktuelle Gefahr. Die Industrien Deutschlands und Frankreichs haben sich schon verständigt oder werden sich verständigen müssen. Das liegt im Zug der Zeit. Die chronische Gefahr ist: der Krieg mit Rußland.«

»Was sollen wir tun?«

»Es muß organisatorische Kleinarbeit geleistet werden. Wie ist denn der letzte Krieg bei uns ›gemacht‹ worden? Durch zähe organisatorische Kleinarbeit! Da war der ›Flottenverein‹ und das Dutzend anderer Organisationen, durch das die Generale ihre Militärpropaganda unterirdisch bis in die kleinste Dorfschule trugen. Ihr müßt es ebenso machen, um die Republik und den Frieden durchzusetzen!

Achtet darauf, wer von euren Altersgenossen in den politischen Redaktionen sitzt! Sind es unbedingt zuverlässige Kameraden? Sind sie charakterfest, sind sie fähig, ihrer Überzeugung ein persönliches Opfer zu bringen? Werden sie nicht dem Opportunismus angesichts einer eventuellen neuen Konstellation erliegen?

Ihr müßt Kleinarbeit leisten. Die große Aufgabe besteht aus lauter kleinen Aufgaben.«

»Viele unter uns tun redlich ihre Pflicht. Aber ist ein Fortschritt zu bemerken?«

»Ich bin Optimist. Ich *will* Optimist sein. Aber ich habe auch Gründe für meinen Optimismus. Es ist eine historische Tatsache, daß fast jede Republik sich nach einer gewissen Zeit, in der sie ihre Hiebfestigkeit einigermaßen bewiesen hat, nach links hin entwickelt. Diese Entwicklung zeigt sich auch bei uns an gewissen Symptomen. Wir werden sie tatkräftig ausnützen müssen.

Ich erinnere mich da z. B. daran, daß der ›Westdeutsche

Rundfunk‹ es heute wagen darf, das Problem der Kriegsdienstverweigerung vor Hunderttausenden von Hörern ernsthaft zu diskutieren. Ich möchte diesen Akt von Zivilkurage besonders erwähnen. Vor ein paar Jahren wäre das noch unmöglich gewesen.«

Ich: »Ich bin nicht ganz so optimistisch wie Sie. Mich erschrecken vor allem die Zwanzigjährigen mit ihrer furchtbaren Indifferenz. Gerade deshalb, weil wir Dreißig- bis Fünfunddreißigjährigen einmal – vor 1914 – ebenso indifferent waren wie jene. Sie, Herr Mann, haben uns als Erster gewarnt und ermahnt, – lange vor 1914. Aber die meisten haben es Ihnen nicht geglaubt. Erst mußte der Krieg kommen...

Muß wirklich *jede* Generation diese furchtbare Erfahrung machen, bevor sie die Wirklichkeit sieht?

Da die ›L. W.‹ Sie zu ihren Lesern rechnen darf, so haben Sie vielleicht die überaus scharfe Polemik zwischen Axel Eggebrecht und Ihrem Neffen Klaus Mann verfolgt. Ich gestehe es offen, daß ich mich an dieser Polemik innerlich beteiligt fühle. Wir, die den Krieg im Schützengraben mitgemacht haben, sind tief erbittert darüber, daß unter unseren jüngeren Kameraden alles wieder so wird wie vor 1914: Artistik, luxuriöse und komplizierte erotische Psychologie... und gar kein Blick für die wirklichen bewegenden Kräfte unserer Zeit. Ich leugne das literarische Talent nicht – aber wir sind doch im Recht, wir *wissen* es, daß wir im Recht sind mit unseren Forderungen!«

H. M.: »Kein Grund zu Pessimismus. Diese jungen Menschen sind in der schrecklichsten Zeit wachgeworden. Ihre Kindheit: das war der Krieg. Ihr Jünglingsalter: das war die Inflation, der Ruhrkrieg. Sie sind angeekelt vom öffentlichen Leben und von allem, was damit zusammenhängt. Bevor sie sich noch ernsthaft damit beschäftigen konnten, hatten sie schon, wie man in Berlin sagt, ›die Neese voll‹. Machet die Republik zur Gewohnheit – und sie werden von selbst allmählich zu euch stoßen!«

»Und das Ausland? Wie ist es mit der intellektuellen Jugend in Frankreich? Steht die nationalistische ›action française‹ nicht in Blüte? Stehen ihr nicht die besten Federn zur Verfügung, um ihre gefährlichen chauvinistischen Thesen den jungen Pariser Intellektuellen schmackhaft zu machen? Ich erinnere Sie an Charles Maurras...«

»Charles Maurras ist ein glänzender Schriftsteller – und ein uralter Herr. Die ›action française‹ steht in Blüte, weil sie jahrzehntelang geackert und gesäet hat. Aber diese Blüte ist hinfällig. Nicht ein einziger der *jungen* französischen Intellektuellen steht auf ihrer Seite. Sie wird mit ihrer Generation absterben. Eine Erscheinung wie die Georges Duhamels wiegt die ganze ›Action‹ auf. Die französische Jugend ist für den Frieden und für die Republik. Daran kann auch ein gelegentlicher geräuschvoller Studentenkrawall an der Sorbonne nichts ändern. Ihr könnt euch auf eure französischen Kameraden, auf ihre Energie, auf ihre Organisationsgabe verlassen!«

»Und Italien? Ist der Fascismus unter der intellektuellen Jugend Italiens nicht wirklich populär?«

»Ich glaube nicht. Ich habe unlängst mit einem amerikanischen Journalisten gesprochen, dem Vertreter eines durchaus kapitalistischen großen amerikanischen Blattes. Sie wissen vielleicht, daß weite Kreise des mächtigen, konservativen Amerika sehr für Mussolini eingenommen sind. Es lag also bestimmt nicht im Programm dieses Mannes, gegen den Fascismus zu sprechen. Er hat die Dinge genau studiert. Sein Ergebnis ist, klipp und klar, daß der Fascismus durchaus nicht die intellektuelle Jugend Italiens erobert hat. Im Gegenteil. Der Fascismus wird heute wie am ersten Tag ausschließlich von einer kleinen Gruppe von Nutznießern gehalten. Allerdings sehr energische und rücksichtslose Menschen, die sich zu halten verstehen.

Aber neunzig Prozent der Bevölkerung lehnt innerlich den Fascismus ab. Das ist das Resultat, zu dem mein Gewährsmann gekommen ist, und an das auch ich glaube.

Es bleibt dabei: wir dürfen Optimisten sein. Das heißt: wir dürfen arbeiten mit Hoffnung auf Erfolg. Unvorhergesehene Katastrophen können natürlich immer kommen. Etwa, wenn sich das erwachte und geeinte Asien gegen Europa wendete... aber mit solchen Elementarkatastrophen können wir nicht rechnen.«

»Die jungen Intellektuellen von der kommunistischen Seite sehen nur in der Weltrevolution die Voraussetzung eines dauerhaften Weltfriedens...«

»Der Kommunismus ist kriegerisch –«

»Zweifellos. Aber er versichert, der revolutionäre Krieg, der Klassenkrieg, sei der letzte Krieg, der Entscheidungskrieg gegen den Krieg. Übrigens, ich erinnere mich, daß uns das 1914 auch gesagt wurde –«

»So etwas kann man immer nur behaupten, niemals beweisen. Der Krieg muß diskreditiert werden. Er kann vielleicht niemals eliminiert werden. Aber wir müssen ihn systematisch diskreditieren. Es ist eine schwierige, langwierige Arbeit. Wir müssen uns ihr unterziehen. Mir wäre es auch angenehmer, hinter dem Schreibtisch zu sitzen und an meinen Büchern zu arbeiten, statt mich in öffentlichen Vorträgen den Attacken deutsch-nationaler Zuhörer und der nationalen Presse auszusetzen. Aber man muß es tun. Welche Enttäuschungen erlebt man selbst unter den Gesinnungsgenossen! Haben Sie die skeptischen Bemerkungen des großen Berliner demokratischen Mittagsblattes nach meinem Vortrag in der ›Europäischen Tribüne‹ gelesen? Ich spreche nicht für meine Person... aber weiß der Referent nicht, daß er eine *Sache* trifft, indem er *mich* zu treffen beabsichtigt?«

*

Heinrich und Thomas Mann
auf Besuch in Berlin (1927)

Diese einigermaßen persönlichen Bemerkungen lenkten das Gespräch plötzlich unbeabsichtigt auf das Gebiet des literarischen Métiers. Ich sprach von dem ungeheuren und eigentlich unbegreiflichen Bucherfolg des *Zauberberges*. »Es ist doch« – sagte ich – »ein innerlich durchaus unpopuläres, skeptisches, fast nihilistisches Buch; zwar nicht schwer zu lesen, aber gar nicht leicht zu verdauen. Ich glaube, nicht einmal jeder Hundertste hat es gelesen von den Sechzig- oder Siebzigtausend, die es gekauft haben. Ist das nicht überhaupt das Rätsel des sogenannten ›populären Buches‹, daß es von sehr vielen gekauft, aber von sehr wenigen wirklich gelesen wird?«

»Das glaube ich nicht. Ich erinnere mich an einen kolossalen Bucherfolg in den neunziger Jahren, den *Rembrandtdeutschen*. Damals hat man dasselbe behauptet. Aber es war doch nicht wahr. Jeder hatte es gelesen.

Übrigens, was ich an meinem Bruder Thomas bewundere: daß er seine ungeheure Popularität nicht mit Konzessionen erkauft hat. Er ist von seiner angeborenen geistigen Haltung niemals auch nur um einen Millimeter abgewichen...«

»...eine Wahrheit, die doch einen gewissen relativen Optimismus rechtfertigt. Vor zwanzig Jahren hießen die offiziösen Repräsentanten der deutschen Literatur Joseph Lauff und Wildenbruch. Jetzt heißen sie: Gerhart Hauptmann und Thomas Mann...«

Hier stimmt mir Heinrich Mann vorbehaltlos zu.

In: ›Die Literarische Welt‹. Berlin. Jg. 3, Nr. 44 vom 4. November 1927, S. 1.

H. M.: *Zuschrift an die ›Literarische Welt‹. Das Interview mit Heinrich Mann. Brief eines Achtzehnjährigen*: 41

Lieber Herr Haas,
zu Ihrem Gespräch mit Heinrich Mann möchte ich einiges hinzufügen von Dingen, um die Sie dort nicht sprechen konnten.

Es erschreckt Sie die »furchtbare Indifferenz der Generation der Zwanzigjährigen« einerseits und »luxuriöse Psychologie und Artistik« einiger, sich intellektuelle Jugend Nennender, anderseits. Und wie muß ich Ihnen recht geben – ich kann nicht anders als Sie bestärken in dem Bewußtsein, unserer Generation wie einer riesigen, unlebendigen Leere gegenüberzustehen. Indifferenz – d. h. völliges Unberührtsein von den Zeitproblemen, Flucht vor allen Fragen des Lebens (persönlicher und gesellschaftlicher Art); und – das ist das Schlimmste – oft nicht einmal eine Flucht, sondern Unfähigkeit, zu empfinden.

Täglich komme ich mit vielen, sehr vielen dieser Generation zusammen – Jungen und Mädchen, »Gebildeten« und Arbeitern. Es ist qualvoll, unter ihnen zu leben. Nur einige, ganz wenige, meist aber Mädchen, sind durchströmt durch tausend kleine Adern, und bei ihnen – diesen wenigen – finden wir, was wir alle brauchen: das Suchen: oft so intensiv, daß es wie eine Verzweiflung ist (ich habe schon manchen so gesehen); – und weiter ist da *Kritik* und *Selbstkritik:* vor allem letzteres; und schließlich *Verantwortung* und *Bewußtsein*. Das hört sich arg idealistisch an. Doch es ist nur *wahr*. Es gibt solche wenigen unter »uns«. Aber wir sprechen von der Generation.

Lassen Sie mich einen Satz Heinrich Manns zitieren: »Die intellektuelle Jugend muß *gemeinsam mit dem Proletariat* die verborgenen Kriegspläne im Keim ersticken.« Wie zuversichtlich, wie kraftvoll klingt das. (Wirklich, die Zuversicht Heinrich Manns muß denen, die nicht mit offenen, ganz offenen Augen selber zu der »Jugend« gehören, Mut machen. Das glaube ich.)

Seid ihr aber, die ihr solche Forderungen stellt, wirklich verbunden mit dem Proletariat oder nur der proletarischen Jugend? Legt es mir nicht als versteckten Angriff aus, daß ich so frage. Aber muß man denn nicht so fragen? Denkt doch einmal an euch und euer Verhältnis zu den proletarischen Kameraden!

»Es muß organisatorische Kleinarbeit geleistet werden« heißt ein anderer Satz Heinrich Manns. Oh, wie wahr ist das! Zwar ist das Begreifen und das Empfinden von Zeitproblemen notwendig und gut – doch wenn es nicht das *»Tun«* gebiert, bleibt es nutzlos. Und wollt ihr nutzlos sein? Die Kräfte des Tuns sind nur Verantwortung und Bewußtsein – Worte zwar, aber sie können größten Inhalt bekommen durch das Leben.

In: ›Die Literarische Welt‹. Berlin. Jg. 3, Nr. 48 vom 2. Dezember 1927, S. 11.

42 E. K.: *Intellektuelles Locarno*:

Die ›Literarische Welt‹, unablässig bemüht, den Geist der Zeit zum Reden zu bringen, hat ihren jungen Mann zu Herrn Heinrich Mann ins Berliner Hotel geschickt, um die Meinung dieses Literaten über das »Intellektuelle Locarno« und benachbarte Zeitprobleme zu erforschen. Dabei leistet sich der befragte Zeitgenosse folgenden Satz:

»Wie ist denn der letzte Krieg bei uns ›gemacht‹ worden. Durch zähe organisatorische Kleinarbeit! Da war der ›Flottenverein‹ und das Dutzend anderer Organisationen, durch das die Generale ihre Militärpropaganda unterirdisch bis in die kleinste Dorfschule trugen. Ihr müßt es ebenso machen, um die Republik und den Frieden durchzusetzen.«

Die Friedenskämpfer vom Schlage des internationalen Zivilisationsliteraten Heinrich Mann bilden nun zwar ebensowenig das Forum zur Entscheidung der Kriegsschuldfrage, wie etwa Poincaré, Charles Maurras und die Action française, aber sie bilden sich's wenigstens ein. Gibt es ein Mittel, sie von dieser unverschämten Anmaßung zu kurieren?

Ich fürchte: nein. Denn dort, wo beim normalen Menschen, gleichviel, ob Deutscher oder Franzose, das Gefühl für Wahrheit, Recht und Gerechtigkeit, oder sagen wir kurz: für Sauberkeit sitzt, bläht sich bei ihnen das Bedürfnis, das eigene Volk an den Pranger zu stellen und mit Unrat zu bewerfen. Diese intellektuellen Blähungen sind es, die die internationale Luft verpesten und den mühsam behaupteten Frieden schärfer, ätzender angreifen als sämtliche Flottenvereine, Generale und Nationalisten der Welt zusammengenommen.

Es ist nicht zu erwarten, daß die ›Literarische Welt‹ dies jemals merken wird. Sie erscheint bekanntlich in Berlin. Dort herrscht eine ohnehin etwas dicke Luft. Wie wäre es, wenn Herr Heinrich Mann und seine Freunde ihre intellektuelle Gasfabrik nach einer neutralen Stätte wegverlegten, etwa nach Locarno selbst? Oder, wenn es auch den Schweizern dabei übel werden sollte – nach dem Monde? Dort gibt es, gutem Vernehmen nach, noch keine neuzeitlichen Anlagen zur giftigen »Entgiftung« der internationalen Atmosphäre, dort herrscht der ewige Friede und die allgemeine Republik, und dort gehören diese in jeder Hinsicht entwurzelten Literaten ein für allemal hin.

In: ›Deutsches Volkstum‹. Hamburg. Jg. 29 (9), Heft 12, 1927, S. 965 f.
Diese Angriffe beziehen sich auf das Interview *Zeitprobleme*, das Heinrich Mann der ›Literarischen Welt‹ gab (vgl. Materialien, Nr. 40].

43 Louis Durieux: *Heinrich Mann wuenscht den »europäischen Block« der Intellektuellen*:

In einer einzigen Nacht hat sich der Winter auf die Stadt gesenkt. Ein Windstoss entblätterte die Bäume im englischen Garten; Schnee fängt zu fallen an, ganz langsam, als erriete er schon, dass er zu Wasser zerliefe, kaum dass er den Boden berührt.

Vom Fenster des Salons aus, in dem wir uns befinden, sehe ich die Wipfel der kahlen Bäume auf dem grauen Hintergrund des nach und nach von der Nacht verschluckten Himmels. Noch verklärt ein rosenfarbiges Licht das sanfte und lange Gesicht Heinrich Manns, dessen lächelnder Blick seit meiner ersten Frage freundschaftlich auf mir ruht... Wir plaudern zusammenhanglos, denn wir kennen uns schon. Von Zeit zu Zeit begrenzt der Verfasser von *Der Kopf* ganz einfach meine Indiskretion mit einem »Aber sagen Sie das nicht weiter...!« nachdem er eine Meinung von sich gegeben hat, die ihm plötzlich zu gewagt erscheint. Allein seine literarischen und politischen Meinungen sind kaum gewagt, oder vielmehr, sie sind es nur für richtige Bayern, jene obstinaten Konservativen und widerwilligen Republikaner. Und sie werden es ihn bald merken lassen: entweder werden sie seine Werke boykottieren, oder eine Verschwörung methodischen Todschweigens um sie anzetteln.

»Auch ist mein Leserkreis nicht hier«, sagt Heinrich Mann. »Ich lebe in München, weil die Stadt eine heitere und hübsche Ruhe hat, die der geistigen Arbeit günstig ist. Allein ich reise viel. Ich bin oft in Berlin, in Wien, manchmal – zu selten für meinen Geschmack übrigens – in Paris; denn ich bete Paris, sein gedrängtes Leben, das, was es zu betrachten bietet, an... Und bin ich nicht in ein paar Tagen wieder dort? Eine einzige Stadt kommt ihr durch eine von Tag zu Tag grösser werdende fieberhafte Tätigkeit gleich: das ist Berlin. Nach und nach wird Berlin all das verschlucken, was an Leben in den andern deutschen Städten übrig bleibt. Es ist wie ein Herd, der mit seinem blendenden Glanz alles, was noch unabhängig lebt, anzieht.

Diese unwiderstehliche Zentralisationsbewegung, die aus der Kraft der Dinge selbst entsteht, ist meiner Meinung nach bei uns eine notwendige Folge der aktuellen Regierung. Das Bedürfnis nach einer – einzigen – Hauptstadt macht sich geltend. Uebrigens ist Berlin durch seine eigene Lage ein beinahe internationales Zentrum, zum mindesten ein europäisches Zentrum.«

Damit hat Heinrich Mann ein ihm teures und vertrautes Wort ausgesprochen. Als Apostel des »europäischen Geistes« wünscht er, dass die Völker des alten Europas sich kennen lernen, sich vereinigen.

– »Der Krieg hat neue Probleme heraufgebracht. Stimmen, die vielleicht pessimistisch sind, haben den Untergang des Abendlandes verkündet. An unsern Ostgrenzen kann sich möglicherweise ein Feind erheben, gegen den wir allein nicht zu kämpfen vermögen. Ich glaube, dass man eine allgemeine Annäherung, einen Block ins Auge fassen muss. Es sieht so aus, als habe die junge Schriftstellergeneration in Deutschland wie in Frankreich diese Notwendigkeit begriffen.«

»Welche Schriftsteller lieben Sie am meisten?«

»Zunächst meine Freunde. Ich habe ein paar in Frankreich, denen ich teils in Paris, teils in Pontigny begegnet bin: André Gide, Roger Martin du Gard. Schon seit langem bemühe ich mich um eine Uebersetzung seiner *Thibaults*. Dann André Germain, Paul Valéry, Fabre-Luce und ein junger, Supervielle. Ich habe ein bezauberndes Buch von ihm gelesen: *Le voleur d'enfants*. Ich habe auch einem Wiener Verleger vorgeschlagen, er solle *Si le grain meurt* von Gide übersetzen lassen, allein man hat lieber mittelmässige Dinge genommen.«

Mit Bescheidenheit spricht Heinrich Mann wie von einer ganz selbstverständlichen Sache von den Anstrengungen, die er in Deutschland zugunsten unserer Literatur gemacht hat. Und es ist einer seiner Hauptehrgeize, zu einer Annäherung der beiden Länder beizutragen. In einigen Tagen wird er der Gast von Paris sein. Er wird in der Sorbonne, in der Liga für Menschenrechte, zweifellos auch in der Carnegie-Stiftung einen Vortrag halten, dessen Inhalt er mir gern bekannt gibt.

»Ich will die Characteristica des deutschen Geistes und seine Kultur auseinandersetzen. Man vergisst in der Tat zu oft unsere geographische Lage. Deutschland ist irgendwie die Grenzscheide zwischen Morgen- und Abendland. In Folge davon hat es sich gleichmässig beiden Einflüssen unterworfen. Wir versuchen, aus jedem das Beste zu extrahieren, und das erklärt auch unsere Neugierde auf die intellektuellen oder künstlerischen Kundgebungen, die draussen gemacht werden. Das rechtfertigt zum Beispiel in Berlin den Erfolg von Piscators kommunistischem Theater, der – mit unendlich viel Talent übrigens! – es wagt, Kino und Theater zu vermischen... Es erschien mir also gut, dem französischen Publikum diese Art zweiseitiger Absorbtion und Filtrierung, zu der uns die Lage zwischen Rhein und Weichsel zwingt, klarzulegen, damit es besser unsere Gedanken und Taten begreift.«

Wir zweifeln nicht daran, daß die aufrichtigen Worte Heinrich Manns aufmerksam angehört werden, und dass einer jener Männer, die am meisten in Deutschland für die Verbreitung französischer Literatur und Geistes getan haben, mit Sympathie empfangen wird.

In: ›Revue Rhénane. Rheinische Blätter‹. Mainz. Jg. 8, Heft 2, November–Dezember 1927, S. 45 f.

Heinrich Mann an Paul Wiegler, 44
Paris, 3. Dezember 1927 [Auszug]:

Gestern wurde ich in der Sorbonne als erster Deutscher offiziell empfangen, der Saal war voll und voll Zustimmung. Nachher gaben die Professoren meiner Frau und mir ein Diner. Wenn es so weiter geht, hoffe ich für die gute Sache das meine gethan zu haben.

In: *Briefe an Paul Wiegler.* In: ›Sinn und Form. Beiträge zur Literatur‹. Berlin. Jg. 1, 1949, Heft 5, S. 11.
Paul Wiegler (1878–1949), Theaterkritiker und Essayist, pflegte seit der Jahrhundertwende Kontakte mit wichtigen Autoren seiner Zeit. Nach dem Zweiten Weltkrieg begründete er zusammen mit Johannes R. Becher die Zeitschrift ›Sinn und Form‹.

W. E. Süskind: *Heinrich Mann liest in der Sorbonne*: 45

Der 2. Dezember, grau, kalt, vor den Cafés, trotz der glimmenden kleinen Oefen, sitzen nur wenige ausdauernde Gäste, und in den Höfen der Sorbonne, da man um vier Uhr ankommt, ist es schon dunkel, feierliche Laternen verbreiten obenhin ein wenig erstarrtes Licht. Salle Louis Liard – ein Haufen Studenten drängt sich vor der Tür, Schüler des Professors Henri Lichtenberger, für die Heinrich Mann sprechen will. Der Hörsaal, als aufgetan wird, liegt da wie ein freundliches Parlament: nichts von der kalkigen Sachlichkeit unserer Hörsäle, sondern ansteigende Reihen von Sitzen, ohne die fatalen Pulte, auf denen unsere werdenden Lehrer Wort für Wort der Weisheit mitstenographieren, dafür die etwas altertümliche Pracht kassettierter Wände, von viel Vergoldung aufgehellt, an Wand und Decke reichlich die Embleme der französischen Republik, reichlicher noch die Bilder aus der Vergangenheit des genius loci – Corneille an der Wand,

Descartes, Racine an der Wand, so sitzt man in stattlicher Gesellschaft.

Die knisternde Unterhaltung der Zuhörer erlischt. Der Professor Lichtenberger hat sich erhoben und dankt dem Gast. Unserem Europa, sagt er, als welches sich seit dem Kriege in eine recht pessimistische Gesinnung hineingewöhnt habe, täten Begegnungen not, wie sie hier der deutsche Dichter ermögliche, indem er zu einem französischen Publikum spreche, das sicherlich alle gute Gesinnung von Herzen erwidere.

Heinrich Mann nimmt das Wort. Er sagt einiges Einführende in französischer Sprache. »Un Locarno Intellectuel« wird sein Vortrag heißen, es ist derselbe, den er im Sommer im Berliner Herrenhaus hielt. Wie er ihn vorzulesen beginnt, will dem deutschen Zuhörer auffallen, daß seine Stimme anders klingt, als er sie kannte; spricht Heinrich Mann hier in Frankreich nicht beinahe ein deutscheres Deutsch als zu Hause, oder ist man hier so sehr an diese in ihrer Weichheit feste Aussprache gewöhnt, die einem im deutschen Vortragssaal immer so romanisch zu klingen schien?

Der Vortrag ist bei uns bekannt in seinem optimistischen Glauben an den Verständigungswillen der Geistigen und der Jugend vor allem und in seiner Darstellung Deutschlands als des Brückenlandes zwischen Ost und West. Bekannt ist ebenso die knappe, schmucklose Diktion des politisch gewordenen Heinrich Mann, die auf die Zauberei des künstlerischen Wortes streng verzichtet und mit eben dieser Strenge oft die überraschendsten und aufregendsten Wirkungen erzielt. Also hat der Referent die Pflicht, von dem zu sprechen, was sich für ihn beim Anhören dieses Vortrags in diesem Saal und vor diesem Auditorium ergeben hat, aus der Atmosphäre des deutschen Wortes in französischer Luft.

Heinrich Mann spricht, mit großer Hoffnung, von der

Vernunft. Vernunft und Wißbegier, sagt er, seien stark am Werk, und er nennt diese beiden die große Kollegialität der Geistigen. Das ist eines der Worte, die so schlank sind, das sie fast zu leicht eingehen, so richtig, daß sie fast nicht das Gewicht der Wahrheit erreichen, so herausgeformt nämlich aus eigenem Nachdenken, daß sie fast dem Zuhörer das Nachdenken erlassen. Vernunft und Wißbegier, sie sind in der Tat die beiden Elemente, aus deren Widerspiel das Geistige erwächst und sich regeneriert. Das Geistige! Aber die Welt der Geistigen, an die ein solches Wort voll Zutrauen appelliert, enthält das Geistige ja nicht absolut, sondern in einer abgewandelten, handwerklichen und sozusagen erniedrigten Weise, so daß Vernunft und Wißbegier bei ihnen eigentlich Selbstverständlichkeiten sind, in denen nicht allzuviel Blut fließt in der Regel und deren Vorhandensein noch nicht viel bedeuten will. Allzu leicht können sie wirklich nur Kollegialitäten in einem geringen Sinne sein, Opportunitäten und leichthin angewandte Weltläufigkeit. Und es besteht die Gefahr, daß man sich – jeder von uns! – mit diesem Geringeren begnügt, daß man – beim Denken von Volk zu Volk – die Applikation des Intellekts allein bedenkt und seine Disposition, seinen Charakter vergißt, dessen Kenntnis doch allein die Schwierigkeiten und ihre Ueberwindung lehren und zum Verständnis führen kann, welches mehr ist als die Verständigung.

Damit soll um Gottes willen nicht Heinrich Manns schönem Vortrag in den Rücken gefallen sein. Man weiß, er pflegt aus guten Gründen gerade in diesem immer noch prekären Augenblick einen freudigen Optimismus. Er hält es für Pflicht, jetzt nicht die Schwierigkeiten zu betonen, sondern das Erreichte, und sei es noch so selbstverständlich. Nur strömte in unserem Rücken, indem wir zuhörten, die Stadt Paris, in deren gastfreundlicher Gebärde wir so unendlich viel Liebenswürdigkeit, aber auch so unermeßlich viel Differenz der geistigen Anlage empfunden hatten, daß wir gerne mehr von der Tiefe gehört hätten, von der Unterlage der Politik, von der rassenmäßigen Anfechtung, von der Liebe, sie dennoch zu überwinden. Es ist die reizvollste Forderung dieses uns vielfach verschlossenen Landes.

Unter der Oberfläche hat Heinrich Mann davon gesprochen. »Dies bedingt Erziehung«, lautete einer seiner kategorischen Sätze. Und er schloß die Geschichte von einer französischen Lehrerin daran, die ihren Kindern gesagt hatte: »Solange nicht das Gefühl der Freiheit in euch lebendig ist, wird dieses schöne Wort vergebens über unserer Tür stehen, und diese Republik wird keine Republik sein.« Das ist so schön und wahr und für uns gesprochen, daß man es nur wiederholen kann. Er sprach dann, wie seine Rede immer aufs Praktische losging, vom wichtigen Berufe der Lehrer in dieser Zeit. Uns aber schien noch bemerkenswerter, was er, vager und allgemeiner, von der nicht gelehrten, sondern gelebten Erziehung sagte, die eine Erfüllung seiner selbst sein müsse: daß es nämlich genüge, richtig als Deutscher zu leben, um dem östlichen und westlichen Nachbarn jeweils eine Ahnung von der diametral verschiedenen Welt zu geben, die unterm gegenüberliegenden Himmel blüht. Etwas vom Größten wacht in diesem Wort: die Möglichkeit, im Ich das Du zu finden, im Deutschen das französische Teil und umgekehrt. So daß national zu leben, seinen Nachbarn gegenüber, keineswegs den dummen Stolz des »So bin ich nun einmal!« bedeutet, sondern das Verstehen und Entdecken: »So bist du in mir! Wie bin ich in dir?« Womit neue Quellen geistigen Lebens erschlossen sind, aus denen Einsicht fließt.

Der Beifall am Ende war warm, nicht nur von der Courtoisie, sondern von der Einsicht gespendet, wie man hoffen durfte. Die Straßen, als man hinaustrat, schwammen in Nebel und Licht.

In: ›Magdeburgische Zeitung‹. Nr. 629 vom 11. Dezember 1927, 2. Ausgabe, S. 3.

Félix Bertaux: *Heinrich Mann vor 5000 Hörern in Paris. Bilanz seines Aufenthaltes*: 46

Höhepunkt war Heinrich Manns Rede im Trocadéro. In dem Riesensaal, der regelmäßig vom Staate zu Volksfeierlichkeiten hergegeben wird, sollte am 16. Dezember Victor Hugos Apotheose stattfinden. Das Fest wurde von der Jeunesse laique et Républicaine veranstaltet. Gémier und Gustave Chapentier besorgten den künstlerischen Teil; Minister Herriot präsidierte; 5000 Zuhörer drängten sich im überfüllten Raum – das Volk, le peuple de Paris, das von Hugo besungen wurde; es hängt an ihm als an dem großen Republikaner. Als Heinrich Mann sich erhob, lief es wie ein elektrischer Strom durch die Versammlung. Die Gesichter waren gespannt. Deutsche Republik und französische Republik standen Auge in Auge. Sachlich, würdig und doch schwungvoll betonte der Redner, wie in beiden Ländern das republikanische Streben dem Humanitätsgedanken diene. Stürmischer Beifall begrüßte das Wort »l'Allemagne«, als es in diesem Zusammenhang genannt wurde. Vertrauen, Hoffnung, Hingebung waren darin, echt Hugosche Gefühle, an deren erneute Möglichkeit man noch kaum zu hoffen gewagt hatte. Jetzt ist kein Zweifel mehr möglich: Solch unverfälschte Reaktionen seitens des Volkes beweisen, wie es in der öffentlichen Meinung mit dem Gedanken an eine Annäherung steht. Er vermag Begeisterung zu erwecken. Auch das hätte dem alten Hugo, dem Vorkämpfer für die Etats Unis d'Europe, gefallen. Keinem der Redner gelang es, die Gemüter so tief zu bewegen, wie Heinrich Mann, abgesehen von M. Herriot, als er ausrief: »Wenn Frankreich seinen Dichter

Hugo der ganzen Welt schenkte, so hat Deutschland seinen Goethe, seinen Kant dem Weltgewissen – à la conscience universelle – geschenkt.« Mag sein, daß keiner von den Tausenden je einen Roman von Heinrich Mann gelesen hat. Dem Volke genügt es, zu erfahren: Hier ist »un grand écrivain Allemand«; uns genügt es, zu sehen, wie es sich vor dem deutschen Schriftsteller verneigt; die Sympathie für die persönliche Erscheinung und die Sympathie für das darin verkörperte Nachbarvolk sind nicht voneinander zu trennen.

Dem war auch so in anderen Versammlungen. Selbst in der gewähltesten Gesellschaft war der Unterstrom der öffentlichen Meinung zu spüren, dieser »opinion publique«, welche mehr als alle Minister zusammen Frankreich regiert. Im Pen. Club hatte Paul Valéry die viel umworbene Ehre des Vorsitzes dem Dichter Duhamel überlassen – vor drei Jahren hatte Valéry schon Heinrich Mann im Pen. Club empfangen – und die lebendige Literatur war so reichlich vertreten wie selten seit der Gründung des Pen. Clubs, dessen Mitglieder nur ein paarmal jährlich zusammenkommen, wenn es gilt, Schriftsteller vom Ausland zu empfangen und mit ausländischen Geistesströmungen in Berührung zu kommen. Die jüngsten Autoren wie François und André Berge, Enkel des Präsidenten Félix Faure, trafen sich da mit Gelehrten wie Meillet, dem weltberühmten Sprachforscher vom Collège de France.

Diese Einigkeit läßt sich nicht ganz einfach erklären. Vor sieben Jahren war hier Heinrich Mann gänzlich unbekannt. Man kann auch nicht sagen, daß die Presse Stimmung gemacht hätte. Bisher bin ich wohl immer noch der einzige französische Kritiker, der sich mit Heinrich Manns Werk befaßte. Vom *Untertan* (die Uebersetzung erschien in der Schweiz) sind kaum ein paar hundert Exemplare nach Frankreich gedrungen. Erst kürzlich erschienen die *Armen* in einer Tageszeitung. Die Lesewelt interessiert sich lebhaft für *Liliane und Paul* und *Mutter Marie*, die in der Uebersetzung soeben erschienen. Nun bewirbt sich jede Revue um etwas von Heinrich Mann: Revue des Vivants, *Die Tote*; Revue Bleue, *Das Herz*; Revue de Paris, *Der Bruder*; Le Rouge et le Noir, *Kobes*; Revue de Genève, *Der Gläubiger*; Revue d'Allemagne um den Pariser Vortrag; Nouvelle littéraires um ein Interview für ihre 100000 Leser. Es ist also falsch zu behaupten, daß Heinrich Mann hier hauptsächlich als Autor der Triologie des Reichs bekannt sei. Von den mutigen Essays in *Macht und Mensch* hat man gehört und von Heinrich Mann als von einem deutschen Republikaner. Aber vor allem haben die Leute das dunkle Gefühl, daß »un grand Allemand«, ein großer Deutscher zu ihnen kommt, und daß es gilt, in ihm deutsche Größe zu ehren. In den drei Wochen wiederholte sich unausgesetzt, dank dem unermüdlichen Eifer des deutschfreundlichen Philippe Soupault die Handlung des Vorstellens: »Heinrich Mann – Frankreich« was gleich klang wie: »L'Allemagne – la France«, die einander zu kennen wünschen. Vieles bleibt zu tun. Jedoch ist manches schon errungen.

In: ›Berliner Börsen-Courier‹. Jg. 60, Nr. 596 vom 21. Dezember 1927, Abend-Ausgabe, S. 2.
Mit »Trilogie des Reichs« sind die Romane *Der Untertan*, *Die Armen*, *Der Kopf* gemeint.

Walter Mehring: *Kleine Nachtischrede an Heinrich Mann*: 47

Zu Ehren des Dichters Heinrich Mann hat es in Paris eine veritable Festwoche gegeben. Im Kreise von Politikern und Schriftstellern: französischen und deutschen. Das

Abschiedsessen veranstalteten die Vertreter der deutschen Presse. Zwei Reden wurden gehalten. Ich liefere als Gast diese dritte nach.

Hochverehrter Herr Heinrich Mann!
Nachdem Sie in ununterbrochener Folge der Banketts und Festlichkeiten täglich mehrmals während Ihres Pariser Aufenthaltes gefeiert worden sind, gestatte ich mir heute, da uns die Vertreter der deutschen Presse zu Ihrem Abschied laden, im Namen der deutschen Jugend zu sprechen. Ich bin von dieser Gruppe keineswegs beauftragt worden und fühle mich deshalb dazu ebensosehr und -sowenig befugt wie alle anderen, die »im Namen« von irgendetwas sprechen und handeln; die im Namen des lieben Gottes Stahlhelme segnen; die im Namen der gefallenen Helden die Urheber des Heldentodes rühmen; die im Namen des Patriotismus Compatrioten auf der Flucht erschießen lassen, und, wenn's ihnen in den Kram paßt, mit den »Erzfeinden« dinieren gehen. Jene, die – rührt euch! strammgestann! – linker Flügel zum Gottesdienst, Mitte Stalldienst, rechter Flügel zum Rapprochement marsch! marsch! »abkommandieren«.

Sie sind, Herr Heinrich Mann, gefeiert worden: bei dem Verleger Simon Kra als Verfasser Ihres eben übersetzten Romanes *Mutter Marie*; im »Trocadéro« als Repräsentant des deutschen Annäherungswillens – eine Ehre, die Sie mit manchem teilen, von dem man vor Tische anderes las –; heute von der deutschen Presse, als prominente Person der Öffentlichkeit. Und im allgemeinen um der Gesamtleistung willen, die ebenso unbestreitbar ist, wie die Geschmäcker verschieden sind. Es läßt sich darüber streiten, ob den stärkeren Einfluß Proust oder ob ihn James Joyce übt; ob der Stil des Anatole France veraltet und das Werk des Herrn Claude Anet bemerkenswert ist. Wir wollen diese Entscheidungen dem persönlichen Urteil der Einzelrichter überlassen oder der höheren, ebenso zweifelhaften Instanz der Nachwelt.

Entscheiden wollen wir uns für etwas Wesentlicheres: eine Führerschaft, einen Vorkämpfer, auf den wir uns berufen können; einen, in dessen Namen zu sprechen ein Programm bedeutet. Wie Zola ein Programm war; wie Voltaire ein Programm war; um zwei Franzosen hier zu nennen, die Ihnen wertvoll sind.

Ich sage das, Herr Heinrich Mann, ostentativ und um Sie festzulegen. Sehen Sie darin kein Mißtrauensvotum; nein: das Gegenteil! Allerdings ist, gerade in Deutschland, in dieser Richtung unser Vertrauen immer wieder mißbraucht worden. Wir brauchen einen Führer! Wir brauchen einen Namen! Nicht als seine intellektuellen Untertanen; nicht daß jeder jedes Wort von ihm gutheißen soll! Einen Namen zur geistigen Propaganda! Einen Führer, der sich in Entscheidungen eindeutig bloßstellt!

In diesem Sinne, Herr Heinrich Mann, ergreife ich nach deutscher Sitte das Glas – werte Liebe mit eingeschlossen – und ich werde – wenn Sie es für wert halten, diesen Gruß erwidern, zu Hause davon zu rühmen wissen!

In: ›Das Tage-Buch‹. Berlin. Jg. 8, Heft 53 vom 31. Dezember 1927, S. 2138f.

H. Löwen: [*Heinrich Mann liest in der ›Arbeiter Illustrierte Zeitung‹ (AIZ)*] [Auszug]: 48

Der Gedanke, eine Serie von Autorenabenden zu veranstalten, verdient die Beachtung des revolutionären Proletariats. Es sollen in dieser Reihe Dichter zu Worte kommen, die entweder proletarische Dichter sind, oder die dem Kampf und den Kampfzielen des Proletariats nahestehen. Eine gut überlegte Auswahl – immer bewußt das proletarische Leitmotiv betonend – wird für das revolutionäre Proletariat eine wertvolle Bildungs- und Klärungsveranstaltung schaffen.

Das revolutionäre Proletariat muß – ehe es neue Wege schaffen kann – den ganzen Bestand und Inhalt der kapitalistischen Welt sichten, kritisch prüfen und überwinden (»aufheben« nach der Hegelschen Terminologie). Dieser Prozeß – der zwar noch lange nicht abgeschlossen ist – setzt die genaueste Kenntnis und Analyse der kapitalistischen Welt voraus. Ein ausgezeichneter Kenner und Analytiker dieser Welt wurde uns am ersten Autorenabend der ›AIZ.‹ präsentiert: Heinrich Mann.

Dieser große Dichter, einer der besten Stilisten unserer Zeit, ist weder aus der Arbeiterschaft hervorgegangen, noch ist er politisch eng mit ihr verbunden. Aber sein tapferes Auftreten gegen die Unkultur und Ungeistigkeit der kapitalistischen Gesellschaft und gegen die brutale Unterdrückung des Proletariats bringt ihn in enge Nachbarschaft zum klassenbewußten Proletariat. Aus der allerletzten Zeit hat die Arbeiterschaft sein offenes Eintreten für Max Hoelz, seine mutigen Worte über diesen Justizskandal (das Wort »Klassenjustiz« ist ihm nicht geläufig) in bester Erinnerung.

In: ›Die rote Fahne‹. Berlin. Jg. 11, Nr. 10 vom 12. Januar 1928; zit. nach *Dok.*, S. 237f.

Max Hoelz war einer der Politiker, die nach der Zerschlagung der Münchener Räterepublik zu lebenslanger Haft verurteilt worden waren. Heinrich Mann fordert in dem Essay *Die Vergessenen von 1919* Amnestie für die Räterepublikaner; vgl. S. 358f.

49 Arthur Ernst Rutra: *Heinrich Mann in Paris*:

Ein Gespräch mit Heinrich Mann führt sofort von der Person weg zur Sache. Auch dann, wenn es – wie im vorliegenden Falle – auf das engste die Persönlichkeit selbst umschließt, deren Auftreten die unmittelbaren Äußerungen ausgelöst hat. Drei Wochen hindurch hat der Dichter in Paris im Mittelpunkt einer Reihe von Kundgebungen gestanden, die ein Bekenntnis zum entschiedenen Versöhnungswillen und der ersehnten Verbrüderung der beiden großen europäischen Nationen gewesen sind, die immer wieder in einen spontanen, betont herzlichen Gruß an einen Vertreter deutschen Geistes ausklangen. Daß sie in Kreisen, wo Geistige zusammentrafen, vor allem auch eine Huldigung dem Namen Heinrich Mann und eine Feier seines Werks gewesen sind, von dem soeben die neuesten französischen Übersetzungen (*Mutter Marie* und *Liliane und Paul* bei Kra) erschienen sind, tritt nach dem Willen des Dichters in den Hintergrund. Er dankt hierfür vor allen seinen Freunden Félix Bertaux, dessen Kritiken ihn in Frankreich einführten, und dem jungen Schriftsteller Philippe Soupault, der den Verlag Kra literarisch leitet. Freilich darf dies nicht hindern, öffentlich auszusprechen, daß Heinrich Mann, betraut oder nicht, – und er sprach, so sehr es ein officium des Geistes war, in keiner offiziellen Mission – der berufendste ist, wenn es gilt, den repräsentativen Geist Deutschlands über die Grenzen und vor allem nach Frankreich tragen.

»Mein Pariser Aufenthalt ist durch drei Etappen öffentlichen Auftretens gekennzeichnet, eine Reihe Begrüßungen und Ansprachen in der Ecole normale, im Penclub, in der Union intellectuelle, in der Frauenliga des Völkerbundes, durch Gémier und die deutsche Presse liegen dazwischen. Den Auftakt bildete mein Vortrag in deutscher Sprache in der Sorbonne, vor einem halben Tausend geladener Gäste, als erster offizieller Gast nach dem Kriege, namens der Universität empfangen und begrüßt vom Vertreter des Rektors und den anderen Professoren der faculté des lettres, eingeführt von dem Germanisten Henri Lichtenberger. Es war der gleiche Vortrag, den ich in Berlin im

Herrenhaus gehalten hatte, denn es war mein Wunsch – wie ich in den einleitenden französischen Worten ausdrückte – in Paris nichts anderes vorzubringen, als was in Berlin über Frankreich gesprochen wird. Der Kontakt war nicht schwer, ergab sich gewissermaßen von selbst; das Auditorium verstand deutsch, verstand mich. Es bestand vorwiegend aus jungen Leuten aller Richtungen, selbst Anhänger der action française waren vertreten, aber auch diese wurden durch meine Rede – wie man mir sagte – gewonnen, und haben zum Schluß Beifall gespendet. In der Ligue des droits de l'homme, der zweiten Etappe, wo ich unter dem Vorsitz von Victor Basch eine Conférence vor einer Gesellschaft kleinbürgerlicher und sozialistischer Politiker hielt, verschob sich bereits das Bild. Die leidenschaftliche Anteilnahme an den Problemen der Politik und namentlich an jenen, die den Völkerfrieden angehen und die Verträglichkeit erstreben, sprach sich wiederholt in direkten, an mich gerichteten, manchmal auch anzüglichen Fragen aus, auf die ich unmittelbare Antwort zu geben hatte. Man ist nicht besorgt, aber man ist bemüht, man hat den besten Willen. Ja man hat sogar Zuversicht und Optimismus. ›Die Verständigung mit Deutschland ist heute das leichteste Problem geworden‹, sagte mir eine hervorragende Führerin der Linken.

Jedenfalls sind diese Voraussetzungen in weit stärkerem Maße vorhanden, als man in gewissen Kreisen anzunehmen geneigt ist, als man es vielfach wahrhaben will. Sie sind lebendig im Volk und stark genug, auch in eine große Versammlung von einigen tausend Menschen, deren Zusammensetzung dem Zufall unterworfen ist, Vertreter zu entsenden. Das bewies die Jahrhundertfeier der Romantik im Riesenraum des Trocadéro, die mit der Feier von Victor Hugos 125. Geburtstag verbunden war. Republikanische und freireligiöse Jugendorganisationen hatten ein Comité gebildet und Herriot zum Vorsitzenden gewählt,

Gémier und Charpentier hatten die künstlerische Leitung übernommen. Drei Nationen sollten, außer der französischen, durch Sprecher vertreten sein: da Kipling für die Engländer nicht erschien, blieben Blasco Ibanez für die Spanier und ich. Ibanez' Ansprache wurde von einem Schauspieler verlesen. Nach ihm sprach der französische Dichter Fernand Gregh über Victor Hugo, sprach über Prosodie, vor mehr als 5000 Menschen aus dem Volk, das an den richtigen Stellen Beifall klatschte. Ich würde mich freuen, wenn ich eine so hohe literarische Kultur in einer ähnlichen Kundgebung in Deutschland erleben könnte. Nach einem Wagnerschen Chor, den eine Militärkapelle spielte, wurde ich von Herriot angekündigt. Der Riesenapplaus, der nun einsetzte, galt mehr als mir selbst dem deutschen Schriftsteller. Alle Befürchtungen eines Protestes oder vereinzelter widersprechender Zurufe, die auch bei meinen französischen Freunden vorübergehend aufgetaucht waren, wurden weggefegt von einer spontanen, orkanartigen Kundgebung, die der Nennung des deutschen Namens galt. Meine Rede war Victor Hugo gewidmet, der 1851 als erster in der Assemblée législative der zweiten Republik das Wort von den »Vereinigten Staaten von Europa« geprägt hatte, und jeder Erwähnung der zu erstrebenden guten Beziehungen zwischen Deutschland und Frankreich antwortete der Beifall von mehreren tausend Händen, der sich zum Schluß in überwältigender Weise verstärkte.

Herriot, der das Schlußwort nahm, sprach gut und frei, mit der großen Kunst eines Redners vor dem Volke, ließ jede Endsilbe nasal nachhallen. Seine Rede war eine weitere Kundgebung für den einen großen Gedanken der Versöhnung, der das ganze Haus ergriffen hatte. Er zog die Parallele: Wenn Frankreich dem versöhnenden Gedanken Victor Hugo gegeben habe, so habe Deutschland dem Weltgewissen – conscience universelle – Goethe und Kant geschenkt!

Ich stand in Deutschland nie vor 5000 Menschen, und nun habe ich zu 5000 Franzosen gesprochen und habe einen Sturm der Herzen und den Sieg der Idee erlebt, der nie gewisser ist, als wenn er über das Herz führt.«

In: ›Die Literarische Welt‹. Berlin. Jg. 4, Nr. 3 vom 20. Januar 1928, S. 8.

50 St. [d. i. Wilhelm Stapel]: [*Polemik gegen Heinrich Mann*]:

Eben da dies gedruckt ist, fliegt uns ein neu gegründetes demokratisches Provinzpropagandablättchen zu, in dem Heinrich Mann unter dem Stichwort »Warum kann man nicht rechts sein?« erklärt: »Für geistig lebende Menschen scheint es mir schwer, rechts zu stehen. Dort wird materiell viel, geistig so gut wie nichts geboten. Veralteter Nationalismus, der wie alles Ueberlebte, zur sittlichen Verworfenheit führt. Uneingeschränkter Kapitalismus, der auch nicht mehr lange, sittlich so wenig wie tatsächlich, haltbar ist. Sonst nichts.« Folgen noch einige andere plumpe Beschimpfungen. Ausgerechnet von jenem Zivilisationsliteraten, der die Presse des Bankkapitals mit geistig anspruchslosem, muffig-pathetischen Leitartikel-Idealismus für money beliefert. Dieser sittlich Unverworfene ist geistig längst viel zu bequem geworden, von der Literatur Kenntnis zu nehmen, die ihm nicht von seinem Leibblatt ins Haus geliefert wird. Gesetzt auch, er läse sie, so würde er sie nicht begreifen. Beweis: Ueber Krieg und Umsturz hinweg wiederholt er nur immer dasselbe, was ihm schon vor zwei Jahrzehnten denkvertraut war. Man muß ihn in Beckers Dichter-Museum versintern lassen. Polemik wäre vergebene Liebesmüh.

In: ›Deutsches Volkstum‹. Hamburg. Jg. 30 (10), Heft 3, 1928, S. 234.

Wilhelm Stapel (1882–1954) war seit 1919 Herausgeber der

Deutsches Volkstum

Monatsschrift für das deutsche
* Geistesleben *

Herausgeber: Wilhelm Stapel
und Albrecht Erich Günther *

* Aus dem Inhalt *

Dr. Dr. h. c. E. G. Kolbenheyer, Die volksbiologische Grundlage des deutsch-österreichischen Anschlußgedankens * Paul Haarmann, Nation oder Kulturkreis? * Albrecht Erich Günther, Rassenkunde und Weltanschauung * Dr. Wilhelm Stapel, Bauer und Staat * Dr. Rudolf Fischer, Berlins kulturelle Funktionen * Hjalmar Kutzleb, Vorgeschichte und Geschichte * Dr. Hermann Unger, Musikalischer Zweifrontenkrieg

Hanseatische Verlagsanstalt Hamburg

März 1928

*

rechtsgerichteten Zeitschrift ›Deutsches Volkstum‹. Im April-Heft veröffentlichte er folgenden *Briefwechsel mit Heinrich Mann*:

Von den Beschimpfungen, die Heinrich Mann gegen Andersdenkende richtete, hatten wir anmerkungsweise im vorigen Hefte (S. 234) die entsprechende Kenntnis genommen. Wie es unter höflichen Menschen der Brauch ist, übersandten wir Herrn Mann unsre Anmerkungen. Darauf erhielten wir (symbolhaft mit einem groben Rotstift geschrieben) diese Antwort:
»Da mir zur Zensurierung vorgelegt: Unbegabt. Werden nicht aufsteigen. Heinr. Mann.«
Antwort:
Sehr geehrter Herr Mann. Die Bemerkung auf Seite 234 war Ihnen nicht zur Zensierung, sondern zur Belehrung zugesandt worden. Nicht einmal das vermögen Sie mehr zu erfassen. Ich habe keine Sorge um meine Begabung, mich interessiert nur meine Wirkung. Ueber meine Begabung zu urteilen, steht nur den Zeitgenossen zu, nicht den Verwitterungsprodukten des neunzehnten Jahrhunderts. Meine Wirkung wird durch Ihr Verhalten bezeugt. Ihre hanseatisch-patrizische Kinderstube bewahrt Sie nicht davor, Ihre Wut in einer Weise zur Schau zu geben, die wir als einen schönen Erfolg genießen. Mit vorzüglicher Hochachtung St.

In: ›Deutsches Volkstum‹. Hamburg. Jg. 30 (10), Heft 4, 1928, S. 328.
Das Originalheft mit Heinrich Manns Bemerkung ist im Nachlaß Wilhelm Stapels im Deutschen Literaturarchiv, Marbach am Neckar, (A:Stapel) erhalten [vgl. Abb., S. 711]. Diese Bemerkung hat Stapel Heinrich Mann nie verziehen. Er ließ seitdem keine Gelegenheit aus, ihn in seinem Blatt polemisch anzugreifen.

S. 428 Einfügung vor dem letzten Absatz:
Sie fragen nach meinen persönlichen Erfahrungen. Hier bin ich nicht mehr berechtigt, sie Ihnen vorzuenthalten:

Mein Roman *Der Untertan* ist in Tagen des Schicksals, als nach versüsslichten Friedrichs und Heidelbergs kein Sinn stand, von Hunderttausenden gelesen worden. Auch ist er unvergessen; besonders die Filmgesellschaften kennen ihn ausgezeichnet. Von Zeit zu Zeit verhandeln sie mit mir. Aber dank ihrer eigenen segensreichen Tätigkeit ist der Anblick der Wirklichkeit, an den ich eine grosse Volksmasse 1919 gewöhnt hatte, heute ungewohnt. Sie nehmen sich daher heraus, Schriftstellern, die sie auch geschäftlich sehr wohl richtig bewerten könnten, lächerliche Angebote zu machen. Wenn ich mit Verachtung und nur um meiner geistigen Zwecke willen auf den Handel eingehen will, findet sich regelmäßig noch im letzten Augenblick vor der Unterzeichnung des Vertrages ein Grossaktionär, der nein sagt.

So sind die Tatsachen. Ich bedauere, keine widerlegbaren »Stimmungen«, sondern grobe Tatsachen zu berichten. Es ist so weit, dass für gewöhnlich nichts von den Veränderungen der sozialen Struktur Deutschlands seit 1914 heute im Film noch gezeigt werden darf.

Alles wird so hingestellt, als sei nie etwas geschehen, gesellschaftlich nicht, seelisch nicht –

und nichts sei im Wege, dass auch der Staat wieder so werde.

Nicht einmal die historische Gestalt des *Untertan* darf filmisch zur Kenntnis genommen werden. Sie liesse zu viele Folgerungen für heute zu.

Man braucht weder einen Roman von mir noch sonst einen Roman zu verfilmen; das ist nicht das Wesentliche. Mit Stoffen, die nicht erst durch die Literatur hindurchgegangen sind, könnte ein Regisseur vielleicht Grösseres erreichen, – falls er es kann. Das Leben Friedrich Eberts, das Leben Liebknechts, ganz nach Wahl, warten auf Verfilmung. Soll behauptet werden, sie hätten kein Publikum? Lohnten den Aufwand nicht? Böten keinen Anlass zu filmischen Gesichten, zu Filmdichtungen? – Aber sie werden nicht gemacht.

Danach mögen die Propagandisten dieser Industrie haarspalten, um uns weiszumachen, auch ein Film der republikanischen Begebenheiten wäre nicht ohne Tendenz. Es handelt sich zum Glück nicht mehr darum, auf die Bekehrung Böswilliger zu warten. Es handelt sich darum, ihnen Macht zu zeigen. Der Volksverband für Filmkunst hat in wenigen Tagen Zehntausende von Mitgliedern angezogen. Er ist sichtlich eine Tat der höchst gebotenen Gegenwehr, wie auf anderem Gebiet das Reichsbanner war. Er ist keine unwichtigere. Wenn er die erste Million Mitglieder erreicht hat, wird der Skandal einer Filmindustrie, die eine fast lückenlose reaktionäre Propagandaanstalt war, aufgehört haben zu bestehen. In anderen Fällen spricht man beschönigend von einer Vertrauenskrise. Wo aber die Einrichtungen und Personen noch nicht geradezu geheiligt sind, wird das ehrlichere Wort Skandal erlaubt sein.

In: ›Berliner Tageblatt‹. Jg. 57, Nr. 57 vom 1. April 1928, Morgen-Ausgabe, 1. Beiblatt.

Heinrich Mann an Félix Bertaux, 52
München, 20. Mai 1928 [Auszug]:

Grade jetzt beende ich einen »Bericht« an die Preußische Akademie über »Dichtkunst u. Politik«, wo ich die unbeschränkten Rechte des freien Geistes vertrete. Ich meine im Grunde: halten, so lange man kann! Aber sich auf etwas anderes doch vorbereiten.

Original: Privatbesitz; Fotokopie: HMA SB 24/76. – Druck: *Dok.*, S. 237.

Heinrich Mann an Félix Bertaux, 53
München, 8. Juni 1928:

Lieber Freund Bertaux,
Ihr *Panorama* ist mir eine große und dauernde Freude – nicht nur im Hinblick auf die Seiten über mich selbst. Diese könnten so wirksam nicht sein, wenn nicht das ganze Buch vorzüglich aufgebaut, gedacht und geschrieben wäre. Es ist ein großes Glück, daß ein Franzose die deutsche Literatur so von Grund auf begreift. Sie fördern das gegenseitige Verständniss mehr als die meisten. Das gegenseitige, – denn Ihre Urtheile werden den deutschen Lesern endlich zeigen, daß ein ausländischer Kritiker, bei größtem Eindringen, oft zu ganz anderen Ergebnissen kommt, als hier üblich.

Sie haben den größten Takt im Unterschied der Bewerthungen. Ihre Art, z. B. Hofmannsthal und Rilke gegeneinander zu halten; Ihr Vergleich von Sternheim und Kaiser: – vorzüglich. Ich verstehe, warum Sie auf Schnitzler, der doch rühmenswerth ist, weniger eingehen, als auf den unsympathischen, aber interessanten Hofmannsthal. Glänzend ist die Parallele Hauptmann–Hofmannsthal–Werfel. Alles dies ergiebt sich bei Ihnen aus dem Studium der Persönlichkeiten, nicht aus Systemen, wie in sämtlichen deutschen Versuchen. Sie sind der psychologische Kritiker. Aus dem psychologischen Wissen ergiebt sich 1) das Verständnis der Zusammenhänge 2) der Werth der Ideen u. Absichten, die jeder Autor vertritt; denn sein Charakter entscheidet darüber.

Daher – ich sage kühn: daher – ist meine Stellung bei Ihnen besser, als ich es in anderen Darstellungen gewohnt bin. Ich werde sonst ohne rechte Lust u. ohne Muth behandelt, wodurch sämtliche Systeme fehlerhaft werden, – indeß ich bei Ihnen einer der von selbst gegebenen Stützpunkte bin. Es ist auch alles richtig. Was ich (es ist selten) nicht gern höre, wird trotzdem richtig sein. Ich glaube mich nicht im Hyperbolischen zu bewegen, sondern sachlich, wenn auch intensiv zu sein. Ferner habe ich nicht nur Kälte oder Hitze, es giebt im Gefühl auch den Grad der »Zärtlichkeit«, wie etwa in *Der Jüngling*; und dieser Grad ist vielleicht nur aus Gründen der Erziehung, meiner selbst und der Leser, nicht häufiger verwendet worden. »J'étais pourtant né pour toutes les tendresses«, sagte der arme Flaubert zum Schluß.

Ich habe Ihnen für immer zu danken. Ohne Sie würde ich nie erfahren haben, wie man vorurtheilslos und aus einer gewissen Ferne, die schon die Nachwelt darstellt, über mich urtheilt. Sie haben mir Verständniß und Wärme gegeben, was ich von Ihrer Freundschaft gewohnt bin. Ich sehne mich danach, Sie wieder begrüßen zu können. Es wird hoffentlich ungefähr 10. Juli sein.

Heute schicke ich Ihnen *Eugénie*. Möchten Sie einiges Gefallen an ihr finden!

Morgen fahre ich nach Bad Gastein, Hôtel de l'Europe. Ich erwarte Ihre Nachrichten – ganz besonders aber über das Befinden von Madame Bertaux. Wir sprechen oft davon und wünschen innig, daß bald alles geheilt sei und wir Ihre verehrte Gattin vollkommen gesund wiedersehen. Sagen Sie ihr von uns alles Gute!

Herzlichst Ihr

Heinrich Mann

In: *Bertaux-Briefe*, S. 398 f.
Zu *Panorama* vgl. Materialien, Nr. 59, S. 724.

Herbert Schönfeld: *Zuschrift an die ›Literarische Welt‹. Antwort eines jungen Menschen an Heinrich Mann.* Zu dem Artikel *Jugend früher und jetzt!* in Nr. 45 ›L. W.‹: 54

Der Typus des Jugendlichen, wie Heinrich Mann ihn sieht – als Angehörigen welcher Klasse, sagt er nicht –, ist unproblematisch, einfach, streng gegen die Älteren, weniger gegen sich selbst, pocht auf seine Lebensrechte, ist unhistorisch, ungehemmt, mit sich im Reinen und »guter Tänzer in allem«.

Welcher Jugendlicher ist heute so? Zweifellos ist die Gesamtheit der Jugendlichen nicht auf einen Nenner zu bringen. Die Beschreibung Heinrich Manns paßt einmal auf den Typus des ungeistigen Sportsmenschen, Athleten und Boxers, wie man ihn etwa aus Shaws *Cashel Byrons Beruf* kennt; sie paßt zum andern auf den Typus des Barjünglings, allerdings schon niedrigsten Niveaus, der im Laufe seines Abstieges immer primitiver, hemmungs- und gedankenloser geworden ist.

Wenn damit 50 Prozent der Jugendlichen charakterisiert sein sollten, was ich noch nicht einmal glaube, so blieb der andere Teil unbeachtet, der der wesentlichere ist, und wohl weit eher verdient hätte, daß ein Mann vom Range Heinrich Manns sich psychologisch-kritisch mit ihm befaßt, oder, da Heinrich Mann ja nicht kritisieren will, einmal das an ihm Vorhandene konstatiert hätte. Kennt Heinrich Mann die Jugendbewegung nicht? Kennt er den jungen, unklar tastenden Proletarier nicht? Weiß er nichts davon, daß der größere Teil der deutschen Studentenschaft als Freistudent lebt, in keiner Verbindung, unorganisiert, auf kein Programm festgelegt, aber suchend, tastend, abwägend, um sich im Chaos zurechtzufinden? Heinrich Mann macht sich die Feststellung des Wesens der heutigen Jugend sehr leicht, wenn er nur zwei ihrer Typen herausgreift, mit allen anderen aber nichts weiter anzufangen weiß, als im ersten Abschnitt und im letzten Satz sehr unverbindlich auf sie hinzuweisen.

Für den ganzen Stand der jungen Akademiker und Intellektuellen ist festzustellen, daß er, wenn er außerhalb seines Brotstudiums überhaupt auf ein größeres Weltbild ausgeht, heute von der kompliziertesten und problematischsten Situation steht, vor der sich überhaupt jemals junge Menschen sahen. Wo alle Werttafeln zerbrochen am Boden liegen, wo er statt Ideen Ideologien sieht in ihrer zeitlichen Bedingtheit, wo die alles relativierende historische Betrachtung der Wissenschaft in ihn eingeht, wo Kulturen und Moralen in gleicher Distanz als Betrachtungsobjekt vor ihm liegen, wo schlechterdings alles, was heute weltanschauliche These ist, morgen sofort seine Antithese auf den Plan zwingt, – da mitten drin sollte ein junger Mensch »einfach« sein? Unhistorisch, »als wären sie vom Himmel gefallen«, seien die Jungen? Was hülfe ihnen denn? Sie brauchen sich gar nicht in der tragischen Maske ewig Ringender zu gefallen – sollen sie aber den Kopf in den Sand stecken, wo der Mangel an einem festen Bezugssystem dringend für sie neue geistige Ordnungsprinzipien, neue Wertsetzungen, ein positiveres Verhältnis zum Absoluten, kurzum eine neue Philosophie verlangt, die ihnen geordnete Ganzheit zeigt, wo sie heute nur beziehungslose Mannigfaltigkeiten sehen? Mit Schlagworten, die namentlich der Aktivismus so schnell bei der Hand hat, wollen sie freilich nichts zu schaffen haben. Das Wort »Menschenfreundlichkeit« rechne ich nicht dazu. Aber war es menschenfreundlich, war es der Jugend ein Dienst, wenn Mann nur ihren belangloseren Teil abkonterfeite? Ich glaube, auch Heinrich Mann wird das nicht bejahen können. Darum hoffe ich, daß er sich vielleicht auch einmal mit dem anderen Teil der Jugend ernsthaft beschäftigen wird, den er bisher übersehen hat. Vielleicht würde es eben dieser Jugend nicht zum Schaden gereichen! Tut er das nicht, redet er weiter an ihr vorbei, ohne ihren Kern zu erfassen, so würden seine Bemerkungen bedauerlicherweise zum Erstenmal als unwesentlich ad acta gelegt werden müssen.

In: ›Die Literarische Welt‹. Berlin. Jg. 4, Nr. 48 vom 30. November 1928, S. 13.

Peter Scher und Hermann Sinsheimer: [*Heinrich Mann in München*]: 55

Als seltener Fall von Nicht-Mimikry in München biologisch sehr interessant, weil ganz vereinzelt. Sicher vor Titeln, Fackelzügen und andern offiziellen Auszeichnungen. Hüter der demokratischen Schwelle. Lebt fern von Biographie und Anekdoten. Also unergiebig!

In: Peter Scher und Hermann Sinsheimer: *Das Buch von München*. München: R. Piper & Co. Verlag 1928 (= *Was nicht im Baedeker steht*. Bd. 3); zit. nach: *Dok.*, S. 201.

Heinrich Mann (1929)

Heinrich Mann an Wilhelm Kunze, Badgastein, 5. Juli 1929: 56

Sehr geehrter Herr Kunze,
Ihr Brief und Ihre Artikel erfreuen mich als Zeichen Ihres freundlichen Gedenkens. Sie haben mir demnach nicht verübelt, dass ich im vergangenen Winter so schweigsam war. Ich war überaus in Anspruch genommen.

Mit Vergnügen sehe ich Ihren Stil und Ihr Urtheil fester und reifer werden. Sie sagen gute Dinge, aber warum soll ich mich grade seit 1925/6 »angepasst« haben? Ich habe nur gesehen, wie deutlich sich die neue Epoche schon abzeichnete und dass es zwecklos wurde, vollendete Thatsachen noch zu bekämpfen, wären sie selbst bekämpfenswerth. Ich habe mich daher, besonders dem jungen Geschlecht gegenüber, auf Erklärungsversuche beschränkt.

Nehmen Sie die besten Grüsse.

Ihr

Heinrich Mann

Original: Deutsches Literaturarchiv / Schiller-Nationalmuseum, Marbach am Neckar, A: Kunze.
Der Autor Wilhelm Kunze (1902–1939) hatte Heinrich Mann zwei seiner Kritiken zu *Sieben Jahre* aus der ›Nürnberger Zeitung‹ und der ›Neuen Badischen Landeszeitung‹ (Mannheim) geschickt, wie aus einer Briefabschrift Kunzes vom 3. Juli 1929 an Heinrich Mann hervorgeht. Kunze korrespondierte seit 1925 gelegentlich mit Heinrich Mann.

Heinrich Mann: *Zur Zeit Winston Churchills* (1941) [Auszug]: 57

Nun war nicht zu erwarten, daß eine Inflation dieses Umfanges auf die Zahlungsmittel beschränkt bliebe. O nein; sondern erst recht die Gefühle schwollen an und entwerteten sich, die Reue, Angst, der Haß und Selbsthaß. Man warf sich weg und schweifte aus; die Vorgänge der Liebe wurden zur öffentlichen Schau; jede Straßenecke, wo keine Schwindelbank aufragte, verwandelte sich in einen Ausschank. Betrunkene schwankten, Verhungernde taumelten, den teuersten Wagen lenkten Schuljungen, die mit dem Zerfall der Währung ihre kurzfristigen Geschäfte machten, aber die Leichen ungeschickter Intellektueller wurden gegen Morgen im Park aufgesammelt.

In: Heinrich Mann: *Novellen*. Dritter Band. Hg. von der Akademie der Künste zu Berlin. Berlin und Weimar: Aufbau-Verlag 1978 (= Gesammelte Werke. Bd. 18), S. 490.

58 Heinrich Mann an Alfred Kantorowicz.
Los Angeles, 3. März 1943 [Auszug]:

Vorher geteilt zwischen Deutschland und Italien, verbrachte ich den ersten Krieg in München oder Berlin. 1916 in einem Berliner Haus aus der Finanz, sagte ich einem künftigen Reichsfinanzminister der Republik auf den Kopf zu, dass die Banknoten nicht mehr gedeckt seien. Er hielt keinen deutschen Minister dessen fähig. Später druckte er selbst die Billionen-Mark.

1917 im Frühling hörte ich, wie der Fürst Lichnowsky gefragt wurde: »Vor einem Jahr meinten Sie, wenn wir Elsass-Lothringen abträten und der Kaiser abdankte, kämen wir noch leidlich davon. Sagen Sie das noch jetzt?« Der Fürst anwortete: »Nein.« Ich habe die Klarsicht immer geachtet; es ist eine Charaktereigenschaft; Ehrlichkeit macht wahr.

Die Republik, die nun folgt, war schrecklich verlogen: der eigentliche Grund ihres Misserfolges. Sie hat die Tatsachen des vorigen Krieges niemals anerkannt: Masaryk und Briand sagten mir gleichlautend was ich schon wusste. Die ersten Gesandten der Republik waren Conventikler und Gesundbeter; in ihren Kreisen trieben alle denselben Schwindel.

[...]

Ich sah jeden »Kampf« um eine wirkliche demokratische Republik von Anfang an verloren. Publizistisch tat ich was ich konnte. Die wirksamsten Artikel konnten bei Ullstein nur am Sonntag in dem »grossen Blatt« erscheinen (Morgenpost, 300.000, Leser nur Arbeiter). Was half es. Der Gewerkschaftsführer Legien hatte einen Vertrag mit den Industriellen, schon Ebert hatte sich den Generälen verbündet.

Original: Deutsches Literaturarchiv / Schiller-Nationalmuseum, Marbach am Neckar (A:Heinrich Mann; 64.39). – Druck (unvollständiges Faksimile): *Kurze Selbstbiographie*. In: Herbert Jhering: *Heinrich Mann*. Berlin: Aufbau-Verlag 1951, o. S.; (vollständig): *Zeitalter*, S. 711–716.

Heinrich Mann: *Ein Zeitalter wird besichtigt* (1946) [Auszüge]: 59

Aus dem siebten Kapitel
»Fortsetzung der Autobiographie«:
»Die geistige Lage« und »Skepsis«:

Unsere Väter hinterließen uns meistens an Geld das Nötigste. Ich habe mein ererbtes Einkommen erhalten genau bis zu der deutschen Inflation. [*Zeitalter*, S. 196]

Meine Artikel, jeder ein Ausbruch des gequälten Gewissens, sind zahlreich. Sie begannen schon 1910, als das Kaiserreich in voller Macht und Blüte stand. [...]

In der Republik machte ich meine Warnungen dringend und stark. Das freie Wort war nunmehr von der Verfassung gewährleistet; Grenzen setzten ihm die Inserenten der Zeitungen. Aber wieviel gerade mir erlaubt war, der Beweis ist auf das Furchtbarste erbracht, daß es nichts helfen konnte. In Ländern mit willkürlicher Machtverteilung ist die Presse eine Scheinmacht. Sie blendet die Augen, ohne sie wüßte man mehr. So las man Artikel wie meine. Unerschütterlich dahinter stand der Börsenbericht – und das Drohendste blieb ungedruckt, die geheimen Machenschaften der Wirtschafts-Talleyrands.

Eingestanden sei, daß ich mich nicht wirklich als einen Kämpfer fühlte. Dafür durchschaute ich zu deutlich die Vergeblichkeit des Kampfes – und begleitete meine eigenen moralistischen Übungen mit dem Lächeln des Zweifels, das allein sie mir selbst erträglich machte. Oft genug erging ich mich ironisch, um mir und den Lesern einen guten Sonntag zu verschaffen. Denn man begehrte mich bei festlichen Gelegenheiten: schon ein Zeichen, daß niemand daran dachte, in der Woche mein Wort zu befolgen. Wer ernst sein will unter so aussichtlosen Umständen, muß aufflammen, aber kurz. [*Zeitalter*, S. 207f.]

Aus dem achten Kapitel »Die Gefährten«:
»Arthur Schnitzler« und »Félix Bertaux«:

Für meinen besonderen Teil erinnere ich mich erstens, wie schwer mir einige, im Grunde bescheidene Essays wurden, und dann, wie unbescheiden sie wirkten. Nie vorher hatte ich so langsam geschrieben, unter beständigem Kampf um das Wort. Wer immer gestaltet und nie im eigenen Namen redet, hätte bei jedem ersten Versuch gestockt, gleichviel welcher Gegenstand. Dieser war der verantwortungsvollste. Es ging um Tod und Leben. Wenn sonst nichts, verriet mir der Widerstand der Sprache, daß ich mich an einem Schicksal maß, und natürlich vergebens. [*Zeitalter*, S. 259]

In Paris hatte ich einen sehr geliebten Freund, Félix Bertaux, Germanist, Lehrer der deutschen Sprache an einem der großen Lycées. [...]

Der Anfang war, daß er mir nach München sein *Panorama de la littérature allemande* schickte. Über meine Zeitgenossen und mich gibt es nichts, das so sicher träfe. Dann folgte die Einladung, die höchst ungewöhnlich und für beide Teile ein Wagnis war. Wir schrieben 1923, die deutsche Republik hatte vom Gewinsel über Versailles einen kurzen Sprung in offenen Widerstand getan. Französische Truppen waren vorgerückt, kein deutscher Zug fuhr mehr hinüber.

[...]

Bertaux, der mich noch niemals gesehen hatte, wählte mich als den ersten deutschen Teilnehmer an den Entretiens de Pontigny. Das waren, Ende jedes Sommers, Aussprachen in wohlgeordneten Abschnitten, mit bestimmtem Programm, zwischen reifen Literaten, jüngeren Diplomaten und den Angehörigen der offiziellen Wissenschaft. Der Veranstalter, M. Paul Desjardins, war vormals Unterstaatssekretär für die Künste gewesen. Er genehmigte meine Wahl.

Mich erreichte die Einladung an der Ostseeküste, in Heringsdorf. Um dorthin zu gelangen, hatte ich einen Sack mit Inflationspapier im Schweiß meines Angesichts von der Bank nach Haus getragen. Schon in Berlin war er leer. Aber damit drei Personen ein Badehotel bewohnten, genügte ein Dollar täglich: den hatte ich bei einem amerikanischen Korrespondenten erschrieben. Dennoch waren dies nicht die Umstände, unter denen man leichten Herzens ein reicheres Land besuchte. Überdies war es den meisten Deutschen ein feindliches, wie im Krieg: eher mehr.

[...]

Möglich, dachte ich, daß der Sieger nicht haßt. Aber es wäre begreiflich, wenn er mißtraut, wenn er mißachtet und

Félix Bertaux, Pierre Viénot, Heinrich Mann
in Pontigny (1923)

es ohne seine Absicht merken läßt. Ich möchte nicht an das untere Tischende gesetzt werden, oder mit Ostentation an das obere. Beides gilt mir gleich, wenn es meine Person allein betrifft. Als Mitglied einer Nation, die sich dauernd unbeliebt macht, umhergezeigt und gerade nur gelitten werden: dies lieber nicht. Daher antwortete ich Herrn Bertaux, mit dem wertlosen deutschen Geld sei sein Wunsch, den ich übrigens teile, nicht zu erfüllen.

Sofort versicherte er mir, der Beitrag, den die übrigen Mitglieder entrichteten, werde von mir nicht verlangt. Ich fand es unstatthaft, länger auszuweichen. Am Bahnhof Friedrichstraße bestieg ich den Zug. Er ging nur bis Kehl, dann folgte eine Lücke. [...] Mit einem Taxi, dessen Lenker Wert darauf legte, deutsch zu flüstern, durfte ich Strasbourg erreichen. Dort verschwendete ich eine Nacht.

Am Ostbahnhof Paris erwartete mich ein langer, schlanker Mann von dunkler Hautfarbe, mit strahlenden Augen. Mich belehrte sein freundschaftliches Lächeln, wer er war. Er hatte mich vorher erkannt. [...]

Er begleitete mich nach Pontigny – ohne ihn hätte ich mich in Verlegenheit befunden. [*Zeitalter*, S. 266 bis 269]

Den Monat Dezember 1927 besetzte ein wohlgesinnter Manager, der junge Philippe Soupault, lückenlos mit meinem Auftreten vor Zuhörern jeder Art, in Gesellschaften ungleicher Herkunft. Überall empfing mich eine erstaunte Bereitwilligkeit. Noch höre ich den gerührten Dank eines alten Gelehrten – als wäre ihm ein unglaubwürdiger Traum seines Lebens dennoch erfüllt. Den Deutschen, der ihm dieses andere Gesicht seines Landes zeigte, hatte er nicht mehr erwartet. Um dieselbe Zeit kam der deutsche Minister Stresemann am Quai d'Orsay von einer Unterredung mit Briand. Die angesammelte Menge draußen rief: »Vive l'Allemagne!«

Der deutsche Botschafter von Hoesch gab mir, wie vielen anderen, ein gepflegtes Frühstück. Zu sagen wußte er mir, daß ich für die beschleunigte Räumung des Rheinlandes von französischen Truppen wirken möge. »Dabei können Sie uns wirklich helfen.« Zu verstehen: »Was Sie sonst tun, zählt nicht.« [...]

Nun die französische Besatzung, viel früher, als vorgesehen, wirklich zurückgezogen wurde, hat niemand gedankt. In der Preußischen Akademie wies ich auf den Vorgang hin. Die Antwort war Achselzucken. Die deutsche Republik, angenommen, sie selbst wäre für voll und als handelnde Person genommen worden, strich eine überalterte Schuld ein. [*Zeitalter*, S. 276 f.]

Aus dem zehnten Kapitel:
»Deutschland hat seine Niederlage schlecht getragen«:
»Begegnungen« und »Anders eine Nation«:

Sieben Jahre vorher, 1924, hatte Masaryk, Präsidentbefreier der Tschechoslowakei, zu mir sprechen wollen. [...] Er war nüchtern, bei seinem Mittagessen stand vor jedem Gedeck ein Glas Wasser. Er wollte klar sein, nachher an seinem Kamin mit mir allein trank er viel Kaffee. Sein zuträglichstes Getränk erhielt ihn arbeitssam, wie den alten Voltaire, milde hat es weder den noch jenen gemacht.

An dem Kamin in Schloß Lana bei Prag hörte ich sowohl Wahrheiten als auch Warnungen. Aber ob ich sie hier empfing oder nicht, ich hatte sie selbst schon erteilt – nicht nur wie ein Staatspräsident. Ein Schriftsteller kann sich mehr, viel mehr herausnehmen; [...]

Deutschland müsse leider lernen, sagte mir dieser Intellektuelle. Nur ein Intellektueller an der Macht geht von moralischen Forderungen aus: sie sind härter als wirtschaftliche und politische. Er sagte, das deutsche Schicksal sei selbst geschaffen und allein durch bessere Einsicht zu wandeln. Er behauptete, daß keine deutsche Regierung die Folgen der Niederlage wirklich anerkannt habe. Ich hielt ihm einen zahlungswilligen Reichskanzler entgegen, den einzigen, und der Widerstand der Interessenten hatte seine Absichten vereitelt. [*Zeitalter*, S. 325–327]

Versäumt hat die Republik. Beim Zeitalter der zwei Kriege gedenke ich ihrer, die keinen geführt hat.

Der Übergang, das ist es. Jedes vorige Geschlecht hatte für seine Unzulänglichkeiten doch immer die Entschuldigung, es »lebe in einer Übergangszeit«. Wer kann das behaupten seit der deutschen Republik und ihrer Todsünde, der Trägheit? [...]

Die Republik hat sich selbst den Frieden, sogar die Friedfertigkeit hat sie sich einigermaßen vorbehalten. Abweichungen waren die tägliche Übung. Heimlich wurde wieder aufgerüstet, offen baute man Panzerkreuzer. [...]

Nach sieben Jahren untätiger Republik, einer unveränderten Machtverteilung, einer unterbliebenen politischen Erziehung duldet die Nation nur mit Unlust einen Minister, der die französische Freundschaft – nicht einmal aufsuchte, sie nur mit Anstand entgegennahm. Ob Stresemann immer ehrlich war oder nicht, die internationale Ordnung schien ihm reif, nach der Seite des Anstandes hin untersucht zu werden. Kein Zufall, daß er Frankreich wählte. Er hatte gelesen – Goethe – und war nicht derselbe geblieben. [*Zeitalter*, S. 330–332]

Aus dem elften Kapitel »Die deutsche Republik«:
»Die Republik erhöht das Lebensgefühl« und
»Die Republik gegen sich selbst«:

Die geistige Freiheit hat dennoch bestanden, einzig die Republik hat sie den Deutschen jemals gewährt – nicht aus

Schwäche, sondern weil in ihrer Exekutive einige sich selbst achteten.

Sie hat die Literatur amtlich anerkannt und hat sie geehrt. Jede vorige Literatur war dem Staate fremd gewesen: die unsere nicht. Die Preußische Akademie der Künste, eine Gründung Friedrichs des Großen, hatte so lange die bildenden Künste und die Musik umfaßt; sie bekam endlich eine Sektion für Dichtung. Das war nötig und darauf berechnet, daß die Literatur eine Macht sei. Allein durch ihre innere Auszeichnung wird sie keine, aber sie wird es vermöge ihrer behördlichen Zuständigkeit, im Mitbesitz eines Palastes, Sitzungssaales und der Mittel, um öffentlich zu repräsentieren. Der Staat gewährte der literarischen Akademie ihre Unabhängigkeit, er hat die Zuwahl von Mitgliedern niemals beeinflußt. Daher ließ er geschehen, daß dort, wie überall, seine Feinde eindrangen.

[...]

Die Schriftsteller standen bei der Menge, einer erheblichen Menge aus arm und reich, nicht nur im Ansehen, sie waren ihr bekannt. Ein Mittelstand, der umfänglicher wurde mit dem Anwachsen einer gehobenen Arbeiterschaft, ließ sich nicht mehr genügen an den literarischen Äußerungen des Augenblicks: die Leute fingen an, die Zusammenhänge des Geschehens zu beachten. Das ist aber das erste. Eine nationale Gemeinschaft muß urteilen lernen bis in ihre Vergangenheit, damit sie endlich selbst über sich bestimmt. Das eigene politische Handeln setzt die Kenntnis der Literatur voraus.

[...]

Das Lebensgefühl der Republik, solange sie noch nicht in voller Auflösung begriffen war, umfaßte eine innere Gehobenheit, mitsamt der Voraussicht, sie sei vorläufig, sei bedroht. Ja, an den Arbeitsstätten wurden Waschräume erzwungen. Ja, Bibliotheken standen zur Verfügung. Versichert war man gegen Unfälle, Krankheit,

Alter, gegen die meisten Beschwerden, bis auf den Tod. Aber die Besitzer hörten nicht auf zu klagen, sie seien nicht »Herren in ihrem Betrieb« – und tatsächlich, die wirkliche Machtverteilung rechtfertigte keinerlei soziales Entgegenkommen der Republik.

Ihre wirtschaftliche Lage widersprach durchaus den luxuriösen Gebäuden, die sie den Arbeitern als gemeinsame Wohnstätten errichtete: jede Wohnung mit Sonne und Bad, große Höfe voller Zierpflanzen, Dächer für hygienische Bestrahlungen. [...]

Die Arbeitslosigkeit nahm zu. Dann aber Bäder? Sonnendächer? Die Arbeiter selbst wußten es der Republik nicht Dank. Wir sind skeptisch gegen einen Mäzen, der auch nichts hat. Damit einer uns helfen kann, verlangen wir von ihm die Kraft, sich selbst zu erhalten. Die Republik ist schließlich furchtbar entartet. In ihren besten Jahren 1925 bis 27, genoß sie dennoch kein Vertrauen. [*Zeitalter*, S. 342–345]

Die Republik hat an der vorgefundenen Machtverteilung nichts geändert. Herrschend blieben, wie je, Generäle, Großgrundbesitzer und Industrielle – damals drei Unterabteilungen derselben Klasse. [...]

Die Inflation – sie vor allem räumte auf, als Deutschland seine soziale Reformation vielleicht hätte haben können. Ihre Vorbedingungen waren möglichenfalls gegeben. Was nicht geschehen ist, hinterläßt nicht einmal Zweifel, die Erkenntnis ist machtlos über das Irreale. Tatsächlich haben Parteien gekämpft – Sieger war die Inflation. Sie konnte jederzeit ebensowohl abgebrochen werden wie im letzten Monat des Jahres 1923, als, auf bloßen Taschenzauber hin, plötzlich die Goldmark da war.

Aber zuerst mußten Kaufmann Stinnes, ein Komet, und seine zauberhaften Mitgestirne alle vielberufenen Sachwerte, will meinen: die greifbaren Grundlagen des nationalen Einkommens, in ihren Besitz bringen. Das erledigte die Ansprüche eines Volkes endgültig, anders als jede militärische Vernichtung.

[...]

Indessen halte ich bis jetzt bei Deutschland, dem Deutschland vor der Machtergreifung, wo die Macht auf der Straße lag: die Republik hat zugesehen, ob jemand sie aufsammelte. Ich durfte schreiben. Den Verteidigern der Freiheit war die Erlaubnis gewährt. Ebensogut hätte man sie ihnen nehmen können, denn die Angreifer der Freiheit genossen dasselbe Recht. Nun ist kein Zweifel, wer bei einer zerrütteten Öffentlichkeit die besseren Aussichten hat. Der Fürsprecher der Vernunft? Der Weltfreund, Zergliederer herrschender Mächte? Der Moralist? Offenbar eher ein beliebiger Schwätzer, wenn er nur gewalttätig auftritt und verspricht, immer darauf los verspricht, was er nie zu halten gedenkt.

Das besorgten die Leute mit dem angemaßten Namen nationaler Sozialisten. Beide Benennungen standen besser mir als ihnen an, aber da ich für mich nichts wollte, hatte ich keinen Grund, mich zu rühmen, selbst mit Recht. Die Unbefugten schämten sich nicht, sie prahlten noch, daß sie Willen besäßen: es war der Wille, an die Staatskassen zu gelangen. Übrigens schrieb ich Festtagsartikel, sie aber redeten das ganze Jahr, ihr Boß so gut wie gleichzeitig an zwei entfernten Grenzen. Mich beanspruchten einige Zeitungen, ausschließlich in Berlin, zu Weihnacht, Ostern und Pfingsten, wenn sie eine ungewöhnlich hohe Ebene aufsuchten, wenn sie, im Schutz der festlichen Ausnahme, eine starke Sprache zu wagen wünschten. Ich war bereit, ich deutete ihren zahlreichen Lesern die Vorgänge – niemals nach den Regeln einer Partei, ich maß sie einfach an den Gesetzen des menschlichen Anstandes.

Dabei gewannen die Vorgänge nicht, ich lieferte ein saftiges Stück Prosa. Den Druckorganen des abgebrühten

Berlin war es gerade recht. Zuweilen hören die vorgeschrittenen Zeitgenossen die Wahrheit gern: wer zwänge sie denn, danach zu handeln. Die Verrichtungen eines moralischen Sonntagspredigers haben mir nicht genügt. Die Katastrophe der menschlichen Freiheit, der Menschenwürde selbst, kam in Sicht. Sooft gewählt wurde, entfernte sich die Gefahr, daß die Nazis siegten; nachher kehrte sie um so dreister zurück.

[...]

Zu vieles war beiden gemeinsam, der Republik und ihrem Feind: die Rache für Versailles, die Angst vor dem Kommunismus (echt bei ihr, auf seiner Seite ein Betrug), die Abhängigkeit von der Industrie. Ein Minister ließ bei den Herrschaften, die sich Industrie nennen, Haussuchungen vornehmen, ihr Hochverrat war gar zu auffällig. Nie wieder hat jemand es gewagt, die Herrschaften wurden schrecklich grob.

[...]

Für die Drucksachen der Demokratie waren Abfall und Dahinschwinden nur Zeichen – nicht, sensationell und stark, vielmehr noch vorsichtiger zu werden. Mir ist kein Artikel abgelehnt worden, schlimmsten Falles kam er in das »große Blatt«. So hieß im Hause eine Zeitung, die am Sonntag von allen die höchste Auflage hatte. Sonntags lasen auch die Arbeiter. Sie lasen die landwirtschaftliche Beilage, die sie über die Bebauung ihrer Vorstadtgärtchen belehrte. [*Zeitalter*, S. 360f., S. 365–369]

Zeitgenössische Rezensionen
(Auswahlbibliographie)

Zu *Diktatur der Vernunft* (1923):

Rudolf Kayser: Heinrich Mann: *Diktatur der Vernunft*.
In: ›Berliner Börsen-Courier‹. Jg. 56, Nr. 105 vom 2. März 1924, Morgen-Ausgabe, 1. Beilage, ›Der Bücherkarren‹, S. 8.

Willy Haas: Revenant.
In: ›Die Neue Rundschau‹. Jg. 35 [der ›Freien Bühne‹], Bd. 1, Heft 3, März 1924, ›Europäische Rundschau‹, S. 298–300.

Friedrich Muckermann: Dichtung und Großindustrie.
In: ›Der Gral‹. Essen. Jg. 18, 1923/24, Heft 6, März 1924, S. 265–269; Erwähnung von *Diktatur der Vernunft* bereits in Heft 3, Dezember 1923, S. 146f.

Zu *Sieben Jahre* (1929):

K-n.: Mann ist Mann.
In: ›Der Tag‹. Berlin. Nr. 29 vom 2. Februar 1929, [S. 2] (zu einem Vorabdruck aus *Sieben Jahre*).

Paul Winter: Heinrich Mann: *Sieben Jahre*.
In: ›Wirtschaftskorrespondenz für Polen‹. Katowice. Jg. 4, Nr. 24/25 vom 15. Mai 1929, Beilage ›Buch- und Kunstrevue‹, S. 6.

Rudolf Kayser: *Sieben Jahre*. Bemerkungen zu Heinrich Manns neuem Essaybuch.
In: ›Berliner Tageblatt‹. Jg. 58, Nr. 229 vom 17. Mai 1929, Morgen-Ausgabe, 1. Beiblatt [= S. 5].

Paul Wiegler: Heinrich Manns Rechenschaft.
In: ›Vossische Zeitung‹. Berlin. Nr. 143 vom 16. Juni 1929, Post-Ausgabe, ›Literarische Umschau‹, Nr. 25 [=S. 37].
Lutz Weltmann: Der verdrängte Politiker.
In: ›Die Literatur. Monatsschrift für Literaturfreunde‹. Stuttgart und Berlin. Jg. 31 [des ›Literarischen Echos‹], Heft 10, Juli 1929, S. 563, mit einer Zeichnung Heinrich Manns von B. F. Dolbin.
Hans Erhard Lauer: Heinrich Mann: *Sieben Jahre*.
In: ›Oesterreichische Blätter für freies Geistesleben‹. Wien. Jg. 6, Heft 4, Juli 1929, ›Bücher‹, S. 40–42.
H-g.: Heinrich Mann: *Sieben Jahre*.
In: ›Der Querschnitt‹. Berlin. Jg. 9, Heft 7, Ende Juli 1929, ›Bücher-Querschnitt‹, S. 529.
Wilhelm Herzog: Geist und Tat Heinrich Manns.
In: ›Die Literarische Welt‹. Berlin. Jg. 5, Nr. 32 vom 9. August 1929, S. 1 f.
Rudolf Huch: Der »Rechenschaftsbericht der Epoche«.
In: ›Die Schöne Literatur‹. Leipzig. Jg. 30, Heft 8, August 1929, S. 355–358.
Werner Richter: Heinrich Mann: *Sieben Jahre*.
In: ›Die Bücherwarte. Zeitschrift für sozialistische Buchkritik. Organ der Zentralstelle für das Arbeiterbüchereiwesen‹. Berlin. Jg. 4, Heft 8, August 1929, ›Politik‹, S. 121 f.
Gerhart Pohl: Kronik einer Weltwende.
In: ›Die Neue Bücherschau. Eine literarische Monatsschrift‹. München-Pasing. Jg. 7, Heft 8, August 1929, S. 435 f.
Erich Franzen: Heinrich Manns gesammelte Essays.
In: ›Berliner Börsen-Courier‹. Jg. 61, Nr. 421 vom 10. September 1929, Express-Morgen-Ausgabe, 1. Beilage, S. 7.

J. E. Spenlee: Heinrich Mann: *Sieben Jahre*.
In: ›Mercure de France‹. Paris. Tome 215 (Série Moderne), 1. Octobre 1929, ›Revue de la Quinzaine‹, S. 229 f.

Karl August Meissinger: *Sieben Jahre*. Zum Tagebuch Heinrich Manns.
In: ›Deutsche Republik‹. Frankfurt am Main. Jg. 4, Heft 9 vom 30. November 1929, S. 269–271.

Ml., F [d. i.: Friedrich Michael]: Neue Bücher von Heinrich Mann.
In: ›Das Deutsche Buch‹. Leipzig. Jg. 9, Heft 11/12, November/Dezember 1929, ›Literarischer Rundgang‹, S. 358 f. (auch zu Heinrich Mann: *Eugénie oder Die Bürgerzeit*).

Max Rychner: Anmerkungen zur Literatur. Kritik an der Zeit.
In: ›Neue Schweizer Rundschau – Nouvelle Revue Suisse‹. Zürich. Jg. 22, Nr. 12 vom 1. Dezember 1929, S. 881–911; zu *Sieben Jahre*, S. 902 f.

A. H.: Heinrich Mann: *Sieben Jahre*.
In: ›Die Hilfe. Wochenschrift für Politik, Literatur und Kunst‹. Berlin. Jg. 36, Nr. 9 vom 1. März 1930, S. 240.

-er-er: Heinrich Mann: *Sieben Jahre*.
In: ›Zeitschrift Pan-Europa‹. Wien. Jg. 6, Heft 3, März 1930, S. 112.

Wolfgang Petzet: Der politische Schriftsteller.
In: ›Frankfurter Zeitung‹. Jg. 74, Nr. 259 vom 6. April 1930, Zweites Morgenblatt, ›Literaturblatt‹, Jg. 63, Nr. 14, S. 14.

Félix Bertaux: Lettres Étrangéres. Lectures Allemandes.
In: ›La Nouvelle Revue Française. Revue Mensuelle de Littérature et de Critique‹. Paris. Tome 35, Nr. 102, Juli 1930; ›Notes‹, S. 128–133; zu *Sieben Jahre*, S. 130.

St.-B. Sulz: Mann, Heinrich, *Sieben Jahre*.
In: ›Neue Bücher. Ein Bücherblatt für Volksbibliothekare‹. Bonn. Jg. 7, 1931, Heft 3, S. 99 f.
Oswald Floeck: Der Dichter politisiert…
In: ›Das Neue Reich. Wochenschrift für Kultur, Politik und Volkswirtschaft‹. Innsbruck, Wien, München. Jg. 13, 1. Halbband, Nr. 26 vom 28. März 1931, S. 544 f.
Joachim Friedenthal: Heinrich Mann: *Sieben Jahre*.
In: ›8 Uhr-Abendblatt‹. Berlin. 16. Juli 1932.

Zeittafel

1870/1871	Deutsch-Französischer Krieg. Gründung des Deutschen Reiches unter preußischer Vorherrschaft (18.1.1871). Bismarck Reichskanzler
1871	Luiz Heinrich Mann am 27. März als erster Sohn von Thomas Johann Heinrich Mann und seiner Ehefrau Julia, geb. da Silva-Bruhns, in Lübeck geboren
1875	Geburt des Bruders Thomas
1877	Wahl des Vaters zum Senator von Lübeck
1878–1890	Sozialistengesetz
1884	Reise nach St. Petersburg
Seit 1885	Erste erzählerische, seit 1887 erste poetische Versuche
1889	Abgang vom Gymnasium aus Unterprima. Buchhandelslehrling in Dresden
1890	Entlassung Bismarcks. Heinrich Manns erste Veröffentlichung einer Erzählung in der ›Lübeckischen Zeitung‹
1891–1892	Volontär im S. Fischer Verlag, Berlin. Studien an der Friedrich-Wilhelms-Universität
1891	Tod des Vaters (geb. 1840). Liquidierung der Firma Johann Siegmund Mann. Erste Rezensionen in ›Die Gesellschaft‹
1892	Sanatoriumsaufenthalt nach Lungenblutung in Berlin; danach Kuraufenthalte in Wiesbaden, im Schwarzwald und in Lausanne. Rezensionen in ›Die Gegenwart‹

1893	Übersiedlung der Familie nach München Reisen nach Paris, Italien
1894	*In einer Familie*, Roman
1895–1896	Herausgeber der Monatsschrift ›Das Zwanzigste Jahrhundert. Blätter für deutsche Art und Wohlfahrt‹
1895–1898	Aufenthalt in Rom und Palestrina, zeitweilig zusammen mit dem Bruder Thomas *Im Schlaraffenland* begonnen Erste Notizen zu den *Göttinnen*
1897	*Das Wunderbare und andere Novellen*
1898	*Ein Verbrechen und andere Geschichten*
1899–1914	Ohne festen Wohnsitz. Aufenthalte in München, Berlin, meistens in Italien, oft in Riva am Gardasee im Sanatorium von Dr. von Hartungen
1900	*Im Schlaraffenland. Ein Roman unter feinen Leuten*
1903	*Die Göttinnen oder Die drei Romane der Herzogin von Assy* *Die Jagd nach Liebe*, Roman
1905	*Flöten und Dolche*, Novellen *Professor Unrat oder Das Ende eines Tyrannen*, Roman *Eine Freundschaft: Gustave Flaubert und George Sand*, Essay Übersetzung von Choderlos de Laclos' *Gefährliche Freundschaften* Bekanntschaft mit Inés (Nena) Schmied
1906	Erste Notizen zum *Untertan* Drei Novellenbände: *Schauspielerin, Stürmische Morgen, Mnais und Ginevra*
1907	*Zwischen den Rassen*, Roman
1908	*Gretchen*, Novelle aus dem Stoffkreis des *Untertans*. *Die Bösen*, Novellen

1909	*Die kleine Stadt*, Roman
1910–1913	Jährliche Uraufführungen der Schauspiele Heinrich Manns in Berlin
1910	*Französischer Geist* (später *Voltaire – Goethe*); *Geist und Tat*, kulturpolitische Essays
	Das Herz, Novellen
	Freitod der Schwester Carla (geb. 1881)
	Variété, Einakter
1911	*Die Rückkehr vom Hades*, Novellen
	Schauspielerin, Drama
1912	Bekanntschaft mit der Prager Schauspielerin Maria (Mimi) Kanová während der Proben zu *Die große Liebe* im Deutschen Theater, Berlin
	Beginn der Niederschrift von *Der Untertan*
1913	*Madame Legros*, Drama
1914	*Der Untertan* als Fortsetzungsroman in ›Zeit im Bild‹
	13. August: Abbruch des Vorabdrucks nach Beginn des Ersten Weltkrieges. Weiterer Abdruck der russischen Übersetzung bis Oktober in Petersburg (›Sowremennij Mir‹)
	12. August: Heirat mit Maria (Mimi) Kanová. Wohnsitz in München
1915	Russische Buchausgabe des *Untertan*
	Konflikt mit dem Bruder. Abbruch der Beziehungen nach dem Erscheinen von Thomas Manns *Gedanken im Kriege*
	Zola, Essay; in ›Die Weißen Blätter‹, hg. von René Schickele
1916	*Der Untertan*, Privatdruck in etwas mehr als 10 Exemplaren
	Geburt der Tochter Henriette Maria Leonie

1917 *Die Armen*, Roman

Brabach, Drama

Madame Legros an den Münchener Kammerspielen und am Lessing-Theater in Berlin uraufgeführt

Grabrede auf Frank Wedekind

Versuch einer Versöhnung mit Thomas Mann

1918 Ende des Ersten Weltkrieges. Abdankung Wilhelms II. Novemberrevolution in Deutschland

Mitarbeit Heinrich Manns im ›Politischen Rat geistiger Arbeiter‹ in München

Der Untertan, Roman

Beginn der Arbeit am Roman *Der Kopf*

1919 Ermordung Karl Liebknechts und Rosa Luxemburgs. Friedrich Ebert Reichspräsident. Beginn der Weimarer Republik (Weimarer Reichsverfassung)

Macht und Mensch, Essays (Gewidmet *Der deutschen Republik*)

Gedenkrede für Kurt Eisner, den ermordeten Ministerpräsidenten der bayerischen Räterepublik

1920 *Der Weg zur Macht* im Residenz-Theater München uraufgeführt. In den folgenden Jahren wachsende publizistische Tätigkeit

Die Ehrgeizige, Novelle

1921 *Die Tote und andere Novellen*

1922 Aussöhnung mit Thomas Mann

Bekanntschaft mit dem französischen Germanisten Félix Bertaux

Rapallo-Vertrag zwischen Deutschland und der UdSSR

1923 Ruhrbesetzung, Generalstreik. Putschver-

1923 such der Nationalsozialisten in München. Hitler in Festungshaft. Inflation und erster Nachkriegsbesuch Heinrich Manns in Frankreich (Teilnahme an den Entretiens de Pontigny)

Rede bei der Verfassungsfeier in der Staatsoper Dresden

11. März: Tod der Mutter Julia (geb. 1851). *Diktatur der Vernunft*, Reden und Aufsätze

1924 Reise in die Tschechoslowakei, Begegnung mit Tomáš G. Masaryk auf Schloß Lana bei Prag

Abrechnungen, Novellen

Der Jüngling, Novellen

Das gastliche Haus, Komödie

1925–1932 *Gesammelte Werke in 13 Bänden* im Paul Zsolnay Verlag, Wien

1925 Zweite Frankreichreise nach dem Krieg, erste Impulse für den *Henri Quatre* in den Pyrenäen und in Pau

Der Kopf, Roman

Kobes, Novelle

Tod Friedrich Eberts. Hindenburg zum Reichspräsidenten gewählt.

Zusammenfassung der Romane *Der Untertan*, *Die Armen*, *Der Kopf* zur *Kaiserreich-Trilogie*, der *Romane der deutschen Gesellschaft im Zeitalter Wilhelms II.*

1926 Wahl zum Mitglied der Preußischen Akademie der Künste zu Berlin, Sektion Dichtkunst am 27. Oktober

Liliane und Paul, Novelle

1927 Verstärktes Wirken für eine Verständigung zwischen Deutschland und Frankreich.

1927 Rede im Trocadéro, Paris, zum 125. Geburtstag von Victor Hugo
Begegnungen Gustav Stresemanns mit Aristide Briand
Freitod der Schwester Julia (geb. 1877)
Mutter Marie, Roman

1928 Trennung von Maria Mann, Übersiedlung nach Berlin
Vorsitzender des Volksverbandes für Filmkunst
Eugénie oder Die Bürgerzeit, Roman

1929 Bekanntschaft mit Nelly Kröger, seiner späteren zweiten Frau
Sie sind jung, Novellen
Sieben Jahre. Chronik der Gedanken und Vorgänge (1921–1928), Essays
Weltwirtschaftskrise

1930 Scheidung von Maria Mann
›Der blaue Engel‹, Verfilmung des Romans *Professor Unrat*
Die große Sache, Roman

1931 Wahl zum Präsidenten der Sektion Dichtkunst bei der Preußischen Akademie der Künste. Feier in Berlin zu Heinrich Manns 60. Geburtstag mit Reden von Gottfried Benn, Lion Feuchtwanger, Adolf Grimme, Max Liebermann und Thomas Mann. Teilnahme an einem internationalen Schriftstellerkongreß in Paris. Gespräch mit Aristide Briand. Rede im Admiralspalast zur deutsch-französischen Verständigung
Geist und Tat. Franzosen 1780–1930, Essays

1932 Wiederwahl Hindenburgs zum Reichspräsidenten

1932	*Ein ernstes Leben*, Roman *Das öffentliche Leben*, Essays *Das Bekenntnis zum Übernationalen*, Essay Beginn der Arbeit am *Henri Quatre*
1932/1933	Unterzeichnung von Aufrufen zur Aktionseinheit von KPD und SPD gegen die Nationalsozialisten, gemeinsam mit Käthe Kollwitz und Albert Einstein
1933	30. Januar: Hitler Reichskanzler 15. Februar: Ausschluß mit Käthe Kollwitz aus der Akademie der Künste 21. Februar: Flucht nach Frankreich über Frankfurt am Main, Kehl am Rhein und Straßburg 25. August: Aberkennung der deutschen Staatsbürgerschaft *Der Haß. Deutsche Zeitgeschichte*, Essays
1933–1940	Wohnsitz in Sanary-sur-Mer, dann in Nizza. Reisen nach Prag, Genf und Zürich. Politische Artikel in der ›Dépêche de Toulouse‹ Vorsitzender des Vorbereitenden Ausschusses der deutschen Volksfront, Ehrenpräsident des SDS. Antifaschistische Flug- und Tarnschriften
1934	10. Mai: Heinrich Mann Präsident der Deutschen Freiheitsbibliothek *Der Sinn dieser Emigration*, Essays
1935	Juni: Rede auf dem Internationalen Schriftstellerkongreß zur Verteidigung der Kultur in Paris *Die Jugend des Königs Henri Quatre*, Roman
1936	Heinrich Mann wird tschechoslowakischer Staatsbürger

1936	Beginn des spanischen Bürgerkriegs *Es kommt der Tag. Deutsches Lesebuch*, Essays
1937	10./11. April: Volksfrontkonferenz in Paris, Eröffnungsansprache Heinrich Manns
1938	Münchner Abkommen *Die Vollendung des Königs Henri Quatre*, Roman
1939	*Mut*, Essays; *Nietzsche* (Kommentar zu einer Auswahl) 9. September: Heirat mit Nelly (Emmy) Kröger in Nizza Hitler-Stalin-Pakt. Ausbruch des Zweiten Weltkriegs Verschleppung Maria Manns ins KZ Theresienstadt
1940	Kapitulation Frankreichs vor den Hitler-Truppen Flucht über Spanien und Portugal in die USA. Aufenthalte in New York, Princeton, Hollywood, Wohnsitz in Los Angeles und Santa Monica bis zum Tod
1941	Beginn der Arbeit am Roman *Empfang bei der Welt*
1943	Ehrenpräsident des Lateinamerikanischen Komitees der Freien Deutschen *Lidice*, Roman
1944	17. Dezember: Freitod Nelly Manns (geb. 1898)
1945	Bedingungslose Kapitulation Deutschlands *Ein Zeitalter wird besichtigt*, Autobiographie Klaus Mann bringt die gesundheitlich schwergeschädigte Maria Mann aus dem KZ Theresienstadt nach Prag zurück

1947	Ehrendoktor der Humboldt-Universität Berlin
	Tod Maria Manns in Prag (geb. 1886)
1949	Nationalpreis I. Klasse für Kunst und Literatur der DDR
	Tod des Bruders Viktor (geb. 1890)
	Der Atem, Roman
1950	Berufung Heinrich Manns zum ersten Präsidenten der neugegründeten Akademie der Künste zu Berlin/DDR. Vorbereitung zur Rückkehr mit dem polnischen Dampfer ›Batory‹
	12. März: Tod Heinrich Manns in Santa Monica bei Los Angeles
1951	DEFA-Verfilmung von *Der Untertan*
1955	Thomas Mann stirbt am 12. August
1956	*Empfang bei der Welt*, Roman
1958/1960	*Die traurige Geschichte von Friedrich dem Großen*, szenisches Romanfragment
1961	Überführung der Urne Heinrich Manns von Kalifornien nach Prag
	25. März: Überführung der Urne nach Berlin und Beisetzung auf dem Dorotheenstädtischen Friedhof in Anwesenheit von Leonie Mann

Herausgeber und Verlag danken dem Heinrich-Mann-Archiv der Akademie der Künste zu Berlin und dem Deutschen Literaturarchiv, Marbach am Neckar, für vielfältig gewährte Unterstützung durch Auskünfte und Bereitstellung von Abbildungsvorlagen.

Willi Jasper

Der Bruder

Heinrich Mann

Eine Biographie

Band 11885

Es gibt wenige deutsche Schriftsteller von Rang, denen in ihrer Überlieferungsgeschichte so erfolgsverhindernd mitgespielt wurde wie Heinrich Mann. Bis heute sind noch nicht einmal alle Texte aus dem Nachlaß ediert; und nicht zufällig fehlte bis vor kurzem eine biographische Untersuchung, die sich angemessen mit Leben und Werk von Heinrich Mann auseinandersetzte. Zeitlebens stand Heinrich Mann im Schatten seines Bruders Thomas, des Prominenteren, des Nobelpreisträgers. Dabei hat Heinrich mit Büchern wie ›Der Untertan‹, ›Professor Unrat‹ oder den beiden ›Henri IV‹-Romanen Werke hinterlassen, die es nach Qualität und Bedeutung gewiß mit den Werken von Thomas aufnehmen können. Heinrich war Radikaldemokrat, der politisch Entschiedenere, früher Antifaschist. Das ist ihm nicht gut bekommen. » ›Eigentlich haben sie mich nie gemocht‹, kommentierte Heinrich Mann kurz vor seinem Tode im kalifornischen Exil die eigene Wirkungsgeschichte.« So lautet der erste Satz dieser sorgfältig recherchierten und solide gearbeiteten Biographie. Von der ersten Seite bis zum Schluß kann der Leser verfolgen, warum Heinrich Mann bei den einen als einer der größten deutsch-sprachigen Satiriker dieses Jahrhunderts und bei den anderen als der ›Boulevard-Moralist‹ schlechthin gilt. Vor allem zeigt Jasper, daß Heinrich Mann ein höchst eigenständiger Schriftsteller war, einer der wichtigsten Autoren zwischen Kaiserreich und Exil.

Fischer Taschenbuch Verlag

fi 1548 / 3

Heinrich Mann
Professor Unrat
oder Das Ende eines Tyrannen
Roman

248 Seiten. Leinen

Mit diesem erstmals 1905 erschienenen Roman begründete Heinrich Mann seinen Weltruhm. Erinnert sei an die Verfilmung des Romans mit Marlene Dietrich und Emil Jannings unter dem Titel *Der blaue Engel* (1930); am Drehbuch hat Carl Zuckmayer mitgearbeitet. Doch die Geschichte vom tyrannischen Gymnasialprofessor Raat (»Da er Raat hieß, nannte die ganze Schule ihn Unrat. Nichts konnte einfacher und natürlicher sein«), der in die Fänge der »Künstlerin« und »Barfußtänzerin« Rosa Fröhlich gerät und als Bankhalter beim verbotenen Glücksspiel seine bürgerliche Existenz verspielt, trug Heinrich Mann auch ersten Haß ein. Denn, so heißt es in einer Interpretation: »Obwohl es so scheinen mag, ist Professor Unrat nicht eine Randerscheinung der bürgerlichen Gesellschaft, sondern ihr ins Extreme gesteigerter Vertreter.« Wie später mit seinem *Untertan* hatte Heinrich Mann mit dem satirischen Roman *Professor Unrat* die Träger des Wilhelminischen Reiches in ihrem Nerv getroffen. Kurt Tucholsky, im selben Lager wie der zeit seines Lebens angefeindete Heinrich Mann, verteidigte den von ihm sehr geschätzten Autor: »Es spricht für den genialen Weitblick des Künstlers, daß nichts so übertrieben ist, wie seine Feinde es gern wahrhaben möchten. Man hat ihm von rechts immer wieder vorgehalten: Karrikatur! Satire! Pamphlet! Und ich sage: bescheidene Fotografie.«

S. Fischer

fi 1162 / 4

Heinrich Mann

Die kleine Stadt

Roman

440 Seiten. Leinen

Die kleine Stadt liegt in Italien. Ihr Vorbild mag das Landstädtchen Palestrina in den Sabiner Bergen gewesen sein (die Geburtsstadt des großen Musikers gleichen Namens), wo die Brüder Heinrich und Thomas Mann Ende der neunziger Jahre einige lange italienische Sommer verbrachten. Alles beginnt mit dem Erscheinen einer Theatertruppe in der kleinen Stadt. »Unsere Ankunft«, so der jugendliche Held und Liebhaber der Truppe, »hat belebend gewirkt auf die Einwohner dieser Stadt, auf einmal ist ihnen der Mut gekommen, ihre Laster in Freiheit zu setzen«. Es beginnt ein Fastnachtstreiben, ein Liebes- und Rüpelspiel, heiter und böse, zart und leidenschaftlich. In seltsamen, manchmal gespenstischen Reigen verbinden sich die Schicksale der fahrenden Künstler und der Kleinbürger – Kunst und Leben, das große literarische Thema der Jahrhundertwende klingt an. Die kleine Stadt ist ein utopischer Gegenentwurf zur politisch unmündigen Gesellschaft der Wilhelminischen Ära. »Was hier klingt«, schrieb Heinrich Mann zu diesem Roman, »ist das hohe Lied der Demokratie. Es ist da, um zu wirken in einem Deutschland, das ihr endlich zustrebt. Dieser Roman, so weitab er zu spielen scheint, ist im höchsten Sinn aktuell.«

S. Fischer

fi 1144 / 4

Joachim Fest

Die unwissenden Magier

Über Thomas und Heinrich Mann

Band 11259

Mit den Betrachtungen zweier Unpolitischer, unwissender Magier, setzt Joachim Fest sich in diesen beiden Essays auseinander. »Unwissend, weil schlecht informiert, weil wirklichkeitsfern, Magier, weil sich andere Wirklichkeiten erträumend oder Lieblingsträume mit Wirklichkeit gleichsetzend«, hat Golo Mann das Politisieren seines Vaters Thomas und seines Onkels Heinrich genannt. Gegensätzlichkeit der Temperamente – aus Thomas' Sicht »ethischer Individualist« der eine, »Sozialist« der andere – und Rivalität im Repräsentationsbedürfnis bestimmen nach Fest die Ausgangspositionen ihrer »politisch gebundenen Dienstleistungen« (Th. Mann). Thomas' ästhetisierender Kunstbegriff ließ ihn Heinrichs Romane kritisch, ja verächtlich beurteilen, Heinrich provozierte ihn daraufhin durch »parteiergreifenden Übertritt ins Politische« (Fest), indem er Volk, Fortschritt und Menschheitsglück zum Thema seines Schreibens machte. Thomas blieb als Erzähler von »Verfalls-und Verfeinerungsgeschichten« ein Betrachter, in dessen Werk das »gesamte politische Faszinationsvokabular der Zeit« (Fest) ohne Echo blieb. Erst Hitler hat es bewirkt, daß Thomas seine Haltung änderte, das Menschenrecht, unpolitisch zu sein, aufgab und in Sendungen der BBC von 1940-1945 »Deutsche Hörer« zum Widerstand aufrief.

Fischer Taschenbuch Verlag

fi 1547 / 2